Britta Strauss

Gaias Wächter

Die Legende der Selkies

GAIAS WÄCHTER – Die Legende der Selkies (Band 4)

c/o AutorenServices.de, Birkenallee 24, 36037 Fulda
Lektorat: Christina Redl-Schauberger
Korrektorat: Text-Zauber Korrektorat (https://text-zauber.de)
Bildmaterial: Adobe Stock, Shutterstock, Etsy
Umschlaggestaltung, Satz und Layout: Britta Strauss
Verkauf durch: Amazon Media EU S.à r.l.

Reiheninfo:
GAIAS WÄCHTER - Geist des Waldes (Band 1)
GAIAS WÄCHTER - Der Ruf des Meeres (Band 2)
GAIAS WÄCHTER - Der Mond des Jägers (Band 3)
GAIA WÄCHTER - Die Legende der Selkies (Band 4)

»Wie Träume liegen die Inseln
im Nebel auf dem Meer.
Noch einmal schauert leise
und schweiget dann der Wind.
Vernehmlich werden die Stimmen,
die über der Tiefe sind.«

Theodor Storm

Vorwort

Liebe Schmökerlinge,

nun liegt mit diesem Buch der vierte und vorerst letzte Band meiner GAIAS WÄCHTER-Reihe vor euch. Ich sage bewusst *vorerst*, denn in meinem Kopf kreisen noch Ideen für mindestens zwei weitere Bände. Eine kleine Andeutung, wo dieselben spielen werden und um welche Art von Wächtern es sich handeln wird, erfahrt ihr im Epilog dieser Geschichte. Da ich allerdings erst einmal anderen Projekten meine Zeit widmen möchte, betrachte ich »Die Legende der Selkies« dennoch als nicht endgültigen Abschluss.

Selbstverständlich könnt ihr jeden Band dieser Reihe unabhängig voneinander sowie ohne Vorwissen lesen. Dennoch gibt es in diesem Buch ein kleines Wiedersehen mit mehreren liebgewonnenen Figuren aus dem zweiten Band der Reihe: »Der Ruf des Meeres«. Wer Maya, Christopher, Alan und Solander bereits kennengelernt hat, freut sich vielleicht über ihre Gastrolle in diesem Buch. Wer die Truppe jedoch noch nicht kennt, bekommt möglicherweise Lust, auch ihre Geschichte zu lesen.

An dieser Stelle möchte ich mich wieder einmal bei meinem wunderbaren Team bedanken, das mit mir gemeinsam die Orkney-Inseln bereist hat: Christina, meine Lektorin. Susanne, meine Korrektorin. Daniela, Stephanie und Vera, meine Testleserinnen. Es war mir auch diesmal eine große Freude und Ehre, mit euch gemeinsam zu basteln, zu träumen und zu fabulieren.

Und nun, liebe Schmökerlinge, wünsche ich euch eine spannende Leseauszeit mit »Die Legende der Selkies«.

Eure Seemannsgarnweberin

Prolog

Orkney Inseln, Schottland

Kian

Versteckt hinter einem Felsen, jenseits der im Mondlicht leuchtenden Brandung, beobachte ich Mari. Sobald die Dämmerung kommt, sucht sie nach mir. Und ich blicke ihr nach, ohne mich zu zeigen. Wie gerne will ich ihren Wunsch erfüllen. Den einen verzweifelten Traum, den wir miteinander teilen. Aber seit jener Nacht, in der ich meine menschliche Hälfte verloren habe, bin ich nur noch ein Schatten. Ja, ich erinnere mich wieder. Wenigstens das. Aber ich kann Maris Herz nicht noch einmal brechen.

»Kian!«, ruft sie meinen Namen in die Nacht hinaus. »Ich brauche dich. Ich habe dir ein Versprechen gegeben, aber ich kann es nicht halten. Es tut mir leid. Bitte komm zurück.«

Ihre Worte hallen in mir nach. Ich weiß, dass sie mich von nun an begleiten werden. Bei Tag und bei Nacht. Sie werden mich bis in die tiefsten Tiefen des Ozeans verfolgen, in den dunkelsten Meereshöhlen auf mich warten und selbst die schrecklichsten Stürme durchdringen. Vergessen ist gnädig, Erinnerung grausam. Weil es für uns kein Zurück mehr gibt.

Ich weiß nicht, warum sich meine Seele trotzdem an jene Momente festklammert, in denen wir glücklich gewesen sind. Mari und ich. Wir haben uns aneinander berauscht, so ahnungslos und naiv. Als wäre unsere Liebe stärker als alle Gefahren. Jetzt wissen wir es besser. Und ganz gleich, wie wunderschön die gemeinsamen Tage und Nächte gewesen sein mögen, verbinde ich sie für den Rest meines Lebens mit Gefangenschaft und Tod. Unser letzter Kuss wiegt schwerer als jeder andere davor. Unsere letzte verzweifelte Berührung überlagert alle Momente der Nähe, die wir miteinander geteilt haben.

»Mari«, flüstere ich ihren Namen in das Brausen des Windes hinaus. Ich will ihn nicht aussprechen. Niemals wieder. Aber es passiert trotzdem. Mein Herz brennt so kalt wie das Wasser. Ich spüre, wie es in kleine Stücke zerbricht, während die Liebe meines Lebens am Strand steht und nach mir ruft.

Mari ist Licht und Dunkelheit. Sehnsucht und Schmerz. Keine Macht der Welt kann daran etwas ändern.

Erneut ruft sie meinen Namen. Weit hallt er über das Meer, bis zum Horizont und darüber hinaus. Ihre Trauer ist so überwältigend, dass meine Seele unter dem Ansturm zerbersten will. Aber ich kann nicht zurückkehren. Niemals wieder.

Meinetwegen und ihretwegen.

Schneeflocken rieseln in das dunkle Wasser. Erneut ist es Winter geworden, und die Insel, auf der ich einst mein Glück gefunden habe, beugt sich der Wucht zorniger Stürme. Über mir tanzen winzige Kristalle in der Nacht. So vergänglich wie das Leben eines Menschen. Der Schnee fällt genauso wie vor einem Jahr, als Mari mich gerettet hat. Trotz allem denke ich gerne daran zurück, denn die Bilder und Gefühle sind wie eine Decke, in die ich mich einwickeln kann. Eine Decke voller Scherben und Klingen, aber trotzdem spendet sie Wärme. Nur für Mari bin ich damals zurückgekehrt. Nur für sie habe ich getan, was meinesgleichen niemals tun sollte. Mit schrecklichen Folgen.

Die Erinnerung ist zurückgekehrt. Aber nicht die Gabe der Verwandlung. Manchmal fühlt es sich an, als würde mein anderer Körper gegen sein Gefängnis drücken. Als würde er mit aller Kraft nach Befreiung streben. Aber es ist nur eine höhnische Illusion. Denn jedes Mal, wenn ich nach ihm greife, ist da nichts.

Nur Leere.

So gerne will ich noch einmal mit meinen Fingern durch Maris kupferrotes Haar kämmen, will sie streicheln und küssen und festhalten. So fest, dass nicht einmal das Schicksal uns auseinanderreißen kann. Aber das ist unmöglich. Genauso wie das Vorhaben, den Ozean in ein Wasserglas zu sperren.

Warum kommen wir Nacht für Nacht hierher?

Um uns zu foltern? Um uns selbst zu zerstören? Ich weiß es nicht. Und Mari weiß es vermutlich ebenso wenig. Wir müssen loslassen. Ein für alle Mal.

Aber – beim Salz der See! – sie ist so schön. So mutig und stolz. Ich kann mich nicht an ihr sattsehen, wie sie dort einsam am Strand steht, mit wehendem Haar und blassem Gesicht. Trotz der bitteren Kälte geht sie barfuß in die Brandung, nicht mehr ganz Mensch, aber auch kein Selkie. Sie ruft meinen Namen und verflucht den Lauf der Dinge, der uns auseinandergerissen hat. Aber ich kann sie nicht in meine Welt holen. Ebenso wenig, wie ich in der ihren leben kann.

Weint eine Frau sieben Tränen in das Meer, so erzählen es die Geschichten, *wirft der Selkie sein Fell ab, verwandelt sich in einen Menschen und gehört eine Nacht lang ihr.*

Oh ja, ich hatte ihr gehört. Viele Nächte lang. Aber nicht einmal alle Tränen dieser Welt können den Menschen in mir zurückbringen. Er ist verloren. Ich bin verloren. Ein für alle Mal. Und das ist auch besser so.

»Geh«, flehe ich Mari an. »Lebe dein Leben. Weit weg vom Meer.«

Es ist, als habe sie mich gehört. Denn kaum hat der Wind meine Worte verschlungen, dreht sie sich um und verschwindet.

KAPITEL 1
Wie ich anfing, an Legenden zu glauben

Ein Jahr zuvor

Mari

Sein Blick ist hoffnungslos. Ich kann sehen, wie verzweifelt er sich nach der Freiheit sehnt. Nach der salzigen Gischt des Meeres, das keine hundert Meter entfernt gegen die Klippen von Westray brandet. Aber anstatt gemeinsam mit seinen Artgenossen in den Wellen zu spielen oder auf einer Sandbank zu schlafen, haucht er blutend und zitternd sein Leben aus.

Plötzlich bereue ich es, zu so später Stunde noch an den Strand gegangen zu sein. Warum habe ich ihn gefunden, wenn ich doch nichts gegen sein Sterben ausrichten kann? Soll ich einfach nur dabei zusehen, wie er zugrunde geht?

Was hat das für einen Sinn?

Ich gehe das Wagnis ein, über sein weißes, metallisch glänzendes Fell zu streichen. Natürlich können Seehunde eine Menge Schaden anrichten, vor allem, wenn sie verletzt und verängstigt sind. Aber dieses Tier rührt sich kaum noch. Seine einzigen Bewegungen bestehen in einem müden Blinzeln und hin und wieder im Zucken einer Flosse. Es liegt im Sterben. Das ist unübersehbar. Bekümmert streichele ich über seinen Pelz, der nichts mit dem Fell gewöhnlicher Seehunde oder Robben zu tun hat. Auch die Körperform ist anders. Der Kopf ist nicht rundlich, sondern elegant und langgestreckt, und auf dem Rücken verteilen sich zahllose Flecken, die so hell sind, dass sie sogar aus dem silbrigweißen Fell herausstechen. Das Seltsamste aber sind seine Augen, obwohl ich mir nicht erklären kann, worauf dieser Eindruck beruht. Sie sind groß und schwarz und schauen mich auf eine Weise an, die mir die Nackenhaare zu Berge stehen lässt.

Ich habe schon oft Seehunde und Robben gesehen. Unzählige Male, um genau zu sein. Aber das hier ist weder das eine noch das andere. Gut möglich, dass er zu einer ganz neuen Art gehört, und irgendein intelligenzresistenter Idiot hat auf ihn geschossen. Vermutlich ein Fischer, der keine Konkurrenz duldet. Oder ein Jäger, der eine außergewöhnliche Trophäe ergattern wollte.

»Es tut mir leid.« Ich streichele über den stromlinienförmigen Körper, und das Tier lässt es sich gefallen. Es zuckt nicht einmal vor mir zurück. »Du bist viel zu schade, um ausgestopft in einem Museum zu landen. Aber mein Bruder sagt, dass wir nichts mehr für dich tun können. Ich wünschte, er würde falschliegen, aber mit solchen Dingen kennt er sich leider ziemlich gut aus.«

Das Tier seufzt und schließt seine Augen. Es sollte nicht hier liegen. Nicht auf einer verschlissenen stinkenden Decke inmitten eines zugemüllten Schuppens. Aber dort draußen tobt ein schlimmer Schneesturm, und ich will nicht, dass es ihm schutzlos ausgeliefert ist. Hier drinnen gibt es wenigstens eine Werkstattheizung, die die schlimmste Kälte fernhält.

»Vielleicht liegt Finley ja doch falsch«, sage ich. »Wie wäre es, wenn wir ihm beweisen, dass er Unrecht hat? Wo bleibt er eigentlich? Er wollte doch nur ein paar E-Mails beantworten.«

Ich lausche dem Heulen des Windes, streichle meinen Schützling und werde allmählich müde. Vermutlich ist es schon weit nach Mitternacht. Ob Finley eingeschlafen ist? Dieser Kerl kann immer und überall ins Koma fallen. Während ich mich stundenlang herumwälze, muss er sich einfach nur hinlegen und fängt nach dreißig Sekunden an, lautstark zu schnarchen.

»Blödmann«, knurre ich vor mich hin und kann bereits fühlen, wie das Tier auskühlt. Es bewegt sich kaum noch, hält seine Augen inzwischen geschlossen und atmet schwer. Oh Mann. Die ganze Decke hat sich mit Blut vollgesaugt. Nicht einmal die Kugel haben wir entfernen können, weil sie zu tief im Fleisch steckt und eine ungünstige Stelle getroffen hat.

Eine Stunde, hat Finley gesagt. *Allerhöchstens. Wenn wir ihn jetzt zum Tierarzt fahren, stirbt er unterwegs. Ersparen wir ihm den Stress und schaffen ihn lieber ins Warme.*

Die Stunde ist schon lange vorbei.

Ist das gut oder schlecht?

Ich lehne mich gegen die Wand, verschränke die Arme vor der Brust und starre ins Leere. Keine Ahnung, warum mich das Ganze derart mitnimmt. Immerhin habe ich schon oft sterbende oder tote Tiere gesehen. Das bringt das Leben in einem Fischerdorf so mit sich. Ständig wird man mit erschossenen, in Netzen erstickten, gestrandeten oder von Schiffsschrauben zerfetzten Kreaturen konfrontiert. Aber diesmal ist es anders. Schon wieder schießen mir die Tränen in die Augen, als ich das Wesen betrachte. Ich verfluche die Welt, den Lauf der Dinge und jenen gewissenlosen Idioten, der einfach drauflosgeballert hat. Warum auch immer.

Ob es besser ist, Finley zu rufen und unseren Schützling doch wieder hinaus in die Brandung zu tragen? Vielleicht will er noch einmal die Freiheit atmen und das Meer spüren, bevor es vorbei ist. Nein. Lieber nicht. Der Sturm rüttelt immer wütender am Schuppen und peitscht Schneeflocken gegen das Fenster. Wenn wir ihn jetzt da raustragen, erfriert er in kürzester Zeit.

Langsam fallen mir die Augen zu. Ich versuche, dagegen anzukämpfen, lehne den Kopf gegen die Bretterwand und starre auf den leise vor sich hin bollernden Ofen. Irgendwann nicke ich ein, schrecke hoch – und drifte erneut weg. Als ich das nächste Mal aufwache, dämmert hinter dem Schuppenfenster bereits der Morgen.

Ach du Scheiße!

Ich drehe mich um und will nach dem Tier sehen – aber da ist kein Tier mehr. Es ist verschwunden. Nein, nicht ganz. Sein Fell ist immer noch da. Es liegt in den Armen eines Menschen. Eines jungen Mannes, um genau zu sein, der zusammengekauert zwischen zwei Werkzeugkisten hockt und mich anstarrt. Seine milchkaffeebraune Haut ist blutverschmiert. Er versucht, sich ganz klein zu machen, zittert wie Espenlaub und hält das Fell umklammert, als wäre es sein kostbarster Schatz. Großer Gott, diese Augen sind so schwarz wie die des Seehundes. Und durch das dunkle Haar, das ihm wirr und zerzaust bis über die Schultern fällt, ziehen sich weiße Strähnen.

Wir starren einander an. Keine Ahnung, wer schockierter ist. Der Bursche vor mir oder ich. Zwei Sekunden später springe ich auf, schnappe mir den nächstbesten Gegenstand und halte ihn wie eine Waffe vor meinen Körper. Es ist ein Spaten. Immerhin etwas.

»Wer bist du?«

Der Kerl rutscht noch ein Stück weiter von mir weg. Sein Rücken kollidiert mit der Schubkarre, er zuckt zusammen und nimmt die Tür ins Visier. Da sehe ich plötzlich die Wunde unterhalb seines rechten Rippenbogens. Sie erinnert an jene des Tieres, sieht aber nicht ganz so dramatisch aus. Die Ränder sind weder rot noch geschwollen, und das Loch ist kaum einen Fingerbreit tief. Zumindest, soweit ich das im Licht der altersschwachen Glühbirne erkennen kann.

Mir sackt der Kiefer nach unten. Verzweifelt versucht mein Gehirn, die Fakten zu ordnen und in einen sinnvollen Kontext zu bringen. Aber es gelingt ihm nicht. Was in aller Welt ist passiert? Warum sitzt plötzlich dieser Kerl vor mir? Blutverschmiert? Splitterfasernackt? Und mit dem Fell des Seehunds in seinen Armen?

Ein Selkie, schießt es mir durch den Kopf.

Sofort kontert mein Verstand: *Unsinn! Quatsch! Das sind Fabelwesen, keine realen Geschöpfe. Es gibt eine andere Erklärung. Eine bessere Erklärung.*

Ich knalle durch. Das muss es sein. Oder ich schlafe immer noch und träume. Aber als ich mir kräftig auf die Unterlippe beiße, wache ich nicht auf. Oh nein.

Der Mann sitzt immer noch vor mir, starrt mich aus schwarzen Seehundsaugen an und drückt das Fell gegen seine Brust. Ganz so, als habe er panische Angst davor, ich könne es ihm wegnehmen. Angst? Nein, es muss etwas anderes sein. Ich bin gerade mal 1,60 Meter groß und habe die Statur eines Schilfhalms, während das Adamskostüm des Fremden keinen Zweifel daran aufkommen lässt, dass er den Körper eines Leistungssportlers besitzt. *Ich* bin es, die Angst haben muss. Dieser Kerl kann alles Mögliche mit mir anstellen. Also warum zum Teufel rühre ich mich nicht vom Fleck?

»Ich warne dich!« Immerhin bin ich noch in der Lage, halbwegs selbstbewusst zu sprechen. »Denk bloß nicht, dass ich den Spaten nicht benutze! Wer bist du? Was hast du mit dem Seehund gemacht?«

Der Kerl legt den Kopf schief und mustert mich. Aufgewühlt, angriffslustig und argwöhnisch. Nicht wie ein Mensch, sondern wie ein verschrecktes Tier. In meinem Magen flattert es. Er sieht irgendwie … unwirklich aus. Beinahe gespenstisch.

Wie ein Fabelwesen, wispert es in meinem Kopf. *Als wäre er aus dem Fell eines Seehundes geschlüpft. Oder es liegt bloß am Gefunzel der altersschwachen Glühbirne.*

»Erkläre es mir!« Ich hebe den Spaten noch ein wenig höher. Das scharfe Ende der Schaufel glänzt gefährlich im Licht. »Und zwar so, dass ich es verstehe, okay? Was ist passiert? Da war eben noch ein Tier. Ich meine, vorhin. Bevor ich eingeschlafen bin.«

Er starrt mich immer noch an. Seine Augen sind wirklich rabenschwarz, genauso wie die dichten, fast gerade verlaufenen Brauen. Keine Ahnung, was ihn derart gespenstisch wirken lässt. Vermutlich ist es irgendetwas unter der Haut. Etwas, das man nicht sieht, sondern nur fühlt.

Der Körper des Mannes verwandelt sich in eine straff gespannte Bogensehne. Muskeln und Sehnen treten hervor, etwas Raubtierhaftes blitzt in seinen Augen auf. Ich ahne, dass er schnell sein wird, wenn er sich einmal zur Flucht oder zum Angriff entscheidet. Verdammt schnell sogar.

Lauf weg!, schreit mein Verstand. *Raus zur Tür! Na los doch. Oder schrei wenigstens nach Finley.*

Ich versuche mich an Letzterem, aber aus meinem Mund kommt nur ein Krächzen. Oh, dieser verdammte Körper! Er gehorcht mir nicht. Scheiße, verfluchte! Hat mich mein Bruder monatelang in Selbstverteidigung unterrichtet, damit ich jetzt wie angewurzelt stehen bleibe?

Meine Gedanken rattern.

Es ist eine Sache, einen sterbenden Seehund bei sich aufzunehmen, aber ein ganz anderes Kaliber, wenn aus dem Tier plötzlich ein Mensch wird. Wir werden mächtigen Ärger bekommen. Auf die eine oder andere Art. Vielleicht ist er ein geflohener Verbrecher. Oder das Opfer eines Gewaltaktes. Und der, der ihm das angetan hat, ist gerade auf dem Weg hierher, um Nägel mit Köpfen zu machen.

Na klar, kommentiert die zynische Stimme meiner Vernunft. *Er ist nackt und schwer verletzt in den Schuppen gestolpert, hat den Seehund gehäutet, den Kadaver entsorgt und dich anschließend halb zu*

Tode erschreckt. Klingt absolut logisch. Da ist sogar die Selkie-Theorie nachvollziehbarer.

»Wer bist du?« Ich packe den Spaten noch fester. »Letzte Chance, oder ich rufe die Polizei.«

Und wie?, höhnt meine Vernunft. *Dein Smartphone liegt im Haus. Außerdem stehst du da wie eine Salzsäule! Beweg dich, Mari! Beweg dich!*

Ich mustere den Kerl.

Der Kerl mustert mich.

Er sieht blass und müde aus, aber davon abgesehen scheint er vor Kraft nur so zu strotzen. Wahrscheinlich ergreift er nur nicht die Flucht, weil er von der Situation komplett überfordert ist. Toll. Damit sind wir schon mal zu zweit.

»Ich hole jetzt meinen Bruder!« Als ich es endlich schaffe, einen Schritt in Richtung Tür zu vollführen, drückt sich der Fremde gegen die Schubkarre und gräbt seine Finger in das Seehundsfell. Ich versuche zu ignorieren, dass die weißen Strähnen in seinem Haar denselben metallischen Glanz besitzen wie der Pelz. »Rühr dich nicht vom Fleck, verstanden?«

»Nein«, erklingt plötzlich eine leise, sanfte Stimme. »Ich werde weg sein, wenn du wiederkommst.«

»Äh … aber …«

»Ich gehe.«

Als er sich hochstemmt, hole ich instinktiv mit dem Spaten aus. Was mir nicht viel nützen wird, wenn dieses Kraftpaket wirklich zum Angriff übergeht. *Scheiße, scheiße, scheiße!*

»Ich tue dir nichts.« Der Kerl hebt beide Hände. »Versprochen.«

Mir wird schwindelig vor Panik. Ich sehe zu, wie sich der Fremde gänzlich aufrichtet, einen unsicheren Schritt nach vorne vollführt – und wie ein Kartenhaus zusammenklappt. Ich schaffe es gerade noch, den Spaten wegzuwerfen und seinen Sturz halbwegs abzufangen. Gemeinsam sinken wir zu Boden, und auf einmal liegt er schwer und bewusstlos in meinen Armen. Seine plötzliche Nähe schockiert mich. Lieber Himmel, er fühlt sich an wie kalter, glatter Stein.

»Finley!«, schreie ich aus vollem Hals. »Verdammt, schieb deinen Hintern in den Schuppen! Finley?«

Hilflos tasten meine Hände über die Haut des Fremden. Jeder Muskel ist verkrampft. Ich spüre die harten, knotigen Stränge unter meinen Fingern und kann nur mutmaßen, wie viel rohe Kraft in diesem Körper steckt.

Déjà-vu.

Aus heiterem Himmel überkommt mich ein seltsames Gefühl. Es ist, als wäre mein Leben auf genau diesen Moment hinausgelaufen. Als hätte mich jemand aus einem tiefen Schlaf gerissen und mir die Antwort auf eine brennende Frage präsentiert. Nur dass ich weder die Antwort noch die Frage kenne. *Noch* nicht.

Ich rufe erneut nach meinem Bruder.

So laut, dass ich Halsschmerzen bekomme.

Und diesmal hört er mich.

Finley trägt den Fremden in das Haus, als besäße er das Gewicht einer Feder. Kein Wunder. Die einzige Sache, die mein Bruder noch lieber mag als gutes Essen und unsere Gärtnerei, ist sein Fitnessstudio im Keller.

»Das ist doch nicht dein Ernst, Mari!« Vorsichtig bettet er ihn auf das Sofa, tastet fachmännisch die Stelle um die Wunde herum ab und breitet schließlich eine Decke über ihm aus. Das Gesicht meines Bruders ist feuerrot. Sicher nicht wegen der Anstrengung, sondern weil er gerade einen Mann im Adamskostüm durch die Gegend getragen hat. »Was ist im Schuppen wirklich passiert?«

»Das wüsstest du, wenn du bei mir gewesen wärst!« Ich ziehe meinen schneebestäubten Pullover aus, lege ihn über die Heizung und schlüpfe als Nächstes aus den Schuhen. Finley tut es mir gleich, dann nehmen wir wieder vor dem Sofa Aufstellung und tauschen finstere Blicke aus.

»Entschuldige«, sagt mein Bruder gedehnt. »Ich habe wirklich nur kurz die Mails beantwortet, aber als ich durchschnaufen und überlegen wollte, was wir mit dem Seehund machen, da bin wohl … na ja, eingeschlafen.«

»Die ganze Nacht lang?«

»Ich sagte doch, dass es mir leidtut. Verdammt, wenn er dir etwas angetan hätte …«

»Hat er aber nicht. Warte, ich hole noch schnell das Fell.«

»Aber …«

Ohne auf Finleys Protest zu achten, renne ich zurück in den Schuppen und hebe den Pelz auf. Da fällt mir ein kleiner, blutverschmierter Gegenstand ins Auge, der auf der Decke liegt. Als ich ihn zwischen den Fingern hin- und herrolle, sehe ich, dass es eine deformierte Kugel ist. Mit Sicherheit hat sie vorhin noch im Seehund gesteckt. Und dann? Das Tier kann sie sich wohl kaum selbst entfernt haben, was bedeutet … nein! Darüber zerbreche ich mir später den Kopf. Zusammen mit meinem Bruder.

Ich hetze in das Haus zurück, lege das zusammengerollte Fell vor das Sofa und zeige Finley die Kugel.

»Er hat sie ihm rausgepult?«, mutmaßt mein Bruder.

»Echt jetzt?«

»Warum denn nicht?«

»*Nachdem* er den Seehund gehäutet und *bevor* er den Kadaver entsorgt hat?«

»Nein.« Finley schüttelt den Kopf. »Nein, nein, nein. Es gibt keine Selkies. Schluss und aus.«

»Dann erkläre mir das Ganze.« Ich gehe zur Spüle, wasche mir sorgfältig die Hände und lege die saubere Kugel in ein Schälchen. Dann kehre ich zu meinem Bruder zurück und starre ihn herausfordernd an. »Na? Fällt dir irgendetwas Sinnvolles dazu ein? Mir nämlich nicht.«

»Mir auch nicht. *Noch* nicht. Wir müssen einen Krankenwagen rufen. Oder ihn selbst in die Klinik fahren. Die Verletzung sieht zwar halbwegs okay aus und er scheint auch keine inneren Blutungen zu haben. Aber die Sache gefällt mir nicht.«

»Mein Bauchgefühl sagt, dass das eine schlechte Idee ist.«

»Hat er gesagt, dass er keinen Arzt will?«

»Nein, aber …«

»Hat er überhaupt etwas gesagt?«

»Ja. Dass er gehen will.«

»Weiter nichts?«

»Er hat noch gesagt, dass er mir nichts tun wird.«

»Wunderbar. Ganz toll. Vielleicht ist ihm die Polizei auf den Fersen. Möglicherweise habe ich gerade einen Verbrecher in unser Haus getragen.«

»Das glaube ich nicht.« Ich deute auf das Fell. »Es gibt keine rationale Erklärung dafür, oder? Wenn wir alle Fakten zusammenzählen, bleibt nur das Unmögliche übrig.«

»Na ja, du hast nicht gesehen, wie er sich verwandelt hat. Du hast geschlafen. Es ist viel Zeit vergangen, in der dieser Kerl alles

Mögliche getan haben könnte, und es gibt hochgradig irre Menschen. Das kannst du mir glauben.«

»Ja. Aber das alles ... verdammt, Finley! Es ist trotzdem seltsam. Es ist mehr als seltsam. Ich meine, diese Wunde ... sie liegt genau an der Stelle, an der das Tier verletzt gewesen ist. So ungefähr jedenfalls. Wenn man unterstellt, dass sich ein Seehund in einen ... ähm ... Menschen verwandelt, dann müsste das Loch genau dort sein, wo es ist. Oh, Scheiße. Ich klinge komplett bescheuert.«

Finley schnaubt. »Allerdings.«

»Aber sieh ihn dir doch mal an! Findest du nicht, dass er etwas Seltsames an sich hat?«

Mein Bruder schluckt. Sein Gesicht wird noch eine Spur röter. »Ja. Er sieht schon irgendwie gespenstisch aus. Verdammt hübsch gespenstisch, wenn du verstehst, was ich meine. Aber das besagt gar nichts.«

»Und diese weißen Haarsträhnen ...«

»... schimmern metallisch«, nuschelt Finley. »Genauso wie das Fell. Aber ... nein! Selkies sind ein Märchen. Eine Legende. Nur Hirngespinste.«

Ich nicke, während wir gemeinsam auf unseren Gast hinunterstarren. »Sein Atem geht regelmäßig«, sagt mein Bruder und lüpft die Decke, um noch einen Blick auf das vermeintliche Schussloch zu werfen. »Das ist schon mal gut. Aber ... ach du Scheiße!«

»Was?«

»Sieh dir das an. War das Loch vor ein paar Minuten nicht doppelt so tief?«

»Ich ... ähm ...«

»Das Ding heilt. Und zwar im Zeitraffer.«

Mir entkommt ein Schnauben. »Jetzt bin ich mal gespannt, wie du das rational erklären willst.«

»Ich kann *gar nichts* an dieser Sache erklären. Schon gar nicht rational. Puh, meine Güte. Der Kerl hat wirklich kein Gramm Fett zu viel. Im Gegensatz zu mir. Dabei trainiere ich jeden Tag.«

»Ja. Und nach dem Training verputzt du zwei Pizzen und sämtliche Reste vom Vortag. Plus Chips und Erdnusseis.«

»Ich brauche Energie für den Muskelaufbau.« Finleys Stimme nimmt einen hohen, jämmerlichen Ton an. Ich weiß, warum er plötzlich Small Talk betreibt. Dummerweise wirkt es nicht im Geringsten beruhigend. Weder bei ihm noch bei mir.

»Okay.« Er rauft sich die Haare und läuft ein paar Mal im Kreis herum. »Bleib jetzt ganz ruhig. Nur nicht durchdrehen. Das hat alles einen logischen, nachvollziehbaren Grund. Ich weiß zwar nicht welchen, aber das kriegen wir schon raus.«

Er bückt sich, hebt das Fell auf und entrollt es zu voller Größe. Dann beäugt er es ausgiebig von beiden Seiten. »Wenn alle denkbaren Antworten wegfallen, muss das Unmögliche in Betracht gezogen werden. Oder wie ging dieser Spruch noch mal? Ich meine, die Alternative klingt auch vollkommen bescheuert. Er hat den Seehund gehäutet, warum auch immer. Er hat die Kugel entfernt, den Kadaver beiseitegeschafft und sich anschließend splitterfasernackt wieder im Schuppen verkrochen. Zusammen mit dem Fell. Und dann hat er sich … ja, was? Diese Wunde selbst zugefügt? Eine Seehund-Bisswunde ist es jedenfalls nicht.«

»Klingt scheiße«, brumme ich.

»Ja. Allerdings.« Finley stöhnt, legt das Fell wieder zurück und stemmt seine Hände in die Hüften. »Bei allen guten Geistern, Mari! Das ist doch vollkommen irrsinnig. Vielleicht haben wir zu oft an der Trompetenblume geschnuppert. Ach, da fällt mir ein … hast du eigentlich die Geschichten gehört?«

»Was für Geschichten?«

»Es kommt immer häufiger vor, dass die Seehunde den Fischern die Netze zerbeißen. Und dann sind da noch ein paar aggressive Orcas, die ihr Unwesen weiter draußen treiben. Sie gehen strategisch vor und wissen sehr genau, wo sie die Boote beschädigen müssen, um maximalen Schaden anzurichten.«

»Ach so, diese Geschichten. Natürlich habe ich davon gehört. Aber … Moment! Denkst du etwa, sie werden angestiftet?«

»Keine Ahnung. Ich weiß überhaupt nicht, was ich denken soll. Sobald unser Treibgut aufwacht, muss er uns die Wahrheit erzählen. Notfalls zwingen wir ihn dazu.«

»Wie denn? Willst du ihm ein Messer auf die Brust setzen?«

»Wenn es nicht anders geht. Ich brauche Antworten, sonst drehe ich durch.«

Erneut wandern unsere Blicke von dem Fremden zum Fell und wieder zurück. Plötzlich komme ich mir unglaublich dämlich vor, weil ich tatsächlich in Betracht ziehe, dass auf unserem Sofa ein Fabelwesen schläft. Lange sehen wir ihn einfach nur an. Beobachten seinen Schlaf, das Zucken der Augäpfel unter den Lidern und das unwirkliche Glänzen der weißen Haarsträhnen. Manchmal dreht er den Kopf ein wenig hin und her, zweimal hören wir ein leises Seufzen.

»Was machen wir denn jetzt?« Wie immer, wenn ich nervös bin, ziehe ich die Ärmel meines Shirts lang und knülle die Enden zwischen den Fäusten zusammen. Finley zuckt mit den Schultern und kratzt sich zuerst am rotbraunen Haarschopf, dann am Sechstagebart. Währenddessen zieht er eine derart merkwürdige Grimasse, dass er mich an eine Mischung aus Ron Weasley und Jim Carrey erinnert.

»Wir müssen doch irgendwas machen.«

»Ja!«, faucht er ungehalten. »Ihn in ein Krankenhaus schaffen. Mir gefällt die Tatsache nicht, dass er immer noch bewusstlos ist.«

»Aber was, wenn …«

»Mari, er braucht einen Arzt. Egal, wer er ist oder wo er herkommt. Das Wichtigste ist, dass er am Leben bleibt.«

Mein Verstand stimmt zu, mein Bauchgefühl nicht. Natürlich braucht der Fremde Hilfe. Bessere Hilfe, als wir ihm geben können. Sonst tragen wir am Ende noch die Schuld an seinem Tod. Aber kaum betrachte ich wieder sein Gesicht und das weiß gesträhnte Haar, fühle ich die überwältigende Gewissheit, dass wir seine Existenz geheim halten müssen. Finley scheint ähnliche Gedanken zu wälzen, denn anstatt zum Telefon zu greifen, reibt er sich nur die Stirn und seufzt und grummelt vor sich hin. Genauso hat er ausgesehen, als sein Freund Sam ihm vor den Kopf geknallt hat, dass er in ein paar Stunden nach London fliegen und nicht zurückkommen wird. Wie damals ist sein Haar förmlich elektrisiert und steht in alle Richtungen ab.

»Wir sind echte Mondkälber, Mari. Das kommt davon, wenn man sich um einen ganzen Orchideendschungel kümmern muss. Ein paar von den Dingern geben bestimmt halluzinogene Wirkstoffe ab und haben uns das Gehirn vernebelt. Wer weiß, wo Mum und Dad sie damals aufgegabelt haben.«

»Hmm«, mache ich nur. Aus Finleys Arbeitszimmer erklingt sanfte Klaviermusik: George Winstons *December*. Unsere Lieblings-CD im Winter. Wenn ich die Miene meines Bruders richtig deute, denkt er wieder einmal an Sam. Eigentlich denkt er ständig an ihn. Selbst in den unpassendsten Momenten. So wie jetzt zum Beispiel.

»Fall nicht wieder in ein Loch, ja?«

Finley wirft mir einen mürrischen Seitenblick zu. »Ich trauere ihm nicht hinterher, okay? Ich bin nur wütend. Weil er es sich so verdammt einfach gemacht hat. Und weil er nicht mal versucht hat, um unsere Beziehung zu kämpfen. Ach, scheiß drauf. Ich weiß nicht, warum ich ausgerechnet jetzt … vergiss es einfach, ja?«

»Du weißt, dass er mit seinen schicken Klamotten und seiner Vorliebe für das quirlige Stadtleben weder zu dir noch zu dieser Insel gepasst hat. Ihr seid eine Verbindung eingegangen, die von vornherein zum Scheitern verurteilt gewesen ist. Was dich glücklich macht, hat ihn gelangweilt. Was Sam entzückt hat, war für dich ein Anlass, Kopfschmerzen zu bekommen.«

Er grinst schmerzerfüllt. »Weißt du noch, als ich die zwölf Gouldamadinen bei mir aufgenommen habe? Sam hat einen Tobsuchtsanfall bekommen.«

»Klar weiß ich das noch.« Ich verstelle meine Stimmlage, um das Gespräch zwischen Sam und Finley zu imitieren: »*Oh bitte! Sie scheißen alles voll! Schaff sie wieder weg! – Unsinn, Schatz. Sieh doch nur, sind sie nicht wunderschön? – Wenn sie die Möbel vollkacken, machst du sie sauber. – Ach was, sie werden uns in den Schlaf zwitschern. – Bestimmt übertragen sie widerliche Krankheiten. – Nun schau sie dir doch mal an, Liebling. Schau, wie hübsch es aussieht, wenn sie auf dem Frangipani-Busch sitzen. Und außerdem … wenn ich sie nicht genommen hätte, wären sie wieder in einem Käfig gelandet, der kaum größer als ein Schuhkarton ist. Oder in einem Zoo, wo sie geärgert und begafft werden. – Oh, bitte Finley! Auf sentimentale Gutmenschen wie dich sind diese Geier doch spezialisiert! Die haben dich verarscht, Mann! Siehst du? Gerade hat einer auf den Schaukelstuhl geschissen.*«

Mein Bruder gluckst. Mehr verzweifelt als amüsiert, aber immerhin. »Warum habe ich mich bloß in ihn verliebt?«

»Keine Ahnung. Vielleicht, weil Gegensätze sich anziehen?«

»Sam hätte sich Handschuhe angezogen und das Fell mit spitzen Fingern in den Müll geworfen. Und dann hätte er die Kavallerie gerufen, damit sie den brandgefährlichen, geistesgestörten Wilden einsacken und mitnehmen.«

»Wie gut, dass Sam nicht hier ist.« Ich bücke mich und streiche über das Fell. Jetzt, da es getrocknet ist, fühlt es sich wie Samt und Seide an. »Wunderschön, nicht wahr? Es ist weicher als unsere Kuscheldecken.«

»Hm hm«, brummt Finley, ohne den schlafenden Fremden aus den Augen zu lassen. »Weißt du was, Mari? Genauso würde ich sie mir vorstellen.«

»Was? Selkies?«

»Ja.« Er legt den Kopf schief. »Je länger ich ihn mir anschaue, umso seltsamer sieht er aus. Ich meine, *fabelwesenseltsam.*«

Ich halte den Atem an, als sich mein Bruder tatsächlich traut, den Fremden zu berühren. Zuerst streicht er ihm über die Haare, dann legt er eine Hand auf seine Schulter. »Halt mich für verrückt, Mari, aber er fühlt sich nicht so an, wie er sich anfühlen sollte. Die Haare zum Beispiel. Sie besitzen eine ganz merkwürdige Struktur.«

»Was meinst du?«

»Sie fühlen sich nicht wie Haare an. Eher wie wasserabweisendes Fell. Seehundsfell. Nur in lang. Und die Haut … schau mal, man sieht nicht einmal Poren. Das ist nicht normal. Ich frage mich …«

Finley zögert, dann schiebt er mit Daumen und Zeigefinger vorsichtig die Oberlippe des Fremden hoch. »Ach du Kacke!«

Eine Sekunde lang sehe ich, was ihn so erschreckt: Da sind spitze Eckzähne. Sechs an der Zahl. Zwei lange, eingefasst von jeweils zwei kürzeren.

Mein Bruder springt zurück, schlägt eine Hand auf seinen Mund und keucht. »Oh Mann! Oh Mann! Oh Mann!«

»Vielleicht hat er sie nur spitz feilen lassen?«

»Nein. Das hätte ich gesehen. Die dort … die sind echt.«

»Aber wenn er wirklich ein … ich meine, wenn es wirklich Selkies gibt, dann … puh! Ich glaube, ich brauche einen Kaffee. Das ist mehr, als ich im Moment verarbeiten kann.«

»Ich brauche keinen Kaffee, sondern was Stärkeres.«

Während mein Bruder in der Küche verschwindet und die Zutaten für einen *Irish Coffee* zusammenstellt, bleibe ich neben dem Sofa stehen. Wie der Fremde so vor mir liegt … seltsam und unwirklich … ein Wesen, erschaffen aus den Träumen und Sehnsüchten der Menschen … aus Gischt und Mondschein … ach, du liebe Güte! Ich schüttele den Kopf. Reibe mir die Schläfen. Versuche, mich aus dem sonderbaren Sog freizukämpfen, der plötzlich über mich gekommen ist. Schließlich schaffe ich es, mich loszureißen, gehe zum Computer, räume Papierstapel und Kaffeebecher beiseite und rufe *Google* auf. Mein Herz klopft, als ich zu tippen beginne. Hinter mir höre ich Finley leise fluchen.

»Verdammte Hundekacke! Bockmist! Das kann doch nicht wahr sein! Ach, so eine hirnverbrannte Scheiße! Mari?«

»Was?«

»Wir könnten unseren Hausarzt anrufen.«

»Dougal?«

»Ja. Er wird das verstehen. Er ist in Ordnung. Vielleicht spinnen wir einfach nur, und der Kerl auf unserem Sofa ist nur ein komischer Mensch. Und wenn nicht, dann sitzt Dougal eben mit im Boot.«

»Lass uns noch etwas warten, okay? Nur noch eine halbe Stunde. Wenn er dann immer noch weggetreten ist, rufen wir Dougal an. Sind Atem und Puls in Ordnung?«

Finley geht zum Sofa, beugt sich über den Schlafenden und nickt mir zu. »Er scheint okay zu sein. Ich gebe keine Garantie, aber im Moment siehts gut aus. Trotzdem sollten wir nicht mehr lange warten.«

»Halbe Stunde.«

»Meinetwegen.«

Ich tippe vier Buchstaben in die Suchmaschine ein.

Selk|

Der Cursor blinkt spöttisch. Jetzt fange ich endgültig an zu spinnen. Ach, wäre doch nur Großmutter Ellen noch am Leben. Sie ist ein Mensch gewesen, der noch an die alten Geschichten geglaubt hat. Ich meine, wirklich geglaubt. In dem Sinne, dass sie jedes Mal, bevor Großvater zum Fischfang hinausgefahren ist, zu den Geistern und Göttern des Meeres gebetet hat. Ihrer Meinung nach waren Selkies, Meerjungfrauen und Kelpies genauso real wie die Feen in den Hügeln und die Klabauter auf den Schiffen.

Ich vermisse sie.

Aus tiefstem Herzen.

Denn Ellen ist eine Fischersfrau gewesen, wie sie im Buche steht. Verliebt in die See und in alle Legenden, die der salzige Wind jemals erzählt hat. Warum nur habe ich ihr damals nicht häufiger zugehört? Warum habe ich viel zu oft lieber vor dem Computer gehangen, anstatt zu ihr zu gehen?

Glaube mir, Mari, würde sie jetzt sagen. *Die Geschöpfe aus unseren Märchen leben immer noch dort draußen. Versteckt hinter Wellen, Nebel und Dunkelheit. Sie sind Segen und Fluch zugleich, je nachdem, ob wir uns ihre Achtung verdienen oder nicht.*

Ich seufze und tippe die letzten zwei Buchstaben ein.

Selkie!

Hinter mir stampft Finley in die Küche und gießt sich einen Riesenbecher *Irish Coffee* ein. Dem Geruch nach zu urteilen, besteht das Zeug mehr aus Rum als aus Kaffee. Dann setzt er sich auf die Sofakante, rauft sich mit der freien Hand das zu Berge stehende Haar und mustert unseren schlafenden Gast, als könne er das Geheimnis aus ihm herausstarren.

»Alles okay?«

»Ja«, brummt Finley. »Den Umständen entsprechend.«

»Gut.«

Immer wilder wirbeln die Gedanken und Theorien in meinem Kopf herum. *Kann es wirklich sein? Ist er ein verdammter Seehundmensch? Oder doch ein Verbrecher? Was, wenn man uns wegen unterlassener Hilfeleistung anklagt? Oder wegen Beherbergung eines kriminellen Subjektes? Womöglich ist er auch ein ausgebrochener Geisteskranker.*

Ich recke den Hals und musterte unseren Gast. Wie ein Verbrecher oder ein Geisteskranker sieht er nicht aus, aber was sagt das Äußere schon über das Innere aus? Gar nichts.

Draußen nimmt der Sturm noch einmal an Stärke zu. Die Brandung rauscht und tost, die Fensterläden klappern. Normalerweise liebe ich solche Geräusche, aber diesmal erinnern sie mich an die Melodie von *Spiel mir das Lied vom Tod.*

»Wie gut, dass heute Sonntag ist.« Finley stellt seinen leeren Becher ab. »Mann, so schnell habe ich noch nie meinen *Irish Coffee* ausgetrunken. Ich glaube, ich brauche noch einen. Nein … warte, besser nicht. Ich merke jetzt schon, dass ich komisch werde.«

»Ist immer noch alles in Ordnung?«

»Ja. Bitte frag mich nicht ständig. Wenn sich etwas ändert, sage ich dir Bescheid.«

»Ich frage dauernd«, schnappe ich zurück, »weil wir sowieso schon genug Sorgen am Hals haben und ich ein bisschen im Panikmodus bin.«

»Ja«, knurrt er. »Bin ich auch. Willst du nach Selkies googeln?«

»Hm hm. Vielleicht finde ich etwas Hilfreiches, das ich noch nicht weiß.«

»Etwas *Hilfreiches*? Indem du nach legendären Seehundmenschen googelst? Oh Mann. Das wird ein toller Tag. Ich sehs schon.«

»Hast du eine bessere Idee?«

»Nein.« Finley wirft mir einen bekümmerten Blick zu. Seit unsere Gärtnerei in Pierowall nicht mehr gut läuft, ist er genauso unausgeglichen wie ich. Aber was sollen wir an der Tatsache ändern, dass ganz in unserer Nähe ein Supermarkt mit billigem Pflanzen- und Blumenangebot aufgemacht hat? Inzwischen reichen unsere Einnahmen kaum noch, um die Schulden abzuzahlen und mehr schlecht als recht über die Runden zu kommen. Wenn es so weiterläuft, verlieren wir früher oder später unseren gemeinsamen Traum, und daran möchte ich nicht einmal denken.

Ich richte meinen Blick wieder auf den Bildschirm.

5.710.000 Einträge zum Suchwort *Selkie*.

Wow. Wer hätte das gedacht?

Während ich mich durch die Ergebnisse klicke, bediene ich mich an der Keksschachtel, die immer neben dem Computer steht. Finley und ich sind unverbesserliche Naschkatzen. Aber weder mein Bruder noch ich gehen deswegen in die Breite. Gut, er verfügt über ein niedliches Bäuchlein und ein paar Hüftrollen, aber davon abgesehen ist er rank und schlank. Und ich? Nun ja, niemand nimmt mir ab, dass ich leidenschaftlich Butterkekse, Torten und Desserts verspeise, getrieben von der Hoffnung, endlich ein paar Kurven zu bekommen.

»Lies mal was vor«, ruft mein Bruder. »Ich brauche Ablenkung.«

»Hm. Okay. Ich finde aber nicht viel Neues. Das meiste wissen wir schon. Selkies sind insbesondere auf den Orkney- und den Shetlandinseln anzutreffen.«

»Da haben wir schon mal einen Treffer.«

»Tagsüber schwimmen sie in Tiergestalt durch das Meer, nachts legen sie ihr Fell ab und werden zu Menschen. Es heißt, sie sehnen sich immer nach dem, was sie nicht haben: Als Tier im Meer verzehren sie sich nach dem Land, aber gehen sie auf zwei Beinen über feste Erde, vermissen sie das Meer.«

»Klingt sehr menschlich, wenn du mich fragst. Ich meine, immer das zu wollen, was man gerade nicht hat.«

»Stimmt.« Ich gehe zum nächsten Artikel. »Also, man nennt Selkies auch *Silkies, Selchies* oder *Roane*. Hier ist eine Legende, die behauptet, dass Seehundmenschen armen Fischern mit ihrem Gesang reiche Beute bringen und aufrichtige Menschen vor den Gefahren der See beschützen. Im Gegensatz zu den üblicherweise feindlich gesinnten mythologischen Meereskreaturen sollen Selkies über eine sanfte Seele verfügen. Hmm ... okay, im nächsten Eintrag heißt es, dass sich Seehundmenschen nur einmal im Jahr an Mittsommernacht verwandeln können. Andere Geschichten sagen, dass es jede neunte Nacht ist. Auf jeden Fall scheinen sie gerne im Mondlicht zu tanzen, und während weibliche Selkies von erlesener Schönheit sind, besitzen männliche Selkies eine untersetzte und hässliche Menschengestalt.«

»Hm«, macht Finley. »Das trifft auf unser Treibgut schon mal nicht zu. Was aber weder etwas beweist noch widerlegt.«

»Stimmt.« Ich verspeise einen Keks, bevor ich weiterscrolle. »Die Selkie-Legende weist Ähnlichkeiten mit den Erzählungen über die japanischen Himmelsfeen auf, welche vom Firmament herabsteigen und ihr wunderschönes Kleid ablegen, um die Gestalt eines Menschen anzunehmen. Ohne das Gewand ist es ihnen nicht möglich, in den Himmel zurückzukehren. Stirbt ein Selkie in Menschengestalt, kann man ihn wieder zum Leben erwecken, indem man seinen Körper dem Meer übergibt. Er verwandelt sich in einen Seehund, verliert jedoch die Fähigkeit, erneut zum Menschen zu werden. Oh, pass auf. Das hier wird dir gefallen: Wenn eine Menschenfrau sieben Tränen in das Meer weint, kommt ein Selkiemann aus den Wellen und gehört eine Nacht lang ihr.«

Finley schnaubt. »Ich dachte, Selkiemänner sind untersetzt und hässlich. Warum sollte eine Frau so jemanden herbeirufen wollen? Und funktioniert es nur, wenn ein weiblicher Mensch weint? Das ist doch Quatsch.«

»Ach? Sag bloß!«

»Tja, wenn die Legende falschliegt und männliche Selkies so aussehen wie er, würde ich mich glatt zwiebelschälend ans Meer setzen.«

»Es wird noch besser. Pass auf. Wenn ein Mensch einen Selkie an sich binden kann, wird er ihn beglücken, wie es niemand sonst vermag. Aber im ersten Morgengrauen kehrt er in das Meer zurück und nimmt die Erinnerung an die gemeinsame Nacht mit sich.«

»Das ist unfair.«

»Allerdings. Oh, hier steht wiederum, dass männliche Seehundmenschen sehr gut darin sind, Frauen zu verführen. Insbesondere jene, die mit ihrer Ehe unglücklich sind.«

»Das ist ja wohl logisch. Ich meine, dass eine Frau, die ihren Ehemann nicht leiden kann, leichter zu verführen ist als eine glücklich verliebte. Sag mal, kann es sein, dass sich die Legenden widersprechen?«

»Ist es nicht immer so? Übrigens sollen Selkiefrauen hervorragende Eheweiber abgeben. Nicht nur, dass sie wunderschön anzusehen sind, sie besitzen auch noch viele andere Talente, sind sanftmütig und gelehrig und tun alles, um ihren Gatten zufriedenzustellen. In erster Linie, um zu erfahren, wo er ihr Fell versteckt hat.«

»Also ist es keine echte Liebe.«

»Wie auch? Immerhin beruht das Verhältnis auf einer Entführung. Er beraubt sie ihrer Freiheit.«

»Tja«, macht Finley. »Steht da irgendetwas über die Herkunft der Selkies?«

»Ja. Es gibt eine Menge Theorien. Zum Beispiel soll vor langer Zeit ein Schiff der Spanier auf das Riff gelaufen sein. Die Toten und Verletzten trieben im Wasser, und ihr dunkles Haar soll die Einheimischen an Robben oder Seehunde erinnert haben. Eine andere Geschichte verweist auf die Finnen, die Seehundsfelle als Kleidung tragen und in Kajaks reisen.«

»Wie bitte?« Finley gluckst. »Da muss aber jemand extrem kurzsichtig gewesen sein.«

»Vermutlich. Und dann gibt es noch die Mutmaßung, dass gefallene Engel in das Meer gestürzt sind und sich in Selkies verwandelt haben.« Ich klicke auf eine weitere Seite und scrolle mich durch den Text. »Oh, das hier ist auch interessant. Hier steht, dass sich Robbenvölker aus jenen heidnischen Seelen zusammensetzen, die im Fegefeuer brennen, nachdem das Christentum den ursprünglichen Glauben verbannt hat. Sie sollen auf ewig zwischen zwei Welten gefangen sein. Aber eine der populärsten Theorien besagt, dass es sich bei den Selkies um die Geister ertrunkener Seeleute handelt. Jedes Jahr wird ihnen eine Nacht gewährt, in der sie sich in Menschen verwandeln und am Ufer des Meeres tanzen dürfen.«

»Klingt, als wären sie die perfekten Charaktere für romantische Tragödien.«

Mir schwirrt der Kopf. Ich wühle mich noch ein wenig durch die Texte, schalte schließlich den Computer aus und setze mich in einen der Sessel. Unser Gast schläft immer noch ruhig und tief.

»Wie sieht die Verletzung aus?«

Mein Bruder schüttelt den Kopf. »Ich traue mich nicht, nachzugucken.«

»Dann mache ich das eben.« Als ich die Decke lüpfe, sehe ich nur noch eine verschorfte Stelle. Kein Loch mehr. Ich sage nichts dazu, lasse die Decke wieder sinken und gehe zurück in meinen Sessel.

»Und?«

»Frag besser nicht«, erwidere ich nur.

Gut. Okay. Das hier geht definitiv nicht mit rechten Dingen zu. Was bedeutet, dass wir das Unmögliche ernsthaft in Erwägung ziehen müssen.

Das da ist kein Mensch. Die Worte kreisen wie Wespen in meinem Kopf herum. *Kein Mensch! Kein Mensch! Kein Mensch!*

Herrgott, ich brauche Schlaf. Aber vielleicht schlafe ich schon längst und träume mir das alles zusammen. Aus purer Verzweiflung schließe ich die Augen, und als hätte mein Körper nur darauf gewartet, drifte ich fast augenblicklich in dumpfe, zähe Schwärze hinab. Vermutlich eine Schutzreaktion meines Verstands, um nicht gänzlich …

Rumms!

Ein lautes Poltern lässt mich hochfahren.

»Was zum …?«

Ich sehe einen Schatten, der nach dem Fell greift und in Richtung Tür huscht. Unser Treibgut drückt die Klinke nach unten, rüttelt an der verschlossenen Tür, fährt zu uns herum und fletscht scharfe Raubtierzähne.

»Heilige Scheiße!« Finley springt auf und will den Burschen packen, warum auch immer. Aber der stößt ein solch böses und angriffslustiges Knurren aus, dass mein Bruder sofort wieder zurückzuckt. Lieber Himmel! Bisher hat der Kerl nicht allzu Furcht einflößend ausgesehen, aber jetzt jagt mir sein Anblick eine Heidenangst ein. Mordlust flackert in den schwarzen Augen. Vielleicht ist es auch nur Panik. Keine Ahnung.

»Nicht!«, schreit Finley, aber da wirft sich der Fremde auch schon mit voller Wucht gegen die Tür. Es kracht ohrenbetäubend, doch das Holz hält stand. Ich höre ein kehliges Geräusch, in dem sich Wut und Frustration vermischen, dann huscht der Kerl zum nächstbesten Fenster. Ich begreife, dass er es einschlagen wird, aber da geht Finley erneut zum Angriff über, packt ihn von hinten und wendet einen seiner Klammergriffe aus dem Kampfsport an.

Normalerweise hält mein Bruder selbst durchtrainierte Zwei-Meter-Kerle in Schach. Immerhin hat er jahrelang Karate und Wing-Tsun trainiert. Aber als sich der Fremde zu wehren beginnt, hat Finley große Mühe, ihn im Zaum zu halten. Keuchend und stöhnend rollen sie auf dem Teppich herum, während der Kerl wie eine Wildkatze zappelt, knurrt und faucht und um sich schlägt, ohne das Fell loszulassen.

»Komm wieder runter, Mann«, ächzt mein Bruder. »Beruhige dich. Alles ist gut. Ich lasse dich raus, wenn du das willst. Aber hör auf, unser Haus zu demolieren.«

Dummerweise lösen seine Worte das genaue Gegenteil aus. Der Fremde tobt nur umso hemmungsloser und bringt Finley innerhalb weniger Sekunden an die Grenzen seiner Belastbarkeit. Es ist ein absurder Anblick, wie die beiden Männer ineinander verkeilt durch das Wohnzimmer rollen, schwitzend und schnaufend und knurrend. Es sieht ganz danach aus, als würde der Kerl gewinnen. Finley schwitzt aus allen Poren, der Griff seiner Arme wird schwächer. Aber als der Fremde kurz davor ist, sich zu befreien, sinkt er plötzlich in sich zusammen. Ganz so, als wäre ihm von jetzt auf gleich die Puste ausgegangen. Statt Wut und Mordlust sehe ich plötzlich nur noch nackte Panik in seinen Augen.

Erst jetzt begreife ich, dass ich einen Stuhl in der Hand habe. Und dass ich drauf und dran gewesen bin, ihn über den Schädel des Kerls zu ziehen. Ich erschrecke vor mir selbst, halte meine provisorische Waffe aber weiterhin griffbereit.

»Lass ihn los, Finley!«, rufe ich.

»Was?«, schnauft mein Bruder.

»Ich sagte, du sollst ihn loslassen.«

»Mari! Er wird uns umbringen und das Haus in Kleinholz verwandeln.«

»Nein. Das wird er nicht. Er ist bloß traumatisiert.«

»Wie bitte?«

»Deine Umklammerung lässt ihn so ausrasten. Glaube ich jedenfalls. Also lass ihn los.«

»Du *glaubst?*« Finley schnaubt, löst aber seinen Griff. Zwei Sekunden lang rührt sich der Fremde nicht, als könne er nicht begreifen, dass der Kampf zu Ende ist. Dann rappelt er sich hoch, drückt das Fell gegen seine Brust und schwankt zur Tür.

»Nicht wieder ausflippen, ja?« Auch mein Bruder steht auf, nimmt den Schlüssel vom Haken an der Wand und schließt auf. »Siehst du? Es ist alles okay. Friede, Freude, Eierkuchen. Verschwinde einfach und weide mich nicht aus, okay?«

Ich lasse den Stuhl sinken und stelle ihn wieder an seinen Platz zurück. Kaum öffnet Finley die Tür, faucht kalter Sturmwind herein und wirbelt Schneeflocken durch das Wohnzimmer. Zettel und Blätter fallen vom Schreibtisch, die Bilder an der Wand klappern.

»Nun geh schon«, zischt mein Bruder. »Mach, dass du wegkommst. Husch, husch!«

Der Fremde starrt uns an. Zuerst Finley, dann mich. Sein Körper ist immer noch angespannt, aber er scheint sich allmählich zu beruhigen. Irgendwo hinter dem nachtschwarzen Spiegel seiner Augen glaube ich sogar, einen Anflug von Dankbarkeit zu sehen.

»Ob er uns versteht?«, flüstere ich.

»Er hat doch schon mit dir geredet, oder nicht?«

»Ach so. Stimmt.«

Ich schaudere. Etwas wie Wehmut scheint im Blick des Fremden zu liegen, als würde ich eine bittersüße Erinnerung in ihm auslösen.

»Wohin willst du gehen?«, frage ich leise. »Hast du jemanden, der auf dich aufpasst? Du weißt schon, dass es dir noch nicht gut geht, oder?«

Der Kerl legt die freie Hand auf seine Seite. Dorthin, wo nur noch ein wenig Schorf und eine frische, rote Narbe zu sehen sind. Dann sagt er kaum hörbar: »Danke, aber ich muss gehen. Tut mir … leid … das alles.«

Ich schaudere erneut. Seine Stimme klingt wie ein ferner Windhauch. Ganz sanft und unwirklich, als hätte er seit Ewigkeiten nicht mehr gesprochen. Irgendetwas ist geschehen, das ihn gebrochen hat. Ich weiß es. Ich kann es spüren. Denn sein Blick ist der eines Menschen, der niemandem mehr vertraut. Kein Wunder, dass er ausgeflippt ist, als Finley ihn umklammert hat.

»Du willst wirklich gehen?« Seine offensichtliche Zerrissenheit tut fast körperlich weh. »Ganz sicher? Wie wäre es, wenn du dich noch ein bisschen ausruhst?«

»Mari …«, nuschelt Finley warnend. »Das ist keine gute Idee.«

Der Fremde legt den Kopf in den Nacken und wittert. Ja, er wittert wie ein Tier. Einen Moment lang sehe ich die spitzen Zähne hinter seinen leicht geöffneten Lippen und weiß, dass mein Bruder recht hat. Es ist besser, wenn der Kerl verschwindet. Auf Nimmerwiedersehen. Und als wäre auch ihm diese Erkenntnis gekommen, dreht er sich um und läuft in den Schneesturm hinaus. Bestürzt blicken wir ihm hinterher. Flocken schmelzen auf unseren Gesichtern, der Sturmwind heult und braust und trägt den Duft des winterkalten Meeres über das Land.

Und plötzlich, als das graue Wirbeln ihn fast verschluckt hat, dreht sich der Fremde noch einmal um und sieht mich an. Mein Herz gerät aus dem Takt. Kann es wirklich sein? Geht er zum Wasser und verschwindet in den Wellen? Wie die Geschöpfe aus den Märchen und Legenden?

Ich halte den Atem an. Der Kerl weicht zurück, ohne mich aus den Augen zu lassen. Und auf einmal löst er sich in Luft auf. Er wird einfach vom Schneefall und vom Nebel verschlungen, als wäre unsere Begegnung nur ein Traum gewesen.

»Ist das gerade wirklich passiert?«, flüstert Finley.

»Sieht so aus.«

»Tja. Unsere Großmutter wäre begeistert.«

»Denkst du wirklich, dass er ein … Selkie ist?«

»Nein. Eigentlich nicht. Ich bin ein Realist, okay? Aber … scheiße, Mari! Fällt dir eine bessere Erklärung ein? Er ist gerade splitternackt in einen Wintersturm hinausspaziert, als wäre es das Normalste der Welt. Und seine Verletzung ist geheilt. Sie ist einfach geheilt!« Er schnippt mit den Fingern. »Zack! Und weg!«

»Kacke.«

»Ja.« Finley stöhnt. »Das kannst du laut sagen.«

Pierowall, einen Tag später

Die Indische Gewürzrinde ist zu Unrecht kaum bekannt. Nicht nur, dass ihre gelben Blüten das Auge erfreuen, sie verströmt auch noch einen wunderbaren Duft nach gerösteten Nüssen, wenn man ihre Blätter vorsichtig zwischen den Fingern reibt. Genüsslich schnuppere ich an meinem neuesten Schützling, kontrolliere, ob alles in Ordnung ist, und gehe als Nächstes zu den Palmen weiter. Im ganzen Gewächshaus duftet es herrlich nach Blüten, feuchter Erde und Dünger. Es ist eine Welt für sich, abgekoppelt von der Wirklichkeit jenseits der Glaswände und seit jeher ein Ort, an dem ich alles vergessen kann. Ich lasse mir Zeit, schaue überall nach dem Rechten und beende meinen täglichen Rundgang in der Orchideenecke. Ein wahres Blütenmeer reckt sich mir entgegen, alle Pflanzen gedeihen prächtig. Ich lasse den Blick schweifen, nehme die Sprühflasche mit dem abgekochten Wasser und sorge für eine kleine Wellnessdusche.

Normalerweise fällt es mir im Gewächshaus nicht schwer, meine Gedanken ziehen zu lassen. Heute ist das anders. Unaufhörlich grübele ich über den Fremden nach, der einfach im Schneesturm untergetaucht ist. Was mag ihm widerfahren sein? Wo steckt er jetzt?

»Ein Selkie«, sage ich zu unserer seltensten Orchidee, deren bizarre Blüten an Fabelwesen erinnern. »Beim heiligen Kelpie! Das würde alles auf den Kopf stellen. Denn wenn es sie gibt, dann könnte in jedem Märchen ein wahrer Kern liegen.«

Lieber Himmel!

Rede ich allen Ernstes mit einer Pantoffel-Orchidee?

Ich schüttele den Kopf, wandere weiter und lausche der sanften Klaviermusik, die aus unsichtbaren Lautsprechern erklingt. Anstatt in den Laden zurückzugehen, mache ich einen weiteren Umweg und schnuppere am Lebkuchenbaum, am Eukalyptus und am weiß blühenden Sternjasmin, stecke meine Nase in den Duft cremegelber Ylang-Ylang-Blüten, malvenfarbener Rosen und dunkelroter Schokoladenblumen. An den Zweigen des Pfefferbaumes glänzen fleischige Beeren, Nässe tropft von den Wedeln der Dschungelpalmen und macht die warme Luft so schwer wie Samt.

Die meisten Pflanzen haben Mum und Dad zusammengesammelt und nachgezüchtet, bis das Geld irgendwann zu knapp geworden ist, um weiterhin durch die Welt zu reisen und nach exotischen Kostbarkeiten Ausschau zu halten. Ich beneide sie um ihre Abenteuer. Wie gerne wäre ich selbst durch Regenwälder und verwunschene Täler gestreunt, hätte tropische Inseln, unberührte Wälder und vergessene Oasen besucht. Mum und Dad haben das Gewächshaus zu etwas Einzigartigem gemacht, und jetzt schnappt uns ein langweiliger Supermarkt mit einfallslosen Blumen aus der Massenproduktion die Besucher weg.

Tja, so ist nun einmal der Lauf der Dinge. Alles verändert sich. Ob es einem gefällt oder nicht. Aber ich kann mir ein Leben ohne die Gärtnerei nicht vorstellen. Sie ist mein Traum. Nein, *unser* Traum. Und ich werde nicht zulassen, dass er zerplatzt.

Einen Moment lang setze ich mich auf die verschnörkelte Bank, die unter einem mit feuerfarbenen Kletterrosen überwucherten Bogen steht. Auf einem Beistelltisch im marokkanischen Stil stehen eine Keksschale und eine Kanne mit indischem Gewürztee. Beides fülle ich regelmäßig auf, weil die Kunden solche Zugaben zu schätzen wissen. Zumindest die meisten. Aber es gibt auch Menschen, die auf der Bank entspannen, sämtliche Kekse und den Tee plündern und wieder verschwinden, ohne etwas zu kaufen.

Finley und ich diskutieren oft darüber, ob wir dieser Angewohnheit einen Riegel vorschieben sollen oder nicht. Bisher haben wir uns immer dagegen entschieden, denn es gibt nur eine Methode, um gegen einen unschlagbar günstigen Supermarkt zu bestehen: Wir müssen den Leuten etwas Besonderes bieten. Etwas, dass sie in einem schnöden, handelsüblichen Laden nicht bekommen.

»Schon wieder ganz in Schwarz,« höre ich eine vertraute Stimme sagen. »Ach, Mari. Was machen wir nur mit dir?«

Ich stehe auf, stecke meine Hände in die Hosentaschen und grinse. Wie immer, wenn ich Olivers Aufzug sehe. Er ist so bunt und exotisch wie die Pflanzen um uns herum und vermutlich der einzige Inder auf Westray. Seine Latzhose besteht aus kunterbunten Flicken, darunter trägt er ein knallgelbes Langarmshirt und darüber eine froschgrüne Schürze, die mit unzähligen Flecken übersät ist. Seine langen Dreadlocks fallen ihm bis zur Hüfte und sind das reinste Kunstwerk. Nicht nur, dass die meisten Strähnen leuchtend bunt sind, er schmückt sie auch noch jeden Tag mit einer neuen Auswahl aus Holzperlen und Lederbändern. Dazu trägt er haufenweise Halsketten, Armbänder und Creolen. Alles in allem ist der Kerl ein Feuerwerk aus Farben. Ganz im Gegensatz zu mir.

»Wie lange willst du noch wie ein Maulwurf herumlaufen?« Oliver grinst und präsentiert zwei Reihen tadelloser Zähne, deren strahlendes Weiß von dem schwarzen, gestutzten Bart noch betont wird. »Versuchs mal mit Grüntönen. Die würden dir fantastisch stehen.«

»Momentan ist mir eher nach Schwarz.«

»Momentan?«

»Ach, lass mich in Ruhe. Ich mag es nun mal so.« Mit gespielter Empörung werfe ich meinen Zopf über die Schulter und funkele ihn an. Oliver funkelt zurück. Bis heute ist mir schleierhaft, warum er ausgerechnet hier gestrandet ist. Auf Westray, in einer schlecht laufenden Gärtnerei. Als studierter IT-Experte kann er überall auf der Welt arbeiten, aber das scheint ihn nicht zu interessieren.

»Ich verstehe«, sagt er gedehnt. »Dein Outfit harmoniert mit dem Winter der Insel. Du bist introvertiert, melancholisch und feinfühlig.«

»Ganz genau. Du bist der bunte Papagei, ich der Maulwurf.«

»Wenn du mich jetzt schon *bunt* findest, solltest du mich mal sehen, wenn ich ausgehe. Dann sehe ich nämlich aus wie ein verdammter Weihnachtsbaum aus Bollywood. Werde mir bloß nicht depressiv, ja? Sonst muss ich dir den Hintern versohlen, Schnuckiputz.«

»Nenn mich nicht *Schnuckiputz*.« Ich verpasse ihm einen Klaps auf den Hintern. Aber auch nur, weil ich weiß, dass Oliver das niemals falsch auffassen würde. »Außerdem weiß ich wirklich nicht, was du hast. Im Sommer trage ich bunte Sachen.«

»Ja. Wenn du Braun und Khaki zu bunt zählst.« Er deutet auf einen Bastkorb, in dem sich getrocknete Samenkapseln für Dekorationszwecke befinden. »Weißt du, Mari, du bist genauso wie diese Dinger.«

»Autsch!« Im Hintergrund tritt Finley gegen den Stamm eines Orangenbaumes, um anschließend, einen Daumen in den Mund gesteckt, auf der Stelle herumzuhüpfen. »Scheißteil, verdammtes!«

Wir grinsen, dann frage ich mein Gegenüber: »Was genau meinst du damit?«

»Na ja, du brütest fest verschlossen vor dich hin. Aber sobald die richtige Zeit kommt, sprengst du deine schützende Hülle und blühst auf. Es braucht nur die passende Motivation.«

»Wage es ja nicht, irgendwelche Verkupplungsversuche zu unternehmen. Sonst mische ich dir Gift in deinen Yogi-Tee.«

Oliver rollt mit den Augen, ich deute einen Tritt vor das Schienbein an. Dann marschiere ich zum Erste-Hilfe-Kasten, suche das Nötige heraus und verarzte meinen immer noch fluchenden Bruder. Inzwischen sehen seine Hände dank vierundzwanzig Jahren Gärtnerarbeit wie zwei Patchwork-Decken aus. Der neue Schnitt ist lang, aber nicht tief. Ich säubere ihn, klebe ein Pflaster auf und tätschele meinem Bruder die Schulter.

»Gehts wieder?«

»Ja. Danke, Mari. Was wäre ich nur ohne dich? Hört zu, ihr bringt noch schnell die Erde rein, dann schließen wir zu. Heute Mittag gibts wieder Unwetter, Kunden werden also keine mehr kommen.«

Oliver und ich nicken synchron, Finley dreht sich um und läuft mit flatternder Schürze zum überdachten Freibereich, der inzwischen fast leer geräumt ist. Wie auf Kommando wird der Schneefall wieder heftiger. Ich kann nicht einmal mehr die Boote sehen, obwohl das Gewächshaus in unmittelbarer Nähe zum Hafen liegt.

»Schade.« Oliver betrachtet eine Schneewehe, die sich auf der Wetterseite gegen das Gewächshaus schmiegt. »Ich hätte gerne im Pierowall Fish noch was gegessen.«

»Das holen wir nach.«

»Klar. Aber jetzt beeilen wir uns lieber, sonst müssen wir unter Palmen schlafen.«

Hastig erledigen wir die letzten Arbeiten, während es draußen stockdunkel und aus dem Brausen des Windes ein wütendes Heulen wird. In solchen Momenten, wenn die ganze Kraft der Natur über uns hereinbricht, wird mir nur umso deutlicher bewusst, dass wir am Ende der Welt leben. Auf einer Insel im hohen Norden, die mehr Tiere als Menschen beherbergt. Für so etwas muss man geboren sein. Ich kenne viele Leute, die vor Langeweile oder Einsamkeit fast durchgedreht sind und Westray nach kurzer Zeit wieder verlassen haben. Andere kommen hierher und blühen auf. Ich gehöre zur letzten Fraktion.

Ein Lächeln liegt auf meinen Lippen, während sich das Glas des Gewächshauses mit Eisblumen und Schneekrusten schmückt und aus den Lautsprechern *The Flower Duet* aus der Oper *Lakmé* erklingt. Eines meiner Lieblingsstücke. Jedes Mal, wenn ich über die tragische Liebe zwischen der Tochter eines indischen Brahmanenpriesters und eines englischen Offiziers nachdenke, bricht es mir fast das Herz. Von Anfang an ist die Verbindung zum

Scheitern verurteilt, aber die Schönheit und Tiefe ihrer Zuneigung bleibt unzerstörbar. Ganz gleich, was geschieht.

»Erde an Mari?« Oliver stupst mich an. »Hey, ist alles in Ordnung?«

»Was? Ja.« Verwirrt kneife ich mir in die Nasenwurzel. Schon wieder sehe ich die Augen des Fremden vor mir. So schwarz und abgrundtief. So wehmütig und traurig. Seine Geschichte werde ich niemals erfahren, und dieser Gedanke ist schmerzhafter, als er es sein sollte.

»Alles bestens«, murmele ich.

»Bist du dir sicher?«

»Ja.«

»Vielleicht sollten wir wirklich im Gewächshaus übernachten. Das da draußen sieht ziemlich übel aus.«

»Nein. Ich möchte lieber nach Hause.«

»Ach, du Einsiedlerkrebs. Was habt ihr eigentlich an Weihnachten gemacht? Ihr habt noch gar nichts darüber erzählt. Warte!« Er grinst breit. »Lass mich raten. Ihr habt gelesen, Filme geschaut, Musik gehört und Pflanzen betüddelt. Zu zweit. Nur du und die andere Miesmuschel, die kaum ihre Schalen auseinanderbekommt.«

»Ja.«

»Wow. Der Maulwurf ist heute richtig gesprächig. Wie gehts euren Piepmätzen?«

»Bestens.«

»Und was macht Andreas? Hat er immer noch so viel Pech?«

»Leider ja.« Ich seufze. Der arme alte Fischer, der quasi unser Nachbar ist, stolpert wirklich von einem Unglück in das nächste. Zuerst stirbt seine Frau, dann der einzige Sohn. Und jetzt bleiben auch noch die Netze leer, was bedeutet, dass er in absehbarer Zeit sein Haus und seinen Kutter verlieren wird. Trotzdem klagt Andreas niemals. Er nimmt sein Schicksal einfach hin, als wäre es unabwendbar.

Nun, vermutlich ist es das auch.

Neben Oliver und Finley ist der brummige alte Seebär der einzige Mensch, mit dem ich oft und gerne rede. Trotzdem bin ich seit mehreren Wochen nicht mehr bei ihm gewesen. Eine unverzeihliche Schande. Immerhin hat der Ärmste gerade jetzt ein paar aufmunternde Worte nötig.

»Du kennst ihn ja«, füge ich hinzu. »Wenn du ihn trösten willst, behauptet er, es ginge ihm gut. Und dann schenkt er dir Whisky ein. Ob es dir gefällt oder nicht.«

»Hm«, macht Oliver. »Armer alter Kauz. Wart ihr mal wieder mit ihm draußen?«

»Nein. Zu viel zu tun. Aber ich schaue morgen bei ihm vorbei. Meine Güte, wenn es so weiter schneit, müssen wir wirklich im Gewächshaus übernachten.«

»Sage ich ja.« Oliver zuckt mit den Schultern und zwirbelt eine Dreadlock-Strähne, die halb türkis und halb hellbraun gefärbt ist. Dann stößt er einen theatralischen Seufzer aus, schnappt sich die übervolle Schubkarre und wirft mir ein Zwinkern zu. »Ein lauschiger Abend unter Palmen. Nur du, Finley und ich. Wie romantisch.«

Wir grinsen uns an und verfrachten die letzten Säcke in das Lager. Währenddessen wächst eine Idee in mir heran. Sie ist absurd und verlockend und lässt mich nicht mehr los. Andreas wird sich freuen, wenn ich ihn mal wieder begleite. Er hätte Gesellschaft, und ich könnte draußen auf dem Meer nach einem weißen Seehund Ausschau halten.

Ach, was bin ich nur für eine Träumerin. Aber gut. So oder so ist es ein Erlebnis, mit dem Kutter rauszufahren, und ich habe meinen Lieblingsseebär schon viel zu lange nicht mehr begleitet. Dort draußen, wo es nur die Wellen und den Himmel gibt, ist alles so wunderbar fern. Unsere Geldsorgen. Finleys Liebeskummer. Und meine Angst vor der Zukunft.

»Ich kann euch ja mal wieder besuchen.« Oliver schnauft und keucht, nachdem er mehrere Sechzig-Liter-Säcke auf einen Stapel gepackt hat. »Sobald das Wetter in Ordnung ist.«

»Klar. Sag mal …«

»Ja?«

»Glaubst du eigentlich an Selkies?« Die Worte rutschen mir einfach so aus dem Mund. Ich grinse kläglich, in der Erwartung, dass Oliver mich auslachen wird. Aber er sieht mich nur an. Ernst, nicht spöttisch. Vielleicht sogar eine Spur zu ernst.

»Ich denke schon«, sagt er zaghaft, während ein eigenartiges Funkeln durch seine Augen huscht. »Früher, als ich herumgewandert bin, habe ich sogar mal einen gesehen.«

»Was?«

»Na ja, nicht wirklich. Aber als ich über die Inseln gereist bin und oft am Meer gecampt habe, habe ich mal eine Gruppe Seehunde gesehen. Es hat geregnet und gestürmt, der Strand war menschenleer. Und weit draußen, gerade so nah, dass ich sie noch mit dem Fernglas erkennen konnte, tummelten sich ein paar Tiere. Alle waren dunkel. So, wie sie eben aussehen sollen. Aber einer war ganz weiß. Und er sah anders aus.«

Ich schlucke. Kann es wirklich sein? Hat er meinen Seehund gesehen? Das Tier, das beinahe in unserem Schuppen gestorben wäre?

»Er war wirklich weiß?«

»Ja. Wie ein Albino. Und er hat etwas an sich gehabt … keine Ahnung. So muss es sich anfühlen, einem Einhorn zu begegnen. Irgendwie magisch halt. Seit diesem Tag lese ich alles über schottische Legenden, das ich in die Finger bekomme. Und was soll ich sagen? Ein paar Wochen später habe ich noch etwas Seltsames gesehen.«

»Was?«, frage ich gespannt.

»Also, ich bin von den Orkneys nach Skye gereist, und als ich eines Abends auf einer Klippe gerastet habe, wieder bei Regen und Sturm, da habe ich draußen in den Wellen einen Menschen gesehen. Glaube ich jedenfalls. Keine Ahnung, ob es ein Mann oder eine Frau gewesen ist, aber die Gestalt war viel zu weit draußen. Mitten im Winter, im eiskalten Atlantik. Das macht doch keiner, der bei Verstand ist. Es gab auch kein Boot oder so was. Nichts. Nur diese Gestalt. Und als sie abgetaucht ist, habe ich ganz eindeutig gesehen, dass …«

»Was?«, hake ich ungeduldig nach.

»Ach, es ist wahrscheinlich Quatsch.«

»Nun sag schon.«

»Ich hätte schwören können, dass ich eine Flosse gesehen habe. Eine Fluke, genauer gesagt.«

»Du meinst, du hast eine Meerjungfrau gesehen?«

»Keine Ahnung, Mari. Ich weiß nur, dass während stürmischer Regentage in Schottland eine Menge komischer Sachen passieren. Mir jedenfalls.«

»Wow«, murmele ich. »Wäre das nicht toll?«

»Was?«

»Wenn Selkies und Meerjungfrauen existieren würden?«

»Woher weißt du, dass sie nicht existieren?«

»Keine Ahnung. Also glaubst du daran?«

»Ja. Seit meinen seltsamen Begegnungen schon.« Oliver seufzt. »Stell es dir nur mal vor, Mari. Du schlüpfst in die Haut eines Tieres und lässt das Menschsein hinter dir. Du tauchst in die Wellen ein, verschwindest auf Nimmerwiedersehen und bist einfach … weg. Das ist toll, oder?«

»Ich würde Finley niemals allein lassen.«

Oliver grinst. »Tja. Wenn ich jemals ein Selkiefell finde, bin ich weg. Nur, damit du dich nicht wunderst, falls ich morgens mal nicht zur Arbeit komme.«

»Ich kann mir nicht vorstellen, dass du dich einfach in einen Seehund verwandelst, nur weil du ein Fell findest.«

»Ein *magisches* Fell.«

»Trotzdem.«

»Na und? Ich stelle mir einfach vor, dass es so ist. Warum hast du mir überhaupt diese Frage gestellt?«

»Ach nur so. Warum hast *du* mir niemals von deinen Begegnungen erzählt?«

»Das tut jetzt nichts zur Sache.« Olivers Blick wird bohrend. Er scheint mich regelrecht aufzuspießen. »Was verschweigst du mir, Mari?«

»Gar nichts. Ich meine, ich habe keine Ahnung, okay?«

»Glaubst du an Selkies?«

»Vielleicht«, antwortete ich ausweichend.

»Selkiefrauen sollen wunderschön sein. Selkiemänner leider weniger.«

»Das stimmt so nicht.«

»Ach wirklich? Nach meiner Kenntnis sind Selkiemänner ungeheuer stark, aber plump und unansehnlich. Wenn du das Fell einer Selkiefrau vergräbst, muss sie sieben Jahre lang bei dir bleiben. Sie wird dem Meer sieben Tränen nachweinen, aber wenn du es schaffst, ihr Herz zu gewinnen, gehört sie für immer dir.«

»Patriarchale Männerträume.«

»Ja, wahrscheinlich. Und was passiert, wenn du das Fell eines männlichen Selkies findest? Vermöbelt er dir anschließend den Hintern? Oder ertränkt er dich? Immerhin kann er ohne seinen Schatz nicht mehr zurück in das Wasser.«

Ich denke daran, wie verzweifelt der Fremde das Fell an seine

Brust gedrückt hat. Als würde er alles, wirklich *alles* in Kauf nehmen, um es zu beschützen.

»Mensch, Mari!« Oliver knufft mich in den Oberarm. »Was ist denn nur los mit dir? Muss ich dich übers Knie legen, damit du mit der Sprache herausrückst?«

»Was weißt du sonst noch über Selkies?«

Er mustert mich zerknirscht, antwortet aber: »Sie können dir einen Wunsch erfüllen und singen gerne unter Wasser, weil Klänge dort besonders gut geleitet werden. Selbst über weite Entfernungen hinweg. Wenn du also an regnerischen und stürmischen Tagen tauchst, ist es gut möglich, dass du den Gesang eines Selkies hörst. Außerdem sitzen sie des Nachts gerne auf Felsen und bringen verirrte Seeleute mit Hilfe magischer Lieder auf den richtigen Weg zurück. Oder sie locken sie in ihr Verderben. Je nachdem, welchen Legenden du glauben willst. Selkies sind geboren, um frei zu sein. Diese Freiheit verteidigen sie mit allen Mitteln, deswegen ist es eine miese Idee, ihnen das Fell zu stehlen. Klaust du es trotzdem, musst du verdammt vorsichtig sein. Denn wenn sie es wiederfinden, kehren sie in das Meer zurück und nehmen dich mit. Das heißt, du hast zwei Möglichkeiten. Entweder versteckst du deine Beute besonders gut, oder du eroberst das Herz des Selkies. Wenn du das schaffst, liegt dir das Glück auf ewig zu Füßen.«

Ich muss lächeln. Es hat etwas Magisches an sich, über alte Legenden zu fabulieren, während draußen der Schneesturm heult und sanfte, klassische Musik durch das Gewächshaus hallt. Aber dann denke ich wieder an den Fremden, sehe seine traurigen Augen vor mir und frage mich, ob er allein dort draußen ist. Oder sogar tot.

»Ich glaube, ich habe einen gesehen«, platzt es aus mir heraus. »Das heißt, ich habe ihn sogar angefasst.«

»Tatsächlich?« Olivers braune Augen leuchten. »Erzähl!«

»Ich … weiß nicht. Vermutlich spinne ich einfach.«

»Ich dachte, du vertraust mir.«

»Das tue ich auch. Aber … ach verdammt, irgendetwas hier drinnen sträubt sich dagegen.« Ich lege eine Hand auf mein Herz. »Außerdem ist er wieder weg. Spurlos verschwunden. Und ich glaube nicht, dass ich ihn jemals wiedersehen werde.«

»Warum denkst du, dass er ein Selkie ist?«

Ich seufze. Oliver starrt mich an.

Und auf einmal erzähle ich ihm alles. Finley ist sowieso noch damit beschäftigt, im Büro herumzukramen, und wir haben unsere Arbeiten erledigt. Außerdem muss ich mein Herz erleichtern. Dringend sogar.

»Wow«, murmelt Oliver, als ich meine Erzählung beende. »Das ist mal eine richtig krasse Story.«

»Du glaubst mir also?«

»Ja. Das heißt, ich frage mich gerade …«

»Was?«

»Ob ich vielleicht genau *diesen* Selkie gesehen habe.«

»Ach, das ist doch verrückt.«

»Weißt du was, Mari? Wenn er dir das nächste Mal begegnet, klaust du sein Fell und vergräbst es dort, wo er es niemals findet. Und dann rufst du mich an, ist das klar?«

»Spinnst du? Erstens wäre er dann mein Gefangener, und der Gedanke gefällt mir überhaupt nicht. Zweitens hast du mich gerade erst davor gewarnt, das Fell eines Selkies zu stehlen. Drittens würde er mich in der Luft zerreißen.«

»Dann musst du es eben schlau anstellen. Freiwillig bleibt so ein Wesen niemals an Land. Geschweige denn, dass es unsere Fragen beantwortet. Wenn wir ihn besser kennenlernen wollen, müssen wir härtere Geschütze auffahren.«

»Oliver!«

»Was denn?«

»Ich hätte dir niemals von ihm erzählen sollen.«

»Ach, nun komm schon. Dir lässt es doch auch keine Ruhe. Wir beide kriegen unsere seltsamen Begegnungen nicht aus dem Kopf heraus, weil sie uns verändert haben. Wir haben einen verschwindend kurzen Blick durch ein magisches Schlüsselloch geworfen und wurden im nächsten Atemzug einfach auf dem Trockenen sitzen gelassen. Pass auf. Wir suchen gemeinsam nach ihm. Sobald das Wetter es zulässt, mieten wir uns ein Boot und versuchen, das Unmögliche zu beweisen.«

»Nein!«, sage ich mit Nachdruck.

»Warum nicht?«

»Ganz einfach. Weil es sich falsch anfühlt.«

KAPITEL 2

Wie ein Schwur gebrochen wird

Kian

Lange schwimme ich durch die dunkle Tiefe und werde auch dann nicht langsamer, als ich mir sicher bin, vor Erschöpfung das Bewusstsein zu verlieren. Träume ich? Nein, wohl kaum. Ist das hier die Wirklichkeit? Ja, anscheinend, denn die Schmerzen in meinen Muskeln fühlen sich sehr real an. Und doch scheint sich alles verändert zu haben. Auf einen Schlag. So, wie es geschieht, wenn man nach einem langen Schlaf aufwacht.

Obwohl ich weiß, dass mich sowohl die Erde als auch das Wasser heilt, bin ich mir sicher gewesen, sterben zu müssen. Seit ich auf dieser Welt lebe, habe ich mir selten Verletzungen eingefangen. Schon gar keine schweren. Die Geschöpfe des Meeres respektieren mich, und den Menschen bin ich immer erfolgreich aus dem Weg gegangen. Zumindest bis gestern. Vermutlich ist mir die Schwärze der Bewusstlosigkeit so endgültig und überwältigend vorgekommen, weil ich zum ersten Mal in sie eingetaucht bin. Ein erschreckendes Gefühl. Aber auch friedlich. Im Nachhinein entsetzt mich die Tatsache, dass ich bei meiner Heilung so schändlich versagt habe. Unzählige Male musste ich die Kreaturen des Ozeans vor dem Tod bewahren, und es ist mir immer leicht von der Hand gegangen. Als wäre das Schließen schlimmer Wunden ebenso unspektakulär wie das Atemholen. Aber wenn man selbst vor Schmerzen kaum noch denken kann, verkommt jede Konzentration zu einem Kraftakt. Und dann ist auch noch diese Frau dahergekommen. So wunderschön, warm und sanft. Wie ein Sonnenstrahl nach einer endlosen Nacht. Ob ich gestorben wäre, wenn sie mich nicht gefunden hätte? Vielleicht. Ich habe mehr Blut verloren als jemals zuvor, und der Sturm ist gnadenlos gewesen. Kalt genug, um mich in Windeseile in die jenseitige Welt zu bringen. Ein verlockender Gedanke. Nicht etwa, weil ich meiner Aufgabe überdrüssig geworden bin, sondern weil ich so gerne ihren Stimmen gefolgt wäre. Sie sind so nahe gewesen. So verlockend und real. Wie es wohl wäre, nach einem langen Schlaf auf unserer Insel aufzuwachen, umringt von meiner Familie? So, als wäre niemals der Tod über uns gekommen?

Ich schwimme noch schneller. Immer schneller, bis sich meine Sinne vor Erschöpfung trüben. Fast glaube ich, sie zu sehen. Mutter. Vater. Ciara. Alle Mitglieder unserer Gemeinschaft.

Warum bist du hier?, würden sie mich fragen. *Du weißt doch, dass du nicht gehen darfst. Wer soll unsere Welt beschützen? Du musst tun, was wir nicht mehr können. Deswegen lebst du noch, Keenan. Es ist dein Schicksal.*

Keenan. So hat Mutter mich einst genannt. Weit entfernt. Als wäre ihr schon im Moment meiner Geburt bewusst gewesen, dass ich allein zurückbleiben werde. Irgendwann haben Menschen den Namen in Kian umgewandelt, weil er sich für ihre Zungen vertrauter anfühlt. Menschen, die schon lange tot sind, und in deren Obhut ich einst ein Zuhause gefunden habe. Nein, ich darf nicht gehen. Denn ohne mich gibt es niemanden mehr, der das Gleichgewicht bewahrt.

Es ist aussichtslos, zischt die böse Stimme der Resignation. *Du kämpfst eine Schlacht, die du verlieren wirst. Früher wart ihr viele, jetzt bist du allein. Wie lange kannst du standhalten?*

Ich schwimme noch schneller, um den Gedanken zu entkommen. Aber sie verfolgen mich. Erbarmungslos wie hungrige Orcas. Ganz gleich, wie viele Kreaturen des Meeres hinter mir stehen, unser Kriegszug verkommt immer mehr zu einem Akt der Verzweiflung. Wir verlieren an Kraft. Der Ozean siecht dahin, und ich bin nicht stark genug, um das Unvermeidliche aufzuhalten.

Hör auf! Denk an etwas anderes!

Also male ich mir aus, gemeinsam mit meiner Familie auf der Sandbank zu liegen. Körper an Körper. Umringt vom aufgewühlten Meer und dem Heulen des Sturmes. Ich habe es satt, allein zu sein. Ich habe es satt, meine gesamte Energie zu opfern, Tag für Tag, und trotzdem dabei zusehen zu müssen, wie das Meer einen langsamen Tod stirbt. Meine Aufgabe ist für uns *alle* vorgesehen gewesen, und doch hat die Große Mutter zugelassen, dass wir aussterben. Fast zumindest. Denn übrig sind nur noch Bran und ich.

Bran.

Mit einem Schlag bin ich so wütend, dass ich das Wasser anfauche. Dieser gleichgültige Mistkerl von einem Bruder versteckt sich irgendwo dort draußen und lässt mich die ganze Arbeit machen. Falls er mir jemals wieder begegnet, werde ich ihm das Fell über die Ohren ziehen. So wahr mir die Meeresgötter helfen. Und im Anschluss verbrenne ich es!

Aufgebracht fliege ich durch das Wasser und muss plötzlich erneut an die Menschenfrau denken. Sie ist so zart gewesen. So faszinierend und schön. Die kurzen Momente unserer Nähe haben etwas tief Vergrabenes aufgeweckt und einen Schmerz ausgelöst, den ich beinahe vergessen habe. *Warme Haut. Sanfte Worte. Weiche Decken, unter denen man sich wunderbar verstecken kann. Gemeinsamkeit. Geborgenheit. Zuhause.*

Wie lange ist es her, dass ich zuletzt unter Menschen gewesen bin? Einhundert Jahre? Vielleicht sogar schon zweihundert? Ich weiß es nicht mehr. Aber ich erinnere mich noch gut an das wuchtige, von Efeu umrankte Herrenhaus aus Stein, das von rauen Hügeln und einem silbernen Fluss umrahmt worden war. Auf einmal kommt es mir so vor, als wären seit dieser wunderbaren Zeit tausend Jahre vergangen. Das Zuhause der beiden rothaarigen Menschen hat anders gerochen als *Ravenhill Manor.* Aber genauso gut. Und die Berührungen der Frau … so vorsichtig und sanft … sie sind wie warme Funken gewesen, die durch den Sturm meiner Panik und Einsamkeit geleuchtet haben.

Ich spüre, dass ich zurückkehren will. Zurück zu ihr. Aber das ist nicht nur ein dummer, sondern auch ein gefährlicher Gedanke.

Ohne es entschieden zu haben, durchbreche ich die Oberfläche und starre suchend in die Nacht hinaus. Gischt strudelt um meine Tiergestalt und erinnert mich daran, wohin ich gehöre. Zum Meer. Nicht zum Land. In die Kälte. Nicht an ein Feuer der Menschen. Sie bringen den Tod. Allesamt. Direkt oder indirekt. Mit jedem Tag plündern sie rücksichtsloser die Schätze meiner Welt und scheinen sich den gesamten Ozean einverleiben zu wollen. Sie jagen und töten, hinterlassen leblose Wüsten, kippen Gift in das Wasser und schießen auf uns. Überall sehe ich ihren Dreck und höre ihren Lärm. Ich hasse sie. Mit jeder Faser meiner Existenz. Daran ändert auch jene ferne Zeit nichts, in der ich Seite an Seite mit Menschen gelebt und geliebt habe. Auch damals ist es böse geendet. So, wie *alles* böse endet, das mit ihnen zusammenhängt. Egal, ob sie gute Seelen besitzen oder eigenhändig bei der Zerstörung mitwirken.

Das Schicksal steht über unserem Willen, hat meine Mutter immer gesagt. *Nichts passiert ohne Sinn. Aber manchmal erkennst du den Nutzen einer Sache erst sehr viel später.*

Bis heute weiß ich nicht, ob ich daran glaube oder nicht. Hat es wirklich einen tieferen Sinn, dass Bran und ich allein übrig geblieben sind? Hat es einen Sinn, dass mein Bruder mir nicht beisteht? Und ist es Bestimmung gewesen, dass die rothaarige Frau und ich uns getroffen haben?

Mari.

Ihr Name glimmt wie ein Licht in meiner Erinnerung. Wie ein Funken Wärme inmitten eisiger Kälte. Ich kann nichts dagegen tun. Obwohl meine Vernunft weiß, dass es falsch ist, sehnt sich mein Herz nach Wärme und Nähe. Maris Augen sind nicht grün wie die Wiesen der Insel. Nein. Sie besitzen denselben Ton wie das Wasser an heißen Sommertagen, dort, wo es flach und der Grund mit Seegras bewachsen ist. Sie hat Meeresaugen. Ihre Haut ist blass wie die Gischt und ihr Haar sieht aus wie ein flammender Sonnenuntergang über dem Ozean.

Eun-Mara, geht es mir durch den Kopf. *Wie ein Seevogel.* Zart und filigran, aber stark genug, um selbst den schlimmsten Stürmen standzuhalten.

Ob sie die alten Geschichten kennt? Darüber, wie meinesgleichen vor langer Zeit verirrte Seefahrer in die Heimat und Ertrinkende zum rettenden Ufer zurückgebracht haben? Wie wir armen Fischern reiche Beute in das Netz getrieben haben, damit ihre Familien nicht hungern müssen, und wie wir Seite an Seite mit den Menschen gelebt haben? In Frieden und Harmonie?

Ich selbst habe diese Zeit niemals kennengelernt. Als ich meinen ersten Atemzug getan habe, ist das Bündnis längst zerstört gewesen. Durch Raffgier, gebrochene Versprechen und rücksichtslose Ausbeutung. Seit damals sind wir den Menschen nicht mehr wohlgesonnen. Wir rauben ihre Seelen, lassen Schiffe auf das Riff laufen und verteidigen unsere Welt mit allen Mitteln. Besser gesagt, *haben* wir es getan. Jetzt führe nur noch ich diese Aufgabe weiter, während Bran … ach, ich habe keine Ahnung, was er treibt. Inzwischen ist es mir auch egal. Vielleicht nutzt er seine Stimme, um die Boote der Menschen auf scharfe Felsen oder in gierige Strudel zu locken. Aber wie ich meinen Bruder kenne, hält er sich nur irgendwo versteckt und vertrödelt einen Tag nach dem anderen.

Als ich erneut zu schwimmen beginne, weiß ich, was zu tun ist. Mensch und Selkie bringen einander den Tod. Diese Tatsache hat lange genug gegolten, um zu einem Naturgesetz zu werden. Schon deswegen muss ich Mari aus meinem Kopf verbannen. Ein für alle Mal.

Die Felseninsel schimmert kupferfarben im Licht des Sonnenuntergangs. Ich fühle, wie mein immer noch beschädigter Körper nach einer weiteren Verwandlung schreit, also streife ich das Fell ab, stopfe es in eine Spalte dicht über der Wasseroberfläche und setze mich auf den breitesten Vorsprung. Nach meiner langen Reise in Tiergestalt fühlen sich sämtliche Muskeln taub und verkrampft an, ein Gefühl, das schnell verschwindet, als ich ein paar tiefe Atemzüge nehme und die Energie des Meeres in mich aufsauge. Noch fließt sie frei und ungestört, obwohl sie nicht mehr dieselbe Kraft besitzt wie früher. Aber ich habe genug von der Welt gesehen, um zu wissen, dass das jederzeit vorbei sein kann.

Nirgendwo ist ein Schiff oder Boot zu sehen. Ein seltener Anblick, seit die Menschen immer zahlreicher das Meer befahren. Trotzdem bin ich auf der Hut. So wie in jedem Augenblick, seit meine Familie tot und Bran verschwunden ist. Entspannung existiert für mich nicht mehr. Nicht einmal in meinen besten, tief auf dem Meeresgrund verborgenen Verstecken. Immerhin schaffen es die Menschen inzwischen sogar, am Grund des Ozeans herumzustöbern.

Nicht auszudenken, wenn ich jemals mein Fell an einen von ihnen verliere. Selbst wenn derjenige nicht die alten Geschichten kennt, wäre mein Leben verwirkt. Ohne Seehundshaut siechen wir dahin. Zuerst seelisch, dann körperlich. Ob meine Feinde das noch wissen? Keine Ahnung. Früher bin ich oft an Land gegangen, wenn im Sommer die Lagerfeuer am Strand geflackert haben, aber heutzutage vermeide ich jede unnötige Nähe. *Schade,* findet ein Teil von mir, denn ich habe es immer genossen, mich hinter Felsen zu verstecken und den Erzählungen der Menschen zuzuhören. Gerade nah genug, um die Wärme der Feuer spüren und ihren Stimmen lauschen zu können. Nach wie vor bringt mich der Gedanke, dass ich ein bedeutender Teil ihrer Legenden war und es vielleicht immer noch bin, zum Lächeln. Aber wenn heute die Lagerfeuer am Strand brennen, höre ich nur noch laute Musik und ebenso laute Stimmen, die von unbekannten Dingen sprechen. Vielleicht ist das auch gut so. Denn je weniger die Menschen über uns wissen, umso schwerer finden sie den Weg zur Wahrheit.

Müde lasse ich meine Beine in das Wasser baumeln und beobachte, wie sich die Wellen heben und senken. Weit entfernt in östlicher Richtung glimmt das Licht des Noup-Head-Leuchtturms und erinnert mich an jenen Tag, an dem es zum ersten Mal über den Ozean geschickt worden war. Mein Vater ist damals außer sich gewesen. Genauso wie der größte Teil unserer Gemeinschaft.

Heute herrschen die Menschen über das Meer, haben sie gesagt. *Morgen herrschen sie über uns. Wenn wir nicht kämpfen, verschwinden wir vom Angesicht der Erde.*

Ich verlagere das Gewicht und spüre ein feines Ziepen in meiner Seite. Ganz ist die Wunde noch nicht verheilt, aber jetzt, da ich endlich die nötige Ruhe finde, werden auch bald die tieferen Schichten zusammenwachsen. Beim Salz der See! Gleich zwei Menschen wissen, was ich bin. Ein Grund mehr, dem Land fernzubleiben. Und trotzdem spüre ich diesen Drang in mir. Dieses tiefe, schmerzhafte Sehnen nach etwas, das ich vor langer Zeit verloren habe. Ich versuche, mich davon abzulenken. Starre auf das Mondlicht, das die Wellen funkeln und blitzen lässt, beobachte den Zug der Sterne und die Bewegungen unter Wasser. Hier, wo es viele Felsen und üppige Nahrungsgründe gibt, steigen unzählige Tiefseelebewesen an die Oberfläche und stillen ihren Hunger. Es ist beinahe wie früher, als das Meer noch uns gehört hat. Ich atme ruhig, lasse die Energie des Wassers durch mich hindurchströmen und rolle mit den Schultern. Die letzten Schmerzen verschwinden, neue Kraft vibriert in meinen Muskeln. Trotzdem werde ich müde, eingelullt vom Plätschern der Wellen und dem Wogen der Oberfläche. Ein Stück voraus wühlt ein Fischschwarm das Wasser auf. Weiter hinten in der Dunkelheit befindet sich die längst untergegangene Sandbank, auf der wir früher geschlafen haben.

Früher.

In einem anderen, weit entfernten Leben.

Um nicht noch wehmütiger zu werden, beschließe ich, meine Reise wiederaufzunehmen. Irgendwohin. Hauptsache, weg von Westray. Ich greife gerade nach dem Fell, als ein riesiger schwarzer Körper durch das Wasser bricht. Instinktiv zucke ich zusammen, aber es ist nur Briana, eine alte Orcadame, die seit über hundert Jahren durch diese Gewässer streift. Mit lautem Knall presst sie Luft aus ihrem Blasloch, dreht sich auf die Seite und blickt zu mir hoch. Offenbar ist sie allein gekommen, was bedeutet, dass ihre Familie in den Krieg gezogen ist. Wieder einmal.

»Warum habt ihr nichts gesagt?« Ich gleite in das Wasser und falte mein Fell zusammen. *»Ihr wisst doch, wie gefährlich es geworden ist.«*

»Du warst verletzt«, erwidert Briana in der stillen Sprache ihrer Gattung. *»Wir haben gespürt, dass es dir nicht gut geht.«*

»Dann hoffe ich, dass deine Kinder vorsichtiger sind als ich.«

Der Orca verpasst mir einen sanften Stoß mit der Schnauze. *»Das hoffe ich auch. Sie werden immer wütender. Die meisten hören kaum noch auf mich. Ich verstehe, warum du ihnen gezeigt hast, wie man gegen die Menschen kämpft. Und ich verstehe auch, warum es nur noch diesen einen Weg gibt. Aber er gefällt mir nicht.«*

Ich seufze und streichele ihre kalte, schwarze Haut. Inzwischen gibt es kaum noch eine Stelle an ihrem Körper, die nicht mit Narben bedeckt ist. *»Mir gefällt er auch nicht. Aber wir müssen uns wehren.«*

»Mag sein.« Briana wackelt einladend mit der Finne. *»Komm, kleiner Seehund. Du kannst auf meinem Rücken schlafen, wenn du willst. Ich passe auf dich auf.«*

Bei ihren Worten merke ich, wie müde ich geworden bin. Also ziehe ich mich hoch, beuge mich vor und schmiege mich an ihren mächtigen Körper.

»Soll ich eine bestimmte Richtung einschlagen?«

»Schwimm zu deiner Familie«, erwidere ich. *»Vielleicht kann ich ihnen helfen. Sind sie weit weg?«*

»Nein. Nur ein paar hundert Seehundwürfe weit.«

»Briana, lass das.«

»Tut mir leid. Die kleinen Fettkugeln sind nun mal meine Leibspeise.«

»Ich weiß. Aber du musst mich nicht ständig daran erinnern.«

Meine Freundin übermittelt mir eine Mischung aus Zuneigung und Reue, dann schwimmt sie dem roten Stern entgegen, der eine Handbreit über dem Horizont steht.

Während wir schwimmen, nimmt der Wind immer mehr zu, dichte Wolken ziehen heran und verschlingen unsere Wegmarke. Doch Briana kennt den Ozean und findet ihren Weg auf viele verschiedene Weisen. Genauso wie ich ist sie in der Lage, die feinen Linien der Strömungen und Energieflüsse wahrzunehmen und sich mit ihrer Hilfe zu orientieren. Langsam, aber beharrlich pflügt sie durch die Wellen, während ich meine Augen schließe und das gleichmäßige Auf und Ab genieße. Nirgendwo kann ich besser schlafen als hier. Auf dem Rücken einer alten Freundin, die mich durch die Nacht trägt. Wir kennen unsere geheimsten Gedanken und Gefühle, haben einander in schlimmen und schönen Zeiten zur Seite gestanden. Ich kenne Briana so gut wie mich selbst, und der Gedanke, dass sie irgendwann gehen wird, so, wie jedes lebende Wesen gehen muss, wenn seine Zeit gekommen ist, zerreißt mir das Herz.

»Hör auf!«, schimpft sie empört und klatscht mit der Fluke auf das Wasser. *»Ich trage dich nicht spazieren, damit du die schlechten Fische in deinen Eingeweiden fütterst.«*

Ich lache freudlos, tätschele ihren Nacken und versuche, unsere nächtliche Reise zu genießen. Zuerst will es mir nicht recht gelingen, aber dann, als die dichten Wolken wieder aufreißen und ein paar Sterne hervorblitzen lassen, fühle ich doch noch einen Anflug von Entspannung. Früher ist es Ciaras Lieblingsbeschäftigung gewesen, auf Briana durch das Meer zu reiten. Ich kann immer noch das Lachen meiner Schwester hören, als sie zum letzten Mal in ihrem viel zu kurzen Leben auf diesen schwarzen Rücken geklettert ist.

»Schlechte Fische!«, schimpft meine Freundin. *»Was ist los?«*

»Ich weiß es nicht.«

»Die See ist stark heute Nacht. Lass dir von ihr helfen.«

»Das tue ich schon die ganze Zeit. Aber …«

»Was aber?«

»Es ist nicht so einfach.«

Briana lässt ihre Fluke erneut auf das Wasser klatschen. »*Das muss der Mensch in dir sein. Diese Zweibeiner haben ihre Köpfe genauso voll wie du. Mit Schlamm und faulem Fisch und zappelnden Garnelen.*«

Erneut bringt sie mich zum Lachen. Die Energie des Ozeans vibriert in meinen Knochen und fühlt sich ungewöhnlich machtvoll an. Es ist fast wie damals, als sich die Kräfte des Wassers und der Erde noch in Harmonie befunden haben. Ebbe und Flut scheinen gleichzeitig durch meinen Körper zu strömen und mich von allen Versehrungen zu reinigen. Wieder einmal wird mir bewusst, wofür ich kämpfe. Warum ich niemals aufgeben werde, und was mich bis zum letzten Atemzug dazu treiben wird, diese Welt zu beschützen.

»*Hunger!*«, signalisiert Briana nach einer Weile, also rutsche ich von ihrem Rücken und überlasse sie der Jagd. Auch mein Magen knurrt inzwischen. Ich tauche abwärts, schnappe mir eine Scholle und verspeise sie in Windeseile. Nach wie vor in Menschengestalt lasse ich mich in der Strömung treiben und beobachte Brianas Schatten, der pfeilschnell durch die Dunkelheit zischt. Es tut gut, meine Freundin so lebendig und aufgeweckt zu sehen. In mancherlei Hinsicht macht ihr das Alter zu schaffen, aber wenn es um fette Dorsche geht, wird Briana von jetzt auf gleich zu einem jungen, kraftstrotzenden Orca. Eine Zeit lang werde ich den Lauf der Dinge noch aufhalten können. Aber die Natur lässt sich nicht ewig in Ketten legen. Vielleicht bleiben uns noch ein paar Jahrzehnte. Wenn wir Glück haben. Wenn nicht … nein, diesen Gedanken lasse ich nicht an mich heran.

Kurz ziehe ich eine weitere Verwandlung in Betracht, aber mein Körper scheint noch nicht bereit dafür zu sein. Also beschränke ich mich darauf, das Fell an mich zu drücken und die Luft anzuhalten. Ich sinke tiefer, bis sich um mich herum ein Labyrinth aus Felsen und Kaltwasserkorallen erstreckt. Die Tiere des Tages ruhen in ihren Höhlen und Nischen, Kraken pirschen über scharfkantige Muschelbänke und ein riesiger Heilbutt liegt gut getarnt auf einem sandigen Flecken Meeresgrund.

Hierher wagt sich kein Fischerboot, denn die zahlreichen Unterwasserfelsen haben in der Vergangenheit zu viele Netze zerstört. Nur aus diesem Grund sieht das Meer noch so aus, wie es vor langer Zeit überall ausgesehen hat. Unberührt. Vibrierend vor Leben. Abertausende Geschöpfe haben an diesem Ort ein Zuhause gefunden und verlassen das Labyrinth nur, wenn ein übermächtiger Drang sie dazu zwingt.

Ich fange mir noch einen Fisch, verspeise ihn genüsslich und erfreue mich am Anblick der paradiesischen Unterwasserwelt. Es gibt kaum ein Fleckchen Sand oder Stein, das unbewohnt ist. Der Meeresboden wimmelt nur so vor Anemonen, Korallen, Muscheln, Schnecken, Seesternen, Fischen und zahllosen kleinen Tieren, die anderswo längst von Baumkurren und Grundschleppnetzen zerstört worden sind. Noch muss ich nicht Atem holen, also lasse ich mich ein wenig treiben, gleite an zwei Felsen voller Seenelken vorbei und komme schließlich zu jener riesigen Koralle, unter deren Schirm ich schon oft ausgeruht habe. Obwohl eine merkwürdige Unruhe an mir nagt, lasse ich mich auf das weiche Bett aus Sand sinken, pflücke mir einen Nachtisch aus Tang und träume ein wenig vor mich hin, während Briana immer noch der Jagd frönt.

Ich will nicht einschlafen, aber das hin und her tanzende Mondlichtspiel auf der Oberfläche macht mich erneut müde und meine Augenlider schwer.

Die rothaarige Frau steht wieder vor mir. Sie sieht mich mit ihren großen seegrünen Augen an, während ihre Lippen zittern und ihr ganzer Körper in Aufruhr gerät. Ich verschlinge ihre Schönheit. Wittere ihre verführerische Weiblichkeit. Und dann, als ich endlich fliehen kann, tue ich es nicht. Stattdessen drehe ich mich um und starre sie an. Zähe, endlose Herzschläge lang. Etwas Seltsames passiert mit mir. Ich will nicht, dass es geschieht. Ich will mich nicht nach dem Unmöglichen sehnen.

Das Röhren eines Fischerbootes reißt mich aus dem Traum. Schlagartig bin ich wieder bei Sinnen. Einerseits aufgrund des Lärms, andererseits, weil meine Lungen nach Sauerstoff schreien. Eine Weile verharre ich noch auf dem Grund, spähe dem herannahenden Schatten entgegen und ignoriere den Drang, nach Atem zu ringen. Soll ich die Pläne der Menschen durchkreuzen? Nein, nicht diesmal. Sie werden nur erneut auf mich und jede Kreatur schießen, die mir zu Hilfe eilt. Nach zahlreichen Angriffen ist die Geduld der Fischer am Ende. Zukünftig werden sie zu härteten Mitteln greifen, um ihre Beute zu verteidigen.

Netzräuber nennen sie uns. *Schädlinge. Diebische Mistviecher.*

»Scheiß auf Verbote«, hat der Kerl gesagt, dessen Netz wir gestern zerfetzt haben. »Die Verluste sind nicht länger tragbar. Von heute an sprechen wir eine andere Sprache.«

Wütend blicke ich dem vorbeiziehenden Kutter hinterher. Ja. Natürlich. Wir sind die Räuber und Diebe. Wir, die angestammten Bewohner des Meeres. Und die Menschen, die jahrhundertelang alles geplündert haben und sich nun auch noch über die kläglichen Reste hermachen, fühlen sich betrogen.

Ich bin zu unvorsichtig geworden. Zu aufgebracht. Ein Fehler wie der gestrige darf mir nicht noch einmal passieren. Entrüstet verspeise ich einen dritten Fisch und schleudere das Skelett beiseite. Sofort kommt ein Schwarm kleiner Tiere herbei und beginnt, die Gräten abzunagen. Ich stoße mich vom Grund ab, schwimme zurück an die Oberfläche und nehme ein paar tiefe, gierige Atemzüge. Dann suche ich nach Briana. Inzwischen ist der Wind so kalt geworden, dass sich die Gischt in winzige Eissplitter verwandelt. Am Horizont tanzen die Lichter des Fischerbootes, so klein und verletzlich inmitten des winterlichen Meeres. Von dieser Perspektive aus wirken die Menschen lächerlich, und doch besitzen ihre Netze und Gewehre solche Macht über uns. Wenn ich jetzt zum Kutter schwimme und die nächtliche Fangfahrt ruiniere, werden sie sich bitter an meinesgleichen rächen. Ich weiß, wie ein Meer voller Blut schmeckt. Wie es ist, wenn nur noch Kadaver übrig bleiben.

Nein. Nicht noch einmal.

Meine Freundin spürt die düsteren Schwingungen, taucht direkt neben mir auf und presst Luft aus ihrem Blasloch. In ihrer Aufregung vergisst sie, sich rechtzeitig wegzudrehen, und so geht ein Regen aus warmer, öliger Gischt auf mich nieder. Ich versuche noch, auszuweichen, aber es ist zu spät. Sofort fühlt sich meine Haut fettig an und stinkt nach altem Fisch und Schmieröl.

»Verzeihung, kleiner Seehund.«

»Schon gut.«

»Ich bin nur so wütend. Ihretwegen sind meine Kinder in Gefahr. Immerzu nehmen diese nimmersatten Zweibeiner mehr, als sie fressen können.«

»Das tut ihr auch. Manchmal jedenfalls.«

»Ja.« Meine Freundin dreht sich einmal um die eigene Achse. *»Es gibt nun mal nichts, das köstlicher ist als frische Leber. Und hin und wieder wollen wir nur die. Aber was meinesgleichen nicht frisst, kommt anderen zugute. Die Zweibeiner dagegen … sie geben nichts zurück. Alles nehmen sie mit. Alles. Einfach alles.«*

»Beruhige dich.« Ich versuche, das stinkende Öl von meiner Haut zu reiben. *»Irgendwann bekommen wir unsere Rache. Aber nicht heute.«*

Briana beginnt, mich zu umkreisen. Sie singt und pfeift und fordert mich auf, den Rest der Nacht mit ihr gemeinsam zu verbringen. Ich willige ein, klettere wieder auf ihren Rücken und schüttelte meine Haare aus. Vermutlich werde ich tagelang stinken. Aber es gibt Schlimmeres. Sorgsam rolle ich das Fell zusammen, strecke mich auf dem Orcarücken aus und versuche, noch ein wenig Schlaf zu ergattern. Aber ich merke schnell, dass mein Geist keine Ruhe findet. Also setze ich mich wieder aufrecht hin und betrachte das Rollen der Wellen und den höher steigenden Mond, der safrangelb durch die Wolken blitzt.

Nach einer Weile stößt Brianas Gruppe zu uns. Sechs Männchen und sieben Weibchen, dazu zwei Kälber und drei Halbwüchsige. Sie vermitteln mir ihre Freude über die gelungene Racheaktion und umreißen grob, was passiert ist. Alle Männchen sowie fünf Weibchen haben mehrere Kutter und Jachten angegriffen und drei davon schwer beschädigt. Die anderen sind zumindest manövrierunfähig gemacht worden. Offenbar hat unsere Große Mutter über die Orcas gewacht, denn kein Tier ist zu Schaden gekommen.

Gemeinsam wandern wir durch das Meer, bis die Morgendämmerung nicht mehr fern ist. Allmählich beginne ich in meiner Menschengestalt zu frieren, kann mich aber nicht dazu entscheiden, in das Tier zurückzukehren. Ich schwebe in einem Zustand zwischen Wachsein und Träumen, in dem jede Bewegung zur Mühsal wird, und als mich ein seltsamer Impuls zusammenzucken lässt, sehe ich die Klippen von Westray vor mir aufragen. Hm, offenbar bin ich eingeschlafen. Ohne es zu merken.

Dort drüben am Strand haben mich die beiden Menschen gefunden, und hoch über mir, gerade noch sichtbar im fahlen Schein der Mondsichel, steht eine schlanke Gestalt.

Ich spüre Sehnsucht, Verwirrung und Traurigkeit.

Mir stockt der Atem.

Es ist Mari.

Kann sie mich sehen? Nein, wohl kaum. Menschenaugen kommen mit der Dunkelheit schlecht zurecht. Trotzdem wage ich keine Bewegung. Auch Briana hält ganz still, und ich begreife, dass meine Freundin mich absichtlich hierhergebracht hat. Vermutlich, weil ich im Halbschlaf an Mari gedacht habe. So, wie sie an mich denkt. Jetzt in diesem Augenblick.

Mein Herz klopft schneller, als die Menschenfrau beginnt, an den Klippen entlangzuwandern. Zehn Schritte nach Norden, elf nach Süden. Dann wieder zurück. Ich kann fast ihr Haar riechen, das im Sturmwind flattert. Kupferrot und weich.

»Nein«, flüstere ich unwillkürlich, als Mari dem Abgrund zu nahe kommt. »Tu das nicht.«

Aber ich muss zusehen, wie sie furchtlos ihre Arme ausbreitet und das Gesicht in den Wind hält. Unter ihr schäumt das Meer, wirft sich in wildem Zorn gegen die Felsen und verschlingt Stück für Stück das Land. Es wird Mari töten, wenn sie stürzt. Es wird ihren Körper zermalmen, sie in die Tiefe reißen und den Geschöpfen der ewigen Dunkelheit zum Fraß vorwerfen. Die Kälte und die starken Strömungen kennen weder Gnade noch Mitleid. Für niemanden. Und doch scheint diese Frau keine Angst zu haben.

Geh zurück!, beschwöre ich sie.

Und Mari scheint mich zu verstehen. Ganz langsam lässt sie ihre Arme sinken und geht auf Abstand. Plötzlich wünsche ich mir, dort oben zu sein. Bei ihr. Wie gebannt betrachte ich ihre zarte Gestalt und das lange, im Wind flatternde Haar. Offenbar ist ihr kalt, denn sie schlingt die Arme um ihren Oberkörper und schaudert. Jetzt, ausgekühlt vom Meer, könnte ich sie nicht einmal wärmen. Aber drüben im Haus, nahe beim Kamin und vergraben unter weichen Decken, würde ich mich früher oder später wie ein Mensch anfühlen.

So blass, geht es mir durch den Kopf. *Sie leuchtet beinahe. Wie das Innere einer Muschel, wenn der Mond darauf scheint.*

Ich male mir aus, diese zarte Perlmutthaut zu streicheln. Und plötzlich weiß ich, wie sie sich anfühlen würde. Ganz nah bei mir. Mit Evelyne ist es damals genauso gewesen. Wir sind ineinander versunken, haben uns vereint wie zwei Strömungen, die zu einer werden. Aber das Schicksal hat uns nur einen einzigen Abend der Erlösung gegönnt. Nur ein paar gestohlene Stunden, in denen wir unseren aufgestauten Hunger befriedigt haben. Der Tag danach hat sich wie der Biss eines Hais angefühlt. Nicht tödlich, aber schrecklich genug, um mich viele Monde lang leiden zu lassen.

Nicht noch einmal, habe ich mir geschworen. *Niemals wieder.*

Aber jetzt breche ich diesen Schwur.

Ich sehne mich erneut nach Wärme, Berührungen und Trost. Ich sehne mich nach ihr, obwohl ich weiß, dass es böse endet, wenn zwei unvereinbare Welten aufeinanderprallen. Hunger rumort in meinem Bauch, aber er hat nichts mit Nahrung zu tun. Und je länger ich Mari anstarre, umso größer wird er.

»Bring mich zum Strand!«

»Wie du willst, kleiner Seehund.«

Briana beginnt schon zu schwimmen, aber da dreht sich Mari plötzlich um und verschwindet in der Nacht. Zuerst bin ich enttäuscht, dann fühle ich Erleichterung. Denn kaum ist sie mit der Dunkelheit verschmolzen, wird der Hunger schwächer.

»Du bist ein Männchen«, bemerkt Briana altklug. *»Sie ist ein Weibchen. Unsereins würde niemals auf die Idee kommen, sich jahrzehntelang nicht zu paaren.«*

»Das ist etwas anderes!«, schnappe ich zurück. *»Von deiner Gattung gibt es viele, von meiner nur noch zwei. Und kein einziges Weibchen mehr.«*

Briana reckt einen Flipper aus dem Wasser, als wolle sie dem Mond zuwinken. *»Dann nimm dir doch ein Menschenweibchen. Eure Körper passen zueinander.«*

»Nein. Ich meine, ja. Aber sie sind unsere Feinde.«

»Nun, dieser eine Zweibeiner mit Sicherheit nicht. Ich merke doch, dass du leidest. Es ist nicht gut, immerzu allein zu sein. Du brauchst mehr als die Gesellschaft von uns Wasserwesen.«

»Nein! Das brauche ich nicht.«

»Ach ja? Warum zappelst du sonst wie eine Garnele in der Schere eines Krebses? Du hast eine Menge schlechter Fische im Bauch, kleiner Seehund. Und ich weiß genau, was dagegen helfen würde. Du musst nur vorsichtig sein. Locke sie am besten irgendwohin, wo euch keiner sieht. Und wenn du fertig bist, dann …«

»Sei still!«, unterbreche ich sie. *»Und wage es ja nicht, mich noch einmal zum Land zu bringen. Es sei denn, ich bitte dich darum.«*

KAPITEL 3
Wie alles begann

Robin

»Seit wann ist es eigentlich so schwer, ein mickriges Boot auf den Strand zu ziehen?« Robin biss die Zähne zusammen, schlang sich das Seil fester um die Hand und zerrte ein weiteres Mal, bis ihm schwarz vor Augen wurde. »Na los! Nun komm … schon … du dummer … beschissener … Kahn!«

Das Boot bewegte sich nicht einmal fünf Zentimeter. Okay. Scheiß drauf. Dann musste das eben reichen. Robin plumpste auf seinen Hosenboden, grub die Hacken in den Sand und wischte sich ein paar verschwitzte Strähnen aus der Stirn.

»Verdammter Mist«, knurrte er eine vorbeifliegende Möwe an. »Ist doch alles Kacke! Das ganze Leben ist kacke! Leckt mich doch alle am Arsch!«

Der Vogel nahm keine Notiz von ihm. Warum auch? Erschöpft ließ sich Robin nach hinten fallen – und keuchte schmerzerfüllt auf, als sich etwas Hartes und Kantiges in seinen Rücken bohrte. Mit einem Wutschrei fuhr er wieder hoch, zerrte den Rucksack von seinen Schultern und schleuderte ihn beiseite. Scheppernd landete das Ding im Sand und schreckte noch ein paar Möwen auf. Zuerst flatterten die Vögel in Panik auf, kreischten entrüstet und drehten ein paar Runden, ehe sie zu dem Schluss kamen, dass das weggeworfene Gepäckstück ein durchaus interessantes Objekt war. Ob sie den Proviant darin riechen konnten? Ach, scheiß drauf. Es interessierte ihn nicht die Bohne, was Möwen konnten und was nicht.

»Verschwindet!« Robin warf ein paar Steine nach den Tieren. »Schert euch weg! Verpisst euch!«

Die Möwen gingen auf Abstand, behielten den Rucksack aber im Auge. Wutentbrannt schleuderte er noch ein paar Steine gen Himmel. Einfach nur, weil es guttat, die Dinger durch die Gegend zu werfen. Aber irgendwann wurde auch das langweilig, und Robins Augen begannen zu brennen. Trübsinnig starrte er in den grauen, wolkenverhangenen Himmel und fühlte sich wie der einsamste und jämmerlichste Mensch auf Erden.

Nein! Er würde nicht im Selbstmitleid versinken!

Dafür war er nicht abgehauen.

Entschlossen stand er auf, drehte sich ein paar Mal um die eigene Achse und beschloss, diese beschissene Insel zu erkunden. Ob sie überhaupt einen Namen hatte? Vermutlich nicht. So mickrig, wie sie war. Und doch kamen ihm der halbmondförmige Sandstrand und die scharfen Felsen irgendwie bekannt vor. Einer der Steine, die aus dem Wasser ragten, erinnerte an eine gekrümmte Klaue. Und da hinten zwischen den Dünen schien sich eine Ruine zu befinden.

Ach so. Jetzt fiel es ihm wieder ein. Das musste *Skara Brae* sein. Eine angeblich verfluchte Insel, auf der vor vielen Jahren ein paar Jugendliche ums Leben gekommen waren. Manche behaupteten, sie hätten sich gegenseitig umgebracht. Andere faselten von Geistern, Serienmördern oder Ungeheuern.

Robin schluckte. Er war kein Feigling, aber mutterseelenallein an solch einem Ort zu campieren, war schon eine Hausnummer. Sollte er sich besser eine andere Zuflucht suchen? Vielleicht auf dem Festland? Nicht, dass der Ort irgendwie bedrohlich wirkte. Im Gegenteil. Die Insel strahlte sogar etwas Friedvolles aus.

Komm wieder runter, Mann. Wenn die Typen damals abgenippelt sind, dann nur, weil sie zu viel gesoffen haben und betrunken schwimmen gegangen sind. Es gibt keine Monster und keine Geister und schon gar keine Serienmörder, die sich auf einsame Inselchen spezialisiert haben.

Robin fühlte, wie neuer Mut in ihm aufstieg. Pah! Seine Eltern und Freude würden Augen machen, wenn er ihnen von diesem Abenteuer erzählte. Bezeichnungen wie *Waschlappen* oder *Heul-*

suse gehörten der Vergangenheit an, wenn erst einmal herauskam, dass er mutterseelenallein auf *Skara Brae* gezeltet hatte.

»Scheiße!«, platzte es eine Sekunde später aus ihm heraus, denn das Boot war ein gutes Stück ins Wasser zurückgerutscht. Wenn er dieses blöde Scheißteil nicht festzurrte, saß er im Handumdrehen ohne Rückfahrmöglichkeit da. Die Flut begann bereits zu steigen, gierige Wellen leckten am Rumpf und warteten nur darauf, die Nussschale auf das offene Meer hinauszuziehen.

Und dann?

Dann hatte er die Arschkarte.

Wieder mal.

Sein Proviant reichte für fünf Tage, danach wurde es schwierig. Ob Mum und Dad nach ihm suchen würden? Vermutlich nicht. Immerhin gab es in ihrem Leben nur drei wichtige Dinge: arbeiten, streiten und ihn ignorieren. Vielleicht waren sie sogar froh, dass er endlich verschwunden war.

»Fickt euch!«, knurrte er den Wind an. »Ihr kommt besser ohne mich klar, und ich besser ohne euch.«

Robin griff nach dem Seil und zerrte aus Leibeskräften. Es musste der Zorn sein, der ihm neue Kraft eingeflößt hatte. Oder durch die Flut war ein Hindernis unter dem Rumpf fortgespült worden. Wie auch immer, das Boot rutschte erstaunlich mühelos über den Sand.

Ein Meter. Zwei Meter. Geschafft!

Robin zurrte das Seil an einem Felsen fest, wischte sich Dreck von den Händen und grinste. Na bitte. Das hatte schon mal prima funktioniert. Zufrieden mit sich selbst und seinen Überlebensfähigkeiten räumte er das restliche Gepäck aus, suchte sich eine halbwegs geschützte Stelle hinter den Dünen und baute das Zelt auf. Auch das klappte ausgezeichnet.

Ha! Wer sagt's denn?

Falls Mum und Dad niemanden schickten, um nach ihm zu suchen, würde er einfach hierbleiben. So lange wie nötig. Ja, es war schweinekalt, aber er nannte einen teuren Survival-Schlafsack sein Eigen, der ihn auch bei tiefen Minustemperaturen warmhalten würde. Jedenfalls hatte es so in der Werbung gestanden. Und den ganzen anderen Kram, den man in der Wildnis brauchte, konnte er im Überlebensratgeber nachlesen. Ja, er würde klarkommen. Zumindest eine Weile. Und danach?

Scheiß drauf. Darüber kannst du nachdenken, wenn es so weit ist.

Robin warf Isomatte und Schlafsack in das Zelt, rollte mit den Schultern und versuchte, die aufsteigende Einsamkeit zu ignorieren. Ihm war übel, und der eisige Wind hatte es in sich. Inzwischen war ihm derart kalt, dass seine Zähne klappernd aufeinanderschlugen. Eigentlich waren Hose und Regenjacke wasserdicht, aber es fühlte sich nicht so an. Und dann, als er zum weggeworfenen Rucksack stapfte, sickerte auch noch Nässe durch seine Schuhsohlen.

»Nein!«, sagte Robin laut. »Reg dich nicht auf, Alter. Das ist alles halb so wild. Du hast Wechselsachen dabei, und im Schlafsack wird dir schon warm.«

Enthusiastisch schleppte er den Rucksack zum Zelt, warf einen Blick auf seine Uhr und bemerkte, dass es noch nicht mal Mittag war. Hunger verspürte er keinen, also stopfte er sich Kopfhörer in die Ohren, schaltete sein Smartphone an und drehte *Linkin Park* auf volle Lautstärke. Dann wanderte er drauflos. Immer der Nase nach. Allzu groß war die Insel nicht, wahrscheinlich brauchte er nicht mal zwanzig Minuten, um sie gemütlich zu umrunden.

Robin sang lautstark mit, stampfte bei jedem Schritt energisch auf und fühlte, wie sein Frust allmählich verpuffte. Die Welt dort draußen war weit weg. Sie interessierte ihn nicht. Es ging nur noch um den nächsten Schritt. Um den nächsten Atemzug. Um das Hier und Jetzt.

Aber dann nahm er plötzlich den Gestank nach Verwesung wahr. Ach du Scheiße! Verrotteten auf dieser Insel etwa ein paar Leichen? Vielleicht sogar die Leichen von Mordopfern? Robin zwang sich, dem Geruch zu folgen, erklomm ein paar Felsen und kam zu einem dunklen Kieselstrand.

Nein. Da waren keine toten Menschen. Nur der aufgedunsene Kadaver eines Schweinswals, der von klaffenden Wunden übersät war. Gut zwei Dutzend Möwen fraßen bereits an seinem Fleisch, krähten und krächzten und ließen sich durch Robin nicht stören. Auch ein paar Krabben waren herbeigekommen, dazu zwei Sturmvögel und mehrere Skuas.

Vorangetrieben von einer widerwilligen Faszination, ging er auf den Kadaver zu. Schritt für Schritt. Bis der Gestank schier unerträglich war. Immer mehr Krabben kamen herbei und zwackten mit ihren Scheren kleine Fleischstücke aus dem Wal heraus.

Im Gegensatz zu den Raubvögeln, die barbarisch hackten und pickten, wirkten sie beinahe vornehm. Wie Etepetete-Restaurantgäste, die sich ihr Lokal mit einer Horde besoffener Wikinger teilen mussten. Robin grunzte amüsiert. Aber dann fiel sein Blick wieder auf die schrecklichen Wunden, und ihm drehte sich der Magen um. Das war eindeutig das Werk einer Schiffsschraube, und – scheiße, Mann! – sie hatte dem armen Vieh fast den Kopf abgesäbelt.

»Na ja«, sagte er laut zu sich selbst. »Wenigstens ist es schnell gegangen. Wie bei einer Guillotine.«

Robin drückte auf Pause, öffnete die Kamera-App und begann zu filmen. Igitt! Aus einem tiefen Schnitt am Bauch des Wales quollen sogar bleiche Eingeweide. Und als wäre das nicht schon schlimm genug, zerrten auch noch zwei Skuas daran herum.

Oh Mann! Wenn ich hier sterbe, ergeht es mir genauso. Die Krabben und Seevögel fressen mich auf. Fetzen für Fetzen. Sie werden meine Gedärme durch die Gegend zerren und meine Knochen auf der ganzen Insel verteilen.

Robin schluckte. Von jetzt auf gleich wollte er nur noch eines: Nach Hause fahren und sich in seinem Zimmer verkriechen. Unter haufenweise kuscheligen Decken, ganz dicht an der warmen Heizung. Dazu noch ein heißer Kakao und … ach, scheiß auf seine Eltern! Scheiß auf ihre ewig schlechte Laune und ihre Meckereien. Er würde zurückfahren, jetzt sofort, und sich das ganze Wochenende im Bett verkriechen. Aber die Wolken da hinten sahen übel aus. Wenn er sich heute noch ins Boot setzen wollte, musste er …

Moment!

Was war das?

Eine Bewegung im Augenwinkel ließ Robin herumfahren. Instinktiv ging er in die Hocke, sodass ihn die Felsen halbwegs verbargen. Etwa dreißig Schritte entfernt glitt etwas Helles durch das flache Wasser zwischen mehreren vorgelagerten Muschelbänken, schwamm auf den Strand zu und stemmte sich aus dem Wasser. Es war ein Seehund. Ein schneeweißer, wunderschöner Seehund mit nachtschwarzen Augen. Aber es war nicht nur die Farbe seines Pelzes, die auffällig war. Auch sonst sah er nicht so aus wie die Tiere, die Robin kannte. Sein Körper war zu lang und schlank, die Form der Flossen und des Kopfes passte auch nicht in das übliche Bild.

Robin zoomte näher heran. Das Tier zog sich gänzlich auf den Strand, sank mit einem Seufzer zur Seite und blinzelte mit seinen großen, schönen Augen zu den Dünen hinauf. Verrückt. Er hatte noch nie einen Albino-Seehund gesehen. Falls es überhaupt ein Seehund war.

»Wow«, flüsterte er, als die Sonne zwischen den dunklen Wolken hervorblitzte und das Fell des Tieres förmlich leuchten ließ. Nicht gerade unauffällig. Ob es sich schon länger hier herumtrieb? Wohl kaum, denn sonst wäre es bestimmt so berühmt geworden wie ein bunter Hund. Oder eben wie ein weißer Seehund.

Robin zoomte noch näher heran.

Da riss plötzlich der Bauch des Tieres auf.

»Scheiße!« Er schlug eine Hand auf seinen Mund, gerade noch rechtzeitig, um das erschrockene Ächzen zu ersticken. Dampfendes Blut tropfte in den Sand, während der Seehund stöhnte und zuckte und die Wunde immer weiter aufriss. Was war das für ein Mist? Was passierte hier? Es sah fast so aus, als würde das Tier von einem unsichtbaren Messer aufgeschlitzt werden. Vom Hals bis zur Schwanzflosse. Aber es kamen keine Eingeweide zum Vorschein. Oh nein. Ein Mensch kroch aus dem Tier heraus! Ja, ein beschissener Mensch! Mit Armen und Beinen und allem, was dazugehörte. Robin fiel auf seinen Hintern. Schlagartig begann er so heftig zu zittern, dass er kaum noch das Smartphone halten konnte. Was er da sah, war unmöglich. Schlicht und einfach unvorstellbar. Und doch wühlte sich das Wesen aus dem aufgerissenen Körper, zog Fell und Haut und Fleisch beiseite und stand auf.

Robin blinzelte. Er kniff sich in den Arm, blinzelte noch einmal und rieb sich die Augen. Nichts half. Der Kerl stand immer noch da, vielleicht zwanzig oder fünfundzwanzig Jahre alt, mit blutverschmierter Haut und langem schwarzem Haar, in dem weiße Strähnen leuchteten. Und dann tat er auch noch so, als wäre nichts Weltbewegendes passiert. Seelenruhig schüttelte er sein Fell aus, watete in das Wasser und begann, sich zu waschen.

»Scheiße!« Robins Herz hämmerte so heftig, dass es wehtat. Bestimmt würde er gleich einen Infarkt oder einen Schlaganfall kriegen. Oder beides zusammen. »Scheiße, scheiße, scheiße.«

Ahnungslos rieb der Kerl das Blut von seiner Haut. Zweimal tauchte er unter und wieder auf, schüttelte sein nasses Haar, zog das Fell wie ein Wäschestück durch das Wasser und kehrte schließlich an den Strand zurück. So unbeeindruckt, als wäre der eiskalte Atlantik gut temperiertes Badewasser und der klirrende Wind nur ein laues Lüftchen.

Ein Selkie!, schoss es Robin durch den Kopf. *Ein echter beschissener Seehundmensch. Und ich habe ihn gefilmt. Von allen Seiten.*

Wenn die Kreatur ihn jetzt entdeckte, war er geliefert. Vermutlich würde sie jeden Moment das Klappern seiner Zähne und das Wummern seines Herzens hören. Prompt rutschte ihm das Smartphone aus den Fingern und landete im Sand. Robin unterdrückte einen Fluch, hob es wieder auf und stopfte es in seine Jackentasche.

Mist!

Hatte der Selkie ihn gehört? Nein, es sah nicht danach aus. Ganz entspannt wanderte der nackte Typ in Richtung Ruine, während der Wind so lautstark um die Felsen heulte, dass vermutlich jedes andere Geräusch davon verschluckt wurde. Heiliges Kanonenrohr! Er hatte riesiges Glück gehabt, dass die Kreatur hier an Land gekommen war, und nicht etwa am anderen Inselende, wo sie sofort das Boot und das Zelt gesehen hätte.

Robin begann zu rennen.

Er rannte, so schnell ihn seine Beine trugen. Noch niemals zuvor hatte er derart zackig ein Zelt abgebaut und sämtliches Gepäck im Boot verstaut. Der Selkie war weit und breit nicht zu sehen. Auch dann nicht, als Robin den Motor anwarf und hinaus auf das Meer tuckerte. Entweder hatte das Vieh ihn wirklich nicht gehört, oder es hockte irgendwo hinter den Felsen und beobachtete ihn. Robins Herz stolperte. Zuerst aus Panik, dann vor Erleichterung.

Kacke! Das war gerade noch mal gut gegangen.

Er schnaufte ein paar Mal durch, zog das Smartphone aus der Tasche und öffnete das Video. Puh! Die Technik funktionierte noch. Trotz Sand im Getriebe. Eine Gänsehaut nach der anderen rieselte über seinen Körper, als der weiße Seehund aufplatzte und ein Mensch zum Vorschein kam. Ab diesem Zeitpunkt war die Aufnahme ziemlich verwackelt, aber immer noch gut zu erkennen.

»Alter!«, keuchte Robin. »Ich habe einen echten, verdammten Selkie gefilmt. Was für eine krasse Scheiße!«

Andreas' *Seagull* ist ein kleiner, heruntergekommener Kutter, der nur noch aus purem Trotz funktioniert. Es gleicht einem Wunder, dass der Fischer immer noch lebt, obwohl er bei Wind und Wetter mit dieser Schrottkiste hinausfährt. Vermutlich bedeutet das, dass trotz aller Pechsträhnen immer noch die schützende Hand eines Meeresgottes über ihm liegt.

Gewärmt von meiner grünen Lieblingswinterjacke und einer wattierten braunen Regenhose stehe ich an der Reling und lasse mir den kalten Wind um die Nase pfeifen. Obwohl die Wolken über unseren Köpfen immer bedrohlicher und finsterer werden und der Atlantik zu schäumen beginnt, wirkt Andreas völlig entspannt. Beneidenswert. Aber wenn jemand weiß, wie sich das Wetter entwickelt, dann dieser brummige alte Seebär. Ihm reicht ein Blick nach oben und nach unten, gefolgt von einem Moment konzentrierten Schnupperns, und schon weiß er, was uns bevorsteht. Beim Start im Hafen hat noch eine bleiche Wintersonne vom perlmuttfarbenen Himmel herabgeschienen, und während wir mit der *Seagull* hinausgefahren sind, begleitet von einer Patrouille aus Möwen, ist das Meer gespenstisch ruhig gewesen. Wie ein Spiegel aus Quecksilber.

»Gegen elf wird's ein bisschen kabbelig«, hat Andreas verkündet. »Nix, was meine Lady nicht aushalten kann.«

Und genau so ist es gekommen.

Inzwischen treibt der Wind eine Herde dunkler Wolken vor sich her und peitscht das Meer auf, als wolle er es für irgendeinen Frevel bestrafen. Die Seagull bockt auf den Wellen wie ein durchgehendes Pferd, und ich genieße den wilden Tanz der Elemente. Falls es tatsächlich die Angewohnheit des Meeres ist, ein Urteil über uns zu fällen, so hat sich Andreas seiner Gnade längst als würdig erwiesen. Zwar bleibt die Ausbeute nach wie vor mickrig, aber er kommt jedes Mal lebendig und unversehrt in den Hafen zurück. Keine Selbstverständlichkeit für Seemänner, die im rauen Norden auf Fangfahrt gehen.

Noch dazu bietet der steife Wind einen entscheidenden Vorteil: Er weht den Gestank nach Dieselöl und Fischblut weg, was vor allem Finley zugutekommt. Schließlich hasst mein Bruder jedes Aroma, das mit toten Tieren zusammenhängt.

Ein wenig blass um die Nase, hockt er hinter mir auf einem umgedrehten Eimer, eingekeilt zwischen einer Werkzeugkiste, einem kaputten Netz, zwei alten Rettungsreifen und übereinandergestapelten, gelben Plastikbehältern, die sich bald mit Fischen füllen werden. Oder auch nicht. Je nachdem, wie launisch die Meeresgötter sind. Normalerweise kommt Finley nur mit, wenn Andreas eine reine Vergnügungsfahrt unternimmt, deswegen rechne ich es ihm hoch an, dass er mich diesmal begleitet.

»Alles klar?«, frage ich ihn, weil seine Augen rot und verquollen aussehen und er mit jeder verstreichenden Minute blasser wird.

»Ja, ja.« Er dreht ein Messer zwischen seinen Fingern und legt es, nachdem er eine Weile die Blutflecken auf der Klinge betrachtet hat, angewidert in die Kiste zurück.

»Willst du darüber reden?«

Finley schüttelt den Kopf und nimmt einen Zipfel des zerrissenen Netzes auf. »Mach dir keine Gedanken.« Angestrengt starrt er auf die Maschen, als sei darin irgendeine Erkenntnis versteckt. »Ist alles okay.«

»Wirklich? Du siehst aus, als hättest du seit einer Woche nicht geschlafen.«

Er grinst müde. »Das liegt wohl daran, dass ich seit mindestens einer Woche nicht geschlafen *habe*.«

»Ach, Bruderherz.« Ich seufze bekümmert. »Wenn du mir nichts erzählst, habe ich gleich genauso miese Laune wie du.«

»Ist das eine Drohung?«

»Oh ja.«

»Mari, ich bin in Ordnung. Jeder hat mal solche Phasen.«

»Aber deine *Phase* hört gar nicht mehr auf. Hast du immer noch Liebeskummer?«

Er wirft mir einen mürrischen Blick zu, steht auf und marschiert zum Heck des Kutters. Dort verschränkt er seine Arme auf der Reling und starrt miesepetrig in das Wasser. Eine unmissverständliche Botschaft. Heute will er nicht darüber reden. Und morgen und übermorgen wahrscheinlich auch nicht. Also lasse ich ihn in Ruhe und starre meinerseits in das aufgewühlte Wasser. Es ist beinahe schwarz, als gäbe es unter uns keinen Grund, sondern nur ein Universum aus Finsternis. Aber dann schippert die *Seagull* über eine Untiefe hinweg, und ich sehe die Andeutung eines sandigen, von Rillen durchzogenen Meeresbodens. Hier hat der

Atlantik die Farbe schmutzig-grüner Flaschen, die zu viel Staub angesetzt haben.

Ja, Oliver hat recht. Es ist eine wunderbare Vorstellung, in das Wasser springen und sich in einen Seehund verwandeln zu können. Ich wäre nirgendwo zu Hause. Oder besser gesagt, ich wäre *überall* zu Hause. Frei. Ziellos. Niemandem untertan. So weit weg vom komplizierten Konstrukt des menschlichen Daseins wie nur irgend möglich.

Ich bin derart vertieft in meine Träumereien, dass ich erschreckt zusammenzucke, als Finley neben mir auftaucht. In diesem Licht ist das Moosgrün seines Wollpullovers geradezu unwirklich intensiv. Verdammt. Klamotten sind mir eigentlich egal, aber um dieses schöne Stück beneide ich ihn wirklich.

»So was bringt uns leider nicht weiter, Mari.«

»Was?«

»Ach, komm schon. Ich kenne deine unterschiedlichen Gesichtsausdrücke und ziehe mit nervtötender Treffsicherheit die richtigen Schlüsse daraus.«

»*Nervtötend.*« Ich grinse. »Ja. Das ist dein Stichwort. Und ich finde Träumereien durchaus sehr nützlich. Manchmal sind sie sogar das Einzige, was hilft.«

»Ach wirklich? Es ist hilfreich, sich nach etwas zu sehnen, das unmöglich ist?«

»Woher willst du wissen, wonach ich mich sehne?«

Finley zuckt müde mit den Schultern. Mir liegen noch ein paar Sätze auf der Zunge, aber ich schlucke sie herunter. Oh, wenn ich Sam noch einmal in die Finger kriege! Ich werde diesem herzlosen Arschloch furchtbare Dinge antun! Seit jenem verdammten Tag, an dem er abgehauen ist, geht einfach alles schief.

Wir sind hier zu Hause, weißt du?, möchte ich am liebsten zu Finley sagen. *Der Gedanke, die Orkneys verlassen zu müssen, treibt mich in den Wahnsinn. Ich hasse die Tatsache, dass alles darauf hinausläuft. Wenn die Gärtnerei geschlossen wird, gibt es keinen Grund mehr, hierzubleiben. Abgesehen davon, dass der Insel unser Herz gehört. Aber damit lässt sich leider kein Geld verdienen, und in dieser verfluchten Welt dreht sich alles um das beschissene Geld. Ich weiß, dass du mit dem Gedanken spielst, nach Edinburgh zu gehen. In der Stadt gibt es bessere Chancen, hast du gesagt. Ja. Die gibt es. Bessere Chancen auf einen Job und aufs Unglücklichsein.*

Den Rest der Fahrt brüten wir schweigend vor uns hin und beobachten das Auf und Ab der Wellen. Andreas entgeht unsere Stimmung nicht, also tut er, was er am besten kann: Eine Geschichte erzählen.

»Kennt ihr das Monster von Stronsay?«, schnarrt er mit theatralischer Miene. »Siebzehn Meter war es lang. Über zweihundert Jahre ist es her, aber die Geschichte erzählt man sich immer noch jeden Tag.«

Finley und ich grinsen uns an. Wir mögen Andreas' Seemannsgarn, aber sein Geschichtenrepertoire ist äußerst begrenzt. Was bedeutet, dass wir uns inzwischen mit altbekannten Legenden begnügen müssen.

»Kennen wir, MacMuffin«, sage ich. »Davon hast du uns schon ein paar Mal erzählt.«

»Ich bin nicht *MacMuffin*!«, bellt er zurück. »Und auch nicht *Muffy*. Nennt mich noch einmal so, und ich werfe euch über Bord, ihr vertrockneten Landratten.«

»Tut uns leid, Muffy.« Die Miene des Fischers mag Furcht einflößend aussehen, aber wir beide wissen, dass sein Zorn nur gespielt ist. »Kommt nicht wieder vor.«

Er knurrt einen unverständlichen Fluch, packt das Steuerrad noch fester und lässt seinen struppigen Vollbart wackeln. Neben ihm steht das alte Sonargerät und piepst hektisch vor sich hin. Anscheinend hat es einen Fischschwarm aufgestöbert, aber Andreas schippert ungerührt weiter. Keine Ahnung, warum. Vielleicht ist ihm der Schwarm zu klein, oder es gibt zu viele Unterwasserfelsen, die dem Netz gefährlich werden können.

Ziellos lasse ich meinen Blick über den Horizont schweifen. Kein weißer Seehund in Sicht. Aber ich erspähe in der Ferne die verschwommene Silhouette einer Insel. Sie sieht irgendwie … verlockend aus. Als gäbe es dort etwas, das nur darauf wartet, gefunden zu werden. Schlagartig fühle ich den Drang, mir das Eiland genauer anzusehen.

Augenblick mal!

Ich kenne die Insel.

Wenn mich nicht alles täuscht, dann …

»Andreas?«, rufe ich gegen das Brausen des Windes an. »Das da vorne ist doch *Skara Brae*, stimmts?«

»Jawoll«, knurrt der Fischer.

»Kannst du mich darauf absetzen? Nur für ein Stündchen?«

Finley sagt nichts, setzt aber einen eindeutigen Gesichtsausdruck auf. Mein Bruder ist schon immer schlecht darin gewesen, seine Gefühle zu kaschieren, aber inzwischen kann ich in ihm lesen wie in einem Buch. Einerseits will er sich am liebsten im hintersten Winkel des Schiffsbauches verkriechen, andererseits hofft er darauf, dass wir auf der Insel etwas finden. Genauso wie ich.

»Denkst du, er ist dort?«, flüstert er mir ins Ohr.

»Keine Ahnung«, tuschele ich zurück.

»Mari, auf *Skara Brae* sind Leute gestorben.«

»Ja, weil sie besoffen schwimmen gegangen sind. Kommst du mit oder hast du Schiss?«

»Bist du irre? Denkst du allen Ernstes, ich lasse dich mutterseelenallein auf einer Insel herumstreunen, die möglicherweise von Serienmördern oder gefährlichen Märchenkreaturen bevölkert ist?«

»Krieg dich wieder ein. Warum sollte sich ein Mörder auf einer winzigen Insel verstecken, die 364 Tage im Jahr menschenleer ist? Und gefährlich kam mir unser unfreiwilliger Gast auch nicht vor.«

»Nicht gefährlicher als ein verletztes Tier, das in die Ecke gedrängt wird.«

»Er hat sich immerhin bedankt, Finley.«

Mein Bruder schnaubt. »Mag sein. Aber du bist nicht mit ihm zusammen auf dem Boden herumgerollt. Der Kerl hat Bärenkräfte. Also ja, ich komme mit.«

»Aber nicht nur, um mich zu beschützen, hm? Du bist genauso neugierig wie ich.«

»Das bin ich. Aber mir gefällt die Sache trotzdem nicht. Ich hab's nicht so mit angepissten Geistern, die jeden verfolgen, der einen Fuß auf die Insel setzt. Und mit unberechenbaren Gestaltwandlern komme ich auch nicht zurecht.«

»Denkst du wirklich, *Skara Brae* ist verflucht?«

»Nein. Keine Ahnung. Ich weiß überhaupt nicht mehr, was ich denken oder glauben soll. Früher war die Insel jedenfalls mit Seehunden bevölkert, aber dann sind Jäger gekommen und haben alle getötet. Seitdem gibt es keine Tiere mehr auf der Insel. Sie meiden sie. Schon seit Jahrzehnten. Aber wer weiß … hm, vielleicht versteckt er sich deswegen dort? Weil alle anderen Geschöpfe das Eiland meiden? Ach, keine Ahnung.«

»Du hast so ein Gefühl«, mutmaße ich.

»Ja.«

»Geht mir genauso.«

»Aber *Skara Brae* ist kein guter Ort«, meldet sich Andreas zu Wort. »An eurer Stelle würde ich nicht dort spazieren gehen.«

»Bring uns einfach hin, okay?« Finley präsentiert sein hinreißendes Lächeln, das schon viele Menschen entwaffnet hat. »Nach dem Fang kannst du uns wieder abholen.«

»Das ist keine gute Idee«, beharrt der Fischer. »Ihr kennt doch bestimmt die Geschichten über Selkies, hm? Jeder kennt sie.«

Finley grinst noch breiter und zuckt derart gleichgültig mit den Schultern, dass ich lachen muss.

»Die Insel gehörte mal den Selkies«, knurrt Andreas missbilligend, lenkt seine *Seagull* aber trotzdem auf das Eiland zu. »Früher waren sie uns wohlgesonnen, aber nachdem man die meisten von ihnen getötet hat, war es mit ihrem Sanftmut schlagartig vorbei. Schon viele Menschen haben wegen der Selkies einen schlimmen Tod gefunden. Nicht dass ich sie nicht verstehen kann, aber ich möchte trotzdem keinem von denen begegnen. Wisst ihr, sie können ganze Familien ins Verderben stürzen. Sie verfluchen dich und machen dich wahnsinnig. Es ist keine hundert Jahre her, dass es den Letzten erwischt hat. Ein Mann war es. Ein Fischer wie ich, der nach dem Ableben seines Eheweibes allein auf *Skara Brae* gelebt hat. Eines Nachts fand er eine Frau am Strand, wisst ihr? Sie war so wunderschön, dass er gar nicht anders konnte, als sich Hals über Kopf in sie zu verlieben. Tja, eine Zeit lang war er glücklich mit seiner Meeresbraut. Aber dann wachte er eines Nachts auf und hörte die schönste Stimme, die du dir vorstellen kannst. Sie war wunderbarer als Ambrosia. Vollkommener als der Gesang der Engel, den du hörst, wenn du stirbst. Der Mann war rettungslos verzaubert, ging hinunter zum Meer und sah sein Weib auf einem Felsen sitzen. Aber sie war kein Mensch mehr. Oh nein. Sie war ein Geschöpf der See, und sie lockte ihren Geliebten in das Wasser.« Andreas gab eine Kunstpause zum Besten. Und als er fortfuhr, rieselte eine Gänsehaut über meinen Körper. »Die Wellen haben ihn gepackt und auf die Felsen geworfen. Sie zermalmten ihn unter den gnadenlosen Augen jenes Wesens, das vorgegaukelt hatte, ihn zu lieben. Aber in Wahrheit war sie gekommen, um Rache zu nehmen. Sie wollte seine Seele. Nichts anderes. Sie wollte ihn zerstören, so, wie einst ihr Volk zerstört worden war. Das Letzte, was er hörte, war ihr Lachen. Ein Geräusch wie das hämische Fauchen der See, wenn sie dein Schiff zerschmettert.«

»Schöne Geschichte.« Finley nickt. »Die kannten wir noch gar nicht. Warum eigentlich?«

Andreas bläht seine Wangen auf und stößt die angehaltene Luft mit einem lauten Schnauben wieder aus. »Na, weil es Unglück bringt, über Selkies zu sprechen.«

»So ein Quatsch«, platzt es aus mir heraus. »Wir leben im einundzwanzigsten Jahrhundert, Muffy.«

»Das ist kein Quatsch, ihr ungläubigen Sprotten. Geht nicht auf die Insel. Ich bitte euch.«

»Doch«, beharrt mein Bruder. »Setz uns ab, fang ein paar Fische und sammle uns wieder ein. Ich kann Karate und habe mein Klappmesser dabei.«

Andreas schüttelt den Kopf, sagt aber nichts. Als die Insel näher rückt, lässt er den Kutter einen sanften Bogen vollführen und brummt währenddessen unverständliche Dinge in seinen Bart. Vor uns liegt ein idyllischer, halbmondförmiger Strand, der von zahlreichen Felsen durchsetzt ist. Einer davon ragt wie eine gekrümmte Klaue aus dem Wasser. Es gibt zwei Erhebungen auf der Insel, beide sind mit schneegesprenkeltem Gras, Heide und niedrigen Sträuchern bewachsen, die robust genug sind, um den ständigen Stürmen standzuhalten. Über allem liegt eine wunderschöne Melancholie, die mir ein Lächeln entlockt.

»Richtig hübscher Rückzugsort, was?« Finley betrachtet die Sonnenflecken, die sekundenlang über das Meer und die Insel huschen, ehe sie wieder von den Wolken verschlungen werden.

»Das ist nicht gut«, schnarrt Andreas. »*Skara Brae* mag keine Besucher. Wir fischen nicht mal in der Nähe, weil die Netze in diesen Gewässern immer leer bleiben. Und der Geisterseehund … das ist auch kein gutes Zeichen.«

Finley und ich fahren abrupt herum.

»Der Geisterseehund?«, hakt mein Bruder nach.

»Ja. So'n schneeweißes Männchen, das ziemlich merkwürdig aussieht. Es greift die Kutter an und stachelt seine Artgenossen auf. Manchmal sind sogar Orcas dabei. Letzten Monat ist er aufgetaucht und wird seitdem immer mal wieder gesehen. Wirklich ein merkwürdiges Vieh. Sieht überhaupt nicht wie'n normaler Seehund aus. Barry hat sogar auf ihn geschossen und schwört, dass er ihn getroffen hat. Finde ich nicht in Ordnung. Es bringt Unglück, weiße Tiere zu töten. Wird schon sehen, was er davon hat. Tja, wenn ihr nicht immer so viel zu tun hättet und öfter mal mit mir rausfahren würdet, wüsstet ihr solche Sachen.«

Finley und ich tauschen vielsagende Blick aus. Aha. Barry ist also der Übeltäter gewesen. Kein Wunder. Dieser rücksichtslose Trottel ist nur für zwei Dinge bekannt: Er säuft schlimmer als Hemingway und ballert gerne auf alles, was ihm lästig wird. Dass seine Ehefrau noch lebt, liegt wahrscheinlich nur daran, dass Barry keine Lust auf Knast verspürt.

»Hast du jemals von einem Albino-Seehund gehört, Andreas?«

»Nein«, antwortet der Fischer. »Aber es gibt für alles ein erstes Mal. Die meisten träumen neuerdings davon, das Tierchen zu verschachern. Keine Ahnung, wie viel man für so was kriegt. Ist ja schon eine kleine Sensation, oder?«

Ich schlucke beklommen. »Träumst du auch davon?«

»Nein. Das bringt Unglück. Hab ich doch gesagt. Ach, ihr jungen Leute hört einfach nicht zu.«

Ich seufze nur und beobachte, wie das kleine Eiland immer näher kommt. Es gibt keine Selkies. Davon ist mein Vernunft-Ich immer noch überzeugt. Schließlich ist selbst der verrückteste Zufall glaubwürdiger als ein Mensch, der sich nach Belieben in einen Seehund verwandeln kann. Oder umgekehrt.

»Was, wenn die allseits bekannten Gestaltwandler keine Menschen sind, die sich in Tiere verwandeln können, sondern umgekehrt?«

Finley spitzt die Lippen. »Hm. Das kommt mir bekannt vor. Ich glaube, es gab mal eine Akte X-Folge, in der sich ein Wolf in einen Menschen verwandeln konnte und es ziemlich scheiße fand. Also das Menschsein.«

»Kann ich mir vorstellen. Wie ist es ausgegangen?«

»Wir haben die Serie doch zusammen angeschaut.«

»Tja. Manchmal bin ich es, die einschläft.«

»Bei Akte X? Wie geht denn so was?«

»Wie ist es ausgegangen?«

»Keine Ahnung, Mari. Ist zu lange her.«

Andreas stoppt ein gutes Stück vor dem Sandstrand und schüttelt, während wir das winzige Rettungsboot zu Wasser lassen, unaufhörlich den Kopf. Schließlich, als ich gerade einsteigen will, ruft er mir noch etwas zu: »Hüte dich vor Stimmen, die zu schön sind, um wahr zu sein.«

»Was?«

»Du hast mich schon verstanden, Sprotte. Für dein Schicksal bist du selbst verantwortlich. Wenn du die Haut eines Selkies findest und sie vor ihm versteckst, sperrst du ihn damit ein. Und das findet er überhaupt nicht gut. Zuerst täuscht er Zuneigung vor, weil er nicht ohne sein Fell leben kann und nach einem Weg sucht, um es zurückzugewinnen. Selkies sind nämlich stolze Wesen. Und wenn du stolze Wesen demütigst und sie ihrer Freiheit beraubst, endet es böse. Ihre Rache ist furchtbar, und über Sirenen muss ich dir wohl nichts erzählen. Hüte dich vor Stimmen, die zu schön sind, um wahr zu sein. Und wenn du ein Seehundsfell findest, lass die Finger davon.«

»Muffy dreht ja richtig auf«, flüstere ich meinem Bruder zu, dann schenke ich dem Fischer ein Nicken und ein braves Lächeln. Kaum habe ich Platz genommen, taucht Finley die Ruder in das Wasser und zieht kräftig durch.

»Mann, das Ding hat nicht mal einen Motor. Was denkt Andreas sich dabei? Will er über den halben Atlantik rudern, wenns ihn erwischt?«

»Er kann sich nun mal kein neues Rettungsboot leisten«, erwidere ich. »Schon gar keins mit Motor.«

»Mensch, Mari!«

»Was?«

»Das hier kann man doch keinem erzählen. Wir suchen nach einem verdammten Selkie. Jeder andere würde uns für bescheuert halten.«

»Die anderen haben nicht gesehen, was wir gesehen haben. Wir wollen nur die Wahrheit herausfinden, Bruderherz. Außerdem sehe ich da dieses Funkeln in deinen Augen.«

»Was für ein Funkeln?«

»Abenteuerlust. Du musst dringend von deinem Kummer abgelenkt werden. Wenn wir etwas brauchen, dann eine Auszeit vom ewigen Grübeln.«

»Hast ja recht«, gibt er zu. »Wie immer.«

Finley rudert, während ich in das faszinierend klare Wasser hinabstarre. So nah am Strand gibt es überall Felsen, Muschelbänke und wellige Sandflächen, die behäbig unter uns hinweggleiten. Immer wieder blitzt die Sonne durch ein paar Wolkenlücken, und wenn das geschieht, tanzt ein flirrendes Netz aus Licht über den Grund. Wunderschön. Und genau das, was wir beide bitter nötig haben. Selbst wenn es auf dieser Insel keinen Selkie gibt, tun wir etwas, dass wir schon viel zu lange nicht mehr getan haben: ein gemeinsames Abenteuer erleben.

Es tut unglaublich gut, Seite an Seite mit meinem Bruder den Strand entlangzuwandern. Unser letzter Ausflug ist schon Ewigkeiten her, weil uns Arbeit und Sorgen über den Kopf gewachsen sind, und an den letzten wirklich freien Tag kann ich mich nicht einmal mehr erinnern.

Wir winken Andreas zu, aber der Fischer ignoriert uns und lenkt seine bockende *Seagull* auf das offene Meer zurück. Vermutlich ist er sauer. Wirklich sauer. Was bei Muffy ziemlich selten passiert.

»Egal«, sagt Finley. »Unser alter Kauz hat seine Fehler, aber nachtragend ist er nicht. Sobald er uns wieder eingesammelt hat und merkt, dass uns weder Kopf noch sonstige Gliedmaßen fehlen, ist alles wieder in Ordnung.«

Ich nicke, atme tief ein und genieße den Hauch von Freiheit, der über mich kommt. Dann lächeln wir einander zu, in stillem Einvernehmen darüber, dass wir die richtige Entscheidung getroffen haben. Finley und ich teilen ein Geheimnis miteinander. Ein Mysterium, das wahrscheinlich für immer ungelöst bleiben wird. Aber das spielt im Augenblick keine Rolle.

»Ob die Ruine noch steht?«, fragt Finley. »Wann waren wir zuletzt hier? Vor sieben oder acht Jahren?«

»Kann sein. Lass uns mal nachsehen gehen.«

»Vielleicht wohnt er ja da drin.«

»Gut möglich. Falls das Ding noch steht, ist es der einzige wind- und blickgeschützte Ort auf der Insel. Denkst du, das Haus hat dem Mann gehört? Du weißt schon. Dem Kerl, der im Meer verschwunden ist?«

Finley zieht eine Grimasse und schnauft. »Woher soll ich das wissen? Es gibt so viele Gerüchte und Geschichten über *Skara Brae*. Da verliert man schnell den Überblick.«

»Ach, es gibt über jede Insel irgendeine Legende. Oder gleich einen ganzen Haufen davon. Wenn man den Märchen glauben will, spukt es auf jedem noch so kleinen Felsen, der aus dem Meer guckt.« Plötzlich kommt mir ein schrecklicher Gedanke. »Was, wenn er die Jugendlichen umgebracht hat? Ich meine, der Selkie.«

»Quatsch.« Finley wirft mir einen skeptischen Blick zu. »Das kann ich mir nicht vorstellen. Die Deppen, die hier ersoffen sind, haben Drogen genommen. Zwei von ihnen kannte ich recht gut. Die haben alles geraucht, was bei Drei nicht auf dem Baum saß. Wenn sie high waren und noch dazu gesoffen hatten, war ihnen die blödeste Idee nicht blöd genug. Glaub mir, Mari. Die haben ihr Unglück ganz alleine verursacht. Und warum denkst du auf einmal, dass er doch gefährlich sein könnte? Vorhin warst du noch ganz anderer Meinung.«

»Ach, keine Ahnung. Eigentlich wissen wir gar nichts.«

»Allerdings. Wir hätten irgendeine Waffe mitnehmen sollen. Ich meine, etwas Wirkungsvolleres als ein Klappmesser.«

»Stimmt. Ständig lassen wir unsere Kalaschnikows und Flammenwerfer zu Hause.«

Finley grinst, aber mir entgeht nicht, dass er zunehmend nervös wirkt. Unaufhörlich wandern seine Hände in die Jackentaschen und wieder hinaus, kämmen durch die Haare oder fummeln am Reißverschluss herum.

»Was ist los?«

»Was los ist? Du hast es gerade selbst gesagt, Mari. Wir wissen nichts über ihn. Er könnte uns angreifen. Oder verrückt sein. Oder uns auflauern.«

»Das ist unwahrscheinlich. Er hat uns bei unserer ersten Begegnung nicht angegriffen, also warum sollte er es jetzt tun? Wenn, dann muss er vor uns Angst haben. Vor allem vor dir. Du kannst Karate und Wing-Tsun, und du hast ein Klappmesser.«

»Ja. Aber der ganze Kram hat mir bei unserem ersten Zusammentreffen auch nichts genützt.«

»Weil du überrascht warst. Gestresst. Überfordert. Wenn es darauf ankommt, bist du eine verdammte Waffe. Mein Bruder kickt jeden aus dem Bild. *Bäm!* Du weißt schon. Wie Bruce Lee. Nur *noch* härter.«

»Na klar. Wie Bruce Lee.«

»Jetzt hör endlich auf, dich kleinzureden.«

»Mein Selbstbewusstsein hat nun mal Schaden genommen, Mari. Ich bin es nicht mehr gewöhnt, fertiggemacht zu werden. Und ganz nebenbei bin ich der treu sorgende Bruder einer allzu abenteuerlustigen Schwester. Dieser Kerl ist verdammt stark. Ich konnte ihn kaum festhalten, und das will etwas heißen.«

»Schon klar. Aber mein Bauchgefühl sagt mir, dass er nicht gefährlich ist. Jedenfalls nicht für uns.«

Finley seufzt. »Du und dein Bauchgefühl. Ehrlich, Mari. Manchmal bist du ein paar Umdrehungen zu waghalsig.«

»Ich weiß.«

»Na toll. Dann wird es langsam Zeit, dass du daraus lernst.«

»Bisher lag ich mit meinem Bauchgefühl immer richtig. Und dir quillt die Neugier doch auch aus den Ohren heraus.«

Finley rollt mit den Augen. »Na und? Das ist noch lange kein Grund, sich Hals über Kopf in die nächstbeste Gefahr zu stürzen. *Ich* muss mich mit dem Kerl herumprügeln, wenn es eskaliert.«

»Hey, ich bin keine dieser Frauen, die tatenlos danebenstehen und kreischen.«

»Das habe ich gemerkt.«

»Hallo? Ich hatte einen Stuhl in der Hand. Und war drauf und dran, ihn einzusetzen.«

»Schon klar. Aber das hier ist einfach eine blöde Idee.«

Ich knuffe Finley in die Seite. »Man muss seinen Instinkten folgen, um weiterzukommen. Jetzt sind wir nun mal hier, also machen wir das Beste draus.«

Mein Bruder nickt zerknirscht. Wir wandern weiter, einmal quer über die Insel, bis vor uns in einer schneegefüllten Senke die Ruine auftaucht. Eingebettet zwischen Felsen und Gestrüpp. Von dem einstigen Gebäude sind nur noch marode Mauern übrig und bilden ein großes, mehrfach unterteiltes Quadrat.

»Kein Selkie weit und breit«, sagt mein Bruder.

»Schade. Nein, warte. Gott sei Dank.«

»Irgendwie beides, hm?« Finley seufzt. »Ich meine, der Typ macht mir schon im verletzten Zustand zu schaffen. Da möchte ich ihn nicht im Vollbesitz seiner Kräfte erleben. Aber andererseits … hm, ich würde ihn schon noch mal gerne sehen. Und ein paar Fragen loswerden.«

Während mein Bruder die verwitterten Mauern betastet, bleibe ich am Rand der Ruine stehen und blicke einer vorbeifliegenden

Möwe nach. Ja, der Fremde ist nicht hier, und doch werde ich das Gefühl nicht los, dass wir uns am richtigen Ort befinden. Vielleicht hat er uns kommen gehört und ist verschwunden. Gut möglich, dass wir längst beobachtet werden.

»Was hätten wir eigentlich gemacht, *wenn* er hier gewesen wäre?«, fragt Finley. »Man schließt nicht einfach Freundschaft mit einem Selkie.«

»Warum nicht?«

»Ach, Mari.« Er bückt sich nach einem morschen Holzstück und hebt es auf. »Das ist doch verrückt. Ich meine, dass wir hier sind. Dass wir nach ihm suchen. Dass wir wirklich glauben, er könnte ein mythischer Seehundmensch sein.«

»Hm«, mache ich nur. »Hättest du was dagegen, wenn ich ein bisschen für mich alleine suche?«

»Ja. Aber du machst sowieso, was du willst.«

»Ich bleibe in der Nähe, okay?«

»In der *unmittelbaren* Nähe, wenn ich bitten darf.«

»Na klar.« Bevor ich gehe, nehme ich die Ruine in Augenschein und suche nach Hinweisen. Aber es gibt nirgendwo Anzeichen dafür, dass an diesem Ort jemand lebt. Wie klein das Haus gewesen sein muss. Insgesamt kaum größer als unser Wohnzimmer, mit vier winzigen Räumen. Früher haben in solchen Gebäuden ganze Familien Platz gefunden, jetzt gibt es nur noch Gras und Schnee und Einsamkeit. In den Mauerfugen sprießt Moos, überall liegen Holzstücke herum, die vielleicht einmal Möbel gewesen sind. Alles an diesem Ort strahlt Vergänglichkeit und Verlust aus. Ein Gefühl, das sich in meiner Kehle zusammenballt und in den Augen brennt. Bevor Finley etwas davon bemerkt, lasse ich die Ruine hinter mir und wandere zum Strand hinunter. Ich muss nur über ein paar flache Dünen steigen und ein Gestrüpp durchqueren, dann stehe ich bereits auf dunklen, vom Meer glatt geschliffenen Kieseln.

Das Nordende der Insel wirkt düster und abweisend, ist aber auf seine Weise schön. Als hätte die Natur alles Überflüssige entfernt und nur das Raue und Ungeschliffene zurückgelassen. Die Wolken über dem Atlantik erinnern an ein dramatisches Barock-Gemälde, der Ozean schmückt sich mit Schaumkronen. Andreas' Kutter kann ich nirgendwo entdecken, was bedeutet, dass kein Unwetter droht.

»Komm schon«, murmele ich. »Du bist hier, nicht wahr?«

Ich blicke mich um. Aber da ist nichts. Keine Bewegung, keine Stimme. Unaufhörlich rollen die Wellen an den Strand und lassen die Kiesel klackern und klirren. Bilde ich mir dieses seltsame, kitzelnde Gefühl in meinem Nacken nur ein, oder werde ich tatsächlich beobachtet? Mein Herz beginnt zu hämmern. Inzwischen ist die Ruine aus meinem Blickfeld verschwunden, aber Finley ist immer noch nahe genug, um mein Rufen hören zu können. Ich drehe mich dreimal um die eigene Achse und mustere meine Umgebung. *Nichts. Nichts. Nichts.* Nur Sträucher, raschelnder Strandhafer und düster drohende Wolkenberge.

Angespannt gehe ich weiter. Bei jedem Schritt klackern die Kiesel und verraten meine Anwesenheit. Ein paar Möwen segeln über der Brandung und stoßen hin und wieder in das Wasser hinab, um Beute zu schlagen. Ich mag diese Insel. Heute mehr als damals, als ich noch ein sorgloses und unbeschwertes Mädchen gewesen bin. Sie strahlt etwas Ursprüngliches und Melancholisches aus, das mein Herz berührt und wie ein Spiegel meiner Seele wirkt.

Gedankenverloren erklimme ich einen der Felsen, balanciere wie eine Bergziege zum nächsten und übernächsten und summe den dramatischsten Part der *Carmina Burana* vor mich hin.

Nach einer Weile beginne ich zu frieren, aber ich klettere weiter, untersuche ein paar Gezeitentümpel und beobachte das vielfältige Leben darin. Da sticht mir plötzlich etwas Helles ins Auge. Es liegt links von mir auf einem flachen Stein, der gut versteckt in einer Felsnische klemmt. Mein Herz vollführt einen Satz. Ich nähere mich dem seltsamen Treibgut … wage kaum darauf zu hoffen … vollführe noch zwei Schritte … und stoße die angehaltene Luft mit einem Keuchen aus.

Es ist ein weißes Seehundsfell.

Das Seehundsfell.

Der Wind spielt mit einem Zipfel davon und lässt es durch die Bewegung wie Seide schimmern. Der Pelz ist fast trocken, was bedeutet, dass er schon eine Weile hier liegen muss.

Meine Knie werden weich. Vorsichtig klettere ich zum Stein hinunter, stolpere, schramme mir an den scharfen Kanten einen Ellbogen auf und stoße mir das Schienbein an.

Niemand kommt, um mich aufzuhalten.

Nichts regt sich.

Und dann beuge ich mich vor und berühre das Fell. Erneut stockt mir der Atem. Es fühlt sich unglaublich weich an. Genauso wie beim letzten Mal, als ich meine Finger darüber habe gleiten lassen. Mit zitternden Händen hebe ich es auf, schnuppere daran und rieche das unverkennbare Aroma nach getrocknetem Blut und Seehund. Oh Mann. Habe ich gerade den Pelz eines Selkies gefunden?

Klack!

Irgendwo löst sich ein Stein. Ich fahre herum, aber da ist nichts. Nur ein paar Möwen und eine Krabbe, die über einen Tanghaufen stakst.

»Bist du hier?«, flüstere ich.

Der Wind heult.

Die Brandung rumort.

Sonst ist nichts zu hören.

»Ich weiß, dass du hier bist. Oder ich glaube es zu wissen. Bauchgefühl und so. Wir machen uns Sorgen, okay? Und wir wollen ... na ja, einfach ein paar Antworten. Wahrscheinlich ist es blöd, dass wir hier auftauchen. Natürlich ist es blöd. Aber manchmal macht man Sachen, die keinen Sinn ergeben. Warum solltest du auch Kontakt mit uns aufnehmen wollen? Immerhin hat dich ein Mensch fast umgebracht.«

Echt jetzt? Oh Mann, Mari. Du bist wirklich durchgeknallt.

Einen Moment lang fühle ich den Impuls, das Fell an mich zu nehmen. Ja, ich denke sogar darüber nach, es einzustecken. Nur, um das unerklärlichste Wunder meines Lebens nicht aus den Augen zu verlieren. Aber wenn ich das tue, bin ich nicht nur dumm und lebensmüde, sondern auch hochgradig egoistisch. Ich seufze, richte mich wieder auf und schaue dem Schäumen und Brausen der Wellen zu. Von Norden her nähert sich eine Regenfront und treibt dunkle Schleier vor sich her. Wahrscheinlich hat Andreas seine Fangfahrt inzwischen abgebrochen und wird jeden Moment vor der Insel aufkreuzen.

Als wolle der Wind diesen Gedanken aufgreifen, wird er merklich stärker und zerrt an meinen Haaren. Zwischen den Felsen beginnt es zu pfeifen, und ich bilde mir ein, eine Warnung darin zu hören. Immer höher türmen sich die Wellen auf, spucken mir ihre Gischt entgegen und scheinen mich in die Flucht schlagen zu wollen.

Vielleicht ist es doch ein Fehler. Das alles hier.

Ich mustere das Fell. Suche noch einmal die Umgebung ab.

Nichts.

Und plötzlich reißen die Wolken wieder auf und lassen einen gleißenden Sonnenstrahl auf das Meer fallen. Das finstere Graublau des Wassers verwandelt sich in glitzerndes Silber, ein Hauch von Wärme berührt mein Gesicht und funkelt auf den Schneeresten. Fasziniert stehe ich da und beobachte das Farbenspiel. Aber unter meiner Bewunderung gärt Enttäuschung. Finley scheint es genauso zu gehen, denn er taucht zwischen dem Strandhafer auf, schüttelt frustriert den Kopf und begibt sich erneut auf die Suche.

Mein Blick fällt wieder auf das Fell. Der Drang, es an mich zu nehmen, ist beängstigend und verwirrend stark. Warum, zum Teufel? Weil ich so dringend Antworten brauche? Weil ich um jeden Preis die Wahrheit herausfinden will?

Nein!, schelte ich mich selbst. *Du wirst es nicht stehlen. Wenn du das tust, bist du nicht nur ein schlechter Mensch, sondern auch genau das, was Finley in dir sieht: eine waghalsige, impulsive und nicht immer logisch denkende Frau. Du kennst die Geschichten. Du weißt, was passiert, wenn man die Haut eines Selkies klaut. Also denke nicht mal darüber nach.*

Abrupt drehe ich mich um, balanciere zu einem flachen Felsen und setze mich darauf. Erneut blitzt die Sonne zwischen den Wolken auf und lässt mich niesen.

»Mari?« Finleys Kopf taucht im Gestrüpp auf. »Ist alles okay?«

»Ja.« Einen Moment lang spiele ich mit dem Gedanken, meinem Bruder vom Fell zu erzählen. Aber dann beschließe ich, noch ein wenig allein sein zu wollen. Später kann ich ihm immer noch davon berichten und sein ungläubiges Gesicht genießen. »Ich musste nur niesen.«

»Mann, du klingst wie ein Zwei-Meter-Kerl mit Riesennase.«

»Ich kann nicht leise und unauffällig. Das solltest du inzwischen wissen.«

»Irgendwann fliegt dir noch mal der Riechkolben weg. Oder dein Kopf explodiert. Okay, dann bis gleich. Ich bin direkt hier hinter der Düne, okay?«

»Hast du was Spannendes?«

»Wie man's nimmt. Hier ist ein Stein mit orangefarbenen Flechten, die aussehen wie der Kopf von Elvis.«

»Toll.«

»Gib Bescheid, wenn was ist.«

»Na klar.«

Ich grinse, stecke die Hände in meine Jackentaschen und lasse mich vom einschläfernden Rollen der Wellen einlullen. Der monotone Rhythmus macht genauso müde wie der schnelle Wechsel zwischen Sonnenschein und Wolkenschatten. Ich beobachte, wie die Regenfront nach Osten abdriftet, während der Wind wieder sanfter und die Luft etwas wärmer wird. Ein Geschenk des Golfstroms, der dafür sorgt, dass unsere Winter nicht so kalt sind, wie man es vom 58. und 59. Breitengrad erwartet. In nicht mal drei Stunden geht die Sonne schon wieder unter, aber noch bleibt uns Zeit. Und die würde ich auskosten. Bis zur letzten Sekunde.

Allmählich beruhigt sich mein rasendes Herz. Ja, ich fühle sogar etwas wie Frieden. Kaum schließe ich die Augen, sehe ich erneut sein Blut auf meinen Händen. Spüre das schwarze, weiß gesträhnte Haar zwischen meinen Fingern und diese seltsame Aura aus Geheimnissen, die ihn wie ein Mantel umgibt.

Selkie oder Mensch.

Ganz egal.

So oder so will ich ihn wiedersehen.

Kian

Einerseits bin ich wütend, weil ich nicht gut genug auf mein Fell aufgepasst habe. Andererseits wächst meine Faszination für Mari, weil sie die Seehundshaut gefunden und wieder zurückgelegt hat. Mag sein, dass sie einen Moment lang darüber nachgedacht hat, den Pelz zu stehlen. Aber sie hat es nicht getan.

Es sind nicht deine Gedanken, die zählen, hat mein Vater einmal gesagt. *Sondern ausschließlich deine Taten. Jeder von uns hat dunkle und boshafte Triebe. Entscheidend ist, ob du sie kontrollierst oder herauslässt.*

Ich wage es, zum nächsten Felsen zu huschen. Vier Schritte näher an Mari heran. Schlaftrunken sitzt sie auf einem flachen Stein, hält ihre Augen geschlossen und dämmert vor sich hin. Ihr kupferrotes Haar glänzt wie frisch geschälte Kastanien, ihr Gesicht wirkt friedlich und entspannt. Sie scheint sich ihrer Sache sicher zu sein. Was für ein törichter Mensch. Ich könnte sie töten. Mühelos. Hier und jetzt. Mit einem einzigen Griff. Und doch hocke ich tatenlos hinter dem Felsen und kann nicht fassen, wie sehr mich ihr Anblick erschüttert.

Ja, Mari kennt die alten Geschichten. Sie hat Angst vor mir, und doch fühlt sie den Drang, nach mir zu suchen. Ist sie deshalb dumm? Nein, keineswegs. Aber Menschen wie sie sterben oft einen frühen Tod, weil sie auf die Gefahr zulaufen, anstatt ihr aus dem Weg zu gehen.

Langsam schleiche ich näher heran, fasziniert davon, wie ein flüchtiger Sonnenstrahl goldene Reflexe in ihr Haar zaubert. Auf Maris Wangen und der Nase tummeln sich winzige Sommersprossen. Alles an ihr ist so klein und zart. So verletzlich und wunderschön. Es wäre ein Kinderspiel, sie jetzt in den Strandhafer zu zerren und …

Nein! Denke nicht einmal daran!

So bist du nicht.

Niemals!

Erneut bleibe ich stehen. Starre sie einfach nur an. Ihre kleine, verlorene Gestalt, die sich harmonisch in meine Insel einfügt, anstatt das Bild zu stören. Plötzlich ist es, als würden sich die Stacheln eines Seeigels in mein Herz bohren. Ich will diese Frau berühren. Ich will an ihr riechen, mich neben sie setzen und ihr in die Augen blicken.

Ich will, dass sie mich ansieht.

So, wie es schon einmal geschehen ist.

In der Nacht, in der ich fast gestorben bin.

Es ist so lange her, dass jemand mit mir geredet hat. Kann ich überhaupt noch ein Gespräch führen, das über ein paar geknurrte Worte hinausgeht? Ich weiß es nicht. Jahrzehntelang hat es mich nicht gestört, allein zu sein. Nur mit den Geschöpfen des Meeres als Gesellschaft. Aber jetzt fühle ich mich plötzlich einsam. Ihretwegen. Weil sie mich daran erinnert, was sein könnte. Was einst gewesen ist und was ich verloren habe.

Hör damit auf und verschwinde!

Jetzt!

Meine Instinkte brüllen mich förmlich an. Aber ich rühre mich nicht. Werde ich etwa alt? Verliere ich meinen Sinn für Gefahr? Gestern hat sich ein Menschenjunge auf die Insel geschlichen und erst meine Aufmerksamkeit erregt, als er unter lautem Geknatter zurück auf das Meer gefahren ist. Jetzt stiehlt diese Frau beinahe mein Fell, und anstatt ihr aus dem Weg zu gehen, pirsche ich mich an sie heran wie ein verliebter Welpe.

Behutsam vollführe ich noch einen Schritt. Und noch einen. Es kommt einem Kunststück gleich, sich lautlos über einen Kieselstrand zu bewegen, und meine Muskeln zittern vor Anspannung. Aber ich gehe weiter. Langsam wie eine Seeschnecke. So oder so muss ich von dieser Insel verschwinden. Darauf läuft alles hinaus. Zwei Menschen wissen über mich Bescheid, und das sind zwei zu viel.

Mari seufzt. Es klingt wie das Singen eines kleinen Vogels, wenn er schläft. Abrupt bleibe ich stehen. So nah hinter ihr, dass ich nur den Arm ein wenig ausstrecken muss, um sie zu berühren. Genüsslich atme ich ein, rieche den Duft ihres Körpers und wittere warme, sinnliche Weiblichkeit. Unwillkürlich beuge ich mich vor, atme erneut ein und berühre mit der Nasenspitze fast ihr Haar. Maris Geruch ist einzigartig. Er lässt Wünsche in mir aufkeimen, die meine Wangen mit Hitze und meine Lenden mit einem verlangenden Ziehen füllen.

Da löst sich plötzlich ein Stein unter meinem rechten Fuß.

Klack!

Ich erstarre. Mari zuckt zusammen. Im gleichen Moment erklingt von irgendwoher das Knattern eines Fischkutters. Hektisch blicke ich mich um und sehe einen grünen, sich schnell nähernden Punkt am Horizont.

Mach schon! Verschwinde!

Sofort!

Aber dann blicke ich in Maris weit aufgerissene Augen. Sie sind klar und grün wie flaches Wasser über einem Bett aus Seegras. Da ist Angst in ihrem Blick, gefolgt von Freude und Bestürzung. Aber ich sehe nichts Böses. Weder Heimtücke noch Gier.

Endlose Momente lang starren wir einander an. Als hätten wir beide unsere Fähigkeit zur Bewegung eingebüßt. Dann findet Mari ihre Stimme wieder: »Ich … äh … hi!«

»Hi«, murmele ich, und komme mir unsagbar dumm vor. Was, bei allen Gespenstern der See, erwarte ich eigentlich? Dass sie Freundschaft mit mir schließt? Dass sie sich willig von mir verführen lässt? Alles steht still. Mein Körper. Meine Gedanken. Meine Vernunft. Ganz langsam richtet sich Mari auf und reicht mir, als sie in voller Größe vor mir steht, gerade bis zum Kinn. Ihr Blick wandert ein paar Mal auf und ab, bleibt zwei Herzschläge lang an meiner Körpermitte kleben und landet schließlich im Gesicht. Bei allen Feuerquallen und Seegeistern! Was tue ich hier? Besser gesagt, was tue ich *nicht*?

Maris Nase kräuselt sich. Natürlich. Dank Briana stinke ich immer noch nach Fisch und altem Schmieröl. Ich spüre, wie die Hitze in meinen Wangen pocht. Der verletzte Stolz schreit förmlich danach, den Umstand des strengen Geruchs zu erklären, aber ich bringe kein Wort hervor. Ja, ich weiß nicht einmal, wie viel Zeit vergeht. Vielleicht sind es nur ein paar Herzschläge. Vielleicht verstreicht auch eine ganze Stunde, in der wir wie zwei festgewachsene Bäume voreinanderstehen und uns gegenseitig mit Blicken verschlingen. Irgendwann brüllt eine Stimme ihren Namen und reißt mich aus meiner Lähmung.

Mehrere Dinge passieren.

Alle gleichzeitig.

Oder es kommt mir nur so vor, weil ich nach wie vor zu keinem klaren Gedanken fähig bin. Der Mann namens Finley sprintet über die Dünen, fuchtelt mit einem winzigen Messer herum und brüllt sich die Lunge aus dem Leib. Der Fischkutter ist plötzlich erschreckend nahe und spuckt eine schwarze Rauchwolke aus.

Knall!

Ein Schuss zerfetzt die Stille. Sand und Kiesel spritzen auf. Irgendwo neben mir. Ein weiterer Schuss donnert. Dann ein dritter und vierter. Erneut schlagen die Kugeln ein gutes Stück neben mir ein.

Mari schreit etwas, das ich nicht verstehe, denn meine Instinkte reagieren blitzschnell. Alles wird schlagartig gleichgültig. Es geht nur noch darum, mit heiler Haut davonzukommen. Ehe ich weiß, wie mir geschieht, hechte ich auch schon in das Wasser und tauche ab. Schwimme so schnell und tief, wie es mein Menschenkörper zulässt, und begreife zu spät, dass ich mein Fell nicht mitgenommen habe. Die Stimmen und der Lärm verhallen im Rauschen des Wassers, die Strömung treibt mich hinaus in die schützende Weite meiner Heimat und verwischt alle Gedanken. Selbst ohne das Fell werde ich ein Stück weit zum Tier, sodass ich erst wieder zu mir komme, als ich mich weit draußen auf offener See befinde.

Vom Kutter ist weit und breit nichts zu sehen.

Trotzdem warte ich, bis der Himmel so rotgolden glüht wie Maris Haar. Erst dann kehre ich zur Insel zurück, steige aus dem Wasser und muss erkennen, dass mein Fell verschwunden ist.

Verflucht!

Nein ... halt! Es liegt dort drüben. Die Flut hat es ein Stück nach oben gespült, sodass es jetzt mit der blutigen Seite nach unten im Sand liegt.

Ich seufze zweimal. Zuerst vor Erleichterung. Dann, als ich es aufhebe, wegen der dicken Sandkruste, die an der Innenseite klebt. Wenn ich mein Fell nicht gründlich wasche, dürfte der nächste Ausflug in die Tiergestalt ziemlich unangenehm werden.

Na und? Sei froh, dass es noch dir gehört. Auf dieser Welt gibt es tausend Dinge, die schlimmer sind als ein paar Sandkörner unter der Haut.

Während ich zurück in das Wasser wate und meine Seehundshaut reinige, hüllen sich Meer und Insel in ein atemberaubend schönes Dämmerlicht. Zwischen bauschigen Wolkenbergen glimmen die ersten Sterne, der Wind wird wieder kälter und überzieht die Felsen mit glitzerndem Frost. Ich muss verschwinden. Besser heute als morgen. Und doch komme ich nicht gegen den Wunsch an, Mari wiedersehen zu wollen.

Was zieht mich so zu ihr hin? Ist es schlichtes Begehren? Bin ich einfach zu lange allein gewesen? Oder steckt mehr dahinter? Immerhin scheint auch sie nicht von mir lassen zu können, obwohl so viele Geschichten vor dem Unheil warnen, das meinesgleichen anrichten kann. Ja, wir müssen einander aus dem Weg gehen. Aus so vielen Gründen. Und doch scheinen wir nicht vom jeweils anderen loszukommen.

Immer hoffnungsloser verstricken sich meine Gedanken in wilden Theorien. Als ich mit dem Waschen fertig bin und nebenbei ein paar Muscheln verspeist habe, geht bereits der Mond auf. Aber ehe er eine Handbreit über den Horizont steigen kann, wird sein Licht von einer dichten Wolkenfront verschlungen. Der Himmel zieht sich zu, die Nacht wird stockdunkel. Wenn Mari mein Fell mitgenommen hätte, wie viel Zeit würde mir jetzt bleiben, um es zurückzuholen? Ein viertel Mondlauf? Oder doch ein halber? Ich verspüre nicht die geringste Lust, es herauszufinden.

So viele Fehler innerhalb weniger Tage. Das ist eine mehr als erschreckende Tatsache. Zuerst erwischt mich die Kugel, dann stromert ein Menschenjunge unbemerkt auf der Insel herum. Und schlussendlich kommen auch noch Mari und ihr Bruder nach Skara Brae, um mich zu finden, und ich vergesse bei meiner überstürzten Flucht, das Fell mitzunehmen. Zukünftig muss ich vorsichtiger sein. Sonst wird es böse enden.

»Hallo, kleiner Seehund.« Draußen im Meer taucht eine schwarze Finne aus den Wellen auf. *»Lust auf einen Ausflug?«*

Nein, will ich zuerst antworten. Aber dann steigt wieder diese Sehnsucht in mir auf. Dieser glimmende, hartnäckige Funke, der mir einfach keine Ruhe lässt. Ich darf ihm nicht nachgeben. Niemals. Und doch stehe ich auf, drücke die Seehundshaut gegen meine Brust und wate in das Wasser. Auf Briana zu, die ihren Bauch in Richtung Himmel dreht und mit den Flippern wackelt.

»Wenn du von etwas nicht lassen kannst«, sagt sie im Tonfall einer alten, weisen Waldame, *»dann schickt dir die Große Mutter eine Botschaft.«*

»Ach ja?« Ich tauche ab und verschmelze mit dem Fell. Diesmal reite ich nicht auf Brianas Rücken, sondern schwimme neben ihr her durch das nachtdunkle Wasser. *»Welche Botschaft denn? Dass mir nicht mehr zu helfen ist?«*

»Nein. Es bedeutet, dass eine Aufgabe auf dich wartet. Und ob es dir gefällt oder nicht, das Menschenweibchen hängt damit zusammen. Sie spürt es genauso. Deswegen hat sie nach dir gesucht.«

»Na wunderbar.« Ich tauche abrupt tiefer ab. *»Das hat mir gerade noch gefehlt. Wir müssen nämlich verschwinden. Hier wird es bald zu ungemütlich.«*

»Ich verstehe. Aber du solltest der Botschaft trotzdem folgen.«

»Das ist zu gefährlich.«

»Glaube mir, kleiner Seehund.« Briana verpasst mir einen sanften Stoß mit der Schnauze. *»Wenn wir jetzt verschwinden, kriegst du noch mehr schlechte Fische in deinen Bauch und kehrst im Handumdrehen wieder zurück. Ich weiß es. Du magst älter sein als ich, aber die fehlende Gesellschaft hat deinen Geist abgestumpft. Es gibt Dinge, die notwendig sind. Die du brauchst, um lebendig und gesund zu bleiben. Folge der Stimme der Großen Mutter. Hör zu, was sie sagt. Dann wird alles gut. Du wirst schon sehen.«*

KAPITEL 4

Wie ich etwas gewann und wieder verlor

Robin

Vor dem *Pierowall Cottage* gab es zwei weiße Tische mit jeweils zwei Sitzbänken, auf denen Robin gerne den Vormittag verbrachte. Vor allem, wenn er die Schule schwänzte. Zwar lagen die Dinger nicht gerade idyllisch neben einem Parkplatz, aber man konnte auf die Bucht schauen und hatte halbwegs seine Ruhe. Inzwischen wusste Robin nicht mehr, wie oft er sich das Video schon angesehen hatte. Es wurde einfach nicht realer. Nicht im Mindesten. Jedes Mal bekam er aufs Neue eine Gänsehaut, sein ganzer Körper begann zu kribbeln, ihm wurde abwechselnd heiß und kalt und das Gefühl, nur knapp mit dem Leben davongekommen zu sein, machte einen Knoten in seinen Magen.

Diese Kreatur war ein verdammtes Raubtier. Sie hätte ihm wahrscheinlich die Eingeweide herausgerissen, nur um zu verhindern, dass er mit seinem Beweis stiften ging.

Aber ganz ehrlich … wie viel war ein Video wert, wenn es im Internet nur so vor Fälschungen wimmelte? Vermutlich gar nichts. Denn die meisten Leute würden die Aufnahme für einen Fake halten. Der Rest roch wahrscheinlich Lunte, kreuzte auf der Insel auf und zog komische Schwurbler- und Spinnersachen ab. Nein, unter seinem normalen YouTube-Konto konnte er das Ding auf gar keinen Fall veröffentlichen. Was, wenn ihm der ganze Scheiß um die Ohren flog?

Robin kaute auf seiner Unterlippe herum und dachte nach. Okay. Dann musste er eben ein anonymes Konto anlegen. Mit neuer Mailadresse und allem Drum und Dran. Konzentriert begann er zu tippen, während ein paar Schneeflocken vom Himmel rieselten. Normalerweise schneite es selten auf Westray, sondern pisste einfach vor sich hin. Scheißwetter halt. Aber dieser Winter wollte es wissen. Robin fröstelte, legte eine Mailadresse mit bescheuertem Namen an, registrierte sich bei YouTube und …

»Mein lieber Freund! Jetzt ist Schluss mit lustig.«

Eine Hand packte ihn grob am Nacken. Die andere wand ihm das Smartphone aus den Fingern. Und dann – Robin keuchte vor Entsetzen – flog das Ding in hohem Bogen durch die Luft und landete ein gutes Stück entfernt in einem Haufen aus angespültem Tang.

»Dad! Das kannst du nicht machen!«

»Oh doch. Und wie ich das kann.«

Robin wand sich im Griff seines Vaters. Aber der zerrte ihn unbarmherzig auf die Füße und schleifte ihn zum Parkplatz hinüber. *Scheiße! Scheiße! Scheiße!*

»Du hast dich lange genug wie ein dummes Kind aufgeführt«, schnauzte er ihn an. »Jetzt wird eine andere Musik gespielt. Und wenn du denkst, dass wir dir ein neues Smartphone kaufen, hast du dich geschnitten.«

»Dad!« Robin schossen die Tränen in die Augen. »Du hast ja keine Ahnung, was …«

»Oh doch!«, schnaubte sein Vater, riss die Autotür auf und stieß ihn unsanft hinein. »Ich habe sehr wohl eine Ahnung. Denkst du, ich kriege nicht mit, wie es in letzter Zeit um dich steht? Heute hat Mr. Morrow angerufen. Ja, genau. Dein Schuldirektor. Er hat mir ein paar Sachen erzählt, weißt du?«

»Ich brauche mein Smartphone!«

»Eine Tracht Prügel, die brauchst du! Ich war immer ein Verfechter der antiautoritären Erziehung, aber damit ist jetzt Schluss. Du bekommst erst wieder ein neues Smartphone, wenn du es dir verdient hast.«

»Ich will kein neues. Ich will mein altes. Bitte, Dad! Lass es mich holen. Ich schwöre dir, dass ich nie wieder die Schule schwänze. Ich lerne Tag und Nacht. Ich mache alles, was du willst. Aber ich brauche mein Smartphone.«

»Nein!«, knurrte sein Vater, knallte die Tür zu und schlug noch einmal mit der flachen Hand gegen die Scheibe. »Das kannst du so was von vergessen.«

Mari

Beethovens siebte Sinfonie folgt ihren harmonischen Strömen aus Klang und lässt mich immer wieder erschauern. Seit Finley und ich *Knowing* mit Nicholas Cage gesehen haben, verbinde ich das Musikstück mit apokalyptischen Bildern: Ein gewaltiger Sonnensturm, der die Erde verschlingt. Panische, verzweifelte und resignierte Menschen im Angesicht eines allumfassenden Endes, aus dem es kein Entrinnen gibt.

Mir ist zum Weinen zumute.

Alles scheint aus den Fugen zu geraten.

Immer wieder und wieder.

»Ich dachte, ich guck nicht richtig«, gehen mir Andreas' Worte durch den Kopf. »Da komme ich um die Ecke geschippert, und was sehe ich? Einen nackten Kerl, der meiner Mari an die Wäsche will. Ha! Dem habe ich einen ordentlichen Schrecken eingejagt. Ist ins Wasser gehechtet wie eine verdammte Sardine auf 'nem Katapult. Was war das für ein Lüstling? Hat er dir wehgetan? War das ein Exhi...dingsbums. Wie nennt man das noch mal?«

»Er wollte mir nichts tun, Andreas. Das musst du mir glauben. Er ist nur ein wenig ... seltsam.«

»Was? Kennst du den Lustmolch etwa?«

»Ja. Nein. Ich meine, ich weiß, dass er gerne auf die Insel ... äh ... fährt und einen auf ... na ja, Naturburschen macht. Ich glaube, sein Vater war so eine Art Alt-Hippie. Deswegen denkt er sich nichts dabei, wenn er nackt auf einsamen Inseln herumrennt. Warum auch nicht? Normalerweise ist er ganz alleine dort.«

»Mist! Denkst du, er zeigt mich an? Ich meine, was soll ich denn bitteschön davon halten, wenn ein Kerl im Adamskostüm dir auf die Pelle rückt? Da würde doch jeder zuerst schießen und dann fragen. Abgesehen davon tickt der Bursche doch nicht sauber, wenn er bei dieser Kälte nackt herumläuft.«

»Er ist eben abgehärtet. Und ich glaube nicht, dass er dich anzeigt.«

»Wirklich?«

»Ja. Das ist eher … hm, unwahrscheinlich. Aber bitte schieß nicht noch mal blindwütig in der Gegend herum, ja? Du bist nicht Barry.«

»Ja. Nein. Schon klar. Ich hatte nun mal verdammt große Angst um dich. Dieser Hippiesprössling mit Frostschutz in den Adern hätte dir sonst was antun können.«

Ja, Andreas ist außer sich gewesen. Verständlicherweise. Den ganzen Weg zurück nach Westray hat er vor sich hin geschimpft und geschworen, uns nie wieder auch nur in die Nähe von *Skara Brae* zu bringen.

Ich wische mir eine Träne von der Wange und muss trotz meiner düsteren Stimmung grinsen. Armer alter Muffy. Kein Wunder, dass er die Begegnung mit dem Selkie falsch aufgefasst hat. Aber er hat recht. Letztendlich *hätte* mir der Fremde alles antun können. Im Nachhinein bin ich mir sogar sicher, dass ihm ein paar unanständige Gedanken durch den Kopf gegangen sind. Ist da nicht Hunger in seinen Augen gewesen?

Hunger nach … mir? *Lieber Himmel!*

Ich schaudere, nehme noch einen Schluck Jasmintee und versuche, zur Ruhe zu kommen. Meine Wangen glühen, das Herz pocht mir bis zum Hals. Er hat sich angeschlichen. Vollkommen lautlos. Zumindest, bis sich dieser Stein gelöst hat. Welche Absichten hat er verfolgt? Ist er nur neugierig gewesen? Nein, es hat mehr dahintergesteckt. Ich habe es in seinen Augen gesehen.

Dieser Blick … er geht mir nicht mehr aus dem Kopf. Und plötzlich begreife ich, dass es nicht die Musik ist, die mich wieder und wieder erschauern lässt. Sondern meine Erinnerung an ihn. Wie er mich angesehen hat. Wie er vor mir aufgeragt ist, so groß und seltsam und absolut erstaunlich. Mit einer Präsenz, die mir schlichtweg den Atem geraubt hat. Bedrohlich, ja. Aber auch anziehend. Ich hätte weglaufen sollen. Ja, das hätte ich.

Aber stattdessen …

Ach, verdammt.

Ich nippe an meinem Tee und starre nach draußen in die Nacht, die schwarz und schwer an den gläsernen Wänden klebt. Habe ich wirklich darüber nachgedacht, sein Fell zu stehlen? Ja, allerdings. Aber warum, zum Teufel? Zuerst verurteile ich Oliver, weil er dem Geheimnis um jeden Preis auf den Grund gehen will, und dann ziehe ich los und mache genau *das*.

Wie gut, dass ich die Seehundshaut letztendlich doch habe liegen lassen. Der Selkie wäre wütend gewesen. So richtig angepisst. Und das zurecht. Wahrscheinlich kann er mich im Handumdrehen verfluchen, ertränken, zerfetzen oder in den Wahnsinn treiben.

Ich trinke meinen Tee aus, stelle den Becher auf den Tisch und seufze. Es ist schon weit nach Mitternacht, aber ich bin wacher als jemals zuvor. Im Gegensatz zu Finley, der derart laut schnarcht, dass ich es bis ins Gewächshaus höre.

Ich will zurück nach *Skara Brae.* Der Gedanke ist dumm und einfältig und idiotisch, aber er krallt sich hartnäckig in meinem Kopf fest. Ich will zurück und mehr über den Selkie erfahren. Aber Finley und Andreas werden das zu verhindern wissen. Zurecht, wie mein Vernunft-Ich argumentiert. Wenn ich noch einmal auf die Insel will, werde ich mir selbst ein Boot mieten müssen. Und das wäre nun wirklich lebensmüde.

»Komm damit klar«, sage ich zu mir selbst. »Lass es auf sich beruhen. Tu einfach so, als wäre das Ganze niemals passiert.«

Ich ziehe die Kuscheldecke bis zu meinem Kinn hoch und mustere den Kunstdruck, der neben mir an der Wand hängt. Rubens *Leda und der Schwan*. Wenn man die Geschichte dahinter kennt, hat die Darstellung etwas Verstörendes. Trotzdem mag ich die Art, wie sich Vogel und Frau zärtlich aneinand*erschmiegen.*

Seidige Federn auf weicher Haut.

Ich streichele über die Decke und male mir aus, sie sei ein weißes Seehundsfell. Prompt wickele ich mich noch fester darin ein, stecke die Nase in den samtigen Flor und versuche, zu vergessen. Aber es passiert das genaue Gegenteil. Vor meinem inneren Auge sehe ich unsere Begegnung auf der Insel, als wäre ich ein fremder Beobachter: *Wir stehen voreinander, stocksteif, eingefroren im Lauf der Zeit, und starren uns die Augen aus dem Kopf. Einer ist fassungsloser als der andere. Durch und durch skurril, diese Situation. Warum er wohl nach altem Fisch und ranzigem Öl gerochen hat? Bei unserer ersten Begegnung habe ich nichts dergleichen wahrgenommen. Wirklich eigenartig. Und dann diese Augen … sie sind selbst im Tageslicht pechschwarz. So finster und unergründlich. Ein magisches Wesen aus alten Märchen. Eindeutig lebendig, aber gleichzeitig so surreal wie eine Fata Morgana. Meine Wangen werden heiß, als ich eine Sekunde zu lange auf seine Körpermitte starre. Natürlich bemerkt er es. Oh, lieber Him-*

mel! Wie soll ich meinen Blick kontrollieren, wenn plötzlich ein splitternackter Kerl mit der Statur eines Zehnkämpfers vor mir steht? Ich muss eingeschlafen sein. Anders kann ich mir nicht erklären, warum er sich unbemerkt so dicht an mich heranschleichen konnte.

Mein ganzer Körper gerät in Aufruhr. Ich vergrabe mich in der Decke, aber es nützt nichts. Jede meiner Zellen prickelt und glüht, Gedanken flattern umher, Erinnerungen verselbständigen sich. Inzwischen ist es fast halb zwei, und ich bin dem Schlaf ferner denn je. Schließlich gebe ich es auf, Ruhe finden zu wollen, tigere eine Weile durch das Haus, trinke Kaffee, versuche zu lesen und merke schnell, dass ich mich auf nichts konzentrieren kann. Also ziehe ich einen braunen Wollpullover und eine schwarze Steppweste über mein Shirt, wickele mir einen Schal um den Hals, schlüpfe in die Stiefel und gehe nach draußen.

Ja, so ist es besser.

Der Wind kühlt meine überhitzte Haut, es hat sogar etwas seltsam Beruhigendes, durch die matschigen Schneeüberreste zu stapfen. Ich wandere ein Stück die Klippen entlang und schwenke nach etwa zweihundert Metern zum Strand hinunter. Dorthin, wo Finley und ich den Seehund gefunden haben. Der Himmel ist bedeckt, weder Mond noch Sterne sind zu sehen. Ohne den Schnee könnte ich nicht einmal die Hand vor Augen erkennen. Gischt leuchtet in der Finsternis, das Meer braust und tobt und rennt mit seiner Wellenarmee gegen das Land an.

Was der Selkie wohl gerade tut? Schläft er in der Ruine? Schwimmt er in Tiergestalt durch das Meer? Ich versuche, es mir vorzustellen, und es gelingt mir erstaunlich gut.

Unmöglich, beharrt meine Vernunft noch immer. *Es ist und bleibt ein Märchen. Das ist doch alles nur Seemannsgarn, und du verrennst dich da in etwas. Und zwar ganz gewaltig.*

Eine hohe Welle schäumt über den Sand, leckt an den Schneepfützen und spuckt mir Gischtflocken entgegen. Ich schließe meine Augen, atme tief und langsam ein und glaube, den Herzschlag der See wahrzunehmen. Wie eine Schwingung im ganzen Körper, die im Gleichtakt mit meiner Existenz vibriert. Ja, ich kann es fühlen. Das Geheimnis. Das unbegreifliche Mysterium, das wir niemals ganz verstehen werden. Es schläft in der grenzenlosen Weite des Meeres und erlaubt uns Menschen im besten Fall einen kurzen Blick. Nicht mehr.

Denn was dort draußen lebt, ist nicht für uns bestimmt.

Ich starre auf die Wellen und male mir aus, in das Wasser zu rennen. Wie es wohl ist, eins mit ihm zu werden? Mit all seiner Wildheit und Kälte und der unbändigen Kraft, die seit Milliarden von Jahren den Planeten umspannt, endlos fließend in einem komplexen Kreislauf aus Strömungen?

Vermutlich ist es nur Einbildung, aber wie auf Skara Brae glaube ich zu spüren, dass er mich beobachtet. Die Nacht ist stockfinster. Selbst wenn er nur ein paar Meter vor mir aus dem Wasser schaut, würde ich ihn nicht bemerken.

»Du bist eine Spinnerin!«, sage ich zu mir selbst. »Was kommt als Nächstes? Jagst du Elfen hinterher und stellst Einhörnern eine Falle?«

Beweg deinen Hintern zurück ins Haus, Mari. Sofort. Ob Einbildung oder nicht, es ist verdammt noch mal gefährlich.

Ich seufze, drehe mich um und stapfe zurück zum Pfad. Aber dann sehe ich eine Bewegung im Augenwinkel.

Ich fahre herum – und sehe ihn.

Alles in mir erstarrt.

Wieder einmal.

Ganz langsam erhebt er sich aus dem flachen Wasser. Gerade nah genug, um ihn schemenhaft erkennen zu können. Zuerst sehe ich seinen Kopf, eingerahmt vom schwarzen, weiß gesträhnten Haar. Dann die Schultern. Schließlich stemmt er sich gänzlich hoch und kommt auf mich zu. Ich kann mich nicht rühren. Nicht einmal atmen. Seelenruhig watet er durch die eiskalte Brandung, bleibt zwei Schritte vor mir stehen und starrt mich an. Wassertropfen rinnen über seinen Körper. Er sieht aus, als hätte er sich aus der See materialisiert. Aus Gischt, Kälte und Dunkelheit. Ganz langsam legt er sich das Fell um die Schultern, und ich sehe, dass ein paar dunkle Rinnsale über seine Brust rinnen. Frisches Blut. Stammend von einer Verwandlung, die mein logisch denkender Verstand vermutlich niemals akzeptieren kann.

Wie bereits auf der Insel stehen wir bewegungslos voreinander. Ich merke, dass mein Mund offen steht, klappe ihn wieder zu und versuche, nichts anderes als seine Augen anzusehen. Da tritt der Selkie noch einen Schritt näher an mich heran. Inzwischen ist das Aroma nach altem Fisch und ranzigem Öl schwächer geworden, aber ich kann es immer noch wahrnehmen.

»Es war Briana«, sagt er leise.

Ich blinzele. »Äh … was?«

»Sie hat mich eingesprüht. Mit ihrem Blas.«

»Wer ist Briana?«

»Ein Orca.«

»Du … ich … was? Ein Orca hat dich eingesprüht?«

»Ja. Deswegen stinke ich.«

Mein Mund klappt erneut auf. Ich weiß nicht, was ich sagen soll. Was ich denken soll. Was ich tun soll. Großer Gott, passiert das hier wirklich? Eine Frage, die ich mir in letzter Zeit verdammt oft gestellt habe. Meine Finger zucken. Begierig danach, ihn zu berühren. Ich muss spüren, dass er tatsächlich vor mir steht. Atmend. Real. Lebendig.

Aber ich kann mich nicht rühren.

»Danke, dass du es nicht gestohlen hast«, sagt er schließlich.

»Was?«

»Das Fell.« Er berührt flüchtig den weiß schimmernden Pelz. »Ich weiß, dass du darüber nachgedacht hast. Aber du hast es nicht getan.«

»Nein.« *Mari! Sprich in vollständigen Sätzen.* »Das wäre … ähm … ich versuche, ein guter Mensch zu sein. Meistens jedenfalls.«

Der Selkie deutet ein Nicken an und mustert mich von oben bis unten. Warum blickt er nicht eine Sekunde lang zur Seite? Kennt er denn gar keinen Anstand? Nein, vermutlich nicht. Ob dieser Kerl überhaupt eine Ahnung von menschlichen Verhaltensregeln hat? In Grundzügen sicherlich, denn immerhin spricht er unsere Sprache.

Lieber Himmel!

Er sieht absolut surreal aus, wie er da vor mir steht. Fast nackt in einer kalten Winternacht, nur bekleidet mit einem weißen Seehundsfell, das sich um seine Schultern schmiegt. Und dann diese Stimme … jedes Wort scheint direkt in meine Seele einzudringen. Wie eine verlockende Strömung, die mich ganz sanft und fast unbemerkt auf die offene See hinauszieht. Eine Gänsehaut rieselt über meinen Körper. Vielleicht ist es die Kälte. Vielleicht auch die Angst. Oder schlichte, ehrfürchtige Faszination für eine wahr gewordenen Legende.

»Was … willst du von mir?«, stammele ich. »Warum bist du … hier?«

»Ich weiß es nicht.« Der Selkie streicht ganz sacht über das Fell. Vermutlich eine Geste der Unsicherheit, die mir eine weitere Gänsehaut beschert. »Ich denke, ich wollte dich wiedersehen.«

»Nach allem, was passiert ist?«

»Ja.« Er schüttelt zerstreut den Kopf. »Du hast recht. Es ist dumm. Ich sollte wieder gehen.«

Abrupt dreht er sich um und watet zurück in das Wasser.

»Nein«, platzt es aus mir heraus. »Warte noch.«

Tatsächlich bleibt er stehen, starrt aber weiterhin auf das Meer. »Warum?«

»Weil ich wissen will … weil ich … ach, verdammt!« Ich knülle die Enden meiner Ärmel zusammen und knete nervös darauf herum. »Ich brauche Antworten. Ich muss wissen, dass ich nicht durchdrehe, okay? Es tut mir leid, dass Muffy einfach so rumgeballert hat. Er wollte dir nichts tun. Der Ärmste hat nur gedacht, dass du … na ja, was soll er schon denken, wenn ein nackter Mann mir zu nahe kommt? Es waren nur Warnschüsse. Wirklich. Er ist ein guter Kerl. Genauso wie mein Bruder. Oh Mann, warum erzähle ich das alles?«

»Du hast nach mir gesucht.« Seine Stimme ist leise, aber ich verstehe sie so gut, als würde er direkt an meinem Ohr sprechen. »Obwohl du weißt, dass es gefährlich ist.«

»Das ist es wohl für uns beide.«

»Aber du kennst die Geschichten, nicht wahr?«

»Ja. Die meisten jedenfalls. Stimmen sie denn? Ich meine, würde ich Macht über dich erlangen, wenn ich dein Fell besitze?«

Jetzt dreht er sich doch um. Ich sehe ein Funkeln in seinen Augen aufblitzen, kann aber nicht sagen, ob es Wut oder Belustigung oder etwas ganz anderes ist. »Ich kann nicht lange ohne das Fell existieren. Wenn du es gestohlen und vor mir versteckt hättest, müsste ich dich jetzt dazu zwingen, es zurückzugeben.«

»Wie denn?«

»Glaube mir. Das willst du lieber nicht herausfinden.«

Meine Wangen brennen trotz des frostigen Windes. Sie glühen noch heißer, als der Selkie wieder auf mich zu kommt. Groß und stark und ursprünglich wie ein lebendig gewordenes Relikt aus alten Zeiten. Meine Knie beginnen zu schlottern. Er bleibt direkt vor mir stehen, so nah, dass ich ihn berühren könnte, wenn ich nur den Arm ausstrecke.

Eine ganze Weile sagt er nichts, sieht mich einfach nur an und nimmt tiefe, konzentrierte Atemzüge. Als sein Blick an meinem Mund kleben bleibt, glaube ich, jeden Moment in die Knie sinken zu müssen. Bisher habe ich immer gedacht, dass mich nichts so sehr gefangen nehmen könnte wie der Anblick des Meeres, aber jetzt werde ich eines Besseren belehrt. In der Nähe des Selkies prickelt meine Haut, als würde er eine seltsame Art von Magie verströmen, auf die mein Körper instinktiv reagiert. Ein wenig zu heftig für meinen Geschmack.

Ich versuche, mir nichts anmerken zu lassen. Kämpfe mühsam um ruhige, gleichmäßige Atemzüge, weil ich nicht will, dass er meinen Aufruhr sieht.

»Zweimal haben Menschen die Wahrheit über mich erfahren«, sagt er leise. »Beim ersten Mal nahmen sie mich bei sich auf, als wäre ich einer von ihnen. Beim zweiten Mal bin ich fast in einem Käfig gelandet.«

»Du bist also …« Ich würge an dem hartnäckigen Kloß in meinem Hals. Mein Blick huscht hin und her, während der Selkie mich unverwandt anstarrt. So viel ruhiger und gefasster als ich. »Du bist also wirklich ein … ähm …«

»Ja?« Er neigt den Kopf und wartet auf eine Antwort. Aber mein Mund öffnet und schließt sich, ohne dass auch nur der kleinste Laut herauskommt. Um nicht in sein Gesicht und auf all die nackte, nasse Haut schauen zu müssen, konzentriere ich mich auf eine der weißen Haarsträhnen. Mein Herz pocht immer schneller. Nein. Es rast wie besessen, als wolle es die ihm vorbestimmte Anzahl von Schlägen innerhalb weniger Minuten abarbeiten.

»Du bist wirklich ein Selkie?«, presse ich hervor.

»Das ist einer der Namen, den ihr uns gegeben habt.«

»Und du kannst in die Gestalt eines Tieres wechseln?«

»Ja. Das ist unsere Natur. Wir sind weder Mensch noch Tier, sondern beides. Deswegen kann die eine Hälfte nicht ohne die andere leben.«

»Wow.« Ich lege eine Hand auf meine Stirn. Atme ein. Atme aus. Versuche, irgendwie klarzukommen. »Und … puh, warte einen Moment … das ist wirklich harter Tobak. Ähm … wie viele gibt es von euch?«

»Zwei.«

»Was? Nur zwei?«

»Mich und Bran. Meinen Bruder. Die anderen sind gestorben.«

»Woran?«

»Viele wurden erschossen oder erschlagen, als die Menschen über unsere Insel hergefallen sind. Ein paar konnten sich retten. Aber dann ist die Krankheit gekommen. Nur Bran und ich sind übrig geblieben.«

»Das tut mir leid.«

»Du trägst keine Schuld daran.«

»Wie lange ist das her?«

»Lange.«

»Okay. Dann lebst du also mit deinem Bruder auf *Skara Brae?*«

»Nein. Mein Bruder ist verschwunden. Ich weiß nicht, wo er sich herumtreibt.«

»Dann bist du also ganz allein?«

»Ja. Aber ich habe Briana. Und die anderen Tiere.«

»Wer ist … ach so, der Orca. Du hast wirklich Freundschaft mit einem Orca geschlossen?«

»Warum denn nicht?«

»Keine Ahnung. Ich weiß nicht, wie … puh, tut mir leid. Ich muss erst mal meine Gedanken sortieren. Ist das Alleinsein nicht schwer? So ganz ohne deinesgleichen?«

»Manchmal.« Sein Blick wandert hinüber zu unserem Haus. Von hier aus ist es nur ein Lichtpunkt auf einem dunklen Hang, aber der Selkie betrachtet es mit einer solch unübersehbaren Sehnsucht, dass er seine gerade ausgesprochene Antwort Lügen straft. Ja, es *ist* schwer für ihn. Jeden Tag. Dessen bin ich mir plötzlich sicher.

»Du hast es satt, allein zu sein.« Die Worte sprudeln aus mir heraus, ehe ich sie zurückhalten kann. Zuerst erschrecke ich über mich selbst, aber dann sehe ich den Ausdruck in seinem Blick. Plötzlich wirkt er so einsam und verloren, dass meine Angst schlagartig verpufft. Ich kann förmlich sehen, wie der Selkie in sich zusammensinkt. Nicht nur äußerlich, sondern auch innerlich.

»Willst du dich ein bisschen bei uns aufwärmen?«

Er schüttelt den Kopf. »Nein. Das ist keine gute Idee.«

»Du kannst uns vertrauen. Finley und mir.« Erst mit Verzögerung wird mir klar, wie ich meine Stimme klingen lasse. Lockend und vorsichtig, als spräche ich mit einem wilden Tier. »Wir sind beide ziemlich gut darin, die Klappe zu halten.«

Jetzt wirkt er hochgradig verunsichert. Es bringt mich zum Schmunzeln, weil *ich* es bin, die vorsichtig sein sollte. Ich, das kleine zarte Ding, das er mühelos durch die Gegend werfen könnte. »Warum willst du, dass ich mitkomme?«, fragt er argwöhnisch.

»Ganz einfach.« Ich trete einen Schritt zurück, weil ich das Gefühl habe, dass es ihm womöglich bei seiner Entscheidung helfen kann. »Ich wage mir nicht einmal vorzustellen, wie es ist, ganz allein da draußen zu leben. Schon bei unserer ersten Begegnung habe ich gesehen, wie du das Haus angestarrt hast. Als würdest du dich am liebsten unter einer Decke verkriechen, heißen Tee trinken und schlafen.«

Ihm entkommt ein Seufzen. Und dann, als ich eine winkende Geste vollführe, trottet er mir willig hinterher. Ich wahre Abstand, drehe mich nur hin und wieder um und lasse ihm jede Gelegenheit zur Flucht. Aber der Selkie verschwindet nicht. Er zieht nur das Fell von seinen Schultern und wickelt es sich um die Hüften, als würde er sich auf einmal daran erinnern, dass man Menschenhäuser normalerweise nicht nackt betritt. Einerseits fühle ich Triumph, weil die Wahrscheinlichkeit, Antworten auf meine Fragen zu bekommen, gerade deutlich gestiegen ist. Andererseits ist mir in jeder Sekunde klar, dass ich mich auf gefährlich dünnem Eis bewege. Ich darf nichts falsch machen und muss vorsichtig sein. Aus so vielen Gründen. Das Band unseres Vertrauens ist hauchzart, wir beide sind aufgewühlt und wissen nicht, was wir vom jeweils anderen zu erwarten haben. Eine Konstellation, die haufenweise Konfliktpotenzial bietet.

»Alles okay.« Ich berühre ihn ganz sacht an der Schulter, als er an mir vorbei durch die Haustür tritt. *Lieber Himmel!* Seine Haut ist kalt wie Eis. Und trotzdem fühlt sie sich wunderbar an. Glatt und fest wie straff gespannte Seide. »Wird dir eigentlich jemals kalt?«

»Ja. Wenn ich zu lange ein Mensch bleibe.«

»Verstehe.«

Ich ziehe Schal, Weste und Pullover aus und hänge alles über die Heizung. Und plötzlich, gerade als ich meine Stiefel in die Ecke stelle, taucht Finley im Wohnzimmer auf. Er biegt um die Ecke, erblickt den Selkie – und erstarrt zur Salzsäule. In jeder anderen Situation hätte ich lauthals losgelacht, denn der Anblick ist skurril: Mein vom Schlaf zerzauster Bruder, bekleidet mit einem seiner altmodischen, grün-braun karierten Opa-Schlafanzüge, glotzt unseren Gast mit offen stehendem Mund an. Und der Selkie stiert angriffslustig zurück. Beide rühren sich nicht. Abgesehen davon, dass jeder versucht, sich ein wenig größer zu machen. Wie zwei rivalisierende Kampfhähne.

»Mari!«, krächzt Finley, als er endlich seine Stimme wiederfindet. »Was zum Teufel soll das?«

»Ich … äh … er will sich nur aufwärmen.«

»Was?« Mein Bruder stakst steifbeinig auf den Selkie zu. Der rührt sich immer noch nicht, gibt aber ein leises, bedrohliches Knurren von sich.

»Mari!« Abrupt bleibt Finley stehen. »Das ist nicht dein Ernst. Zuerst verschweigst du mir die Sache mit dem Fell, und dann …«

»Ich habe dir nichts verschwiegen. Nur nachträglich erzählt. Weil ich noch ein bisschen Zeit für mich gebraucht habe, okay? Außerdem lebt er ganz allein dort draußen, okay? Mutterseelenallein. Ich will einfach nur … na ja, ich habe ihm angeboten, dass er sich bei uns aufwärmen kann.«

»Wir wissen doch gar nichts über ihn! Er könnte uns jederzeit … was, wenn er auf die Idee kommt, seine … oh nein! Nein, nein!«

Ich sehe, wie mein Bruder die Muskeln anspannt. Bereit, unser Leib und Leben zu verteidigen. Aber verglichen mit dem Selkie, dessen ganzer Körper eine rohe, urtümliche Kraft ausstrahlt, wirkt Finley wie ein Weißgürtel-Schüler. Karate hin oder her, falls es zum Kampf kommt, hat mein Bruder keine Chance. Verdammter Mist! Hoffentlich habe ich mit meiner Einladung keinen fatalen Fehler begangen.

»Ihr seid nett zueinander, okay?« Ich blicke von einem zum anderen und versuche, wie meine Mutter zu klingen. Obwohl sie genauso klein und zart gewesen ist wie ich, hat sie sich stets Respekt verschafft. »Vertragt euch. Auf der Stelle! Es ist alles in Ordnung, solange ihr euch halbwegs zivilisiert benehmt.«

»Zivilisiert?«, krächzt Finley. »Er ist ein Selkie, zum Donnerwetter. Ein verdammter, mystischer und unberechenbarer Gestaltwandler mit Fangzähnen.«

»Und du bist ein *Mensch*«, erwidert unser Gast mit leiser, aber Ehrfurcht gebietender Stimme. »Das gefährlichste Tier auf der Erde. Ihr habt sehr viel mehr von uns getötet als umgekehrt.«

Finley schrumpft in sich zusammen. »Na gut. Erwischt. Du hast ja Recht, okay? Wir können uns gegenseitig nicht vertrauen. Du weißt nicht, ob wir dir Böses antun wollen. Und wir wissen nicht, ob du uns gleich den Kopf abreißt oder unsere Seelen mit einem Schuss Zitrone verschlingst.«

»Finley«, stöhne ich.

»Was denn? Ich habe doch Recht.«

»Ich bin nicht hier, um einem von euch wehzutun«, erwidert der Selkie. »Mari hat angeboten, dass ich mich aufwärmen kann, und dieses Angebot würde ich gerne annehmen. Aber nur, wenn ihr beide damit einverstanden seid.«

Mein Bruder wirkt eine Spur versöhnlicher. »Hm. Okay. Hast du eigentlich einen Namen?«

»Keenan. Aber die Menschen, mit denen ich früher zusammengelebt habe, nannten mich lieber Kian.«

»Kian.« Mein Bruder schluckt vernehmlich. Dann tut er etwas, das nicht nur mich, sondern auch den Selkie vollkommen überrumpelt. Er geht auf ihn zu und legt eine Hand auf seine Brust. Genau über dem Herzen. »Wow. Du bist wirklich echt.«

»Was hast du denn erwartet?« Ich sehe Kian an, dass ihm die Berührung nicht gefällt. Aber er hält still und wartet, bis mein Bruder den Rückzug antritt. »Dass ich ein Geist bin?«

»So in etwa.« Finley schwankt. Er presst beide Fäuste gegen seine Schläfen und atmet ein paar Mal tief ein und aus. »Oh Mann. Oh Mann. Oh Mann. Du weißt, was du da tust, Mari?«

»Nein. Aber so ist es doch oft im Leben, oder?«

»Er soll sich was anziehen. Jetzt! Sofort!«

»Seit wann bist du so empfindlich?«

»Seit ein Fabelwesen in unserem Haus ein- und ausgeht. Ich denke, es wäre besser, wenn er irgendwie … na ja, menschlicher aussieht. Mit Kleidung und so.«

»Schon gut. Ich suche ihm was raus.« Behutsam lotse ich Kian an Finley vorbei und führe ihn ins Erdgeschoss-Badezimmer. Das Ding ist der reinste Wellness-Tempel, weil Mum damals auf beste Ausstattung bestanden hat: eine schwarze, mit sandfarbenem Marmor eingefasste Eckbadewanne, hellbraune Fußbodenfliesen, Schränke aus Bambus, cremefarbene Handtücher und dazu passende Rollos. Die große Palme und die beiden Farne passen perfekt zur Einrichtung, ebenso die dezenten Kunstdrucke mit

Zeichnungen exotischer Pflanzen. Als Mum und Dad noch gelebt haben, sind Geldsorgen dank der gut laufenden Gärtnerei kein Thema gewesen. Zu Reichtum haben wir es nie gebracht, aber es hat für ein Bad mit gehobener Ausstattung gereicht. Dementsprechend überrascht es mich nicht, als Kian einen hingerissenen Laut von sich gibt.

»Ihr habt warmes Wasser?« Ich muss grinsen, als er förmlich zur Wanne hinüberstürzt und den hellen, von braunen Adern durchzogenen Marmor berührt. »Etwas Ähnliches kenne ich von früher. Ein großer Kasten heizt das Wasser auf, aber ich sehe hier keinen.«

»Heutzutage funktioniert das ein wenig anders. Willst du ein heißes Bad nehmen?«

Kian fährt zu mir herum und starrt mich aus großen Augen an. Unglaublich, wie kindlich ein ausgewachsenes Kraftpaket wirken kann, wenn es hellauf begeistert ist. »Du meinst … jetzt?«

»Wann denn sonst? Ich hole dir gleich ein paar Sachen, okay?«

Als ich an dem Messinghahn drehe und die richtige Temperatur abmische, muss ich immer noch grinsen. Der Selkie beobachtet aufmerksam jede meiner Bewegungen. Ich spüre seinen Blick. Auf der Haut. Im gesamten Körper. Es fällt mir schwer, Ruhe vorzutäuschen, aber irgendwie schaffe ich es, halbwegs normal weiter zu atmen. Zumindest, bis er noch näher an mich heranrückt, um ja nichts zu verpassen. Direkt neben mir stützt er sich mit dem Arm auf dem Badewannenrand ab, und ich kann im Augenwinkel sehen, wie sich die Muskeln und Sehnen unter seiner milchkaffeebraunen Haut bewegen. Woher wohl der exotische Einschlag stammt? Ist sein Volk aus weiter Ferne hierhergekommen, oder ist es einfach ein Merkmal seiner Gattung?

Verdammt, da sind so viele Fragen.

Mehr, als ich in einer Nacht stellen kann.

Der Drang, mich zu ihm umzudrehen, ist schier überwältigend. Und als das Wasser endlich perfekt abgestimmt ist, gebe ich ihm einfach nach. Mein Herz rast. Wieder einmal. Ich kann immer noch nicht begreifen, dass das hier wirklich geschieht, und Kian scheint es genauso zu ergehen. Er mustert mich skeptisch, aber nicht ängstlich. Wie jemand, der sich seiner Überlegenheit vollkommen bewusst ist, aber gelernt hat, niemandem zu vertrauen. Einen Moment lang hält er noch mit der linken Hand das Fell fest, dann lässt er es fallen. Einfach so. Als wäre es das Normalste der Welt, sich vor einer fremden Frau zu entblößen. Ich beiße mir auf die Unterlippe. Eine Sekunde lang starre ich auf seine nackten, wohlgeformten Schenkel und das Körperteil dazwischen, dann drehe ich mich hastig um.

Oh Mann. Das hier ist ein Fehler.

Ganz eindeutig.

Und trotzdem bereue ich nichts.

»Darf ich?«, fragt er beinahe schüchtern und nickt zur Wanne hinüber. »Ich glaube, es muss hundert Jahre her sein, dass ich zuletzt gebadet habe. Ich meine, in heißem Wasser.«

»Äh, ja. Nur zu.«

Keine Ahnung, warum ich mir an den Mund greife. Wahrscheinlich, um sicherzugehen, dass er nicht sperrangelweit offen steht.

»Äh … also …« *Reiß dich zusammen, Mari! Auf der Stelle!* »Ich hole dir ein paar Sachen, okay?«

Eine Spur zu hastig stürme ich aus dem Badezimmer, husche die Treppe hoch und suche Finleys Schlafzimmer auf. Mit untergeschlagenen Beinen sitzt mein Bruder auf dem Bett und starrt mich an, sagt aber nichts. Typisch Finley. Wenn er etwas perfektioniert hat, dann den schweigenden Vorwurf. Ich tue so, als wäre alles in bester Ordnung, suche Unterwäsche, eine schwarze Jogginghose und ein weiches, blassblaues T-Shirt heraus und lege alles zu einem Stapel zusammen. Kleidung dieser Art wird ihm am ehesten gefallen, vermute ich. Nichts Einengendes. Nichts Kratziges oder Steifes.

»Ich werde es nicht kommentieren, dass du einem verdammten Sagengeschöpf meine Klamotten gibst und mich vorher nicht einmal fragst.« Finley räuspert sich. »Aber ich muss ein paar Worte loswerden, was deine lebensmüde Begeisterung für dieses Wesen angeht.«

Ich schließe den Schrank und drehe mich zu meinem Bruder um. »Natürlich bin ich begeistert. Er ist ein Selkie, verdammt. Ein Sagengeschöpf, wie du ganz richtig bemerkt hast. Ist das nicht absolut unglaublich?«

»Ja. Das ist es. Und ganz nebenbei trifft er auch noch genau deinen Geschmack, was?«

»Wie bitte?«

»Ach, jetzt tu nicht so unschuldig, Mari. Du starrst dir ja förmlich die Augen aus dem Kopf. Nicht, dass ich es nicht verstehen kann. Der Kerl ist wirklich … nicht von dieser Welt. Aber du lässt dich auf etwas ein, über das wir keine Kontrolle haben.«

»Ich lasse mich auf gar nichts ein.«

»Du hast also keine Hintergedanken?« Finley lächelt herausfordernd. »Nicht mal ganz kleine? Es ist die pure, unschuldige Neugier, die dich vorantreibt.«

»Äh …«

»Gut. Mehr brauche ich nicht zu wissen. Gehe ich richtig in der Annahme, dass er gerade unsere Badewanne benutzt?«

»Ja. Na und?«

»Was hast du vor, wenn ich fragen darf? Bleibst du aufopferungsvoll an seiner Seite?«

»Nein. Ich bringe ihm nur ein paar Sachen. Und jetzt hör auf, dich wie mein Vater aufzuspielen. Ich sehe vielleicht nicht so aus, aber ich bin erwachsen. Genauso wie du.«

»Pfff«, macht Finley.

»Was meinst du mit *pfff*? Ich darf den Laden schmeißen und die ganze bescheuerte Bürokratie managen, weil du nicht damit zurechtkommst. Aber wenn es um Männer geht, würdest du mich am liebsten in den Keller sperren wie irgendein dahergelaufener mittelalterlicher Patriarch. Traust du mir nicht mal das kleinste bisschen Vernunft zu?«

»Das in unserem Badezimmer ist kein *Mann*«, faucht Finley. »Es ist eine magische Kreatur. Ein verdammter Selkie. Ein Fabelwesen mit erschreckenden Fähigkeiten, das jederzeit alles Mögliche mit uns anstellen kann. Also wage es ja nicht, was mit ihm anzufangen.«

»Ach, du bist ein Arsch!« Ich nehme ein Paar zusammengerollte Socken und werfe sie meinem Bruder an den Kopf. Dann rausche ich aufgebracht ins Bad zurück, wo Kian ausgestreckt in der inzwischen halb vollen Wanne liegt und einen Seufzer puren Wohlbehagens ausstößt. Wie schön. Wenigstens einer von uns ist tiefenentspannt.

»Ich lege dir das Zeug auf den Hocker«, sage ich bemüht gleichgültig, als wäre das alles keine große Sache. »Wenn du fertig bist, findest du mich im Wohnzimmer. Und drehe bitte den Hahn zu, bevor die Wanne überläuft.«

»Bleib hier, Mari.« Der Selkie blinzelt mich träge an. Anscheinend entspannt ihn das heiße Wasser derart, dass er kurz vor dem Einschlafen steht. »Wenn du möchtest.«

»Ich … soll bei dir bleiben?«

»Ja.«

»Warum?«

»Weil ich nicht allein sein will.«

Ich schlucke, starre auf seinen nackten Körper und kann mich sekundenlang nicht rühren. *Fabelwesenseltsam*. Was für ein passendes Wort. Prompt geistert Finleys Warnung durch meinen Kopf, und ehe ich weiß, wie mir geschieht, kippe ich eine ordentliche Ladung Schaumbad in das Wasser.

»Was machst du?« Kian starrt mich aus kohlschwarzen Augen an. »Wozu ist das gut?«

»Das wirst du gleich sehen.« Mit großer Erleichterung verfolge ich, wie seine Blöße allmählich von Schaum bedeckt wird. Ja, so ist es besser. Sehr viel besser. Als Nächstes hebe ich das Fell auf, rolle es ordentlich zusammen und lege es auf den zweiten Hocker. Anschließend sortiere ich ein paar Flaschen und Tiegel um, öffne den Spiegelschrank, starre sinnlos hinein und schließe ihn wieder. Fehlt nur noch, dass Kian mich dazu einlädt, zu ihm in die Wanne zu steigen. Der Gedanke bringt mich zum Glucksen. Ja, eine verlockende Vorstellung. Wenn er ein ganz gewöhnlicher Kerl gewesen wäre. Aber so … nein! Definitiv nein! Ein neongrünes »Nein« mit unzähligen blinkenden Ausrufezeichen. Für diese Erkenntnis brauche ich keinen überbesorgten Bruder, der sich wie eine Glucke aufführt.

Erneut gibt Kian einen genüsslichen Seufzer von sich. Inzwischen hat er die Augen geschlossen, sinkt noch ein wenig tiefer in das Wasser und lächelt. Ja, er lächelt. So selbstvergessen und zufrieden, dass mir ganz warm zumute wird. Glücklicherweise hat sich inzwischen genug Schaum gebildet, also drehe ich den Hahn zu und setze mich auf den Wannenrand. Dank der großzügigen Abmessungen kann ich immer noch ausreichend Abstand wahren, bin aber nahe genug, um unseren Gast ausgiebig mustern zu können.

Interessant. Meine Gedanken verselbständigen sich. *Er hat nirgendwo Körperhaare, abgesehen vom Kopf. Das deutet auf sexuelle Selektion hin. Womöglich nehmen Selkies zur Paarung Menschengestalt an, und die Frauen bevorzugen Männer mit schönem Kopfhaar. Andernfalls hätten sie es im Verlauf der evolutionären Anpassung gänzlich verloren, oder nicht? Genauso wie den Rest ihrer menschlichen Körperbehaarung. Aber da es nur noch zwei Selkies und keine Frauen mehr gibt, hat er sich vermutlich seit Ewigkeiten nicht mehr … herrje. Hör auf, Mari. Hör auf!*

»Gut so?« Ich zwirbele eine Haarsträhne um meinen Zeigefinger. »Willst du es wärmer? Oder kälter?«

»Es ist perfekt«, schnurrt er eine Spur zu hingebungsvoll.

Hör auf, Mari!

Hör auf, hör auf, hör auf!

Aber ich kann nicht widerstehen, ihn anzustarren. In unserer Badewanne liegt ein Selkie. Ein waschechtes, atmendes Fabelwesen, das vom Rest der Welt für ein Märchen gehalten wird. Da ist es wohl kaum ein Wunder, dass meine Gedanken ein Feuerwerk nach dem anderen ausspucken.

Aus Finleys Zimmer erklingt Beethovens *Mondscheinsonate*. Eines seiner Lieblingsstücke, das er immer dann hört, wenn er zur Ruhe kommen will. Ich wage zu bezweifeln, dass das heute Nacht funktioniert. Weder bei ihm noch bei mir.

»Was hat es mit den weißen Haarsträhnen auf sich?«, stelle ich eine meiner harmloseren Fragen. »Sie stehen in Verbindung mit deinem Fell, oder?«

Kian hält die Augen geschlossen. Und als er antwortet, klingt seine Stimme, als wäre er bereits eingeschlafen: »Ja. Jeder von uns behält ein Stück Tier in der Menschengestalt. Bei Bran sind es die dunklen Seehundsflecken. So ist es auch bei den meisten anderen meiner Artgenossen gewesen. Ich behalte die weißen Haarsträhnen. Mein Großvater hatte ziemliches Pech. Er musste sich als Mensch mit Schnurrhaaren herumärgern.«

Ein Lachen platzt aus mir heraus. »Schnurrhaare? Wie unpraktisch.«

»Allerdings. Er fand es schrecklich, hat es aber mit Humor genommen.«

»Ist deine Fellfarbe ein Merkmal eurer Gattung?«, sprudelt auch schon die nächste Frage aus mir heraus. »Oder bist du in dieser Hinsicht etwas Besonderes?«

»Wir sind … *waren* normalerweise dunkel. Manche ein wenig heller, in das Silbergraue hinein. Andere fast schwarz. Aber weißes Fell hat vor mir nur noch ein Selkie besessen. Eine Frau. Sie ist nicht alt geworden.«

»Wegen ihrer auffälligen Farbe?«

»Ja. Sie wurde erschlagen und gehäutet.«

»Das tut mir leid.«

Kian deutet ein Schulterzucken an. »Die Welt ist nun mal gnadenlos. Für meine Eltern war ich Segen und Fluch zugleich. Alle sahen etwas Besonderes in mir, aber sie wussten auch um die Gefahr, die es mit sich bringt, wenn man schon von Weitem gesehen wird. Nach meiner Geburt wurden wir noch scheuer und vorsichtiger. Zeichnete sich auch nur die Andeutung eines Bootes oder Schiffes am Horizont ab, verschwand die ganze Herde.«

Ich nicke, weil ich nicht weiß, was ich darauf antworten soll. Mit jeder Sekunde scheint sich die Zahl meiner Fragen zu verdoppeln, aber ich spüre, dass diese Nacht kein guter Zeitpunkt ist, um sie loszuwerden.

»Deine Haare sind ganz verfilzt«, murmele ich. »Soll ich sie ein bisschen entwirren?«

»Wenn du möchtest.«

»Wenn es dich nicht stört?«

»Nein. Es stört mich nicht.«

Mein Herz klopft noch schneller, als ich den grobzinkigen Kamm hole, die Mondscheinsonate mitsumme und mich wieder auf den Wannenrand setze.

»Deine Stimme ist schön.« Kian richtet sich ein wenig auf, verschränkt die Arme auf dem Wannenrand und stützt sein Kinn darauf ab. Oh Mann. Seine Haut dampft vor Hitze, Wassertropfen perlen über Arme, Schultern und Rücken. Ich sitze einfach nur da und starre ihn an, den Kamm gleich einer Opfergabe erhoben.

»*Du* hast hier die magische Stimme«, nuschele ich. »Ich kann bloß summen.«

»Dann summst du eben sehr schön.«

»Stimmt das eigentlich? Ich meine, die Sache mit der magischen Stimme?«

Kian ist inzwischen so schläfrig und entspannt, dass er nur mit einem genuschelten »Hmm« antwortet. Was so ziemlich alles bedeuten kann und spontan ein Dutzend neue Fragen aufwirft. Aber anstatt weiter in ihn zu dringen, teile ich eine Strähne seines Haares ab und beginne, die Knoten zu lösen. Ganz sanft und vorsichtig. Einen nach dem anderen. Dem Selkie scheint es zu gefallen, denn er brummt und schnurrt behaglich vor sich hin. Es ist beinahe niedlich, obwohl dieses Wort keineswegs zu ihm passen will. Aber so ähnlich stelle ich mir die Geräusche vor, die ein Seehund von sich geben würde, während er Streicheleinheiten genießt.

»Sag Bescheid, wenn es ziept.«

»Hmm.«

»Alles in Ordnung?«

»Hmmm.«

»Sag mal, wie alt bist du eigentlich? Das mit den einhundert Jahren vorhin war doch bestimmt ein Scherz, oder?«

»Ich weiß nicht, wie ich alt ich bin. Wir feiern keine Geburtstage. Ich meine …« Er verzieht eine Sekunde lang das Gesicht. »Wir *haben* keine Geburtstage gefeiert. Oder irgendetwas gezählt.«

»Grob geschätzt?«

Kian rekelt sich und gibt ein tiefes, vibrierendes Gurren von sich, als ich eine weitere Strähne aufnehme und damit beginne, sie zu entwirren. Verdammt. Hat er auch nur den blassesten Schimmer, wie sehr er mich aus dem Konzept bringt? Oder macht er das sogar absichtlich? Ich habe keine Ahnung. Aber ich weiß, dass das hier definitiv das Aufregendste ist, das ich jemals erlebt habe. Gerade weil ein Hauch von Gefahr und Unberechenbarkeit über all dem schwebt.

»Es hat sich viel verändert, seit ich zum letzten Mal unter Menschen gewesen bin«, sagt er schließlich. »Seit wann benutzt ihr keine Grammophone mehr?«

»Was? Die Dinger gibt es seit Ewigkeiten nicht mehr.«

Erneut gibt er eines dieser hinreißenden Geräusche von sich. Offenbar wird er jeden Moment unter meinen Händen zerfließen. Aus purem Wohlbehagen. »Wir werden älter als Menschen.«

Schlagartig wird mir flau im Magen. Aber was habe ich erwartet? Immerhin ist er ein Selkie. Ein magisches Wesen aus alten Legenden, und magische Wesen sind dafür bekannt, verflucht alt zu werden. »Weißt du noch, wer an der Macht war, als du bei den Menschen gelebt hast?«

»Edward VII.«

»Okay.« Ich lasse die Haarsträhne fallen, die ich gerade durchgekämmt habe. »Er regierte von … warte mal, 1901 bis 1910, oder?«

»Gut möglich.«

»Du meinst das ernst, oder?«

»Wir altern sehr langsam. Jedes Mal, wenn eine Verwandlung erfolgt, regeneriert sich der Körper. Es ist wie eine kleine Geburt. Immer wieder und wieder.«

»Unbegrenzte Zellerneuerung. Das ist ja der Wahnsinn. Seid ihr quasi unsterblich, solange ihr euch regelmäßig verwandelt?«

»Nicht unsterblich. Aber auf diese Weise vermeiden wir das Altern. Es holt uns nur ein, wenn wir zu lange keine Verwandlung vollziehen.« Er berührt die Stelle, an der er von der Kugel erwischt worden ist. »Der Wechsel hält uns jung und stark und hilft auch bei Verletzungen.«

»Faszinierend.« Ich kämme weiter, während meine Gedanken zu einem wirbelnden Chaos mutieren. Allein die Vorstellung einer permanenten Generalüberholung ist gigantisch und mehr als beneidenswert. »Aber ihr seid trotzdem gestorben«, füge ich hinzu. »Die meisten jedenfalls. Gegen diese seltsame Krankheit konntet ihr nichts ausrichten, hm?«

»Nein.«

»Was war das für eine Krankheit?«

»Wir hatten keinen Namen dafür.«

»Was gab es für Symptome?«

»Zuerst haben sich die Augen entzündet. Kurz darauf kamen Fieber, Husten und Erbrechen hinzu. Viele litten unter Krampfanfällen, andere bekamen schlimmem Ausschlag. Wir waren nicht mehr in der Lage, uns zu verwandeln, was das Todesurteil bedeutete. Ein paar von uns litten einen ganzen Mondlauf lang, ehe sie erlöst wurden. Und diejenigen, die die Krankheit überstanden haben, verendeten kurz darauf trotzdem. Sie schienen sich zu erholen, aber dann …« Er schüttelt den Kopf und versteift sich. »Es ist lange her.«

»Das tut mir leid. Deiner Beschreibung nach muss es eine Art von Staupe-Virus gewesen sein. Das Tückische an der Krankheit ist, dass sie das Immunsystem schwächt. Tiere, die das Virus selbst überleben, sterben oft an Sekundärinfektionen. Du und Bran wart anscheinend immun.«

»Ich weiß nicht, was das bedeutet.«

»Das Virus konnte euch nichts anhaben, weil eure Körper in der Lage waren, es zu bekämpfen. Wahrscheinlich ist dein Volk noch nie zuvor mit der Krankheit in Kontakt gekommen, und als sie plötzlich eingeschleppt wurde, wodurch auch immer, nahm das Unheil seinen Lauf.«

»Ich habe uns immer für überlegen gehalten«, sagt er müde. »Aber das waren wir niemals. Im Gegenteil. Die Menschen konnten uns erschlagen, vergiften und erschießen. Sie haben uns fast ausgerottet, damals auf *Skara Brae*. Eines Tages sind sie mit einem Schiff gekommen, haben ihre Knüppel rausgeholt und schlachteten alle ab, die nicht schnell genug fliehen konnten. Ich glaube, dass wir auch ohne die Krankheit verloren gewesen wären.«

Ich schlucke beklommen. »Das tut mir wirklich leid.«

»Wie schon gesagt, du kannst nichts dafür.«

»Trotzdem schäme ich mich. Für meinesgleichen und für alles, was wir angerichtet haben. Und es immer noch tun. Sag mal, stimmt es eigentlich, dass früher ein Mann auf *Skara Brae* gelebt hat? Und dass dieser Mann von einer Selkiefrau umgebracht wurde?«

»Ja«, erwidert Kian. »Sie hat ihn in den Wahnsinn getrieben. Aus Rache für den Tod an unserer Gruppe.«

»Wie lange ist das her?«

»Lange«, antwortet er nur. »Damals habt ihr gerade erst den Leuchtturm aufgebaut. Für mich symbolisiert er das Ende meiner Spezies.«

»Warum?«

»Ein paar Tage, nachdem sein Licht das erste Mal über das Meer geschickt worden ist, sind die Jäger gekommen. Und dann die Krankheit.«

Ich seufze, nehme eine weitere Strähne auf und beginne, sie behutsam zu entwirren. Ach, verdammt. Warum habe ich bloß mit den Fragen angefangen? Kian ist in unser Haus gekommen, um sich auszuruhen, und was mache ich? Reiße alte Wunden wieder auf.

Ganz sacht ziehe ich den Kamm durch sein Haar und versuche, ihm Trost zu spenden. Allmählich entspannt sich sein Gesicht, er schließt die Augen und gibt wieder diese leisen, vibrierenden Geräusche von sich. Seit Finley und ich allein sind, wissen wir, was Verlust bedeutet. Aber Kian hat niemanden mehr. Seine Familie ist tot und sein Bruder verschwunden. Seit Jahrzehnten haust er allein auf einer einsamen Insel und kämpft gegen die unvermeidliche Vernichtung seiner Heimat an. Ich will mir nicht einmal vorstellen, wie es ist, derart verlassen zu sein. In einer Welt, die mit jedem Tag gefährlicher und feindseliger wird. Kein Wunder, dass die Meereskreaturen so erbittert zurückschlagen. Der Ozean überbringt den Menschen eine eindeutige Botschaft, und die Erkenntnis, dass offenbar Kian hinter all dem steckt, besitzt einen eigenartigen Reiz.

Ich will ihn danach fragen, halte aber lieber meinen Mund. Stattdessen kämme ich weiter, Strähne für Strähne, bis alle Knoten entwirrt sind. Dann fahre ich ein paar Mal mit den Fingern durch sein Haar und verkünde: »Fertig.«

»Danke«, murmelt er schlaftrunken.

»Gern geschehen.« Plötzlich muss ich an Großmutter Ellen denken, und daran, wie begeistert sie von Kian gewesen wäre. Wenn man auf einer Insel wie Westray aufwächst, gehören Legenden zum Alltag. Es gibt Seemannsgarn an allen Ecken, magische Steinkreise, Feen und Kobolde und Ruinen, in denen bleiche Geister hausen. Aber zu begreifen, dass in all dem ein wahrer Kern liegt, überfordert mich trotz allem.

Lange sagt niemand von uns ein Wort. Ich sitze auf dem Wannenrand und lausche der Mondscheinsonate, Kian taucht wieder in das Wasser ein und seufzt vor sich hin. Jetzt, da seine Haare ordentlich gekämmt sind, fallen die weißen Strähnen noch mehr auf. Es grenzt an ein Wunder, dass er bis jetzt davongekommen ist. Mit diesem Fell, das so hell leuchtet wie frisch gefallener Schnee.

»Du musst vorsichtiger sein«, sage ich nach einer Weile. »Inzwischen bist du ein ziemlich populäres Thema geworden. Viele der Fischer denken zwar, dass man den weißen Geisterseehund in Ruhe lassen sollte. Aber andere wollen dich am liebsten tot sehen, weil du schon zu viele Netze zerrissen hast. Und wieder andere überlegen, wie viel wohl ein Zoo für einen weißen Seehund bezahlen würde.«

Kian öffnet ein Auge und funkelt mich an. »Das ist mir klar.«

»Kannst du dich nicht … keine Ahnung, mehr zurückhalten? Ich verstehe ja, dass ihr euch wehren müsst, aber du bist so auffällig wie ein Einhorn.«

Er brummt nur nichtssagend, richtet sich auf und streicht über seine ungewohnt ordentlichen Haare.

»Keine Angst.« Ich grinse ihn an. »Das wird schon wieder.«

»Fühlt sich seltsam an.«

»Kann ich mir vorstellen. Hier. Nimm lieber erst mal den hier, bevor du es mit Shirt und Jogginghose versuchst.«

Ich reiche ihm einen der flauschigen hellbraunen Bademäntel, die noch aus Mums Zeiten stammen. Dann drehe ich mich diskret um, warte, bis Kian fertig ist, und führe ihn in das kleine Schlafzimmer im ersten Stock.

Kaum fällt sein Blick auf das Bett, stößt er ein hingerissenes Seufzen aus und lässt sich überraschend unelegant auf die Matratze plumpsen.

Erneut bringt er mich zum Lachen. Ich ahne, dass ihn vorerst nichts und niemand zum Aufstehen bewegen kann, also nehme ich zwei Decken, breite eine über ihn aus und mache es mir mit der anderen im Sessel gemütlich.

Und dann … starre ich Kian einfach nur an. Lausche seinem ruhiger werdenden Atmen. Lasse die Gedanken fließen. Es vergeht kaum eine Minute, bis der Selkie eingeschlafen ist. In meiner Gegenwart. Umringt von den Wänden eines Hauses.

Sein Vertrauen erschreckt und berührt mich gleichermaßen. Er liefert sich uns aus. Begibt sich schutzlos in unsere Hände. Weil er weiß, dass wir ihm nichts Böses wollen? Oder weil er schlicht und einfach müde ist? Müde vom ewigen Alleinsein. Vom endlosen Verstecken und Flüchten. Ich weiß es nicht. Aber ihn anzusehen, wie er friedlich schlummernd vor mir liegt, zerreißt mir das Herz.

»Psssst!« Finley taucht in der Tür auf, mit dem Fell in seiner Hand. »Das hat er im Bad vergessen. Dein Selkie ist ein richtiger Schussel.«

»Ich glaube, er ist nur erschöpft. Aber danke.« Ich deute auf das Bett, und mein Bruder platziert die Seehundshaut direkt neben Kian. So, dass er sie sofort sehen kann, wenn er aufwacht. »Der Ärmste schläft, als hätte er hundert Jahre lang nicht geschlafen.«

»Das heiße Bad hat ihm wohl gefallen, hm?«

»Und wie.«

»Okay. Toll. Wir müssen reden, Mari.«

»Morgen früh, in Ordnung?« Ich vollführe eine wedelnde Geste. »Gute Nacht, Bruderherz.«

»Du weißt, was du da tust?«

»Ja. Es ist alles in Ordnung.«

»Und wenn er auf dumme Ideen kommt?«

»Ach was. Ich wette fünf selbst gebackene Apfelkuchen, dass er mindestens zehn Stunden am Stück wie ein Toter schläft. Mach dir keine Sorgen.«

»Du treibst mich noch mal in den Wahnsinn, Mari.«

»Ich weiß. Gute Nacht.«

»Gute Nacht.« Finley seufzt, zieht die Tür hinter sich zu und stampft den Flur entlang. Ich lausche seinen Schritten, bis sie verklingen, dann kuschele ich mich tief in meine Decke und fahre damit fort, den Selkie zu beobachten. Anscheinend schläft er so tief, dass ihn nicht einmal eine Explosion aufzuwecken vermag. Kein Wunder. Wenn ich nach Ewigkeiten in der Kälte plötzlich wieder in einem Bett liegen würde, frisch gebadet und in einen kuscheligen Bademantel eingewickelt, erginge es mir wohl genauso.

»Ruh dich aus«, flüstere ich. »Wir passen auf dich auf.«

Damals

Kian

Kein Mensch lebt auf der winzigen Insel. Nur ein Steinkreis, der im Sand nahe der Brandung verwittert, erinnert an die einstigen Bewohner, deren Seelen vor langer Zeit mit dem Wind gegangen sind. Wieder einmal sind wir den wachsamen Augen meiner Mutter entgangen und haben uns hierhergeflüchtet. Auf *Skara Brae* ist jeder gute Sonnenplatz von Seehunden, Robben und Selkies belegt, aber dieses Eiland gehört allein Ciara und mir. Vollkommen ungestört können wir uns im Sand aalen, zwischen den zahlreichen Felsen und Muschelbänken Verstecken spielen oder den Tag verträumen. Manchmal dösen wir auch auf einer sandigen Fläche unter Wasser und lassen uns von der Dünung hin- und herschaukeln. Oder wir wälzen uns im salzig schmeckenden Gras, bewerfen uns mit Tang und tragen spielerische Kämpfe aus. Am liebsten aber setzen wir uns in die flache Lagune, genießen den Wind auf unserer Haut und naschen ein paar saftige Muscheln. Heute haben wir von allem ein bisschen getan und lassen den Tag mit einem letzten Rundgang enden. Ciara lästert wieder einmal über den Schnurrbart unseres Großvaters, tanzt fröhlich umher und lacht aus vollem Hals. Ich liebe es, ihr dabei zuzusehen. In Menschengestalt ist sie genauso anmutig wie als kleiner, dunkelgrauer Seehund. Das Haar meiner Schwester glänzt im Sonnenschein, während sie schwerelos umher tänzelt, so zart wie eine Blumenqualle. Und doch, trotz allen Liebreizes, gleicht ihr Charakter dem eines Hais. Kaum bin ich tiefenentspannt und höre ihre Stimme nur noch von Weitem, stürzt sie sich kreischend auf mich. In ihrem zerbrechlich wirkenden Körper schläft eine erstaunliche Kraft, und so gelingt es ihr, mich der Länge nach in die Brandung zu werfen. Knurrend packe ich Ciara bei den Schultern, als sie mich erneut angreift, nutze den Schwung ihrer Vorwärtsbewegung und schleudere das kleine Biest mehrere Meter weit ins tiefe Wasser.

Platsch!

Drei Herzschläge lang verschwindet Ciara unter der Oberfläche, dann kommt sie prustend und schnaufend wieder zum Vorschein.

»Du ungehobelter, brutaler und rücksichtsloser Seewolf von einem Bruder.« Aufgebracht fletscht sie ihre spitzen Zähne und huscht auf mich zu. Auch diesmal bin ich gewappnet, werfe sie kurzerhand über meine Schulter und schleppe sie zum Strand.

»Ich hasse dich«, kreischt Ciara und trommelt mit ihren harten Fäustchen auf meinen Hintern ein. »Ich hasse dich, ich hasse dich, ich hasse dich.«

»Nein, das tust du nicht.« Kaum lasse ich sie runter, fange ich mir einen Tritt gegen das Schienbein ein. »Ich tue nur, was nötig ist, um eine hinterhältig zwickende Krabbe zu maßregeln.«

»Maßregel dich doch selbst.« Ciara springt zurück, wirft herausfordernd den Kopf in den Nacken und weicht meinen zupackenden Händen aus. Dieses Mädchen ist nicht nur schnell, sondern auch so biegsam wie eine Seefeder. »Du bist langsam, Keenan. Langsam wie eine alte Flunder, der man die Flossen abgekaut hat.«

Ich knurre entrüstet. Mein Stolz ist mindestens genauso groß wie meine brüderliche Liebe für dieses kleine Ungeheuer, also beschließe ich, ihr einen Denkzettel zu erteilen. Ciara wittert mein Vorhaben, springt kreischend und kichernd davon und huscht zwischen die Felsen.

»Fang mich doch, du alte abgekaute Flunder!« Mit einer Gewandtheit, die mich immer wieder verblüfft, schnappt sie sich mein Seehundsfell und springt vom höchsten Felsen aus in das

Meer. Ich hechte hinterher, erwische beinahe ihren rechten Fuß und knurre vor Empörung, als ich doch nur blubberndes Wasser zu packen bekomme.

Eine Weile hetzen wir uns gegenseitig durch die Gegend, bis Ciara keine Lust mehr hat. Sie schleudert mir das Fell entgegen und verschmilzt mit ihrem eigenen. Ich tue es ihr gleich, und dann fliegen wir gemeinsam als Seehunde über die Muschelbänke hinweg in das tiefe, tintenblaue Wasser. Meine Schwester umkreist mich lauernd, wedelt mit ihren Flossen und versucht, besonders große Luftblasen auszustoßen.

»Du leuchtest wie der neue Turm, den die Menschen gebaut haben.« Jetzt, da wir unsere Tiergestalt angenommen haben, können wir nur noch die lautlose Sprache der Gedanken nutzen. *»Es ist das reinste Wunder, dass die Fischer dich noch nicht erwischt haben.«*

»Ich kann mich gut verstecken. Ich bin schnell, stark und schlau, und ich weiß, wie man den Menschen entwischt.«

»Oho! Sieh nur, Große Mutter. Ich habe den bescheidensten Bruder aller Zeiten.«

Ciara dreht einen weiteren Kreis um mich herum, arglistig wie ein Hai auf Beutezug. Ich schnappe nach ihrer Schwanzflosse, aber weil ich immer darauf achte, ihr nicht wehzutun, entwischt sie meinen Zähnen. Blitzschnell fährt Ciara herum, beißt ihrerseits zu und erwischt mich am Hals.

»Autsch! Du bist ein verdammter Seewolf.«

»Ach. Habe ich dir wehgetan, bescheidenster Bruder aller Zeiten?«

»Ich zwicke dich nur. Allerhöchstens. Aber du beißt zu, als würdest du mich fressen wollen.«

»Selbst schuld, wenn du dich beißen lässt, du lahme abgekaute Flunder.«

Sie grinst mich an, ich spucke ihr einen Schwall Luftblasen entgegen, und dann jagen wir pfeilschnell durch das Wasser. Meine Schwester mag eine heimtückische Garnele sein, aber mit niemandem fühle ich mich freier als mit ihr. Wir sind grenzenlos. Wie sind jung und stark und schneller als Briana, wenn wir es darauf anlegen.

Auf *Skara Brae* dagegen wird der Müßiggang gepflegt, denn nach einer langen Nacht der Paarung ruht sich unsere Gruppe am Strand aus und vermeidet jede unnötige Bewegung. Mit ein wenig Glück kommen in ein paar Mondläufen zwei oder drei Kinder zur Welt. Vielleicht auch nur eines. Oder gar keins. Schon seit langem, so haben es unsere Eltern erzählt, nimmt die Zahl des Nachwuchses immer weiter ab. Inzwischen sterben mehr Selkies als geboren werden, was unsere Zukunft düster aussehen lässt. Stück für Stück übernehmen die Menschen die Herrschaft, ihre Schiffe werden größer, ihre Waffen vernichtender, und der Ozean schmeckt immer häufiger nach Blut. Aber auf jede Nacht folgt ein neuer Morgen, und letztendlich steht die Zeit auf unserer Seite. Menschen sind kurzlebig, wir werden älter als Grönlandhaie. Dank uns schaffen sie es niemals, das Gleichgewicht zu zerstören, und sobald sie das begriffen haben, gehört der Ozean wieder uns.

Meine Schwester hofft, dass der Rausch schon im nächsten Sommer über sie kommt, damit sie ihren Teil zur Rettung unserer Art beitragen und endlich in Ekstase mit einem Partner ihrer Wahl verschmelzen kann. Mir dagegen wird der Akt der Vereinigung verwehrt. Ein schneeweißes Fell zieht schon mehr als genug Aufmerksamkeit auf sich, da wünscht sich keiner von uns noch mehr weithin leuchtende Selkies, die das Licht der Welt erblicken. Aber es macht mir nichts aus. Ich bin zufrieden damit, gemeinsam mit meiner Schwester durch das Meer zu jagen, so schnell und weit, bis die Warnungen der Erwachsenen nur noch flüchtige Erinnerungen sind. Wer soll uns schon schaden können? Die Orcas und Haie wissen, was wir sind, und würden uns niemals als Nahrung betrachten. Und die Menschen? Ach, sie sind dumm und langsam und wunderbar in die Irre zu führen. Kein Landbewohner sieht uns, wenn wir nicht gesehen werden wollen. Kein Jäger nimmt unsere Spur auf, es sei denn, wir lassen es zu.

Ausgelassen jagen wir durch einen Heringsschwarm und schlagen uns die Bäuche voll, bis wir fast platzen. Dann schwimmen wir satt und zufrieden durch das stille Abendmeer in Richtung Skara Brae, während die Sonne dem Horizont entgegen sinkt.

Ja, alles ist gut.

Aber dann riechen wir plötzlich Blut im Wasser.

Robbenblut. Seehundblut. Und das meiner Familie.

Abrupt sind unsere vollen Bäuche vergessen. Wir fliegen durch das Meer wie Sturmvögel durch den Himmel, schneller, immer schneller, bis sich das Meer rot verfärbt.

Nein!

Nein! Nein! Nein!

Da sind Stimmen. Menschliche. Sie schreien und bellen und fluchen. Schüsse knallen. Etwas Hartes kracht mit schrecklichen Geräuschen auf etwas Weiches. Immer wieder und wieder.

»*Ciara! Keenan!*« Mein Vater huscht auf uns zu, die Augen riesengroß vor Panik. Um ihn herum wuseln Schatten und stieben in alle Richtungen auseinander. Selkies. Seehunde. Robben. Ihre Todesangst schwängert das Wasser und stört das sonst gleichmäßige Strömen der Energieflüsse. Schmerzensschreie zerfetzen den Abend. Sie klingen grauenhaft. So schrill und verzerrt, als würden nicht nur Körper, sondern auch Seelen zersplittern.

»*Wir müssen weg. Ich konnte sie nicht retten. Es tut mir so leid.*« Mein Vater will nach mir schnappen, aber ich schwimme weiter, durchstoße die Oberfläche und spüre, wie mein Herz zerbricht. Unser Strand ist rot von Blut. Und das, was sich im Licht des sterbenden Tages vor mir ausbreitet, ist bei Weitem zu schrecklich, um es zu begreifen. Ich kann nirgendwo ein Schiff entdecken, was bedeutet, dass sich die Menschen still und heimlich vom Nordende her angeschlichen haben. Es müssen Dutzende sein. Sie rennen umher, schwingen ihre Knüppel und Spitzhacken und schlagen einen Schädel nach dem anderen ein. Ein paar Männer sind offenbar dazu abkommandiert worden, flüchtende Tiere zu erschießen oder sie an der Schwanzflosse zurück an den Strand zu zerren. Je nachdem, ob ihr Pelz etwas taugt oder nicht. Andere Kerle sind bereits damit beschäftigt, die Kadaver zu häuten. Blut dampft im Abendlicht. Die Schreie werden immer lauter und grauenhafter. Längst nicht jedes Tier, dem man das Fell über die Ohren zieht, ist bereits tot. Viele sind nur benommen und kommen wieder zu Sinnen, nur, um ihr furchtbares Ende bei vollem Bewusstsein miterleben zu müssen.

Ich kann ein solches Ausmaß an roher Grausamkeit nicht begreifen. Nicht einmal im Ansatz. Kein Mitglied meiner Familie schafft es, die Verwandlung einzuleiten. Geschwächt von der Paarungsnacht und überflutet von nackter Panik, rollt der Tod wie eine Flutwelle über sie hinweg.

Ich sehe, wie drei Männer jeweils einen Stapel bluttriefender Felle nehmen und über die Dünen zum Nordende der Insel stapfen. Für das Fleisch interessieren sie sich nicht. Alles, wonach sie trachten, ist unser schöner weicher Pelz. Und dort, ganz nahe am rettenden Wasser, ziehen sie auch meiner Mutter das graue, silbergesprenkelte Fell ab. Jede ruckhafte Bewegung trifft mich wie ein harter Schlag, aber zugleich fühle ich Erleichterung. Wenn auch nur eine schreckliche Abart davon. Denn meine Mutter ist bereits tot. Sie muss nicht miterleben, wie man ihr die Haut entreißt, und damit wird ihr ein Glück zuteil, das vielen Mitgliedern meiner Familie nicht geschenkt wird.

Alles stinkt nach Blut und Schmerz. Das Licht des Lebens erlischt, übrig bleiben nur Dunkelheit und Leere. Eine solch grausame Leere, dass mein Verstand daran zerbricht.

Da richtet sich die Aufmerksamkeit der Jäger plötzlich auf mich. Jetzt, da ihr Blutrausch langsam nachlässt, achten sie mehr auf ihre Umgebung – und entdecken ein neues Objekt der Begierde. Ihre Finger deuten auf mich. Sie legen ihre Gewehre an. Rufen, schimpfen und gestikulieren.

»*Keenan, verdammt!*« Mein Vater zieht mich an der Schwanzflosse nach unten und faucht mich an. »*Was ist los mit dir?*«

Ich begreife, dass nur wenige Herzschläge vergangen sind, seit ich aufgetaucht bin. Und doch kommt es mir wie eine Ewigkeit vor.

Nein!, schreit alles in mir. *Nein! Es kann nicht sein! Es kann einfach nicht sein.*

»*Wir müssen weg*«, schreit mein Vater. »*Sofort!*«

Mein ganzer Körper wird taub. Ich fühle ihn kaum noch, als ich den letzten Überlebenden meiner Familie in die heraufziehende Dunkelheit folge. Alles um mich herum schmeckt nach Tod.

Es ist vorbei. Die Erkenntnis sticht wie ein Messer in mein Herz. *Wir haben verloren.*

Gegenwart

Ich schrecke hoch und finde mich in einem Kasten wieder. Bis zum Hals in etwas Weiches eingepackt. Kein Fell! Sondern eine Decke und ein Mantel, wie sie von Menschen benutzt werden. Rings um mich herum rücken die Wände auf mich zu. Gerüche strömen auf mich ein. Blut. Angst. Schreiende Menschen. Brüllende Tiere, denen das Fell abgezogen wird. Der Qualm von Gewehren.

Ich fühle Panik.

Grell und lodernd.

Mein Atem verkommt zu einem Keuchen, mein Herz schlägt so schnell, dass ich befürchte, es könne stehen bleiben.

Raus! Nur raus hier!

Aber plötzlich erinnere ich mich wieder. Und mein Schrecken verwandelt sich in pure Verblüffung. Es ist Maris Haus, in dem ich mich befinde. Ich bin bei ihr, und sie schläft friedlich an meiner Seite. Ganz dicht am Rand des Bettes, so weit von mir entfernt, wie es nur geht. Irgendwann muss sie vom Sessel hierher gewechselt sein, und diese Tatsache erschüttert mich. Fassungslos starre ich auf ihr schönes, sanftes Gesicht. Auf die Flut aus roten Haaren und die winzigen Sommersprossen. Nebenbei streiche ich über den Mantel, den sie mir gegeben hat. Er ist genauso dick und flauschig wie mein Fell, wenn es trocken ist.

Menschenkleidung.

Der Gedanke bringt mich zum Lächeln. Ich habe mich von Mari in dieses Haus locken lassen und ein heißes Bad genommen. Wie damals in *Ravenhill Manor*. Ich habe mich ihr anvertraut. Einfach so. Nach all den Jahrzehnten des Alleinseins und des Misstrauens. Und dann bin ich auch noch vor ihren Augen eingeschlafen. Zu müde und benommen, um mir über irgendetwas Gedanken zu machen.

Wie wunderbar friedlich Mari aussieht. Als wäre ihr jede Bosheit und Niedertracht fremd. Ich höre das Schlagen ihres Herzens und sehe das feine Netz aus Energielinien, das jedes lebendige Geschöpf umgibt. Maris Leuchten besitzt dasselbe Grün wie ihre Augen. Es ist rein und klar und absolut bezaubernd. Bin ich wirklich hier? In einem Menschenhaus? Ist diese Frau tatsächlich echt, oder wache ich gleich in der Ruine auf? Allein? Fern von jeder Wärme? So wie seit Ewigkeiten?

Ich fahre mit den Fingern durch mein Haar und bemerke, dass es sich seltsam anfühlt. Natürlich. Mari hat es gekämmt. Letzte Nacht, als ich in der Wanne gelegen und mich derart behaglich gefühlt habe, dass die ganze Welt in Bedeutungslosigkeit versunken ist. Die Erinnerung an ihre Berührungen tut weh. Ich habe sie genossen. Viel zu sehr. Das alles hätte niemals passieren dürfen. Unsere Welten sind unvereinbar, denn der eine stürzt den anderen ins Verderben. So oder so. Es gibt keine Liebe zwischen uns. Schon gar keine, die von Dauer ist. Denn alles Menschliche ist wankelmütig und vergänglich.

Obwohl ich mir dieser Tatsache bewusst bin, beuge ich mich über Mari, schiebe die Decke beiseite und sauge den Duft ihrer Weiblichkeit in mich ein. Dieser Körper ist so warm. So weich und geschmeidig. Ganz langsam lasse ich die Hand über ihrer Brust schweben, ohne sie zu berühren. Denn wenn ich das tue, wenn ich sie einmal spüre, ganz nah bei mir, wird meine Beherrschung in sich zusammenbrechen. Maris Hitze bringt mich zum Zittern. Ich spüre, dass ich mehr von ihr will. Sehr viel mehr. In meinem Körper beginnt es zu ziehen und zu brodeln, ich atme immer gieriger, trinke ihren Duft, schwelge in ihrem herrlichen Aroma und in der Vorstellung, unsere Kleidung auszuziehen und mich ganz an sie zu schmiegen. Haut an Haut. Wie es die Frauen und Männer in den Nächten der Paarung getan haben. Meine Hand schwebt über ihre linke Schulter, über das Gesicht, den Bauch und die Arme. Der Drang, die Decke noch weiter hinunterschieben, bis über ihre Hüften, wird schier unwiderstehlich. Aber ich tue es nicht. Weil ich weiß, was dann geschieht.

»Kian.« Mari flüstert meinen Namen. Nein, es ist mehr ein Hauchen. Und plötzlich blicke ich in ihre wunderschönen, grünen Augen. Tiefes Erstaunen liegt darin. Angst und ... bei allen Feuerquallen und Seegeistern, auch Begehren. Sie wehrt sich dagegen, aber es sickert trotzdem durch ihren Leib und verändert ihren Duft. Er wird so verlockend, dass ich glaube, den Verstand zu verlieren. Maris Atem streicht über meine Lippen. Er geht schwer. Immer schwerer. Wie betäubt von ihrer Nähe sehe ich sie an, reglos, aufgewühlt, in Brand gesteckt von einem Verlangen, das ich seit Ewigkeiten nicht mehr gespürt habe.

Nur noch eine Handbreit trennt uns voneinander. Ich will sie küssen. So sehr, dass sich jeder Muskel in meinem Körper verkrampft und zugleich zu schmelzen scheint.

Auch Mari zittert.

Aber sie weicht mir nicht aus.

Verdammt, warum nicht?

»Ich ...« Ihre Lippen öffnen sich. So weich. So unvorstellbar verlockend. »Ich denke, wir ...«

Im nächsten Moment reiße ich mir auch schon den Mantel vom Leib, schnappe mir das Fell und renne nach draußen. Weg! So weit weg wie möglich! Das Meer ist rau und aufgewühlt, es umschließt mich mit seiner eisigen Kälte und trägt mich schnell hinaus.

Warum bin ich kein Mensch?

Warum ist Mari kein Selkie?

Sinnlose Gedanken. Nutzlose Gedanken. Ich will nicht, dass sie sich noch länger in mein Herz bohren.

Weg! Einfach nur weg!

Mensch und Tier verschmelzen miteinander, dann fliege ich schwerelos durch das Wasser. Schnell wie ein Gedanke, aber nicht schnell genug, um meinen Träumen und Hoffnungen zu entkommen. Aus der Ferne höre ich die Klicklaute jagender Orcas. Es sind fremde, wandernde Wale, die nichts von Selkies wissen. Zuerst will ich mit ihnen reden, um deutlich zu machen, dass ich keine Nahrung bin. Aber dann schwimme ich einfach auf sie zu. Direkt vor ihre Schnauzen. Zuerst sind sie derart von meinem Auftauchen überrascht, dass sie nicht reagieren. Doch ihre Verblüffung ist in Windeseile vorbei. Gepackt von einem wütenden Fatalismus, drehe ich ein paar Pirouetten vor der Schnauze der Anführerin und zische haarscharf an ihrem Kopf vorbei.

Krach!

Ihre Zähne schlagen aufeinander.

Einen winzigen Augenblick zu spät.

Und dann heftet sich die ganze Herde an meine Flossen. Ich schwimme um mein Leben, stecke jede Energie, jeden Gedanken in die Flucht. Zuerst schieße ich durch einen Tangwald, drehe mich, schlage Haken und jage zurück zur Oberfläche, nur, um Augenblicke später wieder in die Tiefe zu stürzen. Die Klicklaute der Orcas bringen meinen ganzen Körper zum Vibrieren und versetzen sogar die Knochen in Schwingung. Euphorie summt in meinem Kopf. Der Rausch einer tödlichen Gefahr.

Schneller!

Schneller!

Die See schießt nur so an mir vorbei. Felsen, Muschelbänke, auseinanderstiebende Fische. Wogender Tang. Unbarmherzig hängen die Wale an meinen Flossen, längst zu erregt, um die Manier guter Jäger beizubehalten. Wie eine Schule aus Halbwüchsigen singen, quietschen und pfeifen sie ihre Erregung in das Meer hinaus, während ich zur westlichen Sandbank schwimme. Die letzte Rettung vor der offenen See. Einer der Orcas holt auf, schnappt nach meiner Schwanzflosse und beißt ins Leere, als ich eine scharfe Drehung vollführe. Erneut höre ich das Krachen aufeinanderschlagender Zähne – und die Euphorie der Gefahr singt noch lauter. Sie übertönt alles andere, und das ist es, was ich brauche. Worin ich mich flüchten will.

Ich hetze weiter, drehe mich mal nach links, mal nach rechts. Tauche steil ab und schieße wieder empor, um mit einem kraftvollen Sprung die Oberfläche zu durchstoßen. Ganz in der Nähe tuckert ein Fischerboot vorbei. Zwei Männer erblicken mich und beginnen aufgeregt zu rufen. Aber ich fühle keine Angst. Nicht mehr. Da ist nur dieser wütende, ekstatische Rausch, der mich in seinen Fängen hält. Ich schwimme dicht am Kutter vorbei, streife den blau gestrichenen Rumpf und tauche wieder ab. Die Fischer schreien, die Orcas klicken und pfeifen. Erneut nehme ich alle Kraft zusammen, schnelle aus dem Wasser und entgehe einem zuschnappenden Maul um Haaresbreite.

Als ich seitlich am Kopf des Orcas entlang gleite, wirft er mir einen verdrießlichen Pfiff hinterher. Irgendwo rechts von mir knallt ein Schuss. Dann noch einer. Bevor ich wieder in der Tiefe verschwinde, sehe ich einen Fischer, der mit seinem Gewehr auf mich zielt. Aber dann windet ihm ein anderer die Waffe aus der Hand und verpasst ihm einen Schlag auf den Hinterkopf.

Ich schwimme weiter, immer weiter, bis ich endlich die Sandbank erreiche und mich auf das rettende Land ziehe. An meiner Seite brennt ein Schnitt, den mir vermutlich einer der Orcazähne verpasst hat, aber es ist nur eine oberflächliche Wunde. Frustriert ziehen die Wale ihre Kreise, erkennen, das das Frühstück verloren ist, und drehen wieder ab.

Bin ich denn wahnsinnig geworden?

Warum habe ich das getan?

Was will ich mir damit beweisen?

Du gehörst nicht zu den Menschen, raunt es in meinem Kopf. *Das hier ist deine Welt. Vergiss das niemals. Nicht einmal einen Herzschlag lang. Du dienst dem Meer. Damals und heute. Du bist ein Teil von ihm, der niemals entfernt werden darf.*

Allmählich beruhigt sich mein rasender Herzschlag. Ich drehe mich auf den Rücken und versuche, die herumwirbelnden Gedanken zu ordnen. Aber dann höre ich wieder das Tuckern des blauen Kutters. Sie haben mich verfolgt. Natürlich haben sie das. Das Boot vollführt einen weiten Bogen und läuft das nördliche Ende der Sandbank an, warum auch immer. Vielleicht hoffen sie, mich lebend und unversehrt erwischen zu können. Falls ja, stellen sie es mehr als plump an. Ich blecke meine Zähne, werfe ihnen ein wütendes Bellen entgegen und springe in das Wasser. Diesmal schwimme ich weiter als jemals zuvor. So weit, bis mich eine große Strömung packt und in das endlose Blau hinauszieht. Irgendwo in der Ferne werde ich eine neue Heimat finden. Und endlich vergessen. Zumindest hoffe ich das.

»Kleiner Seehund«, dringt Brianas Stimme zu mir durch. *»Was ist passiert? Wohin schwimmst du?«*

»In ein anderes Meer. Kommst du mit?«

»Warum willst du fort?«

»Das habe ich dir doch schon erzählt. Hier sind zu viele Menschen. Sie jagen und schießen auf mich.«

»Ich verstehe. Geht es dir gut?«

»Nein. Aber es wird besser. Kommt ihr mit oder nicht?«

»Wir kommen mit«, erwidert sie zu meiner großen Erleichterung. *»Die Jagdgründe sind schlecht geworden. Vielleicht finden wir anderswo ein besseres Meer.«*

»Ja, Briana. Vielleicht.«

Um meine Lippen lag dein nasses wildes Haar,
um deine Schulter lag mein Arm gezogen.
Hast du denn Furcht vorm offnen Meere?
Es peitscht dich warm. Komm bald, komm bald.
Im Hafennebel tanzt die Fähre.
Hinaus! Hinaus!

Richard Fedor Leopold Dehmel

KAPITEL 5

Wie ich den falschen Weg beschritt

Ein paar Monate später

European Bioinformatics Institute, Hinxton, Großbritannien

Dr. Rahul Sharma

»In der Molekularbiologie beschäftigen wir uns mit Struktur und Funktion biologischer Makromoleküle«. Ich verkneife mir ein genervtes Seufzen, als meine dreizehn Schützlinge sämtliche Facetten von *desinteressiert* bis *zu Tode gelangweilt* präsentieren. Warum mache ich das hier noch mal? Ach ja, ich bin zu dieser Schülerführung verdonnert worden. Interesse beim Nachwuchs wecken. Investieren in die Zukunft. *Bla, bla, bla.* Und weil ich erst seit sechs Monaten hier arbeite, gibt es nicht viele Möglichkeiten, unliebsamen Aufgaben auszuweichen.

Ich nehme einen tiefen Atemzug, denke an die bevorstehende Mittagspause und leiere meinen Text herunter: »Struktur, Funktion und Biosynthese von DNA und RNA auf molekularer Ebene. Wir untersuchen, wie diese untereinander sowie mit Proteinen interagieren. Hierbei sind die Grenzen zwischen den Forschungsgebieten der Molekularbiologie sowie weiteren Feldern der Biologie und Chemie sehr oft fließend, insbesondere im Bereich der molekularen Genetik und der Biochemie.«

Die Gesichter um mich herum sehen immer ratloser aus.

Oh Mann. Wo ist er nur hin, mein Traum vom großen Erfolg? Wann ist sie geplatzt, meine Seifenblase aus Illusionen und Hoffnungen? Nein, Schluss damit! Es ist noch nicht aller Tage Abend. Was sind schon sechs Monate? Irgendwann wird es bergauf gehen, daran darf ich niemals zweifeln. Meine Eltern haben sich dank unermüdlicher Arbeit und trotziger Entschlossenheit aus den Slums von Bombay freigekämpft und ihre letzten Jahre in einem Dreihundert-Quadratmeter-Loft mitten in London verbracht. Steiler nach oben kann eine Kurve nicht verlaufen. Und ich? Was habe ich bisher vorzuweisen, abgesehen von meinem Doktortitel und ein paar mittelprächtigen Veröffentlichungen? Nichts. So sah es aus. Und nächstes Jahr begehe ich meinen fünfundvierzigsten Geburtstag.

Keine steile Karriere.

Kein fettes Gehalt.

Keine Frau an meiner Seite.

»Mithilfe von molekularbiologischen Daten ist es uns möglich«, spule ich weiter meinen Text ab, »Krankheiten besser zu verstehen und die Wirkungsweise sowie die Entwicklung von Medikamenten zu optimieren. Das Steckenpferd meiner Person ist übrigens die Krebsforschung.«

Neben Kaffeekochen, Reagenzgläser sortieren, Mäusekäfige putzen und Rotzlöffel durch die Labore führen.

»Woran wird hier momentan gearbeitet?«, fragt eine Schülerin aus der vorderen Reihe. Einen Moment lang bin ich verblüfft. Gerade eben hätte ich noch Stein auf Bein geschworen, dass die Bande meinen Vortrag so spannend findet wie einen betäubten Regenwurm.

»Mutagenese.« Ich zwinge mich zu einem Lächeln. »Die Erzeugung von Mutationen im Erbgut von Lebewesen.«

»Aha«, tuschelt irgendjemand weiter hinten. »Die haben bestimmt Menschen mit Schafsköpfen im Keller und sezieren irgendwelche armen Viecher bei lebendigem Leib.«

Gerade noch rechtzeitig unterdrücke ich ein Augenrollen. »Na klar. Wir sind eine gewissenlose Horde irrer Wissenschaftler, die mit glühenden Blicken, Schlachterschürzen und Einstein-Frisuren Ungeheuer zusammenbasteln und hilflose Kreaturen sezieren, um uns an ihren Schreien zu erfreuen.«

Mist. Habe ich das gerade laut gesagt?

Na wunderbar. Mein vorschnelles Mundwerk verdonnert mich noch mal zu lebenslanger, schlecht bezahlter Taufliegenzucht. Aber die Bande kichert. Immerhin etwas.

»Es tut mir leid«, fahre ich in fachmännischem Tonfall fort, »dass ich Ihr filmreifes Kopfkino abwürgen muss, aber hier geht es aktuell nur um Bakterienkolonien. Das Perverseste, was ich Ihnen anbieten kann, ist unsere sogenannte *Knock-Out*-Maus.«

»Was ist das?«, fragt das neugierige Mädchen.

»Ach, das hat nur etwas mit dem gezielten Abschalten gewisser Gene zu tun, um damit verschiedene zusammenhängende Krankheiten zu untersuchen. Es gibt viele Arten von *Knock-Out*-Mäusen, aber ehrlich gesagt sehe ich keinen Sinn darin, Ihnen die Details zu erläutern. So, und jetzt noch ein paar abschließende Worte zu unserem netten Laden hier. Das EMBL's European Bioinformatics Institute gehört, wie der Name schon vermuten lässt, zum übergeordneten EMBL, wobei es sich um eines der bekanntesten biologischen Forschungslabore der Welt handelt. Genauer gesagt, ist es ein sogenanntes *Grundlagenforschungsinstitut* und wird über öffentliche Forschungsgelder der Mitgliedstaaten finanziert. Am EMBL arbeiten etwa 85 unabhängige Forschungsgruppen zu Themen des gesamten Spektrums der Molekularbiologie. Wir sind in sechs Einheiten gegliedert: das Hauptlaboratorium in Heidelberg sowie mehrere Außenstellen. Unser lauschiges Hinxton zum Beispiel, dann noch Grenoble, Hamburg, Monterotondo und Barcelona. Ja, ich sehe schon. Sie platzen förmlich vor Neugier. Vermutlich finden Sie die Information, dass unsere kleine Führung hiermit beendet ist, sehr viel spannender als alles, was ich Ihnen davor erzählt habe. Nichts für ungut. Die Wissenschaft schmeckt nun mal nicht jedem. Mein Kollege dort hinten wird Sie in Empfang nehmen und Ihnen die nächste Abteilung zeigen. Nein, keine Sorge. Sie müssen nicht noch mehr Input verkraften. Bei Ihrer letzten Station handelt es sich um unsere Kantine. Die kreiert im Übrigen ausgezeichnete Spaghetti Bolognese.«

Endlich trollt sich meine Schülerschar. Wie ferngesteuerte Roboter holen sämtliche Jungen und Mädchen ihre Smartphones heraus und wischen darauf herum. Puh! Das wäre schon mal geschafft. Ich schiebe meine Hände in die Kitteltaschen und wippe eine Weile auf den Zehenballen auf und ab, während die schnatternde Schar davon schlurft.

»Kleiner Tipp, Rahul.« Eine meiner Kolleginnen schnippt mit den Fingern und grinst mich an. »Du solltest deine Menschenfeindlichkeit nicht ganz so offensichtlich zeigen.«

»Ach, diese permanent abgelenkten Superhirne haben doch sowieso nichts mitgekriegt.« Ich unterdrücke ein Gähnen und rolle mit den Schultern. Heute Abend muss ich dringend mehr schlafen und weniger arbeiten. »Ach, übrigens. Derjenige, der den nächsten dummen Kommentar abgibt, bekommt von mir eine Mutation verpasst, die ihn für den Rest seines Lebens dazu zwingt, sechs Paar Schuhe und drei Mützen zu tragen.«

Meine Kollegen gackern vergnügt. Na, immerhin ist die Stimmung gut, was in unserem Arbeitsbereich wahrhaft keine Selbstverständlichkeit ist. Mann, ich brauche dringend einen Kaffee, sonst schlafe ich noch im Stehen ein. Lustlos trotte ich in den Flur hinaus, gehe zum Automaten und fülle einen Becher mit Motoröl. Zumindest sieht das Zeug genauso aus und verfügt über eine ähnliche Konsistenz. Egal. Hauptsache, ich bekomme ein wenig Koffein in den Blutkreislauf.

Als ich mich wieder auf den Rückweg mache, nervt mich das Quietschen meiner Schuhe derart, dass ich mit den Zähnen knirsche. Scheiß Laminat. Scheiß lädiertes Nervenkostüm. Ich nippe am Kaffee, gähne, nippe ein zweites Mal – und werde plötzlich derart ruppig zur Seite gerissen, dass die Hälfte meines frisch gezapften Gebräus auf dem Boden und der Rest auf meinem Kittel landet.

»Professorin Chapman?« Ehe ich weiß, wie mir geschieht, stehe ich im Büro meiner Vorgesetzten. »Was ist los?«

»Tut mir leid. Ich wollte dich nicht … ach, egal. Ich erkläre dir gleich, worum es geht. Ja, wir duzen uns fortan. Ich bin Ruth. Klar so weit? Zukünftig arbeiten wir enger miteinander, das erfordert ein wenig mehr Vertrautheit.«

Wie bitte? Mein Gesicht wird heiß. Der schärfste Feger weit und breit will enger mit mir zusammenarbeiten? Mit mir? Dem kleinen, unbedeutenden Licht, das schon froh ist, wenn es überhaupt wahrgenommen wird?

Ich starre sie an. Diese durch und durch anmutige Amazone mit der blonden Hochsteckfrisur, dem messerscharfen Blick und jenem Mund, der vermutlich die Fantasie jedes Mannes zur Hochform auflaufen lässt. Diese Frau verdient ungefähr zehnmal so viel wie ich. Sie ist intelligenter, scharfzüngiger und entschlossener als jeder Mensch, den ich bisher kennenlernen durfte. Und während der letzten Institutsparty hat sie mir weinselig ins Ohr geflüstert, dass man mit mir bestimmt wunderbar Klonschafe stehlen könne. Nun ja, es gibt ungefähr eine Million Dinge, die ich gerne mit Ruth anstellen würde. Schafe stehlen gehört definitiv nicht dazu.

Sag was! Mach was!

Steh nicht da wie ein verdammter Volltrottel.

Ruth lächelt und leckt sich die sinnlichen Lippen. Augenblicklich verselbstständigt sich mein Kopfkino und kreiert eine Szene, in der wir ineinander verkeilt auf dem Sofa im Ruheraum liegen und unseren primitiven Trieben nachgeben.

Scheiße!

»Ich sehe schon.« Ruth gibt ein leises, sehr untypisches Kichern von sich. Hat sie etwa einen genippelt? Ihre Augen glänzen mehr als verdächtig, und ihre Wangen sehen aus, als hätte sie zu viel Rouge aufgetragen. »Du bist absolut ratlos. Aber ich mag es, wie du aussiehst, wenn du keine Ahnung hast.«

»Ach ja?«

»Komm. Ich zeig's dir.«

Ja. Bitte zeig's mir. Ich streiche mir eine Spur zu hektisch über die Haare. Was wird jetzt passieren? Warum schließt sie die Tür ab? Und was lässt meine eiskalte, stets professionelle Vorgesetzte wie einen nervösen Teenager zappeln?

»Ich bin über ein paar Umwege zu einem sehr erstaunlichen Video gekommen.« Ruth klappt ihren sündhaft teuren Laptop auf und öffnet eine Datei auf dem Desktop. »Einer meiner Studenten hat eine mehrmonatige Europa-Rundreise unternommen und ist am Strand von Westray über ein weggeworfenes Smartphone gestolpert. Weißt du, was die zwei häufigsten Passwörter der Welt sind?«

»Ja. *Passwort* und *123456*.«

»Ganz genau. Erstaunlich, oder? Und dann bezeichnen wir uns als Krone der Schöpfung. Wie auch immer, unser unbekannter Smartphonebesitzer, der sich vermutlich gewaltig über den Verlust seines Schatzes geärgert hat, wählte praktischerweise Variante Nummer zwei. Deswegen gelang es meinem Studenten mühelos, auf die darauf befindlichen Dateien zuzugreifen. Unter anderem fand er eine sehr bemerkenswerte Aufnahme, die unser

Pechvogel gerade bei YouTube hochladen wollte, ehe er aus rätselhaften Gründen sein Smartphone am Strand verloren hat. Und wenn ich sage *bemerkenswert*, dann meine ich damit ein Video, das jeder vernünftig denkende Mensch für eine Fälschung halten muss. Davon ist auch mein Student ausgegangen. Er hat das Smartphone monatelang mit sich herumgeschleppt, weil ihn die Sache mit der Aufnahme nicht mehr losgelassen hat. Und nach seiner Rückkehr in heimische Gefilde hat er mich gebeten, einen genaueren Blick darauf zu werfen. Tja. Junge Kerle, die ihre heimlich angebetete Professorin beeindrucken wollen. Niedlich, nicht wahr? Natürlich habe ich ihn in seiner Vermutung bestätigt, dass die Aufnahme nichts weiter als eine gut gemachte Fälschung ist. Der Kerl war sichtlich enttäuscht. Vor allem, weil ich anschließend das Smartphone beschlagnahmt und ihn aus meinem Büro hinauskomplimentiert habe. Immerhin ist er nicht ganz legal an seinen Fund gelangt. Das gute Stück war verdammt teuer, da sollte man sich schon die Mühe machen, nach dem eigentlichen Besitzer zu suchen, hm? Oder das Schätzchen zumindest im Fundbüro abgeben.« Ruth zwinkert mir verschwörerisch zu. »Aber zurück zum Thema. Das Video ist natürlich kein *Deep Fake*. Es ist echt. Absolut und hundertprozentig echt. Auch, wenn du es nicht glauben wirst.«

Okay. Sie will mir also nicht die Kleider vom Leib reißen. Schade. Aber die Sache klingt trotzdem spannend. Ich stelle mich hinter sie und warte, während Ruth den Cursor tatenlos über dem Play-Knopf schweben lässt. Ihre Hände zittern beträchtlich. Sie atmet schwer, und die Ader an ihrem Hals verrät einen mehr als ungesunden Puls. Ich versuche, nicht auf diese weiche, blasse Haut zu starren, bleibe geduldig und stelle Mutmaßungen an. Worum geht es hier? Was will sie mir so dringend zeigen? Und warum kann sie sich trotzdem nicht dazu überwinden, das Video zu starten?

»Hör zu, Rahul.« Ruth dreht sich zu mir um und bohrt ihren Blick in meinen. »Du bist fortan mein persönlicher Assistent und unterliegst absoluter Diskretion. Haben wir uns verstanden?«

»Wie bitte?«

»Du hast richtig gehört. Der Vertrag und die Verschwiegenheitserklärung liegen schon hier auf dem Tisch.« Sie klopft auf eine dunkelblaue Dokumentenmappe. »Ich will dich an meiner

Seite haben. Dich und keinen anderen. Du bekommst das doppelte Gehalt und einen fünfstelligen Bonus obendrauf, aber wenn du auch nur ein einziges Wort von unserem gemeinsamen Projekt nach draußen trägst, wird es verdammt unschön. Hast du das verstanden?«

Doppeltes Gehalt? Fünfstelliger Bonus? Verschwiegenheitserklärung? Scheiße, was läuft hier eigentlich ab?

»Verzeihung«, sage ich höflich. »Aber ich kann darauf nicht antworten, wenn ich nicht einmal weiß, worum es geht.«

»Doch. Du musst jetzt antworten. Besser gesagt, musst du sogar jetzt unterschreiben. Und zwar, bevor ich dir das Video zeige.«

»Wie bitte? Ist das nicht ein wenig übertrieben?«

»Keineswegs.« Ruth öffnet die Dokumentenmappe, nimmt zwei Verträge heraus und schlägt jeweils die letzte Seite auf. »Unterschreib, und du wirst Teil von etwas verdammt Großem.«

»Zuerst will ich wissen, worum es geht.«

»Nein. Bevor du dich nicht zu absoluter Verschwiegenheit verpflichtet hast, zeige ich dir gar nichts. Geh, wenn du willst. Schlag mein Angebot aus. Ich finde jederzeit einen anderen Kandidaten.«

»Warum bin ich deine erste Wahl? Warte … bin ich überhaupt deine erste Wahl? Oder hast du vorher schon ein paar andere gefragt?«

»Nein. Du *bist* meine erste Wahl. Der Grund dafür ist einfach. Ich halte dich für einen guten Kerl. Aufrichtig. Loyal. Mit genau dem richtigen Maß an Entschlossenheit und Diskretion.«

»Aha.«

»Ach, nun mach schon.« Sie hält mir einen Stift entgegen. Ich nehme ihn, überfliege beide Verträge und erkenne nichts Besorgniserregendes. Im Gegenteil. Das Gehalt ist erstklassig, der Bonus mehr als verlockend. Und die Verschwiegenheitserklärung hat es zwar in sich, ist aber, wenn es um wirklich große Fische geht, nichts Unübliches. Bleibt nur die Frage, welchen *großen Fisch* Ruth mit mir angeln will.

Ich bete dafür, dass ich mich nicht in die Nesseln setze, unterschreibe beide Dokumente und schiebe sie Ruth unter die Nase. Auf dem Gesicht meiner Chefin erstrahlt ein hinreißendes Lächeln. Verdammt und zugenäht, allein dafür hat es sich gelohnt. Abgesehen davon, dass mein Konto endlich wieder Grund zur Freude hat.

»Also gut. Dann wollen wir mal.« Ruth rollt ein paar Mal mit den Schultern, nimmt einen tiefen, dramatischen Atemzug und startet das Video. Ich erwarte irgendetwas Spektakuläres. Ein abstürzendes UFO, das Ungeheuer von Loch Ness, Bigfoot, Tentakel-Aliens, einen Spinosaurus, ein Seeungeheuer oder sonst was Aufsehenerregendes. Aber da ist nur eine Landschaft, die recht idyllisch aussieht. Sofern man es rau und ungemütlich mag. Schäumende Wellen rollen an einen dunklen Kieselstrand, darüber hängen fette Wolkenberge. Im Vordergrund sehe ich einen toten Schweinswal, der offenbar der ausschlaggebende Grund für die Videoaufnahme gewesen ist.

»Warte!« Ruth scheint meine Ungeduld zu spüren. »Er kommt gleich.«

»Wen meinst du mit *er*?«

»Ich sagte, du sollst warten. Siehst du? Da hinten im Wasser.«

Die Kamera schwenkt zur Seite und offenbart etwas Helles, das durch die Brandung schwimmt. Mein Herz beginnt zu klopfen, aber dann erkenne ich, dass es nur ein Seehund ist. Ein Tier mit schneeweißem Fell. Mit Sicherheit selten, aber nichts, wofür man eine Verschwiegenheitserklärung braucht.

»Okay.« Ich kratze mich am Kinn. »Es geht um dieses Tier?«

»Ja. Gewissermaßen.«

»*Gewissermaßen*?«

»Schau genau hin.«

Ich beuge mich vor – und stoße einen angeekelten Laut aus. Der Bauch des Tieres reißt auf, dunkles Blut tropft in den Sand. In wilder Agonie wälzt sich die arme Kreatur hin und her, während ihre Wunde immer weiter aufreißt.

»Was ist das für ein Mist?«

»Abwarten.« Ruth zittert immer heftiger. Ihre Hände krallen sich um die Schreibtischkante, ihr rechtes Bein hüpft nervös auf und ab. »Du wirst es gleich sehen.«

Angewidert starre ich auf den klaffenden Schnitt, der sich inzwischen vom Hals bis zur Schwanzflosse zieht. Und plötzlich wühlt sich ein menschlicher Arm aus dem Tierkörper heraus.

»Ach du Scheiße!«

»Siehst du?« Ruth wirft mir einen triumphierenden Blick über die Schulter zu. »Ich hab's dir doch gesagt. Warte, es wird gleich noch besser.«

Fassungslos sehe ich zu, wie ein Mensch aus dem Tier herauskriecht. Ja, er schält sich im wahrsten Sinne des Wortes aus ihm heraus. Wie ein Schmetterling aus der Puppe.

»Scheiße.« Mir sackt alles Blut aus dem Kopf. »Was zum Teufel ist das?«

»Was denkst du denn?«

»Ich … aber das ist doch … und du bist dir absolut sicher, dass es keine Fälschung ist?«

»Absolut.« Ruth stößt einen kieksenden Laut aus. »Absolut und hundertprozentig. Ich habe es mehrfach geprüft. Auf Herz und Nieren und alles dazwischen.«

Ich merke, dass mir der Mund offen steht, aber das ist mir im Augenblick egal. Ungläubig starre ich auf den jungen Mann, der plötzlich am Strand steht, das weiße Fell in seiner Hand hält und sich aufmerksam umschaut. Er ist vielleicht fünfundzwanzig Jahre alt, ein hübscher Kerl mit langem schwarzem Haar, in dem ein paar weiße Strähnen leuchten. Sein Körperbau ist athletisch, aber nicht übertrieben muskulös. Gemächlich watet er in das Wasser, während die Aufnahme immer mehr zu zittern beginnt. Kein Wunder. Ich kann mir kaum vorstellen, was der Besitzer des Smartphones im Moment dieser sensationellen Erfahrung durchgemacht hat.

Ruth und ich sagen kein Wort. Schweigend sehen wir dabei zu, wie der Mann sich selbst und sein Fell wäscht, wobei er immer wieder innehält und den Blick schweifen lässt. Blut färbt das Wasser rot. Ein paar Gewebefetzen scheinen davonzutreiben. Schließlich steigt er wieder aus der Brandung, wandert über den Strand und hält auf die Dünen zu. In diesem Moment endet die Aufnahme. Zuerst purzelt alles durcheinander, vermutlich, weil das Smartphone heruntergefallen ist. Anschließend folgen noch ein paar verwackelte Bilder, dann wird alles schwarz.

»Die Reise ist schon organisiert.« Ruth steht auf und funkelt mich an. »Flug, Mietwagen, Ferienhaus und Boot.«

»Was?«

»Ich habe das ideale Domizil für uns gefunden. Keine Nachbarschaft. Nur ein Haus im Nirgendwo. Perfekt für unsere Zwecke.«

»Für unsere … Zwecke?«

»Was denkst du denn, hm?« Sie bückt sich, wuchtet einen langen, schwarzen Koffer auf den Schreibtisch und öffnet ihn. Mir wird flau im Magen, als ich ein Gewehr darin liegen sehe. »Ist das dein Ernst?«

Ruth verdreht die Augen, öffnet eine im Koffer integrierte Tasche und präsentiert mir ein gutes Dutzend silberner Pfeile mit roten Büscheln am oberen Ende. »Ich will ihn nur ein bisschen schlummern lassen. Sonst nichts.«

Ich reibe mir mit Zeige- und Mittelfinger die Schläfen. »Schon klar. Aber … scheiße, das kann doch alles nicht wahr sein.«

»Das habe ich zuerst auch gedacht. Aber es ist wahr.«

Mein Blut beginnt zu kochen. Sämtliche Gedanken fahren Achterbahn und überschlagen sich. Befürchtungen, Euphorie, Sorgen, Triumph und Angst schaukeln sich gegenseitig hoch, bis mein Kreislauf kurz vor dem Versagen steht.

Ich und Ruth auf einer geheimen Mission.

Ich und Ruth auf der Jagd nach einem mythologischen Wesen.

Das ist so verrückt, dass ich lachen muss.

»Witzig.« Ruth schließt den Koffer und stellt ihn wieder unter den Tisch. »Ich habe genauso reagiert. Diese Kreatur ist unser Schlüssel zu ungeahnten Erkenntnissen. Rahul, begreifst du auch nur ansatzweise, was das bedeuten könnte?«

»Ehrlich gesagt, muss ich noch die Tatsache verdauen, dass du ein menschliches Wesen kidnappen und einsperren willst.«

»Das ist kein menschliches Wesen.«

»Im Grunde schon.«

»Hör zu.« Ruth packt mich bei den Schultern und starrt mich an. Eiskalt und berechnend wie eine Gottesanbeterin. »Das da war ein verdammter, waschechter Selkie. Ein Mensch, der sich in einen Seehund verwandelt. Und umgekehrt. Diese Art von Metamorphose sprengt jede Vorstellungskraft. Sie ist eine gigantische Schatztruhe voller Geheimnisse, die wir ergründen müssen. Wir beide. Du und ich.«

»Okay«, nuschele ich nur.

»Rahul! Reiß dich zusammen! Was glaubst du, was passiert, wenn wir denen da oben das Video zeigen, damit sie unsere Mission absegnen? Ja, ganz genau. Sie werden die Sache selbst in die Hand nehmen, über die Orkneys herfallen und sich den Selkie krallen. Anschließend verschwindet er auf Nimmerwiedersehen in irgendeinem Hochsicherheitslabor, und unsere Namen werden nirgendwo auftauchen. Im besten Fall dürfen wir als unwichtige

Helferlein agieren, um die sich niemand einen Dreck schert. Also müssen wir still und leise unsere Koffer packen und die Sache selbst in die Hand nehmen. Erst wenn wir ausreichend brauchbare Erkenntnisse gesammelt haben, dürfen wir mit unserer Entdeckung an die Öffentlichkeit gehen. Wer weiß. Wenn alles nach Plan verläuft, können wir die nächste Jahreskonferenz für Genetik und Molekularbiologie so richtig aufmischen. Eine Vorstellung unserer Ergebnisse, verbunden mit hieb- und stichfesten Beweisen, und der Ruhm regnet nur so auf uns herab. Niemand wird uns mehr ans Bein pinkeln können, Rahul. Wir gehen in die Geschichte ein.«

»Du scheinst dir absolut sicher zu sein, dass du dein Wunderwesen findest.«

»Ich habe recherchiert, okay? Die Insel, auf der das Video aufgenommen wurde, nennt sich *Skara Brae.* Ein winziges Stück Land nordwestlich von Westray. Menschenleer und unbewohnt.«

»*Skara Brae*? Wie die steinzeitliche Siedlung?«

»Ja. Frag mich nicht, warum auch die Insel so heißt. Dort scheint sich jedenfalls der Aufenthaltsort des Selkies zu befinden. Und wenn ich das Video richtig interpretiere, hat er keine Ahnung, dass er gefilmt worden ist. Hoffe ich zumindest.«

»Du *hoffst*.«

»Rahul, ich habe ein verdammt gutes Gefühl bei der Sache. Wir kriegen das hin, okay?«

»Trotzdem ist die Wahrscheinlichkeit hoch, dass wir gar nichts finden. Vielleicht hat der Typ, der das Video aufgenommen hat, ausgiebig über sein Erlebnis geplappert. Falls er das getan hat, wird der Selkie längst über alle Berge sein. Zumal die Aufnahme vor Monaten stattgefunden hat.«

»Rahul! Bitte! Wir müssen dieser Sache nachgehen, ganz egal, wie groß die Wahrscheinlichkeit für ein Scheitern ist. Wir *müssen*, kapierst du das nicht?«

»Doch. Natürlich.« Mir wird schwindelig. Mein Schädel dröhnt so heftig wie zuletzt in meiner Studentenzeit. Wahrscheinlich wird es Tage dauern, bis ich die Sache mit dem Selkie realisiert habe. Und wirklich glauben werde ich es erst, wenn sich ein Stück dieses Wesens unter meinem Mikroskop befindet.

»Nicht auszudenken, was eine solche Entdeckung für die Krebsforschung bedeuten könnte.« Ich massiere mir die Nasenwurzel. »Ein Mensch, der zum Tier wird. Ein Tier, das Menschengestalt annimmt. Einschließlich rasanter Mutationen. Das ist ... oh Mann, das könnte eine schier unerschöpfliche Quelle sagenhafter Erkenntnisse sein.«

»Sage ich doch.« Ruth lächelt zufrieden. »Und mit dieser Herangehensweise gefällst du mir schon sehr viel besser. Also lass deinen Pessimismus ausnahmsweise mal zu Hause, okay?«

»Meinetwegen. Aber ... warte mal. Habe ich das vorhin richtig verstanden? Du willst deine hochgeheimen Arbeiten wirklich in einem Ferienhaus vornehmen?«

»Ja. Wo denn sonst? Erstens können wir ihn im Fall einer erfolgreichen Mission schlecht durch das ganze Land karren. Und selbst, wenn wir einen Weg finden, ihn hierherzuschaffen, gibt es weit und breit keine Möglichkeit für ungestörtes Arbeiten. Die Sache würde im Handumdrehen auffliegen. Nein, wir bleiben unterhalb des Radars. Ich habe mir ausreichend Zeit freigeräumt, und meine Stellung erlaubt es mir, halbwegs unabhängig zu planen.«

»Was ist mit der nötigen Ausrüstung?«

»Alles schon organisiert.«

»Oh Mann. Du gehst wirklich verdammt optimistisch an die Sache heran. Hast du auch daran gedacht, dass dieses Unterfangen zu zweit mehr als schwierig werden wird? Normalerweise braucht eine Mission dieser Größenordnung ein paar Experten mehr. Und Mitarbeiter, die unzählige Testreihen zigmal wiederholen.«

»Ja, es wird schwierig. Aber ich kann keine weiteren Mitwisser gebrauchen. Dann dauert es eben so lange, wie es dauert.«

Meine Gedanken rotieren derart schnell, dass mir übel wird. Einerseits teile ich Ruths Euphorie, andererseits wächst das schlechte Gewissen exponentiell zu meiner Neugier. Es ist falsch, was wir tun.

Der Bursche auf dem Video ist und bleibt ein menschliches Wesen. Zumindest teilweise. Und wir haben nicht das Recht, ihn einzusperren und zu misshandeln. Habe ich nicht gerade noch Scherze darüber gemacht? Begafft von einer gelangweilten Schülerschar? *Wir sind eine gewissenlose Horde irrer Wissenschaftler, die mit glühenden Blicken, Schlachterschürzen und Einstein-Frisuren Ungeheuer zusammenbasteln und hilflose Kreaturen sezieren, um uns an ihren Schreien zu erfreuen.*

»Nein!« Ruth interpretiert meinen Gesichtsausdruck vollkommen richtig. »Du wirst jetzt nicht an unserer Sache zweifeln. Der Zweck heiligt die Mittel. Wir stehen vor der Entdeckung eines verdammten Phänomens, okay? Das Ganze wird deiner Forschung genauso dienlich sein wie meiner.«

»Mag sein.«

»*Mag sein*? Rahul, was ist los mit dir? Ich meine … Herrgott, ein Geschöpf, das zu solch erstaunlichen Veränderungen fähig ist, besitzt höchstwahrscheinlich Regenerationsfähigkeiten, die jede vorstellbare Grenze sprengen.«

Ja. Natürlich. Gar keine Frage. Allein beim Gedanken daran wird mir heiß und kalt vor Erregung.

»Bitte, Rahul.« Ruths Stimme wird zuckersüß und schmeichelnd. »Ich will nicht, dass du einfach nur mein Assistent bist. Gezwungenermaßen. Ich will, dass du mit mir gemeinsam arbeitest. Hand in Hand. Aus Leidenschaft. Weil dir die Bedeutung unserer Entdeckung genauso klar ist wie mir. Du bist der einzige Mensch, dem ich in diesem Haifischbecken vertraue. Du bist der Mann, den ich an meiner Seite haben will. Wir verändern gemeinsam die Welt. Was sagst du?«

Ich schließe die Augen. Presse beide Fäuste gegen meine Schläfen. Dann sage ich leise: »Okay. Tun wir es.«

Ruth lächelt triumphierend. Mein Gott, diese Frau ist eine menschliche Venusfliegenfalle, und ich bin die Fliege, die darin zappelt.

»Wunderbar. Du wirst es nicht bereuen.« Sie dreht sich um, drückt auf den *»erneut ansehen«*-Knopf und lässt das Video noch einmal laufen. Zum zweiten Mal verfolgen wir etwas, das nach allen Regeln der Biologie unmöglich ist. Ein Mensch, der aus einem Seehund kriecht. Mein Herz krampft sich zusammen, als das Wesen aufsteht, seinen Blick schweifen lässt und schließlich in das Wasser geht. Es wirkt so unschuldig. Wie ein wildes Tier, das in seiner ganz eigenen Welt existiert. Wahrscheinlich ist dieser Eindruck nur meinem Gewissen geschuldet, denn ich kann einfach nicht begreifen, wie Ruth derart kaltschnäuzig vorgehen kann. Es scheint ihr nicht das Geringste auszumachen, dass wir drauf und dran sind, gleich mehrere Verbrechen zu begehen. Andererseits ist die Wahrscheinlichkeit einer erfolgreichen Mission mehr als gering. Ganz gleich, was Ruth behauptet.

Vermutlich ist der Selkie längst über alle Berge und wird einen Scheiß tun, sich fangen zu lassen.

»Hallo, mein Schöner.« Ruth streicht mit dem Zeigefinger über die Gestalt des Wesens. »Du weißt es noch nicht, aber das ist der Beginn einer wunderbaren Freundschaft.«

KAPITEL 6
Wie ich mich befreite

Mari

Der Winter und der Frühling vergehen, ohne dass ich Kian wiedersehe. Kurz nach seinem Verschwinden haben ein paar Fischer von einem weißen Seehund berichtet, der von mehreren Orcas auf eine Sandbank gejagt worden ist, und wiederum einen Tag später ist Andreas mit einem prächtigen Fang zurückgekehrt und hat sein Glück kaum fassen können. Delfine, so schwor er mit der Hand auf dem Herzen, haben ihm die Beute in das Netz getrieben. Seit jenem Tag ist er nie wieder mit leerem Kutter heimgekehrt, und sowohl Finley als auch ich glauben, dass Kian dafür verantwortlich ist. Glücklicherweise bleibt Andreas bescheiden und freut sich über das, was das Meer ihm schenkt, was vermutlich dafür sorgt, dass sein Segen nicht abreißt. Aber warum hilft der Selkie einem Fischer, der auf ihn geschossen hat? Ich habe kaum etwas über Andreas erzählt, abgesehen davon, dass er mich auf *Skara Brae* nur hat beschützen wollen. Wie tief kann Kian in die Seele eines Menschen schauen? Liest er womöglich sogar Gedanken und lässt die Delfine Andreas' Netze füllen, weil er weiß, wie viel mir an dem alten Mann liegt?

Es spielt keine Rolle. Denn inzwischen bin ich mir sicher, dass ich den Selkie niemals wiedersehen werde. Er hat seine Entscheidung getroffen, und das ist auch besser so. Seit dem Ereignis mit den Orcas ist der legendäre weiße Seehund nicht mehr aufgetaucht, was die Fischer zu der Annahme verleitet, dass das Tier nicht mehr am Leben ist. Gut so. Sollen sie ruhig daran glauben.

Finley und ich wissen es besser. Zumindest hoffen wir, dass Kian sich einfach nur zurückhält und vorsichtiger geworden ist. Oder sich sogar eine neue Heimat gesucht hat.

An einem Sonntag im März haben Andreas, Finley und ich eine gemeinsame Tradition begonnen, die wir inzwischen nicht mehr missen wollen. Dank seiner reichen Beute bei bester Laune hat sich der Fischer breitschlagen lassen, meinen Bruder und mich noch einmal nach Skara Brae zu bringen. Seit jenem Tag fahren wir fast jeden Sonntag dorthin, sofern das Wetter es zulässt. Zuerst frühstücken wir gemeinsam auf dem Kutter, dann verbringen mein Bruder und ich ein paar Stunden auf der Insel und fahren am Nachmittag wieder zurück. Von Kian ist seit jenem Wintermorgen, an dem er aus unserem Haus geflohen ist, keine Spur mehr zu sehen. Aber letztendlich kommen Finley und ich nach *Skara Brae,* weil wir unsere gemeinsame Auszeit lieben und nicht davon ablassen können. Ja, es ist beinahe magisch, aber sobald wir auf der Insel sind, rücken alle Ängste und Sorgen in die Ferne. Wir wandern herum, fabulieren und träumen und malen uns aus, was alles unter der Oberfläche des Meeres existieren mag.

Auf Westray wiederum gehe ich manchmal nachts an den Klippen entlang oder spaziere über den Strand, getrieben von der irrationalen Hoffnung, noch einmal etwas Rätselhaftes zu entdecken. Wo mag Kian jetzt sein? Ist er immer noch in der Nähe und lebt sein einsames Dasein im kalten Meer? Oder hat er die Gewässer der Orkneys verlassen, um der Aufmerksamkeit der Fischer zu entgehen? Ich hoffe, dass er irgendwo ist, wo ihn weder Gewehrkugeln noch Netze erreichen können. An irgendeinem Ort in der Ferne, an dem das Meer noch unberührt ist.

Seit ein paar Monaten läuft auch unsere Gärtnerei halbwegs gut, und das Tief, das in der Vergangenheit auf jedes noch so kleine Hoch gefolgt ist, hat sich bisher nicht blicken lassen. Nichtsdestotrotz fühlen Finley und ich nur vorsichtige Erleichterung. Unsere Kurve ist schon viele Male nach oben gegangen, nur, um anschließend umso tiefer abzustürzen. Auch die Bank steht der positiven Entwicklung kritisch gegenüber. Wir haben nicht mehr als eine Gnadenfrist bekommen, aber ich klammere mich an dem Gefühl fest, dass sich unser Laden mit all seinen seltenen und exotischen Schätzen langsam wieder herumspricht. Immer häufiger bekommen wir Besuch vom Festland, der nach geheimnisvollen Orchideen, magischen Düften und ausgefallenen Einzelstücken sucht. Und seit Oliver auch noch eine Esoterik-Ecke mit allerlei Tees, Heilsteinen, Räucherstäbchen, indischen Dekorationsartikeln und Hippie-Kleidung eingerichtet und Finley beim Aufbau einer Webseite unterstützt hat, läuft es sogar noch besser. Das bedeutet zwar vorerst nur, dass uns die roten Zahlen nicht mehr ganz so dramatisch anschreien, aber wir befinden uns auf dem richtigen Weg. Zumindest hoffe ich das. Und so stopfen wir, obwohl es weh tut, unsere liebevoll herangezüchteten und umsorgten Pflanzenschätze in Kartons und schicken sie durch die Gegend. Das Erhalten unseres Lebenstraumes muss an erster Stelle stehen, denn der Gedanke, möglicherweise auf das Festland und in die Stadt ziehen zu müssen, erscheint mir unerträglicher denn je. Ich brauche das Meer. Seit meiner Begegnung mit dem Selkie sogar noch mehr als früher. Warum auch immer.

»Geduld ist das Wichtigste«, sagt Finley gerne, und er scheint recht zu behalten. Allmählich erstrahlt unsere Gärtnerei in neuem Glanz, der Duft von Räucherstäbchen und magischen Kerzen vermischt sich mit dem Aroma der Blumen und manchmal, wenn Oliver die Lust darauf packt, gibt er ein kleines Klangschalenkonzert zum Besten.

»Hast du ihn mal wiedergesehen?«, fragt er mich des Öfteren, und ich antworte stets mit einem Kopfschütteln. Ja, manchmal ertappe ich mich dabei, wie ich Kians Namen in den Wind hinaus flüstere. Oder wie ich beim Strandspaziergang erstarre, weil ich glaube, etwas Helles in den Wellen gesehen zu haben.

Lass los, sagt der Vernunftmensch in mir.

Aber ich schaffe es nicht.

Nicht vollständig zumindest.

Heute ist wieder Sonntag. Ein schöner Tag im Juni. Finley und ich stehen auf Andreas' frisch gestrichenem Kutter und blicken unserer Insel entgegen. Mein Bruder ist todmüde, weil er die ganze Nacht an der Webseite herumgepuzzelt hat. Ein gutes Zeichen, denn es bedeutet, dass er wahrscheinlich wieder eines seiner ausgiebigen Nickerchen halten wird, und das wiederum zieht nach sich, dass ich allein auf *Skara Brae* herumstreunen kann. Ja, ich genieße die Zeit mit meinem Bruder. Aber hin und wieder ist es auch schön, einfach nur für mich sein und vor mich hin träumen zu können.

Ich streife meine Cordjacke über und klappe den Kragen hoch, weil inzwischen eine recht frische Brise weht. So sieht er nun mal aus, der typische Sommer auf den Orkneys. Er hat selten mehr als 15 Grad, ist immer windig und schenkt uns Tage, die niemals zu enden scheinen.

Jedes Mal, wenn Finley und ich auf die Insel fahren, passen wir uns den Farben der Umgebung an. Wir wollen dazugehören, zumindest ein Stück weit, und kein Kratzer auf einem perfekten Gemälde sein. Deswegen sind meine Hose und die Jacke seetangbraun, mein Shirt wassergrün und der Rucksack sandfarben. Finley trägt eine steingraue Cargohose und einen Pullover in gedecktem Orange, sodass er perfekt zu den flechtenbewachsenen Steinen passt.

»Gebt schön acht«, brummt Andreas, als wir in das brandneue Rettungsboot steigen und den Motor anwerfen. »Es gefällt mir immer noch nicht, was ihr da treibt.«

»Hauptsache, uns gefällt's«, erwidert Finley. »Bis nachher, du alter Seebär. Und viel Erfolg.«

»Na, da werden meine Freunde schon für sorgen.«

Ich muss lächeln. Seine *Freunde.* Eine Herde großer Tümmler, die ihn seit dem Winter treu begleitet und für die Glückssträhne verantwortlich ist. Wie gut, dass Andreas nicht zu Prahlereien neigt und bisher kein Wort über seine ungewöhnlichen Mitarbeiter verloren hat. Zumindest nicht außerhalb unseres eingeschworenen Kreises.

»Bis nachher, ihr verrückten Sprotten.« Er wirft uns ein raues Lachen hinterher. »Ist denn eigentlich dieser komische Hippie-Lustmolch noch mal aufgetaucht?«

»Nein.« Finley prustet. »Ist er nicht.«

»Na, umso besser. Pass ja schön auf meine Mari auf, hast du verstanden?«

»Aber klar doch.« Er winkt Andreas noch einmal zu, dann steuert er das Boot in Richtung Strand. Dank des Motors erreichen wir die Insel im Handumdrehen, aber als wir anlanden, biegt die *Seagull* bereits um den südlichen Zipfel von *Skara Brae* und verschwindet aus unserem Blickfeld.

»Neuerdings ist er flott unterwegs.« Mein Bruder seufzt genüsslich, als wir endlich wieder den Boden unserer Insel betreten. Ich zurre das Boot fest, er schultert seinen Rucksack und streckt sich im Sonnenschein. »Na ja, kein Wunder bei seinem neuen Motor. Das Ding verwandelt die Nussschale glatt in eine Rakete.«

»Immerhin ist er bescheiden genug, um sich nicht gleich ein brandneues Schiff zu kaufen. Andreas' Glück ist auch so schon auffällig genug.«

»Volle Netze hin oder her, für ein neues Schiff reicht es noch lange nicht. Ach, Mari.« Finley streckt die Arme aus und dreht sich einmal um die eigene Achse. »Ich liebe unser neues Sonntags-Ritual.«

»Neu? Wir kommen seit Monaten hierher.«

»Aber nicht so oft, wie ich es gerne hätte. Entweder hat's tierisch geregnet oder gestürmt oder beides. Oder der Nebel war so dicht, dass man kaum die Hand vor Augen gesehen hat.«

»Heute ist das Wetter jedenfalls perfekt.«

»Oh ja.« Finley stapft auf die nächstbeste Düne, wirft seinen Rucksack beiseite und lässt sich rücklings in den Sand fallen. »So was von perfekt. Weißt du was, Mari? Ich bleibe einfach hier liegen und hole ein bisschen Schlaf nach.«

»Wow. Du bist ja richtig weit gekommen.«

»Immerhin vier Schritte«, nuschelt mein Bruder.

»Alles klar. Ich drehe eine Runde, okay?«

»Hm hm. Pass auf dich auf. Und schrei, wenn was ist. Hast du dein Smartphone dabei?«

»Klar. Aber hier gibts sowieso keinen Empfang.«

»Stimmt. Dann bleiben wir beim Schreien. Geh nicht zu weit weg, okay? Ich möchte ungern über die ganze Insel rennen, um dich zu retten.«

»Du musst mich nicht retten.«

»Man weiß ja nie. Bis dann.«

Ich strecke ihm die Zunge raus, rücke meinen Rucksack zurecht und stapfe gemächlich in Richtung Nordende. Kaum habe ich die ersten Dünen erklommen, trägt mir der Wind bereits Finleys Schnarchen entgegen. Meine Güte. Dieser Kerl kann wirklich überall schlafen. Eines Tages wird sein Grunzen noch mal sämtliche Robben und Seehunde anlocken, und dann wacht er mitten in einer riesigen Herde auf.

Zufrieden halte ich das Gesicht in die Sonne und labe mich am Anblick des funkelnden Meeres. Am Himmel ist nicht die kleinste Wolke zu sehen. Es ist angenehm warm, trotz des Windes, der hier oben niemals zur Ruhe kommt. Ich stapfe weiter, während die Ebbe Einzug hält und das Wasser glucksend und plätschernd durch zahlreiche Priele strömt. Zurück bleibt eine Landschaft aus Sand und Schlick, die an die geriffelte Bauchhaut eines Wales erinnert.

Als vor mir ein flacher Felsen auftaucht, lasse ich mich eine Weile darauf nieder und beobachtete das Strömen und Fließen der Gezeiten. Hier oben im Norden hält ein klarer Himmel selten lange an, auch heute zieht eine dünne Schicht aus Wolkenschleiern heran und schmückt das Blau mit perlmuttfarbenem Schimmer. Etwas Weltfremdes legt sich über die Insel. Ein fast schon märchenhaftes, silbriges Licht, das meine Sehnsucht nach dem Unbekannten noch wilder brennen lässt. An solchen Tagen verschmelzen Traum und Wirklichkeit. Alles erscheint möglich, jeder Atemzug und jeder Herzschlag fühlt sich bedeutungsvoll an.

Ich öffne meinen Rucksack, hole eine Tüte mit Butterkeksen heraus und verputze drei davon. Hm. Wirklich ausgezeichnet. Finley hat eine Menge Talente, und neuerdings gehört auch Kekse backen dazu. Seine Kreation definiert den Begriff *Kalorienbombe* ganz neu und trieft förmlich vor Butter, aber ich liebe das Zeug. Zufrieden kaue ich auf dem vierten krümeligen Keks herum und überlege, die Gärtnerei um eine kleine Bäckerei zu ergänzen. Finleys neueste Erfindung fände bestimmt reißenden Absatz, abgesehen davon müssen wir endlich die Sache mit den kostenlosen Gebäckschalen streichen. Ständig kommen Leute, räumen das Zeug leer und verlassen den Laden, ohne etwas zu kaufen.

Ich verputze einen fünften Keks. Hm, die Dinger sind ideal für Survival-Trips. Mit solch einem Gebäck überlebt man problemlos jede Odyssee. Ja, ich kann den Werbespruch schon vor mir sehen: *Der Keks für echte Helden. Kernig, buttrig, einfach lecker. Bringt dich durch die Arktis und auf die Spitze des Mount Everests.*

Ein leises Klackern reißt mich aus meinen Gedanken.

»Finley?«

Niemand antwortet. Ich stehe auf und halte Ausschau, aber da ist nichts. Nur raschelnder Strandhafer und funkelndes Wasser. Ein paar Seevögel kreisen über mir und warten vermutlich darauf, dass ich sie mit ein paar Keksen füttere.

»Kian?« Meine Stimme klingt eigenartig falsch, als würde sie einen uralten Frieden zerstören. »Bist du hier?«

Nichts.

Was auch sonst.

Ob er uns für aufdringlich hält, weil wir regelmäßig auf seiner Insel einfallen? Falls er noch hier lebt, empfindet er uns mit Sicherheit als Störenfriede, die einfach keine Ruhe geben. Aber wir lieben Skara Brae. Wir lieben unsere Ausflüge hierher und die Tatsache, dass wir nirgendwo so gut abschalten können wie auf diesem einsamen, menschenleeren Eiland.

»Hör zu. Wenn wir dich nerven, musst du es schon sagen.« Unelegant rutsche ich vom Felsen, schultere den Rucksack und werfe meinen Zopf nach hinten. »Ein Wort, und wir kommen nie wieder her. Das schwöre ich dir.«

Keine Antwort. Gut. Okay. Dann wäre das schon mal geklärt. Ich strecke mich, schließe einen Moment lang die Augen und öffne sie wieder. Ungewöhnlich sanft streicht der Wind über meine Haut. Das Wasser in den Prielen gluckst, ein paar Möwen schreien in der Ferne.

»Hallo, Mari.«

Ich fahre herum. Und sehe Kian vor mir stehen.

Heilige Scheiße!

Ich starre ihn an. Mein Mund steht offen. Wieder einmal. Ist er echt? Bin ich eingeschlafen und träume? Passiert das hier wirklich? So vertraute Fragen, die ich mir schon lange nicht mehr gestellt habe.

Ich weiche einen Schritt zurück und starre auf seine nasse, im blassen Sonnenschein funkelnde Haut. Anscheinend ist er gerade erst aus dem Meer gestiegen.

»Hat es dir die Sprache verschlagen?« Seine nachtschwarzen Augen blitzen herausfordernd. »Ich beiße schon nicht. Nicht in diesem Körper jedenfalls.«

»Wo … wie … warum bist du auf einmal wieder hier? Ich dachte … na ja, ich dachte …«

»Was?«

»Dass du auf und davon bist.«

Sein Lächeln verschlägt mir den Atem. Wenn es stimmt, dass Selkies Menschen umgarnen, wenn sie ihre Heimtücke mit einer verführerischen Stimme und einem schönen Gesicht tarnen, dann bin ich verloren. Finley schläft wie ein Stein, mein Smartphone hat keinen Empfang und Andreas ist unerreichbar weit weg.

Wie damals glotze ich ihn an, überwältigt von der Intensität seiner Präsenz. Das Fell hat er sich um die Hüften gewickelt, als wolle er ein Mindestmaß an Anstand wahren, aber es ist nur seine linke Hand, die es an Ort und Stelle hält. Wieder einmal fühle ich mich wie eine Buchfigur, die das Tor zu einer fremden Welt durchschritten hat. Einer Welt, in der alles möglich ist. Im Guten wie im Bösen, im Schönen wie im Hässlichen.

»Willst du einen Butterkeks?«

Ich stöhne innerlich. Was für eine sensationelle Frage. Vor allem unter den gegebenen Umständen.

»Gerne«, sagt er zu meiner großen Überraschung. »Und bitte, Mari, beruhige dich. Das Herz springt dir gleich zum Hals heraus. Es fängt schon an zu stolpern.«

»Ist das ein Wunder?«

»Ich tue dir nichts. Versprochen.«

»Das kann jeder behaupten. Und … warte! Du kannst mein Herz hören?«

»Ja.« Er tippt auf sein Ohr. »Raubtiersinne.«

»Verstehe. Du willst mich also nicht ertränken, in den Wahnsinn treiben oder sonst ein grausames Spiel mit mir abziehen?«

»Nein.«

»Okay.«

Er zieht eine Augenbraue hoch. Ist es Verwirrung, Spott oder gut getarnte Heimtücke, die in seinem Blick liegt? Verdammt, ich habe keine Ahnung.

»Es heißt, dass wir Seelen stehlen können«, sagt er leise. »Aber ich habe nie eine gestohlen. Du bist also auf der sicheren Seite.«

Ich schnaube. »Weil du nicht weißt, wie es geht.«

»Ja. Und weil ich sie dir nicht stehlen würde, selbst wenn es ich es wüsste.«

Ich ziehe eine Grimasse und greife in den Rucksack. Dank meiner Verfressenheit sind nur noch zwei Kekse übrig. Ich reiche sie Kian, beobachte, wie er genüsslich darauf herumkaut, und kann mir ein Schmunzeln nicht verkneifen.

»Ist das artgerechte Nahrung?«

»Warum nicht? Ich kann alles essen, was ihr essen könnt.« In Windeseile hat er auch den zweiten Keks vernichtet. Seine Miene spricht Bände, sodass ich zutiefst bedaure, die Packung derart rücksichtslos leer gefuttert zu haben.

Tja, Finleys Backkünste überzeugen selbst magische Wesen.

»Warst du die ganze Zeit hier?«, frage ich.

»Nein. Hast du noch Kekse?«

Ich schüttele den Kopf. »Tut mir leid. Sind alle weg. Du warst also wirklich verschwunden?«

»Ja. Für eine Weile. Aber dann … ich weiß nicht … es hat mich wieder hierher zurückgezogen.«

Hoffentlich nicht meinetwegen, liegt es mir auf der Zunge. Aber das ist Unsinn. Warum sollte jemand wie er sein Leben aufs Spiel setzen, nur um jemanden wie mich wiederzusehen? Aber die Art, wie er mich anstarrt … so sehnsüchtig und hingerissen. Als hätte er sich monatelang nach meinem Anblick verzehrt. Nein, ich muss mich täuschen. Ganz sicher ist es nur eine Illusion oder Wunschdenken oder was auch immer.

»Du hast Andreas geholfen, nicht wahr?«

Er nickt knapp.

»Aber du warst doch fort.«

»Die Delfine haben ihm geholfen. Weil ich sie darum gebeten habe.«

»Wow.« Ich muss ein paar Mal schlucken, bevor ich weitersprechen kann. »Aber warum?«

»Weil ich gespürt habe, wie viel er dir bedeutet. Und weil du die Wahrheit gesagt hast. Andreas ist ein guter Mann. Fischer wie er sind selten geworden. Als ich mit Briana und ihrer Familie nach Norden aufgebrochen bin, sind wir auf seinen Kutter gestoßen. Keine Ahnung, warum, aber ich habe mich deinem Freund gezeigt.«

»Was?«

»Als ich aus dem Wasser schaute und er mich entdeckt hat, dachte Andreas gar nicht daran, sein Gewehr zu holen oder mich als Netzräuber zu beschimpfen. Stattdessen hat er ein wenig geplaudert und mir einen seiner gefangenen Fische zugeworfen. Einen schönen fetten Dorsch, für den er gutes Geld bekommen hätte. Da wusste ich, dass er auf unserer Seite steht. Ein Mensch, der so lange vom Pech verfolgt wird und seine mickrige Beute trotzdem teilt, besitzt eine wirklich gute Seele.«

Ich lächele gerührt. »Ja, das ist Andreas. Er denkt immer zuerst an andere. Und verschwiegen ist er auch noch. Nicht mal uns hat er von der Begegnung erzählt.«

»Das war auch eine unserer Bedingungen. Gewissermaßen.«

»Was meinst du?«

»Andreas hat mich gefragt, ob ich ihm nicht ein wenig Glück bringen könnte. Und dann versprach er, niemandem etwas von unserer Begegnung zu erzählen. Nicht einmal seiner kleinen Lieblingssprotte.« Kian grinst mich an. Aha. Ihm ist also vollkommen klar, dass ich die besagte Sprotte bin. »*So macht man das mit guten Geistern, die einem Glück bringen sollen.* Das sind seine Worte gewesen.«

Wieder muss ich schmunzeln. »Er hat dich aber in deiner Seehundsgestalt gesehen, oder? Er weiß nicht, was du bist?«

»Ja, hat er. Und nein, tut er nicht.«

»Gut. Danke, dass ihr ihm geholfen habt.«

Kian nickt. Dann deutet er auf den freigelegten Meeresgrund, auf dem sich das silbrige Sonnenlicht spiegelt. »Komm. Ich will dir etwas zeigen.«

Ich zögere. Mein Verstand überhäuft mich mit zahllosen Warnungen, aber die Lust auf ein Abenteuer und ein himmelhoher Berg aus brennender Neugier tragen den Sieg davon. Ich wische meine Bedenken zur Seite, ziehe Schuhe und Socken aus und stapfe barfuß neben Kian her. Und als sich der nasse Sand und der Schlick zwischen meine Zehen graben, verlangsamt sich mein rasender Herzschlag. Oh, ich liebe dieses Gefühl. Die Weichheit. Die Kälte. Und die Bewegungen winziger Tiere, die sich unter dem Druck meiner Füße winden, sobald ich stehen bleibe.

»Ihr habt also weiter nach mir gesucht?«, fragt Kian nach einer Weile. »Trotz allem?«

»Ja. Das heißt, nein. Wir wollten nicht ... es ist nur, weil ... ach, verdammt. Natürlich waren wir neugierig. Besser gesagt, sind wir es immer noch. In letzter Zeit haben wir die Insel ein paar Mal besucht, weil wir einfach ... na ja, von allem weg wollten. Auf *Skara Brae* kann man unglaublich gut abschalten, weißt du? Okay, es war nicht die feine englische Art, immer wieder hier aufzukreuzen. Wenn du hier gewesen wärst, hättest du uns wahrscheinlich als lästige Stechmücken empfunden.«

»Ich würde dich niemals als Stechmücke empfinden.«

»Als was dann?«

»Du bist ein *Eun-Mara*. Ein Seevogel.«

»Warum?«

Kian lächelt und bringt mein Herz erneut zum Flattern. »Weil du so klein und zart und wunderschön bist. Aber gleichzeitig auch stark genug, um selbst im Orkan zu fliegen.«

Ich starre ihn fassungslos an. Er findet mich *wunderschön*? Mich, den mageren Rotfuchs? Entweder besitzt er einen ordentlichen Knick in der Optik, oder …

»Mari, du *bist* schön. Hat dir das niemals jemand gesagt?«

»Ich … äh … nein.«

»Dann verstehe ich die Menschen noch weniger, als ich dachte.«

Ich schlucke und gehe weiter, während mir das Herz wieder einmal bis zum Hals klopft und das Blut in meinen Ohren rauscht. Kian findet mich also schön. Er nennt mich einen Seevogel und wandert neben mir her, als wäre das hier ein gewöhnlicher, romantischer Ausflug. Mein Gott, das alles ist so unglaublich surreal. So verrückt und erregend und beängstigend. Der Selkie ist wieder bei mir, nach langen Monaten der Abwesenheit, und er schlendert mit mir gemeinsam am Meer entlang. Allein seine Existenz führt mir vor Augen, wie wundersam und rätselhaft das Leben ist.

»Wo bist du eigentlich gewesen?«, frage ich. »Wobei … nein, entschuldige. Das geht mich nichts an.«

»Oben bei den Färöer-Inseln«, antwortet er. »Briana und ich haben dafür gesorgt, dass die Wale den Inseln fernbleiben.«

»Ah, ich verstehe. Dieses furchtbare Grindadráp. Aber warum bist du nicht dortgeblieben?«

»Weil hier meine Heimat ist. Ich wollte im Norden bleiben. Wirklich. Aber irgendwann …« Er zuckt mit den Schultern. »Eines Tages musste ich einfach zurückschwimmen. Die Wale wissen jetzt Bescheid. Sie ziehen zukünftig weit an den Färöer vorbei.«

»Das ist gut. Ich meine, die Sache mit den Walen. Aber ehrlich gesagt … na ja, die Fischer drüben auf Westray sind verdammt sauer. Während deiner Abwesenheit haben die Seehunde und Robben ganze Arbeit geleistet. Inzwischen fährt kaum noch jemand ohne Waffen raus. Sie können es sich nicht leisten, noch mehr Netze zu verlieren, deswegen wird es mit jedem Tag schlimmer.«

»Ich bin vorsichtig.«

»Das hoffe ich. Aber … hör mal, Kian. Das klingt jetzt vielleicht ein wenig … na ja, ich frage mich, ob …«

»Was?«

»Ich bin nicht zufällig einer der Gründe, warum du zurückgekommen bist. Oder?«

»Doch.« Er bleibt stehen und sieht mir offen und ehrlich in die Augen. »Du warst einer der Gründe.«

Ich schnappe nach Luft. »Aber … warum?«

Kian antwortet nicht. Er kneift die Augen zusammen und nimmt eine lauernde Haltung an. Seine Muskeln verwandeln sich in harte, knotige Stränge, und plötzlich wird mir klar, was er vor allem anderen ist: ein Raubtier. Selbst in seiner menschlichen Gestalt.

»Was ist?«

Er verharrt noch ein paar Sekunden lang in Lauerstellung, dann entspannt er sich wieder. Doch nur, um zwei Herzschläge später blitzschnell nach vorne zu springen und seine Finger in den Schlamm zu bohren. Ein kurzes Rütteln und Ziehen, dann hält er mir eine große *Spoot* entgegen. Jene langen, braunen Muscheln, die auf den Orkneys als Delikatesse gelten. Ich erinnere mich an letzten Sommer, als Finley und ich von einem Kunden auf ein Grillfest eingeladen worden sind. Haufenweise *Spoots* sind auf dem Rost gelandet, traditionsgemäß bei lebendigem Leib. In ihrem Todeskampf spucken die Tiere Salzwasserfontänen aus, was ihnen den umgangssprachlichen Namen eingebracht hat. Finley hat unseren Gastgeber einen *barbarischen Vollidioten* genannt und ist mit mir im Schlepptau davongerauscht. *Zack*, ein Kunde weniger. Aber wir haben es niemals bereut.

»Es war doch sicher nicht die Muschel, die dich gerade so nervös gemacht hat, oder?«

Er schüttelt den Kopf. »Nein. Ich habe einen Kutter gehört. Nicht den von Andreas, sondern einen anderen. Aber er fährt weit genug an der Insel vorbei. Möchtest du?«

»Was? Die Muschel essen?«

»Ja.«

»Äh, nein. Danke.«

Kian zuckt mit den Schultern. Einen Moment lang lässt er die Seehundshaut los, um das Schalentier zu knacken, aber glücklicherweise bleibt das notdürftig verknotete Fell an Ort und Stelle. Während der Selkie zufrieden das dicke, cremegelbe Muschelfleisch verspeist, suche ich unsere Umgebung ab. Aber Finley ist nirgendwo zu entdecken.

Kein Wunder. Mein Bruder ist verdammt gut darin, stundenlang wie ein Stein zu schlafen.

Wir wandern weiter, während Kian noch ein paar fette Spoots zutage fördert und mit großem Appetit verspeist. Zwischendurch sammelt er ein wenig frisch angespülten Tang, wäscht ihn in einem der Gezeitentümpel ab und gönnt sich einen Salat nach Meeresart. Es ist faszinierend, ihn bei diesen kleinen alltäglichen Dingen zu beobachten. Er ist so eins mit sich und der Welt, dass ich unwillkürlich Neid empfinde. Obwohl ich weiß, dass sein Dasein alles andere als einfach ist.

»Du bist also meinetwegen zurückgekommen?«, hake ich nach. »Du setzt allen Ernstes dein Leben aufs Spiel, um mich wiederzusehen? Warum? Wir kennen uns doch gar nicht.«

»Abgesehen von der Tatsache, dass du mir das Leben gerettet hast?« Sein Zwinkern wirkt so erstaunlich normalsterblich, dass es mir einen Moment lang so vorkommt, als würde ich mit einem gewöhnlichen Mann am Meer spazieren gehen. Wenn ich einmal davon absehe, dass er ein Seehundsfell um seine Hüften trägt. »Es ist, wie es ist. Und ich wollte dich wiedersehen.«

»Das Leben gerettet? Unsinn. Du bist von ganz allein geheilt.«

»Trotzdem hast du alles getan, um mir zu helfen.«

Erneut muss ich schlucken. Meine Gedanken und Gefühle sind ein einziges, unkontrollierbares Chaos. »Du hättest nicht zurückkommen dürfen. Oben im Norden wärst du sicherer gewesen. Hier sind inzwischen alle auf Krawall gebürstet, und wenn die Fischer sehen, dass du doch nicht tot bist …«

»Mag sein«, unterbricht er mich. »Aber ich habe nicht nur dich, sondern auch meine Insel vermisst.«

Erneut weiß ich nicht, was ich darauf antworten soll. Das hier ist zu viel. Zu viele Erkenntnisse, gepaart mit zu vielen Rätseln. Er hat mich vermisst? Ist das sein Ernst? Andererseits … ich habe schließlich auch nicht loslassen können. Ihm ergeht es nicht anders als mir. Aber was sieht Kian in mir? Ich bin doch nur ein normaler, handelsüblicher *Homo sapiens*. Ziemlich unspektakulär im Vergleich zu einem Selkie.

»Mari.« Er bleibt erneut stehen und sieht mich an. »Du bist ein seltsamer Mensch. Ganz anders als die, die ich kenne. Ich will mehr über dich wissen, und das ist das Merkwürdige. Normalerweise löst ihr nur einen Instinkt in mir aus: Wegschwimmen.«

»Schon klar.« Ich grinse amüsiert. »Ein Selkie sagt mir, ich wäre seltsam.«

»Für mich bist du es.«

»Also falls dir einer der angepissten Fischer das Fell über die Ohren zieht oder dich an den nächstbesten Zoo verkauft, wird es meine Schuld sein.«

»Nein.« Kian schüttelt den Kopf. »Ich tue, was ich will, und treffe meine eigenen Entscheidungen. Du bist an gar nichts schuld. Außerdem habe ich, wie schon gesagt, auch die Insel vermisst. Sie ist mein Zuhause.«

»Ja. Okay.« Ich zucke mit den Schultern. »Du bist alt genug, um zu wissen, was das Richtige ist.«

Kian grinst schief. »So alt wird niemand.«

Ich rolle mit den Augen und stapfe schweigend neben ihm her. Im Augenwinkel kann ich sehen, wie angespannt sein Körper ist. Ein einziges Bündel aus harten Muskeln und Sehnen, das in jeder Sekunde bereit für Angriff, Verteidigung oder Flucht ist. Mache ich ihn derart nervös? Oder hat er einfach nur gelernt, permanent auf der Hut zu sein? Vermutlich Letzteres. Oder beides zusammen.

Schließlich sagt Kian mit ernster Miene: »Das Meer ist leer geworden. Es gibt kaum noch Fische. Wenn ich satt werden will, muss ich Muscheln essen oder weit hinausschwimmen.«

»Ich weiß. Und wir sind daran schuld.«

»Du bist an gar nichts schuld, Mari.«

»Trotzdem. Es sind Menschen, die alles zerstören. Und ich bin nun mal ein Mensch. Sieht es im Meer wirklich so schlimm aus?«

»Ja. Die kleineren Schiffe können wir bekämpfen, aber gegen die großen sind wir machtlos. Dort, wo sie vorbeiziehen, gibt es kein Leben mehr. Alles ist zur Wüste geworden. Manchmal kippen sie etwas ins Meer, das alle krank macht. Dann wird das Wasser bitter und stirbt, und meine Haut fühlt sich an, als würde sie brennen.«

»Das nennt man Giftmüllverklappung.« Eine gewaltige Wut brodelt in meinen Eingeweiden. »Sie tun es, weil es billiger ist, als das Zeug korrekt zu entsorgen.«

»Dann kommt bald der Tag, an dem wir alle hungern müssen. Wir und auch ihr, weil es dann gar keine Nahrung mehr gibt. Für niemanden. Ich bin längst nicht stark genug, um das Ungleichgewicht wieder geradezurücken. Es bräuchte mehr von uns. Aber allein kann ich nur kleine Dinge bewirken.«

»Was meinst du damit?«

»Wir sind erschaffen worden, um das Meer und seine Bewohner zu beschützen. Unsere Existenz hat eine harmonisierende Wirkung auf den Ozean. Allein dadurch, dass ich da bin, geht es dem Meer ein wenig besser. Und ich kann die Kraft der Erde und des Wassers nutzen, um zu heilen. Um Fehler wiedergutzumachen.«

»Wow. Ist das dein Ernst?«

»Ja.«

»Wie funktioniert das?«

»Ich weiß nicht, wie ich es erklären soll. Ich glaube, man kann so etwas nur verstehen, wenn man es selbst getan hat. Ich bin damit aufgewachsen. Für mich ist es ein normaler Vorgang. Aber inzwischen wächst mir alles – Wie drückt ihr es aus? – über den Kopf. Ich komme nicht mehr hinterher. Meine ausgleichenden Kräfte sind nicht stark genug für so viel Krankheit und Tod. Wenn ich nicht aufpasse, kann es passieren, dass ich mich selbst auslösche.«

»Was? Warum?«

»Weil ich zu viel Kraft opfere, um das Gleichgewicht wiederherzustellen.«

»Oh Mann. Du stehst wirklich auf verlorenem Posten, hm?«

»Es gibt Tage, an denen es sich so anfühlt. Aber ich höre trotzdem nicht auf.«

»Das will ich doch hoffen.« Ich drehe den Kopf und sehe ihn an. Wie er aufrecht und stolz neben mir her schreitet, mit windzerzaustem Haar und entschlossenem, kämpferischem Blick, löst er eine tiefe Zuneigung in mir aus. Unser Dasein könnte nicht unterschiedlicher sein, und doch gibt es so viele Ähnlichkeiten. Kian schleppt haufenweise Sorgen mit sich herum, wir tun das Gleiche. Er kämpft mit wachsender Verzweiflung gegen das Sterben seiner Heimat an, wir schlagen uns mit Rechnungen und unbarmherzigen Banken herum. Zwei Existenzängste aus verschiedenen Welten, aber das Ergebnis ist dasselbe. Unser Nervenkostüm wird immer brüchiger und der innere Frieden verabschiedet sich auf Nimmerwiedersehen.

Plötzlich frage ich mich, wer von uns zuerst aufgeben wird. Gezwungenermaßen, oder aus freien Stücken, weil alles zu viel wird.

Spontan dreht sich mir der Magen um. Wann habe ich eigentlich meinen letzten unbeschwerten Moment erlebt? Ich weiß es nicht mehr. Irgendein Dämon hängt mir immer im Nacken, und die Ahnung, dass es Kian genauso ergeht, lässt meine Sympathie noch tiefer gehen.

»Du musst mir unbedingt erklären, wie das alles funktioniert.« Ich umschreibe mit einer ausholenden Geste ihn selbst und das Meer. »Alles, meine ich. Das ganze Konstrukt.«

»Ich kann es versuchen. Mari?«

»Hm?«

»Du machst dir sehr viele Sorgen, nicht wahr?«

»Könnte sein.«

»Ich weiß, wie das ist. In Tiergestalt ist es leichter, aber auch da verschwindet die Angst nicht völlig.« Er wirft mir ein Lächeln zu, und es ist eine so sanfte, mitfühlende Geste, dass ich den Drang verspüre, ihn in meine Arme zu schließen. Einfach so. Hier und jetzt. »Wir werden beide gejagt, hm?«

»Könnte sein«, wiederhole ich, stecke die Hände in die Jackentaschen und kämpfe gegen den Kloß in meiner Kehle an. Das hier kann mir teuer zu stehen kommen. Nein, es wird uns beide in Teufels Küche bringen. Weil es sich einfach zu gut und vertraut anfühlt.

»Dann ist es also wahr?«, frage ich. »Ihr könnt die Netze armer Fischer füllen?«

»Ja. Aber ich habe dergleichen schon lange nicht mehr getan.«

»Kein Wunder. Es ist schwer, zu teilen, wenn man selbst nicht genug findet.«

»Ach.« Er pult wieder eine Muschel aus dem Sand, hält sie mir entgegen und verspeist das Schalentier, als ich erneut mit dem Kopf schüttele, kurzerhand selbst. »Andreas' kleiner Kutter ist kaum der Rede wert«, nuschelt er mit vollem Mund. »Er weiß wenigstens noch, wann es genug ist. Und er ist dankbar. Das gefällt mir an ihm.«

Kian geht vor einem Gezeitentümpel in die Hocke, taucht seinen Arm in das Wasser und holt, als er ihn wieder zurückzieht, einen kleinen Kraken mit heraus. Zutraulich ringelt sich das Tier um sein Handgelenk und passt sich farblich der Haut des Selkies an. Ich beobachte, wie es langsam am Arm hinauf gleitet, sich Stück für Stück voran tastet und schließlich auf seiner Brust kleben bleibt. Spontan beneide ich den Kraken. Wenn ich acht Arme mit haufenweise Saugnäpfen besäße, würde ich auch gerne mal …

Nein! Hör auf, Mari! Sofort!

Kian runzelt die Stirn, als mir ein leises Glucksen entwischt.

»Möchtest du ihn mal halten?«

»Was?« Ich schüttele den Kopf. »Nein, lieber nicht.«

Er zuckt wieder mit den Schultern und zupft den Kraken von seiner Haut. Ich höre die leisen *Plopp*-Geräusche, mit denen sich die Fangarme lösen, dann setzt Kian das Tier zurück in den Tümpel.

Erneut wandern wir schweigend nebeneinander her. Ich versuche, den Moment mit all meinen Sinnen in mich aufzunehmen, und es gelingt mir überraschend gut. Denn die Tatsache, dass ich hier bin, gemeinsam mit ihm, ist schlichtweg berauschend.

Als vor mir ein großer Gezeitentümpel auftaucht, gehe ich in die Hocke, tauche eine Hand in das Wasser und berühre mit der Spitze meines Zeigefingers die Tentakel einer weißen Anemone. Ganz sacht saugen sie sich an mir fest, anscheinend in der Hoffnung, ich sei womöglich essbar.

»Sei vorsichtig.« Kians Hand legt sich über meine. Ich halte den Atem an, als er mir plötzlich so nahe ist, dass sich unsere Schultern berühren. »Wenn du deinen Finger zu schnell zurückziehst, reißt du ihre Tentakel ab. Dann muss sie verhungern, weil sie keine Nahrung mehr aus dem Wasser filtern kann. Mach es ganz langsam, ja?«

»In Ordnung.« Ich tue, was er gesagt hat. Ganz sacht, dirigiert von Kians Hand, löse ich meinen Finger aus der Umklammerung der Anemone. Ohne einen ihrer fadendünnen Tentakel abzureißen.

»Gut so.« Viel zu schnell zieht er sich zurück und schenkt mir ein Lächeln. Mein Körper reagiert mit einem wohligen Kribbeln, das wie eine Gezeitenwelle von den Haarspitzen bis in die Zehennägel strömt. Plötzlich erkenne ich die Unbedachtheit, mit der ich mich bisher in seiner Welt bewegt habe. Ja, ich liebe das Meer, und doch weiß ich so erschreckend wenig. Erneut blicke ich in den Gezeitentümpel hinab und sehe ein unberührtes, vor Leben nur so überquellendes Universum auf kleinstem Raum. So empfindlich. So verletzlich und erstaunlich komplex. Durchsichtige Garnelen flitzen über die Steine. Seenelken und Anemonen in sanften

Pastellfarben filtern das Wasser. Überall entdecke ich Schnecken, Fischchen und Muscheln, und ein winziger, cremefarbener Wurm mit fransenartigen Auswüchsen an beiden Seiten seines Körpers schlängelt sich über ein kleines Stück Sand.

Kian deutet auf eine große Miesmuschel, die mithilfe feiner Fäden Dutzende Artgenossen an sich gefesselt hat.

»Früher hat man Muschelseide benutzt, um daraus Kleidung zu machen.« Kian hebt den Ballen hoch und zieht ein wenig an den Schalentieren, woraufhin zarte Fäden im Sonnenschein glänzen. »Der Stoff war so teuer, dass ihn sich nur Könige leisten konnten. Man musste Tausende dieser Tierchen sammeln, um genug Byssus für ein einziges Gewand zu ernten. Aber sie haben nicht diese Muscheln genommen, sondern andere. Aus einem warmen Meer im Süden. Wie nennt ihr es? Ich habe es vergessen.«

»Das Mittelmeer?«

»Ja. Genau. Ich würde es gerne einmal sehen. Es soll unglaublich blau sein. Viel blauer und klarer als die See meiner Heimat. Stimmt das? Warst du schon einmal dort?«

»Nein. Aber du kannst es dir bei uns im Fernsehen anschauen. Es gibt da ein paar Dokumentationen, die wir uns zusammen … äh, na ja … ich vergesse manchmal, dass wir nicht einfach …«

»Ich würde sie mir gerne mit dir zusammen anschauen.« Erneut bringen mich sein Lächeln und sein scheuer Blick aus dem Konzept. »Aber was müsste ich tun, um es selbst sehen zu können? Ich meine, um dort zu sein?«

»Oh, als Erstes brauchst du Geld und Papiere. Was schwierig ist, weil du offiziell gar nicht existierst. In meiner Welt jedenfalls nicht. Oder du schwimmst über den Atlantik durch die Meerenge von Gibraltar, dann kommst du auch ins Mittelmeer. Das dürfte nur etwas dauern, denn der Weg ist locker ein paar tausend Meilen lang.«

»Ich verstehe. Und vorhin … dieses Wort … das *Fernsehen*. Du meinst die lauten, flimmernden Kästen, in die ihr stundenlang hineinstarrt? In der winzige Menschen und Tiere herumtanzen? Ich kenne sie von den Kuttern. Manchmal, wenn nicht viel los ist, vertreiben sich die Fischer ihre Zeit damit.«

Ich muss lachen. »Ja, genau. Aber die Menschen und Tiere darin sind nicht echt. Ich meine, eigentlich sind sie schon echt, aber es handelt sich eher um … sie sind wie …«

»… Spiegelbilder auf dem Wasser? Wie Erinnerungen und Gefühle, die andere Geschöpfe in meinen Kopf setzen?«

Ich stutze. »Was? Du bekommst Erinnerungen und Gefühle in den Kopf gesetzt?«

»Ja. Von Briana und ihrer Familie. Auch Delfine und andere Wale sind dazu in der Lage. Auf diese Weise reden sie mit mir. Ganz ähnlich, wie ich jetzt mit dir rede. Aber anders.«

»Was? Das ist ja irre. Ich dachte, Wale und Delfine kommunizieren mithilfe ihrer Klicklaute beziehungsweise mit ihrem Gesang.«

»Das tun sie auch, aber es dient eher der Orientierung. Und der Kontaktaufnahme über weite Entfernungen hinweg. Außerdem können sie mithilfe der Klicklaute andere Tiere untersuchen. Zum Beispiel auf Beutetauglichkeit. Aber reden tun sie vollkommen lautlos. Hier drin.« Er tippt sich gegen die Schläfe.

»Wow. Jedes Mal, wenn du mir eine Frage beantwortest, entstehen dadurch einhundert neue. Aber du kannst keine Gedanken lesen, oder?«

»Nein.«

»Kannst du es mir zeigen? Ich meine, könnten wir auf diese Weise miteinander kommunizieren?«

»Nein«, wiederholt er. »Aber vielleicht, wenn wir zusammen üben. Über lange Zeit hinweg. Sag mal …«

»Ja?«

»Wie funktioniert das mit dem Fernsehen, wenn ihr keine Bilder übermitteln könnt?«

»Puh. Das ist schwer zu erklären.«

»Es ist komplizierter als ein Grammophon, hm?«

»Oh ja. Ein paar Umdrehungen komplizierter. Da müsstest du Oliver fragen. Er kennt sich mit diesem Technikkram bestens aus. Im Gegensatz zu mir.«

»Wer ist Oliver?«

»Ein Freund von Finley und mir. Er arbeitet in unserer Gärtnerei. Hm, warte mal. Kennst du die *Camera Obscura*?«

Kian nickt.

»Gut. Ein Fernseher ist quasi die weiterentwickelte *Camera Obscura*. Du, sag mal, was waren das eigentlich für Menschen, bei denen du gelebt hast? Sie wussten, was du bist, oder?«

»Ja.«

Okay. Alles klar.

Er ist offenbar nicht bereit, mit mir über diese Passage seines Lebens zu reden. Ich beschließe, das zu akzeptieren, hebe eine Miesmuschel hoch und halte sie in die Sonne. Zwischen ihren Schalen klemmt eine gelblichbraune Schnecke. »Schau mal.«

»Wie nennt ihr das da?«

»Das zwischen den Schalen? Eine Wellhornschnecke.«

Kian nickt. »Die Wellhornschnecke ist der schlimmste Feind der Miesmuschel. Sie wartet, bis ihr Opfer seine Schalen öffnet, dann rutscht sie dazwischen, klemmt sich ein und frisst es nach und nach auf.«

»Das ist grausam.«

Kian nickt. Und plötzlich sieht er mich mit einem Blick an, der mir durch Mark und Bein geht. »Es gibt Grausameres im Meer.«

»Zum Beispiel?«

Ich bekomme keine Antwort. Als ich die todgeweihte Muschel wieder zurücksetze, sehe ich, dass der Selkie bereits etwas anderes ins Auge gefasst hat. Ein frisch geschlüpfter Nagelrochen ruht auf dem Sand und ist derart gut getarnt, dass man ihn lediglich an den Umrissen erkennt. Und das auch nur, wenn man weiß, wo er sich befindet.

»Ist alles in Ordnung?«, frage ich leise.

Eine Spur zu hastig steht Kian auf, ich folge ihm stumm. Wir sind kaum eine Stunde zusammen unterwegs, also warum sollte er mir all seine Geheimnisse auf die Nase binden? Geduldig wandere ich neben ihm her, halte meine Klappe und genieße die lichtschimmernde Gezeitenwelt. Hin und wieder bleiben wir stehen und bewundern irgendetwas. Einen Krebs mit interessanter Panzermusterung zum Beispiel. Ein besonders schönes Stück Treibholz, einen Haufen leuchtend grünen Seetangs mit darin verhakten Muscheln oder in Tümpeln eingesperrte Fische, die geduldig auf die nächste Flut warten. Es tut gut, gemeinsam mit Kian zu schweigen. Jetzt, da er sich einigermaßen entspannt hat, strahlt er eine wohltuende Ruhe aus, die ich bisher nur bei alten Menschen erlebt habe. Jenen Seelen, die nach nichts mehr streben. Natürlich. Er ist schließlich auch alt. Älter sogar als der derzeitige Rekordhalter unter uns Menschen. Als gewöhnlicher Kerl wäre er vermutlich draufgängerisch, ein wenig primitiv und eine Spur infantil, altersgemäß vielleicht auch grobmotorisch und hormongeplagt. Aber weil er nur äußerlich jung ist, geht eine in sich selbst ruhende

Harmonie von ihm aus, die sich wie ein Mantel um mich legt. Sind das etwa die ausgleichenden Kräfte, von denen er gesprochen hat? Fühle ich gerade einen Hauch von Selkie-Magie? Herrje, in meinem Kopf kreisen ungefähr eine Million Fragen, und eine ist brennender als die andere. Aber ich halte mich zurück. Vorerst zumindest.

Nach einer Weile erreichen wir eine tiefe Wasserrinne, die fast schnurgerade zum Meer führt. Kian bleibt stehen, zieht das Fell von seinen Hüften und legt es auf einen aus dem Schlick ragenden Stein. Wieder einmal schießt mir das Blut ins Gesicht. Ich atme tief durch, lasse meinen Blick schweifen und bin erleichtert, als der Selkie ohne Umschweife in das Wasser gleitet. Die Fluten sind aufgewühlt und schmutzig braun-grau, erst in einiger Entfernung geht ihre Farbe in Blau über.

»Komm.« Kian winkt mir zu, während er von der Strömung weitergetrieben wird. Um ihn nicht aus den Augen zu verlieren, wandere ich neben der Rinne her und schüttele den Kopf.

»Dir passiert nichts«, verspricht er mir.

»Ich gehe da garantiert nicht rein. Vergiss es.«

»Aber ich möchte dir jemanden vorstellen.«

Heißkalte Schauer laufen über meinen Rücken. Einerseits verlockt mich der Gedanke, hier und jetzt in das Wasser zu springen. Andererseits sprechen unzählige Gründe dagegen. Es wäre dumm. Und gefährlich. Und generell verdammt leichtsinnig.

Kian dreht sich in der Strömung wie ein Fisch und wirft sein nasses Haar zurück. »Ich passe auf dich auf. Versprochen. Sie wird dir nichts tun, und ich tue dir auch nichts.«

»Sie?«

»Briana.« Er lächelt verschwörerisch und taucht unter. Minutenlang sehe ich nichts von ihm und glaube bereits, dass er erneut verschwunden ist. Aber dann teilen sich die trüben Fluten und ich blicke erneut in seine funkelnden, schwarzen Augen.

»Deine Orcafreundin ist hier?«

»Ja. Sie würde dich gerne kennenlernen. Na komm schon, Mari. Vergiss für einen Moment, dass du ein Mensch bist.«

»Aber Andreas kann jederzeit auftauchen. Oder Finley.«

»Dein Bruder schläft wie ein Toter«, erwidert Kian. »Und Brianas Familie passt auf, dass uns niemand überrascht.«

»Ich weiß nicht.«

»Es gibt nur diese eine Gelegenheit. Schlägst du Brianas Einladung aus, bekommst du keine zweite Chance. So sind Orcas nun mal.«

»Und es ist wirklich nicht gefährlich?«

»Nein. Ich passe auf dich auf.«

»Das ist auch keine Falle oder so was?«

»Eine Falle? Nein. Wie kommst du darauf?«

»Na ja, all diese Geschichten … ihr könnt Menschen schließlich in den Wahnsinn treiben.«

Kian lacht vergnügt. »Wenn, dann ist es höchstens umgekehrt.«

»Was?«

»Du treibst *mich* in den Wahnsinn.«

»Ach, nun hör schon auf. Was war denn mit dieser Selkie-Frau, die den Fischer ersäuft hat?«

»Ja. Tut mir leid. Es war eine grausame Zeit. Für viele von uns. Aber dir passiert nichts. Versprochen.«

Ich laufe ein paar Mal hin und her, während Kian gegen die Strömung anschwimmt, um nicht abgetrieben zu werden. Schließlich gebe ich mir einen Ruck.

Ach, scheiß drauf.

Wenn ich diese Chance verstreichen lasse, bereue ich es für immer und ewig. Also suche ich mir einen Felsen, der halbwegs trocken ist, ziehe Jacke, Shirt und Hose aus und fröstele ein wenig, als der Wind über meine nackte Haut streicht. Gut, dass ich einen Bikini druntergezogen habe. Ein Bad hat durchaus auf meiner heutigen Liste gestanden, aber dass ich es gemeinsam mit einem Selkie und möglicherweise sogar in Gesellschaft eines Orcas genießen werde, schlägt selbst meine kühnsten Träume.

Kian beobachtet mich, während ich in das Wasser steige. Glücklicherweise strahlt seine Miene vielmehr unschuldige Begeisterung als Anzüglichkeit aus, sodass sich meine Scham in Grenzen hält.

»Brrr.« Ich schaudere. »Das ist ja mehr als kalt. Finley sagt zwar immer, dass ich Eiswasser in den Adern habe, weil ich im Sommer bei zwölf Grad Wassertemperatur schwimmen gehe, aber das hier ist ja der reinste Tiefkühlschrank.«

»Es wird besser, wenn du erst einmal drinnen bist.«

»Ich weiß … huh! Brrr! Ist das kalt! Und die Strömung ist auch ganz schön …«

Just in diesem Moment reißt mir der Sog die Beine weg. Ich klatsche in das Wasser, ringe nach Luft und fühle in der nächsten Sekunde, wie sich zwei Arme um mich schließen.

»Alles gut, Mari. Ich habe dich.«

»O-o-o-okay.« Mir bleibt spontan die Luft weg. Einerseits, weil das Wasser in der Rinne gletscherkalt ist. Andererseits, weil sich Kians Körper an meinen schmiegt. Behutsam hält er mich umfangen, während wir von der Strömung in Richtung offenes Meer getrieben werden. Allmählich geht das schmutzige Graubraun in Tintenblau über, und dann gleiten wir auch schon in den weiten, wilden Atlantik hinaus.

Scheiße!

Ich fange an zu strampeln, weil ich das Gefühl habe, jeden Moment von den Wellen verschluckt zu werden. Aber Kian hält mich oben. Wie schwerelos schaukeln wir auf der Dünung und folgen dem Rhythmus des Wassers. Treiben einfach dahin, als würde uns das Meer höchstpersönlich an der Oberfläche halten. Doch unter mir spüre ich die Furcht einflößende, unauslotbare Tiefe. Den Abgrund. Das namenlose Geheimnis, in dem ich als Mensch nichts zu suchen habe.

»Ich lasse nicht zu, dass dir etwas passiert.« Kians Hände liegen auf meinem Rücken und rühren sich nicht. Er übt keinen Druck aus, sodass ich mich jederzeit von ihm lösen kann. Aber ich wage es nicht. Denn ich bin ein Fremdkörper in seiner Welt. Ein verletzlicher Mensch, der jederzeit verschlungen werden kann. »Es ist alles in Ordnung. Geht es dir gut, Mari?«

»Ich kann nicht fassen, was ich hier gerade mache.«

»Versuche, ganz ruhig zu bleiben.«

»Ich *bin* ruhig. Glaube ich jedenfalls.«

Tatsächlich besänftigt das Schaukeln der Wellen meinen rasenden Herzschlag. Wenigstens ein Stück weit. Aber ich bin immer noch derart aufgeregt und nervös, dass ich nicht weiß, wohin ich meine Gedanken lenken soll. Nach wie vor schweben wir fast regungslos im Wasser und treiben noch weiter hinaus. Kians Gesicht ist mir so nahe, dass ich die winzigen dunklen Pigmentflecken auf seiner Nase und auf den Wangen erkennen kann.

Selkie-Sommersprossen.

Ich gluckse, dann streift irgendetwas meinen rechten Fuß.

»Iiih! Was war das?«

»Nur eine Qualle.« Kian versucht, sein Lachen zu unterdrücken. Aber ich sehe, wie sehr ihn meine Nervosität amüsiert. »Du musst keine Angst haben. Wirklich nicht.«

»Toll. Du hast leicht reden. Weißt du, wie viele Menschen im Meer umgekommen sind?«

»Viele. Aber dir wird nichts passieren.«

»Danke, dass du so höflich bist, mich nicht auszulachen.«

Er grinst entwaffnend. »Ich weiß, was sich gehört.«

»Wunderbar. Dann hast du den meisten Menschenmännern etwas voraus. Die Idioten, mit denen ich bisher zusammen gewesen bin, hätten mich schamlos ausgelacht.«

»Wenn du willst, kann ich versuchen, sie in den Wahnsinn zu treiben. Ich weiß zwar nicht, wie das funktioniert, aber für dich würde ich es herausfinden.«

»Nein.« Ich kichere atemlos. »Das lass mal besser sein.«

Hilflos taste ich auf seinem Rücken herum. Und dann wird mir klar, dass ich gerade meine Beine um seine Hüften geschlungen habe. Kian tut so, als würde es ihn vollkommen kalt lassen, aber ich weiß, dass dem nicht so ist. Verdammt, warum klammere ich mich wie ein Äffchen an ihm fest, obwohl ich schwimmen kann?

Weil das hier der Atlantik ist. Ganz einfach. Ein wildes und unbarmherziges Meer, das liebend gerne Menschen verschluckt. Und wenn Kian jetzt beschließt, meine Seele zu rauben, kann ich nichts dagegen tun.

»Was ist mit deinem Fell?«, stottere ich mit klappernden Zähnen. »Ist es nicht gefährlich, es einfach liegen zu lassen?«

»Ich behalte es im Blick.« Mit mir in seinen Armen dreht er sich um die eigene Achse und sucht offenbar nach etwas. »Falls jemand kommt, bringt Briana uns in Windeseile zurück. Ah, da ist sie ja. Nicht erschrecken.«

Ich unterdrücke in letzter Sekunde einen Aufschrei, als zehn riesige schwarze Finnen durch die Wellen stechen. Vier davon sind gerade und spitz wie Schwerter, die anderen elegant nach hinten gebogen. Orcas! Vier Männchen, sechs Weibchen.

Und sie halten direkt auf uns zu.

Mein Instinkt schreit nach Flucht, aber ich rühre mich nicht. Großer Gott! Da sind zehn Wale, und wir treiben in tiefem, dunklem Wasser. Ja, Kian ist bei mir, und er strahlt eine solch unerschütterliche Ruhe aus, dass sich auch mein Herz ein wenig beruhigt.

Nichtsdestotrotz erschreckt mich diese Situation bis ins Mark. Ich kann nicht fassen, dass das hier wirklich passiert. Verdammt, wenn Finley mich so sehen könnte. Gemeinsam mit einem Selkie, umringt von zehn Orcas.

»Kian?«

»Ja?«

»Du weißt, was du da tust?«

»Natürlich. Pass auf, Briana will *Hallo* sagen.«

Eines der größten Tiere taucht steil vor uns auf und wächst in die Höhe. Drei Meter, vier Meter, fünf Meter. Ein riesiger Berg ragt in den Himmel empor, verharrt sekundenlang in der Luft und gleitet majestätisch in das Wasser zurück.

»Heilige Scheiße!«

»Beeindruckend, nicht wahr?« In Kians Augen funkelt pure Genugtuung. »Sie muss inzwischen … hm, ungefähr einhundertzwanzig Jahre alt sein.«

»Wahnsinn. Seit wann können Orcas so alt werden?«

»Werden sie normalerweise nicht. In Brianas Fall helfe ich ein wenig nach.«

»Was? Das kannst du?«

»Ja. Ich kann ihr Altern verlangsamen. Bis zu einem gewissen Grad. Aber inzwischen wird es immer schwieriger. Der Lauf der Natur lässt sich leider nicht dauerhaft verzögern.«

»Oh Mann. Du machst mich fertig, weißt du das?«

»Tut mir leid.«

»Bei nächster Gelegenheit frage ich dir Löcher in den Bauch. Nur, damit du Bescheid weißt.«

Kian grinst und bugsiert mich zum Rücken des Wales. Dann schiebt er mich hoch, nimmt hinter mir Platz und schlingt einen Arm um meine Taille. Das alles geht so schnell, dass ich kaum begreife, was passiert. Und plötzlich reite ich auf einem Orca, als wäre er ein Pferd.

Oh mein Gott!

Oh … mein … Gott!

Die anderen Wale umkreisen uns. Ihre riesigen Körper wühlen das Wasser auf, und ich spüre die Wirbel und Strömungen an meinen nackten Beinen. Klick- und Pfeiflaute tanzen um mich herum, sie vibrieren sogar tief in meinen Knochen und vermitteln mir das seltsame Gefühl, von oben bis unten gescannt zu werden.

»Hältst du das wirklich für eine gute Idee.« Ich greife nach der Finne, die direkt vor mir aufragt. Sie ist locker einen Meter lang und damit für eine Kuh ausgesprochen stattlich. »Ich fühle mich ein wenig … na ja, überfordert.«

»Es ist alles gut. Sie mag dich, Mari.«

»Hat sie dir das gerade gesagt?«

»Ja.«

»Du redest also mit ihr? So, wie du mit mir redest?«

»Ja. Ziemlich genau so. Aber anders.«

Mir entwischt ein albernes Glucksen. »*Ziemlich genau so. Aber anders.* Ich verstehe.«

Ganz sacht liegt Kians Arm um meine Taille, und auch diesmal übt er keinerlei Druck aus. Nichtsdestotrotz reagiert mein Körper mit einem wahren Gänsehaut-Gewitter. *Es ist die Kälte,* rede ich mir ein. *Nur die Kälte. Weiter nichts.*

Ja, ich fürchte mich. Aber zugleich habe ich mich niemals lebendiger gefühlt als jetzt, da Briana mit uns auf ihrem Rücken zu schwimmen beginnt. Aufmerksam achtet die Walkuh darauf, dass wir niemals zu tief eintauchen, dreht eine kleine Runde und schwenkt in die Wasserrinne hinein. Faszinierend. Ihr Körper fühlt sich hart und glatt an, wie fester Gummi. Und Kian, der ein wenig näher gerückt ist, schmiegt seine Wange an meine Schulter und rührt sich nicht. Ich spüre das Auf und Ab seines Brustkorbs, das nasse Haar und die kühle Haut. Es erschüttert mich, dass wir einander plötzlich so nahe sind, aber ich schaffe es nicht, auch nur einen Millimeter von ihm wegzurücken. Diesmal habe ich mich ihm ausgeliefert. Ihm, und der Gnade seiner Welt.

Wellen schäumen um meine Oberschenkel, der Wind pfeift und braust und flutet mich mit einer wilden, überwältigenden Lebendigkeit. Prustend durchstoßen die Orcas das Wasser, halten nur wenige Meter Abstand und werfen manchmal, wenn sie zum Luftholen auftauchen, neugierige Blicke in meine Richtung. Ja, ich gehöre zu ihnen. Ich bin ein Teil ihrer Welt. Wenigstens für einen kurzen, unwirklichen Augenblick.

Ich lache, breite meine Arme aus und fühle mich eins mit der See. Eins mit allem, was mich umgibt. Wir schwimmen die Rinne hinauf und wieder hinab, drehen noch eine Runde im blauen Meer und kehren schließlich zu jener Stelle zurück, an der meine Kleidung auf dem Stein liegt. Diesmal gleite ich furchtlos in das Wasser, schwimme ein Stück gegen die Strömung an und ziehe mich auf festes Land. Besser gesagt, versuche ich es. Aber der Rand ist so glitschig, dass ich daran abrutsche.

»Warte. Ich helfe dir.« Kian packt meine Hüften und hebt mich hoch, ich wuchte mich unelegant auf den Sand und rolle prompt in die nächstbeste Schlickpfütze.

»Igitt.« Prustend und kichernd rappele ich mich hoch. Na wunderbar. Ich sehe aus wie ein Schlammspringer. »Ich glaube, ich muss noch mal …«

Klatsch!

Ein gewaltiger Wasserschwall wirft mich fast von den Füßen.

Klatsch!

Die zweite Dusche geht auf mich nieder. Ich schnaufe und spucke und wische mir über das Gesicht.

»Briana!« Kian verpasst der Orcadame einen Klaps. Aber sie zieht ihre Fluke ein drittes Mal durch das Wasser und gönnt mir noch eine Fontäne, die sich gewaschen hat.

»Okay!« Keuchend wische ich über meine Haut. »Das reicht jetzt. Ich bin sauber, alles klar?«

Der Wal keckert mich an. Ja, er keckert wie ein verdammtes, zu groß geratenes Eichhörnchen.

»Briana!« Kian versucht, dem Tier einen Schubs zu geben, aber ebenso gut kann er versuchen, einen der Felsen wegzudrängen. »Was ist los mit dir? Bist du neuerdings wieder eine alberne Halbstarke, oder was?«

Die Orcadame keckert erneut. Ihre kegelförmigen Zähne blitzen im Sonnenschein, und ich frage mich, wie lebensmüde ich eigentlich gewesen bin.

»Tut mir leid.« Kian klettert aus der Rinne und schüttelt sein Haar aus. »Sie hat eine seltsame Art, dir ihre Zuneigung zu zeigen.«

»Schon okay.«

»Ich gehe zum Fell. Du kannst dich umziehen.«

Kaum habe ich genickt, dreht mir Kian den Rücken zu und wandert davon. Ich ziehe meinen nassen Bikini aus, schlüpfe in Unterwäsche, Hose, Shirt und Jacke und sehe zu, wie Briana noch eine Runde in der Wasserrinne dreht. Ich winke ihr zu, die Walkuh kippt zur Seite und reckt einen Flipper aus dem Wasser.

»Oh mein Gott, Kian!«

»Was?«, ruft er mir zu.

»Deine Freundin hat zurückgewunken.«

»Ja. Das macht sie manchmal.«

Ich winke noch einmal, aber der Orca taucht bereits ab und schließt zu seiner Familie auf, die jenseits der Rinne auf ihn wartet.

»Unglaublich«, murmele ich vor mich hin. »Wirklich absolut unglaublich.«

Das hier kann ich keinem erzählen. Einerseits, weil ich Kian beschützen will. Andererseits, weil mir sowieso niemand glauben wird. Abgesehen von Finley und Oliver. Aber auch diesen beiden werde ich nichts hiervon auf die Nase binden.

»Komm mit«, höre ich den Selkie rufen, drehe mich um und sehe, dass er sein Fell inzwischen aufgehoben hat. Ich schließe zu ihm auf, dann wandern wir gemeinsam in Richtung Dünen. Und als ich mich in den warmen Sand fallen lasse und meine Arme ausbreite, entkommt mir ein Seufzer purer Glückseligkeit. Verdammt, das hier fühlt sich gut an. Viel, viel zu gut.

»Bist du in Ordnung?« Kian legt sich auf die Seite, stützt sich mit dem Ellenbogen ab und sieht mich an. Ungeniert wandert sein Blick über meinen Körper, so offensichtlich hingerissen, dass mein Gesicht zu glühen beginnt. Wieder einmal.

»Ja«, antworte ich. »Bin ich. Das war einfach nur unglaublich.«

»Du bist nicht böse auf Briana?«

»Was? Nein. Sie wollte mich nur sauber machen, nicht wahr?«

»Unter anderem.«

»Was meinst du?«

»Ach, sie spielt nur gerne Streiche. Immer noch. Obwohl sie inzwischen eine alte Dame ist.«

»Danke, dass du uns einander vorgestellt hast. Und dass ich auf ihr reiten durfte. Danke für alles, okay?«

»Gern geschehen.«

Ich lächele und schließe meine Augen. Ach, würde der Lauf der Dinge doch nur stillstehen. Könnte ich doch nur für immer hier liegen, den Wind und die Sonne spüren und einfach nur existieren. Ich fühle mich wie der erste Mensch am Anfang aller Zeit. Meine Gedanken fliegen dahin, ohne dass sie mich berühren, und jede Emotion erscheint mir so tief wie das Meer.

Ja, es ist ein perfekter Moment.

Und ich werde ihn festhalten. Für immer und ewig.

»Mari?«, fragt Kian leise.

»Hm?« Ich setze mich auf und blinzele in die Sonne. Er tut es mir gleich, sodass wir dicht nebeneinander im Sand sitzen. Wie alte Freunde. »Was ist?«

Ich bekomme keine Antwort. Eine Weile sieht er mich an, fragend und ratlos, dann rückt er näher. Und noch näher. Ich versteife mich, starre ihn an, sehe sein Gesicht ganz dicht vor mir schweben und merke, dass er den Kopf neigt. In eindeutiger Absicht.

»Nein!« Ich zucke erschreckt zurück. »Das ist nun wirklich keine gute Idee.«

Kian erstarrt. Seine Miene wirkt derart erschüttert, dass ich lachen muss. Oh, dieser Kerl hat keine Ahnung. Er hat wirklich nicht den blassesten Schimmer.

»Tut mir leid.« Ich deute ein Kopfschütteln an und bete zu sämtlichen Meeresgöttern, dass er nicht wittern kann, was sein Annäherungsversuch in mir ausgelöst hat. »Aber ich kann das nicht.«

Kian räuspert sich verlegen. »Ich verstehe. Du willst dich also nicht mit mir paaren?«

Zwei endlose Sekunden lang starre ich ihn entgeistert an. Dann platzt ein schallendes Lachen aus mir heraus. Von jetzt auf gleich verliere ich die Kontrolle, rolle mich im Sand herum und halte mir die schmerzenden Seiten.

»Was ist los?« Der Selkie sieht derart ratlos aus, dass mein Lachkrampf nur noch schlimmer wird. Irgendwann bekomme ich kaum noch Luft, liege japsend auf der Seite und huste und schnaufe.

»Mari.« Er beugt sich über mich. »Was ist mit dir?«

»Tut mir leid. Ich …« Allmählich komme ich wieder zu Atem. »Du warst einfach so … unglaublich direkt.«

»Was?«

»Bitte. Sieh mich nicht so an.« Ich rappele mich hoch und fächele mir mit der Hand frische Luft zu. »Sonst kann ich mich nicht zusammenreißen.«

»Habe ich etwas falsch gemacht?« Er weicht zurück, zieht die Beine an den Körper und schlingt beide Arme um seine Knie. »Falls ja, entschuldige bitte.«

»Nein. Schon gut. Aber … nun ja, du kannst mich nicht einfach geradeheraus fragen, ob ich mich mit dir … na ja … du weißt schon.«

Kian runzelt die Stirn. »Ich habe dich auch nicht gefragt. Nur festgestellt, dass du nicht willst.«

»Stimmt.« Schon wieder schüttelt mich ein Lachkrampf durch. »Hast du. Herrje, es ist … nun mal nicht … einfach. Puh! Du machst mich … echt … fertig.«

»Ich verstehe.« Er nickt ernst. »Es ist nur … ich habe versucht, auf deine Signale zu achten. Und darin habe ich gelesen, dass du … nicht … abgeneigt wärst?«

»Oh Mann.« Ich reibe mir die Schläfen. »Nein. Ich meine, ja. Ach verdammt. Wir kennen uns doch gar nicht. Du bist ein Selkie. Ich bin ein Mensch. Das ist alles viel zu kompliziert.«

»Ich verstehe«, sagt er zum dritten Mal, obwohl sein Gesichtsausdruck das genaue Gegenteil signalisiert. »Du hast recht. Dann lass uns einfach nur dasitzen, in Ordnung?«

Ich schenke ihm ein Lächeln. »Hör zu, Kian. Es ist nicht so, dass ich dich nicht … ähm … sagen wir einfach, unter anderen Umständen wäre ich nicht abgeneigt. Wirklich nicht. Aber du weißt, dass es für uns beide nicht gut wäre.«

»Ja«, erwidert er einsilbig.

»Du verstehst das jetzt nicht falsch, oder?«

»Nein.«

»Gut. Dann lass uns einfach nur den Tag genießen.«

Kapitel 7
Wie ich Vertrauen fasste

Kian

Maris Nähe stellt Dinge mit mir an, die ich nicht verstehe. Ich fühle mich elend und glücklich zugleich, falls das überhaupt möglich ist. Und ich wünsche mir, ewig hier sitzen zu können, obwohl mein Körper derart ziept, als wäre er mit Seeigeln gefüllt. Schweigend beobachten wir den Himmel, das Meer und die Seevögel, die über den freigelegten Grund trippeln und nach Beute suchen. Ja, es fühlt sich gut an. Aber auch grausam. Als wüsste mein Körper nicht, ob er vor Freude glühen oder vor Enttäuschung brennen möchte.

Maris Abweisung hat mich schwer getroffen. Vor allem, weil ich ihre widersprüchlichen Botschaften nicht verstehe. Einerseits dünstet ihr Körper derart viele Lockstoffe aus, dass ich kaum weiß, wo mir der Kopf steht. Andererseits schreckt sie vor mir zurück und stößt meine Nähe ab. Ist das ein Spiel? Wünscht sich Mari insgeheim, dass ich ihre Signale ignoriere und trotzdem über sie herfalle? Ich weiß es nicht, und das treibt mich in den Wahnsinn.

Unwillkürlich muss ich an jene ferne Nacht in der Arktis denken, die seit Langem als Sinnbild für vollkommenen Frieden steht. Jedes Mal, wenn ich nicht mehr weiter weiß und alles über mir zusammenbricht, stelle ich mir vor, wieder dort zu sein. Als Seehund im dunklen Meer des Nordens, begleitet von Walen, die ebenso weiß sind wie ich. Wir wandern durch eine See, die Nahrung im Überfluss bietet. Wir träumen in eisigen Nächten voller Sterne und tanzenden Nordlichtern, treiben durch vollkommene Stille und vergessen die Vergangenheit ebenso wie die Zukunft. Damals ist die ganze Welt wie erstarrt gewesen. Kein Wind ist gegangen. Keine Welle hat geplätschert, kein anderes Tier hat unseren Weg gekreuzt. Da ist nur manchmal das gespenstische Knirschen und Stöhnen des Eises gewesen, das die arktische Nacht wie der Ruf uralter Geister durchdrungen hat.

»Woran denkst du gerade?«, fragt Mari irgendwann.

Ich zögere einen Moment lang, dann erzähle ich ihr von meiner Reise in den hohen Norden. Sie sieht mich an, so sanft und verträumt, saugt jedes Wort in sich auf und lächelt, als würde sie nur noch mich sehen. Ihr Duft lässt mich erschauern. Alles in mir zieht sich zusammen, bis ich glaube, mich keinen Herzschlag länger beherrschen zu können. Ob sie es gutheißen wird, wenn ich meine Nase gegen ihren Schoß drücke? Wohl kaum. Sie ist ein Mensch, kein Selkie.

Als ich schließlich in Schweigen verfalle, gibt Mari einen leisen Seufzer von sich und wirkt so verzaubert und sehnsuchtsvoll, dass es meine ganze Selbstkontrolle erfordert, sie nicht in den Sand zu werfen und zu küssen.

Verzweifelt denke ich an schießwütige Fischer, an Blut im Wasser und schreckliche Schreie. Nur, um mich auf andere Gedanken zu bringen. Ja, ich möchte ewig hier sitzen, obwohl es wehtut. Denn trotz allem ist es schön, nicht länger allein zu sein. Und noch wundervoller ist es, ein Wesen an meiner Seite zu haben, das mir so ähnlich ist. Erst jetzt wird mir klar, wie sehr ich die menschliche Seite in mir vernachlässigt habe. Noch ein wenig länger, und ich wäre vermutlich ganz zum Tier geworden.

»Hast du eigentlich gerne auf dem Land gewohnt?«, fragt Mari leise. »Ich meine damals, als du unter meinesgleichen gelebt hast?«

Ich muss schmunzeln. Aha, sie versucht also, durch die Hintertür an Antworten zu kommen. Wie überaus menschlich. Aber hier und heute kann sie mir jede Frage stellen. Ganz egal, welche. Die Auster der Wirklichkeit hat sich verschlossen, und unser gemeinsamer Moment ist die Perle, die in ihr ruht.

»Am besten erzähle ich dir die ganze Geschichte.« Erneut läuft ein wohliger Schauer durch meinen Körper, als ich Maris Begeisterung sehe. »Damals, nachdem die Jäger und die Krankheit unsere Gruppe ausgelöscht haben, waren wir erst einmal zu viert. Ciara, meine Schwester. Bran, mein Bruder. Und Raer. Ein alter Selkie, der seit jeher getan hat, was ihm gefiel. Für ihn gab es nur sein eigenes Wohl. Deswegen erhob er Anspruch auf Ciara, weil sie das letzte Mädchen unserer Art war. Bran war es vollkommen egal. Er suchte das Weite und beschloss, fortan allein zu leben. Ich aber musste mit Raer kämpfen. Nicht nur einmal, sondern viele Male. Denn er wollte Ciara um jeden Preis besitzen.«

Mari schnauft verächtlich. »Niemand darf irgendwen besitzen.«

»Das ist wahr. Jedes Wesen will frei sein.«

»Wie ist es ausgegangen?«

»Der Mistkerl wurde immer aufdringlicher. Es interessierte ihn nicht, dass Ciara todunglücklich war. Ständig hat er uns aufgelauert, nirgendwo waren wir vor ihm sicher. Eines Nachts, als er wieder einmal versucht hat, meine Schwester zu entführen, habe ich ihn zum Kampf auf Leben und Tod herausgefordert. Es gab keine andere Möglichkeit, weil er uns niemals in Ruhe gelassen hätte. Raer ist in jener Nacht gestorben, und Ciara und ich sind weggeschwommen. Nach Süden, einfach immer weiter, bis wir eine Bucht zum Ausruhen gefunden haben. Wir dachten, dass es weit und breit keine Menschen gäbe, aber am Morgen standen plötzlich Florence und Jacob vor uns.«

»Die Menschen, die euch aufgenommen haben?«

»Ja. Sie lebten einsam und zurückgezogen in einem großen Herrenhaus, irgendwo an der schottischen Küste. Es trug den Namen *Ravenhill Manor*. Florence und Jacob wussten, was wir waren, aber es störte sie nicht. Wir wurden zu ihren Kindern, denn sie selbst konnten niemals welche bekommen. Es war eine schöne Zeit. So friedlich und ruhig. Die beiden haben uns von Herzen geliebt und uns ein Zuhause geschenkt, in dem meine Schwester endlich aufblühen konnte. Wir lernten, wie die Menschenwelt funktioniert. Eure Sprache, eure Gebräuche und Regeln. Alles war sehr seltsam, wie du dir sicher denken kannst, aber auch ungeheuer aufregend. Ciara liebte es, am prasselnden Kamin zu sitzen, ich hatte einen Narren an der Wanne gefressen. Außerdem konnte Florence herrliche Kuchen backen, und Jacob mochte es, mir alle möglichen Dinge beizubringen. Sachen eben, die Menschenväter ihren Söhnen zeigen. Angeln, reiten, irgendwelche Spiele, kaputtes Zeug reparieren und so weiter und so fort. Abends erzählten Florence und Jacob gerne Geschichten, und die meisten handelten von Wesen, die aus dem Meer kommen. Sie fanden es wohl lustig. Keine Ahnung. Ich habe nie ganz begriffen, warum Menschen solche merkwürdigen Dinge erfinden, die hinten und vorne nicht stimmen können.«

»Zum Beispiel?«

»Der *Gwragedd Annwn*. Ein Wassergeist mit klapperndem Muschelkleid. Oder der *Brollachan*. Niemand weiß, wie er aussieht. Er nimmt das Aussehen von irgendwelchen Menschen an. Oder er wird zu dem Gegenstand, auf dem du gerade sitzt. Außerdem kann er nur *Mi-fhèin* oder *Thu-fhèin* sagen. Sonst nichts.«

»*Ich selbst* oder *du selbst*. Verstehe. Das macht wirklich keinen Sinn.« Mari starrt mich an. Ich versinke in ihren großen, meergrünen Augen und vergesse alles um mich herum. »Aber die Geschichte mit euch und den beiden Menschen ist nicht gut geendet, stimmts?«

»Nein.« Ich muss mich räuspern, als der vertraute Kloß in meiner Kehle zu wachsen beginnt. »Eines Tages wurde Ciara krank. Ihre Augen entzündeten sich. Sie bekam Ausschlag, Fieber, Husten und Erbrechen. Es war die Krankheit, die auch schon den Rest unserer Gruppe dahingerafft hat. Mit jedem Tag wurde meine Schwester schwächer. Das Fieber verbrannte sie, ihr Körper wurde dünn und leicht wie eine Feder und versuchte ständig, die Verwandlung zu erzwingen. Aber es war zwecklos. Nach ein paar Tagen beschlossen Florence und Jacob, einen befreundeten Arzt anzurufen. Sie vertrauten ihm bedingungslos, also habe ich dem Mann unsere Geschichte erzählt. Anfangs hielt ich ihn noch für einen guten Menschen. Er hat alles getan, um Ciara zu retten, blieb Tag und Nacht an ihrer Seite und vernachlässigte seine übrigen Pflichten. Aber das tat er nicht aus Herzensgüte. Oh nein. Zuerst schob ich seinen Eifer auf die Entschlossenheit, meine Schwester vor dem Tod zu bewahren. Aber dann habe ich ein Gespräch zwischen ihm und Jacob belauscht. *Sie ist verloren,* hat der Arzt gesagt. *Ich kann nichts mehr für sie tun. Und dann bat er darum, ihren Körper der Wissenschaft zur Verfügung stellen zu dürfen.*«

In Maris Augen blitzt Wut auf. »Das ist widerwärtig.«

»Ja. Das war es. Jacob hat den Kerl hochkant rausgeworfen und ihm verboten, jemals wieder aufzukreuzen. Am nächsten Tag ist meine Schwester gestorben. Kurz nachdem die Sonne aufgegangen ist. Ich habe sie zum Meer getragen, die alten Gebete gesprochen und ihren Körper der Tiefe zurückgegeben. So, wie wir es seit Ewigkeiten tun. Danach bin ich zu Florence und Jacob zurückgekehrt. Aber Ciaras Verlust hat alles verändert. Ich konnte keinen Frieden mehr finden, ganz gleich, wie rührend sich die beiden um mich gekümmert haben. Der Gedanke, auch sie zu verlieren, trieb mich fast in den Wahnsinn. Eines Morgens saß ich am Strand und versuchte, eine Entscheidung zu treffen. Ich war so in meinen Gedanken versunken, dass ich nicht gemerkt habe, wie sich jemand an mich herangeschlichen hat. Auf einmal war da dieser Kerl, und er drückte mir einen stinkenden Lappen auf Mund und Nase. Ich habe mich gewehrt, konnte mich losreißen und wollte weglaufen. Aber alles hat sich gedreht. Meine Beine gehorchten mir nicht mehr, ich kippte einfach um und … dann war er wieder über mir … der Arzt, der Ciara hatte mitnehmen wollen. Er versuchte, noch einmal diesen Lappen auf mein Gesicht zu drücken, aber ich bekam einen Stein zu packen und habe ihm den Schädel eingeschlagen.«

»Oh.« Mari mustert mich bekümmert. »Aber es war nicht deine Schuld. Du hast dich nur gewehrt.«

»Ja. Und trotzdem fühlte ich mich schrecklich. Ich würde gerne sagen, dass ich nach diesem Vorfall halbwegs vernünftig gehandelt habe. Stattdessen bin ich in Panik geraten, habe mein Fell genommen und bin auf Nimmerwiedersehen verschwunden. Ohne mich von Florence und Jacob zu verabschieden. Ohne ihnen zu erzählen, was passiert war. Sie müssen den Schreck ihres Lebens bekommen haben. Immerhin lag nahe des Hauses eine Leiche am Strand, zusammen mit meiner Kleidung.«

Mari strich sich eine Haarsträhne aus dem Gesicht. »Das tut mir alles so leid. Weißt du denn wenigstens, was aus deinem Bruder geworden ist?«

»Nein. Er lebt, aber das ist auch schon alles, was ich weiß.«

»Woher? Kannst du ihn spüren?«

»Ja. Manchmal. Bran ist gut darin, sich vor mir abzuschirmen. Aber hin und wieder ist er unaufmerksam.«

»Vermisst du ihn?«

»Nein, wenn ich ehrlich bin. Schon damals hat er ständig schlechte Laune gehabt, war wütend und aggressiv und interessierte sich nur für sein eigenes Wohl. Ganz ähnlich wie Raer. Die beiden hätten gut zueinander gepasst.«

Mari stößt wieder einen dieser hinreißenden Seufzer aus. Lange starrt sie schweigend vor sich hin, dann fragt sie leise: »Könnte ich rein theoretisch zum Selkie werden? Ich meine … ach, es tut mir leid. Das ist eine egoistische Frage. Nach allem, was du mir erzählt hast, komme ich ausgerechnet damit.«

Mir wird flau im Magen. »Warum soll es eine egoistische Frage sein? Ich verstehe, warum du darüber nachdenkst. Aber die Wahrheit ist … nun ja, du solltest es besser nicht herausfinden.«

»Warum?«

»Weil es ein grausamer Akt ist, der mit großer Wahrscheinlichkeit zu deinem Tod führt. Oder zu Schlimmerem.«

»Schlimmerem?«

»Nicht heute.« Ich zwinge mich zu einem Lächeln. »Lass uns einfach hier sitzen, ja?«

Sie nickt, blickt wieder auf das Meer hinaus und malt mit ihrem Zeigefinger Kreise in den Sand. Wie gerne will ich sie küssen. Hier und jetzt. Was, wenn ich es einfach tue? Wird sie mich erneut zurückweisen? Ich starre auf ihre Lippen, rutsche ein kleines Stück näher, verharre wieder und achte auf ihre Körperhaltung. Diesmal erkenne ich keine Abweisung.

Wunderbar. Und jetzt?

Was soll ich tun? Es wagen? Oder lieber nicht?

Alles in mir verkrampft sich vor Verlangen. Ich erinnere mich an die Werberituale, die unsere Männer damals in den Nächten der Paarung abgehalten haben, vermute aber, dass ich eine Menschenfrau damit nicht beeindrucken kann. Also beschränke ich mich auf das einlullende Schnurren und Gurren, mit dem meinesgleichen seine Paarungsbereitschaft signalisiert. Mari dreht sich zu mir um und starrt mich an. Was ist das in ihrem Gesicht? Gefällt ihr der Ton, oder kann sie nichts damit anfangen?

»Warum machst du das?«, fragt sie schließlich.

Ich verstumme und blicke beiseite. Offenbar ist auch mein zweiter Versuch fehlgeschlagen. Einen dritten wird es nicht geben. Auf gar keinen Fall. Es sei denn, ich werfe auch noch den letzten Rest Würde über Bord.

»Keine Ahnung«, lüge ich sie an.

Mari grinst. »Oh doch. Du weißt es sehr genau.«

Ich werfe ihr einen wütenden Blick zu. Warum spielt sie mit mir? Was soll das alles? Warum sagt sie *nein* und ihr Körper *ja*? Wieder einmal starren wir einander an, und ich bin mir sicher, so quälend sicher, dass Mari dasselbe fühlt wie ich. Die Art, wie sie auf ihrer Unterlippe herumkaut ... wie sie ihren Blick über mich wandern lässt ... scheu und neugierig zugleich ... wie sie sich windet und ihre Finger in den Sand gräbt ...

Bei allen Feuerquallen und Seegeistern!

Ich stehe auf, lege das Fell um meine Hüften und nicke in Richtung Nordende. »Lass uns zurückgehen. Ich glaube, der Fischer taucht gleich auf.«

Ohne weiter auf Maris Reaktion zu achten, wandere ich drauflos. Diese Menschenfrau vernebelt mir den Verstand. Ihretwegen fühle ich mich, als wäre ich in die Nesseln eines giftigen Tieres geraten. Ist das etwa der Rausch? Hoffentlich nicht, denn das würde bedeuten, dass ich demnächst völlig den Verstand verliere. So wie damals, als Evelyne und ich unseren Hunger gestillt und damit fast eine Katastrophe heraufbeschworen haben.

Mir wird heiß und kalt zugleich, als ich spüre, wie das Verlangen in meinen Eingeweiden tobt. Ja, es ist der Rausch. Besser gesagt, ein Vorgeschmack davon. Und schon jetzt stelle ich mir vor, Mari zu packen, in den Sand zu werfen und mir zu nehmen, was ich will.

»Sehen wir uns wieder?«, ruft sie mir hinterher.

Ich drehe mich nicht um. *Nein,* schreit es in mir. *Es ist besser, wenn wir uns nicht wiedersehen.* Aber aus meinem Mund kommen ganz andere Worte: »Sag du es mir.«

»Nun ja, falls du möchtest ... vielleicht hast du Lust, morgen Abend zu uns zu kommen? Finley und ich sterben sonst vor Neugier.«

Meine Vernunft rebelliert. Meine Instinkte brüllen. Aber ich muss mir selbst dabei zusehen, wie ich stehen bleibe, mich umdrehe und Mari anschaue. »Willst du das wirklich?«

»Ja«, antwortet sie geradeheraus. Aber dann verdunkelt sich ihre Miene. »Oder vielleicht auch nicht. Es wäre für uns beide gesünder, wenn du wegbleibst. Ja, ich will mehr über dich erfahren. Unbedingt. Aber ich weiß auch, dass es leichtsinnig wäre. Und du weißt es noch viel besser als ich, nach allem, was du mir erzählt hast. Aber ... oh verdammt.«

»Ich komme, wenn die Dämmerung anfängt.«

Sie blinzelt verdutzt. »Wirklich?«

»Ja.«

»Aber was ist mit …«

»Ich habe es satt, weißt du? Das ständige Alleinsein. Niemanden zum Reden zu haben. Ja, Briana kann geschwätzig sein, aber es ist nicht dasselbe. Meine menschliche Hälfte hat – Wie nennt ihr es noch mal? – ach ja, Bedürfnisse. Wenn ich sie noch länger ignoriere, weiß ich nicht, wie es enden wird. Es ist schwer, weißt du? Viel schwerer, als ich es wahrhaben will.«

Mari nickt und strahlt mich an. So schön. So zart und wundervoll. Nein, ich will sie nicht gehen lassen. Niemals wieder. Ich will, dass sie bei mir bleibt, aber das ist ein unmöglicher Gedanke.

»Machs gut, Kian. Wir sehen uns.«

»Ja, machs gut.«

Schweren Herzens sehe ich dabei zu, wie sie an mir vorbei zu Finley läuft, ihren Bruder weckt und mit ihm zusammen zum Strand marschiert. Andreas' Kutter biegt um das Nordende, und nur Momente später, so kommt es mir vor, verschwinden alle gemeinsam am Horizont und lassen mich allein zurück.

Mari

Ich liege in meinem Bett und flüstere seinen Namen in mich hinein. Immer wieder und wieder. So sehr ich auch versuche, nicht zu fühlen, was ich fühle, entzieht sich mein Empfinden immer mehr jeglicher Kontrolle. Warum sind wir beide nicht in der Lage, das Nötige zu tun? Ich hätte Kian niemals vorschlagen sollen, zu uns zu kommen, und er hätte niemals einwilligen dürfen. Aber wie es aussieht, treiben wir gemeinsam auf einer Strömung, gegen die wir machtlos sind. Bin ich dabei, mich entgegen aller Vernunft in ein Fabelwesen zu verlieben? Oder ist es nur der schlichten Unbegreiflichkeit unserer Begegnung zu verdanken, dass alles in mir verrücktspielt?

Kians Nähe ist auf so viele Weisen berauschend. Manchmal fühlt er sich an wie die unheilschwangere Stille im Auge eines Hurrikans, und in der nächsten Sekunde tut oder sagt er etwas, das mich bezaubert, berührt oder einfach nur zum Lachen bringt. Ich bin auf einem Orca geritten. Du lieber Himmel, das wird mir niemand glauben. Auch Finley weiß nichts davon, und ich werde einen Teufel tun, es ihm zu erzählen.

Verdammt!

Beinahe hätte ich am Strand etwas sehr Dummes getan. Ich bin so kurz davor gewesen, Kians Werben nachzugeben, dass es mich im Nachhinein immer noch erschreckt. Diese Geräusche, die er von sich gegeben hat … ich muss nur daran denken, und schon wird mir heiß und kalt vor Erregung. Mit Sicherheit ist es ein Lockruf gewesen. Eine Frequenz, die seinesgleichen nutzt, um bestimmte Ziele zu erreichen. Und es funktioniert erschreckend gut.

Wie kann ein Geschöpf im einen Moment nur so unschuldig und hinreißend ahnungslos wirken, und im nächsten derart mysteriös, dass sich mir sämtliche Nackenhaare sträuben? Er hat getötet. Das steht außer Frage. Aber seine Gründe dafür sind nachvollziehbar. Ich glaube nicht, dass Kian jemals einer Kreatur wehtun würde, die es nicht verdient hat. Dafür geht er zu behutsam mit seiner Welt um. Mit mir, mit Briana und allen Wesen, die ihm begegnen. Es sei denn, sie wollen ihm oder jenen, die er liebt, etwas Böses antun. Aber wie kann ich behaupten, ihn zu kennen? Er ist und bleibt ein Rätsel, und die Kollision unserer Welten ist brandgefährlich.

Ich ziehe die Decke noch ein wenig höher und versuche, Schlaf zu finden. Vor Kurzem hat Kian noch auf diesem Bett gelegen. Eine unwirkliche Vorstellung. Und jetzt schläft er vermutlich mutterseelenallein in der Ruine und trauert alten Zeiten hinterher. Ja, er hat Briana und ihre Familie, und mit Sicherheit auch viele andere Meeresgeschöpfe, die ihm zur Seite stehen. Aber seine menschliche Hälfte leidet unter der Einsamkeit.

Ich habe gesehen, wie sehr er sich nach Gesellschaft sehnt. Nach Gesprächen, Wärme, Geborgenheit und schlichtem Beisammensein. Am liebsten hätte ich ihn heute schon mitgenommen, aber wie soll ich das Finley und Andreas erklären? Abgesehen davon lande ich immer wieder bei der Erkenntnis, dass meine Welt gefährlich für ihn ist.

Er weiß es. Ich weiß es.

Und trotzdem spielen wir weiterhin mit dem Feuer.

»Mari?« Finley klopft an meine Schlafzimmertür. »Kann ich reinkommen?«

»Ja.« Ich setze mich auf, blicke meinem Bruder entgegen und seufze, als ich seinen Gesichtsausdruck bemerke. »Ich weiß, was du sagen willst.«

»Ach ja?«

»Ich habe ihn nur eingeladen, weil er einsam ist. Verdammt, Finley, du hast nicht gesehen, wie gut ihm unser Gespräch getan hat. Er hungert förmlich nach Gesellschaft.«

»Du kennst ihn nicht, Mari.«

»Nein. Aber ich will ihn kennenlernen. Gemeinsam mit dir. Bitte hör dir seine Geschichte an. Stell ihm alle Fragen, die dir auf der Zunge brennen. Vielleicht kommen wir dann besser miteinander klar.«

»Ich habe den Eindruck, dass du eine Spur zu vernarrt bist.«

Oh Mann, denke ich bei mir. *Du hast ja keine Ahnung. Wir sind auf einem Orca durch das Meer geritten, und ich habe mich so lebendig gefühlt wie noch niemals zuvor.*

In Finleys Miene sehe ich nichts als Misstrauen. Und ich verstehe ihn. Natürlich ist Kian ein unberechenbarer Faktor. Er ist sogar viel mehr als das, denn als Selkie schert er sich nicht um die Regeln und Gesetze der Normalsterblichen. Aber mein Bruder hat nicht stundenlang mit Kian geredet. Er hat nicht gespürt, was ich gespürt habe.

»Gib ihm eine Chance. Bitte.«

»Nein, Mari. Wir sollten es bleiben lassen. Unseretwegen und seinetwegen. Du weißt, dass es kein gutes Ende nimmt, wenn Mensch und Selkie aufeinanderprallen.«

»Muss es denn immer so sein? Kann es nicht auch einmal anders laufen? Natürlich hast du recht, Finley. Aber ich ertrage den Gedanken nicht, dass wir Kian allein lassen. Ich habe das Gefühl, dass er uns braucht. Verdammt, er hat niemanden mehr. Seine Familie ist tot. Sein Bruder verschwunden. Er hat schreckliche Erfahrungen mit Menschen gemacht, und trotzdem vertraut er uns.«

Finley seufzt. Aber ich kann sehen, wie er klein beigibt.

»Auf deine Verantwortung, Mari.«

»Natürlich. Ach ja, könntest du ein paar Sachen für ihn raussuchen? Du willst bestimmt nicht, dass er nackt bei uns am Tisch sitzt, oder?«

»Wann kommt er noch mal?«

»Wenn die Dämmerung anfängt.«

»Das ist jetzt im Sommer ziemlich spät.«

»Dann machen wir eben ein Mitternachtsmahl.«

Mein Bruder rollt mit den Augen, schließt die Tür und stampft den Flur hinunter. Erneut schweifen meine Gedanken ab, drehen sich um Kians Körper, der sich gegen mich schmiegt. Um seine Lippen, die mir so erschreckend nahe gekommen sind. Und um diese gurrenden Geräusche, die sich direkt unter meine Haut gebohrt haben, als besäßen sie eine Frequenz, die jede Zelle in wohlige Schwingung versetzt.

Nein, das hier darf nicht sein. Es darf verdammt noch mal nicht sein. Und doch falle ich kopfüber in einen Abgrund, über den ich keinerlei Kontrolle besitze.

Letztendlich hat Finley recht. Wir taumeln durch eine Geschichte, die mit großer Wahrscheinlichkeit kein gutes Ende nimmt, wenn wir es nicht schaffen, sie zu beenden. Aber wie soll ich das anstellen? Jetzt, da ich mich so weit vorgewagt habe?

Lass nicht zu, dass er sich in dich verliebt, sagt meine Vernunft. *Und vermeide um Himmels willen, dass du dich in ihn verliebst.*

Fern an schottischer Felsenküste,
wo das graue Schloss hinausragt über die brandende See,
dort, am hochgewölbten Fenster,
steht eine schöne, kranke Frau,
zartdurchsichtig und marmorblass.
Sie spielt die Harfe und singt.
Der Wind durchwühlt ihre Locken,
und trägt ihr dunkles Lied
weit über das stürmende Meer.

Heinrich Heine

KAPITEL 8

Wie wir einen neuen Verbündeten fanden

Mari

Den ganzen Tag lang hat es geregnet. Der Sand ist nass und schwer, die Wolken in der Dämmerung von dunklem Grau und Violett. Mit jeder verstreichenden Minute wird es kälter, als wolle der Sommer ohne Übergang in den Winter wechseln. Falls Kian heute nicht kommt, haben Finley und ich beschlossen, *Skara Brae* fortan fernzubleiben. Kein Suchen mehr. Nicht einmal ein Ausschauhalten. Der nächste Schritt gehört allein ihm, und wenn er beschließt, ihn nicht zu gehen, werden wir es akzeptieren.

Ich komme mir ein wenig dumm vor, weil ich mit Handtuch und Kleidung am Strand stehe und darauf warte, dass ein Selkie aus den Wellen steigt.

Das kannst du auch keinem erzählen, geht es mir wieder einmal durch den Kopf. *Und langsam wird das zur Gewohnheit, was?*

Wie hypnotisiert starre ich auf die heranrollenden Wogen und versuche, mein klopfendes Herz zu beruhigen. Kian wird nicht kommen. Ich weiß es. Inzwischen ist er längst zu dem Schluss gekommen, dass es eine dumme Idee wäre, erneut die Nähe von Menschen aufzusuchen. Ausreichend Beweise für diese Tatsache hat er immerhin sammeln können.

Ruhelos wandere ich hin und her, summe den *Frühling* aus dem Violinkonzert *Die vier Jahreszeiten* vor mich hin und kicke ein paar Steine durch die Gegend. Okay. Noch eine Viertelstunde. Wenn er bis dahin nicht gekommen ist, gehe ich wieder zurück und vergesse das Ganze. Ein für alle Mal.

Nahe der Klippen bleibe ich stehen, blähe meine Wangen auf und pruste gelangweilt. Die Dämmerung wird tiefer, der Himmel sieht aus, als würde eine Herde mürrischer schwarzer Schafe darüber hinwegziehen.

Nur noch fünf Minuten, und dann …

»Hallo, Mari.«

Ich erschrecke derart, dass ich mit einem spitzen Schrei herumfahre. Der Kleidungsstapel fliegt beiseite. Das Handtuch ebenso.

»Kian! Bist du wahnsinnig?«

»Bitte entschuldige.« Grinsend wie ein Lausbube steht er hinter mir und lässt meinen Blutdruck durch die Decke schießen. »Ich habe nicht gedacht, dass …«

»Was?«, fahre ich ihm über den Mund. »Dass ich mich zu Tode erschrecke? Wo kommst du so plötzlich her?«

»Aus dem Wasser. Ich wollte wissen, ob ich es noch kann. Das unbemerkte Anschleichen.«

»Toll. Jetzt weißt du Bescheid. Meine Güte! Zieh so etwas nicht noch mal ab, ja?«

»Entschuldige.«

»Schon gut.« Ich deute auf das Handtuch und die Kleidung. »Trockne dich ab und zieh dich an, das Abendessen ist bald fertig. Und wenn das Zeug jetzt nass und voller Sand ist, hast du Pech gehabt.«

Kian nickt, hebt das Handtuch auf, schüttelt es ein paar Mal aus und reibt sich trocken. Diskret schaue ich auf das Meer hinaus und versuche nicht einmal, ihn aus dem Augenwinkel heraus zu beobachten. Mein Herz kann sich immer noch nicht beruhigen. Wenn dieser Kerl so weitermacht, trifft mich seinetwegen noch mal der Schlag.

»Fertig«, sagt er schließlich.

Ich drehe mich um – und muss unwillkürlich lächeln. Ja, diese blassen Blautöne stehen ihm ausgezeichnet. Mit der Jeans und dem schlichten T-Shirt sieht Kian sogar derart menschlich aus, dass ihn niemand für ein Fabelwesen halten würde. Selbst ich habe das Gefühl, vor einem gewöhnlichen jungen Mann zu stehen.

»Habe ich etwas falsch gemacht?«

»Nein.« Ich schüttele den Kopf. »Es ist alles gut. Wirklich. Abgesehen davon, dass ich deinetwegen ein paar graue Haare bekommen habe.«

»Wirklich? Wo? Ich sehe nichts.«

»Das sagt man auch nur so daher.«

»Warum?«

»Darum. Jetzt komm, das Essen wartet.«

Zum zweiten Mal folgt er mir schweigend in das Haus, während er sein zusammengerolltes Fell in der Hand hält. Finley hantiert immer noch in der Küche herum, wirft uns einen dezent fassungslosen Blick zu und zieht die Mundwinkel nach oben. Fast glaube ich, seine Gesichtsmuskeln quietschen zu hören.

»Hi, Kian.«

»Hallo, Finley.«

»Ich brauche noch eine Weile, okay? Führ unseren Gast doch solange im Gewächshaus herum.«

»Klar«, erwidere ich. »Brauchst du Hilfe?«

»Nein. Alles gut. Ich rufe euch, wenns fertig ist.«

»Okay. Wie du meinst. Dann komm mal mit.« Ich lege eine Hand auf Kians Rücken und bugsiere ihn zu jenem Flur, der hinaus in den Anbau führt. Finleys Blick prickelt in meinem Nacken, aber ich drehe mich nicht um. Ja, vielleicht ist das gemeinsame Abendessen eine miese Idee. Vielleicht aber auch nicht. So oder so werden wir es herausfinden.

»Oh«, macht der Selkie, als uns warme Tropenluft entgegenschlägt. Gewissenhaft verschließe ich die Gewächshaustür hinter uns, drehe mich wieder um und sehe, wie Kian auf die nächstbeste Pflanze zusteuert. *Callistemon citrinus.* Der Zylinderputzer. Während unser Gast neugierig die feuerroten Blüten betrachtet, nutze ich die Gelegenheit, um ihn unbemerkt anzustarren.

Aha.

Anscheinend besitzt er ebenfalls ein Faible für exotische Schätze. Hingerissen wandert er von einer Pflanze zur nächsten und untersucht jede davon mit rührender Behutsamkeit. Der Erdbeerbaum scheint ihn besonders zu interessieren. Vermutlich, weil er neben auffälligen roten Früchten auch weiße Blüten trägt.

»Oh«, macht er erneut.

»Hübsch, nicht wahr? Man nennt ihn auch *Meerkirsche.*«

»Warum?«

»Keine Ahnung. Vermutlich, weil er oft am Meer wächst. In Sardinien gibt es ganze Erdbeerbaumwälder mit riesigen, jahrhundertealten Bäumen. Mum und Dad waren ein paar Mal dort.«

Kians Augen werden immer größer. Er nickt zerstreut, wandert weiter und kommt schließlich in die Kamelien-Ecke. Plötzlich umringt von einem wahren Farbenmeer, verschlägt es ihm gänzlich den Atem. Wie ein Kind, das zum ersten Mal Blumen erblickt, schwelgt er förmlich im Anblick und sieht derart hingerissen aus, dass mir das Herz aufgeht.

»Das ist wunderschön, Mari.«

»Ich weiß. Aber die Sache mit dem Anfassen solltest du dir gleich verkneifen. Wir kommen nämlich in die Gift- und Heilpflanzenabteilung. Ein paar der Schätzchen haben es in sich.«

»In Ordnung.« Kian wandert weiter, betritt den nächsten Anbau und deutet auf ein unscheinbares Exemplar mit weißen Blütendolden. »Das ist gefleckter Schierling, nicht wahr?«

»Richtig. Du kennst dich damit aus?«

»Ein wenig. Dank Florence und Jacob. Mit Schierlingssaft hat man Sokrates hingerichtet. Kennst du Sokrates?«

»Klar.« Ich nicke und verkneife mir ein Grinsen. Einerseits liebe ich seine kindliche Begeisterung, andererseits verblüfft es mich, dass er allen Ernstes griechische Philosophen anspricht. »Eure damaligen Ersatzeltern hatten wohl eine große Bibliothek, hm?«

»Eine *riesige*«, korrigiert Kian.

»Und sie haben euch das Lesen beigebracht?«

»Ja. Lesen, schreiben und rechnen. Ciara hat Zahlen geliebt, ich habe sie gehasst. Irgendetwas stimmt mit meinem Kopf nicht. Egal, wie oft Florence und Jacob versucht haben, mir dieses Ding namens *Mathematik* beizubringen, es hat einfach nicht funktioniert.«

Erneut glüht dieses wohlig-warme Gefühl in meinem Bauch. »Da sind wir schon mal zu zweit. Wegen Mathe wäre ich fast sitzengeblieben.«

»Sitzengeblieben? Wo?«

»In der Schule.«

»Aha.« Kian schnuppert an der Arnika und am Baldrian. »Von der Einrichtung namens *Schule* habe ich einiges gehört. Ich glaube nicht, dass ich Spaß daran gefunden hätte.«

»Das glaube ich auch nicht. Es war schrecklich.«

»Warum?«

»Wegen allem. Wenn du introvertiert bist, wirst du von der Schule nachhaltig traumatisiert.«

»Und trotzdem müsst ihr dorthin?«

»Ja. Ob wir wollen oder nicht.«

»Warum?«

»Tja. Bildung wird nun mal hochgeschätzt. Wobei ich den meisten Kram, den ich in der Schule lernen musste, nie wieder gebraucht habe. Von daher war es in erster Linie Zeitverschwendung. Ach, egal. Ich habe keine Lust, darüber zu sprechen.«

Kian nickt. »Ich finde, Sokrates war ein armer Mensch.«

»Inwiefern?«

»Wenn du aus dem Schierlingsbecher trinkst, steigt von den Füßen her eine Lähmung auf. Sie kriecht langsam höher und höher, bis du bei vollem Bewusstsein erstickst. Es ist ein grausamer Tod. Und er dauert manchmal ewig.«

»Ich weiß. Deswegen behandeln wir unsere Giftecke auch mit größter Vorsicht. Aber es kommt immer auf die Dosis an. In geringer Menge entfalten viele Giftpflanzen eine heilende Wirkung. Na komm, ich zeige dir ein paar meiner Lieblinge.« Seite an Seite schlendern wir weiter, und ich bin wieder einmal verblüfft darüber, wie menschlich Kian wirken kann. Er trägt seine Maske mit solch gelassener Selbstverständlichkeit, als würde er jeden Tag in Jeans und T-Shirt herumspazieren. Ja, der Kerl hat einen verdammt intensiven Blick. Und sein Gesicht ist alles andere als unauffällig. Aber die Tarnung funktioniert.

»Bei Florence und Jacob gab es auch ein Gewächshaus.« Kian schnuppert an der gelben Engelstrompete und streicht mit der Spitze seines Zeigefingers über eine der großen, glockenförmigen Blüten. »Jede Krankheit und Verletzung haben sie selbst behandelt. Es gab für alles eine Medizin. Nur für Ciaras Leiden nicht.«

Ich seufze und mustere unsere prächtig gedeihende Belladonna. »Weißt du«, beginne ich zu plaudern, um uns beide auf andere Gedanken zu bringen, »Finley sagt immer, dass er irgendwann eine Flugsalbe herstellen will. Hier wächst alles, was er dafür braucht. Eisenhut, Schierling, Tollkirsche, Beifuß und Engelstrompete.«

»Und was ist mit Fledermausflügel, Wolfsherz und dem Fett eines ungetauften Kindes?« Kian mustert unsere *Alocasia Flying*

Squid, deren Stiele und Blätter an grüne Kraken erinnern. »Habt ihr das auch vorrätig?«

»Es gibt viele Rezepte für Flugsalben. Wir bevorzugen die harmlose Variante.«

»Was ist das?« Als Nächstes deutet der Selkie auf eine große, bizarr aufgefächerte Pflanze, die eine ganze Ecke für sich allein beansprucht.

»Das ist der sogenannte *Baum der Reisenden*.«

»Warum heißt er so?«

»In seinen Blattachseln sammelt sich Wasser, das den Durst vorbeikommender Reisender stillt. Die nahrhaften Samen wiederum haben schon so manchem verirrten Wanderer das Leben gerettet. Auch die jungen Blätter sind essbar, und er kann dir sogar den richtigen Weg anzeigen, weil er in freier Wildbahn normalerweise nach Ost-West ausgerichtet ist.«

Kian nickt und wirkt immer faszinierter. Ja, er bebt förmlich vor Aufregung, als wir gemeinsam zum *Tibouchina heteromalla* hinüberschlendern und seine violettblauen Blüten bewundern. Direkt daneben wachsen zwei weitere Farbschattierungen in Purpur und Rosa und leuchten miteinander um die Wette. Es ist kaum zu fassen, dass diese schönen Pflanzen auf Hawaii als Unkraut gelten.

Ich zupfe ein paar welke Blüten ab, kontrolliere die Erde und drehe ein paar Blätter hin und her, um zu schauen, ob sich Schädlinge angesiedelt haben. Nichts. Alles in Ordnung.

Plötzlich steht Kian direkt hinter mir. So nah, dass ich die Wärme seines Körpers spüre. Ja, er ist warm. Wie ein gewöhnlicher Mensch. Ich halte die Luft an, als er beide Hände ganz sacht auf meine Schultern legt.

Ruhig bleiben, Mari. Ganz ruhig

Aber es funktioniert nicht. Alles kribbelt und zittert und brennt lichterloh. Ein Teil von mir will fliehen. Der andere sehnt sich danach, gegen ihn zu sinken und mich seinen Berührungen hinzugeben.

»Ich liebe diese feinen Haare hier.« Kian zupft sanft an den Löckchen, die sich unterhalb meines Zopfes ringeln. »Ich weiß nicht warum, aber ich finde sie sehr …«

»Nicht.« Abrupt fahre ich herum und lege meine Hände auf seine Brust. Ein Fehler, wie sich kurz darauf herausstellt. Denn als ich spüre, wie seine Hitze durch das T-Shirt in meine Finger sickert, beiße ich mir so fest auf die Lippe, dass ich Blut schmecke. »Es wäre falsch.«

Kian starrt auf meinen Mund, und ich weiß sehr genau, woran er denkt. Was er tun will. Ganz egal, welche Konsequenzen sich daraus ergeben. »Und was, wenn es mir egal ist?«, flüstert er kaum hörbar.

»Tja. Dann bleibt immer noch die Tatsache, dass es *mir* nicht egal ist.« Ich fahre herum, gehe in den ersten Anbau zurück und bleibe vor dem Tollkirschenstrauch stehen. Dann, als Kian sich schweigend an meine Seite stellt, beginne ich haltlos zu plappern: »Früher glaubte man, dass die Belladonna die Heimat des Hausgeistes ist. Man hat ihre Früchte als Aphrodisiakum genutzt. Und als Mittel gegen Krämpfe und Tollwut. Wenn man nur ein paar Beeren isst, endet es in einem rauschartigen Zustand, aber ein wenig zu viel, und du siehst dir die Stiefmütterchen von unten an.«

Aphrodisiakum. Rauschartiger Zustand.

Ganz toll, Mari!

Ich schaudere, als er mich erneut berührt. Diesmal streicht seine Hand über meinen Zopf. Es ist nur der Hauch einer Liebkosung, und doch besteht mein ganzer Körper aus einer einzigen, wohligen Gänsehaut. Schließlich beugt sich Kian vor und haucht einen Kuss auf meinen Nacken. So sanft und zart, dass die Beine unter mir nachgeben. Kraftlos sinke ich gegen seinen Körper, werde aufgefangen und an eine warme Brust gedrückt.

»Deswegen nennt man sie auch *Tollkirsche*«, murmelt er mit rauer Stimme. »Du weißt nichts mehr von Vernunft oder Gewissen. Du tust nur noch das, was du wirklich willst, und bist wie von Sinnen.«

Meine Beherrschung bröckelt. Nur noch ein wenig mehr, und ich brauche keine Belladonna mehr, um mich Hals über Kopf zu verlieren. Kians Lippen schweben über meinem Hals, fahren hauchzart die Linie des Kiefers nach und wandern zur Schläfe hinauf. Sie berühren mich kaum. Alles ist nur ein federleichtes Kitzeln, und doch steckt es mich hoffnungslos in Brand.

Oh Gott! Oh Gott! Oh Gott!

Mari! Was tust du da?

»Wenn ich bei dir bin«, raunt Kian gegen die weiche, empfindliche Stelle unterhalb meines rechten Ohrläppchens, »dann fühle ich mich wie in einem Rausch. Ich will nur noch eines. Und zwar dich. Obwohl ich weiß, dass es nicht sein darf.«

Einen Sekundenbruchteil lang gewinnt mein Verstand die Oberhand. Und dieses kurze Aufflackern genügt, um einen Schritt nach vorne zu gehen. Es ist, als würde ein Zauberbann zerbrechen. *Nein,* korrigiere ich mich. *Er zerbricht nicht. Ich habe nur ein wenig Luft zum Atmen bekommen. Also dreh dich nicht um. Sieh ihn nicht an. Zeig ihm die Rosen. Ja, genau. Rosen sind immer gut.*

Ich wandere den Gang entlang, der Selkie folgt mir mit lautlosen Schritten. Plötzlich fühle ich mich wie ein Beutetier, das vor dem Zugriff seines Räubers flüchtet. Gut möglich, dass mein Verhalten Kians Jagdtrieb erst recht zum Vorschein bringt. Der Gedanke gefällt mir, aber zugleich fühle ich eine tiefe, schwer zu beschreibende Angst. Es ist die Furcht vor dem Kontrollverlust. Das Wissen, dass ich stürzen werde, wenn er mich noch einmal auf diese Weise berührt. Mein Herz dröhnt wie eine riesige Trommel. Ich höre nur noch seinen treibenden Rhythmus und das rauschende Blut in meinen Ohren. Alles scheint nach Erlösung zu schreien. Nach Flucht. Nach völliger Selbstaufgabe und Vergessen.

Als ich die Tür zur Rosenabteilung öffne, zittern meine Hände derart, dass mir die Klinke aus den Fingern rutscht. Verdammt, wie alt bin ich eigentlich? Vierundzwanzig oder dreizehn?

Neben mir stößt Kian einen hingerissenen Laut aus. Vor uns erstreckt sich ein See aus unzähligen Blüten. Malvenfarbene, rote, gelbe, weiße, fast schwarze, mehrfarbig gestreifte, orange- und lachsfarbene Rosen. Finley und ich legen in unserem heimischen Gewächshaus nicht allzu viel Wert auf Ordnung, weshalb alte Sorten neben modernen gedeihen. Englische Rosen neben deutschen. Damaszenerrosen neben Kletterrosen.

Kian schnuppert genüsslich. Und die Hingabe in seiner Miene zerrt an meiner Selbstbeherrschung.

»Woher stammt ihr eigentlich?«, frage ich, um mich auf andere Gedanken zu bringen. »Wo liegt der Ursprung der Selkies?«

»Ich bin mir nicht sicher.« Langsam schreitet er an den Blumen entlang und nimmt jede einzelne in Augenschein. »Es gibt viele Mythen, Sagen und Legenden. Bei euch genauso wie bei uns.«

»Und woran glaubst du?«

Kian umfasst eine Rose, deren sattes Gelb zur Blütenmitte hin in sanftes Orange übergeht. »Die Alten haben immer erzählt, dass am Anfang der Zeit mächtige Gottwesen auf die Welt gekommen sind, um die Schöpfung zu kreieren. Als sie aber sahen, dass sich der Mensch über alle anderen Lebewesen erheben wollte, erschufen sie Kreaturen, deren Aufgabe es war, die Harmonie aufrechtzuerhalten. Es heißt, dass die Gottwesen manchmal sogar selbst menschliche Gestalt angenommen oder einen von euch ausgewählt haben, der ihnen als Gefäß dienen musste. Aber meinesgleichen wurde vollkommen neu erschaffen, beseelt von der Macht des Göttlichen. Wir verbanden das Land und das Meer. Wir waren sowohl Mensch als auch Tier. Und all diese Wesen, seien sie nun selbst göttlich oder Kreationen der Erschaffer, dienten fortan dem großen Gleichgewicht. Sie leben in Wäldern, Wüsten und Meeren. In Flüssen, Seen und Sümpfen. Die Selkies dienen seit jeher den Gewässern des Nordens, aber manchmal glaube ich, dass die Gottwesen bei unserer Erschaffung einen Fehler gemacht haben.«

»Warum?«

»Sie gaben uns große Geschenke, damit wir dem Meer als Wächter dienen. Aber genau diese Großzügigkeit machte die Menschen neidisch und wütend. Wir können zwischen Land und Wasser wechseln. Sie nicht. Unsere Körper heilen schnell und werden uralt, den Menschen sind nur wenige gesunde Jahre geschenkt. Ursprünglich sollten wir als Brücke dienen. Als Vermittler und Bewahrer der Harmonie zwischen unseren Welten. Stattdessen wurden Freunde zu Feinden, und wir konnten nichts daran ändern. Trotz ausgleichender Kräfte.«

»Ganz ehrlich?« Ich seufze. »Es ist verdammt schwer zu akzeptieren, dass die eine Spezies so viele Gaben in den Schoß gelegt bekommt und die andere froh sein kann, wenn sie nicht elendig dahinsiecht und bei vollem Bewusstsein vergammelt. Ich heiße nicht gut, was passiert ist. Aber wenn du von einem Fehler sprichst, hast du vermutlich recht. Immerhin wurde alles so konzipiert, dass die Menschen einfach Frust bekommen *mussten*.«

Kian nickt. »Das gibt ihnen aber nicht das Recht, uns auszurotten oder einzusperren.«

»Nein. Das ist wahr. Wie schon gesagt: Ich heiße es nicht gut. Nicht im Geringsten.«

»Bist *du* auf mich neidisch?«

»Oh ja. Zumindest auf deine Fähigkeiten. Ich würde auch gerne nach Herzenslust im Meer herumschwimmen, mich selbst in Windeseile heilen und verdammt alt werden. Was mir aber nicht gefällt, sind die Begleitumstände. Ich weiß, dass es schwer ist. Das sterbende Meer, die Überfischung, das Alleinsein. Und dann kommt noch die ständige Gefahr hinzu, von irgendwelchen Idioten getötet oder gefangen zu werden. Nein danke. Das würden meine Nerven nicht aushalten.«

Kian lächelt und wandert weiter. Unter einem feuerfarbenen Kletterrosenstrauch bleibt er stehen, neigt den Kopf und sieht mich nachdenklich an. »Früher lebten wir auf Felseninseln hoch oben in der Arktis«, sagt er leise. »Aber daran kann ich mich kaum noch erinnern. Als wir fliehen mussten, war ich noch ein Welpe.«

»Kommt ihr als Seehund zur Welt?«

»Am Anfang sind wir immer Tiere. Die erste Verwandlung passiert erst ein paar Sommer später.«

»Wurdet ihr von Menschen aus der Arktis vertrieben?«

»Ja. Eines Morgens sind zwei riesige Dreimaster aufgetaucht. Zuerst sind die Jäger über die Nachbarinseln hergefallen und haben die darauf lebenden Gruppen erschlagen. Nur eine Handvoll Selkies sind übrig geblieben. Wir konnten rechtzeitig fliehen, weil sie zuerst gestorben sind. Anfangs haben uns die Menschen wegen des Fells gejagt. Später, als ihnen klar wurde, dass wir keine gewöhnlichen Tiere sind, töteten sie uns aus Angst und Aberglauben. Ein paar von uns haben sie auch lebend eingefangen und in Käfige gesteckt, aber wir überstehen ohne das Meer und die Freiheit nur kurze Zeit. Am Ende erging es uns wie der Stellerschen Seekuh und dem Riesenalk. Innerhalb weniger Jahre waren wir so gut wie ausgestorben, und die Große Mutter hat es zugelassen.«

»Die Große Mutter?«

»So nennen wir die Schöpfung. Das höchste aller Wunder. Das, was ihr heute als *Gott* bezeichnet. Sie schenkt Leben und ernährt uns mit ihrem Leib.«

»Das tut mir alles so schrecklich leid, Kian. Wir sind eine furchtbare Spezies. Aber warum bist du trotzdem hier?«

»Weil ihr gute Menschen seid. Und weil es noch mehr von euch dort draußen gibt. Ja, ihr habt eure Fehler. Aber meinesgleichen war auch nicht perfekt. Raer zum Beispiel. Er erhob Anspruch auf Ciara und wollte sie besitzen. Oder mein Bruder. Es hat ihn nicht interessiert, was mit seiner Schwester geschieht. Normalerweise sind … ich meine, waren wir eine harmonische und ausgeglichene

Spezies. Aber es gab immer wieder Ausnahmen. Wir waren fehlerhaft. Wir scheiterten, gingen falsche Wege und wurden rachsüchtig. Manchmal vergaßen wir sogar unsere Aufgabe und vernichteten, anstatt zu heilen.«

»Nun ja, ihr hattet auch gute Gründe für eure Rachegefühle. Man hat euch schließlich fast ausgerottet. Wenn Bran und du nicht überlebt hättet, wärt ihr längst verschwunden. Wobei ... im Grunde seid ihr ausgestorben. Ohne Frauen gibt es keinen Nachwuchs. Es sei denn ... warte mal, hast du nicht erwähnt, dass Menschen zu Selkies werden können?«

»Nein. Ich meine, ja. Aber das steht nicht zur Debatte.«

»Warum nicht?«

»Weil es ein Verbrechen wäre. Und mit sehr großer Wahrscheinlichkeit tödlich. Lass uns nicht weiter darüber reden, ja?« Kian marschiert zu den letzten Rosenbüschen und vertieft sich in ihre Düfte und Farben. Er wirkt erstaunlich entspannt, obwohl wir ein schmerzhaftes Thema angeschnitten haben. Immer wieder erhellt ein begeistertes Lächeln sein Gesicht, und wenn er mich ansieht, erkenne ich Dankbarkeit in seinem Blick.

Plötzlich kommt mir eine Idee. Ich gehe zu dem Schrank, in dem sich das Vogelfutter befindet, nehme einen schönen großen Hirsekolben heraus und reiche ihn Kian.

»Was soll ich damit?«

»Lass ihn auf deiner Hand liegen. Du wirst schon sehen.«

Kaum habe ich ein lockendes Zwitschern ausgestoßen, kommen sie auch schon vom Wintergarten her angeflattert. Zwölf leuchtend bunte Gouldamadinen, für die wir extra einen kleinen Durchgang in die Tür eingebaut haben. Ohne jede Scheu lassen sie sich auf Kians Hand und seinen Arm nieder und machen sich über den Kolben her. Dem armen Kerl fallen fast die Augen aus dem Kopf. Ich muss grinsen, als er mehrmals den Mund auf und zu klappt und verblüffte Geräusche von sich gibt.

»Die sind nicht zum Essen da, ja?«

»Bist du verrückt?« Er sieht mich fassungslos an. »Denkst du wirklich, dass ich sie essen würde?«

»Keine Ahnung. Seehunde sind doch Raubtiere, oder nicht?«

»Mari.« Er schüttelt missbilligend den Kopf, und ich muss noch breiter grinsen. Piepsend und flatternd verteidigen die Vögel ihren jeweiligen Platz, drängeln und schubsen, fliegen auf und lassen sich wieder nieder. Völlig verzückt beobachtet Kian das wilde Treiben und dreht sich ein paar Mal im Kreis herum.

»Was sind das für Vögel?«

»Das sind Gouldamadinen. Nach Elizabeth Gould, der Frau des Zoologen John Gould.«

»Erzähle mir von ihr.«

»Nun ja, sie hat ihren Mann Anfang des neunzehnten Jahrhunderts auf mehreren Reisen nach Australien und Tasmanien begleitet. Es heißt, dass die meisten Zeichnungen in seinen Werken von ihr stammen. Sie war eine begnadete Künstlerin, aber als Frau stand Elizabeth immer im Schatten ihres Mannes. Alle sahen nur Johns Ruhm, niemand scherte sich um ihr Talent. Trotzdem sollen die beiden ein glückliches Paar gewesen sein. Im Gegensatz zu der damaligen Gesellschaft hat er seine Frau niemals als niederen Menschen angesehen. Deswegen war es für ihn auch selbstverständlich, dass sie ihn auf seinen Reisen begleitet. Und Elizabeth hat sich mit wunderschönen Bildern revanchiert.«

»Wie ist die Geschichte geendet?«

»Traurig, um ehrlich zu sein. Im Jahr 1840 kehrten sie nach England zurück, wo Elizabeth kurz darauf bei der Geburt ihres siebten Kindes im Wochenbett starb. John war untröstlich. Seiner Frau zu Ehren hat er die schönste Entdeckung nach ihr benannt. *Lady Gould's Amadinen.*«

Kian sieht mich schweigend an. Plötzlich so ernst und bekümmert, dass es mir kalt den Rücken hinunterläuft. Was denkt er gerade? Was fühlt er? Werde ich ihn jemals auch nur im Ansatz verstehen?

»Hast du noch so eine Pflanze?« Betrübt blickt er den davonflatternden Vögeln hinterher, die den Kolben in Windeseile leer gefressen haben. »Oder zwei oder drei?«

»Ja. Jede Menge. Warte, ich hole dir noch welche.«

Gerade will ich mich auf den Weg machen, als Finleys Stimme erklingt: »Essen ist fertig! Na los, beeilt euch. Wir haben Hunger.«

»Wir?« Mir klappt die Kinnlade nach unten. »Wen meinst du mit wir?«

»Das wirst du schon sehen.«

Kian und ich starren uns an. Bitte was? Hat mein Bruder etwa jemanden eingeladen? Obwohl er ganz genau weiß, dass das eine dumme Idee ist?

»Ich werde mal nachsehen.« Besänftigend lege ich eine Hand auf Kians Schulter. »Finley ist in Ordnung. Er würde niemals etwas tun, das dich in Gefahr bringt.«

»Das haben Florence und Jacob damals auch über ihren befreundeten Arzt gesagt.«

»Ich weiß, aber … ach, verdammt. Bleib hier, wenn du willst. Ich schaue allein nach.«

»Nein. Ich komme mit.«

»Also gut. Wie du willst. Notfalls haust du einfach ab, okay? Die Hintertür ist immer offen.«

»Wo ist die Hintertür?«

»Den Flur runter rechts.« Ich deute in die entsprechende Richtung. »Du kannst sie nicht verfehlen.«

Kian nickt, dann schleichen wir auf leisen Sohlen ins Haus zurück. Als wir schließlich um die Ecke ins Wohnzimmer lugen, traue ich meinen Augen nicht. Es ist Oliver, der am Tisch sitzt.

»Mari!«, ächzt Kian.

»Äh, ja?«

»Was ist das?«

»Du meinst den Mann an unserem Tisch?«

»Ja. Die Gouldamadine mit Armen und Beinen.«

»Das ist … hey, was machst du denn?«

Ehe ich ihn davon abhalten kann, tritt Kian in das Zimmer hinein. Anscheinend derart vom Anblick unseres Freundes verblüfft, dass er völlig vergisst, sich zurückzuhalten. Nun ja, kein Wunder. Oliver leuchtet bunter denn je, grinst wie ein indisches Honigkuchenpferd und springt so abrupt vom Stuhl auf, dass das Ding fast umkippt.

»Er weiß alles«, sagt Finley von der Küche her. »Es ist okay.«

»Okay?« Ich balle meine Hände zu Fäusten. »Ist das dein Ernst?«

»Was hast du denn, Mari?« Mein Bruder holt eine Auflaufschale aus dem Ofen. »Die beiden verstehen sich doch prächtig.«

Ich starre Kian an. Offenbar ist er völlig von Olivers Aufzug gefesselt, und unser Freund wiederum glotzt den Selkie an, als wäre er ein leibhaftiges Einhorn. Ungefähr so muss es ausgesehen haben, als ich Kian zum zweiten Mal gegenüber gestanden habe. Damals auf Skara Brae. Zwei schockgefrostete Statuen, die aus dem Staunen nicht mehr herauskommen.

»Was ist das?«, wiederholt Kian leise.

Ich knirsche mit den Zähnen. »Darf ich vorstellen? Das ist Oliver. Technikfreak, Mitarbeiter in unserer Gärtnerei und vermutlich der einzige Inder auf Westray. Ach ja, und neuerdings frischgebackener Eingeweihter. Was sollte das, Finley? Wir hätten vorher darüber sprechen müssen.«

Mein Bruder läuft puterrot an und zuckt mit den Schultern. Dann stellt er die Auflaufschale auf den Tisch, kehrt in die Küche zurück und füllt eine Schüssel mit Reis.

»Wow.« Oliver findet seine Stimme wieder. »Oh Mann. Das ist wirklich … wow! Ich meine, hi. Gehts dir gut?«

Kian runzelt die Stirn. Dann schleicht er langsam auf unseren Freund zu. Neugierig, aber auch lauernd. Als wüsste er nicht, ob er sein Gegenüber angreifen oder studieren will.

»Hey.« Abwehrend hebt Oliver beide Arme. »Es ist alles gut, Mann. Ich verpfeife dich nicht. Du kannst mir vertrauen. Ehrlich. Ich schwörs dir. Yogis wie ich können schweigen wie ein Grab.«

»Yogis?«, wiederholt Kian mit schief gelegtem Kopf. Dann beginnt er, neugierig an der Kleidung des Inders herumzuzupfen. Oliver gibt kieksende Laute von sich, während er die Untersuchung über sich ergehen lässt und mit jeder Sekunde nervöser wird.

»Äh … ich bin … äh … ein Anhänger des Yoga.« Inzwischen glänzt seine Stirn vor Schweiß. »Außerdem großer Fan von Yogi-Tees. Ich stehe auf Klangschalenmeditationen und bin … äh … leidenschaftlicher Verfechter von Liebe und Frieden. Hast du schon mal Yoga gemacht? Nein, natürlich nicht. Was frage ich überhaupt? Wenn du willst, bringe ich es dir bei. Der Begriff *Yogi* steht nämlich auch für *lehrender Mann*.«

»Ich habe keine Ahnung, wovon du sprichst.« Kian nimmt eine grün gefärbte Dreadlock auf und dreht sie zwischen Daumen und Zeigefinger hin und her. Erstaunlich. Anscheinend hat er unserem Freund gegenüber keinerlei Berührungsängste. »Was ist das? Bist du damit zur Welt gekommen?«

Oliver prustet. »Ha ha, nein. Das wäre auch fatal gewesen. Der Arzt hätte mich fallen lassen und meine Eltern wären vom Schlag getroffen worden. Nein, das ist gefärbt. Alles künstlich herbeigeführt. Wobei ich Wert auf Bio-Kosmetik lege. Null Chemie. Alles vegan und so.«

»Du sagst viele Dinge, die ich nicht verstehe.«

»Okay. Kann ich mir vorstellen. Wow. Ich meine … was ist mit deinen Haarsträhnen?«

»Die waren schon immer so. Sie sind eine Verbindung zu meinem Fell.«

»Ah. Zu dem Fell.« Oliver starrt auf die schimmernde Seehundshaut, die Kian zusammengefaltet unter dem rechten Arm trägt. »Wow. Tut mir leid, ich wiederhole mich. Aber du bist … wow, du bist ein waschechter Selkie. Hast du eine Ahnung, was das für mich bedeutet? Ich habe … ich weiß gar nicht, wie … oh, scheiße, Mann!«

Kian brummt nichtssagend und beugt sich vor, um an Olivers Hals zu schnuppern. Wahrscheinlich, weil der wieder einmal sein indisches Parfüm aufgelegt hat. Unser Freund schwitzt aus allen Poren, rollt mit den Augen und sieht aus, als würde er jeden Augenblick ohnmächtig werden. Schließlich, als die gröbste Neugier gestillt ist, umkreist Kian ihn zweimal, nimmt noch einmal eine der bunten Dreadlocks in Augenschein und tritt schließlich zurück. Dann sagt er in verblüffend gelassenem Tonfall: »Bis jetzt waren die Gouldamadinen das Seltsamste, was ich jemals gesehen habe. Aber du bist noch viel seltsamer.«

Oliver gackert. »Ha ha, ist das zu fassen? Ein Meereswesen mit Humor. Hast ihm die Vögelchen gezeigt, hm? Ja, die sind verdammt cool. Wie Korallenfische mit Federn. Ich wäre fast mal auf einen drauf getreten. Das hätte mein Karma so richtig versaut.«

»Finley!« Ich fahre zu meinem Bruder herum. »Jetzt mal Klartext. Warum hast du das getan? Einfach so? Ohne uns vorher einzuweihen?«

Er funkelt mich wütend an. Die Schale mit Ratatouille in der einen, das Baguette in der anderen Hand. »Warum? Weil ich auch jemanden zum Ausheulen brauche, okay? Sonst verliere ich nämlich völlig den Verstand. Du vertraust Kian, ich vertraue Oliver. Er ist ganz verrückt nach Selkies und all diesem anderen Kram.«

»Kram?«, fauche ich. »Das ist kein *Kram*.«

»Mein Gott, nun sei nicht so empfindlich. Oliver ist in Ordnung. Ich dachte, das wüsstest du.«

»Echt mal, Mari«, erwidert der Inder. »Das solltest du wirklich wissen. Jetzt bin ich ehrlich gesagt ein bisschen beleidigt.«

»Ach, schon gut. Tut mir leid.« Ich presse die Lippen aufeinander und nehme auf meinem Stuhl Platz. Kian setzt sich neben mich, wobei er das Fell auf seinem Schoß ablegt. Oliver und Finley nehmen die restlichen beiden Sitzgelegenheiten in Beschlag. Unzählige Gefühle strömen wie eine Flut über mich hinweg. Sorge, Angst, Schuldbewusstsein, Verwirrung und Wut. Auf mich selbst, aber auch auf Finley, der Oliver kurzerhand eingeweiht hat. Ohne mich zu fragen. Und mir gefällt die Art nicht, wie unser Freund Kian begafft. Ja, natürlich, verständlicherweise fällt er gerade aus allen Wolken. Aber ich kann nichts gegen das Misstrauen tun, das in mir aufsteigt. Keine Ahnung, warum. Vielleicht, weil ich Oliver noch niemals so aufgewühlt erlebt habe.

»Also.« Finley klatscht in die Hände. »Für unseren Ehrengast habe ich einen Fisch gebraten, frisch von Andreas’ Kutter geworfen. Für den Rest von uns gibts Ratatouille. Ich nehme mal an, vegane Kost ist nicht so dein Ding?«

Er sieht Kian an, der nichtssagend mit den Schultern zuckt.

»Wie auch immer. Natürlich kann sich jeder an allem bedienen. Es gibt auch noch selbst gebackenes Baguette, Meersalzbutter, Tomatensalat, Bohnenbällchen und Grillkartoffeln. Bitte greift zu.«

Wir schaufeln unsere Teller voll, während Olivers sonst strahlendes Gesicht zunehmend ernster wird. Und dann, nachdem er seine Schale mit Tomatensalat gefüllt hat, blickt er auf und sieht Kian an. »Hast du damals gespürt, dass ich im Wasser war?«

Schlagartig verstummt das Klappern und Klirren.

Wir alle erstarren, als hätte jemand die Zeit angehalten.

»Bitte was?« Ich blinzele ungläubig. »Würdest du mich aufklären, Oliver? Am besten sofort?«

Unser Freund öffnet den Mund, aber Kian kommt ihm zuvor. »Ja«, antwortet er. »Ich habe dich gespürt. Aber die Verwandlung hätte niemals funktioniert. Du hast Glück, dass du rechtzeitig aus dem Wasser gezogen wurdest.«

»Entschuldige mal!« Finley schlägt mit der flachen Hand auf den Tisch und stiert Oliver an. »Was ist hier los? Raus mit der Sprache, und zwar zackig.«

»Was los ist?«, sagt der Inder. »Ihr wisst doch, wie verrückt ich nach diesen Märchen und Legenden bin. Seit damals, als ich den weißen Seehund und die Fluke gesehen habe.«

»Jaaa?«, erwidert Finley gedehnt.

»Also … um ehrlich zu sein … ich bin ein paar mal zwischen den Orkneys und Skye hin und her gereist, in der Hoffnung, mehr über diese seltsamen Sichtungen zu erfahren. Während eines Aufenthaltes auf Hoy habe ich ein Gerücht aufgeschnappt. Über einen alten Mann, der angeblich ein echtes Selkiefell besitzen soll. Kurz gesagt, ich habs ihm abgekauft, bin ans Meer gegangen und … na ja, es heißt doch immer, dass Menschen zum Seehund werden können, wenn sie ein Selkiefell anlegen und sich fest genug wünschen, zu einem Teil des Ozeans zu werden. Ach, nun guckt mich nicht so an. Ich weiß selbst, wie das klingt. Aber das Fell war echt. Ich habs gespürt. Ihm haftete etwa Magisches an, und als ich damit ins Wasser gegangen bin … oh Mann, einen Moment lang dachte ich wirklich, dass es funktioniert.«

»Du wärst fast ertrunken«, sagt Kian leise.

»Na und?«

»Na und?« Finley schnauft fassungslos. »Was ist los mit dir? Ich dachte immer …«

»Was?« Oliver wischt sich über die feuchten Augen. »Dass ich der fröhliche Sonnenschein bin? Immer ausgeglichen, freundlich und positiv? Ist dir niemals in den Sinn gekommen, dass ich mich mit all diesen Farben umgebe, um nicht sehen zu müssen, wie hässlich unsere Welt ist? Ich meine nicht die Welt an sich, denn die ist verdammt schön. Aber das ganze menschliche Miteinander. Diese kranke, egoistische, auf Angst und Manipulation aufgebaute Drecksgesellschaft. Ja, ich wollte zum Selkie werden. Ich wollte wegschwimmen und niemals wieder als Mensch herumlaufen. Warum hast du mir nicht geholfen?« Er fährt zu Kian herum. »So schwer kann das doch nicht sein, oder?«

»Ich war weit weg«, antwortet er sanft. »Und seit wir existieren, hat es nur eine Handvoll Menschen geschafft, die Grenze zu überschreiten. Aber selbst für sie war es gefährlich. Am Ende ist es nur einem gelungen, den gesamten Prozess zu überleben und zu einem Teil unserer Gruppe zu werden. Nur einem einzigen.«

»Na und?« Oliver wirft seine Dreadlocks zurück und schnieft. »Vielleicht wäre ich der zweite geworden. Du hättest es wenigstens versuchen können.«

»Ich weiß nicht, wie. Man hat es mir niemals beigebracht. Abgesehen davon hätte ich dich nicht rechtzeitig erreichen können. Du warst am Ertrinken. «

»Ach, Scheiße, verdammte.« Oliver stopft sich Tomatensalat in den Mund. Er kaut, schnieft, schluckt und kaut erneut. Dann nuschelt er leise: »Tut mir leid, Mann. Wirklich. Ich wollte dich nicht anschnauzen. Heilige Scheiße, ich brauche dringend eine Klangschalenmeditation.«

»Schon gut.« Kian senkt den Kopf. »Ich verstehe dich.«

»Danke. Das war vermutlich ein miserabler Start, was? Können wir noch mal von vorne anfangen? Weißt du, ich war damals sehr emotional. Genauer gesagt, war ich ein beschissenes Wrack. Meine Eltern hatten mich verstoßen, mein Stipendium wurde gestrichen, ich bin einfach nur noch herumgeirrt. Und als ich diese seltsamen Sachen gesehen habe und tiefer in die Welt der Legenden eingetaucht bin … tja, da muss in meinem Gehirn wohl etwas durchgeschmort sein. Ich habe monatelang nach euch gesucht. Nach irgendeinem Beweis. Und als ich über dieses Fell gestolpert bin, geriet alles aus dem Ruder.«

»Was ist eigentlich mit der Seehundshaut passiert?«, werfe ich in die Runde. »Stammte sie wirklich von einem Selkie?«

»Ja«, sagt Kian. »Das Fell gehörte einem Mädchen namens Kara, das sich unsterblich in einen Fischer verliebt hat. Aber der Mann hatte keine Ahnung. Jedes Mal, wenn er auf das Meer hinausgefahren ist, hat sie ihn heimlich begleitet und dafür gesorgt, dass seine Netze immer voll sind. Aber je größer ihre Vernarrtheit wurde, umso weniger hat Kara darauf geachtet, dass sie im Verborgenen bleibt. Unzählige Male haben unsere Alten sie gewarnt, aber Kara wollte nicht hören. Dann, eines Morgens, hat sie sich dem Fischer gezeigt.«

»Und?« Ich beuge mich neugierig vor. »Was ist passiert?«

»Er hat sie erschossen. Vermutlich, weil er sie für eine Fischdiebin gehalten hat. Wir wollten Kara retten, sind aber zu spät gekommen. Er hat sie auf sein Boot gezerrt, ihr das Fell geraubt und den gehäuteten Kadaver über Bord geworfen.«

»Scheiße.« Oliver verschluckt sich an seinem Baguette. »Das wusste ich nicht.«

»Du konntest es nicht wissen. Was hast du mit dem Fell getan?«

»Keine Ahnung. Ich wurde wegen Unterkühlung ins Krankenhaus geschafft. Wo die Seehundshaut geblieben ist, weiß ich nicht.«

Kian seufzt. »Das ist schade. Ich hätte Kara gerne befreit.«

Oliver runzelt die Stirn. »Was meinst du mit *befreit*?«

»Wenn du beim Berühren des Fells etwas Seltsames gefühlt hast, eine Art von Magie, dann muss ihre Seele noch darin gefangen sein. Wahrscheinlich hast du deswegen den Drang verspürt, es dir um jeden Preis umlegen und ins Wasser springen zu müssen. Kara wollte ins Leben zurückkehren. Sie hat nach dir gerufen.«

»Du meinst … warte! Hätte sie es mir etwa ermöglicht, zum Selkie zu werden?«

»Vielleicht. Ich weiß es nicht. Aber in diesem Fall wärst du fortan mit ihr gemeinsam in einem Körper gefangen gewesen. Glaube mir, das hättest du nicht gewollt. Nach all der Zeit muss Karas Seele in einem schrecklichen Zustand sein. Wahrscheinlich hätte sie ihr zweites Leben damit verbracht, nach einem Fischer zu suchen, der seit über hundert Jahren tot ist. Und du wärst gemeinsam mit ihr verrückt geworden.«

Oliver starrt ins Leere, als hätte er schlagartig alles um sich herum vergessen. Ich erkenne den sonst so fröhlichen Mann nicht mehr wieder. Es ist, als säße plötzlich ein Fremder vor uns, der nur die Gestalt unseres Freundes, aber nicht dessen Inneres besitzt. Und dann, als sei nichts passiert, schaufelt er sich Ratatouille auf den Teller.

»Gute Idee.« Finley nickt zerstreut, als wäre er gerade aus einem tiefen Schlaf erwacht. »Die Nacht ist noch lang, wir können auch später weiterreden. Ich verhungere gleich.«

Lustlos knabbere ich am Baguette und stochere im Salat herum. Kians Appetit scheint dagegen enorm zu sein. Geschickt zerteilt er seinen Fisch und hat ihn in Windeseile verspeist, genauso wie den Salat, die Baguettescheiben und die Meersalzbutter. Bei den Bohnenbällchen zieht er eine Grimasse, während ihm das Ratatouille Seufzer der Begeisterung entlockt. Womit Finleys Frage von vorhin beantwortet ist.

Während wir schweigend essen, liegt die Geschichte des Selkiemädchens wie ein kalter Stein in meinem Magen. Gibt es für eine solche Liebe denn niemals ein gutes Ende? Muss es immer Verlust und Tod nach sich ziehen, wenn zwei grundverschiedene Welten aufeinandertreffen und sich vereinen? Ich will nicht daran glauben, denn das würde die Kraft der Liebe nicht nur infrage stellen, sondern sie komplett widerlegen.

Eine Zeit lang sagt niemand ein Wort. Nur das Klappern des Bestecks und Licia Albaneses und Beniamino Gigles *O soave fanciulla* aus der Oper *La Bohéme* stören die Stille unseres späten Abendessens. Meine Seele verkrampft sich vor Sehnsucht, als sich die Stimmen der beiden Sänger in ekstatische Leidenschaft hinaufschwingen. Damals, als das Stück im Jahr 1938 aufgenommen worden ist, hat Kian bereits seit Jahrzehnten dort draußen gelebt. Alt und jung zugleich. Verlassen. Auf sich allein gestellt. Eine unbegreifliche Vorstellung. Sie ist auf traurige Weise schön. Surreal, erbarmungslos und zutiefst melancholisch. Irgendwo in der Ferne höre ich die Gouldamadinen zwitschern. Sehr ungewöhnlich, denn normalerweise schlafen sie um diese Zeit. Ob es an Kians Anwesenheit liegt? Spüren sie, was er in sich trägt? Aber was genau ist er eigentlich? Abgesehen davon, dass meinesgleichen ihn *Selkie* nennt? Offenbar scheint er es selbst nicht zu wissen, wenn er sich nur auf Geschichten und Legenden stützen kann. Ich beschließe, ihn als eine Art Naturgeist anzusehen. Als Wächter und Beschützer, dem die Götter nicht nur einen Körper, sondern auch Magie gegeben haben. Denn diese Theorie gefällt mir am besten.

Nachdem wir aufgegessen haben, bringt Finley eine große Kanne Kaffee und ein Tablett voller Kekse. Und während wir in trauter Viersamkeit unseren Nachtisch genießen, erzählt Kian die Geschichte seines Lebens. Er tut es mit einer solch unbekümmerten Selbstverständlichkeit, als gäbe es für ihn keinen Zweifel an der Tatsache, dass er jedem von uns sein Leben in die Hand legen kann. Obwohl ich viele Details bereits kenne, lausche ich seiner Stimme mit tiefer Faszination. Sie ist so unwiderstehlich wie der Sog der Gezeiten und trifft mein Herz auf eine Weise, die ich nicht in Worte fassen kann. Nur zu gerne würde ich für den Rest meines Daseins hier sitzen und ihm zuhören. Einfach nur zuhören, als gäbe es den Rest der Welt nicht. Auch Oliver und Finley wischen sich Tränen von den Wangen. Hin und wieder geben sie erschütterte Laute von sich, schütteln den Kopf, klammern sich an ihren Kaffeebechern fest oder zucken zusammen, als wolle ein Teil von ihnen vor der Geschichte fliehen. Im Hintergrund singt Maria Callas unser geliebtes *Ave Maria* und verleiht Kians Worten eine geradezu schmerzhafte Intensität.

Vor meinem inneren Auge entstehen Bilder.

Windumtoste Inseln in der Arktis. Nordlichter, Eisschollen und finstere Wellen, so kalt, dass sie einen Menschen in kürzester Zeit töten können. Ich sehe mächtige Dreimaster. Blut und Schmerz und eine wilde Flucht. Selkies, die sich in Tiergestalt auf einer Sandbank drängen. Nackte, geschmeidige Menschenkörper in ekstatischem Tanz, die die Nächte der Paarung zelebrieren. Bluttriefende Spitzhacken und abgezogene Felle. Ein Herrenhaus nahe der schottischen Küste. Zwei alte Menschen, die Kian und Ciara ein Zuhause geben. Und dann eine erneute Flucht. Einsamkeit. Finstere Nächte und stille Tage, an denen niemals eine menschliche Stimme erklingt. Aber ich sehe auch Briana und ihre Familie, die Kian über Jahrzehnte hinweg begleiten. Sie kämpfen für ihre Welt. Greifen Boote und Kutter an, zerreißen Netze, zerstören Ruderblätter und Fallen und verteidigen das Meer mit all ihren begrenzten Mitteln.

Als Kian schließlich endet, weiß keiner von uns, was er sagen soll. Oliver schnieft verstohlen in eine Serviette, Finley umklammert mit hängendem Kopf seinen Becher und ich würge an dem schmerzhaften Kloß, der sich in meinem Hals festgesetzt hat.

»Mann«, sagt mein Bruder nach einer Weile. »Das muss man erst mal verkraften.«

Wir starren gemeinsam ins Leere und versuchen, unser in Scherben liegendes Weltbild neu zusammenzukleben. Inzwischen ist die CD zu Ende, auch die Gouldamadinen im Gewächshaus sind verstummt. Draußen hinter den Fenstern dämmert die Sommernacht dem Morgen entgegen, als wolle sie niemals enden.

Irgendwann füllt sich Kian Kaffee nach, kippt Milch und Zucker hinein und rührt das Ganze mit fast schon gezierten Gesten um. Wahrscheinlich haben Florence und Jacob es ihm so beigebracht. Zwei Menschen aus einer längst vergangenen Zeit, in der noch vollkommen andere Regeln und Normen gegolten haben. Es fällt mir schwer, seinen Gesichtsausdruck zu interpretieren, aber ich glaube, eine Art von vorsichtiger Gelöstheit darin zu erkennen. Als wäre er heute Nacht eine große Last losgeworden und fürchte sich zugleich vor den Konsequenzen. Neue Gefahr. Ein weiterer Abschied. Einsamkeit, die noch tiefer ist, weil wir ihn daran erinnert haben, was Gemeinsamkeit bedeutet.

So oder so wird es darauf hinauslaufen. Selbst dann, wenn wir alle glücklich und zufrieden zusammenleben und niemals ein Verrat geschieht. Wir werden alt. Kian nicht. Es sei denn, er beschließt, auf den Wechsel zu verzichten. Aber das würde bedeuten, dass er seiner Aufgabe in absehbarer Zeit nicht mehr nachgehen kann, und diesen Schritt wird er niemals gehen. Unter gar keinen Umständen.

Scheinbar seelenruhig trinkt er seinen Kaffee und ignoriert, dass er von drei Augenpaaren angestarrt wird. Manchmal merken wir nicht einmal, dass wir die Grenzen der Höflichkeit überschreiten. Ihn ansehen zu müssen, gleicht einem Zwang. Das Fremdartige unter seiner menschlichen Maske ... das Rätselhafte und Magische, das wir niemals ganz begreifen werden, weil es so weit jenseits unserer Vorstellungskraft existiert.

»Ich hätte nicht herkommen dürfen«, sagt Kian plötzlich.

Finley, Oliver und ich zucken zusammen.

»Warum nicht?«, hakt mein Bruder nach.

»Weil ich vergessen hatte, wie es ist, nicht allein zu sein. Ich habe gelernt, mein Leben zu leben. Es war normal, auf einer einsamen Insel zu schlafen. Ohne Decken, warmes Essen, Musik oder Gesellschaft. Ich habe mich nicht mehr daran erinnert, wie es ist, neben jemandem einzuschlafen und aufzuwachen. So etwas existierte in meiner Welt nicht mehr. Und das war auch gut so.«

Mein Magen krampft sich zusammen. Oliver reibt sich bekümmert die Stirn und Finley lässt die Schultern hängen. »Verstehe«, sagt mein Bruder. »Wirklich. Ich verstehe das sehr gut. Aber du kannst so lange bei uns bleiben, wie du möchtest. Oder so oft herkommen, wie du willst.«

Kian sinkt in sich zusammen. »Danke für das Angebot. Aber früher oder später wird etwas Schlimmes passieren. Ich weiß es. Und selbst wenn es nicht so ist, werdet ihr irgendwann alt und krank und müsst sterben.«

Seine Lippen zittern, als er sie zu einem dünnen Strich zusammenpresst. Ich weiß, dass er flüchten wird. Jeden Augenblick. Auch Oliver scheint das zu begreifen, denn er steht auf und legt Finley eine Hand auf die Schulter.

»Komm. Lassen wir die beiden allein.«

Mein Bruder wirkt skeptisch. »Glaubst du wirklich, dass ...«

»Ja. Nun komm schon. Wir gehen nach oben.«

Finley seufzt, steht kommentarlos auf und verschwindet gemeinsam mit Oliver im Flur. Kian und ich bleiben zurück. Sein

Blick schweift immer wieder zum Fenster hinüber, die Muskeln unter dem Shirt spannen sich an. Jeden Moment wird er aufspringen und hinausrennen, um auf Nimmerwiedersehen im Meer zu verschwinden. Wenn das passiert, das spüre ich mit unerschütterlicher Gewissheit, sehe ich ihn niemals wieder.

»Bitte«, flüstere ich. »Bleib noch eine Weile hier.«

Kian sieht mich an. Lange und schweigend und derart traurig, dass sich mein Herz zusammenkrampft. Ich will ihn umarmen. Ihn festhalten. Ihm irgendwie Trost spenden. Stattdessen sitze ich einfach nur da und spiele mit meinem Zopf herum.

»Mari?«

»Hm?«

»Können wir wieder in das Gewächshaus gehen?«

»Na klar. Was immer du willst.«

Wir stehen auf, wandern zum Anbau hinüber und atmen die fruchtbaren, exotischen Aromen ein. Schlagartig scheint es Kian besser zu gehen. Ja, der Anblick und die Düfte wuchernder Pflanzen strahlen eine harmonisierende Magie aus. Genauso wie Selkies.

»Was ist, wenn ich bleibe?« Er berührt die sattroten Früchte des Szechuan-Pfeffers. »Dann ist mir ein paar Monate oder Jahre lang warm. Bis irgendetwas passiert, das alles zerstört. So ist es immer gewesen. Unsere Welten gehören nicht zusammen. Entweder wird es euch zerstören oder mich. Das ist ein Naturgesetz. So, wie auf Ebbe immer die Flut folgt.«

»Nein!« In mir brandet eine trotzige Wut auf. »Wenn wir diese Tatsache einfach so hinnehmen, wenn wir sie kampflos akzeptieren, dann wird sich niemals etwas daran ändern. Sicherheit existiert nicht. Sie ist immer nur eine Illusion. Ob nun für Mensch oder Selkie oder irgendein anderes Geschöpf. Glück ist flüchtig. Es kommt und geht, wie es ihm gefällt. Damit müssen wir leben. Und wenn du immer nur allein bist, weil du Angst vor den Konsequenzen hast, dann gehst du früher oder später vor die Hunde. Sag mir nicht, dass du das nicht weißt. Selkies waren sozial. Sie haben einander gebraucht. Und du? Du lebst einfach mutterseelenallein da draußen.«

»Mari.« Kian gibt einen gequälten Seufzer von sich. »Ich will nicht mit ansehen müssen, wie deine Welt zerbricht. Und das wird sie, wenn ich bei euch bleibe. Auf die eine oder andere Weise.«

»Und was, wenn mein Bauchgefühl auf das Gegenteil pocht?«

»Dann kannst du deinem *Bauchgefühl* nicht vertrauen.«

»Ach, Kian.« Ich ringe die Arme gen Decke und lasse sie wieder fallen. »Du hast ja recht. Wirklich. Ich verstehe deine Beweggründe. Aber trotzdem werde ich das Gefühl nicht los, dass ein tieferer Sinn hinter all dem steckt. An dem Abend, an dem Finley und ich dich gefunden haben, wollte ich eigentlich gar nicht mehr an das Meer. Aber ich hatte plötzlich das Verlangen nach einem Strandspaziergang. Als ob das Schicksal mich zu dir führen wollte.«

»Genau das befürchte ich.«

»Herrje. Natürlich kann es in die Hose gehen. Und zwar gewaltig. Aber wenn wir immer nur auf unsere Angst hören, sind wir wie Seehunde, die niemals ins Wasser gehen. Weil dort ihr schlimmster Feind lauern könnte.«

Kian schüttelt den Kopf. »Sie *müssen* in das Wasser gehen, weil sie sonst verhungern.«

»Genau das meine ich.«

Er starrt mich an und denkt so angestrengt nach, dass sich seine Stirn in Falten legt. Ich spüre Verwirrung, Zerrissenheit und Verzweiflung. Und während ich all diese Gefühle in seiner Miene lese, steigt erneut eine brennende Wut in mir hoch. Interessiert sich das Universum überhaupt für unsere Ängste und Hoffnungen? Sind all diese Gefühle vielleicht nur Werkzeuge, um uns in der Spur zu halten? Verdammt, ich habe keine Ahnung. Und das macht mich wahnsinnig.

»Komm.« Ich nehme Kians Hand und führe ihn zurück in das Haus. Wir gehen ins Schlafzimmer, legen uns nebeneinander auf das Bett und tun eine Weile nichts anderes, als schweigend an die Decke zu starren. Irgendwann wirft Kian sein Fell, das er bisher pausenlos festgehalten hat, auf den Boden und rückt näher an mich heran. Zuerst streifen seine Finger nur meine Haut, als wolle er testen, ob ich die Berührung zulasse. Und dann, als ich nichts tue, um ihm auszuweichen, ergreift er meine Hand. Sein warmer, sanfter Druck lässt den Eispanzer in mir zerbrechen. Plötzlich stürzen alle Sorgen und Ängste und tragischen Erlebnisse der letzten Jahre auf mich ein.

Von jetzt auf gleich.

Mit einer Wucht, die mich auseinanderreißt.

Der verdammte Flugzeugabsturz, bei dem Mum und Dad ums Leben gekommen sind. Am 9. Januar 2021. Ein Tag wie jeder andere. Bis ein einziger Telefonanruf alles zerstört hat. *Kurz nach dem Start in Jakarta … technische Probleme … auf dem Weg nach Pontianak auf Borneo ins Meer gestürzt … keine Überlebenden … es tut uns sehr leid.*

Die schreckliche Zeit danach läuft vor meinem inneren Auge ab. Bestattung, Fernsehberichte, Geldsorgen, Bürokratie, Verzweiflung und zerschlagene Hoffnungen. Gefolgt vom niemals endenden Kampf, um halbwegs über Wasser zu bleiben. Und als die Geschichte meines Lebens an mir vorübergezogen ist, sehe ich wieder Kians Schicksal vor mir. Alles, wirklich alles bricht sich Bahn, und auf einmal liege ich schluchzend in seinen Armen. Er hält mich fest, als wäre es das Selbstverständlichste der Welt, küsst mein Haar und summt eine einlullende Melodie vor sich hin. Es muss Magie sein, denn ich spüre, wie ein wunderbares Gefühl über mich kommt und den Schmerz beiseite drängt. Das Gefühl, am sichersten Ort der Welt zu sein.

Ich weiß nicht, wie lange wir so daliegen. Irgendwann versiegen die Tränen, ich presse meine Stirn gegen seine Brust und verliere mich in der tröstenden Dunkelheit des Augenblicks. Behutsam streicht Kians Hand über meinen Rücken. Auf und ab. Ganz langsam. Hin und wieder läuft ein Schauer durch seinen Körper, aber er hält sich zurück. Ich rieche den Duft nach Meer und Wind. Kuschele mich noch enger an ihn und kralle meine Finger in sein T-Shirt. Kian rührt sich nicht. Abgesehen davon, dass seine Hand immer noch auf und ab wandert. Inzwischen zittere ich nicht mehr. Nein, alles ist seltsam leicht und warm, als wären wir in einem Kokon eingeschlossen.

Harmonisierende Kräfte.

Wenn du in deinem Leben etwas brauchst, dann das.

Ich beschließe, ihn nie mehr loszulassen.

Niemals wieder. Niemals, niemals, niemals.

»Es war kein Fehler«, nuschele ich in sein T-Shirt. »Dafür fühlt es sich zu richtig an. Jedenfalls für mich.«

Kian sagt nichts. Ich höre ihn atmen, spüre die sanften Bewegungen seines Brustkorbs. Minuten vergehen. Vielleicht auch Stunden. Draußen dämmert immer noch die Nacht vor sich hin, in der Ferne rauscht das aufgewühlte Sommermeer.

»Mari?«, flüstert er schließlich. »Erfüllst du mir einen Wunsch, auch wenn er dir dumm erscheint?«

»Na klar.«

»Ich möchte die Stadt sehen.«

»Was?« Ich glaube, mich verhört zu haben. »Ist das dein Ernst?«

»Ja. Ich will deine Welt kennenlernen. Je mehr ich erfahre, umso besser kann ich das Meer und mich selbst beschützen. Außerdem will ich die Stadt sehen, seit wir damals bei Florence und Jacob gewohnt haben.«

»Hm, dann müssen wir nach Mainland. Genauer gesagt, nach Kirkwall. Das sind über drei Stunden mit der Fähre. Du wirst dich mit fremden Menschen herumschlagen müssen.«

»Wann können wir dorthin? Morgen?«

»Ich denke schon. Das kommt darauf an, ob Finley und Oliver mich entbehren können. Bist du dir wirklich sicher?«

»Ja. Ich bin mir sicher. Die Zeit der Flucht ist vorbei. Ich will eure Welt verstehen. Ich will so viel erfahren wie möglich. Hilfst du mir, ein Mensch zu sein?«

»Natürlich.« Ich nehme einen tiefen Atemzug und genieße das Auf und Ab seiner Hand, die immer noch über meinen Rücken streicht. Es fühlt sich gut an. So verdammt gut, als hätte ich mein Leben lang darauf gewartet, in Kians Armen ausruhen zu können. »Wenn du bereit für ein Abenteuer bist, bin ich es auch.«

Kapitel 9
Wie ich mich selbst vergaß

Kian

Uns begegnen nicht so viele Menschen, wie ich erwartet habe. Und diejenigen, die uns über den Weg laufen, scheinen mich als ihresgleichen wahrzunehmen. Meine Anspannung verfliegt schnell, als wir die ersten Gruppen passieren und niemand mit dem Finger auf mich deutet.

Auch die Fähre ist angenehm leer, was vermutlich dem wechselhaften Wetter geschuldet ist. Die gesamte Zeit über stehen Mari und ich an der Reling und lassen uns den Wind um die Nase wehen. Regenschleier und bauschige Wolkenberge treiben über den Himmel, hier und da bringen Sonnenflecken das Wasser zum Leuchten.

Ich genieße es zutiefst, gemeinsam mit Mari hier zu stehen. Hoch über dem Meer. Weit weg von allem, was uns verfolgt. Viel zu schnell fahren wir in den Hafen von Kirkwall ein, und ich warte vergeblich auf das Unwohlsein, das mich sonst in der Nähe von Menschen übermannt hat. Vermutlich liegt es an Mari, die mich glückselig anstrahlt und jede Sekunde auszukosten scheint.

Bisher habe ich diesen Ort nur aus der Ferne erblickt, aber jetzt sehe ich, dass er längst nicht so Furcht einflößend ist, wie ich ihn mir ausgemalt habe. Ja, es gibt eindeutig zu viele Menschen, aber sie strömen wie Sardinen an mir vorbei und scheinen mich nicht einmal wahrzunehmen.

Mit Sicherheit, weil sie viel zu vertieft in ihre Gespräche oder in jene Maschinen sind, die Mari als *Smartphones* bezeichnet.

Neugierig blicke ich mich um. Die Farben der Stadt sind angenehm zurückhaltend. Grau oder braun, mit allen Schattierungen dazwischen. Die meisten Häuser sind aus Stein gebaut und wirken sehr alt, aber es gibt auch Gebäude und seltsame Dinge, die förmlich in meine Augen stechen. Ein grellrotes Zelt am Hafen zum Beispiel, vor dem zwei Frauen mit leuchtend gelben Westen stehen und auf irgendetwas warten. Oder eine riesige Maschine, die ein Loch in die Erde gräbt und währenddessen schreckliche Geräusche von sich gibt.

Ein *Bagger,* erklärt mir Mari, deutet die Promenade entlang und ergreift meine Hand. Spätestens jetzt fürchte ich mich vor gar nichts mehr. Ich spüre nur noch die Wärme ihrer Finger, folge ihr willenlos überall hin und nehme möglichst viele Eindrücke in mich auf. Da sind grelle Plakate. Flimmernde Bildschirme. Bunte Busse von der Größe eines Pottwals, die kunterbunte Menschen ausspucken. Merkwürdige Schiffe fahren in den Hafen hinein und wieder hinaus. Manche sehen wie schwimmende Bagger aus. Schreiende Kinder springen durch die Gegend. Möwen klauen Essen. Ein Mann spielt auf einer Gitarre.

Ich bewege mich in einer Welt, die ich immer gefürchtet habe. Aber alles, was ich fühle, ist Neugier und Verwunderung. Für eine Stadt ist Kirkwall nicht allzu groß, aber immer noch beeindruckend. Zumindest für mich. Wie erschlagend die sogenannten *Metropolen* wirken müssen, jene Städte, in denen die Häuser bis zum Himmel reichen und viele Millionen Menschen herumlaufen, begleitet von unzähligen Autos und Maschinen und schrecklichem Lärm, will ich mir nicht einmal ausmalen.

An einem bunt bemalten Wagen kauft Mari zwei Waffeln mit Eis. Ich kenne das Zeug von früher, aber das hier ist um Längen besser als alles, was ich jemals gegessen habe. Ehe die Turmuhr Mittag schlägt, habe ich drei Portionen verschlungen. Die vierte wird mir verweigert, weil Mari darauf pocht, dass einem von zu viel Eis schlecht wird. Ich nehme ihren Ratschlag hin, bleibe vor einem Schaufenster stehen und starre mir die Augen aus dem Kopf. Zwei Läden weiter wird es noch schlimmer. Schließlich fange ich an, Fragen zu stellen, und Mari erklärt mir geduldig, was es mit Laptops, Smartwatches, digitalen Reiskochern, Navigationsgeräten, Blutdruckmessgeräten, Stützstrümpfen und Badewannenliften auf sich hat.

»Ja«, seufzt sie schlussendlich. »Wenn du als Mensch alt wirst, hast du die Arschkarte. So siehts aus. Alles, was es in diesem Laden zu kaufen gibt, brauchst du als klappriger Mensch am Ende deines Lebens.«

Ich schüttele beklommen den Kopf, gehe zum nächsten Schaufenster und sehe jede Menge Bücher. Auf einem roten Schild steht mit schwarzer Schrift geschrieben: *Kerle, die ihr Hemd verloren haben.* Darunter stapeln sich Ausgaben mit muskulösen, fast nackten Männern, die von ebenfalls fast nackten Frauen umworben werden.

»Komm weiter«, sagt Mari. »Das ist nichts für dich.«

»Aber …«

»Nein. Ich habe jetzt wirklich keine Lust, dir das zu erklären.« Sie grinst mich an, und plötzlich wird es laut um uns herum. Eine riesige Menschenschar strömt vorbei, vermutlich von einem der Busse ausgespuckt. Smartphones klingeln und piepsen, ein Hund kläfft, Stimmen rufen durcheinander, mehrere Mädchen kichern schrill. Wir kommen an einem Restaurant vorbei, das den Namen *Helgis* trägt, aber es ist verschlossen. Mari rollt mit den Augen und geht weiter. Ich halte mich dicht an ihrer Seite, während ich spüre, wie mich das Chaos allmählich zu überfordern beginnt. Schließlich biegen wir nach links in eine ruhigere Straße ein. Das Meer verschwindet aus meinem Sichtfeld, stattdessen sehe ich überall nur noch Gebäude. Ein Zweirad knattert an mir vorbei. So laut, dass ich zur Seite springe und Mari fast zu Fall bringe.

»Entschuldige.«

»Schon gut.« Sie tätschelt mir lachend die Schulter. »Ich habe mich auch erschreckt. Ist alles okay?«

»Ja.«

»Du siehst aber nicht so aus. Wird es zu viel?«

»Nein. Es ist … in Ordnung.« Wieder hastet eine Gruppe Menschen an uns vorbei und riecht nach tausend Dingen. Ich versuche, mich von den zahllosen Eindrücken abzuschirmen, drücke Maris Hand und spüre sofort, wie eine Welle aus frischer Kraft über mich kommt. Wir biegen erneut ab, passieren kleine Bars und zwei weitere Gasthöfe, eine Kathedrale aus rötlichem Stein und einen Friedhof. Mari scheint ein Ziel im Sinn zu haben, also überlasse ich mich vollkommen ihrem Willen. Nach einer Weile erreichen wir ein Restaurant namens *Lucano,* das sich in einer unauffälligen kleinen Gasse befindet.

»Hunger?«, fragt Mari.

»Und wie.«

»Na, dann mal los.«

Wir setzen uns hinein, bestellen etwas, das sich *Bruschetta alla Napoletana, Spinaci al Formaggio* und *Fettuccine Vegetariane* nennt und schlagen uns die Bäuche voll. Das Essen ist gut, aber gewöhnungsbedürftig für meinen Geschmack. Deutlich besser gefällt mir der Cappuccino, den sie im Anschluss bestellt. Ich genieße das warme Getränk und muss die ganze Zeit lächeln, weil dieser Ausflug so seltsam und herrlich und erschreckend ist. Mari scheint es genauso zu ergehen. Beide Hände um ihre Tasse geklammert, schaut sie mich an und wird rot wie ein erregter Tintenfisch.

»Wie lautet deine Geschichte noch mal?«, fragt sie schließlich.

»Ich bin ein Student aus Edinburgh«, antworte ich bereitwillig, »der dich über das Internet kennengelernt hat. Wir machen zusammen einen kleinen Ausflug, und wenn es irgendwie möglich ist, halte ich meinen Mund und lasse dich reden.«

»Ganz genau.« Mari kichert. »Du bist nämlich schüchtern. Es fällt dir schwer, mit Menschen zu kommunizieren, und du legst Wert auf deine Privatsphäre. Falls du mit jemandem reden musst, halte dich so kurz wie möglich. Es geht niemanden etwas an, woher du kommst, wohin du gehst oder was du vorhast.«

»Verstanden.«

»Gut.«

Sie wackelt mit den Augenbrauen. Wieder eine Geste, deren Sinn ich noch nicht ganz verstehe. Unschlüssig streiche ich über meine Haare, die Mari zu einer Art Knoten im Nacken verdreht hat. *Weil man das gerade so trägt.* Zusammen mit dem Kleidungsstück namens Jeans, einem blassblauen, mit dünnen weißen Streifen bedeckten Hemdes und einer abgewetzten braunen Wildlederjacke sehe ich angeblich wie ein waschechter Student aus. Dazu hat sie mir eine ebenfalls braune Tasche gegeben, in der sich mein Fell befindet, außerdem ein paar Armbänder und etwas, das sich *Surferkette* nennt. Am gewöhnungsbedürftigsten sind die Schuhe und die Socken. Es fühlt sich an, als hätte ich mir zwei Seegurken übergestülpt. Damals bei Florence und Jacob sind wir fast nur barfuß herumgelaufen, bis auf wenige Ausnahmen. Denn dieses Schuh- und Sockenzeug ist nicht nur unbequem, sondern schneidet mich auch noch von der Energie der Erde ab. Aber das tun Asphalt und Beton genauso, also macht es keinen Unterschied.

»Alles klar?« Maris Augen leuchten. Tief und innig hoffe ich darauf, dass sie meinetwegen derart strahlt. »Was ist los?«

»Nichts. Das alles ist nur … keine Ahnung. Das bin nicht ich.«

»Willst du nach Hause?«

»Nein. Ich mag unseren Ausflug. Sehr sogar.«

»Ich auch. Aber du wirkst trotzdem … na ja, ziemlich angespannt.«

»Ach, es ist nur … die ganze Zeit über habe ich mich nach einer Abwechslung gesehnt. Jetzt bin ich förmlich von neuen Eindrücken umzingelt. Das ist nicht einfach. Ich bin zu lange allein gewesen und hatte nur das Meer um mich herum.«

»Ich verstehe.« Sie greift nach vorne und streicht sacht über meine Hand. Selbst diese flüchtige Berührung pflanzt mir einen zappelnden Garnelenschwarm in den Bauch. »Lass dir Zeit, okay? Wenn alles zu viel wird, können wir jederzeit verschwinden.«

»In Ordnung.« Genüsslich trinke ich den letzten Schluck Cappuccino und weiß, dass ich diesen Geschmack vermissen werde. Aber längst nicht so sehr, wie mir Mari fehlen wird. »Es war nett von Finley, dass er dir heute freigegeben hat.«

»Na ja.« Sie kaut auf einem Keks herum. »Einen Tag schaffen die beiden auch ohne mich. Aber es darf nicht zur Gewohnheit werden, sonst können wir unseren Laden dichtmachen. Lust, noch ein bisschen spazieren zu gehen?«

»Gerne.«

Ich beobachte, wie sie den Kellner herbeiruft und mit einer kleinen Karte bezahlt. Noch so ein Ding, über das ich gerne mehr erfahren würde, aber nicht jetzt und nicht heute. Mir schwirrt auch so schon genug der Kopf.

Als wir wieder nach draußen treten, scheint die Sonne von einem wolkenlos blauen Himmel. Mari lächelt mich an, und ich bin derart von ihrem Anblick gefesselt, dass ich fast gegen eine Laterne laufe.

»Augen geradeaus.« Gerade noch rechtzeitig zieht sie mich ein Stück zur Seite. »Ich mein es ernst, Kian. Wir sind in einer Stadt. Du musst besser aufpassen.«

»Und was, wenn ich dich einfach ansehen *muss*?«

»Dann solltest du trotzdem schauen, wohin du läufst.«

Verflucht! Ich liebe es, wenn sie rot wird, wenn ihre Augen auf diese Weise funkeln und ein Schwall süßer Lockstoffe in meine Nase steigt. Aber ich tue, was sie sagt. Hand in Hand wandern wir die Gasse entlang, und jedes Mal, wenn Mari beiseiteblickt, verschlinge ich ihre Bewegungen, ihre zierlichen Gesten und das hinreißende Lachen. Genieße das Glänzen ihres rotgoldenen Haares und den einzigartigen Duft, der die Gerüche der Stadt in Bedeutungslosigkeit versinken lässt. Der Garnelenschwarm in meinem Bauch wird immer größer und breitet sich aus. Ich fühle mich, als würde ich auf einer warmen Strömung dahinschweben und gleichzeitig von einem Sturm durchgeschüttelt werden. Wie schade, dass ich Mari nicht auf die althergebrachte Art beeindrucken kann. Es gibt keinen Rivalen, der sich mit mir messen will, und auch sonst keinen geeigneten Gegner, mit dessen Hilfe ich Stärke und Wendigkeit demonstrieren kann. Insgeheim wünsche ich mir, dass einer der Menschenmänner Anspruch auf sie erhebt. Aber nichts dergleichen passiert.

Schließlich kommen wir an einem kleinen Park vorbei, der von einer Gruppe junger, kraftstrotzender Kerle bevölkert ist. Sie rennen in wilder Entschlossenheit einem Ball hinterher, offenbar darauf erpicht, ihn zu erwischen. Aber kaum sind sie seiner habhaft geworden, treten sie ihn auch schon wieder weg.

»Das nennt sich Fußball«, erklärt Mari.

Ich nicke und fixiere einen jungen Mann, der gelangweilt am Zaun steht. Tatsächlich dreht er den Kopf in unsere Richtung, sieht Mari an und grinst. Ich antworte mit einem herausfordernden Zähnefletschen. Prompt zuckt der Kerl zurück, hebt beschwichtigend beide Arme und dreht sich wieder um.

»Kian!«

»Was?«

»Hast du ihn gerade angeknurrt?«

»Was? Nein. Ich habe nur …«

»Was? Ihm deine spitzen Zähne gezeigt?«

»Vielleicht.«

»Lass das sein, okay? Heutzutage laufen zwar die verrücktesten Leute herum, aber je weniger Aufmerksamkeit du erregst, umso besser.«

Frustriert trotte ich neben Mari her. In mir brodelt und köchelt es, eine angriffslustige Hitze pulsiert durch meine Adern und lässt mich nach Konfrontation lechzen. Zu gerne hätte ich das Innere des Menschenmannes nach außen gekrempelt, um anschließend in Maris Bewunderung zu baden. Aber angesichts ihrer Zurechtweisung kommt mir der Verdacht, dass sie dergleichen nicht gutheißen würde. Ihre Welt funktioniert anders als meine. Das darf ich niemals vergessen.

»Ach, Kian.« Mari seufzt. »Du kannst so unglaublich süß sein, weißt du das?«

»Süß? Wie das Eis vorhin?«

»Ja. Wie etwas, das man gerne vernaschen möchte.« Sie reißt die Augen auf und schlägt sich eine Hand auf den Mund. »Ich meine … ähm, ich finde es wirklich reizend, dass du mich verteidigen willst. Aber an Land lösen wir unsere Probleme nicht durch Bedrohen und Anknurren.«

»Nicht?«

»Nein.« Ihr fürsorglicher Blick geht mir durch Mark und Bein. Da sind so viele Gefühle, die allein mir gelten. Instinktiv straffe ich meine Haltung und versuche, besonders stolz und aufrecht neben ihr herzugehen. Aber die Stadt saugt mich zunehmend leer. Ich brauche Kontakt zur Erde oder zum Wasser, wenn ich nicht zeitnah wie eine Qualle in mich zusammenfallen will. Also stelle ich mich auf die nächstbeste Rasenfläche, ziehe Schuhe und Socken aus und atme ein paar Mal tief durch. Ja, das tut gut. Es ist zwar nicht dieselbe Kraft wie auf meiner Insel oder im Meer, aber sie hilft.

»Was machst du da?« Mari legt den Kopf schief.

»Mich wieder auffüllen.«

»Was? Über die Erde?«

»Ja. Ich brauche direkten Kontakt. Sonst bin ich früher oder später zu nichts mehr zu gebrauchen.«

»Das funktioniert also auch an Land?«

»Ja. Die Kraft, die ich brauche, ist überall. Es sei denn, ihr habt Asphalt draufgepackt. Oder Beton. Oder sonst ein undurchlässiges Zeug.«

»Faszinierend.« Sie nickt, setzt sich auf eine Bank und wartet, bis ich fertig bin. Genüsslich lasse ich die lebensspendende Energie der Erde durch mich hindurchfließen. Fühle, wie sie in jeder

Faser prickelt und glüht und mich mit neuer Zuversicht erfüllt. Schließlich, als ich Schuhe und Socken wieder anziehe und mich zu Mari geselle, vibriert mein Körper vor Kraft und Unternehmungslust.

»Du schlägst dich wirklich gut.« Sie steht auf und nickt mir anerkennend zu. »Aber so langsam sollten wir in Richtung Hafen zurück. Was hältst du davon, wenn wir unseren Ausflug mit einem Stück Apfelkuchen und einem Kaffee beenden? Unten am Wasser?«

»Gerne.«

»Dann mal los.«

Ich nehme ihre Hand, dann wandern wir in jene Richtung zurück, aus der wir gekommen sind. Erneut strömen uns mehrere Gruppen von Menschen entgegen, aber die meisten sind voll und ganz mit ihren Smartphones beschäftigt.

»Man merkt, dass ihr keine Fressfeinde mehr habt.«

Mari kichert. »Das kannst du laut sagen. Als Nächstes nehme ich dich mit nach Edinburgh oder London. Dann fällst du komplett vom Glauben ab.«

»Von welchem Glauben?«

»Keine Ahnung. Dass wir eine intelligente Spezies sind, vermutlich? Komm.« Sie zieht mich behutsam zur Seite. »Wir kaufen noch schnell ein paar Sachen für dich ein, damit du nicht immer Finleys Klamotten tragen musst.«

Willenlos lasse ich mich von ihr in ein Geschäft ziehen. Laute Musik schallt uns entgegen, überall explodieren grelle Farben und blitzende Lichter. An zahllosen Gestellen hängen unvorstellbar viele Kleider. Es müssen Tausende sein. Vielleicht sogar mehr. Selbst die Wände sind mit Regalen vollgestellt, in denen sich noch mehr Sachen auftürmen. Damals hat Florence sämtliche Kleidung selbst genäht, aber sie hat mir erzählt, dass in großen Fabriken alle nur erdenklichen Stoffe hergestellt werden, damit wiederum andere Fabriken Bekleidung daraus machen können.

Einen Moment lang bleibe ich fassungslos stehen, weil ich mich selbst in einem großen Spiegel sehe. Nein, das bin nicht ich. Vor mir steht ein Mensch. Eingewickelt in steife Kleidung, das Haar nicht offen und zerzaust, sondern ordentlich zusammengeknotet. Mit Schmuck am Hals und an den Handgelenken und mit Schuhen an den Füßen.

Ich blicke nach unten. Der schwarze Boden glitzert wie ein klarer Nachthimmel. Als wären unzählige Sterne darin eingelassen. Und über mir, blitzend und grell, drehen sich silberne Kugeln an der Decke. Ich weiß nicht, wohin ich zuerst schauen soll. In schneller Abfolge hält mir Mari irgendwelche Kleidungsstücke vor die Nase, aber ich kann mich nicht darauf konzentrieren.

»Ich finde ja«, plappert sie begeistert, »dass dir der alternative Stil am besten steht. Nichts Spießiges, nichts Steifes oder Langweiliges. Was hältst du von dem Hemd? Und die beiden Shirts hier, hm? Sie haben genau die richtigen Farben. Blasses Meerblau und natürliches Seetanggrün. Kian? Worauf starrst du denn die ganze Zeit?«

»Was ist mit dem da?« Ein vielfarbiges Funkeln fesselt meine Aufmerksamkeit. Ich gehe darauf zu, greife in eine Reihe bunter Kleidung hinein und ziehe etwas heraus, das wie ein zu lang geratenes Shirt aussieht. Das Licht fängt sich in unzähligen glitzernden Plättchen und sorgt für ein Farbenspiel, gegen das selbst die leuchtenden Tiefseekreaturen unscheinbar aussehen.

»Nein!« Mari windet mir das atemberaubende Ding aus den Händen und hängt es wieder zurück. »Erstens ist das nur etwas für Frauen, und zweitens gehört so ein Fummel höchstens in ein billiges Musikvideo.«

»Warum?« Bekümmert mustere ich das funkelnde Kleidungsstück. »Es sieht schön aus.«

»Weil es eben so ist.«

»Das verstehe ich nicht. Und was ist mit dem hier?«

Ich greife nach einer türkisblauen Jacke, die mit schönen Spiegelsplittern besetzt ist. Aber auch dieses Ding erregt Maris Missfallen. Sie schüttelt den Kopf, hängt es wieder zurück und verpasst mir einen Knuff gegen den Oberarm.

»Im Ernst, Kian. Das kannst du nicht anziehen.«

»Nicht?«

»Nein. Komm wieder mit rüber. Na los.«

Ganz in unserer Nähe stehen zwei Verkäuferinnen und kichern. Als ich sie fragend anschaue, verfärben sich ihre Gesichter dunkelrot. Sofort schlagen die Menschenherzen schneller. Eindeutige Gerüche schwängern die Luft und lassen mich schaudern. Landbewohner sind so leicht zu verführen. Ich muss sie nur etwas intensiver anschauen, und schon entfaltet die Magie des viel besungenen Selkiezaubers ihre Wirkung. Nur bei Mari nicht. Warum auch immer. Ich denke an jene Zeit zurück, in der ich meine Gabe rücksichtslos ausgenutzt habe. Damals, als ich von Hass und Trauer zerfressen gewesen bin.

Wenn wir es wollen, hat meine Mutter gesagt, *können wir mit menschlichen Sehnsüchten spielen. Wir verwirren und verschlingen und vernichten sie, denn Menschen haben unser Blut an ihren Fingern. Sie reißen uns das Fell vom Fleisch. Sie erschießen, vergiften und erschlagen uns. Tod wird mit Tod beantwortet. Eine andere Sprache verstehen sie nicht.*

Mari weiß nicht, was ich getan habe. Und sie wird es niemals erfahren. Über eine lange Zeit hinweg habe ich versucht, es zu vergessen. Ja, ich weiß, wie man Menschen in den Wahnsinn treibt. Ich habe getötet und verflucht und ertränkt. Nicht nur Geschöpfe, die es verdient haben. Sondern auch solche, die sterben mussten, weil sie meinen Feinden angehörten. Damals bin ich nicht ich selbst gewesen. Ebenso wenig, wie ich es heute bin. Beide Wesen sind mir fremd. Sie sind unwirklich und erschreckend. Schlagartig wünsche ich mich zurück auf meine Insel. Ich will allein sein. Denn nur so tue ich niemandem weh.

»Meine Güte.« Mari schnaubt aufgebracht. »Diese beiden Schnepfen starren dich an, als wärst du ein Stück Kuchen.«

»Ein Stück Kuchen?«

»Ja. Du weißt doch.«

»Ah. Etwas Süßes, das man gerne vernaschen will.«

»Hm hm.«

Ich lächele, obwohl mir nicht danach zumute ist. Dann fange ich Mari ein und ziehe sie in meine Arme. Es ist ein Drang, gegen den ich nichts ausrichten kann, und als sich ihr zarter Körper an meinen schmiegt, so weich und geschmeidig und unendlich verführerisch, löst sich alles um mich herum in Bedeutungslosigkeit auf. Ich spüre nur noch sie. Ihre Wärme. Ihren Duft. Ihre berauschende Nähe. Diesmal schreckt sie nicht vor mir zurück, sondern drückt ihre Stirn gegen meine Schulter und schließt mich ihrerseits in eine Umarmung ein.

»Kümmere dich nicht um sie«, flüstere ich in ihr Ohr. »Ich bin deinetwegen hier. Nur deinetwegen.«

»Okay.« Ihr Körper schaudert. »Aber … ähm … wir müssen uns beeilen. In einer Stunde geht die Fähre.«

»Such einfach aus, was du gerne an mir sehen würdest.«

»Guter Vorschlag.«

Sie verharrt noch eine Weile, als fiele es ihr tatsächlich schwer, sich von mir zu lösen. Dann weicht sie zurück, streicht sich ein paar lose Haarsträhnen aus dem Gesicht und steuert auf eine Ecke zu, in der sich ausschließlich schlichte Farben befinden. Also gut. Was menschliche Kleidung anbelangt, verlasse ich mich vollkommen auf ihr Urteil.

»Hier.« Sie pflückt eine der als *Jeans* bezeichneten Hosen heraus. Das Ding sieht aus, als wäre es zwischen zwei kämpfende Robben geraten. »Die gefällt mir.«

»Aber sie ist kaputt.«

»Das muss so sein.«

»Sie *muss* kaputt sein?«

»Ja. Und dazu passt das hier ausgezeichnet.« Sie breitet ein blassblaues T-Shirt vor mir aus, das mit einem keltischen Knoten bedruckt ist. Als Nächstes folgt ein Hemd aus schönem, kuscheligem Stoff. »Das hier nehmen wir auch mit. Dunkelgrün-braun kariert. Was hältst du davon? Es ist sogar runtergesetzt.«

»Runtergesetzt?«

»Das heißt, es kostet weniger als üblich.«

»Wenn es dir gefällt, nehmen wir es mit.«

»Ja. Es gefällt mir. Probier das Zeug an.«

Ich öffne gerade den ersten Hosenknopf, als Mari nach meinen Händen greift. »Nein. Doch nicht hier draußen. Da hinten sind Kabinen.«

»Kabinen?«

»Ach, komm einfach mit.«

Ich lasse mich von ihr in den hinteren Bereich des Geschäfts ziehen, wo sich eine Reihe kleiner Verschläge befindet. Sie sind mit dunkelblauen Vorhängen abgetrennt und wirken merkwürdig einladend.

»Na los.« Sie vollführt eine auffordernde Geste. »Rein mit dir. Wovon träumst du denn schon wieder, hm?«

Von dir, will ich sagen. *Begreifst du das denn nicht? Verdammt, Mari, du siehst derart schön aus, dass ich mich am liebsten hier und jetzt mit dir paaren möchte.*

Gerade noch habe ich mich danach gesehnt, allein auf *Skara Brae* zu sein. Weit weg von allen Menschen. Jetzt will ich mich in dieser Frau verlieren. Für immer und ewig. Mit Fell und Haaren und allen Konsequenzen gegenüber gleichgültig. Dieses ständige Hin und Her zerstört allmählich mein inneres Gleichgewicht.

»Kian.« Mari pikt mir ihren Zeigefinger in die Seite. »Worauf wartest du?«

Ich kann wittern, wie sehr sie mich will. Meine Knie beginnen zu zittern. Ich fühle mich stark und schwach zugleich. Als würde eine Krankheit durch mich hindurchkriechen und alles außer Kontrolle geraten lassen. Plötzlich male ich mir aus, Mari in die Kabine zu ziehen, den Vorhang hinter uns zu schließen und ihr die Kleider vom Leib zu reißen. Aber dann tue ich, was sie gesagt hat. Ich gehe hinein. Allein. Ziehe mich um und trete wieder hinaus.

»Ausgezeichnet.« Sie reckt den Daumen hoch, während ein fiebriger Glanz über ihren Augen liegt und ihr Körper vor Erregung vibriert. »Wir nehmen alle drei Teile. Zieh sie wieder aus, okay? Ich besorge noch Unterwäsche und Socken, dann haben wir alles. Vorerst jedenfalls.«

Ich gehorche, dann gehen wir gemeinsam zur Kasse. Mari bezahlt mit der seltsamen Karte, wir treten in den Sonnenschein hinaus und atmen tief durch. Bei allen Feuerquallen und Seegeistern, warum quält sie mich so? Versucht sie herauszufinden, wie lange ich durchhalte, ohne über sie herfallen zu müssen? Falls das hier eine Prüfung ist, werde ich sie nicht bestehen. Oh nein. Mein Scheitern rückt mit schnellen Schritten näher, und wenn ich Maris Gerüche richtig deute, ist sie sich dieser Tatsache absolut bewusst.

»Wir haben noch eine gute halbe Stunde.« Sie deutet auf ein kleines Café. »Ich besorge uns da drüben Kaffee und zwei Stückchen Apfelkuchen mit Sahne. Setz dich da hinten auf die Steine, okay?«

Ich nicke wie betäubt, trotte zum Wasser hinunter und suche einen guten Sitzplatz aus. Offenbar haben Menschen diese großen Steine hierhergeschafft, um die Wucht der Wellen abzumildern. Sie sind warm von der Sonne und lösen den Drang aus, mich nackt darauf auszustrecken. Aber ich bin von Leuten umringt, also setze ich mich einfach nur hin und starre auf den Hafen hinaus.

Schon nach kurzer Zeit kehrt Mari mit einem Tablett zurück, auf dem sich zwei Teller mit Kuchen sowie zwei Tassen befinden. Sie setzt sich an meine Seite, dann beenden wir unseren Ausflug in die Stadt mit einem kleinen Nachtisch. Friedlich döst der Sommertag vor sich hin, Schiffe und Kutter rumpeln aneinander, ein paar Möwen stolzieren über die Steine und warten darauf, dass etwas für sie abfällt. Obwohl mein Kuchen so gut schmeckt, dass ich ihn nur ungern teile, werfe ich den Vögeln ein paar Bröckchen zu. Mari tut es mir gleich, sodass wir in Windeseile von einer Schar schnatternder und kreischender Möwen umringt sind.

Der Vollmond naht. Ich kann es spüren. Im ganzen Leib, in meinen Gedanken und in jedem Herzschlag. Mari zu beobachten, gleicht einem unwiderstehlichen Zwang. Die Bewegungen ihrer Lippen, während sie isst … ihr leises Seufzen, als sie das letzte Stück Kuchen verspeist … der Sahnefleck in ihrem Mundwinkel. Ich wische ihn mit dem Daumen fort, lecke ihn ab und sehe, wie sie am ganzen Körper erschauert.

Als wir unseren Kaffee ausgetrunken haben, stellt Mari das Tablett beiseite und lehnt sich gegen mich. Einen Moment lang bin ich zu überrascht, um zu reagieren. Dann schließe ich sie in meine Arme ein, küsse ihren Nacken und berausche mich am Gefühl ihrer Nähe. Ich will diese Frau. Auf so viele Weisen. Ich will sie beschützen, mit allem, was ich bin. Ich will den Rest meines Daseins auf diesem Stein sitzen und sie einfach nur festhalten. Und ich will mich mit ihr vereinen. Immer wieder und wieder. Bis wir beide alles vergessen.

Aber dann sehe ich ein Mädchen, das eine Greisin in einem Rollstuhl am Hafen entlangfährt. Schlagartig wird mir bewusst, wie naiv meine Träume sind. Auch Mari wird alt werden. Schneller, als ich es wahrhaben will. Vermutlich kann ich dafür sorgen, dass ihr ein langes und gesundes Leben geschenkt wird, aber nichtsdestotrotz wird es enden. Selbst wenn uns die Strömungen des Schicksals gewogen sind und wir zusammenbleiben können, werde ich sie eines Tages in einem solchen Stuhl herumschieben, weil das Alter ihr jede Kraft aus den Knochen gesaugt hat. Ich werde dabei zusehen müssen, wie sie langsam dahinsiecht. So lange, bis sie mich eines Tages darum anfleht, ihr Frieden zu schenken.

Ja, Mari hat recht. Es kann nicht gut enden, wenn die Schöpfung ihre Kreaturen derart ungleich behandelt. Der einen Spezies wird Unsterblichkeit geschenkt, gebunden an eine einzige Voraussetzung: Sie muss regelmäßig den Wechsel vollziehen.

Die andere aber erträgt in ihrem viel zu kurzen Dasein so viele Krankheiten und Gebrechen, nur, um am Ende jämmerlich zu verenden. Ob sie nun bereit dazu ist oder nicht.

Ich weiß nicht, wie groß meine Lebensspanne sein kann. Wenn Selkies gestorben sind, dann wegen der Waffen der Menschen oder aus freien Stücken. Wer Frieden finden wollte, hat sich schlicht und einfach dazu entschieden, den Wechsel nicht länger zu vollziehen. Wir können uns dazu entscheiden. Maris Gattung nicht. Sie muss ihr Ende hinnehmen, selbst wenn es viel zu früh über sie kommt.

Verzweifelt versuche ich, den Anblick der Greisin zu ignorieren. Aber er hält mich fest wie die Nesselfäden der Feuerqualle einen Beutefisch. Mein Magen krampft sich zusammen. Ich starre auf das glänzende Wasser und fühle erneut den Drang, mich hineinzustürzen. Ein Teil von mir will wegschwimmen und vergessen. Das Land. Maris Wärme. Den unausweichlichen Lauf der Dinge. Aber mein menschliches Ich sehnt sich mehr denn je nach ihrer Nähe.

»Noch einen Kaffee?«, fragt sie.

»Unsere Fähre geht gleich.«

»Egal. Wir nehmen die nächste.«

»Dann sehr gerne.«

Mari windet sich aus meinen Armen, nimmt das Tablett und geht noch einmal zum Café. Als sie kurz darauf zurückkehrt, mit zwei dampfenden Bechern in den Händen, brennt mein Herz vor Zuneigung und Qual. Dankbar nehme ich den Kaffee entgegen, rühre um und klammere mich am Augenblick fest. Keine Ahnung warum, aber in diesem Getränk liegt ein behaglicher Trost. Das ist schon damals so gewesen, als Ciara und ich auf *Ravenhill Manor* gelebt haben. Aber hier und heute ist das Gefühl noch viel intensiver. *Alles* ist intensiver. Der Wind riecht nach Leben und Vergänglichkeit, jeder Atemzug erscheint mir schicksalhaft. Das Mädchen schiebt die Greisin die Straße hinunter, ein dunkelbraunes Holzboot mit schwarzem Segel zieht an uns vorüber.

Kommen und gehen. Immerfort.

Kommen und gehen.

Nimm, was das Schicksal dir schenkt, hat Florence einmal gesagt, als ich wegen ihres Alters verzweifelt gewesen bin. *Und akzeptiere, wenn es dir wieder genommen wird.*

Damals habe ich ihr an den Kopf geworfen, dass ich es nicht akzeptieren will. Und noch am gleichen Tag bin ich hinausgelaufen. Zusammen mit meinem Fell. In dem wilden Entschluss, alles Menschliche hinter mir zu lassen. Das ist das letzte Mal gewesen, dass ich mit Florence geredet habe. Was mag sie gedacht haben, als sie die Leiche des Arztes und meine Kleidung gesehen hat? Dass ich wegen des Angriffs geflohen bin? Vermutlich. Aber es ist nur ein Teil der Wahrheit.

Während wir schweigend nebeneinandersitzen und unseren Kaffee trinken, ziehen dunkle Wolken auf. Sie erinnern mich an die dickbäuchigen Segelschiffe vergangener Zeiten, die meinesgleichen in Angst und Schrecken versetzt haben.

»Sieht so aus«, nuschelt Mari in ihren Becher, »als würden wir gleich nass werden.«

Ich zucke mit den Schultern, schenke ihr ein Lächeln und trinke den letzten Schluck Kaffee. Dann stelle ich das Gefäß beiseite und sehe Mari an. Es ist unglaublich, dass ich hier sitze. Mit ihr gemeinsam in einer Stadt. So, als wäre ich ein gewöhnlicher Mensch. Und alle, die uns ansehen, scheinen genau *das* zu denken. Dass ich einer von ihnen bin. Niemand erkennt meine wahre Natur, obwohl ich davon ausgegangen bin, dass die Tarnung in Windeseile auffliegen wird. Schließlich verfügt selbst der ahnungsloseste Mensch über ein funktionierendes Unterbewusstsein, das ihm all jene Dinge zuflüstert, die den übrigen Sinnen verborgen bleiben.

Maris Smartphone piepst. Sie zieht es aus der Tasche, tippt darauf herum und hält es an ihr Ohr. Einen Moment später strahlt ihr Gesicht vor Glück.

»Was ist?«

»Finley und Oliver haben einen richtig guten Tag. Jede Menge Bestellungen und mehrere Touristengruppen, die ihnen den halben Laden leer kaufen.«

»Das ist gut«, sage ich zufrieden.

»Ja. Und wie. Wir haben lange auf diesen Aufschwung gewartet. Dumm nur, dass sie ausgerechnet heute zwei Hände weniger haben.«

»Das tut mir leid. Kannst du ihnen später noch helfen?«

»Nein, ist schon okay. Finley sagt, dass sie klarkommen. Wir sollen unseren Ausflug genießen und heute Abend zu zweit dinieren. Sie kommen wahrscheinlich erst spät nach Hause. Warte, ich muss kurz eine Sprachnachricht machen.« Sie tippt erneut auf dem Gerät herum und hält es sich vor den Mund. »Hey, Bruderherz. Das freut mich zu hören. Wirklich. Endlich geht es mal bergauf. Bei uns ist alles okay. Kian schlägt sich ausgezeichnet, und wir haben ihm ein paar Sachen gekauft, damit er nicht immer deine Klamotten plündern muss. Bis später. Gib Bescheid, falls ich doch noch helfen kommen soll.«

Als sie das Gerät wieder in die Tasche steckt, entkommt mir ein Lachen. »Was für ein verrücktes Wunderding.«

»Allerdings.«

»Ich muss dringend wissen, wie das funktioniert.«

»Da musst du Oliver fragen. Ich kanns dir nicht erklären.«

Wir lächeln einander an. *Zu zweit dinieren.* Der Gedanke gefällt mir. Mari scheint es genauso zu ergehen, denn sie grinst immer verschlagener und wackelt erneut mit den Augenbrauen.

»Warum machst du das?«, frage ich.

»Was?«

»Die Bewegungen mit den Brauen.«

»Ach.« Mari winkt ab. »Das ist so eine Art … hm, keine Ahnung. So etwas wie … äh …«

In diesem Augenblick erklingt ein tiefes Donnergrollen. Jenseits des Hafens braut sich eine Gewitterfront zusammen und kommt schnell auf uns zu.

»Willst du rein? Oder sollen wir einfach nass werden?«

»Ich bin ein Selkie, Mari. Mir macht Nasswerden nichts aus.«

»Tja, mir auch nicht. Mein Rucksack ist wasserdicht, und ich habe Wechselsachen dabei. Du übrigens auch. Dank unseres kleinen Einkaufs.«

Vielleicht täusche ich mich, aber ich glaube zu spüren, dass sie sich gerade etwas ganz Bestimmtes vorstellt: Wir beide, wie wir uns gegenseitig die nasse Kleidung ausziehen.

Mari räuspert sich verlegen. Ich atme tief durch und beobachte, wie die dunklen Wolken über das Land herfallen. Der Tag wird zur Nacht, Blitze zucken über den Himmel, ein weiterer Donnerschlag rollt über das Meer und lässt die Steine unter uns vibrieren. Es ist, als würden die Elemente meine Gefühle vertonen. Unwillkürlich ziehe ich Mari an mich heran, und sie lässt es erneut geschehen. Ihre Stirn schmiegt sich gegen meinen Hals, ich lege eine Hand auf ihren Hinterkopf und sauge den herrlichen Duft nach weicher

Haut und warmer Weiblichkeit in mich hinein. Zu unseren Füßen rumoren die Wellen und wachsen empor, Regentropfen prasseln auf uns nieder. Und dann, als sich die Schleusen des Himmels gänzlich öffnen und ein rauschender Wasserfall auf uns niedergeht, schaudert Mari vor Genuss. Innerhalb weniger Momente sind wir komplett durchnässt. Um uns herum flüchten die letzten Menschen, aber wir bleiben sitzen.

»Ist dir kalt?«, flüstere ich.

»Nein.« Sie weicht vor mir zurück und sieht mich an. Ihre Lippen öffnen sich, dann seufzt sie so leise und sehnsüchtig, dass mein ganzer Körper in Flammen steht.

»Aber du zitterst.«

Mari lächelt. »Nicht weil mir kalt ist.«

»Warum dann?«

»Weißt du …« Sie atmet schwer und wischt sich ein paar Tropfen aus den Augen. »Ich habe seit Ewigkeiten keinen so schönen Tag mehr erlebt. Es ist alles so … unglaublich. Deine Existenz. Dass du hier bist. Bei mir. Dass wir gemeinsam einen Tag in Kirkwall verbracht haben. Und dann noch die Nachricht von meinem Bruder, dass unser Laden brummt. Ach, Kian. Genau so etwas habe ich gebraucht. Du ahnst ja nicht, wie sehr.«

»Doch. Ich kann es mir vorstellen.«

Sie lacht und wischt sich erneut über die Augen. »Natürlich kannst du das. Wir sind so verschieden und uns trotzdem verdammt ähnlich.«

Hingerissen starre ich sie an. Ich *bin* dieser Moment. Dieser berauschende, herrliche Augenblick. Ich bin ohne Vergangenheit und ohne Zukunft, denn nichts davon existiert. Wie von selbst beugt sich mein Körper vor. Mari kommt mir entgegen. Und dann berühren sich unsere Lippen. Wir zucken zusammen, versteifen uns, zerfließen im nächsten Moment und sinken gegeneinander. Ich umfasse ihr Gesicht, sie packt mit beiden Händen meine Schultern. Nichts ist jemals schöner gewesen als das Gefühl ihrer weichen, warmen Lippen, die sich für mich öffnen. Ich schmecke Mari. Den Regen. Das Meer. Ihre aufflammende Lust. Aber da ist auch ein gewaltiger Schmerz, der durch meinen Körper peitscht. Ein Schmerz, der noch viel heftiger wird, als Maris Hände an meinen Seiten entlang abwärts wandern. Während ich sie küsse, tief und innig und selbstvergessen, gleiten ihre Finger unter mein

Hemd. Ganz sacht kratzt sie über die nackte Haut, entlockt mir einen Schauer nach dem anderen und bringt meine Beherrschung zum Einsturz. Ihr neuer Mut erschüttert mich. Auf die herrlichste aller Weisen. Ich weiß nicht, warum sie ihre Scheu so bereitwillig über Bord wirft, aber ich genieße es. Mehr, als ich jemals irgendetwas genossen habe. Maris Hände gleiten höher, über den Bauch hinauf zur Brust. Ich will uns die Kleidung vom Leib reißen. Hier und jetzt. Aber mein kläglicher Verstand funktioniert gerade noch gut genug, um mich daran zu erinnern, dass wir in einer Stadt sind. Umringt von Menschen. Also ziehe ich Mari noch fester an mich, küsse sie mit all meiner Verzweiflung und glaube, sterben zu müssen. Ihre aufgeheizten Hände liegen rechts und links auf meiner Taille, sie schaudert und zittert, neigt den Kopf und seufzt vor Wohlbehagen. Schlagartig ist mir egal, wo ich mich befinde. Mein ganzes Sein reduziert sich auf sie.

Auf ihre Nähe.

Auf unseren Kuss und das Rauschen des Regens.

Ja, sie hat recht.

Wie kann etwas falsch sein, das sich so richtig anfühlt?

»Kian«, ächzt sie atemlos, weicht zurück und sieht mich aus großen Augen an. »Was tun wir hier?«

Ich kann nicht antworten. Mein Mund klappt ein paar Mal auf und zu, aber kein Laut kommt heraus.

»Wir sollten nicht … ach, verdammt. Scheiß drauf.« Mari umfängt mein Gesicht mit beiden Händen und küsst mich. So drängend und hingebungsvoll, dass ich dahinschmelze wie Meeresschaum in heißer Sonne. Ich spüre, wie sich ihre Brust unter schnellen Atemzügen hebt und senkt. Lust sickert aus jeder einzelnen Pore, und dann sitzt sie plötzlich auf meinem Schoß und schlingt ihre Beine um mich.

»Mari!«

»Was?«

»Wenn wir jetzt nicht aufhören, ist es mir egal, wer uns sieht. Wo wir sind. Oder ob es gesellschaftlich anerkannt ist, sich in der Öffentlichkeit zu paaren.«

Sie starrt mich an. Regen tropft von ihrer Oberlippe. Bei allen Teufeln der See, diese Frau sieht derart verführerisch aus, dass ich kurz davor bin, komplett den Verstand zu verlieren.

»Nach Hause?«, keucht sie atemlos.

Ich lächele und fühle mich wie das hungrigste aller Raubtiere. Niemals habe ich mich lebendiger gefühlt als jetzt, da die gesamte Welt unter mir zusammenzubrechen scheint.

»Nach Hause«, flüstere ich heiser.

Mari

Es ist schier unglaublich, wie lange sich drei Stunden und zwanzig Minuten anfühlen können. Als die Fähre endlich Westray erreicht, fängt es bereits an zu dämmern. Wir gehen zu Fuß, denn der Abend ist trocken und wunderschön, mit glühenden Wolken und brausendem Meer. Und obwohl mein Inneres noch unruhiger ist als der windzerzauste Atlantik, genieße ich unseren Spaziergang nach Hause.

Kian hält Abstand und wandert schweigend neben mir her, in Gedanken versunken, die ich wohl niemals ganz begreifen werde. Aber ich kann sehen, wie sehr er sich nach mir verzehrt. Seine Schritte werden immer ungeduldiger, seine Gesten sind fahrig. Was soll ich tun? Es zulassen? Der Vernunft gehorchen und die Sache beenden? Oh, lieber Himmel, was in aller Welt tun wir hier bloß? Warum stürzen wir uns kopfüber in ein Wagnis, das uns beiden den Kopf kosten kann? Ich fühle mich wie ein Blatt in einem Strudel. Wie ein Vogel in einem Hurrikan. Nein, ich bin kein *Eun-Mara.* Ich bin nicht stark genug, um einem Sturm zu widerstehen. Vielmehr trudele ich darin herum, stürze, werde fortgerissen und weggewirbelt.

Als wir zu Hause sind, hängen wir unsere Jacken an die Garderobe und gehen nach oben in mein Schlafzimmer. Nach wie vor schweigend. *Tu es nicht,* schreit meine Vernunft. *Sei nicht so dumm. Es ist nur eine Laune. Nur ein Gewitter in deinem Kopf. Nichts als überkochende Chemie und verstandsloser Wahnsinn.*

Ja. Es ist Wahnsinn. Mehr als alles andere.

Und doch stürze ich mich hinein.

»Mari«, sagt Kian leise, steht regungslos im Dämmerlicht des Abends und wirkt so menschlich, so wunderbar normal, dass ich mir einbilden kann, unsere erfundene Geschichte entspräche der Wahrheit. *Nur ein Student aus Edinburgh, den ich kennengelernt habe. Ein kluger, hübscher, charmanter und hinreißender Kerl, in den ich mich Hals über Kopf verliebt habe. So etwas passiert jeden Tag. Überall.*

»Kian«, spreche ich seinen Namen aus. Als ob ich mich davon überzeugen muss, dass er sich nicht in Luft auflöst. Dass das hier wirklich passiert. Ganz langsam kommt er auf mich zu, umfängt mein Gesicht und küsst mich. So sanft. So unendlich zart. Als wolle er mir jede Gelegenheit zur Flucht lassen. Aber ich bin verloren. Unweigerlich. Hilflos sinke ich gegen ihn, lege meine Arme um seine Schultern und öffne die Lippen, um den Kuss willkommen zu heißen.

Atem an Atem.

Haut an Haut.

Zwei Wesen, die sich niemals hätten finden dürfen.

»Musik?«, flüstere ich zwischen zwei Küssen.

»Gerne.«

Ich schaffe es, mich von ihm zu lösen, suche eine CD heraus und lege sie ein. Michael Nymans *The Piano.* Die sanften, traurigen Klänge des Stücks verkörpern in wunderbarer Vollkommenheit, was ich fühle. Verlorenheit. Erfüllung. Unbändige Sehnsucht. Ich will einfach nur *sein*. Weiter nichts. Ganz egal, was morgen oder übermorgen geschieht.

Meine Beine beginnen zu zittern. Sie wollen mich nicht mehr tragen, also lege ich mich auf das Bett und blicke zur Decke hinauf. Kian kommt zu mir. Wieder bewegt er sich langsam und vorsichtig, streckt sich neben mir aus und rührt sich nicht. Wie gerne würde ich in seine Seele schauen. Ganz tief hinein, bis vor mir nur noch die Wahrheit liegt.

»Wir dürfen nicht daran festhalten«, sagt er leise. »Alle, die das versucht haben, wurden vom Schicksal vernichtet.«

»Was meinst du?«

Kian seufzt, dreht den Kopf und sieht mich an. Seine wunderschönen schwarzen Augen glänzen im dämmerigen Licht. »Wenn wir beide wissen, dass unsere Welten nicht zusammengehören … wenn wir immer daran denken, dass wir uns in entgegengesetzte Richtungen bewegen … dann geht es vielleicht gut.«

Ich weiß nicht, was ich darauf antworten soll. Mein Körper brennt und zittert und fühlt sich an, als wolle er sich in seine Atome auflösen.

»Hast du Angst?«, fragt er leise.

»Ja. Gestern. Vorhin. Morgen. Wahrscheinlich auch an jedem anderen Tag meines Lebens. Aber nicht heute Nacht.«

Kian nickt. »Ich will, dass du etwas weißt.«

»Hm?«

»Ich fühle mich wohl bei dir, Mari. Unglaublich wohl sogar. Für diese eine Nacht würde ich den Rest meines Lebens opfern. Aber ich kann dir nicht versprechen, bleiben zu können. Vielleicht muss ich morgen verschwinden. Vielleicht auch erst in ein paar Wochen oder Monaten oder Jahren. Aber der Tag wird kommen. Verstehst du das, Mari? Ich kann dir nicht geben, was dir ein Menschenmann geben kann. Deswegen überlege dir gut, ob du das willst.«

»Kian!«

»Was?«

»Bitte hör auf zu reden. Ich habe ein paar richtig beschissene Jahre hinter mir, weißt du? Ich bin förmlich in Ängsten und Sorgen und Trauer ertrunken. Ich will diese Nacht, in Ordnung? Ich will, dass sie allein uns gehört. Egal, was gewesen ist oder sein wird. Also halte um Himmels willen die Klappe und tu so, als würden wir für immer und ewig in Frieden leben.«

Kian lächelt und nickt, dann steht er auf. Einen Moment lang befürchte ich, dass er auf Nimmerwiedersehen verschwindet, aber anstatt die Flucht zu ergreifen, zieht er seine Kleidung aus. Zuerst Jacke und Hemd, dann die Hose. Gefolgt von Unterwäsche und Socken. Ich sehe ihm dabei zu, hingerissen und verzaubert und wenigstens für flüchtige Momente von der Gewissheit erfüllt, dass ich das hier will. Aus tiefstem Herzen und entgegen jeder Vernunft.

Als er schließlich nackt vor mir steht, streife auch ich meine Kleidung ab. Vor seinen Augen. Das Zimmer ist dunkel, aber die Dämmerung vor dem Fenster spendet genügend Licht, um einander mit Blicken verschlingen zu können. So hungrig und selbstvergessen, als könnten wir die Realität ein für alle Mal aussperren.

Ich gehe zu ihm, ganz langsam, löse das Band in seinem Nacken und kämme mit den Fingern durch die offen herabfallenden Haare.

»Jetzt siehst du wieder aus wie du.«

Kian grinst schief, löst auch meinen Zopf und fächert die Haare auf, bis sie lang und schwer über meinen Rücken fallen. Er sieht mich an, als wäre ich das schönste Geschöpf auf Erden. Sein Blick ist voller Staunen und Bewunderung, immer wieder streicht er mit der flachen Hand über die Strähnen und scheint nicht genug von meinem Anblick bekommen zu können.

Nun, das beruht auf Gegenseitigkeit.

Ich strecke meine Hand aus und streichele mit den Fingerspitzen ganz sacht über seine schöne, seltsam glatte Haut. Jetzt, da er vor mir steht, wie die Götter ihn erschaffen haben, ist die Fremdartigkeit seiner Existenz wieder unübersehbar. Dieser Blick aus schwarzen Augen … jung und uralt zugleich … das weißgesträhnte Haar … die angespannte, vor Kraft vibrierende Gestalt. Er hat so viel gesehen und erlebt, dass der Schleier, den wir Menschen vor unserer Wahrnehmung tragen, für ihn längst gelüftet worden ist. Was mag er in mir sehen? Was denkt und fühlt er in diesem Moment?

Egal.

Heute Nacht gehört er mir.

Und ich gehöre ihm.

»Versprich mir eins.« Gemeinsam sinken wir auf das Bett. Kian beugt sich über mich und haucht zarte Küsse auf meine rechte Schulter. »Wenn ich gehen muss, dann trauere mir nicht hinterher, in Ordnung? Werde ohne mich glücklich. Lebe dein Leben und erfülle dir deine Träume. Ich kann dir das hier nur schenken, wenn du mir versprichst, meinetwegen nicht zu leiden.«

»Du sollst aufhören zu reden.«

»Versprich es mir, Mari.«

»Ja. Gut. Ich verspreche es.«

Kian nickt. Dann fährt er damit fort, mich zu küssen. Überall. Seine Berührungen sind zart wie Federn. Er zelebriert jede einzelne Sekunde mit völliger Hingabe, widmet sich zuerst meinem Hals und dem Gesicht, wandert schließlich tiefer und liebkost beide Brüste. Obwohl ich spüre, wie sehr er mich begehrt, zwingt er sich zu absoluter Selbstbeherrschung. Ich lasse mich fallen, vertraue ihm voll und ganz und winde mich unter seinen Küssen. Nichts zählt mehr. Zumindest nichts außerhalb dieses Zimmers.

Jede Zelle meines Körpers steht in Flammen. Milliardenfache Impulse lassen mich am ganzen Leib beben, während seine Lippen den Bauch und schließlich die Schenkel liebkosen. So zärtlich. So grausam sanft. Und dann, als er sich meiner empfindlichsten Körperstelle widmet, entwischt mir ein hilfloses Wimmern. Haben sich die Selkies so geliebt? Damals in den Nächten der Paarung?

»Ist alles in Ordnung, Mari?«

»Ja.« Ich greife mit beiden Händen in sein Haar und biege den Rücken durch. »Mach weiter.«

Er lächelt raubtierhaft, beugt sich wieder über mich und fährt mit seinen grausam zarten Liebkosungen fort. Will er mich umbringen? Will er mich so weit in den Wahnsinn treiben, bis ich wie ein verdammtes Feuerwerk explodiere? Anscheinend. Denn er gibt wieder diese vibrierenden, unfassbar erregenden Geräusche von sich, und diesmal sickern sie direkt in meinen Schoß.

Ich weine vor Wonne und Lust.

Mein Keuchen ist viel zu laut, aber ich kann es nicht kontrollieren. Das hier ist kaum auszuhalten, und doch will ich mehr. Ich will verdammt noch mal mehr!

Kian sieht mich an, lächelt zufrieden und richtet sich wieder auf. »Willst du dich jetzt mit mir paaren?«

»Ja«, knurre ich ihn an. »Aber vorher muss ich … ähm … noch was erledigen.«

Sichtlich irritiert sieht er mir dabei zu, wie ich ein kleines Päckchen aus der Nachttischschublade fische. Glücklicherweise habe ich die Dinger behalten und nicht weggeworfen, obwohl Kian der erste Mann seit mehr als zwei Jahren ist, der mit mir in diesem Bett liegt. Meine Finger zittern hoffnungslos, als ich das Päckchen zu öffnen versuche. Verdammt, warum muss er auch so verführerisch und einladend vor mir sitzen, in all seiner fabelwesenseltsamen Schönheit?

Ruhig, Mari!

Ruhig!

Hyperventiliere jetzt bloß nicht.

Vielleicht ist diese Nacht alles, was euch bleibt.

»Hinlegen«, krächze ich.

Kian sieht mich verständnislos an, gehorcht aber. Und als er sich so vertrauensvoll vor mir ausstreckt, glaube ich, jeden Moment die Fassung zu verlieren. Grundgütiger! Warum ist es nur so kompliziert, dieses vermaledeite Ding seinem Zweck zuzuführen? In meinem verzweifelten Eifer klemme ich mir die Zunge in den Mundwinkel und murmele ein paar Flüche vor mich hin. Beim letzten Mal vor zwei Jahren hat das noch besser geklappt. Aber da ist der Kerl in meinem Bett auch um Lichtjahre unspektakulärer gewesen.

Allmählich fühlt sich mein Kopf wie ein Hochdruckkessel an. Dann, endlich, ist alles so, wie es sein soll. Ich sacke mit einem Stoßseufzer über Kian zusammen und bete dafür, dass er das kleine Zwischenspiel kommentarlos hinnimmt.

»Was ist das?«

Natürlich. Meine Hoffnung wird nicht erhört. »Äh … nichts.«

»Gehört das dazu?«

»Ja«, nuschele ich. »Das gehört dazu.«

Er gibt ein verwirrtes Geräusch von sich. »Aber wozu ist eine kleine rote Qualle an dieser Stelle gut?«

Ich schnappe nach Luft – und bekomme den zweiten Lachkrampf in seiner Gegenwart. Wie letztens auf der Insel gackere ich, bis mir der Bauch wehtut und mein Gesicht anschwillt. Hilflos taste ich auf seiner Brust herum, während ich japse und keuche und mir wünsche, in einem bodenlosen Loch zu versinken.

»Schon gut.« Kian umfasst mein Gesicht und lächelt besänftigend. »Ich glaube, ich weiß, warum du das gemacht hast. Aber wir beide können keine Kinder bekommen.«

»Vermutest du.«

»Es ist niemals passiert.«

»Und wie oft haben sich Selkie und Mensch miteinander eingelassen?«

»Früher, bevor wir zu Feinden geworden sind, ziemlich oft.«

Er rollt mich behutsam herum, bedeckt mein Gesicht und meinen Hals mit Küssen und gibt beruhigende, einlullende Laute von sich. Anscheinend spielen akustische Lockmittel bei Selkies eine große Rolle, wenn es darum geht, die Partnerin zu umgarnen. Und es funktioniert. Verdammt gut sogar. Ich schmelze förmlich dahin, werde weich und schwerelos und vergesse alles um mich herum. Jeder Sinneseindruck scheint bis zur Schmerzgrenze intensiviert zu sein. Behutsam rutscht Kian zwischen meine Beine und küsst mich unaufhörlich. Auf die Lippen, auf die geschlossenen Augenlider, auf den Hals und die Rundung meines Kiefers.

Mein Körper ist wunderbar warm und entspannt, ich fühle nicht den kleinsten Funken Angst. Und als ich meine Beine um seine Hüften schlinge, vereinen wir uns so mühelos, als gehörten wir seit jeher zusammen.

Die ganze Welt hüllt sich in einen wundersamen Nebel. Ich kann nicht mehr denken, sondern nur noch fühlen. Kian stößt ein ungläubiges Keuchen aus, als er endlich ganz in mich eindringt. Ich bäume mich auf und komme ihm entgegen, um unsere Körper noch ein wenig tiefer miteinander verschmelzen zu lassen. Himmel, das fühlt sich gut an. Es ist so viel mehr, als ich erwartet habe. Es ist … verdammt, es ist …

»Mari?«

»Schsch. Es ist alles gut. Ich will es so.«

»Tue ich dir weh?«

»Nein, um Himmels willen.«

Wir küssen uns, zerwühlen einander das Haar und wissen kaum, wohin mit unseren Händen. Ich will ihn fühlen, am liebsten überall gleichzeitig, und ihm scheint es genauso zu ergehen. Wie von Sinnen schlingen wir uns umeinander, mit Armen und Beinen, Fingern, Lippen und Händen. Schließlich richtet sich Kian auf, zieht mich mit sich nach oben und presst mich gegen seinen aufgeheizten Körper. Ich spüre, wie er sich windet, wie er zuckt und schaudert, und nichts hat sich jemals verführerischer angefühlt. Wie ein gieriges Raubtier lecke ich den Schweiß von seiner Haut und ertrinke im Moment. Zuerst wiegen wir uns langsam. Dann schneller. Und während ich im freien Fall stürze, vollkommen losgelöst und mit jeder Faser meines Seins im Augenblick verankert, weiß ich, dass es richtig ist. Absolut und vollkommen richtig. Mit aller Kraft klammere ich mich an ihm fest, und als ich in seine Augen blicke, durchfährt mich ein wohliger Schrecken. Sie sind schwarz. Vollkommen schwarz. Ohne etwas Weißes darin. Wie die Augen eines Tieres.

Er ist das Meer, raunt mein Verstand in weiter, kaum hörbarer Ferne. *Ich bin das Land. Wir werden auf ewig getrennt sein.*

Ja. Das mag sein.

Aber nicht heute Nacht.

»Mari?«

Kian flüstert schlaftrunken meinen Namen, während er unter der Decke hervorlugt. Ich schaudere wohlig. Niemals habe ich etwas Schöneres gehört als dieses leise, von Müdigkeit zerknitterte Wort.

Draußen prasselt Regen gegen die Fensterscheiben und lässt den Wunsch in mir aufkeimen, für immer und ewig im Bett liegen zu bleiben. Mit Kians warmem Körper an meiner Seite. Aber in drei Stunden muss ich im Laden hinter der Theke stehen.

Verdammt.

Ein paar Momente lang genieße ich das monotone Tröpfeln und Rauschen, kuschele mich noch einmal an meinen Selkie und schwelge in flüchtiger Seligkeit. Wie warm er sich anfühlt. So durch und durch menschlich, dass ich mich beinahe in den Trugschluss flüchten kann, dass wir nur ein ganz normales Paar sind, dass eine gemeinsame Nacht miteinander verbracht hat. Eine unfassbar wundervolle Nacht, deren Nachhall mich immer noch berauscht wie die köstlichste aller Drogen.

Es muss einen gemeinsamen Weg für uns geben.

Irgendeinen.

»Können wir uns noch einmal paaren?«, nuschelt er müde und rekelt sich derart verführerisch unter meinen Händen, dass ich mir auf die Lippe beißen muss, um nicht sehnsüchtig zu seufzen.

»Tut mir leid. Das ist ein verlockender Gedanke. Wirklich. Aber ich muss in den Laden fahren. Noch einen Tag ohne mich kann ich Finley und Oliver nicht antun.«

»Und was ist, wenn du zurückkommst?« Kian zieht mich zu sich hinunter und haucht Küsse auf meinen Hals. Oh, lieber Himmel! Wenn er nicht damit aufhört, geht mein Verstand in Rauch auf. Wieder einmal. »Können wir uns dann paaren?«

»So oft du willst«, raune ich in sein Ohr. »Aber jetzt hole ich uns erst mal Kaffee und Cookies, okay? Ich habe tierischen Hunger.«

Er nickt, lässt mich los und starrt ungläubig zu mir hoch.

»Kian!«

»Was ist?«

»Du darfst mich nicht so anschauen.«

»Was? Warum nicht?«

»Weil ich nicht an mich halten kann, wenn du so … ach, verdammt. Wenn ich jetzt nicht gehe, dann …« Mir entkommt ein hilfloses Ächzen. Ich springe auf, ziehe meine Kleidung von gestern an und binde mir notdürftig das Haar zusammen. Oh Mann. Alles in diesem Zimmer scheint die Aromen unseres Liebesaktes auszudünsten, und ich fühle mich jetzt schon wie ein Junkie, der verzweifelt nach Nachschub lechzt.

»Anna ist die beste Köchin und Bäckerin, die du dir vorstellen kannst«, plappere ich vor mich hin. »Ihr Café ist unten bei der

Anlegestelle. Ich bin im Handumdrehen wieder da, dann frühstücken wir zusammen, okay?«

Kian nickt und kuschelt sich in das Kissen. »In Ordnung. Ich schlafe noch ein bisschen.«

»Du bist hier, wenn ich wiederkomme?«

»Ja. Ich bin hier.«

Mein Herz scheint ein paar Purzelbäume zu schlagen. Ich musste also vierundzwanzig werden, um mich zum ersten Mal wie ein verliebter Teenager zu fühlen. »Gut. Dann bis gleich. Und falls Finley an die Tür klopft, erschrick nicht, okay? Sag ihm einfach, dass er nachher seine Erklärung bekommt.«

»Hm hm«, murmelt er schläfrig.

Ich beiße mir erneut auf die Lippe, weil sich dieser Kerl erdreistet, so unfassbar einladend in meinem Bett zu liegen. Alles in mir hungert danach, die letzte Nacht zu wiederholen. Jetzt. Auf der Stelle. Aber mein Magen knurrt, ich muss noch duschen und Haare waschen und nach Pierowall zum Laden fahren.

»Willst du lieber ein paar Sardinen?« In der Tür drehe ich mich noch einmal um. »Oder Quallen auf Toast?«

»Nein.« Kian blinzelt unter der Decke hervor. »Kaffee und … das andere sind in Ordnung.«

»Du weißt nicht, was Cookies sind, gehst aber davon aus, dass sie in Ordnung sind?«

»Ja. Wenn du sie magst, mag ich sie auch.« Inzwischen kann er kaum noch die Augen offen halten. »Tut mir leid, Mari, aber ich habe seit Ewigkeiten nicht mehr so gut geschlafen.«

»Schon okay. Dann lasse ich mir ein bisschen mehr Zeit und gehe vor dem Frühstück duschen. Bis gleich.«

Ich verlasse das Schlafzimmer, schnappe mir eine Tasche von der Garderobe und ziehe die Regenjacke über. Finley schnarcht wie ein alter Seebär. Vielleicht sollte ich ihm anbieten, heute seinen freien Tag zu nehmen. Immerhin hat er meinetwegen alle Hände voll zu tun gehabt, und das bis weit in die Nacht hinein.

Ich setze die Kapuze auf, trete in den kalten Morgen hinaus und stapfe den Weg zum Hafen hinunter. Mächtige Wolkenschiffe segeln über den Himmel und versprechen weiteren Regen. Der Wind tost und heult, das Meer ist aufgewühlt wie im Winter. Nichts Ungewöhnliches für unsere Gegend und kein Grund, um zu Hause zu bleiben. Vollkommen unbeeindruckt vom launischen Wetter sitzen die Fischer und Arbeiter in Annas Café, rauchen, trinken ihren Kaffee und palavern, was das Zeug hält.

Ich grüße höflich in die Runde, die Kerle grüßen mit bärbeißiger Freundlichkeit zurück, dann sehe ich Andreas an einem der Eichentische sitzen. Er ist in seine Zeitung vertieft und knabbert gedankenverloren an einem Marmeladenbagel herum, der mit ein paar Anchovis verziert ist. Mit Sicherheit ist er der einzige Mensch auf der Welt, der diese gewagte Mischung als gelungenes Frühstück empfindet.

»Hallo Sprotte«, begrüßt er mich, als ich mich neben ihn setze. »Gut geschlafen?«

»Oh ja.« Ich unterdrücke ein Grinsen, aber mein Gesicht beginnt zu glühen wie ein Ofen. Andreas ist ein aufmerksamer alter Kauz, wahrscheinlich sieht er mir an der Nase an, dass ich den kleinsten Teil der Nacht schlafend verbracht habe. »Hält deine Glückssträhne immer noch an?«

»Klar.« Er grinst breit und verschlingt den Rest seines Anchovis-Marmeladenbagels. »Ach, Mari. Ich sag's dir. Das ist wirklich das erstaunlichste Wunder, seit Moses das Meer geteilt hat. Gestern hat's gerade mal zwei Stunden gedauert, bis mein Kutter rappelvoll war. Zwei Stunden! Aber weißt du, was das Komische ist? Wenn ich denke, *ach komm, fahr gleich noch mal raus,* dann fange ich nicht mal einen Hering. Die Delfine kommen nur einmal. Nur ein einziges Mal.«

»Sie wollen, dass du nicht zu viel nimmst. Werde nicht gierig, ja? Du weißt, dass die Götter des Meeres nur jenen wohlgesonnen sind, die ihre Geschenke zu schätzen wissen.«

»Hast ja recht«, brummt Andreas. »Wie immer. Ich habe ihnen übrigens Namen gegeben.«

»Was?«

»Drei Delfine sind inzwischen so zutraulich, dass ich sie aus der Hand füttern kann. Zwei Männchen und ein Weibchen. Richtige Prachtexemplare. Sie heißen jetzt Wilhelm, Fritz und Gertrud. Zu Ehren meiner deutschen Vorfahren, die anno dazumal mutig genug waren, nach Schottland auszuwandern.«

»Was? Du kannst einen Delfin doch nicht Wilhelm nennen. Oder Fritz oder Gertrud.«

»Warum nicht? Das sind gute, alte Namen. Willst du etwa meine Familie beleidigen?«

Ich grinse nur und knülle die Ärmel des Pullovers zusammen. Als Anna neben mir erscheint, bestelle ich drei Kaffee zum Mitnehmen und ein Dutzend Cookies. So haben wir für heute Abend gleich eine Nascherei vorrätig.

Heute Abend.

Mhmm …

Eine Gänsehaut rieselt über meinen Körper, als ich daran denke, wie mein Tag enden wird. Zusammen mit Kian, vergraben unter weichen, warmen Decken. Zumindest, sofern er tatsächlich bei uns bleibt und nicht spontan vom Ruf des Meeres übermannt wird. Ob ich mein Versprechen erfüllen kann? Keine Ahnung. Und im Augenblick will ich auch nicht darüber nachdenken.

»Na, du strahlst ja wie die Sonne selbst.« Die blonde, pausbäckige Ladenbesitzerin zwinkert mir zu. »Schön, dass es dir wieder besser geht, Mari.«

»Danke.«

»Dir geht es doch gut, oder?«

»Ja. Es geht mir sogar ausgezeichnet.«

»Das freut mich.« Ich sehe Neugier in ihren Augen aufblitzen, aber Anna ist höflich genug, um sich kommentarlos zurückzuziehen. Ja, unsere Dorfwirtin schwatzt gerne, aber sie drängt sich niemals auf und spürt, wann Menschen reden wollen. Und wann nicht.

Draußen wird der Regen von strahlendem Sonnenschein abgelöst. Zufrieden mit dem Hier und Jetzt beobachte ich die Boote und Schiffe im Hafen, gähne herzhaft, träume vor mich hin und bin Andreas dankbar, dass er sich einzig und allein um seine Zeitung kümmert. Hin und wieder stößt er einen missbilligenden Grunzer aus, vermutlich, weil ihm die Nachrichten nicht gefallen. Und manchmal kommentiert er eine besonders absurde Passage mit fassungslosem Lachen.

Wie lange braucht Anna denn noch?

Ich will zurück zu Kian, bevor uns keine Zeit mehr bleibt.

Die Glocke an der Tür klimpert.

Zwei Fremde treten ein, blicken sich um und wirken derart deplatziert, dass ich grinsen muss. Wenn das keine Großstädter sind, fresse ich einen Besen. Die beiden wirken aufgeregt und nervös, als wüssten sie sehr genau, wie ihre Erscheinung auf die Einheimischen wirkt.

»Hm.« Andreas blickt von seiner Zeitung auf. »Was sind'n das für Vögel?«

»Keine Ahnung. Aber Westray hat jetzt anscheinend zwei Inder.« Ich mustere zuerst den Mann, weil er mich an Oliver erinnert. Er kann höchstens Mitte vierzig sein, aber sein Sechs-Tage-Bart ist bereits grau meliert. Er trägt dunkelgrüne und braune Outdoorkleidung, eine blaue Wollmütze und klobige, schlammverkrustete Stiefel von Jack Wolfskin. Ein sympathischer Kerl, der nicht zu der steifen blonden Frau passen will, die mit herrischer Miene neben ihm steht. Auch sie trägt teure Outdoorkleidung in gedeckten Naturfarben, hat ihr Haar zu einem straffen Zopf gebunden und blickt eine Spur zu abfällig in die Runde. Sie ist eine schöne Frau. Gar keine Frage. Aber bei ihrem Anblick muss ich unwillkürlich an eine hartgesottene Firmenchefin denken, die ohne mit der Wimper zu zucken über Leichen geht.

»Einen schönen guten Morgen.« Anna kommt herbeigewackelt und lässt ihren mütterlich-rustikalen Charme spielen. »Kann ich Ihnen weiterhelfen?«

»Guten Morgen«, erwidert die Frau mit einer Stimme, die perfekt zu ihrer Erscheinung passt. »Ich glaube schon, dass Sie uns helfen können. Jedenfalls hoffen wir das. Um es kurz zu machen: Wir brauchen jemanden, der sich in dieser Gegend auskennt und über ein Boot verfügt. Mein Name ist übrigens Ruth. Das hier ist mein Kollege Rahul.«

Oh Mann. Diese Großstadtlady versucht noch nicht einmal, höflich zu klingen. Ihre Stimme schrammt haarscharf am Tonfall kalter Arroganz vorbei, was auch Anna nicht zu gefallen scheint. Und der Mann namens Rahul sieht aus, als würde er am liebsten im Boden versinken. Armer Kerl. Es ist mit Sicherheit kein Zuckerschlecken, mit einem solchen Eisberg unterwegs zu sein.

»Wozu brauchen Sie einen Führer und ein Boot?«, hakt Anna nach. »So was haben wir hier selten, wissen Sie? Die Touristen tummeln sich lieber anderswo.«

»Oh, natürlich.« Die Frau namens Ruth zwingt sich zu einem dünnen Lächeln. »Bitte verzeihen Sie meine direkte Art. Wir arbeiten als unabhängige Wissenschaftler und sind hier, um einer faszinierenden Entdeckung auf den Grund zu gehen. Ursprünglich wollten wir unser eigenes Boot nutzen, aber das hat leider auf der Überfahrt einen Motorschaden erlitten.« Ihr scharfer Blick huscht zu Rahul hinüber, der unwillkürlich den Kopf zwischen die Schultern zieht. »Leider ist es so, dass die Reparatur einige Zeit in Anspruch nehmen wird. Demzufolge sind wir auf fremde Hilfe angewiesen. Vorerst zumindest.«

»Aha.« Anna nickt. »Und warum genau sind Sie hier?«

»Nun, uns ist zu Ohren gekommen, dass vor einiger Zeit ein weißer Seehund in dieser Gegend aufgetaucht ist. Ein außergewöhnliches Tier, bei dem es sich allem Anschein nach um eine ganz neue Unterart handelt. Wir sind hier, um dieses Exemplar ausfindig zu machen.«

Mir klappt der Mund auf.

Andreas' Miene verdunkelt sich schlagartig. Um ein Haar wäre mir ein erschreckter Laut entwischt, aber ich schlucke ihn gerade noch rechtzeitig herunter.

Scheiße, scheiße, scheiße!

»Was woll'n Sie mit dem Vieh?«, blökt Barry. »Abschießen hoffentlich? Oder wenigstens auf Nimmerwiedersehen einsperren?«

Ruth lächelt zuckrig. »Sie haben das Tier also gesehen?«

»Ja. Hab ich. Und die meisten anderen hier auch. War monatelang weg, das Mistvieh. Aber jetzt isses wieder da. Hab's vor zwei Tagen gesehen. Nur von Weitem glücklicherweise. Hat schon 'ne Menge Netze zerrissen, dieses beschissene Gespenstervieh.«

»Ist das ein Wunder?«, bellt Andreas. »Sie finden kaum noch was zu fressen. Ist 'ne reine Verzweiflungstat, wenn ihr mich fragt.«

»Dich fragt aber keiner«, blökt Barry. »Und komm jetzt bloß nicht damit, dass es Unglück bringt, weiße Tiere abzuschießen. Ich hab die Schnauze voll von dem Kram. Kann's mir nicht länger leisten, dass mir ständig die Fische geklaut und die Netze zerbissen werden. An dieser Stelle ein großes, nach Scheiße schmeckendes Danke an die *Common Fisheries Policies.* Besser können einem die Schlipsträger das Geschäft nicht versauen.«

»Es tut mir ja leid, dass Ihr Beruf in einer Krise steckt«, meldet sich Ruth zu Wort. »Aber ich würde gerne wissen, wo Sie den Seehund gesehen haben.«

»Paar Meilen nördlich von hier«, grollt Barry. »Das ist kein normales Tier, wissen Sie? Hab's im Winter mit dem Gewehr erwischt. Volle Breitseite. Hat 'n ordentliches Loch reingehauen.«

»Was?« Ruth fiel aus allen Wolken. »Sind Sie verrückt?«

»Kriegen Sie sich wieder ein, Lady. Der Seehund hat's überlebt. Und nicht nur das. Als er mir drei Tage später noch mal über'n Weg geschwommen ist, hatte er nicht mal mehr 'ne Narbe. Alles unversehrt. Als hätte ich ihn nie erwischt. Konnt's ganz genau sehen, weil er direkt am Kutter vorbeigeschwommen ist. Wollte wohl wieder an die Netze ran, dieser verdammte Räuber.«

Ruths Augen wurden schmal. »Und Sie sind sich sicher, dass es dasselbe Tier war?«

»Oh ja. Ich bin mir sicher. Hab ja Augen im Kopf und kann diese Drecksviecher gut unterscheiden. Es gibt nur einen weißen Seehund weit und breit. Das Ding hat 'ne ziemlich einzigartige Fleckenmusterung auf seinem beschissenen Rücken. Die Sprenkel sind so hell, dass sie sogar auf dem weißen Fell auffallen. Es war derselbe Seehund. So wahr mir Gott helfe. Das ist kein normales Tier, wissen Sie? Aber deswegen sind Sie ja hier, nicht wahr? Weils was verdammt Übernatürliches ist.«

Ich sehe, wie Ruth erschauert. Dann wirft sie Rahul einen glühenden Blick zu. Rasante Selbstheilung. Ja, danach leckt sich ihresgleichen natürlich die Finger. Mir wird heiß und kalt vor Schrecken. Nach angepissten Fischern und schießwütigen Idioten tauchen nun auch noch Wissenschaftler in unserem Dorf auf und blasen zur Selkiejagd. Und das ausgerechnet heute, nach meiner gemeinsamen Nacht mit Kian.

Oh, verdammt!

»Um eines klarzustellen.« Die Frau lächelt in die Runde, was bei einigen Männern seine Wirkung nicht verfehlt. »Wir zahlen eine stattliche Entlohnung. Sowohl für denjenigen, der uns mit seinem Boot zur Verfügung steht, als auch für jeden brauchbaren Tipp, der uns zum Aufenthaltsort des Seehundes führt. Was wir allerdings nicht wollen, ist eine wild drauflosziehende Jagdmeute. Ich bitte Sie also um Rücksichtnahme, denn nur so haben wir überhaupt eine Chance, das Tier zu fangen. Falls Sie es vertreiben oder Ihren Mund nicht halten können, gehen Sie alle leer aus. Arbeiten wir jedoch gemeinsam und ziehen an einem Strang, sorge ich dafür, dass sich die Sache lohnt. Und zwar für jeden von Ihnen.«

»Das ist nicht richtig«, knurrt Andreas. »Das ist verdammt noch mal nicht richtig. Wir sollten ihn in Ruhe lassen. Ja, das sollten wir.«

»Halt die Klappe«, blafft Barry.

»Halt sie doch selbst, du versoffener Misthund.«

»Pass auf, was du sagst, du …«

»Beruhigen Sie sich bitte.« Ruth hebt beide Arme. »Wir sind zivilisierte Menschen, oder etwa nicht? Und ich möchte wetten, dass jeder von Ihnen eine schöne Gelddusche gebrauchen kann. Aber damit das mit uns funktioniert, brauchen wir absolute Diskretion. Niemandem ist geholfen, wenn die ganz großen Fische hier einfallen, denn das würde bedeuten, dass jeder von Ihnen leer ausgeht. Wir sind bereit, Sie gebührend zu beteiligen. Die da oben sind es nicht. Also hören Sie bitte auf, von außergewöhnlichen und übernatürlichen Vorfällen zu reden.«

»Wer sind *die da oben*?«, will Bobby wissen, ein steinalter Fischer, der wie eine fünfhundertjährige Eiche aussieht. »Sind wir jetzt bei Akte X, oder was?«

»Du kennst Akte X?«, fragt Jamie, einer der jüngsten in der Runde. »Bist doch 'n paar Jahrhunderte zu alt dafür.«

»Mein Sohn hat's geguckt. In den Neunzigern. Also, was ist? Sind wir jetzt so was wie 'ne Area 51, und wenn wir was ausquatschen, ergehts uns übel?«

»Sie schauen zu viele Filme und Serien«, seufzt Ruth. »Aber Tatsache ist, dass auch andere Leute Interesse an diesem besonderen Exemplar hätten, sofern sie Wind davon bekommen. Schon Ihretwegen hoffe ich, dass das nicht passiert. Denn dann gehen Sie leer aus. Das kann ich Ihnen versprechen.«

»Ist das so was wie 'ne geheime Mission?«, fragt Barry.

»Wenn Sie es so nennen wollen. In erster Linie ist es eine Mission, die sich für Sie lohnen kann. Für Sie alle, wenn wir erfolgreich zusammenarbeiten.«

»Na dann. Mein Kutter und ich gehören Ihnen.« Barry steht auf und tritt vor Ruth hin. Ein paar andere Fischer murren übellaunig, weil sie nicht schnell genug gewesen sind. »Ich hoffe nur, dass Sie das Vieh auf Nimmerwiedersehen verschwinden lassen. Bringt nur Unglück, wissen Sie? Seit es aufgetaucht ist, drehen die Seehunde, Robben und Orcas vollkommen durch.«

»Wie meinen Sie das?«

»Es kommt immer wieder zu Angriffen. Und wir werden das Gefühl nicht los, dass dieses weiße Mistvieh dafür verantwortlich ist. Das ist kein normales Tier, wissen Sie? Nicht nur wegen der

Tatsache, dass es Schussverletzungen einfach so verschwinden lässt. Es stiftet die anderen Viecher an. Zeigt ihnen, wo's uns richtig wehtut. Und wenn Sie denken, dass Sie's austricksen können, werden Sie Ihr blaues Wunder erleben. Wenn ich's nicht besser wüsste, würde ich sagen, dass das Ding wie ein Mensch tickt. Wird also schwierig, die Falle zuschnappen zu lassen. Haben Sie 'nen Plan?«

»Gewissermaßen.« Ruths Lächeln ist das einer Schlange, die verlockende Beute wittert. Anscheinend haben die Berichte der Fischer ihre ohnehin schon kühnen Träume noch übertroffen. Oh Mann. Wenn sie nur wüsste. »Es freut mich, dass wir von nun an Partner sind. Wann können wir aufbrechen? Gleich jetzt?«

»Wenn die Bezahlung stimmt.«

»Sicher doch. Das klären wir auf dem Boot, in Ordnung? Die Hälfte als Vorschuss, der Rest nach Abschluss der Mission.«

»Auch, wenn wir das Drecksvieh nicht fangen?«

»Über die Einzelheiten reden wir auf dem Boot«, beharrt Ruth. »Und wie schon gesagt, ich möchte nicht, dass Sie alle planlos auf die Jagd gehen. Halten Sie Augen und Ohren offen. Suchen Sie die Gegend ab. Aber nähern Sie sich dem Tier nicht, verstanden? Rufen Sie mich an und geben Sie die Position durch, dann werden wir gute Freunde. Eine Hand wäscht die andere.«

Die Fischer nicken und brummen. Na wunderbar.

»Und noch etwas«, ruft Ruth in die Runde. »Sollten Sie das Tier verletzen oder gar töten, steht Ihnen gewaltiger Ärger ins Haus. Uns ist sehr daran gelegen, dieses einzigartige Exemplar unversehrt zu erhalten. Halten Sie sich also zurück, haben Sie verstanden? Von jetzt an steht das Tier unter strengem Schutz.«

»Schutz?«, knurrt Andreas. »Sie meinen, abgesehen davon, dass sie das arme Vieh einsperren und auseinandernehmen wollen? Und abgesehen davon, dass es das Meer niemals wiedersehen wird, sondern den Rest seines Daseins in einem Käfig oder Betonbecken verbringen muss?«

Ruth seufzt. »Mister …«

»MacMuffin«, faucht Andreas. »Andreas MacMuffin. Ehemals Weber. Alte deutsche Fischerfamilie aus Kiel. Freut mich nicht, Sie kennenzulernen.«

»Hören Sie, Andreas. Sie unterschätzen offenbar die wissenschaftliche Bedeutung eines solchen Funds. Ich kann Ihnen versichern, dass wir uns gut um das Tier kümmern werden. Es liegt nicht in unserer Absicht, ihm zu schaden.«

»Na klar doch.« Andreas zieht eine Grimasse. »Hören Sie sich eigentlich selbst reden?«

Ruth seufzt erneut und legt einen Stapel Visitenkarten auf den Tresen. »Hier ist meine Telefonnummer. Für die Zeit unseres Aufenthalts wohnen wir im *Pierowall Cottage*. Zumindest größtenteils. Es kann aber sein, dass wir zwischendurch immer mal wieder aufs Festland müssen. So oder so sind wir über die Nummer auf der Karte erreichbar. Auf gute Zusammenarbeit. Wenn alles glatt läuft und niemand aus der Reihe tanzt, werden Sie bald einen Grund zur Freude haben.«

Die Fischer brummen, mehr argwöhnisch als überzeugt. Ruth lächelt noch einmal in die Runde, dann verlässt sie zusammen mit Rahul das Café. Mir pocht das Herz bis zum Hals. Ich fische zwei Geldscheine aus dem Portmonee, drücke sie Anna in die Hand und warte, bis sie mit dem Kaffee und den Cookies zurückkommt. Dann renne ich, ohne mich noch einmal umzusehen, zum Haus zurück.

»Scheiße. Scheiße. Scheiße.«

Vorerst darf Kian nicht nach *Skara Brae* zurück. So viel steht fest. Am besten ist es vermutlich, wenn er dem Meer und seiner Seehundsgestalt fernbleibt, denn es macht ganz den Anschein, als wissen Ruth und Rahul nichts von Selkies und jagen lediglich einer neu entdeckten Spezies hinterher. Immerhin hat Kian haufenweise Netze zerbissen und für jede Menge Aufmerksamkeit gesorgt. Da ist es nur eine Frage der Zeit gewesen, bis die Geschichte ihre Runde macht.

Und was, argumentiert meine Vernunft, *wenn sie doch Bescheid wissen? Was, wenn du ihn verwundbar machst?*

Falls Ruth und ihr Gefährte der Wahrheit auf die Schliche kommen und herausfinden, was Kian für mich empfindet, bin ich das perfekte Druckmittel. Scheiße! Vielleicht ist es besser, wenn er für immer aus diesen Gewässern verschwindet. Oder doch nicht? Ist er als Mensch unter Menschen am sichersten? Ich weiß es nicht, und das treibt mich in den Wahnsinn. Letztendlich bieten weder Meer noch Land einen sicheren Platz für magische Geschöpfe. Seine Zeit ist abgelaufen. Entweder endet er durch die Kugel eines Jägers oder durch das Netz eines Fischers oder unter den

Mikroskopen skrupelloser Forscher. Offen ist wohl nur noch der Zeitpunkt. Und ich habe nicht die geringste Ahnung, wie ich das Unvermeidliche verhindern kann.

Als ich in das Haus trete, dröhnt Finleys Gähnen lautstark durch beide Stockwerke. Kurz darauf gähnt ein zweiter Mann. Wie bitte? Hat mein Bruder etwa einen Übernachtungsgast?

Oliver womöglich?

Ich beschließe, dass ich dem Geheimnis später auf den Grund gehen werde, schleiche in mein Schlafzimmer und spüre bei Kians Anblick, wie sich eine kalte Faust um mein Herz zusammenpresst. Ist mir nicht einmal ein unbeschwerter Tag vergönnt? Muss nach jedem Hoch immer ein Tief folgen? Offensichtlich ja.

Ahnungslos liegt er da, so tief in das Bettzeug eingekuschelt, dass nur noch sein Haarschopf herausschaut.

»Ach verdammt.« Ich setze mich auf die Kante, schiebe die Decke herunter und streiche über seine Wange. »Hey. Wach auf. Ich muss mit dir reden.«

Kian blinzelt, entdeckt mich und strahlt vor Freude. Scheiße, verfluchte! Ich hasse meinesgleichen. Ich hasse den Lauf der Dinge und die Tatsache, dass *ich* ihm die Hiobsbotschaft überbringen muss.

»Mari«, murmelt er verschlafen. »Was ist los?«

»Kian … ich …« Meine Stimme will mir den Dienst versagen, aber ich zwinge mich dazu, weiterzusprechen. »Du bist in Gefahr, okay? Du musst hier weg. Ich meine, weit weg. Irgendwohin, wo dich niemand findet.«

»Was?« Er blinzelt verständnislos zu mir hoch. »Warum? Was ist passiert?«

»Ich war unten im Café. Bei Anna. Da sind auf einmal diese Leute aufgetaucht. Ein Mann und eine Frau. Sie arbeiten als unabhängige Wissenschaftler und sind auf der Suche nach dir. Ich meine, nach einem weißen Seehund.«

Kians Miene verfinstert sich. Er rappelt sich hoch und mustert mich mit zusammengezogenen Augenbrauen. »Wissen sie Bescheid?«

»Sie wissen definitiv zu viel. Die beiden sind ganz scharf auf die Jagd. Sie haben etwas von *einzigartig* gefaselt, und von *großer wissenschaftlicher Bedeutung*. Noch dazu hat Barry aus dem Nähkästchen geplaudert. Ruth und Rahul wissen, dass es bei dem weißen Seehund nicht mit rechten Dingen zugeht, aber ich habe keine Ahnung, ob sie auch von der Selkiesache Wind bekommen haben.«

»Ruth und Rahul?«

»Die beiden Wissenschaftler. Ich glaube, dass sie nur einer neu entdeckten Art hinterherjagen, aber ich bin mir nicht sicher. Letztendlich ist es auch egal. Falls sie den Seehund erwischen, finden sie in Windeseile heraus, dass etwas mit ihm nicht stimmt. Und dann bist du geliefert. Für den Rest deines Daseins. Barry arbeitet jetzt als Führer für die beiden. Du darfst nicht nach *Skara Brae* zurückkehren, okay? Entweder bleibst du ein Mensch und versteckst dich bei uns, oder du verschwindest auf Nimmerwiedersehen.«

Kian reibt sich mit rührend unbeholfenen Gesten den Schlaf aus den Augen. »Woher wissen sie von mir?«

»Hallo? Du hast haufenweise Netze zerbissen und Boote angegriffen. Da wird dich vermutlich jemand gefilmt oder fotografiert haben. Es ist ernst, okay? Verdammt ernst sogar. Die Zeiten haben sich geändert. Mittlerweile besitzen die Menschen eine derart hochgerüstete Technik, dass du selbst als magisch begabter Ozeanbewohner das Nachsehen hast. Alle schleppen Smartphonekameras mit sich herum und filmen, was das Zeug hält. Es gibt das Internet, Infrarotkameras, Spionagesatelliten, globale Überwachung, künstliche Intelligenz und so weiter und so fort. Jedes Kind kann aus seinem Zimmer heraus die Welt beobachten. Einfach, indem es ins Internet geht und mithilfe der Satelliten Informationen abruft. Es klingt verrückt, aber mit solcher Technik kann man sogar auf *Skara Brae* herunterzoomen und sieht jeden Klecks Möwenkacke.«

Kian starrt mich ungläubig an. Natürlich überfordert ihn der Gedanke. Was auch sonst. Am liebsten will ich ihn schütteln und anschreien, um ihm begreiflich zu machen, wie brenzlig die Sache ist.

»Kann sein«, fahre ich stattdessen fort, »dass sie keine Ahnung von Selkies haben und wirklich nur nach einem ungewöhnlichen Seehund suchen. Aber wenn du ihnen ins Netz gehst und sie dir auf den Zahn fühlen, dann … ach, verdammt. Das habe ich dir gerade schon erzählt. Kapierst du überhaupt, in welchem Schlamassel du steckst?«

»Ja. Das tue ich. Es ist nicht das erste Mal, dass Menschen versuchen, sich ein Stück von mir abzuschneiden.«

»Natürlich. Tut mir leid.«

»Schon gut. Was meintest du gerade mit *Satelliten*?«

»Das sind so eine Art … hm, Maschinen im Weltraum.« Ich wedele ratlos mit der Hand, weil ich beim besten Willen nicht weiß, wie ich derartige Dinge einfach und verständlich erklären soll. »Satelliten sehen quasi alles und können von dort oben aus die ganze Welt überwachen. Sie finden dich praktisch überall.«

Jetzt scheine ich ihn nachhaltig verstört zu haben. »Aber der Weltraum ist weit über den Wolken«, murmelt Kian. »Ich weiß es aus Florence' und Jacobs Büchern. Wir leben auf einer blauen Kugel, die im All schwebt, und es gibt noch viele andere Kugeln dort oben. So viele, dass man sie nicht zählen kann. Ihr nennt sie *Sterne*. Und du sagst, ihr habt Maschinen dort oben? Weit über der Erde? Maschinen, die alles sehen?«

»Ja.«

»Sind das diese leuchtenden Punkte, die nachts über den Himmel ziehen, wenn es klar ist? Früher hat es die nämlich nicht gegeben.«

»Ja.« Ich atme tief durch. Ach, dieser Kerl macht mich wahnsinnig. Auf mehrere Arten und Weisen. »Hör zu, du hast zwei Alternativen. Entweder verschwindest du von hier und suchst dir eine neue Heimat. Möglichst weit weg von den Orkneys. Oder du bleibst ein Mensch und verzichtest vorerst auf den Seehund. Ich kann dir nicht sagen, was besser ist. Das musst du allein entscheiden.«

Kian seufzt. »Ich habe noch nie länger als einen Tag auf den Wechsel verzichtet. Auch damals nicht, als wir bei Florence und Jacob gelebt haben. Ich weiß nicht, was passiert, wenn ich mich längere Zeit nicht verwandele.«

»Dann verschwinde. Schwimm so weit weg, wie du kannst. Es ist sowieso die klügere Wahl, weil wir keine Ahnung haben, wie viel Ruth und Rahul von der Selkiesache wissen.«

»Nein.« Plötzlich zieht er mich in seine Arme und haucht einen Kuss auf meine Wange. Großer Gott. Wie kann etwas so schön und gleichzeitig so grausam sein? »Ich will nicht wieder allein sein. Sie suchen nach einem weißen Seehund, weil ich die Netze der Fischer zerstört habe. Sie kennen nur das Tier mit der seltsamen Farbe, nicht den Menschen. Vielleicht halte ich längere Zeit ohne den Wechsel aus, und falls nicht, gehe ich nur nachts ins Wasser. Dort, wo mich niemand sieht. Auch nicht eure Maschinen im Weltraum.«

»Kian, bitte …«

»Nein. Ich will bei euch bleiben. Bei dir. Wenn das für euch in Ordnung ist.«

»Natürlich ist es das. Aber du wärst in Ruths und Rahuls Nähe, und wir können nicht abschätzen, wie viel sie tatsächlich wissen.«

»Das ist mir egal.«

»Aber mir nicht.«

»Bitte, Mari. Ich habe es satt, allein zu sein. Ich will nicht wieder fliehen. Früher oder später bin ich nirgendwo mehr sicher, also muss ich lernen, wie ein Mensch zu leben. Nur so kann ich weiter fortbestehen und meine Aufgabe erfüllen.«

Er streicht mir über das Haar.

Küsst mich erneut, diesmal auf die Lippen.

So sanft und vorsichtig, dass ich zu weinen beginne.

»Schon gut, Mari. Ich werde aufpassen. Mehr als jemals zuvor. Und falls es trotzdem schiefgeht, kann ich immer noch verschwinden.«

»Es ist meinetwegen, nicht wahr? Wir sind zu weit gegangen, und jetzt schaffst du es nicht mehr, das Nötige zu tun.«

»Mari.« Er umfängt mein Gesicht mit beiden Händen und sieht mir tief in die Augen. »Die letzte Nacht war die schönste meines Lebens. Bis zu diesem Moment wusste ich nicht, wie glücklich ich sein kann. Ich werde das nicht aufgeben. Niemals. Lieber stürze ich mich in tausend Kämpfe.«

»Ach, du hast ja keine Ahnung.« Ich will weinen und lachen, ihn fortjagen und festhalten. Wie eine Süchtige atme ich den warmen, schläfrigen Geruch seines Körpers ein und fühle eine solche Wut auf die Menschen dort draußen, dass ich irgendetwas zerschlagen möchte. »Du musst nicht nur vorsichtig sein, sondern hochgradig paranoid. Diese Leute werden modernste Technik einsetzen. Ein ganzes Sammelsurium aus Geräten, mit denen sie das Meer förmlich umkrempeln. Damals ist es einfach gewesen, den Menschen zu entkommen. Heute finden sie dich überall. Selbst tief unter Wasser. Bitte, Kian. Ich will nicht schuld daran sein, dass sie dich …«

»Schsch!« Sanft legt er eine Hand auf meinen Mund. »Du musst keine Angst um mich haben. Ich kann auf mich aufpassen. Und ich habe mächtige Freunde dort draußen. Sie werden es den Jägern so schwer wie möglich machen.«

»Aber …«

»Du kennst die Geschichten, Mari. Wir können euch in den Wahnsinn treiben, euch verfluchen, ertränken und in die Irre führen. Wenn Ruth und Rahul glauben, mich wie eine lahme Flunder einsammeln zu können, werden sie es bitter bereuen.«

»Du hast gesagt, dass du keine Ahnung hast, wie man Menschen in den Wahnsinn treibt.«

»Aber ich weiß, wie ich mich wehren kann. Glaube mir.«

Ich schließe meine brennenden Augen, schmiege mich an ihn und versuche, die Realität auszuklammern. Draußen poltern ungeschickte Schritte über den Flur. Finley, der übernächtigt ins Bad torkelt. Kurz darauf höre ich wieder jemanden gähnen.

Ja, es ist Oliver, und der Gedanke tröstet mich. Wir haben zwei Verbündete, die auf unserer Seite stehen. Zwei kluge und wunderbare Menschen, die uns nicht im Stich lassen werden. Und doch erscheint mir alles so schrecklich aussichtslos. Nicht nur, dass der Raubbau an den Meeren unaufhörlich zunimmt und jeden Tag ganze Spezies aussterben. Nein. Meine Gattung ist auch noch drauf und dran, das einzige Geschöpf wegzusperren, das das Gleichgewicht noch halbwegs bewahrt. In einer besseren Welt würden sie ihn als Helden verehren und sein Werk unterstützen. Sie würden ihm in jeder nur erdenklichen Hinsicht zur Seite stehen, um zu retten, was noch zu retten ist. Aber in einer solchen Welt leben wir nicht. In unserer Realität regieren nur zwei Dinge: Reichtum und Macht.

Aus diesem Grund gewinnen am Ende immer die Haie.

KAPITEL 10

Wie ich zu meinen Träumen kam

Dr. Ruth Chapman

Wirklich ein komischer Kauz, dieser Rahul. Welcher halbwegs vernünftige Mann steht bitteschön auf Bollywood-Filme und liest kitschige Liebesromane? Vermutlich trägt er auch geblümte Unterhosen, weint bei Kätzchenvideos und mag den Geruch von Vanille. Trotzdem ist er nicht unattraktiv. Das muss ich ihm zugestehen. Und letztendlich gehört er zu jener seltenen Sorte Menschen, auf die man sich verlassen kann. Sogar auf einer Mission wie der unseren.

Gemeinsam mit Barry schafft Rahul die letzten Kisten an Bord und sieht so aus, als würde ihm die anstrengende Arbeit genauso gut gefallen wie die frische Luft. Ja, Rahul ist ein durch und durch guter Kerl. Obwohl er gerne menschenfeindlich tut. Er ist sogar derart gut, dass mir manchmal schlecht davon wird. Natürlich ist mir klar, dass seine Empfindsamkeit zum Problem werden kann, sobald die Sache erst einmal ernst wird, aber Rahuls Anfälligkeit für meine Manipulation ist zu wertvoll, um darauf zu verzichten. Er frisst mir aus der Hand. Er rutscht vor mir auf den Knien herum, wenn ich ihn nur freundlich genug darum bitte und ein wenig mit den Wimpern klimpere. Kurz gesagt, dieser Kerl tut alles, was ich will. Zumindest, solange ich ihm im Gegenzug das Gefühl vermittele, mir läge etwas an ihm.

Abwarten, ermahne ich mich selbst. *Schauen wir erst mal, wie er sich im Ernstfall schlägt.*

Falls wir tatsächlich unser Ziel erreichen und in Welten eindringen, die niemals ein Mensch zuvor erforscht hat, wird er sich unter Beweis stellen müssen.

Und wer weiß. Vielleicht ziehe ich ihn sogar als langfristigen Partner in Betracht, wenn alles so läuft, wie ich es mir vorstelle. Immerhin ist er ein begnadeter Wissenschaftler, der sein Licht unter den Scheffel stellt. Er ist ehrgeizig und gewissenhaft und sieht auch noch halbwegs passabel aus.

»Du machst das hier nicht wegen des Geldes, oder?« Schnaufend verstaut er die letzte Kiste und plumpst schwerfällig neben mich auf die Sitzbank. »Und auch nicht, weil du Ruhm und Ehre erwartest?«

»Ach, komm schon, Rahul.« Ich schraube die Thermosflasche auf und gönne mir einen Schluck warmen Tee. »Wenn du nicht gerade ein Buch über Gott schreibst und zu einem Populärwissenschaftler mit erfolgreichem YouTube-Kanal mutierst, kannst du die Sache mit dem Ruhm von vornherein knicken. Menschen, die große Entdeckungen oder Erfindungen produzieren, kennt heutzutage kein Schwein mehr. Sie sind höchstens ein paar News-Artikel wert, und einen Monat später hat man sie vergessen. Das sollte dir inzwischen klar geworden sein, oder?«

»Aber ich dachte …«

»Was? Dass ich danach lechze, im Licht der Anerkennung zu baden? Ja, ein Stück weit schon. Ich kann es nicht erwarten, von den angesehensten Koryphäen der Wissenschaft um meine Forschungsergebnisse angebettelt zu werden. Aber ich bin auch realistisch. Welcher Mensch da draußen kennt noch die Erfinder des Internets oder der Genschere CRISPR/Cas9? Ganz richtig. Keine Sau. Vielleicht hat man irgendwann mal darüber in der Zeitung gelesen, aber die Namen werden schnell vergessen. Wir bleiben im Schatten. Die Welt fällt vor den Erfindungen auf die Knie, nicht vor denen, die sie erschaffen haben.«

»Was ist dann dein Ziel? Ich meine, abgesehen von dem Nervenkitzel, eine vollkommen neue Spezies erforschen zu können, die bisher in das Reich der Legenden gehört hat?«

Ich nehme noch einen Schluck Tee und genieße das warme Gefühl in meinem Magen. »Weißt du, warum ich Wissenschaftlerin geworden bin? Obwohl ich Jura oder BWL hätte studieren sollen, wie jeder gute Sprössling aus reicher Familie?«

»Nein«, erwidert Rahul ein wenig verschnupft. »Woher denn? Du hast mir niemals etwas Privates erzählt.«

»Stimmt. Dann hole ich das hiermit nach. Also, ich bin in all das hineingeraten, weil ich den ach so unabwendbaren Lauf der Dinge endlich aufhalten will. Das Altern. Das Siechtum. Tödlich verlaufende Krankheiten. Alzheimer. Demenz. Diesen ganzen verdammten Scheiß, den wirklich *keiner* gebrauchen kann. Hast du schon mal von Chorea Huntington gehört?«

»Hallo? Du weißt hoffentlich noch, dass wir auf demselben Gebiet arbeiten, oder?«

»Natürlich. Tut mir leid. Ich bin nur etwas … ach egal. Meine Mutter bekam die ersten Symptome mit fünfundzwanzig. Drei Jahre, nachdem ich zur Welt gekommen bin.«

Rahuls Augen weiten sich. »Oh. Das tut mir leid.«

Ich nicke nur und nehme noch einen Schluck Tee. »Weißt du, wie es ist, wenn du deine gesamte Kindheit und Jugend damit verbringst, deiner Mutter beim Sterben zuzusehen? Beobachten zu müssen, wie die Symptome von Monat zu Monat schlimmer werden? Quälende Unruhe, Psychosen, Schluckbeschwerden, Bewegungs- und Sprachstörungen, Depressionen, enthemmtes und aggressives Verhalten, Verlust der motorischen und geistigen Fähigkeiten. Diese verdammte Krankheit sorgt dafür, dass sich dein Sterben ungefähr zwanzig Jahre lang hinzieht. Stück für Stück zerfällt dein Gehirn. Ein Bereich nach dem anderen gibt den Geist auf, bis du nur noch als Wrack dahinvegetierst.«

»Ich weiß.« Rahul reibt sich das stoppelige Kinn. »Das ist einfach nur grausam und unvorstellbar. Aber Chorea Huntington ist ein Gendefekt. Er wird autosomal dominant vererbt.«

»Ja.« Ich lächele müde. »So ist es. Auch ich trage die Zeitbombe mit mir herum. Bisher bin ich verschont geblieben, aber ich rechne jeden Tag mit den ersten Symptomen.«

Rahul schüttelt betroffen den Kopf. »Oh Mann. Das ist wirklich Mist. Tut mir leid, Ruth.«

»Danke.«

»Wie alt bist du? Neununddreißig?«

»Ja. Mit ein wenig Glück habe ich noch ein paar symptomfreie Jahre vor mir. Bei den meisten Betroffenen beginnt der Verlauf im Alter von fünfunddreißig bis fünfzig Jahren. Eine Chance auf Heilung gibt es nicht. Chorea Huntington endet unweigerlich mit dem Tod.«

»Scheiße. Ich glaube, ich kann dich jetzt besser verstehen.«

»Du *glaubst?*«

»Nein. Ich *kann* dich verstehen. Es muss schrecklich gewesen sein, deiner Mutter nicht helfen zu können. Und dann noch das Wissen, dass du denselben Leidensweg beschreiten musst … oh Mann, das tut mir alles so leid.«

»Schon gut. Jetzt weißt du immerhin, warum ich mich Hals über Kopf in diese Sache gestürzt habe. Ich brauche dich, Rahul. Verstehst du das? Bleibst du an meiner Seite, egal, was möglicherweise passiert?«

»Ja.«

»Auch dann, wenn wir gewisse Grenzen überschreiten müssen und es vielleicht unschön wird?«

Er schluckt. Seufzt. Schließt seine Augen und öffnet sie wieder. »Ja. Das werde ich. Aber du musst mir eines versprechen.«

»Was?«

»Lass uns so menschlich wie möglich bleiben.«

Ich lächele. »Natürlich. Ich bin keine Sadistin. Ach, Rahul.«

»Was?«

»Ich mag deine Art, an die Dinge heranzugehen. Ich denke, wir werden ein gutes Team abgeben. In jeglicher Hinsicht.«

»Gut möglich«, murmelt er, blickt beiseite und schaut nachdenklich auf das Meer hinaus. Mein Outing scheint ihn tief getroffen zu haben. Kein Wunder. Immerhin ist er heimlich in mich verliebt und sieht mich vermutlich schon zitternd und zuckend in der Gegend herumliegen. Aber dazu wird es nicht kommen. Niemals. Auf gar keinen Fall. Und wenn ich dafür jeden Funken Gewissen über Bord werfen muss.

Ich denke an das, was Barry erzählt hat, und fühle eine Welle euphorischer Hoffnung. Vor uns liegt ein Mysterium, das selbst meine kühnsten Träume übertrifft. Wenn die Sache mit der Schusswunde stimmt, besitzt diese Kreatur Selbstheilungskräfte, die über jedes vorstellbare Maß hinausgehen. Und genau so etwas brauche ich. Ich brauche es so sehr, dass ich Angst vor mir selbst empfinde, weil ich spüre, dass mich nichts und niemand von der Erlangung meines Ziels abbringen kann.

Lass uns so menschlich wie möglich bleiben.

Ach, dieser unverbesserliche Träumer.

Unter meiner Haut beginnt es zu kribbeln. Sind das die ersten Symptome, oder liegt es einfach nur an purer, überschäumender Aufregung? Verdammt, warum dauert das so lange? Und warum muss dieser Idiot noch mal zurück ins Café latschen?

»Ich glaub's nicht.« Frustriert schlage ich auf meine Tasche ein. »Da wartet eine lebende Legende darauf, von uns entdeckt zu werden, und dieser Trottel tut so, als hätten wir alle Zeit der Welt.«

»Ganz ruhig.« Rahul wirft mir ein sanftes Lächeln zu. »Auf ein paar Minuten mehr kommt es jetzt auch nicht mehr an. Hauptsache, wir haben einen Führer und ein Boot.«

»Nein, mein Freund. Es kommt sehr wohl auf jede Minute an. Irgendwo dort draußen existiert ein Geschöpf, das mich retten kann. Das womöglich sogar für einen kompletten Umsturz unserer Welt sorgt. Vielleicht werden wir es sein, die Flüche wie Chorea Huntington besiegen. Die das ultimative Heilmittel für die furchtbarsten Geißeln der Menschheit finden und Krankheit und Siechtum ein für alle Mal beseitigen.«

Rahul grinst gequält. »Die Pharmaindustrie wird sich freuen.«

»Natürlich wird sie das. Mit so etwas lässt sich unvorstellbar viel Geld verdienen. Auf jeden Fall wird man versuchen, uns das Patent abzukaufen, um anschließend die etwas … nun ja, unmoralische Art und Weise, wie wir an das Ganze herangekommen sind, unter den Tisch zu kehren. So oder so müssen wir klug vorgehen und mehrere Schritte vorausdenken. Verdammt, wir sollten längst unterwegs sein.« Ich schlage erneut auf meine Tasche ein. »Verdammt, verdammt, verdammt. Jetzt schwing deinen Arsch endlich zurück auf den Kutter.«

Aber Barry lässt sich nicht blicken. Und als ich spüre, wie meine Nerven zu flattern beginnen, rezitiere ich in Gedanken eine Textpassage aus einem dieser kitschigen Touristenheftchen, nach denen ich sonst niemals gegriffen hätte. Aber inzwischen löst das Stichwort Selkie ein wahres Gefühlsgewitter in mir aus.

Die meisten Kinder aus Verbindungen zwischen Landbewohnern und Selkies kehren in das Meer zurück. Das Leid ihrer menschlichen Familie ist groß, aber fortan bleiben die Netze, die sie auswerfen, niemals leer. Es gibt jedoch auch Kinder, die stärker mit dem Land verbunden sind.

Und obgleich sie sich für ein Leben auf fester Erde entscheiden, verfolgt sie unweigerlich der Ruf des Meeres. Sie träumen von Tangwäldern und mondschimmernden Wellen, und die Sehnsucht zerreißt sie mit jedem Tag mehr. Aber gleichzeitig ist ihre Liebe zu den Menschen zu groß, um sie zu verlassen.

Ich schaudere. Niemals habe ich erwartet, dass die Welt dort draußen so magisch sein kann. So geheimnisvoll und unerklärlich. Aber was ist schon Magie? Nichts als Natur, die wir noch nicht begreifen. Vor Kurzem habe ich noch im Labor gesessen, jetzt blicke ich zusammen mit meinem frischgebackenen Assistenten auf einen heruntergekommenen Dorfhafen und warte nicht nur auf das Abenteuer meines Lebens, sondern auch auf die Erfüllung der vermutlich ältesten Träume der Menschheit. Das Ausmerzen von Siechtum und Tod. Ein sich selbst heilender Körper, der nicht mehr den Fesseln des Zerfalls unterworfen ist.

Wenn sie nur wüssten. Ich grinse in mich hinein. All diese ach so wichtigen und einflussreichen Arschgeigen, deren geistiger Horizont nicht über den Durchmesser eines Zentimeters hinausgeht … ja, sie werden eines nahen Tages zu mir aufblicken. Wissenschaft beruht auf Veränderung, nicht auf unverrückbaren Fakten. Was wir heute zu wissen glauben, kann morgen schon *ad absurdum* geführt werden. Vor ein paar Tagen hätte ich noch jeden ausgelacht, der die Existenz von magischen Wesen für möglich hält, jetzt jage ich selbst einer solchen Kreatur hinterher.

Auf die eine oder andere Weise werde ich in die Geschichte eingehen. Und nein, ich begnüge mich nicht mit einem mickrigen Menschenleben. Meine Pläne sind zu groß, meine Träume zu zahlreich. Ich brauche hunderte davon. Ich brauche endlos viele Tage und Nächte, um alles zu erreichen, was ich mir ausgemalt habe. Das ist mein Schicksal. Ich weiß es. So, wie ich weiß, dass Mutters Weg nicht der meine sein wird.

Mit einem ungeduldigen Seufzer schraube ich die Thermosflasche zu, drehe mich in den Wind und genieße das flüchtige Sonnenlicht, das das Wasser zum Funkeln bringt. Der Atlantik ist immer noch kabbelig, aber längst nicht mehr so aufgewühlt wie auf unserer missglückten Überfahrt. Die Luft riecht nach nordischem Sommer, und ich fühle mich, als stünde ich auf dem Gipfel des Mount Everest. Oder als hätte ich soeben die TARDIS bestiegen, um faszinierende fremde Welten zu erkunden.

»Du gibst verdammt viel Geld für unsere Ausrüstung aus.« Rahul rückt seine Wollmütze zurecht. »Ich meine, was du da bestellt hast, ist hochmodernes Zeug. Und es steht unbewacht in einem Ferienhaus, das wir vorerst nicht benutzen.«

»Wo denkst du hin?« Ich stöhne vor Erleichterung, als Barry sich endlich bequemt, das Café zu verlassen. »Glaubst du wirklich, dass ich unser brandneues Privatlabor mitten im Nirgendwo unbewacht lasse? Nein. Ich habe mich darum gekümmert.«

»Du scheust keine Ausgaben, was?«

»In diesem Fall nicht, nein.«

»Aber woher nimmst du all das Geld? Verdammt, allein das Leica Mikroskop hat um die zweitausend Pfund gekostet. Dann noch die Prozessoren und Analysatoren, die Messgeräte, Zell- und Kolonienzähler, Mikroplatten-Reader, Zytometer, die ganze Software, der Kleinkram. Bist du Multimillionärin, oder was?«

»Du weißt, dass ich aus einer wohlhabenden Familie stamme. Aus einer *sehr* wohlhabenden Familie. Um Geld musste ich mir noch nie Gedanken machen.«

»Aber dir ist schon klar, dass wir unser Wunderwesen noch nicht mal von Weitem zu Gesicht bekommen haben, oder?«

»Ich glaube an diese Sache, okay?«

»Hör zu, ich verstehe das. Wirklich. Aber wenn ich nach deiner Liste gehe, hast du jetzt schon ein Vermögen in diese Sache gepumpt.«

»Ja. Weil wir nun mal die bestmögliche Ausstattung brauchen. Wir sind nur zu zweit, und das bedeutet, dass wir ohne hochmoderne Ausrüstung, Simulationen und KI einpacken können. Oder soll ich unsere Proben zwecks Fremdanalyse in irgendwelche externen Labore schicken? Das kommt mit Sicherheit gut.«

Rahul deutet ein Kopfschütteln an. »Du redest, als würde unsere Beute schon fertig verschnürt im Schiffsbauch liegen.«

»Der Selkie ist mein Heiliger Gral.« Ich ziehe die Mundwinkel nach oben und zwinge mich, Barry anzulächeln. Der bärbeißige Fischer grinst linkisch zurück. »Ich werde ihn finden, okay? Ganz egal, was es mich kostet. Außerdem konnten wir auch ein wenig sparen. Unser minderbemittelter Seebär hat doch glatt mein erstes Angebot akzeptiert.«

»Abwarten«, sagt Rahul. »Vielleicht überlegt er's sich noch anders. Je nachdem, wie lange sich unsere Jagd hinzieht.«

»Würde vorschlagen, wir fahren erst mal die Seehundsbänke ab«, blökt Barry dazwischen und startet den Motor. »Im besten Fall erhaschen wir da schon einen Blick auf das Vieh.«

»Nennen Sie es nicht *Vieh*.«

»Wie soll ich's denn sonst nennen, Lady?«

»Ein außergewöhnliches Wunder der Natur vielleicht?

»Drauf geschissen. Ich mag die Viecher nicht. Ob sie nun außergewöhnlich sind oder nicht.«

»Ach, Sie haben ja keine Ahnung, Barry. Falls wir auf den Seehundsbänken nichts finden, würden Sie uns bitte nach *Skara Brae* bringen?«

Der Fischer grummelt missbilligend. »*Skara Brae*? Die Insel bringt Unglück, wissen Sie? Ist keine gute Idee, dort herumzulaufen.«

»Warum denken Sie, dass es Unglück bringt?«

»Weil es einfach so ist. Sind schon einige Leute draufgegangen, weil sie dachten, dort schwimmen oder zelten zu können. Aber meinetwegen. Wenn Sie 'n Aufpreis draufpacken, bringe ich Sie überall hin. Neuerdings scheint das Inselchen ja einige Leute zu interessieren.«

Ich horche auf. »Was meinen Sie?«

»Ach, die Kleine im Café. Die mit dem langen roten Zopf. Sie und ihr Bruder fahren seit dem Winter fast jeden Sonntag dorthin. Lassen sich absetzen, verbringen 'ne schöne Zeit auf dem Eiland und fahren zusammen mit Andreas wieder zurück. Keine Ahnung, warum. Auf *Skara Brae* gibt es nichts zu sehen, was man nicht auch auf Westray sehen kann.«

Meine Instinkte schlagen Alarm.

Ja, die Kleine. Ich erinnere mich. Angesichts ihrer schockierten Miene ist das Gefühl über mich gekommen, dass sie möglicherweise etwas weiß. Und Andreas, dieser verschrumpelte alte Bock, hat genauso seltsam reagiert. Als Berufsfischer sollte er es eigentlich gutheißen, wenn potenzielle Konkurrenten aus der Natur entfernt werden, aber stattdessen hat er Partei für den weißen Seehund ergriffen. Ganz im Gegensatz zum Rest der raubeinigen Bande.

»Wie ist ihr Name?«, hake ich nach.

»Von der Kleinen? Mari Paterson. Sie wohnt mit ihrem Bruder da oben. Sehen Sie? Das Haus auf dem Hang.«

Ich spähe in die angezeigte Richtung und sehe ein allein stehendes Gebäude, etwa eine viertel Meile vom Dorf entfernt. »Schönes Fleckchen.«

»Ja«, grunzt Barry. »Das isses. Aber seit dem Tod der Eltern haben sie es ziemlich schwer. Heutzutage lohnt sich eine Gärtnerei kaum noch. Nicht bei all den Supermärkten und Ramschläden. Na ja, bisher halten sie sich irgendwie über Wasser. So halbwegs zumindest.«

»Sie haben eine Gärtnerei?«

»Ja. In Pierowall. Und 'n Gewächshaus hinterm Haus.«

Meine Gedanken arbeiten. Gut möglich, dass die Kleine und ihr Bruder etwas über den Selkie wissen. Womöglich fahren sie sogar seinetwegen regelmäßig nach *Skara Brae* hinaus. Falls ja, könnten die Geldsorgen der beiden meiner Sache dienlich sein. Letztendlich ist jeder bestechlich. Es braucht nur eine Summe mit ausreichend vielen Zahlen.

Aber wenn sie ihn tatsächlich kennen, spinne ich den Gedanken weiter, *werden sie vermutlich bei nächstbester Gelegenheit auf die Insel fahren und ihn warnen. Mist, verdammter!*

»Drehen Sie um«, sage ich zu Barry. »Ich muss mit der Kleinen reden. Jetzt sofort.«

»Zwecklos«, brummt er. »Mari und ihr Bruder sind schon losgefahren. Gerade eben. Heute ist Samstag, da hat die Gärtnerei bis sechzehn Uhr geöffnet. Vor siebzehn Uhr werden Sie die beiden nicht zu Hause antreffen.«

»Sind Sie sicher?«

»Oh ja, Lady. Sind beide nach Pierowall gefahren. So wie an jedem Tag. Abgesehen von sonntags. Ich kann mich nicht erinnern, wann sie die Gärtnerei mal außerplanmäßig zugemacht haben. So was können sie sich nicht leisten, wissen Sie? Sind schwere Zeiten heutzutage.«

»Dann fahren Sie bitte direkt nach *Skara Brae*.«

»Ganz sicher?«

»Ja.« Ich beuge mich zu Rahul hinüber. »Wir kümmern uns zuerst um die Insel und fühlen danach der Kleinen und ihrem Bruder auf den Zahn.«

Rahul seufzt. »Meinetwegen. Aber wir dürfen es nicht übertreiben, okay? Zu aggressives Vorgehen bei der hiesigen Bevölkerung ist kontraproduktiv und zieht zu viel Aufmerksamkeit auf sich.«

»Keine Sorge. Ich habe ein gutes Gespür für Menschen. Abgesehen davon werden uns meine finanziellen Mittel schon den Weg ebnen.«

»Du kannst immer noch große Sprünge machen, hm?« Rahul lächelt verkniffen. »Nach all den Bestellungen, die du getätigt hast? Nach der teuren Miete für ein Ferienhaus, das wir vorerst nicht benutzen, und nach der Beauftragung einer Securityfirma, die unser privates Hochglanzlabor bewacht? Meine Güte. Manche Menschen sind wirklich absurd reich, kann das sein?«

»Sei froh, dass es so ist. Anderenfalls könnten wir unsere Mission vergessen.«

»Seh'n Sie?«, bellt Barry. »Da ist die erste Sandbank. Aber kein weißer Seehund weit und breit.«

»Fahren Sie direkt nach *Skara Brae*. Was an diesem Satz verstehen Sie nicht?«

»Ganz ruhig, Lady.« Der Fischer wirft mir einen übellaunigen Blick zu. »Die Sandbank lag sowieso auf dem Weg. Dürfte ich fragen, wie's mit dem Aufpreis aussieht?«

»Ist genehmigt.«

»Zweihundert extra?«

»Von mir aus.«

Barry lenkt den Kutter in Richtung Nordwesten und fängt plötzlich an, lauthals zu lachen. »Vielleicht haben Sie ja Glück, Lady, und der nackte Hippiekerl läuft wieder dort rum. Dann haben Sie wenigstens was zum Gucken.«

»Wie bitte?« Mir läuft ein heißkalter Schauer über den Rücken. Auch Rahuls Haltung strafft sich abrupt. »Was meinen Sie damit?«

»Ach, anscheinend kommt manchmal so ein Hippiebursche auf die Insel, um nackt durch die Gegend zu rennen. Hab ihn selbst nicht gesehen, aber Andreas hat davon erzählt.«

»Der Fischer, der Mari und ihren Bruder auf die Insel bringt?«

»Ganz genau der. Er musste den Kerl sogar mal mit ein paar Warnschüssen vertreiben, weil er splitterfasernackt vor der Kleinen gestanden hat. Soll'n richtig seltsamer Bursche sein. Aber wer weiß, vielleicht läuft da ja was Romantisches. Oder die drei sind einfach nur Freunde. Weiß der Geier.«

»Wie sieht er aus?«

»Na ja, was soll ich sagen? Andreas hat ihn nur von Weitem gesehen. Aber er soll lange Haare haben. Wie'n Hippie eben.

Schwarz mit hellen Strähnen. Dazu recht dunkle Haut. Also für unsere Verhältnisse hier oben. Irgendwie sonnengebräunt oder so was. Als wäre er nicht nur'n Hippie, sondern auch'n Surfer.«

Mein Blutdruck schießt in astronomische Höhen. Ich versuche, ruhig zu atmen, aber dieser verdammte Kreislauf fährt hoch wie ein Atomkraftwerk.

»Ist alles in Ordnung, Lady?«

»Ja, ja.«

»Wollen Sie immer noch nach *Skara Brae*?«

»Mehr denn je. Können Sie nicht schneller fahren?«

»Tut mir leid. Mehr Geschwindigkeit hole ich aus der Nussschale nicht raus. Mit der Fischerei lässt sich nicht mehr genug verdienen, um das Schiffchen aufrüsten zu können. Muss mir wohl bald was Neues einfallen lassen, so leid es mir tut.«

»Hören Sie, Mann.« Ich atme tief durch und versuche, mein rasendes Herz zu beruhigen. »Wenn unsere Mission erfolgreich verläuft, sorge ich dafür, dass Sie den Rest Ihres Lebens in Wohlstand verbringen.«

»Meinen Sie das ernst, Lady?«

»Absolut ernst.«

»Über welche Summe sprechen wir?«

»Über eine, die groß genug ist, um Ihnen ein neues und sehr bequemes Leben zu sichern. An einem Ort Ihrer Wahl. Aber Sie müssen tun, was ich sage. Sie dürfen keine Fragen stellen und haben alles zu akzeptieren, was im Rahmen unserer Mission passiert. Selbst, wenn es nicht ganz legal erscheint.«

Barry lacht grunzend. »Hören Sie, Lady. Bevor Sie auf meinen Kutter gekommen sind, habe ich noch nie eine Verschwiegenheitserklärung zu Gesicht bekommen. Geschweige denn, eine unterschrieben. Und ich habe auch keine Ahnung, was an dem Vieh so besonders ist, dass sie weder Kosten noch Mühen scheuen, um es zu kriegen. Aber es ist mir auch scheißegal. Wenn Sie mir Ihr Versprechen schriftlich geben, stehe ich Ihnen in jeder Hinsicht zur Verfügung. Absolute Verschwiegenheit inbegriffen. Dann ist es mir auch herzlich egal, was Sie auf meinem Kutter treiben. Oder wobei ich Ihnen helfen muss. Meinetwegen können wir auch gemeinsam Leichen entsorgen, wenn ich anschließend sorglos meinen Ruhestand genießen kann. Die Fischerei bringt's nämlich nicht mehr, und ich kann nichts anderes als Fischen.«

»Einverstanden.« Ich stehe auf und schüttele Barrys wettergegerbte Hand. »Ich gebe es Ihnen schriftlich. Gleich heute Abend. Aber jetzt bringen Sie uns erst mal nach *Skara Brae*.«

»Na klar doch. Aber eine Frage hätte ich noch, bevor ich ein für alle Mal die Klappe halte.«

»Die da wäre?«

»Verstehe ich das richtig? Sind Sie jetzt nicht nur hinter 'nem Seehund, sondern auch hinter 'nem Hippiekerl her?«

»Ja.« Ich lächele und blicke dem Horizont entgegen. Ein herrliches Gefühl brennt in meiner Brust und kribbelt im Bauch. Das Gefühl, dem ultimativen Traum ganz nahe zu sein. »Man könnte sagen, dass beides miteinander zusammenhängt.«

Barry wirft den Kopf zurück und lacht. »Sie sind wirklich eine verrückte Frau, Lady. Aber das ist mir scheißegal, wissen Sie? Sorgen Sie einfach nur dafür, dass das Geld stimmt.«

»Das werde ich. Kennen Sie den dunklen Kieselstrand auf Skara Brae?«

»Jep.«

»Gut. Bringen Sie uns zur gegenüberliegenden Seite der Insel. Möglichst unauffällig, falls das geht. Und halten Sie ausreichend Abstand. Wir legen den Rest der Strecke mit dem Rettungsboot zurück.«

»Sie wollen's wirklich wissen, hm?«

»Tun Sie einfach, was ich sage.«

Die nächste Stunde verstreicht quälend langsam. Als schließlich Skara Brae in Sichtweite kommt, fühlt es sich an, als würde ich jeden Moment in Ohnmacht fallen.

Bleib ruhig, verdammt.

Kühl und professionell!

»Okay.« Ich nicke Rahul zu. »Bereiten wir schon mal alles vor.«

Kommentarlos geht er mir zu Hand, sucht die Ausrüstung zusammen, die wir benötigen werden, und wirkt zunehmend skeptischer. Ich reagiere nicht darauf, schultere meinen Rucksack und schnappe mir zuletzt den Koffer mit dem Gewehr.

»Alles klar.« Barry schaltet den Motor aus. »Ab hier können Sie das Boot nehmen. Ich entspanne solange 'ne Runde, also lassen Sie sich Zeit.«

Er wirft den Anker, hilft uns beim Verladen und lässt die Nussschale zu Wasser. Rahul flucht, weil es nicht leicht ist, in das schwankende Ding zu klettern, aber kaum tuckern wir in gemächlicher Geschwindigkeit auf den Strand zu, tritt wieder der leidenschaftliche Glanz in seine Augen.

»Alles klar.« In Windeseile haben wir das Boot auf den Sand gezogen und festgezurrt. »Wir decken die Plane drüber, machen einen Rundgang und bringen die Kameras in Stellung. Anschließend wirst du deinen Posten beziehen, während ich mit Barry zurückfahre und Mari und ihrem Bruder auf den Zahn fühle.«

»Was?« Rahul starrt mich entgeistert an. »Ich soll allein hierbleiben?«

»Nur ein paar Stunden. Ich komme zurück, sobald ich kann. Mari und ihr Bruder wissen etwas, dafür lege ich meine Hand ins Feuer. Und wenn ich Barrys Geschichte richtig deute, ist unser Mädchen dem Selkie sogar schon nahegekommen. Sehr nahe.«

»Du meinst was Romantisches?«

»Keine Ahnung. Ich muss auf jeden Fall mit ihr sprechen, bevor sie auf dumme Ideen kommt. Und du wirst hier die Stellung halten. Ach, nun schau nicht so entsetzt. Ich lasse dir das zweite Gewehr hier. Die Dosis in den Pfeilen ist stark genug, um einen erwachsenen Mann sekundenschnell außer Gefecht zu setzen. Er wird dir schon nicht die Eingeweide herausreißen.«

»Klasse. Du hast hoffentlich auch daran gedacht, dass er mit Sicherheit eine höhere Dosis braucht und außerdem die Gefahr besteht, dass er dank seiner Selbstheilungskräfte in Windeseile wieder aufwacht?«

»Ja. Ich habe daran gedacht.«

»Klasse«, wiederholt er. »Ich kann es kaum erwarten herauszufinden, wie weit wir danebenliegen.«

»Jetzt komm mal wieder runter, Rahul. Notfalls verpasst du ihm mehrere Einheiten. In dem Koffer befindet sich genug Betäubungsmittel, um einen Elefanten dauerhaft ins Koma zu versetzen. Also male nicht schon wieder den Teufel an die Wand. Hilf mir lieber, anstatt Panik zu schieben.«

Knurrend und murrend geht er mir zur Hand. Wir werfen die sandfarbene Plane über das Boot, um es halbwegs zu tarnen, beschweren sie mit ein paar Steinen und schultern unser Gepäck. Die Insel ist klein, sehr übersichtlich im Gesamten, aber als Versteck gut geeignet. So unauffällig wie möglich bewegen wir uns vorwärts, nutzen Felsen, Senken und Sträucher als Deckung und hinterlassen überall dort, wo es uns günstig erscheint, Kameras mit Bewegungsmeldern. Dank neuestem Entwicklungsstand verschmelzen die Dinger praktisch mit der Umgebung und sind nicht auffindbar, es sei denn, man kennt ihren Standort.

»Nichts zu sehen«, flüstert Rahul.

»Nein. Es ist ja auch Flut.«

»Und?«

»Bei Flut gehen Seehunde bevorzugt auf die Jagd. Schau mal, da drüben. Das ist ein guter Ort für unser Zelt. Schön versteckt und unauffällig.«

Rahul nickt, sichtlich unzufrieden mit der Situation. Während der nächsten Stunde schlagen wir unser Lager auf und lassen es so gut wie möglich mit der Umgebung verschmelzen. Schließlich, als auch die Technik restlos aufgebaut und einsatzbereit ist, öffnet mein Assistent seinen Laptop und wirft zugleich einen Blick auf das Smartphone. »Noch keine Meldung.«

»Natürlich nicht. So leicht wird er es uns nicht machen. Wir müssen geduldig sein. Hör zu, ich drehe noch eine Runde und fahre dann mit Barry zurück, verstanden? Wir bleiben in Kontakt. Sobald ich mit der Kleinen und ihrem Bruder gesprochen habe, leiste ich dir wieder Gesellschaft.«

»Und was mache ich, wenn er auftaucht?«

»Meinst du diese Frage ernst?«

»Ich möchte nur wissen, ob ich alle Befugnisse habe.«

»Ja, verdammt. Was denkst du denn? Wenn sich dir eine Möglichkeit bietet, dann ergreifst du sie. Ohne Kompromisse. Noch irgendwelche Fragen?«

»Nein.« Rahul seufzt und sieht kreuzunglücklich aus. »Aber ich gebe ehrlicherweise zu, dass ich die Sache mit dem *allein zurückbleiben* nicht gutheiße.«

»Ach, nun reiß dich mal zusammen. *Du* bist der Jäger. Unsere Beute sollte vor *uns* Angst haben, nicht umgekehrt. Wir müssen die Insel im Auge behalten, und zwar ununterbrochen. Also bis dann. Ruf an, wenn irgendwas ist.«

Er nickt, dann trete ich aus dem Zelt und lasse meinen Blick schweifen. Nichts zu sehen. Alles ist so friedlich, als wäre diese Insel das sprichwörtliche Ende der Welt. Eine Weile wandere ich herum, statte zuerst der Ruine, dann dem Kieselstrand aus dem Video einen Besuch ab und hoffe in jeder Sekunde, dass das Smartphone in meiner Hand zu vibrieren beginnt.

Bewegungsalarm. Aufzeichnung gestartet.

Aber es geschieht nichts. Trotzdem spüre ich, dass wir auf dem richtigen Weg sind. Das hier ist sein Zuhause, also wird er kommen. Sehr bald schon. Und wenn es so weit ist, beginnt mein neues Leben.

KAPITEL 11

Wie ich die Liebe entdeckte

Dr. Ruth Chapman

Das Haus auf dem Hang sieht wie viele Gebäude auf den Orkney-Inseln aus. Es besteht aus graubraunem Stein, trägt ein ebenso graubraunes Dach und hat sich im Laufe der Zeit mit Moos und Grasbüscheln geschmückt. Die Fenster sind seit Langem nicht mehr geputzt worden, der Garten wuchert hemmungslos vor sich hin. Und hinter dem Haus entdecke ich mehrere miteinander verbundene Anbauten aus Glas, in denen haufenweise Pflanzen wuchern.

Obwohl Rahul nicht bei mir ist, sondern auf *Skara Brae* die Stellung hält, kann ich trotzdem seine Stimme hören. Zumindest in meiner Vorstellungskraft: »Vielleicht sind wir ein wenig zu vorschnell. Das hier ist immer noch der erste Tag unserer Anwesenheit. Ja, ja. Ich weiß. Wenn ich nicht die Klappe halte, ist der Tritt in den Hintern nur die harmlose Begleiterscheinung eines weitaus größeren Problems. Aber es war noch nie eine gute Idee, mit dem Kopf durch die Wand zu rennen.«

Ich stöhne innerlich. Straffe meine Haltung. Setze das freundlichste Lächeln auf und drücke den Klingelknopf. Jemand schiebt einen Stuhl über Fliesen. Dann erklingen Schritte. Mein Herz wummert, mein Gesicht fängt an zu brennen. Ist das hier eine gute Idee? Ich habe keine Ahnung. Aber mir bleibt nichts anderes übrig.

Verstohlen werfe ich einen Blick auf mein Smartphone. Idiotisch, denn ich habe den Vibrationsalarm eingestellt. Trotzdem fühle ich den Zwang, immer wieder nachschauen zu müssen.

Keine Meldung.

Alles gut. Nur nicht nervös werden. Das hier ist unser erster Tag. Es ist äußerst unwahrscheinlich, dass er uns so schnell ins Netz geht.

Plötzlich erscheint ein Schatten hinter dem Milchglas der Tür. Schlank und hochgewachsen. Vermutlich Maris Bruder. Und tatsächlich. Als eine Sekunde später die Tür aufgeht, blickt mir ein junger Kerl mit dichtem rotbraunem Haar und freundlichem Gesicht entgegen.

»Ja bitte?«

Ich lächele noch breiter. »Guten Abend. Entschuldigen Sie die Störung, aber könnte ich wohl kurz mit Mari sprechen?«

Der Bursche legt misstrauisch den Kopf schief. »Guten Abend zurück. Worum gehts denn?«

»Ach, nichts Weltbewegendes. Wir haben uns heute Morgen im Café getroffen, und ich würde gerne noch ein paar Fragen loswerden. Um ehrlich zu sein, an Sie beide.«

»Aha.«

»Wäre das in Ordnung?«

»Hm.«

»Schon gut. Ich möchte Sie keinesfalls stören.«

»Nein. Kommen Sie rein. Wir sind gerade erst vom Laden zurückgekommen, aber Mari sollte gleich fertig sein.«

»Alles klar. Vielen Dank. Ein schönes Häuschen haben Sie hier. Ich mag es abgeschieden. Sie offenbar auch.«

»Stimmt. Je einsamer, umso besser. Ich bin übrigens Finley. Maris Bruder. Möchten Sie einen Kaffee? Wir haben gerade welchen gekocht.«

»Sehr gerne. Ich danke Ihnen.«

Vor mir liegt ein geschmackvoll eingerichtetes Wohnzimmer mit offener Küche. Alles wirkt elegant und urig zugleich: alte Möbel, karierte und naturfarbene Stoffe, dezente Dekoration und maritimer Schnickschnack. In einem Katalog für schottische Ferienhäuser würde sich dieses Refugium ziemlich gut machen.

»Warten Sie«, sagt Finley. »Ich gebe Mari kurz Bescheid, dass … oh, da ist sie ja schon.«

Ich drehe mich in Richtung Treppe und erstarre zur Salzsäule.

Die junge Frau aus dem Cafe kommt herunter, begleitet von einem schreiend bunt gekleideten Hippie-Inder mit Dreadlocks und – heilige Muttergottes! – dem Selkie.

Ja, er ist es.

Ohne jeden Zweifel.

Ich sehe, wie Maris Gesicht eine Sekunde lang entgleist, aber sie gewinnt überraschend schnell die Kontrolle zurück.

»Oh, hallo Ruth.«

Äußerlich gelassen marschiert sie zum Tisch und nimmt Platz. Der Inder und der Selkie setzen sich neben sie. Was in aller Welt läuft hier ab? Wie kann diese Kreatur, dieses absolut weltfremde Wesen, auf einmal an einem Küchentisch sitzen? Gekleidet in eine Jeans und in ein grün-braun kariertes Flanellhemd, als wäre es ein ganz normaler Mensch?

»Was führt Sie zu uns?«, fragt Mari. »Haben Sie Ihren Seehund schon gefunden?«

»Äh, was?« Finley kneift die Augen zusammen. »Sie suchen nach einem Seehund?«

Ich lächele und nicke. Okay, jetzt nur nichts überstürzen. Am besten ruhig bleiben und so tun, als wäre alles in Ordnung. Dummerweise bleibt mir fast das Herz stehen. Ich schaffe es nur mit größter Mühe, meine Gesichtszüge unter Kontrolle zu halten. Vor allem, als ich vom Blick des Wesens durchbohrt werde. Seine Augen sind schwarz. So dunkel, dass ich nicht einmal im Lampenlicht die Pupillen erkennen kann.

Scheiße!

Ist da nicht gerade der Funke einer Erkenntnis durch seine Miene gehuscht? Weiß er längst, wer ich bin und was mich hierhergetrieben hat? Kann er womöglich sogar Gedanken lesen? Oh, lieber Himmel, er sieht genauso aus wie auf dem Video. Abgesehen von der menschlichen Kleidung. Eine Spur zu lange mustere ich das unverwechselbare Gesicht und die schwarzen, weiß gesträhnten Haare.

Er weiß, warum ich gekommen bin.

Er weiß es, verdammt.

Mein Blutdruck schießt in die Höhe. Einen Moment lang wird alles dumpf und nebelig, dann gehe ich wie von selbst auf den letzten leeren Stuhl zu und setze mich. Kaum zwei Armlängen von dem Selkie entfernt. Meine Finger krallen sich verzweifelt in den Stoff des Rucksacks. Ich habe nicht einmal die Jacke ausgezogen. Auch nicht meine nassen, schmutzigen Stiefel. Egal. Das tut jetzt nichts zur Sache. Schließlich will ich nur kurz ein paar Fragen stellen. Aber welche Fragen eigentlich? Die Antwort, nach der ich suche, sitzt schließlich direkt vor mir. So nah und zugleich unerreichbar.

Was, wenn er doch nur ein Mensch ist? Einfach nur ein Mensch, der sich einen Spaß daraus macht, mithilfe künstlicher Intelligenz perfekte Fälschungen zu erstellen? Deep Fakes von solcher Genialität, dass sie selbst intensiven Prüfungen standhalten? Falls es so ist, drehe ich mir gerade meinen eigenen Strick. Denk nach, Ruth! Denk nach und winde dich irgendwie raus!

»Hi«, sage ich in die Runde. »Schön, Sie wiederzusehen, Mari. Tut mir leid, dass ich einfach so bei Ihnen rein platze.«

Die junge Frau windet sich wie ein Wurm am Haken. »Woher kennen Sie meinen Namen?«

»Barry hat ihn mir verraten. Nein, keine Sorge. Ich will einfach nur fragen, ob Sie irgendetwas über den weißen Seehund wissen. Weiter nichts. Sie und Ihr Bruder fahren recht oft mit Andreas raus, nicht wahr? Deswegen hege ich die Vermutung, dass Sie möglicherweise etwas gesehen habt.«

Okay. Bleib so nahe an der Wahrheit wie möglich. Tu so, als würdet ihr nur einem ungewöhnlichen Tier nachjagen. Aber … scheiße! Er weiß es! Wenn er jetzt verschwindet, sehe ich ihn nie wieder. Tu doch etwas, lieber Gott. Spiel mir irgendeinen Zufall in die Hände. Bitte! Bitte! Bitte!

Aber welchen Zufall? Selbst wenn ich in die unwahrscheinliche Lage gerate, mit dem Selkie allein zu sein, kann ich ihn nicht überwältigen. Das verdammte Gewehr befindet sich auf dem Kutter, weil ich davon ausgegangen bin, dass ich der Kleinen und ihrem Bruder nur ein paar Fragen stelle.

Scheiße, verdammte!

»Okay.« Der Mann namens Finley bringt zwei volle Kaffeebecher und stellt sie vor uns ab. Als Nächstes folgt ein Teller mit köstlich aussehenden Cookies, aber ich verspüre keinen Hunger. »Würdet ihr mich jetzt bitte aufklären, worum es hier geht? Warum suchen Sie nach Seehunden?«

»Hat Mari Ihnen nicht davon erzählt?«, frage ich.

»Nein. Wir hatten einen sehr anstrengenden Tag. Ich nehme an, dass sie es mir jetzt erzählen wollte, oder?« Er stiert seine Schwester an. Die lächelt verkniffen zurück und nickt.

»Ja. Ich wollte es dir jetzt erzählen. Ganz in Ruhe bei einem Kaffee. Heute haben wir uns ja kaum zu Gesicht bekommen.«

Verzweifelt versuche ich, den Selkie nicht anzustarren, aber nachdem ich zwei Schlucke Kaffee getrunken habe, klebt mein Blick wieder an seinem Gesicht.

Nein, er ist kein Mensch. Ich kann es spüren. Ich sehe es in den schwarzen, abgrundtiefen Augen und in der eigenartigen Struktur der Haut, die eine Spur zu glatt und makellos aussieht. Er strahlt etwas absolut Unbeschreibliches aus. Eine schier atemberaubende Präsenz, für die mir nur das Wort *magisch* einfällt. Ist da nicht ein kaum merkliches Lächeln, das um seine Lippen spielt? Empfindet er das hier nur als Spiel? Fühlt er sich sicher, weil er ganz genau weiß, dass er uns überlegen ist?

Ich spüre, wie ich unter seiner Musterung zusammenschrumpfe. Plötzlich fühle ich mich klein und hilflos, wie eine Garnele im zähnestarrenden Maul eines Hais. Habe ich wirklich geglaubt, ein Wesen wie ihn einfach einsacken und mitnehmen zu können? Als wäre es nichts weiter als ein Versuchstier?

»Ruth und ihr Kollege halten nach dem weißen Seehund Ausschau«, sagt Mari. »Sie sind der Meinung, dass es sich um eine ganz neue Unterart handelt. Leider weiß ich nichts über das Tier. Ja, ich habe es mal gesehen. Drüben bei den Seehundsbänken. Aber das ist Wochen her.«

Ich zwinge mich zu einem Nicken. *Na klar, junge Dame. Du weißt ganz genau, welches Tier ich meine. Nämlich das, was gerade bei uns am Tisch sitzt.*

»Gut«, sage ich sanft. »Wir sind für jeden Hinweis dankbar. Falls Sie den Seehund also noch einmal sehen, sagen Sie mir gerne Bescheid. Es ist eine echte Sensation, heutzutage noch eine neue Säugetier-Art zu entdecken, insbesondere eine solch spektakuläre. Und bitte verstehen Sie unser Anliegen nicht falsch. Wir wollen dem Tier nicht schaden. Es geht nur darum, mehr darüber zu erfahren.«

Erneut begehe ich den Fehler, dem Selkie in die Augen zu blicken. Unsichtbare Fesseln legen sich um meinen Körper und lassen mich eine Kraft spüren, die jenseits aller Vorstellungskraft liegt. Es ist, als würde ich in tiefem Wasser versinken. Langsam. Beharrlich. Bis jeder Atemzug zur Qual wird.

»Wir haben keine Ahnung«, höre ich Mari sagen. »Aber wenn wir etwas sehen, melden wir uns selbstverständlich.«

»Gut«, murmele ich. »In Ordnung. Dann lasse ich Sie mal wieder in Ruhe. Danke für den Kaffee.«

Ich werfe einen letzten Blick auf den Selkie und möchte schreien vor Frustration. Seine dichten schwarzen Wimpern senken sich über zwei bodenlose Abgründe, und plötzlich streikt mein Gehirn. Da sind Buchstaben im Sand, aber die Brandung wischt sie weg. So spurlos, als hätten sie niemals existiert.

Ich schwanke. Fühle mich jämmerlich und verloren. Was wir vorhaben, ist unmöglich. Diese Kreatur ist zu stark. Wir können sie nicht überwältigen. Ebenso wenig, wie wir das Meer in einen Käfig sperren können.

»Schönen Abend noch«, nuschele ich.

»Ihnen auch einen schönen Abend.« Mari lächelt mich an. Oh, dieses heimtückische Biest! Sie weiß ganz genau, dass ich am kürzeren Hebel sitze. Zumindest im Moment. »Und viel Erfolg beim Suchen.«

Finley und der Inder tauschen vielsagende Blicke aus. Der Selkie aber starrt mich immer noch an. Schlagartig will ich nur noch weg von ihm. Je schneller, umso besser. Er schält mir die Haut vom Fleisch und saugt an meiner Seele, als wäre ich ein Blatt und er ein alles verschlingender Strudel.

Weg hier!

Sofort!

Da ist ein stärker werdender Druck, der sich um meinen Brustkorb legt und mir die Lungen zusammendrückt. Ich ringe nach Luft, sinke aber trotzdem tiefer. Nein, das ist unmöglich. Unter mir ist fester Boden. Ich befinde mich in einem Haus, um mich herum ist kein Wasser. Aber dann wird mir schlagartig kalt. Ich kann kaum noch denken, während sich ein Eispanzer um meinen Körper schließt.

Weg! Weg! Weg!

Ich stürze förmlich zur Tür hinaus, renne ein Stück und will schreien vor Erleichterung, als sich meine Lungen endlich wieder mit Sauerstoff füllen. Ich keuche und atme und presse beide Hände auf mein rasendes Herz. Noch immer tost die Brandung durch meinen Kopf und löscht jeden Gedanken aus, als wäre er ein Buchstabe, den jemand in den Sand geschrieben hat.

Was ist gerade passiert?

Was zum Teufel ist das gewesen?

Er ist zu mächtig, wispert eine böse Stimme. *Viel zu mächtig. Wenn du dich mit ihm anlegst, bist du geliefert.*

Ich beuge mich vor, stütze die Hände auf den Knien ab und atme. Tief und gierig, als hätte ich mich aus tiefem Wasser nach oben gekämpft. Niemals habe ich mich derart hilflos gefühlt. So klein, nackt und unbedeutend. Wir müssen die Sache abblasen. Es ist zwecklos. Sinnlos. Völlig bescheuert. Denn dieses Wesen wird niemals uns gehören.

Und plötzlich weine ich. Zum ersten Mal seit mehr als zwanzig Jahren. Ich zittere und schluchze wie ein verdammtes Wrack, während ich auf wackligen Beinen zum Dorf hinunter torkele. Was ist mit mir los? Warum kann ich immer noch keinen klaren Gedanken fassen? Ich habe Angst gehabt. Aber wovor?

Der Selkie. Ach ja.

Denk nach, verdammt. Denk nach!

Ich stolpere weiter. Mein Blick verschwimmt. Ich fühle mich wie eine von den Wellen durchgeschüttelte Boje, während mein Kopf immer schwerer wird. Am liebsten würde ich ihn abnehmen und in den nächstbesten Mülleimer werfen.

Was ist los?

Was ist passiert?

Verzweifelt versuche ich, meinen Blick auf etwas zu fokussieren. Ich habe immer noch Angst. Nein, ich fürchte mich zu Tode. Mein ganzer Körper schlottert und bebt. Aber je weiter ich laufe, umso mehr gewinnt die Welt wieder an Konturen. So muss es sich anfühlen, aus einem Sumpf herauszukriechen. Millimeter für Millimeter.

Der Selkie. Er hat etwas mit mir angestellt.

Ich bin nicht mehr ich selbst. Ich bin ein Kaninchen, keine Schlange.

Allmählich nehmen meine Gedanken wieder Fahrt auf. Dieses Wesen … es hat mich angestarrt. Und dann … dann bin ich im Wasser versunken. Meine Gedanken … wie Buchstaben im Sand, die vom Meer ausgelöscht werden …

Großer Gott!

Die Erkenntnis trifft mich mit der Wucht eines Magenschwingers. Schlagartig wird alle Betäubung beiseite gewischt und überlässt einem einzigen Gefühl die Vorherrschaft: Demütigung.

Der Selkie hat mich erniedrigt. Er hat mich in ein verdammtes, verängstigtes Kind verwandelt, das vor Panik nur so bibbert. Niemals bin ich geflohen. Niemals. Bis heute.

Und plötzlich muss ich lachen. Laut und wütend und hemmungslos. Ich weiß wieder, wer ich bin, aber der Nachhall des schrecklichen Gefühls nagt immer noch an mir. Vielleicht findet jemand, der sich einmal winzig klein gefühlt hat, nie wieder zu seiner alten Größe zurück. Ein erschreckender Gedanke. Aber diese Kreatur wird nicht gewinnen. Nein, das lasse ich nicht zu. Sie ist mein Heiliger Gral. Sie ist meine Heilung und mein ultimatives Lebensziel.

Ich bin die Schlange, nicht das Kaninchen.

Oh ja, die Sache wird immer interessanter. Gerade hat er mir eine seiner verblüffenden Fähigkeiten präsentiert, und das bedeutet, dass ich wieder einen Schritt weitergekommen bin. Ich weiß jetzt, worauf ich achten und was ich vermeiden muss. Der Heilige Gral gehört mir. Selbst, wenn ich dafür die ganze Welt umkrempeln muss.

»Unterschätze niemals die Entschlossenheit einer todgeweihten Frau, die sich Unsterblichkeit wünscht«, flüstere ich den Wind hinaus. »Ich gebe nicht auf, mein Freund. Niemals. Und wenn du denkst, dass du mit mir spielen kannst, hast du dich geschnitten.«

Kian

Alle drei starren mich an. Ich weiß nicht, was ich sagen soll, also halte ich mich am Kaffeebecher fest und warte ab, was passiert. Nach wie vor spüre ich den kalten, berechnenden Blick der Frau auf meiner Haut. Er ist wie eine scharfe Klinge gewesen, die es nicht erwarten kann, sich in mich hineinzubohren. Ja, ich habe Überlegenheit vorgetäuscht. Doch in Wahrheit hat mir Ruths Präsenz auf erschreckende Weise klargemacht, dass sie zu allem bereit ist. In ihr steckt ein Raubtier. Genauso wie in mir. Aber ihres ist bei Weitem gewissenloser und in jeder Hinsicht entschlossen, Beute zu schlagen. Egal, wie hoch der Preis dafür ist.

»Okay.« Oliver tauscht einen vielsagenden Blick mit Finley. »Das ist jetzt richtig blöd gelaufen. Kaum mischst du dich unter uns Menschen, tauchen zwei Frankensteins auf und wollen dich in Scheiben schneiden.«

»Verdammt, Mari!« Finley reibt sich die Schläfen. »Du hättest mir früher davon erzählen müssen. Dann wäre ich nicht auf die Idee gekommen, diese Frau in unser Haus zu lassen. Ich dachte, sie wäre eine Freundin von dir. Oder eine neue Kundin, die ich noch nicht kenne, weil ich die meiste Zeit im Gewächshaus herum puzzele.«

»Wann hätte ich es dir denn erzählen sollen?«, blafft Mari zurück. »Uns blieb ja nicht mal Zeit für eine Mittagspause. Ich wollte dir heute Abend alles berichten. Ganz in Ruhe. Zusammen mit Kian.«

»Tja.« Oliver seufzt. »Jetzt ist die Kacke jedenfalls am Dampfen. Habt ihr den Blick dieser Hyäne gesehen? Ich dachte, sie schält dir bei lebendigem Leib die Haut von den Knochen.«

Er sieht mich an, aber ich trinke nur wortlos meinen Kaffee aus. So oder so muss ich gehen. Anderenfalls bringe ich Mari und meine Freunde in Gefahr.

»Kian?« Finley räuspert sich. »Habe ich das richtig interpretiert? Diese Frau weiß, was du bist? Sie hat dich erkannt?«

Ich deute ein Nicken an.

»Das ist Mist.« Er legt eine Hand über seine Augen und stöhnt. »In diesem Fall können wir dich dummerweise nicht beschützen. Sie werden uns benutzen, um an dich heranzukommen. Das ist dir doch klar, oder nicht? Ich möchte wetten, Ruth ist nicht umsonst hier aufgeschlagen. Ja, sie war überrascht. Aber nur von der Tatsache, dass du bei uns wohnst.«

»Woher weiß sie überhaupt von ihm?«, fragt Oliver.

»Keine Ahnung.« Mari ist den Tränen nahe. »Ich dachte zuerst, dass sie nur hinter einem weißen Seehund her sind, weil Kian die Netze zerbissen hat. Aber es muss mehr dahinter stecken. Vielleicht … oh Scheiße!«

»Was?«, fragen Finley und Oliver wie aus einem Mund.

»Damals hat Andreas Kian und mich gesehen. Am Strand von *Skara Brae*. Er hat im Café bestimmt von diesem *nackten Hippiespinner* erzählt – bitte entschuldige, aber so hat er dich nun mal bezeichnet –, und als Ruth und Rahul mit Barry unterwegs gewesen sind, muss er es ihnen gegenüber erwähnt haben. Deswegen sind sie auf mich gekommen.«

»Na toll.« Finley klopft mit den Fingern auf die Tischplatte. »Und was machen wir jetzt?«

»Ich weiß es nicht.« In Maris Augen liegt eine solche Verzweiflung, dass ich den Anblick kaum ertrage. »Ruth ist gegangen und sah ziemlich fertig aus. Du hast was mit ihr angestellt, oder? Irgendeinen Selkiezauber.«

Ich antworte nicht.

»Kian?« Finleys Blick bohrt sich in meinen. »Bitte sag was.«

Ich schlucke, weil die in mir aufsteigende Niedergeschlagenheit so bitter schmeckt wie eine verdorbene Muschel. Gerade noch habe ich geglaubt, in diesem Haus zur Ruhe kommen zu können. Eingewebt in einen wunderbaren Kokon aus Wärme, Geborgenheit und Zuneigung. Aber jetzt wird mir klar, dass es nur eine Illusion gewesen ist. Natürlich. So ist es doch immer.

»Sie ist nicht aus freien Stücken verschwunden«, sage ich leise. »Ich habe ihre Seele in die Irre geführt.«

»Was?« Maris Augen weiten sich verblüfft. Ich spüre, wie dünn das Eis ist, auf dem ich mich bewege. Das hier ist vermutlich der beste und zugleich der schlechteste Moment für die Wahrheit, aber was spielt das noch für eine Rolle? Meine Zeit unter den Menschen ist vorbei. »Du hast … was getan?«

»Ihre Seele in die Irre geführt. Ich habe Ruth eingeflüstert, dass ich ihr weit überlegen bin, und dass es aussichtslos ist, mich zu verfolgen.«

Finley und Oliver klappt der Kiefer nach unten. Mari gibt einen ungläubigen Laut von sich.

»Du hast es ihr eingeflüstert?«, haucht sie. »Du hast ihre Gefühle beeinflusst und verdreht?«

Ich nicke, lasse den Blick schweifen und versuche, alles um mich herum in meine Erinnerung einzubrennen. Maris Anblick. Den Geschmack von Kaffee und Cookies. Die Wärme. Das sanfte Licht der Kerzen und des Kamins. Ja, einen Moment lang habe ich dazugehört. Aber das ist jetzt vorbei.

»Keine Ahnung, ob es funktioniert hat«, sage ich leise. »Ich habe das schon ewig nicht mehr gemacht. Es kann also sein, dass mein Einfluss nicht von Dauer ist. Und nein, ich habe das niemals bei einem von euch versucht. Das schwöre ich.«

»Wie können wir da sicher sein?« Finley schüttelt ungläubig den Kopf. »Wenn du so etwas kannst, dann … mein Gott, Kian. Woher wissen wir, dass du nicht auch uns verdrehst? Und wozu bist du noch in der Lage? Kannst du unsere Seelen rauben? Durchlöcherst du unseren Verstand? Manipulierst du Mari, bis sie dir gibt, was du willst?«

»Nein! Das würde ich niemals tun.« Jetzt beginnen auch meine Augen zu brennen. Noch ein wenig mehr, und ich verliere die Kontrolle. Ja, ich habe Menschen getötet und ihre Seelen ins Verderben gestürzt. Ich habe Boote und Schiffe auf dem Riff zerschellen lassen und Seeleute mit meiner Stimme in die Tiefe gelockt. Es ist nur ein Lied vonnöten, um Menschen zu zerstören. Nichts weiter als eine Abfolge magischer Töne aus den Tiefen meiner Existenz, dort, wo der Ozean über mich herrscht. Aber ich habe mir geschworen, dergleichen niemals wieder zu missbrauchen. Niemals. Unter gar keinen Umständen.

»Ich bin da, um zu heilen«, füge ich hinzu. »Nicht, um zu zerstören. Was ich mit Ruth getan habe, ist gegen meine Natur. So sehr, dass es mir selbst wehtut. Aber ja, ich bin dazu in der Lage. Um euch und meine Welt zu beschützen.«

Trotzdem bist du nicht der, für den Mari dich hält, flüstert es in mir. *Was siehst du, wenn du die Augen schließt? Eine stürmische See bei Nacht. Du selbst, wie du auf einem Felsen sitzt und der Sprache des Meeres eine Gestalt gibst. Eine Sprache, die sogar Stürme übertönt und ihren Weg in die Seelen der Menschen findet, um sie vor Sehnsucht verrückt werden zu lassen. So oft hast du dabei zugesehen, wie sie ihr Ende an den scharfen Klingen des Riffs finden. Wie Planken zerbersten, Masten brechen und leblose Körper in den Abgrund sinken. Du spürst ihn immer noch. Den Nachhall ihrer Seelen. Selbst nach all der Zeit.*

Draußen rumort das Meer. Jede brechende Welle ist ein grausames und zugleich verlockendes Versprechen, mich vergessen zu lassen. Vielleicht wird Ruth wiederkommen, weil ich zu lange keinen Verstand mehr vernebelt und keine Seele mehr in die Irre geführt habe. Es ist schwer, Raubtiere abzulenken. Der Geist dieser Frau ist so undurchschaubar wie ein Tiefseegraben und selbst für mich kaum auszuloten. Also muss ich gehen. Schon, um Mari nicht in die Schusslinie zu bringen.

»Kian!« Ihre Stimme bricht mir das Herz. »Was willst du jetzt tun? Bitte sag mir nicht, dass ...«

»Ich gebe ihnen, was sie wollen.«

»Du machst Witze, oder?«

»Nein. Ich locke die beiden von euch weg. Ihr sollt meinetwegen nicht in Gefahr sein. Ich habe euch nicht belogen, und ich habe niemals versucht, euch zu beeinflussen. Mari, unsere gemeinsame Nacht war die schönste meines Lebens, und das wird für immer so bleiben. Wir sind miteinander verbunden. Daran kann nichts und niemand etwas ändern.«

»Moment mal!« Finley fällt aus allen Wolken. »Eure gemeinsame Nacht?«

Wir zucken alle zusammen, als Mari aufspringt und mit der flachen Hand auf den Tisch schlägt. »Ja, wir haben uns geliebt. Und ja, es war auch für mich die schönste Nacht meines Lebens. Aber kaum haben wir ein wenig Glück gefunden, du und ich, kommen diese Leute daher und nehmen es uns wieder weg. Das ist nicht fair. Ich will endlich, dass du auch mal ... ach verdammt, ich will einfach nur ...«

»Mari«, hauche ich sanft.

»Was?«

»Du hast mir ein Versprechen gegeben. Erinnerst du dich?«

Sie schüttelt den Kopf und beginnt zu weinen. »Denkst du wirklich, dass es so einfach ist? Du gehst, und ich mache weiter, als wäre nichts passiert?«

»Wir wussten von Anfang an, dass es so enden wird.«

»Ja. Aber ich hatte trotzdem Hoffnung. Tut mir leid.«

»Augenblick mal!« Jetzt springt auch Finley auf. »Ihr habt miteinander geschlafen?«

»Ja«, faucht Mari. »Na und?«

»Aber du kannst doch nicht ...«

»Was kann ich nicht?«

»Er ist doch ... ich meine, er ist ein ...«

»Halbes Tier?«, helfe ich ihm auf die Sprünge. »Ja, das bin ich. Es tut mir leid. Ich hätte niemals herkommen dürfen. Das alles war ein Fehler.«

Ich gehe nach oben in das Schlafzimmer, ziehe mich aus und nehme das Fell. Als ich wieder ins Wohnzimmer zurückkehre, stehen Mari, Finley und Oliver wie vom Donner gerührt mitten im Raum.

»Es tut mir leid«, wiederhole ich leise. »Aber ich gehöre nicht hierher. Das hätte niemals passieren dürfen.«

»Nein!« Mari schüttelt den Kopf. »Bitte tu das nicht. Schwimm ihnen nicht auch noch entgegen. Du hast ja keine Ahnung, was ...«

»Es geht nicht anders«, unterbreche ich sie. »Ihr dürft nicht zwischen mich und meine Feinde geraten. Danke für alles. Ich werde euch nie vergessen.«

Der Klumpen in meinem Hals schnürt mir den Atem ab. Wie verletzlich sie vor mir stehen. So ahnungslos und verwundbar. Ich denke an all die Schiffe, die im Mahlstrom des Meeres zerschellt sind. Ich denke an die Seeleute, die in der Tiefe ihr Leben ausgehaucht haben, an zerrissene Segel und verzweifelte Schreie. Zahllose Seelen irren durch die Dunkelheit, und sie alle rufen meinen Namen.

Im nächsten Moment renne ich auch schon durch die Nacht. Der Himmel ist bedeckt, die Dunkelheit tief und lichtlos. Es ist mir egal, ob mich die Maschinen im Weltall trotzdem sehen können. Nein, ich will sogar, dass sie mich sehen. Im besten Fall ist Ruth immer noch in der Nähe und bemerkt, dass ich fortlaufe. Weg von Mari, Finley und Oliver.

Um die Chance dafür zu erhöhen, werde ich langsamer und gehe gemächlich zum Meer hinunter. So oder so wird es in den nächsten Tagen viele Sichtungen eines weißen Seehunds geben. Dafür werde ich sorgen. Und am Ende, wenn ich Ruth und Rahul auf das Meer hinausgelockt habe, tue ich das Unausweichliche. Auch, wenn es meiner Natur widerstrebt. Denn einen anderen Weg gibt es nicht. Wenn ich diese Menschen nicht auslösche, kommen sie zurück. Früher oder später. Und dann, wenn alles vorbei ist, werde ich fortschwimmen. Ein für alle Mal.

Endlich umfängt mich das Wasser und spült meine Tränen fort. Ich verwandele mich in einer fließenden Drehung, tauche in das Dunkel ab und spüre um mich herum die Energie eines aufkommenden Sturms. Umso besser. Soll die See ruhig toben und kochen. Soll der Wind so laut brüllen wie meine Seele, die in Wut und Enttäuschung und abgrundtiefer Trauer versinkt.

Ich schwimme bis zur völligen Erschöpfung, entferne mich aber nicht weit vom Land. Viele Fischer gehen nachts auf Fangfahrt, also suche ich ihre Kutter und sorge dafür, dass sie mich entdecken. Jedes Mal zücken sie diese Smartphone-Dinger und tätigen einen Anruf. Gut so. Soll Ruth ruhig in Stress geraten.

Als ich schließlich für ausreichend Augenzeugen gesorgt habe, jage ich hinaus auf die offene See, schneller, immer schneller, bis ich glaube, ohnmächtig auf den Grund sinken zu müssen.

Hinter der Grenze, die mir mein Körper vorgaukelt, befindet sich die wahre Freiheit. Keine Gedanken mehr. Keine Gefühle. Nur noch die unbändige Wildheit des Tieres.

Nein! Ich will mich nicht erinnern. Aber die Bilder kommen. Gnadenlos wie jagende Haie. Ich habe schon einmal das gefühlt, was ich jetzt fühle. Verlust. Wut. Leere. Und ehe ich sie auslöschen kann, wandern meine Gedanken zurück und zeigen mir, wie alles begonnen hat.

Damals

Ravenhill Manor

Den ganzen Nachmittag lang haben wir Flundern gejagt. Die Sonne scheint von einem wasserblauen Himmel, der Sommer betupft die Wiesen und Klippen mit bunten Sprenkeln. Als es schließlich Abend wird, gehen wir mit vollen Bäuchen zum Haus zurück und stapfen noch ein wenig durch das flache Wasser des Flusses. Vergnügt tanzt Ciara neben mir her und plappert über die Vorzüge verschiedener Süßspeisen, die Florence so herrlich zuzubereiten versteht. In ihrem dunklen Haar glitzert Salz, die Augen meiner Schwester sprühen vor Lebensfreude. Ich bin froh, dass sie endlich wieder gelernt hat, ihr Dasein zu genießen.

»Grießbrei mit Pflaumen«, kichert Ciara. »Ich hoffe, das gibts heute nach dem Abendessen.«

Übermütig wie immer reißt sie die Haustür auf – und läuft fast in Florence hinein. Unsere Ersatzmutter wirkt verärgert, ja sogar ängstlich. Viel zu hastig reißt sie uns die Seehundsfelle aus den Händen, stopft sie in eine Schublade des Sideboards, schließt ab und fährt uns ein paar Mal über die zerzausten Haare.

»Bitte erschreckt nicht, aber wir haben Gäste.«

»Gäste?«, wiederhole ich ungläubig.

»Ja. Sie kamen unangemeldet und werden etwa zwei Wochen bleiben. Nicht grade die höfliche Art, aber sie gehören zur Familie.«

»Wer ist es?«, will Ciara wissen.

»Mein Neffe und seine Tochter. Ihr wisst doch noch, was wir besprochen haben, hm? Falls es doch einmal geschieht, dass wir Besuch bekommen?«

Wir nicken synchron.

»Gut. Sehr gut.« Florence tätschelt unsere Köpfe. »Ich weiß, dass ihr das hinbekommt. Tut einfach, was wir euch beigebracht haben. Seid ihr bereit?«

Wir nicken erneut, dann treten wir auch schon in das Esszimmer und werden von einem vertrauten und zwei fremden Gesichtern begrüßt. Jacob nickt uns aufmunternd zu. Neben ihm sitzt ein hochgewachsener blonder Mann in einem feinen Anzug und ein wunderschönes zartes Mädchen mit braunem Haar und bernsteinfarbenen Augen. Ciara drückt sich ängstlich an meine Seite. Fremde. Hier bei uns. In jenem Haus, das bisher ausschließlich uns gehört hat, denn Florence und ihr Mann haben niemals irgendwelche Artgenossen zu sich eingeladen.

»Setzt euch.« Jacob vollführt eine winkende Geste. »Es ist alles in Ordnung.«

Ciara wirft mir einen unsicheren Blick zu.

»Sollen wir wirklich?«

Ich antworte mit einem Nicken. Meine Schwester seufzt, sinkt in sich zusammen und nimmt auf einem der Stühle Platz. Ich setze mich neben sie, falte die Hände im Schoß und spanne mich an. Bereit, jederzeit zu Flucht oder Angriff überzugehen. Das fremde Mädchen starrt mich an, ich starre zurück. Ihre Haut ist unglaublich blass und durchscheinend, wie das Perlmutt einer Muschel. Wirklich wunderschön.

»Hattet ihr einen guten Tag?«, fragt Florence sanft. »Ist alles in Ordnung?«

Ciara und ich nicken nur, denn unter dem strengen Blick des fremden Mannes bringen wir beide kein Wort heraus. Er glotzt uns an, als wären wir widerwärtige Insekten, die es zu zertreten gilt. Eindeutig ein Akt der Provokation. Ich spüre, wie die Aggression in mir hochkocht. Ich will den Kerl anknurren, ihn bei der Gurgel packen und zeigen, dass ich der Stärkere bin. Aber Florence und Jacob werden das mit Sicherheit nicht tolerieren.

»Das ist der unheimlichste Mensch, der mir je unter die Augen gekommen ist«, sage ich in der lautlosen Gedankensprache zu meiner Schwester. *»Er guckt drein wie ein Seewolf.«*

»Er ist auch einer«, erwidert Ciara. *»Ich kann es fühlen.«*

»Keine Angst. Bevor er dir etwas tun kann, schneide ich ihn in schöne saubere Streifen und hänge sie zum Trocknen auf das Gestell.«

Ciara kichert. »*Schau mal. Ich glaube, das Mädchen findet Gefallen an dir. Sie ist hübsch, nicht wahr? Und wie sie dich anstarrt. Als hätte sie noch nie einen Jungen gesehen. Na ja, hat sie wahrscheinlich auch nicht. Ich meine, noch nie einen wie dich.*«

»*Pssst! Der Seewolf platzt gleich.*«

»*Ja, ja. Schon gut.*«

Ich mustere das blassblaue, hochgeschlossene Seidenkleid des Mädchens, das seine Gestalt noch dünner und blasser wirken lässt. Der Stoff besitzt genau die gleiche Farbe wie die Energieströme, die die Gestalt dieses faszinierenden Menschen umrahmen. Ja, ich sehe ein Übermaß an innerer und äußerer Schönheit. Aber da sind auch Leid und Unglück, durchdrungen von dem Gefühl, langsam zu verlöschen.

»So etwas gehört sich nicht!«, blafft mich plötzlich der Mann an. Und zwar derart laut und derb, dass ich zusammenzucke. »Zuerst stellst du dich nicht vor, junger Mann. Und dann erdreistest du dich auch noch, meine Tochter anzugaffen. Florence! Jacob! Was ist mit den beiden los? Man könnte glauben, es seien wilde Tiere. Und du, Evelyne, hörst auf zu starren. Dergleichen geziemt sich nicht für eine junge Dame.«

Das Mädchen blickt erschreckt zur Seite. Es wirkt wie ein verängstigtes Tier, das zu oft verwundet worden ist. Was mag ihm widerfahren sein? Warum sieht es so traurig aus? Vielleicht wegen seines Vaters? Ja, der Gedanke erscheint mir plausibel. Denn während das eine Lebenslicht sanft und schön ist, flackert das andere in giftigem, zornigem Grün.

»Darf ich vorstellen?« Jacobs sonst warmherzige Stimme klingt erschreckend lieblos. »Das sind unser Neffe Adam McLean und Evelyne, seine Tochter. Es ist das erste Mal seit zehn Jahren, dass er sich zu einem Besuch herablässt, obwohl wir früher ein Herz und eine Seele waren. Und darf ich *dir* wiederum unsere Ziehkinder vorstellen? Ciara und Kian.«

»Hm«, knurrt der Mann, und es erfordert all meine Beherrschung, nicht angriffslustig zurückzuknurren.

»Nun spann uns nicht länger auf die Folter, Adam.« Jacob klopft mit der flachen Hand auf den Tisch. »Was führt dich so plötzlich her? Willst du über deine Erbschaft sprechen?«

»Nein, Onkel. Ich wollte euch Evelyne vorstellen, bevor wir in drei Wochen das Schiff nach Amerika besteigen.«

»Ihr wandert aus?« Jacobs Mundwinkel zucken. Ich spüre seinen Schmerz wie eine kalte Strömung, die an mir vorüberfließt. »Wohin?«

»Nach Boston.«

»Oh.«

»Ich hoffe, es ist in Ordnung, wenn wir die nächsten zwei Wochen bei euch verbringen und von hier aus nach Glasgow weiterfahren?«

»Natürlich. Unser Haus ist euer Haus.«

»Gut. Das ist sehr freundlich von dir, Onkel. Vielleicht finden wir auf diese Weise endlich Gelegenheit, die gemeinsamen Differenzen beizulegen. Ich will nicht, dass ihr meine Tochter nur von Bildern kennt.« Jetzt wendet er sich Florence zu und lächelt falsch. »Ist sie dir nicht wie aus dem Gesicht geschnitten, Tante?«

Meine Ziehmutter presst die Lippen zu einem weißen Strich zusammen und sagt nichts. Ich kann spüren, dass ihr Adam mit wenigen Worten mehr Schmerzen zugefügt hat, als eine Waffe es vermocht hätte. Was mag wohl geschehen sein, dass sich die einstige Zuneigung in solche Kälte verwandelt hat? Welches Unglück hat das Band zwischen ihnen zerrissen?

»Lasst uns essen«, sagt Jacob schließlich. »Sonst wird es kalt.«

Während der nächsten Stunde scheint die Luft im Esszimmer immer schwerer und kälter zu werden. Lustlos stochert Evelyne im Gemüse herum und nutzt jeden unbeobachteten Moment, um mir einen Blick zuzuwerfen. Sie wirkt so verzweifelt. Wie ein Vogel, der in einem viel zu kleinen Käfig hockt und traurig den dahinziehenden Wolken nachblickt.

»Ihr beäugt euch wie zwei Feinde«, bemerkt Ciara. *»Ganz verstohlen und heimlich. Als ob ihr euch zueinander hingezogen fühlt, aber eure Natur verlangt das Gegenteil.«*

Ich verpasse ihr einen Tritt gegen den Fuß. Ciara zwinkert, dann bricht zwischen den Erwachsenen plötzlich ein handfester Streit aus. Keine Ahnung, worum er sich dreht. Ich sehe nur noch Evelynes zarte Gestalt. Ihr weiches Haar. Ihre sonderbar schimmernden Augen von der Farbe des Bernsteins. Sie riecht nach Flieder und Traurigkeit, und die Art, wie sie winzige Bissen zu sich nimmt, wie sie lose Haarsträhnen verschämt hinter ihre Ohren streicht und das Besteck mit zierlichen Gesten führt, entfacht in mir eine völlig neue Faszination. Noch nie habe ich etwas derart Schönes erblickt. Ihre langen Wimpern werfen hauchzarte Schatten auf die bleichen Wangen. Und diese Lippen … sie sind wie Seide, die sich ganz sacht kräuselt.

An jenem seltsamen Nachmittag beginnt eine schwierige Zeit. Für uns alle. Ich weiß zwar, was mit mir geschieht, aber es ist trotzdem neu und abgrundtief fremd. Jeden Morgen und Abend essen wir gemeinsam, dazwischen bekomme ich Adam und Evelyne kaum zu Gesicht. Den einen, weil er ständig Erledigungen zu machen hat oder sich hinter Büchern und Schriften versteckt. Die andere, weil sie einsam und allein in ihrem Zimmer vor sich hin vegetiert. Ich vermute, dass Evelyne nicht draußen herumstreunen darf, denn die Sehnsucht nach Freiheit brennt unübersehbar in ihrem Blick. Jedes Mal, wenn wir einander entdecken, wird meine Zuneigung für dieses Mädchen tiefer. Ja, das arme Geschöpf *ist* ein eingesperrter Vogel, und es macht mich verrückt, seine Qualen mit ansehen zu müssen.

»Nein!«, ermahnt mich Florence immer wieder. »Misch dich da nicht ein, Kian. Ich bitte dich! Egal, wie schwer es dir fällt, aber du darfst ihr nicht nahekommen.«

Ja, sie hat vermutlich recht. Auch, wenn ich das Ganze nicht verstehe. Aber es zerreißt mir jedes Mal das Herz, wenn ich Evelyne hoch oben auf ihrem kleinen Balkon entdecke. So traurig und schön und verzweifelt. Warum sperrt ihr eigener Vater sie ein? Warum quält er sie so unbarmherzig? Nicht einmal Florence und Jacob wollen mir eine Antwort darauf geben.

»Denk nicht zu viel darüber nach«, sagen sie. »In ein paar Tagen sind Adam und Evelyne wieder fort, und wir werden sie niemals wiedersehen.«

Der Gedanke schmerzt mit jedem Tag mehr. Ich träume von dem Mädchen, ich sehne mich nach seiner Nähe, und plötzlich begreife ich, dass ich im Feuer der ersten großen Liebe brenne. Aber wie ist das möglich? Wir haben einander noch nicht einmal berührt. Wir haben uns weder beschnuppert noch den gemeinsamen Paarungstanz zelebriert. Und doch kann ich an nichts anderes mehr denken. Bei jedem Essen starren wir einander an, so oft und so unauffällig wie möglich. Von Tag zu Tag fühle ich mich seltsamer. Getrieben und unzufrieden, ja sogar aggressiv. Genau so muss sich ein Dasein im Käfig anfühlen, wenn weder Körper noch Seele wissen, wie sie weiter standhaft bleiben sollen. Ich will

Evelyne endlich nahekommen, und sie hegt mir gegenüber ganz ähnliche Wünsche. Ich sehe es am Licht ihres Körpers, das immer heller und intensiver leuchtet. Als wäre sie eine Flamme und ich das Öl, das sie zum Lodern bringt.

»Du kannst Kian und Ciara nicht so verlottern lassen«, poltert Adam eines Abends beim Essen. »Sie werden verkümmern, Onkel. Ihre Moral ist nicht mehr wert als die eines seelenlosen Tieres. Hör zu, ich werde sie mit nach Boston nehmen. Hier bei euch haben sie keine Zukunft. Der Junge soll eine Bildung genießen, die seiner offenkundigen Intelligenz würdig ist. Und das Mädchen wird in eine anständige Dame verwandelt, die schon bald eine vortreffliche Partie abgeben wird. Immerhin ist sie bildhübsch. Die Interessenten werden Schlange stehen.«

»Kian und Ciara gehen nirgendwo hin«, knurrt Jacob, inzwischen derart gereizt, dass seine Augen förmlich blitzen. »Florence und ich unterrichten sie selbst, und zwar so, wie wir es für angemessen halten. Du hast kein Recht, dich in unser Leben einzumischen. Jahrelang waren wir dir egal, und dann schlägst du plötzlich bei uns auf, willst unser Dasein umkrempeln und versuchst, uns die Kinder wegzunehmen? Schlag dir das aus dem Kopf, und zwar schnellstens. Es ist schlimm genug, dass du deine Frau und deine Tochter ins Unglück stürzt.«

Adam schnaubt erbost. »Das Alter trübt euren Verstand. Es ist vollkommen offensichtlich, dass diese Kinder verwahrlosen.«

»Diese *Kinder* sind junge Erwachsene«, faucht Florence. »Und sie sind glücklich. Sie leben so, wie es ihnen gefällt, und wir lassen nicht zu, dass du etwas daran änderst. Sonst werden sie am Ende noch genauso unglücklich wie deine Tochter. Möge Gott ihrer Seele gnädig sein, denn du bist es offensichtlich nicht.«

»Evelyne *ist* glücklich«, poltert Adam. »Sie tut das, was ihr von Gottes Gesetz her bestimmt ist, und sie tut es gerne. Sieh dir stattdessen dieses Mädchen an. Es ist schmutzig und liederlich und trägt noch dazu eine Hose. Ganz wie ein dahergelaufener Straßenjunge.«

»Ciara trägt eine Hose, weil es sich damit besser reitet.« Florence Stimme zittert vor Wut. »Und was du *schmutzig* nennst, ist nur Sonnenbräune und ein bisschen Staub hinter den Ohren.«

»Ja. Dieses Mädchen reitet wie ein Mann und benimmt sich auch wie einer. Mein Gott, Jacob, es ist mir absolut unbegreiflich, wie du eine derartige Sittenlosigkeit zulassen kannst. Das dort sind zwei wirklich ansehnliche Kinder mit großem Potenzial, und ihr lasst sie wie Wölfe verwildern. «

»Hör verdammt noch mal auf, unsere Art zu leben schlechtzumachen«, knurrt Jacob. »Wandere nach Boston aus und mehre deinen Reichtum. Etwas anderes scheint dich sowieso nicht zu interessieren.«

Adams Gesicht wird röter als die Äpfel in der Schale. »Onkel! Tante! Hier geht es um das Schicksal zweier junger Menschen, die ihr eingesammelt habt, als wären sie ausgesetzte Welpen. Ihr seid offensichtlich mit der Erziehung dieser Kinder überfordert, also werde ich sie mitnehmen. Und falls du dich weigerst, Jacob, ergreife ich entsprechende Maßnahmen. Du bist alt und gebrechlich. Es sollte kein Problem darstellen, deine Unzurechnungsfähigkeit nachzuweisen.«

»Adam!« Die Ader an Jacobs Hals pocht gefährlich. »Ich warne dich! Treibe es nicht zu weit, sonst lernst du meine andere Seite kennen.«

»Genug jetzt!« Ciara springt auf und strafft ihre Haltung. Stolz und schön wie eine junge Meeresgöttin fängt sie Adams Blick ein und hält ihn fest. »Du hast uns gar nichts zu befehlen, du glitschiger Hering. Niemand gehört irgendwem, denn jedes Wesen muss frei sein. Komm, Bruder. Lass uns ausreiten.«

Adam holt Luft, um eine neuerliche Schimpftirade loszulassen, aber Ciara und ich rennen bereits aus dem Haus und halten auf die Ställe zu. Der Sommerabend ist warm und wunderschön, also holen wir die Pferde aus den Boxen und ziehen uns auf ihre blanken Rücken. In mir brodelt und lodert es. Ich weiß kaum, wohin ich meine Verzweiflung lenken soll. Da sehe ich plötzlich Evelyne, die weinend aus dem Haus gerannt kommt. Mit einer Entschlossenheit, die ich nie zuvor an ihr gesehen habe, knallt sie die Tür hinter sich zu und kommt auf uns zu gestolpert.

»Wage es ja nicht!«, höre ich Adam noch schreien, aber da habe ich das Mädchen schon auf mein Pferd gezogen und reite in Richtung Strand. Zerbrechliche Arme schließen sich um meine Taille, dann spüre ich Evelynes Wärme am Rücken. Ungeahnte Glücksgefühle schießen durch meine Adern und setzen mein Blut in Brand. Ich treibe das Pferd an, bis es mit gestrecktem Hals dahinfliegt. Evelyne lacht aus vollem Hals. Ihr Griff wird noch fester, funkelnd und glänzend jagt das Meer an uns vorüber, der Strand ist nur noch ein leuchtender Schweif im Abendlicht. Oh, es ist herrlich. Es ist absolut berauschend. Und die Gefahr macht unsere Flucht noch sehr viel aufregender.

Meile um Meile jagen wir in die heraufziehende Nacht hinaus, bis ich das Pferd auf einer hohen, von windzerzausten Kiefern bewachsenen Klippe zügele. Wir steigen ab, treten an den Abgrund heran und blicken auf das Meer hinaus. Da geht Evelynes Lachen plötzlich in Weinen über. Herzzerreißend schluchzt sie in mein Hemd, bis ihre Tränen den Stoff völlig durchnässt haben. Ich halte sie fest, küsse ihr Haar und begreife, dass ich verloren bin. Hoffnungslos. Mit Haar und Fell.

»Warum läufst du nicht weg?«, frage ich irgendwann, als sich ihr Herzschlag halbwegs beruhigt hat. »Warum bleibst du bei ihm, wenn du das alles so sehr hasst?«

Als ich den Kopf neige und Evelynes Lippen den meinen ganz nahe sind, spüre ich ein wohliges Kribbeln und Ziehen im ganzen Körper.

»Wie denn?«, haucht sie kaum hörbar.

»Du hast immer noch deinen freien Willen.«

»Nein.« Sie schüttelt den Kopf. »Den hatte ich niemals. Ich bin nur ein Haustier, das nach Belieben herumgestoßen und verkauft wird. Mein Vater hat Pläne für mich, weißt du? Und ich muss ihm gehorchen.«

»Was bedeutet das?«

»Dass ich das gleiche Leben wie meine Mutter führen werde. Sie lächelt niemals. Warum auch? Schließlich gibt es keinen Grund zur Freude.«

Ihre Worte erschrecken und verwirren mich. »Aber ... ich verstehe nicht. Warum lebt ihr so?«

»Woher soll ich das wissen?« Evelyne lacht verbittert. »Vielleicht, weil es alle von einem erwarten? Weil es nun mal so ist?«

»Dann bleib bei uns. In unserem Haus ist genügend Platz. Florence und Jacob erwarten gar nichts von dir, und ich genauso wenig. Jedes Wesen will frei sein. Es ist ein Verbrechen, Käfige zu bauen. Ob sie nun sichtbar sind oder nicht. Du *musst* ihm nicht gehorchen. Er hat kein Recht, über dich zu bestimmen.«

»Das sieht der Rest der Welt leider anders.« Eine Träne rollt über ihre Wange, und als ich sie mit der Spitze des Zeigefingers auftupfe, fängt Evelyne meine Hand ein und schmiegt ihre Lippen dagegen. Mein Herz bleibt fast stehen. Brennende Nesselfäden kriechen unter der Haut entlang und fluten meine Lenden mit ziehender Hitze. Ist das der Rausch? Diese wilde, herrliche Ekstase, die meinesgleichen in den Nächten der Paarung übermannt hat? Ja. Offensichtlich. Denn ich kann kaum noch geradeaus denken.

»Ich darf nicht fliehen«, flüstert Evelyne. »Er wird mich niemals gehen lassen. Und wenn ich hierbleibe, dann … nein, Kian. Es wäre euer Ende. Mein Vater ist zu allem fähig, glaube mir. Du und Ciara, ihr solltet wirklich aufpassen, dass er euch nicht auch in einen Käfig steckt.«

»Wenn er das versucht, wird es ihm übel ergehen. Notfalls schneide ich ihn in kleine Stücke und verfüttere ihn an die Seehunde.«

Evelyne seufzt und reibt ihr Gesicht an meinem Handrücken. Ich habe ihr ein Lachen entlocken wollen, wenigstens ein Kichern, stattdessen wirkt sie noch unglücklicher als zuvor.

»Bitte bleib bei uns«, versuche ich noch einmal mein Glück. »Ich werde dich beschützen. Das schwöre ich dir. Dein Vater kann dir nichts tun, denn vorher werfe ich ihn …«

»Nein, Kian!«, unterbricht sie mich. »Er wird seine Wut an meiner Mutter auslassen, und den Gedanken ertrage ich nicht. Sie muss auch so schon genug leiden.«

»Aber warum?«

»Weil wir sein Besitz sind. Er kann mit uns machen, was er will. Das ist sein gottgegebenes Recht als Ehemann und Vater. Sobald wir in Amerika sind, verschachert er mich an einen Geschäftsfreund.«

»Dein Vater ist ein Ungeheuer.« Mir wird heiß und kalt vor Wut. Ich will Adam nicht nur an seinen Haaren aus dem Fenster hängen, nein, ich will ihm den steifen Hals umdrehen. Ich will ihn mit giftigen Petermännchen spicken, sein hochnäsiges Gesicht auf eine Muschelbank schlagen und das, was von ihm übrig bleibt, Briana zum Fraß vorwerfen. »Niemand gehört irgendwem.«

»In meiner Welt schon.« Evelyne lächelt bekümmert. »Für mich gibt es keine Freiheit. Und wenn ich versuche, zu fliehen, wird alles noch schlimmer. Du musst mich zurückbringen.«

»Nein!«

»Bitte, Kian.«

»Das alles ist nicht richtig. Es ist ...«

Meine Worte ersticken, als Evelyne mich küsst. So plötzlich und unerwartet, dass ich vom Blitz getroffen werde. Ihre Lippen sind so warm und weich, so süß und verlockend. Ehe ich weiß, was geschieht, ziehe ich das Mädchen an mich heran und erwidere den Kuss. Evelyne seufzt und zittert, ein neuerlicher Blitz zuckt durch meinen Leib und steigert das Pochen in den Lenden zu einem brennenden, herrlichen Schmerz. Ich spüre, wie eine Stelle meines Körpers aufwacht, die sich bisher noch niemals gerührt hat. Sie schreit nach Erlösung. Nach einer selbstvergessenen, ekstatischen Nacht, in der die ganze Welt in Flammen aufgeht. Ich keuche vor Erregung, Evelyne weicht zurück und starrt mich aus großen, wunderschönen Augen an. Lange. Endlos lange. Niemals habe ich eine solche Zuneigung verspürt wie in diesem Augenblick. Einen Moment lang ist alles so, wie es sein soll. Ich umarme sie erneut, ziehe sie ganz fest an mich und vergrabe meine Nase in ihrem Haar. Egal, was geschieht, ich werde dieses wunderbare Wesen beschützen. Vor allem, was ihm schaden will. Der Preis ist mir egal, denn ich will dieses Mädchen. Ich will es mit jeder Faser meines Körpers und mit jedem Funken meiner Seele.

»Kian«, flüstert Evelyne. »Ich möchte, dass du der Erste bist.«

»Was?«

»Übermorgen sind wir fort. Mein Vater bringt mich nach Amerika, und dort muss ich einem alten, hässlichen Geldsack zu Willen sein. Ich will nicht, dass er derjenige ist, der meinen Körper als Erster in Besitz nehmen darf.«

»Niemals!«, knurre ich. »Das lasse ich nicht zu!«

»Bitte, Kian.« Sie legt beide Hände flach auf meine Brust. »Erfülle mir den Wunsch. Das ist das Einzige, was du mir schenken kannst.«

Ich schüttele nur den Kopf, fassungslos über das, was sie von mir verlangt. Aber dann entwickelt mein Körper einen eigenen Willen, zieht Evelyne in seine Arme und verliert sich in ihrer anmutigen, geschmeidigen Weichheit.

»Bitte«, flüstert sie noch einmal. Und beim nächsten Atemzug bin ich verloren. Wir küssen uns, bis mein Verstand dahinschmilzt und alles in die Ferne rückt. Evelyne zerrt an ihren zahllosen Kleidungsschichten herum und seufzt so verzweifelt und hungrig, dass ich nicht mehr an mich halten kann. Inzwischen ist die Nacht heraufgezogen. Sie ist warm, mondlos und finster. Niemand wird uns finden. Nicht hier oben, weit weg von *Ravenhill Manor.* Wir sinken in das Gras, Evelyne zieht ihren bauschigen Rock hoch und schlingt die Beine um meine Hüften.

»Nicht so schnell«, keuche ich gegen ihre Lippen.

»Doch. Vielleicht sucht er nach uns.«

»Dann töte ich ihn.«

»Nein. Das wirst du nicht. Schwöre es mir, Kian. Schwöre es mir bei allem, was dir heilig ist. Ich will nur diese eine, schöne Erinnerung. Bitte! Ich flehe dich an.«

»Hast du eine Ahnung, wie …«

»Bitte!«

In diesem einen Wort liegt ein solch flehendes Verlangen, dass ich ihm nachgeben *muss*. Auch in dem Wissen, dass es mich zerstören wird. Unsere Bewegungen werden hektisch und ungeschickt. Wir zupfen, fluchen und zerren, wälzen uns hin und her und kichern wie alberne Kinder, dazu entschlossen, wenigstens für ein paar Herzschläge die Wirklichkeit zu vergessen. Und dann vereinen sich unsere Körper. Sanft und mühelos wie zwei ineinanderfließende Strömungen. Erneut schüttelt uns ein Lachen, als wir im gleichen Moment die Augen aufreißen und ein ersticktes Keuchen von uns geben. Verblüfft davon, wie es sich anfühlt, endlich eins zu sein.

»Tue ich dir weh?«, flüstere ich.

»Nein.« Evelyne drängt sich mir entgegen, und ich verliere völlig den Verstand. Zahllose Male habe ich mich gefragt, wie sich eine Vereinigung wohl anfühlen mag. Aber das hier … das ist noch viel wundervoller, als ich es mir ausgemalt habe. Wenn da nur nicht dieser Gedanke wäre. Diese Gewissheit, dass ich das Mädchen verlieren werde. Schon in zwei Tagen.

»Kian!«, seufzt Evelyne. »Es ist in Ordnung.«

»Nein.« Wie von Sinnen bedecke ich sie mit Küssen und verliere mich in der seidigen Hitze ihres Körpers. Verdammt, sie ist so schön. So zart und sanft und wundervoll. »Das ist es nicht. Gar nichts ist in Ordnung.«

»Doch. Lass los, Kian. Ich will diese Erinnerung. Sie wird mich mein Leben lang begleiten. Sie wird mein Licht sein, verstehst du? Mein Leuchtturm, der mich davor bewahrt, an den Felsen zu zerschellen.«

Ich will schreien vor Wut. Aber letztendlich gebe ich ihr, was sie von mir verlangt. Wir lieben uns, bis die Wolken aufreißen und silbriges Mondlicht über die Hügel fließt. Bis unsere Körper wie zwei fallende Sterne verglühen und das Gras platt gewalzt ist. Dann, als in der Ferne das Geräusch trommelnder Pferdehufe erklingt, lösen wir uns widerwillig voneinander und zerreißen die Blase des fiebrigen Traumes.

»Nein.« Evelyne steht auf, zupft ihre Kleidung zurecht und schüttelt den Kopf. »Du wirst ihm nichts antun. Versprich es mir, Kian. Um meinetwillen und um meiner Mutter willen.«

»Aber ihr wärt beide besser dran, wenn er tot ist. Florence und Jacob würden euch aufnehmen. Ich kann dafür sorgen, dass dieser Mistkerl für immer und ewig verschwindet.«

»Nein, Kian. Er ist und bleibt mein Vater. Ich könnte nicht mit dem Gedanken leben, verstehst du?«

»Dann erträgst du lieber ein unglückliches Dasein?«

Evelyne schüttelt stumm den Kopf, und ich bringe kein einziges Wort mehr hervor. Die in mir lodernde Wut ist so brennend und verzehrend, dass ich nicht weiß, ob ich sie zurückhalten kann. Wir gehen ein Stück den Hang hinunter, damit Adam nicht das niedergedrückte Gras sieht und seine Schlüsse daraus zieht.

»Evelyne!«, donnert auch schon eine schneidende Stimme durch die Nacht, klirrend kalt wie ein Wintersturm. Und dann kommt er angeritten, bringt das Pferd neben uns zum Stehen und packt die Hand seiner Tochter. Willenlos lässt sie sich hinaufziehen. Einfach so. Als wäre es sein gutes Recht, über ihr Leben zu entscheiden.

Ich knurre vor Entrüstung. Das gerade noch wollüstige Ziehen in meinem Unterleib verwandelt sich in einen sengenden Blitz. Ich will verletzen. Ich will töten. Rote Schlieren tanzen vor meinen Augen, während ich mir ausmale, Adam vom Pferd zu zerren und ihm das Genick zu brechen. Nicht einmal, als ich in den Lauf seiner Pistole blicke, fühle ich auch nur den kleinsten Funken Angst.

»Eine Bewegung, junger Mann, und du bezahlst an Ort und Stelle für dein Verbrechen.«

»*Mein* Verbrechen?«, würge ich hervor.

»Oh ja«, faucht Adam. »Du hast meine Tochter entführt. Du bist allein mit ihr gewesen und hast sie vermutlich sogar angefasst. Ist es nicht so? Ach, komm schon. Denkst du, ich habe nicht gesehen, wie du ihr hinterhergeschmachtet hast? Ich sollte dich erschießen. Hier und jetzt. Jeder gute Vater würde mir verständnisvoll auf die Schulter klopfen.«

»*Guter Vater?*« Ich fühle nicht länger das Bedürfnis nach Töten und Verletzen. Nein, ich will diesem Ungeheuer die Seele aus dem Leib saugen. Ich will es in das endlose Vergessen schleudern und ihm damit die schlimmste aller Strafen zukommen lassen. »Du quälst deine Tochter. Du lieferst sie einem unglücklichen Leben im Käfig aus und verschacherst sie, als würde es nichts bedeuten. Erzähle mir nicht, dass du ein guter Vater bist. Ein Monster, *das* bist du. Jeder Felsklotz besitzt mehr Ehre und Mitgefühl als du.«

»Schweig!« Adam spannt den Hahn seiner Waffe. »Oder ich beende dein nutzloses Leben an Ort und Stelle.«

»Bitte!« Evelynes Augen schwimmen in Tränen. Und als sie besänftigend über den Arm ihres Vaters streicht, möchte ich schreien vor Empörung. »Es ist nicht Kians Schuld. *Ich* bin ihm hinterhergelaufen. *Ich* wollte fliehen.«

»Schweig!«, wiederholt er barsch und schüttelt ihre Berührung ab, als wäre sie ein lästiges Insekt. »Du redest nur, wenn ich es dir erlaube. Und über die Konsequenzen deines Handels werden wir uns später unterhalten. Möchtest du, dass Kian mit uns kommt, hm? Nun, den Gefallen kann ich dir tun. Er und seine verwilderte Schwester werden uns nach Boston begleiten, damit sie endlich aus diesem liederlichen Haushalt herauskommen. Ja, ganz recht, junger Mann. Du wirst schon sehr bald erfahren, was eine gute Erziehung ausmachen kann. Wir werden dir und Ciara ein paar Manieren einprügeln, so wahr uns Gott helfe. Also scher dich nach Hause und pack deinen Koffer. Wir reisen morgen ab.«

Plötzlich muss ich lachen. »Ich soll Angst vor dir haben? Ist das dein Ernst, du jämmerlicher Borstenwurm?« Meine Stimme beginnt zu vibrieren. Es ist das magische Raunen der See, dem kein Mensch widerstehen kann. »Ich könnte dich töten. So leicht, wie deinesgleichen einem Vogel den Kopf herumdreht. Es gibt nur einen Grund, der mich davon abhält. Nur einen einzigen. Ich musste Evelyne schwören, dass ich dir nicht den dürren Hals breche.«

Adams Miene gefriert. Er spürt, was in mir ruht. So, wie es selbst die dümmsten Vertreter seiner Rasse spüren. Zähe Augenblicke lang starren wir einander an. Ich kann die Zuckungen seiner hässlichen Seele spüren, und das Verlangen, sie aus ihm herauszureißen, wird unwiderstehlich. Da bleckt er plötzlich die Zähne, steckt seine Pistole zurück und tritt dem Pferd die Hacken in die Flanken.

Ich weiß, dass ich Evelyne niemals wiedersehen werde. Ihr Leben wird aus endlosem Leid bestehen, und ich muss es zulassen, weil sie es zulässt. Aus Liebe heraus. Für jene Menschen, denen ihr Herz gehört.

Liebe. Dieses elende, abscheuliche Gift. Diese grausame Fessel, die ich niemals wieder spüren will. Zum Teufel damit!

Einen Moment lang brenne ich vor Zorn. Aber dann reißt mich die Leere mit sich fort. Ich sinke in das Gras, grabe meine Finger in die feuchte Erde und starre auf das Meer hinaus. Tränen brennen in meinen Augen, aber ich lasse sie nicht frei. Noch nicht.

»*Ciara?*«, rufe ich nach meiner Schwester. »*Wo bist du?*«

»*Hier unten.*«

Ich rappele mich hoch und spähe auf die Brandung hinunter. Ein kleiner, dunkler Seehund schwimmt vor den Klippen und winkt mir mit der Schwanzflosse zu.

»*Geht es dir gut, Bruderherz?*«

»*Nein. Aber darüber reden wir später. Bleib dem Haus fern. Dieser widerwärtige Schleimfisch von einem Menschen will nicht nur Evelyne einsperren, sondern auch uns.*«

»*Ich weiß. Was für ein dummer Aal. Schwimmst du mit mir, lahme Flunder? Du scheinst das Meer bitter nötig zu haben.*«

»*Ja.*« Ich ziehe mich auf das Pferd und lenke es zurück nach Hause, obwohl sich mein Verstand dagegen sträubt. »*Ich komme gleich nach.*«

»*Lauf Adam besser nicht noch mal über den Weg.*«

»*Keine Sorge. Ich bringe nur Merlin in den Stall.*«

Gegenwart

Als ich wieder zu mir komme, geht die Sonne auf. Schwerelos schwebe ich durch einen Wald aus Tang, gleite träge durch das grün schimmernde Wasser und versuche, zu vergessen. In der Ferne höre ich den Lärm mehrerer Kutter. Sie suchen nach mir. Fahren weite Kreise und arbeiteten all jene Orte ab, an denen sich Seehunde und Robben gerne aufhalten.

Es gibt keine Angst mehr.

Nur noch Entschlossenheit.

Als ich auftauche und zum Horizont spähe, entdecke ich drei Silhouetten im Morgenlicht. Der Wind treibt Stimmen zu mir herüber, und eine davon gehört zu Barry. Ob Ruth und Rahul auf seinem Kutter sind? Oder ist meine Irreführung gelungen und hat das Raubtier in die Flucht geschlagen?

Ich beschließe, es herauszufinden.

Gleich hier und jetzt.

KAPITEL 12
Wie ich den Kampf beinahe verlor

Kian

Als Bran seine Zähne in meine Seite schlägt, sehe ich es nicht kommen. Er rammt mich mit der Wucht eines Hais, schnappt zu und schießt sofort wieder in das Blau hinaus. Nur, um zwei Herzschläge später erneut auf mich loszugehen. Blut färbt das Wasser rot. Gerade noch rechtzeitig tauche ich ab und entgehe seinen Fängen um Haaresbreite. Brans Zähne schlagen krachend aufeinander, dann vollführt er eine schnelle Drehung und heftet sich an meine Flossen.

»Du blinder Dummkopf!« Seine Gedankenstimme ist wie eine scharfe, brennende Klinge. *»Es ist so einfach, sich an dich heranzuschleichen. Mein ach so besonderer Bruder besitzt die Sinne einer Miesmuschel.«*

Er schnappt erneut nach mir, ich weiche dem Angriff aus und tauche unter ihm hinweg. Seine silbergraue, dunkel gefleckte Seehundsgestalt ist deutlich größer und wuchtiger als meine, aber ich bin ihm voraus, was Wendigkeit und Schnelligkeit anbelangt. Nach einer blitzartigen Drehung verpasse ich ihm einen Biss in den Nacken, grabe meine Zähne tief in Speck und Fleisch und bringe mich wieder außer Reichweite, bevor er zurückschlagen kann. Bran bleibt stumm, aber ich spüre seine Schmerzen. Sie gleichen dem Echo eines längst verklungenen Schreis, das in meinem Kopf widerhallt.

Ja, wir sind miteinander verbunden. Ob es uns gefällt oder nicht. Eins im Blut. Eins im Menschen und im Tier.

»Ich bin in der Nähe gewesen«, knurrt er mich an. *»Die ganze Zeit über. Aber du hast mich nicht gespürt.«*

Mein Bruder ist hier gewesen? All die langen Jahre, in denen ich manchmal vor Einsamkeit fast verrückt geworden bin? In denen ich mich nach Nähe und Gesprächen und der Gesellschaft eines Artgenossen gesehnt habe?

»Du hast dich vor mir versteckt, Bran?«

»Allerdings.« Mein Bruder lacht böse. *»Aber nicht nur vor dir, sondern auch vor Briana und ihrer Familie. Gut, zwischendurch war ich auch ein paar Mal auf Wanderschaft, aber ich bin immer wieder zurückgekommen.«*

»Warum hast du dich von mir ferngehalten?«

»Weil ich meine Ruhe wollte. Weil ich alleine sehr viel besser zurechtkomme.« Bran vollführt ein paar schnelle Drehungen. *»Wenigstens besitze ich in einer Sache mehr Talent als du, mein ach so besonderer Bruder. Ich kann mich wunderbar vor euch abschirmen.«*

»Ich habe nie behauptet, besonders zu sein.«

»Nein. Aber die anderen dafür umso mehr. Mutter. Vater. Ciara. Der ganze Rest unserer Herde. Sie wurden nicht müde, deine Einzigartigkeit zu betonen. Alles hat sich auf dich konzentriert. Am Ende dachten sie sogar, dass du uns retten könntest. Aber was hast du stattdessen getan? Den Tod über uns gebracht.«

»Was? Wie kommst du darauf?«

»Ach, komm schon, Keenan.« Bran zieht immer engere Kreise um mich und spuckt Luftblasen aus. *»Deine Besonderheit hat uns ausgerottet. Du hast die Menschen zu uns gelockt. Du und dein weithin leuchtendes Fell.«*

»Das ist nicht wahr. Ich habe immer darauf geachtet, dass sie mich nicht sehen.«

»Wirklich? Ist dein Gedächtnis so schlecht, Bruder? Du und Ciara, ihr wart wie größenwahnsinnige Welpen, die gedacht haben, unbesiegbar zu sein. Natürlich haben sie dich gesehen. Du hast sie zu uns gelockt.«

»Nein, Bran! Sie haben unsere Familien getötet, weil selbst die Wächter nach den Nächten der Paarung zu müde und abgelenkt waren, um die Schiffe rechtzeitig zu bemerken. Jahrhundertelang haben die Menschen uns gejagt. Überall. Wir waren nirgendwo sicher. Und während ich seit damals jeden Tag versuche, unsere Welt zu retten, rührst du keine einzige Flosse. Nein, du hältst dich schön zurück, als würde dich das alles nichts angehen.«

»Warum sollte ich dir helfen?« Bran versucht erneut, mich zu beißen, aber ich vollführe einen schnellen Richtungswechsel und entgehe seinem Angriff. *»Mir haben sie niemals beigebracht, die Energien des Meeres und der Erde zu beeinflussen. Meine Talente waren zu unbedeutend. Zu mickrig im Vergleich zu deiner ekelerregenden Einzigartigkeit. Alles hat sich immer nur auf dich konzentriert. Und ich? Ich war nur der wertlose ältere Bruder.«*

»Bran.« Ich verharre im Wasser und versuche, meine harmonisierende Energie zu bündeln. Es scheint zu funktionieren, denn er bleibt ebenfalls stehen und lässt seine Flossen unentschlossen kreisen. *»Bitte hör mir zu. Es tut mir leid, dass du damals den Kürzeren gezogen hast. Aber ich kann dir beibringen, die Energien zu beeinflussen. Du bist ein Selkie, also fließt die Kraft des Meeres und der Erde auch durch deine Adern. Bitte. Ich brauche dich. Du … du fehlst mir, Bran. Trotz allem. Wir sind nicht dafür geschaffen, allein zu sein.«*

Er fletscht seine Zähne. Aber es ist kein Seehundsgrinsen, sondern eine wütende, unverhohlene Provokation. Dann greift er an. So schnell und abrupt, dass mir nichts anderes übrig bleibt, als in Richtung Oberfläche zu flüchten. Wie ein Pfeil schieße ich aus dem Wasser, Bran folgt mir dichtauf. Einen Moment lang segeln wir durch die Luft, ich entdecke Barrys Kutter und sehe, dass er ein gutes Stück näher gekommen ist. Mein Bruder schnappt nach mir, ich entwische ihm knapp, tauche wieder in die Wellen ein und jage in Richtung Land davon.

»Gemeinsam können wir viel mehr erreichen!«, versuche ich erneut mein Glück. *»Bitte, Bran. Wir müssen nicht gegeneinander kämpfen. Das ist gegen unsere Natur.«*

»Nicht gegen meine. Du beleidigst das Erbe der Selkies, Bruder. Alles an dir stinkt nach Mensch.«

»Weil sie mir das Leben gerettet haben.« In wildem Zickzack schießen wir durch das Wasser. Immer wieder drängt mich Bran in Richtung Oberfläche ab, sodass ich mehrmals aus den Wellen springen muss, um seinen Zähnen zu entgehen. *»Nicht jeder von ihnen ist schlecht, falls dir das noch nicht aufgefallen ist. Und hör endlich auf, mich nach oben zu jagen. Wir werden verfolgt.«*

»Von den ach so guten Menschen, mit denen du dich eingelassen hast? Selbst schuld, Bruder. Sollen sie dich ruhig erwischen. So, wie sie unsere Familie erwischt haben. Wir töten sie oder sie töten uns. Ganz einfach. Warum bist du immer noch so dumm?«

»Was willst du von mir?«

»Kommst du nicht selbst darauf?«

Plötzlich empfinde ich den überwältigenden Drang, Bran in Stücke zu reißen. Bruder hin oder her. Er hat Ciara und mich verlassen. Obwohl ihm klar gewesen ist, dass Raer Anspruch auf unsere Schwester erhoben hat. Dieser Mistkerl ist einfach verschwunden und hat sich nicht mehr um uns geschert. Allein dafür sollte ich ihn töten!

Wie zwei Pfeile jagen wir dahin, während sich die Wunde an meiner Seite bereits zu schließen beginnt. Eine unbändige Kraft flutet durch mich hindurch und lechzt nach Konfrontation und Kampf. Ich belle Bran meine Entschlossenheit entgegen, er knurrt mit gefletschten Zähnen zurück. So viel zu unserer Bestimmung, Frieden und Harmonie zu verbreiten.

»Ich will die Frau«, wirft er mir plötzlich entgegen. *»Die hübsche Rothaarige mit dem Salzwasserblut.«*

Ich bremse derart abrupt ab, dass Bran an mir vorbeischießt und erst ein gutes Stück entfernt zum Stillstand kommt.

»Was?«, fauche ich ihn an. *»Du willst was?«*

Er schwimmt zu mir zurück und beginnt erneut, mich zu umkreisen. Sein wuchtiger Körper strotzt nur so vor Muskeln und Kraft. *»Du hast mich schon verstanden. Mari ist etwas Besonderes. Aber das weißt du längst, nicht wahr?«*

»Wage es ja nicht«, grolle ich gefährlich leise. *»Du bist mein Bruder, aber wenn du es wagst, sie anzufassen, reiße ich dir die Eingeweide heraus.«*

Bran vollführt ein paar Pirouetten, deren spielerische Eleganz nicht zu ihm passen will.

»Aber sie hat das, wonach ich suche. Sie spürt das Meer. Sie fühlt es in ihrem Körper und in ihrer Seele. Bist du so verblendet und berauscht, dass dir das noch nicht aufgefallen ist? Ihr seid mit Briana geschwommen. In eiskaltem Wasser. Aber es machte ihr nichts aus. Sie erträgt die Kälte erstaunlich gut, findest du nicht? Obwohl sie ein Mensch ist, schläft in ihrem Inneren auch ein Selkie.«

»Das lasse ich nicht zu! Denk nicht einmal darüber nach!«

»Warum nicht? Falls Mari die Verwandlung überlebt, kann sie dafür sorgen, dass unser Volk zu neuem Leben erwacht. Erzähl mir nicht, dass dir dieser Gedanke nicht auch schon gekommen ist.«

»Das wagst du nicht!«

»Oh, ich habe es schon gewagt. Gewissermaßen jedenfalls. Erinnerst du dich? Vor ein paar Jahren ist dieser Menschentrottel mit Karas Fell in das Wasser gesprungen und wäre fast gestorben. Glücklicherweise ließ er in seiner Panik die Seehundshaut los, also habe ich sie mir geschnappt und mein Glück bei zwei Frauen versucht.«

»Was?«

»Ach, nun tu nicht so entsetzt. Du willst das Meer retten, ich habe im Grunde dasselbe versucht. Die erste Frau ist bei der Verwandlung gestorben. Schade. Ihre Lebenskraft war außergewöhnlich, aber wohl nicht stark genug. Die Zweite habe ich gewissenhafter ausgesucht. Eine Fischerin, so wild wie das Meer und so zäh wie ein Hai. Ich war mir sicher, dass sie es schafft. Nun ja, einen Nachmittag lang konnte ich sie tatsächlich am Leben halten. Aber dann hat sie den Verstand verloren, ist blindlings drauflosgeschwommen und wurde von einem Orca gefressen. Ich habe noch versucht, ihn davon abzuhalten, aber leider ging alles viel zu schnell. Karas Seele ist zur Großen Mutter gegangen, falls du das gerade fragen wolltest. So hat die Sache immerhin etwas Gutes gehabt. Aber Mari … oh, sie ist wirklich außergewöhnlich. Mit ihr wird die Verwandlung gelingen. Ich weiß es. Und wenn du ehrlich zu dir selbst bist, weißt du es auch. Du bist nur nicht bereit, das Risiko einzugehen.«

Schlagartig bestehe ich nur noch aus brennender Wut. Mein Bruder geht erneut zum Angriff über, schießt steil von unten auf mich zu und zwingt mich zu einem weiteren Sprung aus dem Wasser. Inzwischen ist Barrys Kutter noch näher gekommen. Einen Moment lang glaube ich sogar, drei Gestalten darauf zu erkennen.

»Hör auf, Bran!«

»Dann halte mich auf.« Er bleckt seine scharfen Zähne. *»Versuch es, kleiner Bruder. Komm her. Mach mir den Garaus.«*

Ich stürze mich auf ihn, aber die lodernde Wut macht meinen Angriff vorhersehbar und plump. Bran weicht aus, vollführt einen Salto und geht plötzlich mit einer solch gnadenlosen Brutalität auf mich los, dass das Wasser zu schäumen und zu brodeln beginnt. Ein scharfer Schmerz explodiert an meiner Flanke, ich drehe ab, schwimme in wildem Zickzack hin und her und versuche, seinen Zähnen zu entgehen. Zweimal gelingt es ihm, meine Haut zu ritzen, einmal bohren sich die Fänge in meine rechte Brustflosse. Bran ist entschlossen, mich zu töten. Daran habe ich keinen Zweifel mehr. Also schwimme ich blindlings drauflos. Als Tier ist er mir an Kraft überlegen, aber als Mensch dreht sich der Spieß um.

Wenn ich es schaffe, ihn zur Verwandlung zu zwingen, kann ich meinen Bruder besiegen. Auch, wenn ich es nicht will.

Ein Tangwald taucht vor mir auf, ich schieße mitten hindurch und spüre, wie die Blätter meinen Körper streifen. Fische stieben auseinander, aber ich schenke ihnen keine Beachtung. Bran will also nicht nur mein Leben, sondern auch das von Mari. Was in aller Welt ist während der letzten Jahrzehnte mit ihm passiert? Ja, er ist schon immer ein Mistkerl gewesen. Aber jetzt spricht ein Ungeheuer aus ihm. Ein gnadenloses Raubtier, das nach Rache und Befriedigung schreit. Diesmal wird es keine Gnade geben. Sein Hass auf mich ist nichts Neues, aber dass er bereit ist, Mari zu opfern, werde ich ihm nicht durchgehen lassen. Auf gar keinen Fall.

Während ich auf das Land zujage, lausche ich derart konzentriert auf meinen Bruder, dass ich den Schatten links von mir fast zu spät bemerke. Nur die Instinkte des Tieres sorgen dafür, dass ich in letzter Sekunde zurückzucke. Mit voller Wucht pralle ich gegen den Schädel des Orcas und höre, wie seine Zähne ins Leere schnappen. Verdammt! Der Biss ist derart kraftvoll gewesen, dass er mich mühelos in zwei Hälften geteilt hätte.

Ehe ich mich selbst davon abhalten kann, belle ich meinem Bruder eine Warnung zu. Bran weicht aus, entgeht dem Maul des zweiten Orcas nur knapp und schlittert über den Rücken eines dritten Tieres, das beinahe seine Schwanzflosse zu packen bekommt. Und plötzlich jagen wir Seite an Seite durch das Wasser, verfolgt von fünf fremden Schwertwalen.

Gier, Erregung und Furcht vereinen sich zu einem prickelnden Sog, der meinen ganzen Körper überzieht. Vorerst ist unsere Feindschaft begraben, wenn auch nur, weil wir einem gemeinsamen Feind entkommen müssen. Ich versuche, den Orcas eine Botschaft zu übermitteln, aber die Tiere sind jung und unerfahren und derart im Rausch ihrer Jagd gefangen, dass sie meine Stimme nicht hören.

Wir schwimmen schnell, erreichen in kurzer Zeit das Land und sehen uns steilen Klippen gegenüber. Keine Möglichkeit, festen Boden zu erreichen. Keine Aussicht auf Sicherheit. Ich rufe den Walen erneut eine Botschaft zu, aber sie ignorieren mich, holen auf und kesseln uns ein. Bran gerät in Panik. Mit hektisch wedelnden Flossen jagt er neben mir her, die Augen weit aufgerissen vor Angst. Ich will ihm Mut zusprechen, aber er antwortet nicht. Ebenso wenig, wie die Orcas auf meinen Kontaktversuch reagieren.

Verdammt!

Was ist nur mit den Tieren los? Hat der allgegenwärtige Lärm im Meer ihre Sinne getrübt? Ein Orca schießt von unten auf Bran zu und verpasst ihm einen Schlag mit dem rechten Flipper. Mein Bruder wird beiseite geschleudert, direkt vor die Schnauze eines großen Männchens. Instinktiv jage ich ihm hinterher, packe seine Schwanzflosse und ziehe ihn im letzten Moment aus dem zuschnappenden Maul heraus. Bran faucht. Er ist wie von Sinnen, reißt sich los und nimmt die Flucht wieder auf.

»*Da drüben!*«, schreie ich ihm zu. »*Ein Strand.*«

Diesmal reagiert er, bricht nach links aus und jagt auf das helle Schimmern der Brandung zu. Ich verlange meinem Körper noch einmal alles ab, treibe ihn bis über die letzte Grenze hinaus und nehme nur noch das sprudelnde Wasser und den Sog der Geschwindigkeit wahr. Ohne langsamer zu werden, schnelle ich aus den Wellen, segele ein gutes Stück durch die Luft und lande bäuchlings auf dunklem Sand. Nur einen Herzschlag später explodiert das Meer in einer Kaskade aus Gischt. Mit der Wucht einer Urgewalt wirft sich der Orca an den Strand und schnappt zu. Vergeblich. Nur eine Handbreit von mir entfernt krachen seine Zähne aufeinander. Einmal. Zweimal. Dreimal. Dann begreift der Wal, dass die Beute verloren ist, und wuchtet sich mit schaukelnden Bewegungen in das Wasser zurück.

Keuchend robben Bran und ich weiter nach oben. Über Sand und Steine hinweg bis zu einem trockenen Stück Strand. Erst dann sinken wir erschöpft in uns zusammen und ringen nach Luft.

»*Früher wäre so etwas nicht passiert.*« Ich versuche, mein rasendes Herz mit tiefen Atemzügen zu beruhigen. »*Die Tiere verlieren den Verstand, und ich kann es ihnen nicht verdenken. Der Ozean ist viel zu laut geworden. Es macht sie verrückt.*«

Bran antwortet nicht. Eine Zeit lang bleiben wir einfach liegen, nehmen die Kraft der Erde in uns auf und warten, bis sich unsere Herzen beruhigt haben. Dann wühlt sich meine menschliche Seite an die Oberfläche. Sie durchbricht Fleisch und Fell, bis ich den Seehund vom Körper streifen und mich auf die Füße stemmen kann. Schwer atmend, die blutige Tierhaut in der Hand, stehe ich neben meinem Bruder und warte darauf, dass er es mir gleichtut. Was soll ich machen, wenn er nicht mehr gegen mich kämpfen will? Ich kann ihm nicht vertrauen, und doch sträubt sich meine gesamte Natur dagegen, ihn aus dem Weg zu räumen. Wir sind von einem Blut. Wir sind derselben Mutter und demselben Vater entsprungen. Aber Bran ist nun mal Bran, und wenn er nicht von Mari ablassen will, muss ich sein Leben beenden.

Ganz gleich, wie weh es tut.

Mein Bruder nimmt Menschengestalt an, wirft das Fell beiseite und starrt mich an. Dunkle Seehundsflecken zieren seine Haut, das wirre Haar reicht ihm gerade bis zum Kinn. Ich warte ab, überlasse ihm den ersten Schritt und spanne mich an. Bereit, jederzeit einen Angriff zu parieren.

»Warum hast du mich gerettet?« Nach wie vor glitzert Mordlust in seinem Blick. *»Der Wal hätte dir die Mühe gerne abgenommen.«*

»Du bist mein Bruder, verdammt noch mal. Aber wenn du immer noch planst, Mari wehzutun, bringe ich dich trotzdem um.«

Er lächelt böse, dann nimmt er mein Fell ins Visier. Ich ahne, was Bran vorhat, rufe im Stillen Brianas Namen und atme erleichtert auf, als ihre Antwort aus unmittelbarer Nähe kommt. Offenbar hat meine Freundin gespürt, dass etwas nicht stimmt, und hält nun direkt auf den Strand zu.

»Schnapp dir mein Fell«, rufe ich ihr zu. *»Schwimm weg, bis ich dich wieder rufe.«*

»Ist das dein Bruder, kleiner Seehund?«

»Ja. Es ist Bran. Und wie es aussieht, müssen wir kämpfen.«

»Auf Leben und Tod?«

»Vielleicht. Bist du hier?«

»Ja.« Eine große, schwarze Finne taucht aus den Wellen auf. Etwa fünfzig Meter vom Strand entfernt. Sofort ziehen sich die fremden Orcas zurück und überlassen der Matriarchin das Revier. *»Wirf es ins Wasser.«*

»Danke, Briana. Mach dir keine Sorgen.«

»Natürlich mache ich mir Sorgen. Treib deinen Bruder ins Wasser, dann fresse ich ihn auf.«

»Nein. Wir klären das unter uns. Aber danke für dein Angebot.«

»Es tut mir leid, dass meinesgleichen dich angegriffen hat. Sie sind ganz durcheinander von all den lauten Stimmen im Wasser. Lange wird das nicht mehr gut gehen.«

»Ich weiß. Und ich wünschte, ich könnte mehr für euch tun.«

»Du hilfst schon, wo du nur kannst. Viel Glück, kleiner Seehund.«

Als Bran zum Angriff übergeht, bin ich gewappnet. Ehe er nach dem Fell greifen kann, werfe ich es Briana zu, vollführe eine Drehung und tauche unter seinen Armen hindurch. Er knurrt frustriert, greift erneut an und taumelt ins Leere, als ich zwei Schritte zur Seite springe. Während Bran um sein Gleichgewicht kämpft, verpasse ich ihm einen Tritt in den Rücken.

»Du hinterhältiger Wurm!« Der Länge nach landet er im Sand und schlägt sich den Kopf an einem Stein auf. Aber das hält ihn nicht auf. Im Gegenteil. Als er blutend auf die Füße springt, wirkt er kraftstrotzender und angriffslustiger als je zuvor. *»Ich werde dich ausweiden!«*

»Was stimmt mit dir nicht? Warum willst du mich lieber töten, anstatt an meiner Seite gegen unsere Feinde zu kämpfen? Abgesehen davon habe ich dir das Leben gerettet, verdammt noch mal.«

»Ich bin nun mal, wie ich bin.« Er greift mich erneut an, ich weiche aus. Wir wiederholen das Spiel ein gutes Dutzend mal, und je heißer die Wut meines Bruders kocht, umso plumper und linkischer werden seine Bewegungen. Im Wasser ist er ein schrecklicher Kämpfer, aber als Mensch bin ich ihm um Längen voraus. Sein Brüllen und Geifern klingt allmählich, als hätte er den Verstand verloren. Schon bald beginnt Bran zu keuchen, weil er rücksichtslos die Kraft seines Körpers vergeudet. Wann immer ich Gelegenheit dazu finde, halte ich nach Barrys Kutter Ausschau, aber er ist nirgendwo zu entdecken. Vermutlich sind wir schnell genug geschwommen, um die Jäger abzuschütteln.

»Hör auf!«, keift Bran. *»Du springst herum wie eine Garnele.«*

»Was erwartest du? Dass ich mich einfach in Stücke reißen lasse? Streng dich ein bisschen mehr an.«

Zum ungezählten Mal greift er an, ich ducke mich, packe Brans Arm und lasse seine Kraft für mich arbeiten. In hohem Bogen fliegt er über meine Schulter und kracht in den Sand. Aber anstatt benommen liegen zu bleiben, springt er mit überraschender Gewandtheit wieder hoch und tritt mir die Beine unter dem Körper weg. Diesmal bin ich es, der schwer im Sand landet. Bran stürzt sich auf mich, siegessicher und mit Triumph im Blick, aber ich ramme meine Füße in seinen Bauch und hebele ihn über mich hinweg. Zum zweiten Mal schlägt er im Sand auf, rollt ein paar

Mal um die eigene Achse und prallt gegen einen Treibholzstamm. Inzwischen ist die Flut höher gestiegen, leckt an den Felsen und spült über blutbespritzten Sand hinweg.

»Hör endlich auf!« Ich rappele mich hoch und gehe erneut in Verteidigungsposition. *»Ich will dich nicht töten, Bran. Verschwinde von hier, und du kannst weiterleben.«*

»Vergiss es.« Mein Bruder stemmt sich auf die Füße, fletscht seine Zähne und spuckt Blut in den Sand. *»Ich hole mir die Frau. Sie ist die richtige. Daran habe ich keinen Zweifel mehr. Und du wirst mich nicht davon abhalten, sie in Besitz zu nehmen.«*

»Mari ist nicht dein Besitz!« Ich werfe einen Stein, aber mein Bruder weicht ihm aus. *»Sie gehört niemandem, hast du verstanden?«*

»Oh doch. Sie wird mir gehören. Sobald ich sie dank deines Fells in meine Welt geholt habe. Ich nehme mir ihre Seele und ihren Körper, aber vorher wirst du daran glauben müssen.«

»Du Idiot! Sie wird sterben.«

»Nein. Das wird sie nicht.«

»Ich lasse das nicht zu, hast du verstanden? Was ist los mit dir? Wir leben, um zu heilen. Um auszugleichen und die Harmonie zu bewahren. Aber du benimmst dich wie ein barbarischer Robbenschlächter.«

Bran lacht und greift nach einem Treibholzast. Mit schrecklicher Wucht schlägt er zu, ich stolpere rückwärts und spüre den kalten Luftzug der Waffe an meiner Brust. Instinktiv falle ich auf die Knie, gerade noch rechtzeitig, um dem zweiten Hieb zu entgehen. Der dritte zielt auf meinen Kopf, aber ich rolle mich zur Seite weg und trete Bran in die Kniekehlen.

Ein paar Herzschläge später sind wir wieder auf Abstand gegangen und umkreisen einander. Mein Bruder greift an, ich weiche ihm aus. Unser Tanz beginnt von Neuem, und Bran ist derart in seinem Hass vertieft, dass er nicht bemerkt, wie ich ihn beharrlich rückwärts dränge. Nur noch ein paar Schritte, und er wird von mehreren Felsen umzingelt sein.

»Du hast dazugelernt«, sage ich. *»Mit wem hast du das Kämpfen geübt?«*

»Mit allem, was dumm genug war, mich anzugreifen.«

»Auch mit Menschen?«

»Natürlich.«

»Lass mich raten. Sie haben die Begegnung mit dir nicht überlebt?«

»Nein. Das haben sie nicht.«

Ein Hagel aus Schlägen und Tritten geht auf mich nieder, aber ich weiche den Angriffen entweder aus oder pariere sie. Inzwischen keucht und schnauft mein Bruder wie ein sterbendes Walross.

Da höre ich plötzlich Menschenstimmen in der Ferne. Einen Mann und eine Frau, die verstohlen miteinander flüstern. Sekundenlang bin ich abgelenkt, und mein Bruder weiß diesen Vorteil für sich auszunutzen. Ich spüre nur einen kurzen, heftigen Schmerz am Kopf, dann liege ich plötzlich ausgestreckt im Sand. Bran kauert über mir, drückt meinen Kopf zur Seite und schnappt zu. Ich spüre, wie sich seine Fänge tief in meinen Hals graben. Er rüttelt zweimal, zieht sie mit einem schmerzhaften Ruck wieder zurück und grinst auf mich hinunter. Blut tropft von seinen Lippen.

»Leb wohl, kleiner Bruder.«

»Warum … tust du das?« Ich spüre, wie das Leben aus mir herausströmt. Instinktiv presse ich eine Hand auf die Wunde, aber Bran zerrt meine Finger beiseite und beißt noch einmal zu. Sein Gewicht ist wie ein unverrückbarer Felsen, seine Zähne graben sich noch tiefer in mich hinein. Gleich wird er die große Ader zerfetzen, und dann kann mich nicht einmal mehr die Kraft des Meeres oder der Erde heilen. Panik überflutet mich. Ich knurre, zappele und wehre mich aus Leibeskräften, bis Bran von mir ablässt und sich über die triefenden Lippen wischt.

Da ist etwas in seinen Augen, das ich nicht deuten kann.

Sind das Zweifel? Ein letzter Funken Verstand?

Er knurrt böse, dann steht er auf und läuft geduckt in die Wellen hinein. Einen Herzschlag später ist er verschwunden. Ich will ihm folgen, aber mein Körper versagt mir den Dienst. Blut strömt hervor. Viel zu viel. Gedanken wirbeln in einem haltlosen Chaos herum. Erneut glaube ich, in der Ferne leise Stimmen zu hören, und ihr Klang verleiht meinen Muskeln gerade genug Kraft, um mich in die Höhe zu stemmen. Aber mehr als zwei taumelnde Schritte in Richtung Wasser sind mir nicht vergönnt. Der schwarze Schleier einer Ohnmacht zieht sich über mein Blickfeld. Plötzlich liege ich erneut im Sand, spüre einen Felsen neben mir und schaffe es, mich dagegen zu lehnen. Brans Biss hat schlimmen Schaden angerichtet. Ich muss mich auf die Heilung konzentrieren, sonst verliere ich völlig das Bewusstsein.

Immer lauter rauscht die Panik in meinen Ohren. Aber ich schließe die Augen und versuche, den Schmerz auszuklammern. Sanft und heilsam pulsiert die Energie des Meeres und der Erde um mich herum, so machtvoll und zeitlos wie die Sterne.

Nicht denken.

Nur fühlen.

Quälend langsam kriechen die zarten Fäden der Macht in mich hinein, finden ihr Ziel und beginnen, die Wunden zu schließen. Schicht für Schicht. Aber mein Bewusstsein versinkt immer wieder in zäher, dumpfer Schwärze. Ich versuche, mich dagegen zu wehren. Verankere mich im Hier und Jetzt, denke an Mari und Bran und an das, was er ihr antun wird.

Was ist, wenn er direkt zu ihr schwimmt? Dank Briana ist mein Fell zwar in Sicherheit, aber das bedeutet nicht, dass er von einem Angriff absehen wird.

Du musst zu ihr! Jetzt! Sofort!

Außerdem sind Menschen in der Nähe.

Also beeile dich, verdammt noch mal.

Verzweifelt versuche ich, mich hochzustemmen. Aber die Knochen meiner Beine haben sich in Quallen verwandelt. Ich falle wieder zurück, versuche es ein zweites Mal und stürze erneut. Es ist zwecklos. Ich muss warten, bis der Blutverlust ausgeglichen ist.

Wo bin ich eigentlich?

Ich versuche, meinen Blick zu schärfen, mustere die Form der Küste und der Klippen. Verdammt! Dieser Strand liegt keine zwei Meilen westlich von Maris Dorf. Wenn Bran direkt zu ihr geschwommen ist, dann … nein! Sie ist in Pierowall, oder nicht? Welcher Tag ist heute? Sonntag? Verfluchte Robbenscheiße! Das bedeutet, dass die Gärtnerei geschlossen ist und Mari und Finley mit Sicherheit zu Hause sind.

Erneut versuche ich, aufzustehen. Die Welt beginnt sich zu drehen, etwas in der Wunde reißt wieder auf und lässt einen heißen Blutschwall durch meine Finger sickern.

Verdammt! Verdammt! Verdammt!

Wenn Bran mir noch einmal in die Quere kommt, werde ich ihn auf der Stelle töten. Ohne Rücksicht auf Verluste. Egal, was er tut oder sagt.

Ich drücke meine Hand fest gegen die Halswunde und lehne mich wieder an den Felsen. Zuerst muss ich heilen. Wenigstens halbwegs. Und das erfordert Ruhe. Also nehme ich tiefe, langsame Atemzüge, gebe mich dem Fluss der Energien hin und versuche, alles andere auszuklammern.

Schmerz verwandelt sich in sanftes Prickeln, geht erneut in unerträgliches Brennen über und ebbt ein paar Herzschläge später zu einem vielversprechenden Ziehen ab. Die Wunden schließen sich, aber es geschieht viel zu langsam. Ich muss mich verwandeln, um das Ganze zu beschleunigen.

»Briana?«

»Ja, kleiner Seehund?«

»Bitte bring mir …«

In diesem Moment fallen zwei Schatten auf mich.

Menschen!

»Sieh an, sieh an.« Eine allzu vertraute Stimme säuselt zärtlich klingende Worte. »Wer fällt uns denn da einfach vor die Füße?«

Ich reiße die Augen auf. Nein! Bitte nicht!

Nicht jetzt, wo Mari in Gefahr ist.

Nicht jetzt, wo ich nicht die Kraft habe, zu fliehen.

»Was ist?«, fragt Briana. *»Soll ich wieder wegschwimmen?«*

»Nein. Warte in der Nähe.«

»Kann ich dir helfen? Wenn du willst, sage ich meiner Familie, dass sie Bran fressen soll. Oder ich fresse ihn selbst.«

»Ja. Falls ihr ihn erwischt, gehört er euch. Hör zu, bist du immer noch in der Lage, dich an den Strand zu werfen, um Beute zu schlagen?«

»Natürlich. Aber die Flut ist noch nicht hoch genug. Ich würde stecken bleiben.«

»Dann warte, in Ordnung?«

»Ja, kleiner Seehund. Pass auf dich auf. Was ich da gerade fühle, gefällt mir nicht.«

»Dann sind wir schon mal zu zweit.«

Starr vor Schreck blicke ich zu Ruth und Rahul hoch. Ich muss hier weg. In das Wasser springen. Zu Mari schwimmen. Sie warnen und … verdammt, das hier darf einfach nicht passieren.

»Du bist nicht allein, stimmts?« Ruth geht in die Hocke, legt ihren Kopf schief und starrt mich an. Der Triumph in ihrem Blick wird schnell von Sorge abgelöst. »Dieser Seehund, der dich verfolgt hat … und der nackte Kerl, mit dem du gekämpft hast … er ist auch ein Selkie, nicht wahr? Lass mich das ansehen. Du hast dir ganz schön was eingefangen, oder?«

Sie greift nach mir, und ich bin immer noch derart paralysiert, dass es ihr tatsächlich gelingt, die Hand von meinem Hals zu ziehen. Ein einziger Herzschlag dehnt sich bis ins Unendliche. Ich blicke in Ruths Augen, fühle ihre Seele und weiß nicht, ob ich Hass oder Mitleid empfinden soll. Sie fürchtet sich zu Tode. Alles, woran diese Frau denken kann, ist der Sturz in den Abgrund, und ihre verzweifelte Hoffnung, sich Flügel wachsen zu lassen, bevor es zu spät ist. Größer als ihre Furcht ist nur noch die Arroganz, die man ihr seit ihrer Geburt eingetrichtert hat. Unwillkürlich muss ich an Adam denken. Auch er hat den Boden, auf dem gewöhnliche Menschen leben, niemals berührt. Auch seine Seele ist voller Wut, Frustration und Verachtung gewesen, weil er tief im Inneren gewusst hat, dass er auf dem falschen Weg wandert. Ich sehe so viel in diesem einen Moment, weil Ruth in ihrer Aufregung vergisst, Gedanken und Gefühle vor mir zu verschließen.

»Rahul!«, haucht sie fassungslos. »Sieh dir das an! Er heilt so schnell, dass man dabei zusehen kann. Das ist absolut unglaublich.«

Schlagartig nimmt die Welt ihren Lauf wieder auf. Ich knurre, rutsche ein Stück zurück und trete Ruth gegen die Knie. Ein überraschter Aufschrei – und sie landet rücklings im Sand.

»Gut. Wie du willst.« Entrüstet rappelt sie sich wieder hoch und klopft Dreck von ihrer Kleidung. »Rahul, worauf wartest du?«

Der Mann deutet ein Kopfschütteln an. »Das können wir nicht machen. Er hat jede Menge Blut verloren. Wenn ich ihm jetzt eine Dosis verpasse, bringt ihn das vielleicht um.«

»Ach, das glaube ich nicht.« Ruths Blick ist der eines ausgehungerten Orcas. Aber hinter dieser gierigen Kälte erkenne ich einen Schmerz, der bitter wie Galle auf meiner Zunge liegt. »Nimm einen der kleineren Pfeile, dann ist die Dosis nicht so stark. Nun mach schon, bevor jemand kommt.«

»Und dann?«

»Was *und dann*? Wir bringen ihn auf den Kutter. Du kümmerst dich um den Mietwagen und nimmst die Fähre, Barry und ich schaffen unseren Ehrengast zum Festland. Ganz einfach. Nun schieß schon, oder ich mache es selbst.«

Rahul öffnet eine Tasche, nimmt den Pfeil aus dem Gewehr und legt einen anderen ein. Als er schließlich auf mich zielt, erkenne ich verzweifelte Wut und hilflosen Trotz in seinem Blick. Aber weder das Eine noch das Andere wird den Sieg davontragen. Er gehört Ruth. Mit Leib und Seele.

»Jetzt mach schon!«, zischt sie aufgebracht. »Wir bleiben nicht ewig unbeobachtet. Und das Wasser steigt verdammt schnell.«

Rahuls Hände zittern, der Lauf der Waffe schwingt kaum merklich hin und her. Jeden Moment wird er schießen, und ich bin immer noch nicht in der Lage, mich zu wehren. Wie erstarrt blicke ich in das kleine, schwarze Loch. Bran wird Mari wehtun, und ich kann nichts dagegen tun. Wäre ich ihr doch niemals begegnet. Wäre ich doch nur nicht so schwach gewesen. Jetzt muss sie für meine Dummheit bezahlen, und ich werde enden wie jene Selkies, die damals in Käfige gesperrt wurden und innerhalb weniger Tage ihr Leben ausgehaucht haben.

»Briana? Kannst du mir helfen?«

»Es tut mir leid. Dort, wo ihr seid, ist das Wasser zu flach.«

»Schon gut.«

»Es tut mir so leid.«

»Ich weiß. Bitte gib gut auf mein Fell acht. Bran darf es nicht bekommen, sonst wird er Mari töten.«

»Aber … was meinst du damit?«

»Ich werde es nicht mehr brauchen.«

»Nein! Nein, kleiner Seehund! Ich komme und helfe dir.«

»Tu das nicht, Briana! Du wirst stecken bleiben und sterben.«

»Ich muss es wenigstens versuchen.«

»Nein! Das wirst du nicht! Ich brauche dich, aber nicht so. Findet Bran und tötet ihn. Er muss sterben, weil sonst Mari stirbt. Bitte beeilt euch. Und wenn das geschehen ist, bring ihr bitte mein Fell. Sag ihr, dass … nein, sie wird dich nicht verstehen. Ach, verdammt. Tu einfach, was ich dir gesagt habe. Ich bitte dich. Und danke für alles. Du warst die beste Freundin, die ich jemals hatte.«

Brianas Wut und Trauer schwappen wie eine schwarze Welle über mich hinweg. Ich sehe, wie Rahul sich anspannt. Bereit, seinen eigenen Willen unter den von Ruth zu stellen.

»Runter damit!«, brüllt plötzlich eine vertraute, männliche Stimme. »Sind Sie des Wahnsinns, oder was?«

Drei Gestalten kommen den Hang hinuntergestolpert.

Zwei Männer und eine Frau.

Oliver erkenne ich auf Anhieb, weil er inmitten der blassen Inselfarben wie ein Papagei leuchtet. Neben ihm stolpern Finley und Mari und rennen so schnell, dass sie fast über ihre eigenen Füße fallen.

»Verdammt!« Ruth stampft mit dem Fuß auf. »Scheiße, verfluchte. Nimm das Gewehr unter, Rahul. Und mach um Himmels willen nichts Blödes, sonst kommen wir in Teufels Küche.«

»Entschuldige mal«, zischt er gereizt. »Du hast hier doch die klassischen Mad-Scientist-Ideen.«

Ruth stiert ihn böse an, dann wendet sie sich den herannahenden Menschen zu. Ihre Verzweiflung lodert inzwischen so hell wie ein Nordlicht in den finstersten Winternächten und hat sämtliche Energielinien des Körpers aus dem Gleichgewicht gebracht. Sie zittert und flucht und tritt von einem Fuß auf den anderen.

»Überlass mir das Reden, Rahul. Hast du verstanden?«

»Klar. Ich wüsste sowieso nicht, was ich sagen soll.«

Finley und Oliver bauen sich vor uns auf und durchbohren Ruth mit fassungslosen Blicken, Mari aber geht in die Hocke und legt ihre warme, zarte Hand auf meine Schulter.

»Kian!«, flüstert sie mir ins Ohr. »Um Himmels willen, was ist passiert? Bist du in Ordnung?«

Ich nicke nur, denn jetzt poltert Finley los: »Sind Sie von allen guten Geistern verlassen? Wollten Sie ernsthaft auf ihn schießen? Was ist das? Ein Narkosegewehr, oder? Sind Sie eigentlich komplett bescheuert, damit auf einen Menschen zu zielen?«

»Überlegen Sie sich gut, was Sie sagen.« Oliver hebt sein Smartphone hoch. »Ein Klick, und ich streame das hier live auf YouTube.«

Ruth knirscht mit den Zähnen, sagt aber nichts. Ich kann förmlich sehen, wie ihre Gedanken in verschiedene Richtungen wirbeln, wie sie das Für und Wider mehrerer infrage kommender Erklärungen abwägt. Dumm nur, dass es keine plausible Ausrede gibt. Dieser Gedanke scheint auch ihr zu kommen, denn plötzlich tritt ein solch kalter, berechnender Glanz in ihre Augen, dass mir das Blut in den Adern gefriert. Was will sie tun? Eine absurde Summe anbieten, um meine Freunde auf ihre Seite zu ziehen?

»Ach du Kacke!« Oliver schüttelt derart heftig den Kopf, dass seine bunten Haare nur so fliegen. »Sie sind hier, weil Sie an diese Selkie-Sache glauben, oder? Sie sind wirklich darauf reingefallen und haben gedacht, ein mystisches Wesen einkassieren zu können.«

Ruth klappt den Mund auf.

Maris Augen werden tellergroß und Finley ist wie vom Donner gerührt. Ich versuche, mich trotz allem auf die Heilung zu konzentrieren, und überraschenderweise geht sie schnell vonstatten. Trotz ausbleibender Verwandlung.

Die Löcher, die Brans Zähne gerissen haben, schließen sich endgültig. Neue Kraft strömt in meine Muskeln, der gerade noch verschwommene Blick ist wieder klar und scharf. Na bitte. Immerhin etwas. Anscheinend hat die Schussverletzung doch etwas Gutes mit sich gebracht, wenn mein Körper sich so mühelos an den Heilungsprozess erinnert und die Reparaturen auch ohne meine Unterstützung einleiten kann.

»Was meinen Sie damit?«, presst Ruth zwischen zusammengebissenen Zähnen hervor. »Welche Selkie-Sache?«

Oliver lacht und wedelt mit der freien Hand herum, während er weiterhin das Smartphone auf Ruth und Rahul ausgerichtet hält. »Ach, seit Kian und Tom diesen Deepfake-Mist abziehen, sind schon viele auf ihre Fälschungen reingefallen. Sie machen sich einen Riesenspaß daraus, mithilfe künstlicher Intelligenz täuschend echte Videos zu generieren. Ich bin daran nicht ganz unschuldig, denn wir haben gemeinsam eine neue Generation KI-gestützter Software entwickelt, die die Grenzen zwischen Fälschung und Realität komplett verwischt. Oh, warten Sie. Ich habe mich noch gar nicht vorgestellt. Mein Name ist Oliver. Kian, Tom und ich haben zusammen Multimedia und IT studiert. Wir lernten uns kennen, als ich im vierten Semester war und die beiden Knallköpfe frisch an der Uni aufgeschlagen sind. Na ja, wie auch immer. Fälschung und Realität sind quasi nicht mehr voneinander zu unterscheiden. Bestimmt haben Sie schon davon gehört, dass zwischen den Forschern für Deepfake-Erkennung und Firmen, die generative KI-Tools entwickeln, ein lustiges Wettrüsten im Gange ist. Kian, Tom und ich mischen dabei kräftig mit. Ziemlich erfolgreich, wie man sieht. Oh Mann, Jungs. Ihr handelt uns ganz schönen Ärger ein. Wo steckt Tom eigentlich? Und was ist passiert? Habt ihr wieder einen eurer bescheuerten Stunts ausprobiert? Das ist doch sicher Kunstblut, hm?«

Ich weiß nicht, wovon er spricht, deute aber ein Nicken an.

»Alles klar.« Oliver rollt mit den Augen. »Euch ist wirklich nicht mehr zu helfen. Eines Tages katapultiert ihr euch noch mal ins Jenseits. Wir entwickeln den ganzen Kram nicht, damit ihr ihn für eure bescheuerten Ideen missbraucht.«

»Aber die Wunden«, protestiert Ruth. »Ich habe gesehen, wie sie geheilt sind.«

Oliver bricht in schallendes Gelächter aus. »Oh ja. Unser neuester Trick. Aufklebbare Hologrammfolie.«

»Wie bitte?«

»Das ist verdammt geiles Zeug. Wir hoffen, dass es die Filmindustrie so richtig umkrempeln wird. Bisher haben wir nur eine Handvoll Effekte generiert, aber wir arbeiten daran, das Angebot zu erweitern.«

Einem Instinkt folgend, nehme ich meine Hand zurück und tue so, als würde ich etwas von der Haut abziehen. Inzwischen haben sich die Wunden vollständig geschlossen, sodass nur noch unversehrte Haut zu sehen ist.

»Hologrammfolie«, wiederhole ich.

Ruths Blick spießt mich förmlich auf. »Sie wollen uns wohl verarschen. Wenn das wahr ist, will ich diese angebliche Wunderfolie sehen.«

»Damit Sie uns das Patent wegnehmen?« Oliver schnaubt. »Ganz sicher nicht! Lass ja deine Hand zu, Kian.«

»Okay.« Ich rappele mich hoch und wische Sand von meiner Haut. Dann rufe ich mir in Erinnerung, wie Mari, Oliver und Finley unerfreuliche Umstände zu kommentieren pflegen. »Verfluchte Scheiße. Den Rucksack hat's weggespült.«

Mari grinst. »Was war drin? Hoffentlich nur deine Kleidung?«

»Ja. Den Rest hat Tom. Er treibt sich hier irgendwo rum.«

Ruths Miene gefriert. Sie nimmt uns die Geschichte nicht ab, hegt aber erste, zaghafte Zweifel an ihrer Mission.

»Also«, ergreift Finley das Wort. »Ich bin bereit, Ihnen dieses Schauspiel durchgehen zu lassen. Sie sind nicht die Ersten, die auf den Quatsch reingefallen sind. Aber wenn Sie es noch einmal wagen, Kian zu bedrohen oder ihm hinterherzuspionieren, ziehen wir andere Geschütze auf. Dieser Junge ist kein Selkie. Er wäre gerne einer, daran zweifele ich nicht. Aber das ganze Zeug ist nichts weiter als eine ausgeklügelte und perfektionierte Fälschung. Diese Trottel haben ständig blöde Ideen. Vor allem, wenn sie hier oben bei uns Urlaub machen. Ach, Kian, nun hör schon auf, splitterfasernackt in der Gegend herumzuhocken. Zieh meinen Mantel an. Na los. Und überlegt euch das nächste Mal gut, ob ihr noch einen von euren Fakes in Umlauf bringen wollt.«

»Da bin ich ganz deiner Meinung«, fügt Oliver hinzu. »Wir kneifen ein Auge zu. Aber nur dieses eine Mal. Lassen Sie uns zukünftig in Ruhe, okay? Wir wollen Sie nicht mehr in der Nähe unseres Hauses sehen, und falls Sie noch mal etwas Dummes versuchen, schalten wir die Polizei ein und laden dieses Video hier auf YouTube hoch. Damit dürfte Ihr Ruf im Arsch sein.«

Ruth sagt nichts. Sie nimmt einen tiefen Atemzug, ballt ihre Hände zu Fäusten und wirft mir einen finsteren, unheilverkündenden Blick zu. Dann dreht sie uns den Rücken zu und stampft von dannen, gefolgt von ihrem unglücklich dreinblickenden Kollegen. Etwas Verlorenes strahlt von ihr aus. Eine solch bittere, schale Verzweiflung, dass ich erneut von unfreiwilligem Mitgefühl übermannt werde. Trotz allem. Vermutlich ist es dem Urinstinkt meiner Spezies geschuldet, dass ich selbst Menschen wie Ruth zu innerem Gleichgewicht verhelfen will.

»Ist alles gut, kleiner Seehund?« Ich muss lächeln, als Brianas Kopf aus den Wellen schaut. *»Geht es dir gut?«*

»Ja. Ich bin in Ordnung.«

»Willst du dein Fell zurückhaben?«

»Nein. Jetzt noch nicht. Warte bis zur Nacht, in Ordnung?«

»Ich verstehe. Sollen wir den Kutter versenken?«

»Nein. Am Ende wird wieder auf euch geschossen. Behaltet ihn einfach nur im Auge. Und warnt mich, falls etwas Ungewöhnliches passiert.«

»Das tun wir. Pass auf dich auf, kleiner Seehund.«

»Okay«, ergreift Mari das Wort. »Und was jetzt?«

»Ganz einfach.« Oliver grinst breit. »Wir versalzen ihnen gehörig die Suppe. Was dachtet ihr denn?«

Dr. Ruth Chapman

»Ruth?«

»Erzähl mir nicht, dass du diese gequirlte Scheiße glaubst.«

»So oder so haben wir uns gerade zum Affen gemacht.«

»Nein! Dieser Witzbold hat sich zum Affen gemacht. Hologrammfolie. Ich bitte dich.«

Missgelaunt trottet mein Assistent neben mir her. »Rein theoretisch liegt es im Bereich des Möglichen. Ich habe letztens eine Dokumentation über die neuesten …«

»Sei still!«

Mein Kreislauf schießt über seine Belastungsgrenze hinaus. Ich bleibe stehen, atme tief durch und massiere mir die Schläfen. Eine günstigere Gelegenheit hätte uns nicht vor die Füße fallen können, und dann kommen diese Idioten daher und machen uns einen Strich durch die Rechnung.

»Die Sache mit der Fälschung ist himmelschreiender Blödsinn«, fauche ich. »Das wissen auch unsere Trottel da hinten. Anderenfalls wäre die Sache sehr viel unschöner ausgegangen, denn immerhin *haben* wir auf den Burschen gezielt. Mit einem verdammten Gewehr.«

»Vielleicht zeigen sie uns ja doch noch an.«

»Das glaube ich nicht. Ich habe gespürt, was er ist. Jeder, der ihn ansieht, muss es spüren. Du hast doch auch die Gänsehaut deines Lebens bekommen, oder etwa nicht? Der Kampf war echt. Das Blut und die Verletzung waren echt. Genauso wie das verdammte Video. Und dann die beiden Seehunde, die sich gejagt haben. Ein weißer und ein hellgrauer mit dunklen Flecken. Ungewöhnliche Körperform. Weder robben- noch seehundtypisch. Die Geschichte mit der Fälschung war nichts anderes als eine rotzfreche Lüge, um uns hinzuhalten und ans Bein zu pinkeln.«

Rahul seufzt. »Nichtsdestotrotz bleibt die Tatsache, dass Fälschung und Wirklichkeit heutzutage nicht mehr voneinander zu unterscheiden sind. Jedenfalls nicht, wenn es gut gemacht ist. Und unsere Sinne sind nun mal fehleranfällig. Allzu oft sehen und spüren wir etwas, weil wir es sehen und spüren *wollen.*«

»Sei still!« Ich kicke einen Stein vor mir her und funkele Barry an, der uns vom Kutter aus zuwinkt. »Wenn diese Dummköpfe glauben, mich an der Nase herumführen zu können, werden sie ihr blaues Wunder erleben. Und verdammt, Rahul, wenn ich das nächste Mal sage, dass du schießen sollst, dann schießt du gefälligst.«

»Sei lieber froh, dass ich es nicht getan habe. Sonst hätten uns die drei auf frischer Tat ertappt.«

»Ich meine das *grundsätzlich,* verstanden? Ich kann dich nicht gebrauchen, wenn du im Ernstfall den Schwanz einkneifst. Du bist ein guter Kerl, aber wenn du mir diese Sache vermasselst, schläfst du demnächst unter einer Brücke.«

»Willst du etwa meine Karriere versauen?«

»Welche Karriere, Rahul? Du bist derart gutherzig und bescheiden, dass du niemals die Stufen emporklettern wirst. Inzwischen solltest du das begriffen haben. Überleg dir also gut, ob du den Rest deines Lebens in einer kleinen Zweizimmerwohnung hausen und Fertigpizza essen willst. Verdammt, wir waren so kurz davor, ihn einzukassieren. So unglaublich kurz davor.«

Ich drehe mich um und sehe, dass die vier Gestalten immer noch an Ort und Stelle stehen. Inzwischen scheint der Selkie wieder putzmunter zu sein, obwohl er gerade noch mit durchlöchertem Hals vor mir gesessen hat. So augenscheinlich erschöpft und ausgeblutet, dass …

»Scheiße!«

»Was?«, fragt Rahul.

»Das Blut! Ich brauche es! Damit kann ich beweisen, dass die ganze Sache echt ist.«

»Und aus genau diesem Grund passen sie wohl auch darauf auf, bis die Flut alles weggespült hat. Du kannst nicht zurückgehen, ein bisschen blutigen Sand aufschaufeln und mit höflichem Lächeln den Rückzug antreten.«

Nein. Das kann ich nicht. Verflucht, was ist nur mit meinem Verstand los? Seit der Selkie darin herumgepfuscht hat, fühlt er sich wie ein löchriger Schweizer Käse an und verwandelt mich in eine verdammte Anfängerin. Hektisch suche ich die Stiefelprofile und meine Hände auf Blutspuren ab, aber da ist nichts. Natürlich nicht. Unbewusst habe ich darauf geachtet, nicht in die Pfütze zu treten und seine Haut dort zu berühren, wo sie nicht besudelt gewesen ist. Was für eine Scheiße.

»Hast du irgendwo eine Spur?« Ich suche Rahul ab. Nehme noch einmal meine Kleidung in Augenschein und finde … nichts. Absolut nichts. »Das darf doch wohl nicht wahr sein! Wir waren an einem blutbesudelten Kampfplatz und sind sauber? Kein Blutspritzer? Kein Fleck?«

»Sieht ganz so aus.«

»Scheiße! Scheiße! Scheiße! Such den Strand ab. Halt die Augen offen. Vielleicht finden wir noch irgendetwas.«

»Das glaube ich nicht. Die Flut ist schon ziemlich hoch.«

»Also Pech an allen Ecken und Enden.« Mir steigen die Tränen in die Augen. So kurz vor dem ultimativen Erfolg auf die Nase zu fallen, reißt mir den Boden unter den Füßen weg. »Scheiße!«

»Wie oft hast du das Wort heute schon gesagt? Na los, lass uns erst mal verschwinden.« Rahul zieht mich weiter. Oliver, Finley, Mari und der Selkie lassen uns nicht aus den Augen. »Wenn wir jetzt nicht wohlüberlegt handeln, landen wir in Teufels Küche. Wir haben ein Verbrechen begangen, okay? Und die Tatsache, dass unser Freund menschliche Unterstützung bekommen hat, macht die Sache nicht gerade leichter.«

»Ich weiß! Daran musst du mich nicht erinnern.«

»Zuerst brauchen wir einen hieb- und stichfesten Beweis. Wenn wir ihn einsacken und im Anschluss stellt sich heraus, dass die Sache doch nur eine Fälschung gewesen ist, sind wir geliefert. Und falls wir beweisen können, dass er ein Selkie ist, müssen wir ihn allein erwischen. Ohne Zeugen.«

»Du glaubst also, dass er echt ist?«

Rahul nickt und klopft sich auf den Bauch. »Das hier glaubt zumindest daran. Mein Instinkt. Aber nichtsdestotrotz brauchen wir einen Beweis.«

»Tja, zumindest entgehen wir einer Anzeige, weil der Selkie offiziell nicht existiert und keine unnötige Aufmerksamkeit gebrauchen kann.« Wir klettern über die Felsen und steigen in das Rettungsboot, um zurück zu Barrys Kutter zu fahren. Gut versteckt dümpelt die Nussschale in der kleinen Bucht vor sich hin. »Verdammt! Die Gelegenheit wäre perfekt gewesen.«

»Trotzdem ist sie uns um die Ohren geflogen. Wir sollten besonnen bleiben, okay? Und so dezent wie möglich vorgehen. Wenn irgendetwas schiefgeht, dürfen wir uns für Körperverletzung, Entführung und Freiheitsberaubung verantworten.«

»Ich weiß, Rahul.«

»Was hast du also vor?«

»Wir bleiben vorerst in der Nähe, beobachten und warten ab. Außerdem holen wir die Kameras von der Insel. Ich glaube kaum, dass er in nächster Zeit dort draußen auftauchen wird. Oder … warte! Wir holen einen Teil der Kameras. Die anderen bleiben auf *Skara Brae*, falls der zweite Selkie auftaucht.«

Rahul deutet zum entfernten Haus, das weithin sichtbar auf dem Hang thront. »Du willst da oben was installieren?«

»Ja. Dort oben, unten am Strand und in den beiden Buchten. Die Kameras sind klein und subtil genug, um niemandem aufzufallen. Wir halten uns zurück, beobachten aber jeden seiner Schritte.«

Das Blut in meinen Ohren rauscht wie die Niagarafälle. Ganz allmählich kann ich wieder klar denken, obwohl ich mich nach wie vor fühle, als würde ich mit angezogener Handbremse fahren und das Pech hinter mir her schleifen.

Einatmen und ausatmen.

Einatmen und ausatmen.

»Wollen wir doch mal sehen«, murmele ich vor mich hin, »wie lange unser Freund das Menschspielen durchhält. Früher oder später wird er einen Fehler machen, und wenn das passiert, bin ich zur Stelle.«

»Daran zweifele ich nicht. Aber wir müssen verdammt vorsichtig sein.«

»Schon klar.« Ich lache, wenn auch nur, um nicht weinen zu müssen. »Ein Rückschlag ist keine Niederlage. Im Gegenteil. Ich fühle mich von Tag zu Tag motivierter. Und zwei Selkies bedeuten doppelte Chancen.«

Rahul seufzt, tuckert auf den Kutter zu und gibt wieder dieses nervtötende, weinerliche Gesicht zum Besten. Keine Ahnung, was der Mist soll. Vermutlich ist es genetisch bedingt. »Du solltest trotzdem in Betracht ziehen, dass wir falschliegen.«

»Nein«, erwidere ich. »Wir liegen nicht falsch. Du warst nicht dabei, als er mir den Verstand ausgesaugt hat. Es war ein Gefühl, als … verdammt, ich kann es nicht einmal in Worte fassen. Es war grausam. Unglaublich. Absolut verrückt. Und so dermaßen übernatürlich, dass sich mir jetzt noch alle Haare sträuben.«

»Ich weiß. Du hast es mir schon fünfmal erzählt.«

»Warum hast du dann immer noch Zweifel?«

»Keine Ahnung. Ich bin von Natur aus paranoid. Und ich habe nicht die geringste Lust, als Stalker oder Entführer oder sonst was im Knast zu landen.«

»Wir kriegen das hin, Rahul. Ich glaube daran, also glaub du bitte auch. Vielleicht kommt uns seine Verbrüderung mit den Menschen sogar gelegen. Die Kleine und er … ich möchte wetten, dass da etwas läuft.«

»Du willst sie benutzen?«

»Hör zu, Rahul. Ich habe ein Ziel, und dieses Ziel werde ich erreichen. Ganz gleich, welche Wege ich dafür beschreiten muss. Daraus habe ich niemals einen Hehl gemacht.«

»Nein.« Rahul lässt den Kopf hängen. »Hast du nicht.«

Mari

»Respekt.« Oliver klatscht in die Hände. »Du hast ausgezeichnet mitgespielt, Kian. Das muss ich schon sagen.«

»Sie werden trotzdem nicht aufgeben«, erwidert er müde. »Ruth ist wie ein Hai, der Blut gewittert hat.«

»Mag sein. Aber früher oder später vergeht ihnen die Lust. Für dich wird es allerdings … na ja, ziemlich anstrengend werden. Vorerst musst du nämlich so tun, als wärst du ein gewöhnlicher Mensch. Schaffst du das?«

»Ich *muss* es schaffen«, sagt Kian leise. »Es gibt keine andere Möglichkeit.«

»Denkt ihr«, ergreift Finley das Wort, »dass Ruth kein Blut an sich hatte? Immerhin reicht schon ein Tröpfchen, um zu beweisen, dass wir kackfrech gelogen haben.«

»Ich glaube nicht.« Kian schüttelt den Kopf. »Sie hat mich zwar angefasst, aber nicht dort, wo ich schmutzig gewesen bin. Und sie ist auch nicht in das Blut getreten.«

»Gut. Ich hoffe, dass wir richtig liegen. Glücklicherweise hat die Flut ganze Arbeit geleistet.«

Als Kian mich ansieht, liegt eine solch tiefe Zuneigung in seinem Blick, dass es mir fast die Beine wegzieht. Aber da ist auch Leid. Und schreckliche Angst. Gerade, als ich ihn in meine Arme schließen will, weicht er zwei Schritte zurück. »Es ist besser, wenn du Abstand hältst, Mari.«

Ich erstarre unschlüssig. »Gerade eben hast du noch gesagt, dass du ein Mensch bleiben *musst*.«

»Ja.« Er grinst schief. »Aber wenn du mich jetzt umarmst, mache ich dein schönes weißes Shirt dreckig.«

»Spinner.« Ich verpasse ihm einen sanften Schlag gegen die Schulter. »Sag das dem Mantel meines Bruders.«

»Ach.« Finley winkt ab. »Das alte Ding ist sowieso reif für die Tonne. Sag mal, habe ich vorhin richtig geguckt? War das ein anderer Selkie?«

»Es war Bran. Mein Bruder.«

Olivers Augen weiten sich. »Der, der vor langer Zeit verschwunden ist?«

»Ja. Er hat mich angegriffen. Und ich glaube, dass Ruth und Rahul mir das Leben gerettet haben. Wenn auch unabsichtlich.«

»Inwiefern?«, hake ich nach. »Weil sie ihn vertrieben haben?«

Kian nickt. »Bran muss sie wahrgenommen haben, kurz bevor er mich umbringen wollte. Also hat er lieber Fersengeld gegeben, anstatt es zu Ende zu bringen.«

Oliver keucht. »Wie bitte? Dein eigener Bruder wollte dich töten? Du machst Witze, oder?«

»Nein«, flüstert Kian. »Leider nicht.«

»Oh Mann.« Finley stemmt die Hände in die Hüften und schüttelt den Kopf. »Das ist verdammt harter Tobak. Denkst du, er wird es noch mal versuchen?«

Kians Blick ruht wieder auf mir. Ein sanfter, abgrundtief trauriger Ausdruck liegt in seiner Miene. »Er wird zurückkommen. Weil er Mari für sich beanspruchen will.«

»Wie bitte?«, rufen Finley und ich wie aus einem Mund.

»Er sieht etwas Besonderes in dir«, fährt Kian fort. »Er denkt, dass du die Verwandlung überleben könntest.«

»Die Verwandlung in einen Selkie?«, keucht Oliver.

»Ja. Aber es ist mehr als unwahrscheinlich, dass das gelingt. Ich habe euch doch erzählt, dass in all der Zeit nur ein einziger Mensch dauerhaft überlebt hat und zu einem Selkie geworden ist. Alle anderen sind einen grausamen Tod gestorben. Nein, schau mich nicht so an, Mari. Ich lasse das nicht zu. Niemals. Wenn er glaubt, dich in das Meer schleifen zu können, reiße ich ihm den Kopf ab.«

»Deswegen bist du also bereit, den Menschen zu spielen?«, flüstere ich. »Weil du mich vor deinem Bruder beschützen willst?«

»Ja. Ich lasse nicht zu, dass er dir wehtut. Das habe ich ihm vorhin deutlich klargemacht. Falls er sich trotzdem an dich heranwagt, sorge ich dafür, dass er es bitter bereut.«

»Aber Bran hat gewonnen«, knurrt Finley. »Wenn diese Vollidioten nicht aufgekreuzt wären, hätte er dir den Hals durchgebissen.«

»Ja. Aber nur, weil ich kurz abgelenkt war. Ich habe Stimmen gehört. Vermutlich Ruth und Rahul.«

»Tja. Dann hat sich die Sache mit dem *Leben retten* wohl aufgehoben. Immerhin haben sie erst dafür gesorgt, dass Bran dich erledigen konnte.«

»Und wenn *wir* nicht gekommen wären«, wirft Oliver ein, »hätten sie Kian einkassiert und wie eine verdammte Laborratte auseinandergenommen. Unterstellen wir Ruth und Rahul also nicht einmal den kleinsten Hauch guter Absichten.«

Finley grinst freudlos. »Das hat auch niemand getan.«

»Ich meine ja nur. Wer bereit ist, für sein eigenes Wohl andere Lebewesen zu töten oder zu quälen, hat bei mir ausgespielt. Egal, welche Motivation dahintersteckt.«

»Sie hat schreckliche Angst«, murmelt Kian.

»Wer?«, zischt Finley. »Dieser blonde Eisklotz?«

»Ja. Sie will kein Geld, keinen Ruhm und keine Macht. Bei ihr ist es etwas anderes. Wenn sie nicht tun würde, was sie tut, hätte ich sogar Mitleid. Ihr Gleichgewicht ist vollkommen zerstört.«

»Mitleid?«, knurrt Oliver. »Diese beiden Maden hegen widerliche Absichten, und damit sind sie bei mir unten durch. Der Zweck heiligt nämlich keinesfalls die Mittel.«

»Warum seid ihr überhaupt hier?«, fragt Kian.

»Wir wollten uns … nun ja, ausquatschen.« Ich beobachte, wie die Flut genau das tut, was wir erhofft haben: Sie steigt noch ein wenig höher und spült auch den letzten Rest Blut weg. »Dass wir den richtigen Weg eingeschlagen haben, ist purer Zufall gewesen. Finley wollte in die entgegengesetzte Richtung marschieren, aber Oliver und ich haben ihn überstimmt. Hinzu kam, dass wir an ein Fernglas gedacht haben. Deswegen konnten wir sehen, wie Bran und du miteinander gekämpft habt. Und wie Barrys Kutter heimlich und unauffällig in der benachbarten Bucht Stellung bezogen hat.«

»Danke«, sagt Kian leise.

»Keine Ursache.«

»Sehe ich das richtig.« Finley reibt mit beiden Händen über sein Gesicht. »Wir haben also nicht nur Ruth und Rahul im Nacken, sondern auch einen wütenden und aggressiven Selkie, der sich an meine Schwester ranmachen will?«

»Mit Bran werde ich fertig«, erwidert Kian. »Er weiß, dass ich stärker bin. Zumindest in meiner Menschengestalt. Und noch mal werde ich mich nicht ablenken lassen. Außerdem dürfte er jetzt wissen, worauf Ruth und Rahul aus sind. Vielleicht hält ihn das von einem weiteren Angriff ab.«

»Oh Mann.« Finley sinkt in sich zusammen. »Wären wir doch damals bloß nicht an den Strand gegangen. Das hätte uns eine Menge Ärger erspart. Uns allen, meine ich.«

»Das weißt du nicht«, erwidere ich. »Vielleicht wäre das Ganze noch viel schlimmer gekommen, wenn wir Kian nicht gefunden hätten.«

»Letztendlich ist es Schicksal«, wirft Oliver ein. »Alles kommt, wie es kommen soll. Vorerst ist Kian bei uns am sichersten, und für Mari ist es das Beste, wenn er auf sie aufpasst. Wir beschützen uns gegenseitig, hm? Ruth und Rahul werden auf einen Beweis aus sein, also sieh zu, dass du ihnen keinen gibst. In unserer menschlichen Gesellschaft existierst du quasi nicht, was bestimmte Maßnahmen ausschließt. Wie zum Beispiel, Anzeige wegen Stalking einzureichen. Je weniger Aufmerksamkeit du bekommst, umso besser. Tu lange genug so, als wärst du bloß ein Student auf Urlaub, dann geben sie früher oder später auf. Die Details besprechen wir nachher im Warmen, okay? Wir müssen unsere Geschichte aufpeppen, alles aufeinander abstimmen und ein paar zusätzliche Sicherheitsmaßnahmen ergreifen.«

»In Ordnung.« Kian nickt. »Mari?«

»Hm?«

»Bitte geh nirgendwo allein hin. Vor allem nicht in die Nähe des Meeres. Bran wird nur darauf warten. Genauso wie Ruth und Rahul darauf warten, *mich* alleine anzutreffen.«

»Du würdest deinen Bruder meinetwegen töten?«

»Ja. Wenn er mir keine Wahl lässt.«

»Also«, seufzt Finley. »Das wird ein verdammt gefährliches Spiel. Aber ich sehe gerade keine bessere Möglichkeit. Zukünftig werdet ihr beide nirgendwo und niemals allein sein, verstanden? Wie genau wir das anstellen, werden wir zu Hause besprechen.«

Kian und ich nicken.

»Gut. Solange Zeugen in der Nähe sind, können Ruth und Rahul nichts ausrichten. Und du, Mari, bleibst vorerst dem Wasser fern. Es sei denn, wir begleiten dich. Kian, kannst du deinen Bruder spüren?«

»Inzwischen ja. Er ist zu aufgewühlt, um sich zu verschleiern. Aber ich weiß nicht, wie lange das noch anhält.«

»Sag Bescheid, sobald du ihn nicht mehr spürst. Und noch ein Wort unter uns Männern: Sollte ich auch nur den kleinsten Verdacht hegen, dass du meine Schwester manipulierst und ausnutzt, ziehe ich dir das Fell über die Ohren und nagele es an die Kellerwand. Nein, Mari! Hör auf, mich so böse anzustarren. Und du, Kian, lass es mich erklären. Ich habe das Gefühl, dass du es ehrlich meinst. Ich glaube auch zu wissen, dass du dich jederzeit für Mari geopfert hättest. Du wolltest uns nicht in die Schusslinie bringen, und das rechne ich dir hoch an. Aber … nun ja, ich lege trotzdem nicht die Hand für dich ins Feuer. Das kann ich nicht. Noch nicht. Verstehst du das?«

»Ja.« Kian blickt meinem Bruder in die Augen. Mit einem solch offenen, ehrlichen Blick, dass mir das Herz aufgeht. »Ich schwöre, dass ich niemals versuchen werde, euch zu beeinflussen. Unter gar keinen Umständen. Und … danke, dass ihr auf meiner Seite steht.«

Finley und er geben einander die Hände. Dann schaut Kian mit seltsam leerer Miene auf das Meer hinaus. Ich kann nur mutmaßen, was in ihm vorgeht, aber es scheint ihn bis in den Grund seiner Seele hinein zu quälen. Kein Wunder. Immerhin hat sein eigener Bruder versucht, ihn umzubringen. Obwohl die beiden nur noch einander haben. Und ich scheine der Grund für die neue Qualität ihrer Feindschaft zu sein. Oh Mann. Das muss ich erst einmal sacken lassen.

»Gehen wir nach Hause«, sage ich leise. »Der Tag war aufregend genug. Sag mal, wo ist eigentlich dein Fell?«

»Briana passt gerade darauf auf. Mein Bruder hat versucht, es zu stehlen.«

»Was? Moment … will er etwa *dein* Fell benutzen, um mich zu verwandeln?«

»Ja.«

Ich seufze und ergreife seine Hand. Sie ist blutverschmiert, aber das macht mir nichts aus. »Dann soll deine Freundin lieber bis zur Nacht warten, bevor sie es dir zurückbringt. Ich kenne eine winzige, einsame Bucht, in der wir ungestört sind.«

»In Ordnung.«

»Gut. Dann lass uns zurückgehen.«

»Auf dein Leben als Mensch.« Oliver klatscht erneut in die Hände und strahlt, als wäre das hier ein aufregendes Abenteuer.

»Zur allgemeinen Aufmunterung werde ich ein opulentes Abendessen kochen, okay? Mit anschließendem Klangschalenkonzert. Was haltet ihr davon?«

»Gerne«, sage ich. »Vielleicht ist es wirklich das Beste.«

»Was?«, knurrt Finley. »So zu tun, als wären wir eine ganz normale, wunderbare Wohngemeinschaft?«

»Ja.« Ich ringe mich zu einem Lächeln durch. »Ganz genau.«

KAPITEL 13

Wie wir fast in die Tiefe stürzten

Mari

Bis auf das Rauschen des Meeres ist es vollkommen still. Finley hält oben auf der Klippe Wache, während Kian und ich gemeinsam mit Oliver zum Strand hinunterklettern. Die Nacht ist klar, der Mond nur eine dünne Sichel, die wie ein zarter Pinselstrich über dem Horizont schwebt.

Es hat etwas Abenteuerliches an sich, gemeinsam durch die Dunkelheit zu schleichen. Wie drei Verschwörer auf einer geheimen Mission. Und ein Teil von mir genießt diese Momente mehr, als es unter den gegebenen Umständen angemessen ist.

Als wir die kleine, sandige Bucht erreichen, zieht Kian ohne Umschweife seine Kleidung aus, nimmt das Fell aus der Tasche und watet ins Wasser. Nirgendwo ist etwas zu sehen oder zu hören. Es scheint fast, als wären wir die einzigen lebenden Geschöpfe auf der Welt.

»Wow«, nuschelt Oliver, als Kian elegant in die Wellen gleitet und Sekunden später verschwunden ist. »Ich bin verdammt noch mal neidisch.«

»Trotz allem?«

Er zuckt mit den Schultern. »Ja. Auch, wenn es dumm ist.«

Wir grinsen uns an, beobachten das dunkle Wogen des Wassers und lassen unsere Blicke immer wieder über die Umgebung schweifen. Natürlich ist es Unsinn, denn ohne Nachtsichtgerät erkennen wir kaum die Silhouetten der Klippen. Aber wir sehen, dass Finley nach wie vor neben dem Wagen steht und sich nicht rührt. Ein Zeichen dafür, dass alles in Ordnung ist.

»Schau!«, flüstert Oliver. »Da hinten.«

Ein gutes Stück vom Ufer entfernt taucht ein weißer Seehund aus dem Meer auf und späht in unsere Richtung. Wie hell er in der Nacht leuchtet. Als wäre er gestaltgewordenes Licht, das den Ozean mit seiner Magie erfüllt. Es ist ein verwunschener Augenblick. Unwirklich und intensiv zugleich. So muss es sein, wenn man in einem Märchen verloren geht und den Ausgang in die reale Welt nicht mehr findet.

»Fühlst du das?«, hauche ich.

»Was?«

»Ich weiß nicht, wie ich es beschreiben soll. Ich glaube, es ist Kian, der es ausstrahlt.«

Oliver scheint in sich hineinzulauschen, lächelt, schließt seine Augen und seufzt. »Oh ja. Ich kann es fühlen. Das ist pure Harmonie.«

»Irre, oder?«

»Allerdings.«

Während der Seehund spielerisch durch das Wasser gleitet und wie ein Geistwesen in der Dunkelheit schimmert, strömt eine wunderbare Kraft durch mich hindurch. Sie ist heilsam, tröstend und ausgleichend. Ich bade darin, sauge sie tief in mich hinein und fühle, wie mein gerade noch rasendes Herz immer langsamer schlägt. Alles erscheint mir plötzlich so friedlich. Als gäbe es nichts Schlechtes oder Böses auf dieser Welt. Aber hinter meiner Verzückung bin ich mir der Tatsache bewusst, dass all das nur eine Illusion ist. Ein Geschenk, das Kian uns macht.

»Wow.« Oliver rollt mit den Schultern und seufzt erneut. »Ich weiß, ich wiederhole mich. Aber es ist einfach nur … *wow*.«

»So fühlt es sich also an, wenn er seiner Aufgabe nachgeht. Irgendwie traurig, oder nicht?«

»Warum?«

»Weil ich gerade daran denken muss, dass es früher hunderte Selkies gegeben hat.«

»Ja.« Er nickt bekümmert. »Die Welt muss ein besserer Ort gewesen sein. Zumindest eine Zeit lang. Aber kein Frieden dauert ewig, hm? So ticken wir Menschen nun mal.«

»Dumm gelaufen.«

»Aber irgendwann« – er legt den Kopf in den Nacken und lächelt – »wird es anders sein. Ich weiß es. Es *muss* einfach so sein.«

Gemeinsam sehen wir zu, wie der Seehund mehrmals auftaucht und wieder verschwindet. Es vergehen ungefähr zehn Minuten, bis das Tier zum Strand schwimmt und in die flache Brandung robbt.

»Denkst du, ich darf ihn anfassen?« Oliver blickt sehnsüchtig auf das schöne, hell schimmernde Tier, das sich gemächlich auf die Seite dreht. »Ich wüsste zu gerne, wie er sich anfühlt. Und … herrje, er ist einfach nur entzückend.«

»Ja, allerdings. Aber lass besser die Finger von ihm.«

»Vermutlich ist das … oh, heilige Scheiße!«

Obwohl wir wissen, was kommt, fährt uns der Anblick durch Mark und Bein. Mit einem hässlichen, feuchten Geräusch reißt das Fell des Seehundes auf und entblößt rohes Fleisch. Dampfendes Blut fließt in die Brandung, das Tier gibt leise, stöhnende Geräusche von sich.

»Oh Mann«, murmelt Oliver. »Armes Ding. Das scheint verdammt schmerzhaft zu sein.«

Schaudernd beobachte ich, wie sich ein Arm aus der Wunde wühlt und den klaffenden Riss verbreitert. Dann ist es, als würde sich ein menschlicher Körper aus der Tiergestalt herausschälen. Gleich einem Schmetterling, der aus seinem Kokon kriecht. Der Seehund, der gerade noch lebendig und geschmeidig durch das Wasser geschwommen ist, verwandelt sich in ein blutiges Fell, das wie ein zu enges Kleidungsstück abgestreift und zusammengeknüllt wird.

Kian richtet sich auf. Blut klebt auf seiner Haut und tropft aus den nass herabhängenden Haaren. »Ich weiß«, sagt er leise. »Das ist kein schöner Anblick.«

Oliver grinst. »Du hast ja keine Ahnung.«

»Was meinst du?«

»Nun ja. Abgesehen vom aufreißenden Fell und dem ganzen Blut ist es durchaus schön anzusehen.«

Kian nickt, ohne eine Miene zu verziehen. Dann dreht er sich um, watet ein paar Schritte in das Wasser hinein und unterzieht sich einer gründlichen Reinigung. Seelenruhig taucht er unter, steht wieder auf und schüttelt sein Haar aus. Dann reibt er beinahe hingebungsvoll das Blut von seiner Haut und schwenkt nebenbei das Fell hin und her. Ich werfe einen Blick auf Finley, der nach wie vor regungslos auf der Klippe steht und die Umgebung mit seinem Nachtsichtgerät absucht. Alles ist mucksmäuschenstill. Wir sind allein mit der Nacht und einem Wunder, das ich wohl niemals ganz begreifen werde.

Als sich mein Blick wieder auf Kian richtet, keimt der Wunsch in mir auf, zu ihm in das Wasser zu gehen. Ich will ihn berühren, meine Finger durch sein nasses Haar gleiten lassen und das Blut von seiner Haut waschen. Der Drang ist so stark, dass ich ihm beinahe nachgebe. Was ist, wenn Bran recht hat? Kann ich die Verwandlung tatsächlich überleben? Und bin ich bereit, ein solches Risiko einzugehen? Auch auf die Gefahr hin, mein Leben zu verlieren und Finleys Herz zu brechen?

»Mari.« Oliver rempelt mich an und grinst so breit, dass seine Zähne in der Dunkelheit leuchten. »Du bist wirklich ein offenes Buch. Noch deutlicher wären deine Gedanken nur noch zu erkennen, wenn sie in Neonschrift über dem Kopf leuchten würden.«

»Pssst. Sei leise.«

»Ach ja. Ich vergaß.« Er tippt sich auf das rechte Ohr. »Unser Fabelwesen besitzt ja Raubtiersinne, hm? Aber hey, was soll's. Ihr zwei wisst doch längst, was ihr füreinander empfindet. Immerhin habt ihr schon miteinander geschlafen.«

»Sei einfach leise, okay?«

Oliver rollt mit den Augen. »Meinetwegen. Du und dein Bruder, ihr seid euch verdammt ähnlich.«

»Was meinst du damit?«

»Finley neigt auch dazu, alles zu verkomplizieren und sich den Kopf so lange zu zerbrechen, bis er kurz vor einem Nervenzusammenbruch steht. Hat er dir eigentlich schon erzählt, dass wir zusammen sind?«

Ich reiße die Augen auf. »Was?«

»Siehst du? Genau das meine ich. Er ist eine maulfaule Miesmuschel. Macht sich Gedanken um Dinge, die höchstwahrscheinlich niemals eintreffen und versaut sich damit das Leben. Ja, wir sind zusammen. Er und ich. Seit jener Nacht, in der er sich bei mir ausgeheult hat. Du weißt schon. Das Abendessen mit Kian.«

»Moment!« Ich starre ihn an. Und dann, aus heiterem Himmel, fällt plötzlich der Groschen. »Bist du deswegen bei uns geblieben?

Auf Westray? In einer schlecht laufenden Gärtnerei? Obwohl du weitaus größere Ziele hättest erreichen können?«

»Ja«, sagt er lapidar. »Unter anderem.«

»Weil du dich in Finley verliebt hast?«

»Ja«, wiederholt Oliver. »Und er hat verdammt lange gebraucht, um das zu begreifen. Aber ich mache ihm deswegen keinen Vorwurf. Ich bin ein guter Schauspieler, weißt du? Das musste ich auch sein, denn in meinem früheren Leben waren gewisse Dinge mehr als verpönt. Mir blieb nichts anderes übrig, als eine Maske zu tragen. Vor meiner Familie. Vor meinen Freunden. Genau genommen vor der ganzen Welt. Und selbst, als ich endlich den Mut gefunden habe, mich aus dem Käfig zu befreien, habe ich diese Maske weiterhin getragen. Sie war mit mir verwachsen, verstehst du? Jahrelang habe ich es nicht gewagt, sie abzusetzen, aber an jenem Abend, als du und Kian euch ausgesprochen habt und Finley einen Vertrauten gebraucht hat … na ja, da haben wir beide unser Herz ausgeschüttet.«

Sprachlos starre ich ihn an. Bin ich so blind gewesen? Über Jahre hinweg? So blind, dass ich das Offensichtliche nicht bemerkt habe? Ich will gerade den Mund öffnen und Oliver antworten, als Kian sich zu uns gesellt. Tropfnass, splitterfasernackt und so fabelwesenseltsam, dass uns beiden der Mund offen steht. Wir sehen zu, wie er sich abtrocknet und anzieht, dann erinnere ich mich endlich wieder daran, was ich eigentlich sagen wollte.

»Ich freue mich für euch. Wirklich.«

Oliver wirkt skeptisch. »Das sah aber gerade nicht so aus.«

»Nein. Tut mir leid. Ich habe mich nicht erschreckt, weil ihr zusammen seid, sondern weil ich so blind gewesen bin. Genauso blind wie mein Bruder, wie's aussieht.«

»Wie schon gesagt, ich bin verdammt gut darin, Gefühle zu verstecken.«

»Warum hat Finley nichts gesagt?«

»Das musst du ihn schon selbst fragen. Na, Kian? Wie war dein kleiner Schwimmausflug? Ist alles in Ordnung da draußen?«

Der Selkie deutet ein Kopfschütteln an. »Nichts ist mehr in Ordnung. Aber die Nacht ist ruhig und Bran ist weit weg.«

Ich nicke, ergreife seine Hand und drücke sie sanft. Kian erwidert die Geste. Eine Weile stehen wir einfach nur da, sehen schweigend den Wellen zu und hängen unseren Gedanken nach. Ja, es fühlt sich gut an, ihm nahe zu sein und meine Finger mit seinen zu verschränken. Anfangs ist er kalt, so eisig wie das Meer, aber ganz allmählich geht meine Wärme auf ihn über.

»Wir sollten langsam verschwinden«, sagt Oliver schließlich. »Sonst friere ich noch im Sand fest.«

»Gleich. Ich muss noch was erledigen.« Kian löst sich von mir und zieht Schuhe und Socken aus. »Es dauert nur ein paar Minuten, in Ordnung?«

»Was ist los?«, frage ich.

»Das werdet ihr gleich sehen.«

Verblüfft beobachten wir, wie er erneut in das Wasser geht, ohne seine Jeans auszuziehen. Als er bis zur Hüfte in den Wellen steht, taucht plötzlich ein riesiger schwarzer Körper auf und driftet langsam auf ihn zu. Zuerst glaube ich, dass es Briana ist, aber dann sehe ich den einheitlich dunklen Leib und die viel zu kleine Finne.

»Ein Pilotwal«, murmelt Oliver. »Und er ist verletzt.«

Tatsächlich. Über den Rücken des Tieres ziehen sich mehrere klaffende Wunden. Zwei davon scheinen so tief zu sein, dass sie vermutlich bis zum Rückgrat reichen. Ein schauderhafter Anblick, der mir eine Gänsehaut verpasst.

»Er muss mit einer Schiffsschraube kollidiert sein.« Ich trete ein wenig näher an das Wasser heran. So nahe, dass die auslaufenden Wellen meine Schuhe überspülen. »Ich glaube, Kian will ihn heilen.«

»Das wird aber eine Mammutaufgabe.« Oliver zieht eine Grimasse. »Das arme Ding ist ja völlig zerfetzt. Dass es überhaupt noch bis hierher schwimmen konnte.«

Gebannt beobachten wir, wie Kian seine Hände auf den Rücken des Wales legt. Das Tier hält vollkommen still, obwohl es sich im flachen Wasser und damit in einer lebensbedrohlichen Umgebung befindet. Erneut spüre ich diese unterschwellige, warme Kraft, die wie Niedrigstrom über meine Haut kitzelt und im Wasser zu vibrieren scheint. Ganz sacht wandern Kians Finger hin und her. Immer wieder hin und her, während er behutsam die Ränder der Wunden nachzeichnet. Dann glaube ich zu sehen, wie das zerrissene Fleisch zusammenwächst. So langsam, dass ich es zuerst für ein Trugbild der Dunkelheit halte.

Aber die Schnitte heilen tatsächlich.

Sie werden flacher und flacher, während die Fluke des Wales müde auf und ab wippt.

»Wow«, nuschelt Oliver ein weiteres Mal. »Das ist das Abgefahrenste, was ich jemals gesehen habe.«

»Es ist seine Aufgabe.« Mir steigen die Tränen in die Augen. Mein Herz füllt sich mit Traurigkeit und Verzückung und bitterer Wut. »Er lebt, um zu heilen. Um seine Welt zu retten. Und was stellt unseresgleichen an? Wir hören einfach nicht auf, alles noch viel schlimmer zu machen. Dabei ist er vollkommen allein. Wie soll es jemals besser werden, wenn wir immer mehr Unheil anrichten und Kian keinen hat, der ihm hilft?«

Oliver seufzt, zieht mich in seine Arme und tätschelt meinen Rücken, als ich zu weinen beginne. »Ist ja schon gut, Mari. Alles kommt wieder in Ordnung.«

»Glaubst du das wirklich?«

»Ja. Das glaube ich. Einfach, weil ich es glauben muss.«

Lange hält er mich fest. Bis meine Tränen versiegen und der Wal von seinen Verletzungen geheilt ist. Mit ein paar kraftvollen, schaukelnden Bewegungen rutscht das Tier in tieferes Wasser zurück, schlägt noch einmal mit der Fluke auf die Wellen und verschwindet in der Nacht.

Eine Zeit lang blickt Kian ihm nach. Dann dreht er sich um und trottet an den Strand zurück, so erschöpft, dass er kaum einen Schritt vor den anderen setzen kann.

»Geht es dir gut?« Ich laufe zu ihm und ergreife seine Hand. »Bist du in Ordnung?«

»Ja.« Mit einem Seufzer geht er in die Knie und nimmt einen tiefen Atemzug. »Ich muss nur kurz ausruhen.«

»Das war unglaublich.«

Er lächelt müde. »In erster Linie war es anstrengend.«

»Ist das immer so, nachdem du geheilt hast?«

»Ja. Zumindest bei schwereren Wunden. Und dieser Wal wäre fast gestorben.«

Ich lege einen Arm um seine Schulter, ungeachtet der Tatsache, dass das Wasser auch meine Hose durchnässt. Dann warten wir. Schweigend. Umringt von der Stille der Nacht. Mit jedem Atemzug scheint mehr Kraft in Kian zurückzufließen, bis ich spüre, wie sein eiskalter Körper wieder warm wird. Überall um uns herum ist Energie. Sie fließt und pulsiert. Unsichtbar, aber spürbar. Und plötzlich fühle ich den überwältigenden Wunsch, ein Teil davon zu sein. So, wie er es ist.

Wärst du bereit, das Risiko einzugehen?, weht erneut die Frage durch meinen Kopf. Und beinahe, obwohl mir die Angst den Magen zusammenpresst, hätte ich mit »*Ja*« geantwortet.

Tage und Nächte jagen wie Stromschnellen an uns vorüber. Sie sind mit so vielen Gefühlen angereichert, dass mir die Zeit trotz ihrer Flüchtigkeit im Nachhinein wie eine Ewigkeit vorkommt. Manchmal bin ich wie berauscht vor Glück, wenn Kian und ich uns lieben, vergraben unter einer warmen Decke und wie betrunken vor Hunger und Begehren. Manchmal pressen mir die Ängste und Sorgen den Brustkorb zusammen und werden so schwer, dass ich kaum noch atmen kann. Niemals habe ich erwartet, dass Emotionen so tief sein können. So unerträglich intensiv, dass ich pausenlos lachen und weinen möchte. Glücklicherweise fällt Kian das Menschsein relativ leicht. Er schafft sogar drei Tage, ohne den Wechsel durchführen zu müssen, und wenn die Sehnsucht nach dem Wasser allzu schlimm wird oder irgendein Meerestier seine Hilfe braucht, fahren wir die Insel ab und suchen uns eine einsame, schlecht einzusehende Bucht. Niemals wählen wir eine Stelle zweimal hintereinander, und zu keiner Sekunde ist das Haus unbewacht. Einer von uns bleibt immer zurück, auch unter der Woche. Dank Oliver haben wir nun einen Home-Office-Platz, von dem aus organisatorische Arbeiten erledigt werden können. Was erstaunlich gut funktioniert. Noch dazu geht uns Kian in der Gärtnerei zur Hand und ersetzt die fehlende Arbeitskraft mit Bravour.

Natürlich geben Ruth und Rahul nicht klein bei, aber wir sehen sie nur aus der Ferne. Beide scheinen stets im Hinterkopf zu haben, auf welch dünnem Eis sie sich bewegen, und seit Oliver auch noch ein paar unschöne Gerüchte verbreitet hat, lassen die Fischer kein gutes Härchen an unseren Verfolgern. Nichtsdestotrotz halten sie weiterhin nach dem weißen Seehund Ausschau, denn letztendlich wiegt die Aussicht auf leicht verdientes Geld schwerer als jede Antipathie.

Gewissenhaft achten wir darauf, dass Ruth und Rahul kein Beweis in die Hände fällt. Oliver ergattert auf irgendwelchen kostengünstigen Umwegen zwei Überwachungskameras und installiert eine Alarmanlage für das Haus. Bei jedem Frühstück in Annas Café achten wir darauf, dass das von Kian benutzte Geschirr und Besteck in der Küche verschwindet, bevor wir zur Arbeit aufbrechen. Und wenn Ruth und Rahul uns in der Öffentlichkeit begegnen, winken wir ihnen freundlich zu. Manchmal sitzen sie wie harmlose Touristen im Bistro in Pierowall und spähen zu uns hinüber. Oder sie tummeln sich in der Nähe jenes Steges, auf dem Kian und ich nach Feierabend gerne sitzen und einen *Coffee to go* trinken.

Regelmäßig sehen wir sie auch in der Nähe des Dorfes, wenn sie an den Klippen entlang wandern oder gemeinsam mit Barry auf das Meer hinausfahren, um nach dem zweiten Selkie Ausschau zu halten. Manchmal wünsche ich mir, dass sie Bran erwischen und sich mit ihm aus dem Staub machen. Aber dann wird mir klar, dass ich nicht einmal Kians mörderischem Bruder ein solches Schicksal wünsche. Kein Geschöpf hat es verdient, für den Rest seines Lebens eingesperrt und misshandelt zu werden. Im besten Fall verläuft die Sache einfach im Sand, weil Ruth und Rahul die Lust an ihrer Mission verlieren und letztendlich auf unser Fälschungsmärchen hereinfallen. Vielleicht bilde ich es mir nur ein, aber sie wirken zunehmend skeptischer und mürrischer. Entweder, weil ihre Zweifel kontinuierlich wachsen. Oder, weil wir sie erfolgreich an der Nase herumführen und auch die Dorfbewohner mit jedem Tag deutlicher zeigen, dass Ruth und ihr Assistent als Fremdkörper empfunden werden. Satte Belohnung hin oder her.

»Arrogante Pinsel«, schimpft Anna eines Morgens, als Kian, Oliver und ich im Hafencafé unser gemeinsames Frühstück genießen. Ganz so, als wären wir drei normale Menschen am Beginn eines normalen Tages. »Kommen hierher und führen sich auf, als würde ihnen die Insel gehören.«

»Ja«, seufzt Oliver. »Die beiden waren schon damals auf der Uni unerträglich. Haben ständig versucht, Kian und mir was abzuluchsen, anstatt sich selbst den Arsch aufzureißen.«

»Na, so was mögen wir ja besonders gern.« Anna plustert sich auf und schnaubt entrüstet. »Aasgeier, die rechtschaffenen Menschen die Ergebnisse ihrer schweren Arbeit klauen. Von mir kriegen die nichts mehr. Sollen sie ihren Kaffee doch aus der Thermoskanne saufen.«

Anna zwinkert Kian noch einmal zu, dann rauscht sie mit wehendem Kittel davon. Ja, sie hat einen Narren an ihm gefressen. Genauso wie Andreas, Oliver, Finley und die meisten Kunden unserer Gärtnerei. Kein Wunder. Instinktiv hungern die Menschen nach der harmonisierenden Wirkung seiner Ausstrahlung. Sie fühlen sich wohl in Kians Nähe. Sie reden gerne mit ihm und sehen ihn gerne an. Wenn jemand diesen Drang versteht, dann ich. Und letztendlich ist mein Selkie ein begnadeter Schauspieler. Seine Anpassungsfähigkeit verblüfft uns jeden Tag aufs Neue. Er ist neugierig und begeisterungsfähig, stellt sich sagenhaft schnell auf neue Situationen ein und saugt Wissen wie ein Schwamm in sich auf. Alles scheint ihm Freude zu bereiten. Sogar das Schleppen von Blumenerde-Säcken. Und obwohl jede Sekunde von dem Bewusstsein durchdrungen ist, dass unser gemeinsames Leben innerhalb eines Augenzwinkerns vorbei sein kann, genießen wir es in vollen Zügen. Entschlossen, jeden noch so flüchtigen Augenblick auszukosten.

Oliver wohnt praktisch bei uns, fährt nur hin und wieder in seine Wohnung und heilt meinen Bruder überaus erfolgreich vom Elend des Liebeskummers. Endlich lacht nicht nur Finleys Mund, sondern auch seine Augen. Nach und nach glätten sich die Sorgenfalten, statt Traurigkeit und Trübsinn breitet sich Freude in unserem Haus aus. Einerseits, weil Kians ausgleichende Kräfte immer spürbarer werden, je länger er bei uns lebt. Andererseits, weil endlich alles in Ordnung ist. Zumindest temporär. Ja, wir fangen sogar an, unser Possenspiel mit Ruth und Rahul zu genießen.

Es ist herrlich, gemeinsam durch die Nacht zu fahren und eine einsame Bucht zu suchen, damit Kian seiner Aufgabe nachgehen kann. Es ist wunderbar, mit ihm gemeinsam Dokumentationen und Filme anzusehen, zu kochen, zu essen und die beiden Gewächshäuser zu pflegen. Und ich bekomme nicht genug davon, ihn zu lieben. Atemlos. Hemmungslos. Mit dem Brennen purer Leidenschaft in den Adern und dem unbändigen Wunsch, dass es für immer so weitergehen möge. Hin und wieder besuchen wir auch das Kino, fahren mit dem Schiff nach Kirkwall oder kaufen gemeinsam im Supermarkt ein. Kurzum, wir tun alles, um als gewöhnliches Pärchen durchzugehen. Und schon bald jongliert Kian derart routiniert mit seinem menschlichen Dasein und der dazu passenden Geschichte, dass ich manchmal sogar selbst daran glaube, er sei einfach nur ein Student aus Edinburgh, der seine wohlverdiente Auszeit genießt. Wenn da nicht die Nächte wären, in denen er still und heimlich als Seehund im Meer verschwindet. Oder jene wundersamen Momente, in denen er verletzte oder kranke Tiere heilt.

Ja. Alles ist gut.

Bis mir klar wird, dass Kians Sorgen zusammen mit seinem angesammelten Wissen wachsen. Anfangs kann er es noch gut verstecken, stürzt sich mit Feuereifer in die Gärtnerarbeit und lässt sich jedes noch so kleine Detail erklären, bis wir ihm problemlos die Verantwortung für die Gewächshäuser oder den Laden übertragen können. Aber je mehr Bücher er liest, je mehr Dokumentationen und Nachrichtensendungen er inhaliert, umso dunkler wird der Schatten in seinem Blick. Niemals verliert Kian ein Wort darüber, aber ab einem gewissen Zeitpunkt ist es allzu offensichtlich, was in ihm vorgeht.

»Schau dir nicht zu viele Nachrichten an, okay?«, sage ich eines Abends, als er wieder einmal mit fassungsloser Miene vor dem Fernseher sitzt. »Dabei geht es nämlich in erster Linie darum, dir eine bestimmte Meinung einzutrichtern. Mit der Wahrheit hat das Ganze oft nichts zu tun.«

»Du meinst, es wird gelogen?«

»Ja. Des Öfteren.«

»Warum?«

»Weil wir kontrolliert werden sollen. Und weil die News-Anbieter möglichst viele Klicks und Quoten wollen und das nur mit reißerischen Schlagzeilen erreichen. Also muss es schockierend und beängstigend sein, um die Leute aufzuwühlen und sie in dauerhafter Panik zu halten. Weißt du, es gibt da eine Geschichte, die ziemlich gut zu dem Ganzen passt: *Eines Tages besuchte ein Dämon den Teufel und fragte zutiefst beeindruckt, wie er es schafft, so viel Hass und Krieg auf der Welt zu säen. Da hat der Teufel geantwortet: Ganz einfach. Ich nehme eine Geschichte und schreibe mehrere Versionen davon. Anschließend gehe ich zu den Menschen, verteile die verschiedenen Fassungen und sage allen, dass sie die einzig wahre besitzen. Zack! Schon schlagen sie sich gegenseitig die Köpfe ein.*«

»Ich verstehe«, erwidert Kian. »Es ist, als würde man einen Fischschwarm aufteilen, um die einzelnen Tiere besser jagen zu können.«

»Ja.« Wieder einmal verblüfft mich seine Auffassungsgabe. »Das trifft es ziemlich gut. Und jetzt zieh endlich die dreckige Gartenschürze aus. Du saust das Sofa ein.«

»Oh.« Zerstreut knotet er das Band auf und faltet den dunkelgrünen Stoff zusammen. »Tut mir leid.«

»Schon gut. Ich sehe dich verdammt gerne in dem Teil, aber so langsam starrt es vor Dreck.«

»Warum siehst du mich gerne darin?«

»Weil es dir steht.«

Er hebt irritiert eine Augenbraue. »Aber es ist nur ein Lappen, den man sich umbindet, um nicht dreckig zu werden.«

»Nimm es einfach hin, okay? Ich fürchte übrigens, dass wir dich nicht mehr gehen lassen können.«

»Hm?«

»Du hast nicht nur eine positive Wirkung auf uns, sondern auch auf sämtliche Pflanzen. Sie wachsen wie verrückt, seit du in der Nähe bist. Das muss deine harmonisierende Selkie-Superkraft sein. Außerdem lieben dich die Kunden. Jedes Mal, wenn wir beide Home-Office machen, fragen sie nach dir.«

»Wirklich?«

»Ja. Du bist einfach heilsam. Für uns alle.«

Kian lächelt. Und trotz der Nachrichten, die er sich gerade reingezogen hat, wirkt er tatsächlich glücklich. »Mari?«

»Ja?«

»Ich will auch gar nicht mehr gehen. Niemals wieder. Ich liebe es, mit euch zusammen zu leben. Alles hier ist so wunderschön. Du. Die Gärtnerei. Die beiden Gewächshäuser. Das Essen und die Vögel und die Badewanne und unsere gemeinsame Zeit. Ich will nicht, dass das jemals aufhört. Ich will für immer und ewig an deiner Seite einschlafen und aufwachen.«

»Mir geht es genauso. Aber das ist unmöglich. Nein, jetzt schau nicht so entsetzt. Ich meine damit *nicht*, dass wir dich früher oder später vor die Tür setzen. Aber eines Tages wirst du vor meinem Grab stehen und immer noch so aussehen wie jetzt.«

»Mari?«, flüstert er zum zweiten Mal.

»Was?«

»Das, was Bran gesagt hat, lässt mir keine Ruhe.«

»Na, dann sind wir schon mal zu zweit. Ich denke Tag und Nacht darüber nach.«

Kian nickt und zerknüllt die Schürze zwischen seinen Händen. Aus irgendeinem Grund finde ich es unerträglich süß, dass er immer noch Dreck im Gesicht und an den Händen hat. *Maulwurf-finger*, sagt Finley zu derart eingesauten Nägeln.

»Es ist nur …«, beginnt er mühsam. »Es ist, weil … hör zu, Mari. Damals musste ich ein paar Mal mit ansehen, wie Menschen während des Wechsels gestorben sind. Es hat sie förmlich auseinandergerissen. Sie sind auf so grauenhafte Weise zugrunde gegangen, dass mich der Anblick bis heute verfolgt. Und die, die die Verwandlung überlebt haben, starben kurz danach. Der Mensch in ihnen hat das Tier abgestoßen. Vielleicht ist es auch umgekehrt gewesen. Keine Ahnung. Aber es gab einige Männer und Frauen, von denen die Ältesten behauptet haben, dass sie die Richtigen sind.«

»Aber sie sind gestorben?«

»Ja. Alle miteinander. Unter schrecklichen Schmerzen. Ich will nicht dabei zusehen müssen, wie du ihr Schicksal teilst. So sehr ich mir auch wünsche, dass wir gemeinsam das Meer und die Zeit durchwandern.«

»Ich weiß.« Schon wieder brennen Tränen in meinen Augen. »Aber wenn es nur um mich ginge, hätte ich es längst versucht.«

»Dein Bruder würde es nicht ertragen, dich zu verlieren.«

»Nein. Es bräche ihm endgültig das Herz.«

»Nicht nur ihm«, sagt Kian leise.

»Ach, verdammt. Gibt es denn keinen Weg, herauszufinden, ob es funktionieren würde?«

»Nein. Das weißt du erst, wenn es zu spät ist.«

»War ja klar. Aber es macht sowieso keinen Unterschied. Wir bräuchten ein Fell, und das haben wir nicht.«

»Nein.« Kian starrt abwesend ins Leere. Inzwischen ist seine Schürze vollkommen zerknittert. »Es gibt nur noch meines und das von Bran.«

»Was ist mit Karas Fell?«

»Mein Bruder hat es benutzt, um eine Frau zu verwandeln.«

»Wie bitte?«

»Damals, als Oliver fast gestorben wäre, ist Karas Seehundshaut im Meer geblieben. Bran hat sie gefunden und versucht, eine Fischerin in einen Selkie zu verwandeln. Aber sie ist gestorben. Auch das Fell ist verloren.«

»Und Karas Seele?«

»Sie hat ihren Frieden gefunden. Immerhin etwas.«

»Kian? Kannst du mir eine Geschichte erzählen?«

»Was für eine Geschichte?«

»Über dein Leben. Keine Ahnung. Erzähl mir einfach irgendetwas. Von mir aus auch völlig belangloses Zeug. Hauptsache, ich kann deiner Stimme zuhören.«

Er tut mir den Gefallen. Ich kuschele mich an ihn, ziehe eine Decke über uns und lasse mich vom wunderbaren Klang seiner Worte davontreiben. Er erzählt, wie es ist, im Seetang unter den Sternen zu schlafen. Gewiegt von der Strömung und den Wellen. Er erzählt mir vom unendlichen Blau der Tiefe und von den Geschichten, die die Wale mitbringen, wenn sie auf ihren langen Wanderungen an den Orkneys vorbeikommen.

Zeit, das habe ich inzwischen begriffen, besitzt im Meer eine andere Bedeutung. Sie fließt unaufhörlich und scheint niemals zu enden, weil alles einem ewigen Kreislauf unterworfen ist. Das Wasser braucht etwa eintausend Jahre, um einmal die Erde zu umrunden, und seine Reise wird erst dann enden, wenn die Sonne sich aufbläht und alle Ozeane verdampfen lässt.

Ein schöner und schmerzhafter Gedanke.

»Erzähl weiter«, bitte ich Kian, als er in Schweigen verfällt. Und wieder erfüllt er meinen Wunsch. Ich werde zu einem Jäger, der pfeilschnell durch das Meer saust und einen Schwarm glitzernder Fische verfolgt. Ich koste Freiheit und Einsamkeit und werde zu einem Wesen, das so kalt und zeitlos ist wie die See. Mutterseelenallein sitze ich auf wellenumschäumten Felsen, lausche dem Tosen der Stürme und erinnere mich an ein Leben, das vor mehr als einhundertzwanzig Jahren zerstört worden ist. Durch die Grausamkeit und Raffgier meiner Spezies.

Irgendwann muss ich wohl eingenickt sein, denn als ich das nächste Mal die Augen öffne, ist es bereits halb vier Uhr morgens. Es riecht nach heißer Milch mit Honig und Muskatnuss, weil Kian zwischendurch in die Küche gegangen ist und sich einen großen Becher davon zubereitet hat. Er reicht ihn mir, ich nippe an dem inzwischen lauwarmen Getränk und linse in Richtung Fernseher. Auf dem Bildschirm läuft eine Dokumentation über die Ausrottung der Stellerschen Seekuh.

Na wunderbar.

»Die rindenartige Haut brachte ihr den Namen Borkentier ein«, berichtet eine sonore Männerstimme. »Ein Jahr lang lebte der Schiffsarzt und Naturforscher Georg Steller Seite an Seite mit den gewaltigen, bis zu zehn Meter großen Tieren. Nachhaltig von ihnen beeindruckt, verewigte er seine Eindrücke in Form von Tagebüchern, deren Veröffentlichung ein Massaker in Gang setzte. Die Inseln im Eismeer, auf denen die Stellerschen Seekühe seit ewigen Zeiten friedlich gelebt und sich von Algen ernährt hatten, wurden förmlich von Jägern überrannt. Zwanzig bis dreißig Männer blieben am Ufer zurück und hielten das Ende eines langen Taus, an dessen Ende sich ein scharfer Eisenhaken befand. Fünf weitere Jäger ruderten mit dem Boot zu den Seekühen hinaus und rammten einem der Tiere den Haken in den Leib. Daraufhin begannen die Männer am Ufer zu ziehen und zu zerren, während die Bootsinsassen der Seekuh mit Bajonetten, Messern und Säbeln zu Leibe rückten. Schließlich war das riesige Tier vom Blutverlust derart geschwächt, dass man es an Land ziehen und zerlegen konnte. Die Jäger waren in ihrem Treiben äußerst erfolgreich. Es dauerte nur wenige Jahre, bis die beeindruckenden Seekühe ausgerottet waren. Heute zeugen nur noch ein paar Skelette und Hautfetzen von ihrer Existenz. Ganz ähnlich verlief es beim Quagga, Dodo, Riesenalk und Kaplöwen. Beim Falklandfuchs, dem chinesischen Flussdelfin und dem Beutelwolf. Auch der Java- und Balitiger, der Blaubock und der Berberlöwe, der Atlasbär, der Seenerz und die karibische Mönchsrobbe sind für immer vom Angesicht unserer Erde verschwunden. Sie alle und noch unzählige andere Arten wurden vom gefährlichsten und tödlichsten Raubtier der Welt ausgelöscht, und das menschenverursachte Massensterben ist nach wie vor in vollem Gang.«

Als ich das Entsetzen in Kians Augen sehe, bin ich drauf und dran, den Fernseher auszuschalten. Aber ich rühre mich nicht. Abgesehen davon, dass ich meine Hand über seine lege und den letzten Rest Milch austrinke.

»Beim Seenerz handelt es sich um eine ausgerottete Raubtierart aus der Familie der Marder«, fährt der Sprecher fort, während eine Zeichnung des Tieres eingeblendet wird. »Er lebte an der nordamerikanischen Atlantikküste und wurde im neunzehnten Jahrhundert durch übermäßige Bejagung ausgerottet. Weil die Tiere größer als die Amerikanischen Nerze wurden, brachte die Pelzjagd mehr Gewinn ein und gestaltete sich äußerst effektiv. Seenerze waren nachtaktive Einzelgänger, die sich tagsüber in Verstecke zurückzogen, also nutzten die Jäger abgerichtete Hunde, um sie aufzustöbern. Sobald ein Seenerz gefunden worden war, grub man ihn kurzerhand aus oder benutzte Rauch, um ihn aus seinem Bau zu treiben. Das letzte Exemplar soll im Jahr 1894 in Neubraunschweig erlegt worden sein. Seitdem ist auch diese faszinierende Tierart für immer aus unserer Welt verschwunden.«

Ich schmiege mich an Kian, schnuppere an seinem Haar und streiche über die nackten Unterarme. Trotz meiner finsteren Gedanken döse ich erneut weg, eingelullt von der weichen Decke und unserer tröstenden Nähe. Da piepst plötzlich mein Smartphone auf dem Tisch. Verschlafen angele ich danach, gebe den Code ein und blinzele auf das Display.

»*Guten Morgen, Mari. Du hast hoffentlich nicht vergessen, dass heute Abend das Mondfest stattfindet. Sehe ich dich um 21 Uhr in der Bucht? Bring auch deine Süßigkeit mit. LG, Alice.*«

Na wunderbar.

Ich richte mich auf und lasse einen Stoßseufzer los.

»Was ist?«, fragt Kian.

»Alice will wissen, ob wir zum Mondfest kommen. Du weißt schon. Ich hatte dir doch letztens davon erzählt.«

»Alice? Unsere Stammkundin?«

»Genau die.«

Kian nickt und blinzelt mich müde an. Herrgott. Mit dieser verschlafenen Miene und dem Dreck im Gesicht sieht er derart hinreißend aus, dass ich nicht anders kann, als ihn zu küssen. Ein Schauer läuft durch seinen Körper, als ich behutsam mit den Fingern durch die zerzausten Haare kämme und mit der Nasenspitze über seinen Hals reibe. Hm, er riecht so gut. Fühlt sich so gut an. Macht mich vollkommen verrückt. Ich will ihn verschlingen, in ihn hineinkriechen, ihn festhalten und niemals wieder loslassen. Egal, was passiert.

»Meinetwegen«, nuschelt er zwischen zwei Küssen. »Ein Student auf Urlaub sollte in jedem Fall die eine oder andere Party besuchen.«

»Ach, du hast ja keine Ahnung.« Ich knurre vor Verlangen, als Kian sich unter meinen streichelnden Händen rekelt und leise Seufzer von sich gibt. »Das Mondfest ist die größte Fete auf der

Insel. Jedes Jahr in der ersten Nacht des Augustvollmonds geht ordentlich die Post ab. Wenn du wirklich dorthin willst, musst du dich auf einiges gefasst machen.«

»Ich nehme jede Herausforderung an.« Er beugt sich vor und schnuppert an meinem Hals. »Hmm, du riechst so unglaublich gut. Besser als ein Heringsschwarm.«

»Na, danke auch.«

In seiner Kehle grollt ein unerträglich verführerisches Knurren. »He, ich liebe Heringe. Für mich riechen sie köstlich. Aber der Hunger, den ich deinetwegen bekomme, geht viel tiefer. Er sitzt hier.« Kian nimmt meine Hand und legt sie auf seine Stirn. »Und hier.« Als Nächstes drückt er sie gegen seine Brust, genau dort, wo ich den Herzschlag spüren kann. »Und hier und hier.« Ich beiße mir auf die Lippe, als er meine Finger zum Bauch und schließlich zur Körpermitte dirigiert. Er will mich. Das ist deutlich zu fühlen und zu sehen.

»Warst du schon mal auf einer Party?« Ich ziehe meine Hand zurück. Wenn auch nur, weil ich es mag, seinen Jagdtrieb zu wecken. »Ich meine damals? Im neunzehnten Jahrhundert?«

»Nein.«

Ich weiche zurück, Kian pirscht mir nach. Als ich gegen die Sofalehne stoße, schiebt er sich über mich und leckt hungrig über meine Kehle. Verdammt, das hier ist mehr als gut. Es ist absolut süchtigmachend.

»Du wirst Fragen beantworten müssen. Haufenweise Fragen.« Sehnsüchtig winde ich mich unter seinem Gewicht und seufze, als er meinen Hals mit Küssen bedeckt. »Alle werden neugierig sein. Die, die dich schon aus dem Laden kennen, ergreifen die Gelegenheit beim Schopf. Und alle, die dich noch nicht kennen … oh Mann, denk lieber noch mal drüber nach.«

»Lass uns dort hingehen.« Er schiebt das Shirt hoch, küsst meinen Bauch und gibt wieder diese herrlichen, unfassbar sinnlichen Geräusche von sich. Ihre Wirkung ist im wahrsten Sinne des Wortes überwältigend. Meine Körperhärchen sträuben sich, mein Schoß beginnt zu pochen. Ich zittere und wimmere und glaube, tausend kleine ekstatische Tode zu sterben. »Ruth und Rahul sollen sehen, wie wir zusammen feiern.«

Ich kichere. »Herrje. Die beiden sind jetzt schon frustriert. Weißt du noch, als sie versucht haben, deine Tasche zu stehlen?«

»Natürlich weiß ich das noch.« Kian hält darin inne, meinen Bauch zu küssen, und blickt mit verwegen glühenden Augen zu mir hoch. »Ich glaube, Ruth hat ernsthaft mit dem Gedanken gespielt, dich und Finley mit einer Efeuschlinge zu erwürgen.«

»Und wir haben darüber nachgedacht, sie mit einem 70-Liter-Blumenerdesack zu erschlagen.«

Kian grinst. Dann pustet er in meinen Bauchnabel und lacht vergnügt, als ein unanständiges Geräusch entsteht. »Danke, dass ihr so gut aufgepasst habt.«

»Keine Ursache.« Ich zerzause ihm das Haar. »Aber ganz ehrlich. Du bist eine Spur zu zerstreut. In der Tasche befindet sich dein kostbares Fell. Du kannst sie nicht einfach im Lager herumliegen lassen. Schon gar nicht, wenn Ruth und Rahul in der Nähe sind. Auf so eine Gelegenheit warten die beiden doch nur.«

»Ich weiß.«

»Dann sei zukünftig vorsichtiger, okay?«

Kian stöhnt. »Das versuche ich doch. Aber ich kann mich einfach nicht daran gewöhnen, an tausend Dinge gleichzeitig zu denken.«

»Tja. Willkommen in der Menschenwelt.«

»Ach, Mari. Halt einfach still und lass mich ein paar äußerst unschickliche Dinge mit dir anstellen.«

»Nicht hier.« Ich kichere und schnaufe und presse meinen Körper gegen seinen. »Finley und Oliver kommen immer dann runter, wenn man sie nicht gebrauchen kann. Auch sonntagmorgens.«

Kian brummt und nickt, dann hebt er mich so abrupt hoch, dass mir schwindelig wird. Mühelos schleppt er mich die Treppe hinauf und trägt mich in unser Schlafzimmer. Ja, ich bin süchtig. Hochgradig sogar. Und ich habe es längst aufgegeben, mich dagegen zu wehren.

Nach einem späten Frühstück leisten wir Andreas auf seinem Kutter Gesellschaft. Nirgendwo fließen meine Gedanken so mühelos wie hier draußen auf dem Meer, und heute ist ein Tag, an dem ich genau das brauche. Finley lehnt an der Reling und träumt vor sich hin, Kian und ich sitzen auf einer der umgedrehten Kisten, gehen noch einmal alle Sicherheitsregeln für den heutigen Abend durch und berühren uns dabei unaufhörlich.

»Respekt.« Ich stehle mir einen Kuss und streiche eine verirrte Haarsträhne aus seinem Gesicht. »Die Geschichte ist dir in Fleisch und Blut übergegangen.«

»Wir haben sie auch oft genug wiederholt.« Kian lehnt seine Stirn gegen meine. Einen Moment lang hält er inne, lässt seinen Atem warm und verlockend über meine Lippen streichen und weicht schließlich wieder zurück. »Inzwischen weiß ich eine Menge über das, was ich angeblich studiert habe. Nicht dass ich es wirklich verstehe, aber für ein paar Gespräche reicht es aus.«

»Sehr gut.« Ich schaudere, als er eine meiner losen Haarsträhnen aufnimmt und sie um seinen Zeigefinger zwirbelt. »Aber übertreib es nicht, okay? Falls sich dein Gesprächspartner auf dem Gebiet auskennt, trittst du schnell in ein Fettnäpfchen.«

Kian grinst. *Fettnäpfchen* ist eines der Worte, die ihm besonders gut gefallen. »Ich weiß jetzt übrigens, woher der Begriff kommt. Früher ist es bei den Bauern üblich gewesen, dass auf dem Fußboden in der Nähe des Herdes ein Napf mit Stiefelfett bereitstand. Wenn man versehentlich hineingetreten ist, wurde es wahrscheinlich unangenehm.«

»Danke für die Aufklärung. Warum arbeitest du noch mal in unserer Gärtnerei?«

Kian stöhnt. »Um meine Auszeit zu finanzieren. Mari, wir sind das schon tausend Mal durchgegangen.«

»Ich weiß. Tut mir leid. Aber wie es aussieht, bin ich nervöser als du. Wie auch immer, wenn irgendwelche Fragen auftauchen, die dich verwirren, dann lass mich antworten, okay? Nutze einfach deinen Charme. Das klappt im Laden ja auch wunderbar. Und rechne immer damit, dass wir beobachtet werden. Ruth und Rahul sind verdammt hartnäckig, aber ich glaube, sie stehen kurz davor, die Segel zu streichen.«

Kian nickt und betrachtet gedankenverloren meine Haarsträhne, die er sich inzwischen bis zur Hälfte um den Finger gewickelt hat. »Das scheint dich nicht zu erleichtern.«

»Nein. Weil sie jetzt umso gefährlicher sind.«

»Ich weiß. Ruth ist verzweifelt. Ich glaube, sie leidet an einer schlimmen Krankheit.«

»Was meinst du?«

»Wenn ein Mensch krank ist, verändern sich seine Energieflüsse. Sie werden blasser und lückenhafter, die Strömungen geraten ins Stocken. Bei unserer letzten Begegnung konnte ich sehen, dass ihr Körper angefangen hat, sich selbst zu vernichten.«

»Oh.« Ich nicke verblüfft. »Deswegen lässt sie also nicht locker. Es geht über rein wissenschaftliches Interesse hinaus. Sie versucht, sich selbst zu heilen.«

»Anscheinend. Und ich frage mich, ob …«

»Nein, Kian!«

»Du weißt doch gar nicht, was ich sagen will.«

»Doch. Ich weiß es genau. Du lebst, um zu heilen. Es ist deine Natur, auszugleichen und zu reparieren. Aber Ruth kannst du nicht helfen. Ich meine, du *könntest* es, aber glaube ja nicht, dass sie sich damit zufriedengibt.«

»Vielleicht doch. Ich könnte zumindest mit ihr reden.«

Ich seufze und lege eine Hand auf seine Wange. »Nein. Schlag dir das sofort aus dem Kopf. Ich meine es ernst, Kian. Warum bist du immer noch so naiv?«

»Wie du schon sagtest. Es ist meine Natur. Wenn ich ein krankes Lebewesen sehe, will ich es heilen. Nein, ich *muss* es heilen. Weil das meine Aufgabe ist.«

»Aber doch nicht Ruth!«

»Sie ist nicht böse. Nur verzweifelt und fehlgeleitet. Ich habe schlechte Seelen gesehen, Mari. Viele davon. Aber die dieser Frau sieht anders aus. Vielleicht kann ich …«

»Nein, Kian!« Ich blicke ihm fest in die Augen. »Du hältst dich von ihr fern. Schwöre es mir!«

Er nickt, schmiegt seine Stirn wieder gegen meine und seufzt bekümmert. »Ihr sagt immer, dass man sich nicht selbst verleugnen soll. Dass man seinem Herzen folgen muss. Aber so funktioniert eure Welt nicht.«

»Nein. Das tut sie nicht.« Ich hauche einen Kuss auf seine Nasenspitze. »Willst du immer noch zur Party?«

»Ja.«

»Aber was ist mit dem Vollmond? Beim letzten Mal bist du fast die Wände hochgegangen. Entweder hast du schlotternd auf dem Bett gesessen und massenhaft Schokolade und anderen Süßkram in dich reingestopft, oder du hast mich … nun ja, in den Wahnsinn getrieben.«

Allein beim Gedanken daran fangen meine Wangen an zu brennen. Kian ist unersättlich gewesen. Wild und rücksichtslos und so herrlich unbeherrscht, dass wir uns wortwörtlich um den Verstand geliebt haben.

»Ich komme damit klar.« Sein schiefes Grinsen löst ein wohliges Flattern in meiner Magengegend aus. »Zumindest, solange wir unter Menschen sind.«

»Du wirst nicht vor aller Augen über mich herfallen?«

»Ein verlockender Gedanke. Aber nein, ich werde mich beherrschen.«

»Also gut.« Ich seufze und lege einen Arm um seine Taille. Von irgendwoher weht der Geruch nach Torffeuer heran. Ein Aroma, das früher auf den Orkneys alltäglich gewesen ist, aber heutzutage nur noch selten über die Insel weht. Je weiter wir hinausfahren, umso schwächer wird der rauchige Duft, bis der Wind ihn schließlich auslöscht.

»Lust auf ein Seemannslied?«, ruft Andreas.

Finley, Kian und ich heben den rechten Daumen.

»Also gut. Dann haltet euch die Ohren zu.« Der alte Fischer beginnt, sein Netz auszubringen. Und während die Winde klappert und die Ketten quietschen, hallt seine tiefe, sonore Stimme über das Meer:

»Ob Sturm uns bedroht hoch vom Norden,
ob Heimweh im Herzen uns brennt,
wir sind Kameraden geworden, auch wenn es zur Hölle geht.
Matrosen, die wissen zu sterben,
wie immer das Schicksal auch spielt,
und geht unsere Trommel in Scherben,
dann singt uns der Nordwind ein Lied.«

Mein Magen krampft sich zusammen. Der Gedanke, dass Kian trotz allem den Drang verspürt, Ruth zu helfen, ist rührend und erschreckend zugleich. Offenbar ist seine Natur mehr auf Heilung und Ausgleichung ausgerichtet, als gut für ihn ist. Hat Kian nicht erwähnt, dass er manchmal so viel Energie für seine Aufgabe opfern muss, dass es ihn beinahe selbst auslöscht? Wäre er ein normaler Mensch mit einem normalen Job, würde ich ihm einen zeitnahen Burn-out prognostizieren. Aber er kann nicht einfach aufhören, er selbst zu sein. Ebenso wenig, wie er seine Bestimmung hinter sich lassen kann. Bleibt nur zu hoffen, dass ihm das nicht eines fernen oder nahen Tages zum Verhängnis wird. Denn das ist etwas, das ich nicht ertragen könnte. Aus so vielen Gründen.

Ich kuschele mich in seine Umarmung und sehe, wie Finley eine leidende Grimasse zieht. Zweifellos hat er Mitleid mit den Fischen, die schon bald in Andreas' Netz zappeln werden. Aber weil ihm klar ist, dass der alte Mann seinen Lebensunterhalt damit verdient, verkneift er sich jeden Kommentar und hält stattdessen nach den Delfinen Ausschau. Noch ist von den Tieren nichts zu sehen, aber das bedeutet keineswegs, dass sie nicht in der Nähe sind.

»Du bist zu gut für diese Welt«, murmele ich.

»Nein«, erwidert Kian. »Das bin ich nicht.«

»Oh doch. Jemand, der seinem Feind helfen will, hat ein viel zu gutes Herz. Vor allem, wenn besagter Feind nicht zögern würde, den Rest deines Lebens zu versauen.«

»Ein *viel zu gutes Herz* ist also etwas Schlimmes?«

»Nein. Das will ich damit nicht sagen. Aber Ruth wird kein Erbarmen mit dir zeigen. Wenn du ihr die Gelegenheit dazu gibst, schneidet sie dich in kleine Scheiben, okay? Selbst dann, wenn du sie aufopferungsvoll heilst.«

»Ich weiß.«

»Gut. Also tu um Himmels willen nichts Dummes, ja?«

Als Kian nickt und zerstreut ins Leere starrt, fühle ich den überwältigenden Drang, ihn vom Rest der Welt abzuschirmen. Er hat all das nicht verdient. Das Leid. Den Verlust. Die jahrzehntelange Einsamkeit. Und jetzt kommen auch noch Menschen daher, die ihn im wahrsten Sinne des Wortes ausschlachten wollen.

Lass uns die Sache mit dem Mondfest vergessen, will ich am liebsten lauthals rufen. *Es ist doch tausend Mal schöner, sich im Bett einzukuscheln.*

Ja, zugegeben. Der Gedanke, mit Kian zur größten Feier des Jahres zu gehen, besitzt einen gewissen Reiz. Zumindest für mein egoistisches Selbst. Schließlich werden meine ehemaligen Mitschüler tellergroße Augen machen, wenn wir gemeinsam dort aufschlagen. *Knochengestell* haben sie mich damals genannt. *Karottenkopf. Galgenhühnchen. Mondkalb.*

Aber das ist lange vergangen. Ich bin jetzt eine Frau, die hinter den Schleier der Welt geblickt hat. Eine Frau, die gemeinsam mit einem Selkie auf das Meer hinausfährt und an der Seite wilder Orcas schwimmt.

Kian greift nach meinem Zopf, schlingt ihn um sein Handgelenk und zieht mich sanft nach vorne. Dann haucht er einen federleichten Kuss auf meinen Nacken. Ich schaudere. Mein ganzer Körper überzieht sich mit einer wohligen, kribbelnden Gänsehaut.

»Mari«, schnurrt er in mein Ohr. »Hast du auch nur die geringste Ahnung, was du in mir auslöst? In den Märchen heißt es immer, wir würden euch verrückt machen. Dabei ist es genau umgekehrt. Zumindest in unserem Fall.«

Ich kichere und schmiege meine Wange gegen seine Schulter. Hinter uns klappert immer noch die Winde, begleitet vom Klimpern und Klirren der Ketten. Andreas beginnt erneut zu singen, und seine Reibeisenstimme schwillt auf und ab wie die Wellen, die mit der Seagull spielen:

»Auf einem Seemannsgrab, da blühen keine Rosen.
Auf einem Seemannsgrab, da blüht keine Blume.
Der einzige Gruß, das sind die weißen Möwen,
und eine Träne, die ein Mädchen weint.«

Als das Netz ausgebracht ist, steht Kian auf, geht zur Reling und tut etwas, das mich bis in den Grund meiner Seele hinein erschüttert. Auf solch herrliche und überwältigende Weise, dass mir die Tränen in die Augen steigen. Sein Lied ist lautlos, aber ich kann es fühlen. Dieses unterschwellige Summen, das so archaisch und machtvoll klingt, als besäßen die Gezeiten selbst eine Stimme. Es vibriert in meinem Körper und in meiner Seele, so betörend wie Sirenengesang, und einen Moment lang kommt es mir so vor, als würde sein Klang sämtliche Zeitalter überspannen. Finley scheint nichts zu hören. Er steht einfach nur da und starrt auf das Wasser hinaus. So friedvoll in seiner Gedankenwelt versunken, dass ich lächeln muss. Dann sehe ich wieder Kian an, und mein Herz füllt sich mit einer verzweifelten, schmerzhaften Zuneigung. Windböen zerzausen sein Haar. Sonnenstrahlen verfangen sich in der silbernen Muschel, die er an einem Lederband um den Hals trägt. Ein Geschenk von unserem letzten Ausflug nach Kirkwall, das er seit jenem Tag ununterbrochen trägt. Manchmal kann ich immer noch nicht begreifen, dass das hier wirklich passiert. Dass sich eine Welt vor uns geöffnet hat, die allen anderen Menschen verborgen bleibt.

Ist es wirklich eine gute Idee, zum Mondfest zu gehen?

Verdammt, ich weiß es nicht.

Einerseits müssen wir normale Dinge tun, um Ruth und Rahul keine Angriffsfläche zu bieten. Andererseits ist jede Aufmerksamkeit ein Spiel mit dem Feuer. Wie lange können wir balancieren, ohne zu fallen? Wohin wird das alles führen?

Ich seufze erneut, gehe zu Kian und lehne mich gegen seinen warmen Rücken. Dann flehe ich das Schicksal an, uns Zeit zu geben. Viel mehr Zeit. Denn für den Moment ist das alles, was ich will.

Das große Lagerfeuer malt einen flackernden Kreis auf den Sandstrand, lässt sein Licht über Tanghaufen, Klippen und seepockenbedeckte Felsen tanzen. Obwohl es erst kurz nach zehn Uhr ist, befindet sich das Mondfest bereits in vollem Gange. Aber es ist nicht so voll, wie ich erwartet habe.

Umso besser.

Hand in Hand stapfen wir an Zelten, Schlafsäcken, Isoliermatten und Rucksäcken vorbei, passieren mehrere fröhliche Grüppchen und treten schließlich in die Wärme der Flammen hinein.

Nach wie vor kann Kian nicht die Augen von mir lassen. Als ich mit Mums selbst genähtem *Sonnenaufgangskleid* vor ihm aufgetaucht bin, ist ihm regelrecht die Kinnlade heruntergefallen. Dabei handelt es sich nur um ein ärmelloses, relativ schlichtes Kleid aus rotgoldener Seide, das mit mehreren zarten Chiffonstreifen geschmückt ist.

Wie Nebel im Sonnenaufgang, hat Mum damals gesagt. *Es passt so wunderbar zu deinen Haaren.*

Dazu habe ich mich für eine lange, schwarze Strickjacke entschieden, die ich bisher noch zusammengerollt unter dem Arm trage. Um mich zum frieren zu bringen, muss es noch ein paar Grad kälter werden.

»Du siehst wunderschön aus, Mari«, sagt Kian zum vierten Mal an diesem Abend. »Tut mir leid, falls ich mich wiederhole. Und ich mag die kleinen Locken, die du in deine Haare gedrückt hast. Wie hieß das Gerät noch mal?«

»Das war ein Kreppeisen. Ist heutzutage etwas altmodisch, aber ich mag es. Außerdem musste ich mich schick machen. Sonst verblasse ich neben dir.«

»Denkst du wirklich, dass ich richtig angezogen bin?«

»Oh ja. Keine Sorge.« Ich mustere seine schwarze Jeans und das ebenfalls schwarze Hemd, das so schön locker und weich im Wind flattert. Zusammen mit dem ordentlich zusammengebundenen Haar und der kleinen silbernen Muschel um seinen Hals sieht er gleichzeitig verwegen und elegant aus. Kein Wunder, dass er die Blicke der Anwesenden einfängt wie das Licht die Motten. Unbekannte Gesichter tummeln sich selten auf dem Mondfest, denn die Touristen halten sich lieber anderswo auf. Und wenn es sich dann auch noch um einen solch aufsehenerregenden Fremden handelt, kommt seine Anziehungskraft einem Leuchtfeuer gleich. In Pierowall mag Kian inzwischen bekannt sein, weil er fast täglich im Laden aushilft. Aber hier, am anderen Ende der Insel, fällt er auf wie ein bunter Hund.

»Alles klar?«, frage ich vorsichtshalber.

»Ja.« Er lächelt … nein, er *strahlt* mich an. Ist seine Ruhe nur vorgetäuscht? Findet er tatsächlich Gefallen an solchen Herausforderungen? Ich drücke Kians Hand, er drückt sanft zurück. In seinen Augen leuchtet Neugier, immer wieder lässt er den Blick schweifen und wirkt wie ein Kind, das zum ersten Mal einen geschmückten Weihnachtsbaum sieht.

»Habe ich dir heute schon gesagt, dass du wunderschön aussiehst?«

Ich kichere. »Nur fünfmal. Aber danke. Ich höre es mir gerne noch weitere fünfmal an.«

Kian leckt sich die Lippen. »Mari?«

»Hm?«

»Ich fürchte, wir können nicht allzu lange bleiben.«

Sein Blick wandert an meinem Körper auf und ab und lässt keinen Raum für Spekulationen. Schlagartig wird mir heiß, ich schmiege mich an ihn und streiche mit den Fingern meiner freien Hand über seinen Arm. Unter dem dünnen Stoff des Hemdes spüre ich angespannte Muskeln und brodelnde Hitze. Bei jedem anderen würde ich es für einen Fieberschub halten, aber seit dem letzten Vollmond weiß ich, dass diese Reaktion in Kians Fall ganz normal ist. Sein gesamter Körper befindet sich im Ausnahmezustand. In einem verdammt *heißen* Ausnahmezustand. Wortwörtlich und metaphorisch.

»Wir sind nicht mal fünf Minuten hier«, flüstere ich ihm zu, »und schon will ich wieder nach Hause.«

»Geht mir genauso.«

»Sollen wir abhauen?«

»Nein. Lass uns noch ein wenig bleiben. Gibt es hier *Ginger Ale*?«

»Ja. Denke schon. Soll ich was besorgen?«

Als Kian nickt, kämpfe ich mich zum Getränkestand durch, kaufe einen *Caipirinha* und ein *Ginger Ale*, gehe wieder zurück und bin erleichtert, als mein Selkie immer noch allein am Feuer steht. Es gibt zwar ein paar bekannte Gesichter, die in seine und in meine Richtung spähen, aber bisher werden wir in Ruhe gelassen.

»Danke«, sagt er leise, als ich ihm das Glas in die Hand drücke. »Was hast du dir genommen?«

»*Caipirinha*. Aber das ist nicht für dich.«

»Alkohol?«

»Ja.«

Kian schüttelt sich. »Ich verstehe nicht, warum ihr freiwillig flüssige Nesselfäden trinkt.«

»Das Zeug macht die Gedanken so schön schwammig.« Ich seufze schicksalsergeben, als die ersten neugierigen Gestalten auf uns zukommen. »Achtung, gleich geht der Spaß los.«

Ein paar ehemalige Mitschüler kommen auf uns zu, schütteln zuerst mir, dann Kian die Hand und beglücken uns mit den üblichen Fragen. Mit geradezu schlafwandlerischer Sicherheit breitet mein Selkie unsere erfundene Geschichte vor ihnen aus und lässt sich durch nichts aus der Ruhe bringen. Beneidenswert. Ich an seiner Stelle würde vermutlich eine Panikattacke nach der anderen bekommen.

Tapfer ertragen wir Wangenküsse und Umarmungen, lassen uns von einem Stammkunden noch einen *Caipirinha* und ein *Ginger Ale* spendieren und machen es uns schließlich auf einer der ausgebreiteten Decken gemütlich. Kian unterhält eine meiner ehemaligen Klassenkameradinnen mit haarsträubenden Studentengeschichten, die mal frei erfunden, mal von Olivers Abenteuern beeinflusst sind. Ich kuschele mich an seine Seite, nippe am Cocktail und lasse mich vom Tanz der Flammen hypnotisieren. Zuerst gefällt es mir nicht, dass Kian die gesamte Aufmerksamkeit auf sich zieht. Aber nach einer Weile fange ich an, den Umstand zu genießen. Ihm macht die ganze Sache Spaß, ich habe meine Ruhe. Eine schöne Win-win-Situation.

Andererseits – ich lasse den Blick ein paar Mal durch die Menge schweifen – sehen einige Mienen eine Spur zu verklärt aus. Spüren sie womöglich etwas? Werden sie von Kians Stimme und Ausstrahlung manipuliert, ohne es zu merken? Suzie, die sich gerade seine wilden Studentengeschichten angehört hat, klimpert hingerissen mit den Wimpern. Charlotte, unsere freundliche Stammkundin mit den Spendierhosen, sieht derart entrückt aus, als würde sie fernem Sirenengesang lauschen.

Meine gerade noch angenehm schwerelosen Gedanken werden zunehmend düsterer. Wahrscheinlich wäre es für Kian ein Leichtes, all diese Menschen in das Meer zu locken. Ihre Gedanken zu verdrehen, ihre Sehnsüchte in einen Flächenbrand zu verwandeln. Je länger ich die Szenerie beobachte, umso mehr erscheinen mir die versammelten Leute wie kleine Beutetiere, die vom Anblick des Raubtiers hypnotisiert werden.

Ich beginne zu frösteln, aber es ist nicht der kalte Wind, der mich zittern lässt. Alles wirkt seltsam dumpf und unwirklich, als würde der Lauf der Zeit ins Stocken geraten. Ich drücke Kians Hand. Er schenkt mir ein sanftes Lächeln. In seinem Blick liegt nichts als Neugier und Freude, aber was bedeutet das schon? Obwohl wir inzwischen mehrere Wochen miteinander verbracht haben, ist und bleibt er rätselhaft. Undurchschaubar. Gefährlich und verlockend. Wie das nächtliche Meer.

Während er geduldig eine Frage nach der anderen beantwortet, streicht seine freie Hand über die Tasche. Abgesehen von mir ahnt niemand, dass sich ein weißes Seehundsfell darin befindet. Ein magischer Mantel aus uraltem Zauber.

»Mari!« Völlig unvermittelt taucht Alice neben mir auf, lässt sich auf die Decke plumpsen und schließt mich in eine feste Umarmung ein. »Wie schön, dass ihr gekommen seid. Du siehst umwerfend aus. Nein. Ihr seht *beide* umwerfend aus.«

»Du auch«, erwidere ich mit einem gequälten Lächeln. Und das ist nichts als die Wahrheit. Denn diese Frau gehört auf das Titelbild eines Hochglanzmagazins. Ihre braunen Locken sind kunstvoll aufgesteckt, das Kleid und die dazu passende Strickjacke leuchten in sattem Kirschrot. Im Gegensatz zu mir weiß sie mit Schminke umzugehen und hat ihre dunklen Augen in zwei ägyptisch anmutende Kunstwerke verwandelt.

Ja, Alice ist ein Paradiesvogel.

Genauso wie Oliver.

Wenn auch auf gänzlich andere Weise.

»Deine Süßigkeit hat sich aber schick gemacht.« Sie zwinkert mir verschwörerisch zu. »Wie lange wird er denn noch bei euch wohnen? Und wo sind Finley und Oliver?«

»Keine Ahnung, wie lange er noch bei uns bleibt. Das weiß Kian selbst nicht so genau. Und die beiden Jungs haben sich wieder mal an der Homepage festgebissen. Sie wechseln das Design wie ihre Unterwäsche.«

»Verstehe. Stillstand ist wie ein kleiner Tod, hm? Und … ganz ehrlich, ich hoffe doch schwer, dass unser Schnuckelchen Gefallen an Westray findet. Wäre verflucht schade, ihn aus den Augen zu verlieren.«

»Ja.« Ich zwinge mich erneut zu einem Lächeln. »Das wäre wirklich schade.«

»Ach verflucht, du bist ein kleiner Glückspilz. Halt ihn gut fest, ja? Am besten lässt du ihn nicht mehr aus den Augen. Melinda und Mary sind nämlich auch hier und suchen nach Beute.«

»Oh je.«

»Ja, da sagst du was. Schon in der Schule ist kein männliches Wesen vor ihnen sicher gewesen. Aber ich glaube, sie haben sich schon mit ein paar Jungs abgeseilt und knutschen hinter der Kirchenruine rum. Sag mal, wie weit seid ihr eigentlich?«

»Was?«

Alice klimpert mit den Wimpern. »Na, du weißt schon. Wenn deine Süßigkeit so gut im Bett ist, wie sie aussieht, hast du dir einen griechischen Halbgott geangelt.«

»Dazu gebe ich keinen Kommentar ab.«

»Wie schade. Du bist wirklich eine komische Frau. Hast so gar keinen Spaß an Klatsch und Tratsch.«

Ich grinse jämmerlich und bekomme Magenschmerzen, als ich sehe, dass sich die Menge um uns herum mal eben verdoppelt hat.

Liegt es an Kian?

Ist er wie ein mit Pheromonen getränktes Spinnennetz, das unwiderstehlich auf seine Beute wirkt?

Ich werfe einen Blick auf den Mond. Rund und safrangelb schwebt er über dem Meer und malt einen breiten, goldenen Streifen auf das Wasser.

»Ach, Mari. Das wird eine wunderbare Nacht.« Alice strahlt wie eine Frau, die noch niemals etwas Tragisches erlebt hat. Früher bin ich genauso gewesen. Sorglos, unbekümmert und fröhlich. Wie eine Schwalbe im Sommerwind. Aber jetzt ist mein Kopf felsenschwer vor Ängsten und Sorgen. Nicht einmal Kians ausgleichende Kräfte scheinen dauerhaft dagegen zu helfen.

Noch mehr Inselbewohner und auch ein paar Touristen strömen herbei, die Zahl an Zelten und Schlafsäcken nimmt kontinuierlich zu. Aus einem Ghettoblaster dröhnt *The Diary of Jane* von *Breaking Benjamin* und reißt ein paar Jugendliche zu wilden Tanzeinlagen hin. Verdammt, wenn ich doch nur loslassen könnte. Früher hat das Mondfest für Sommer, Freiheit und Liebe gestanden, heute sitze ich am großen Feuer und fühle mich wie ein Tier in der Falle. Mit Sicherheit sind Ruth und Rahul in der Nähe. Lassen uns nicht aus den Augen. Warten wie heimtückische Raubtiere auf den richtigen Moment.

»Schau mal.« Alice kichert und rempelt mich an. »Zum ersten Mal sind Stephen und Paul ganz friedlich. Wie eingeschüchterte Lämmchen. Wenn sie Hunde wären, würden sie winselnd den Schwanz einkneifen und deiner Süßigkeit die Kehle darbieten. Er ist das geborene Alphamännchen, was?«

Ich mustere die beiden Männer, die seit unserer Schulzeit für respektloses Verhalten und grundlos angezettelte Prügeleien bekannt sind. Daran hat sich bis heute nicht viel geändert. Soweit ich weiß, haben die Kerle schon ein paar Mal wegen Erregung öffentlichen Ärgernisses im Knast gesessen, aber heute bleiben sie brav auf ihren Plätzen und scheinen dem Urinstinkt unterlegener Männchen zu folgen. Ihre Köpfe sind eingezogen, ihre Rücken gekrümmt. All das geschieht vermutlich unbewusst, weil wir auf einer tief verborgenen Ebene niemals das Tiersein abgelegt haben.

»Faszinierend.« Alice nippt an ihrem *Sex on the Beach*. »Diese Hohlbirnen wissen genau, dass sie diesmal keine Chance haben. Männer in freier Wildbahn. Immer wieder spannend.«

Ich nicke nur und werfe einen Blick auf Kian. Aufrecht und stolz sitzt er neben mir, mustert die versammelte Schar und scheint aus allem, was er sieht, seine Schlüsse zu ziehen. Inzwischen aalt er sich regelrecht in der Aufmerksamkeit, die ihm entgegengebracht wird. Nicht auf arrogante oder affektierte Weise, sondern mit einem natürlichen, unerschütterlichen Selbstbewusstsein, das nicht nur mich in seinen Bann zieht. Die Art, wie er lächelt, wie er hin und wieder sein Haar zurückstreicht und den Kopf in den Nacken legt, ist schlichtweg phänomenal. Natürlich ist ihm klar, dass er stärker als seine Konkurrenz ist. In jeglicher Hinsicht. Und dieses Wissen strahlt er aus. So spürbar und unmissverständlich, dass Stephen und Paul immer kleiner werden und es kaum noch wagen, einen Blick in Kians Richtung zu werfen.

Wer bist du wirklich?

Wispernd und hartnäckig kreist diese Frage in meinen Gedanken. Der Mann, der seine Überlegenheit so offen und unverfroren zur Schau stellt, hat nichts mit dem sanften Geschöpf zu tun, das ich in den letzten Wochen so tief und innig geliebt habe. Deutlicher denn je spüre ich das Raubtier unter seiner Haut. Es schläft nicht. Oh nein. Es ist hellwach, in jeder einzelnen Sekunde, und wenn es freigelassen wird, kennt es weder Grenzen noch menschliche Moral.

Ist es eine Nebenwirkung des Vollmonds? Wahrscheinlich. Kians dunkler Blick scheint förmlich zu glühen, jede seiner Bewegungen besitzt etwas Lauerndes. Vor einem Monat ist es ähnlich gewesen, aber sehr viel schwächer. Ein mattes Glimmen im Vergleich zu einem lodernden Flächenbrand.

Alice bringt ihm ein weiteres *Ginger Ale,* während ich einen *Tequila Sunrise* in die Hand bedrückt bekomme. Mein Verstand weiß, dass es eine dumme Idee ist, noch mehr zu trinken, aber aus irgendeinem Grund bedanke ich mich artig und kippe das Zeug in Rekordzeit herunter. Okay. Jetzt muss definitiv Schluss sein. Sonst bin ich für den Rest der Nacht zu nichts mehr zu gebrauchen.

»Noch einen?«, fragt Alice.

»Nein.« Leicht angetrunken blinzele ich in das Feuer und fühle endlich einen Hauch von Leichtigkeit. »Für mich gibt es heute nur noch Wasser. Und die nächsten beiden Runden gehen auf mich. Willst du was?«

»Später.« Alice prostet mir mit ihrem halb ausgetrunkenen Cocktail zu. »Bin noch gut versorgt. Sag mal, macht dein Schätzchen Kampfsport oder so was?«

»Nein. Aber er ist gut trainiert.«

»Das sehe ich. Er muss gar nichts machen und wirkt trotzdem so, als könnte er jeden Kerl im Umkreis zerhackstückeln.«

»Kann er auch«, nuschele ich.

»Interessant.« Alice wackelt mit den Augenbrauen. »Das Teufelchen in mir hofft, dass Stephen und Paul doch noch die Eier jucken.«

»Sie sollten sich lieber nicht mit ihm anlegen. Kian kann ziemlich schlagfertig sein. Am Ende sitzen alle drei im Knast, und das wäre wirklich beschissen.«

»Stimmt. Du hast recht. Aber es ist schon irgendwie komisch. Im Laden wirkt deine Süßigkeit immer so ruhig und sanft. Aber jetzt? Ich könnte ihn mir glatt in einer Mafia-Romanze vorstellen. *Bad Boy de luxe,* du verstehst? Welcher Mann ist denn nun sein wahres Ich? Der sensible Pflanzenflüsterer oder der düstere Auftragskiller?«

Ich grinse und zucke mit den Schultern. »Er ist beides, weißt du? Mal so und mal so.«

»Verstehe.« Alice kaut auf ihrer Unterlippe herum. »Langweilig wird's bei euch nicht, was?«

Ich schüttele den Kopf, während meine Gedanken angenehm schwammig werden. Ja, ich lächele sogar selig und bette den Kopf auf Kians Schulter. Allmählich fängt seine Stimme an, ungeduldig zu klingen. Ziemlich spät, wie ich finde, denn nach so vielen neugierigen Fragen hätte ich an seiner Stelle längst die Nerven verloren.

Nach ein paar einsilbigen Antworten sagt er schließlich gar nichts mehr und steckt seine Nase in einen Becher mit dampfendem Kakao. Wer hat ihm das Zeug eigentlich spendiert? Keine Ahnung. Es ist mir auch egal.

Ich hickse, kuschele mich an ihn und bemerke, wie sich nach und nach eine entrückte Stimmung über die Feiernden herabsenkt. Normalerweise geht es auf dem Mondfest wild und ausgelassen zu, aber diesmal sitzen alle nur eng beieinander am Feuer und scheinen ihren Gedanken nachzuhängen. Manche lassen Kian nicht aus den Augen. Andere beobachten ihn unauffälliger.

Ja, sie spüren etwas.

Tief in ihrem Unterbewusstsein.

Die Magie des Meervolks, heißt es in einem Märchen, *ist wie ein Netz, das die Menschen einwickelt. Es fesselt sie mit Sehnsucht und won-*

niger Traurigkeit, und wenn sie bemerken, was geschieht, ist es bereits zu spät.

Das Ganze beginnt, gespenstisch zu werden. Vermutlich ist es nur meinem leichten Rausch zu verdanken, dass ich Kian nicht zum Aufbruch nötige. Ein Anruf, und Oliver oder Finley holen uns ab. Aber ich rühre mich nicht, blinzele benommen in das Feuer und fühle mich, als bestünde ich aus Nebel.

Du musst ihnen eine WhatsApp schicken, meldet sich mein Verstand. *Sie wollen bestimmt wissen, ob alles okay ist.*

Ungeschickt greife ich in die Tasche, die in den Rock des Kleides eingenäht ist, fische das Smartphone heraus und tippe eine kurze Nachricht: *Alles in Ordnung. Kian schlägt sich ausgezeichnet. Ich rufe an, sobald ihr uns abholen könnt. LG Mari.*

Ich lese alles noch einmal durch, drücke auf *Senden* und lasse das Ding wieder in der Tasche verschwinden. Dann schweift mein leicht verschwommener Blick erneut über das Meer und die Bucht. Ja, es ist eine schöne Nacht. Wie geschaffen für ein legendäres Mondfest. Immerhin hat sich in den letzten Jahren der namensgebende Himmelskörper stets hinter dichten Wolken versteckt.

Ich fühle Sehnsucht.

Tief und schmerzhaft.

Wohlige Erregung und überwältigende Angst.

Im Hintergrund erklingen die ersten Takte von *Nothing else matters* von *Metallica.* Kian reicht mir seinen halb leeren Kakaobecher, ich trinke ihn aus und stelle das Gefäß neben mich auf die Decke. Da schließen sich plötzlich zwei warme Hände um mein Gesicht, und eine Sekunde später verbrenne ich in einem leidenschaftlichen, tiefen, unsagbar hungrigen Kuss.

Irgendwo in der Ferne seufzt jemand. Ist es Alice? Oder ich selbst? Blicke durchbohren uns wie imaginäre Nadeln, aber es ist mir egal. All meine Sinne ertrinken rettungslos im Geschmack unseres Kusses. Kian zittert und bebt, sein aufgeheizter Körper scheint förmlich gegen meinen zu *schmelzen.* Es ist schlimmer als beim letzten Vollmond.

Sehr viel schlimmer.

Unser Kuss wird noch tiefer. Kian brennt, und ich brenne mit ihm. Unter all diesen Menschen. Losgelöst von jeder Vernunft.

Es ist sein Geruch.

Sein Geschmack.

Die leisen Geräusche, die er von sich gibt und die so mühelos meine Lust zu entfachen verstehen. Ohne sich um unsere Beobachter zu scheren, zieht er mich noch fester an sich heran und lässt mich spüren, wie sehr er mich begehrt.

»Kian«, flüstere ich gegen seine Lippen. »Wir sollten verschwinden.«

»Ja. Das sollten wir.« Er gibt ein dunkles, animalisches Knurren von sich und streicht mit dem Daumen über den Ansatz meiner Brüste. »Ich glaube nicht, dass ich mich noch lange beherrschen kann.«

Verdammt. Seine Stimme ist pure Verführung. Nein, nicht nur die Stimme. Es ist Kians ganze, überwältigende Existenz, die mir den Verstand raubt. Er vibriert geradezu vor Leidenschaft, sein Fieber springt erbarmungslos auf mich über und verwandelt mich in flüssige Lava.

Stephen und Paul gaffen fassungslos. Alice macht keinen Hehl daraus, wie gerne sie meinen Platz eingenommen hätte. Dutzende Blicke kleben förmlich auf uns, während Kian hingebungsvoll meinen Nacken küsst und seine Finger in mein Haar gräbt.

»Das fühlt sich seltsam an«, nuschelt er. »Und es riecht komisch.«

»Es ist auch eine Menge Haarspray drin. Sonst könnte ich es nicht offen tragen. Ich meine, könnte ich schon, aber der Wind würde es hoffnungslos verknoten.«

Meine Stimme verkommt zu einem undeutlichen Murmeln. Ich schaudere, als er mich sanft in den Hals beißt. Inzwischen fühlt sich sein Körper an, als stünde er kurz vor einer spontanen Selbstentzündung. Die Hitze, die von ihm ausstrahlt, lässt das letzte Bollwerk meines Verstandes in sich zusammenstürzen. Wir müssen verschwinden. Jetzt. Auf der Stelle. Und nein, ich hätte ihn niemals hierherbringen dürfen. Es ist ein Fehler gewesen. Ein unverzeihlicher, naiver und dummer Fehler, der uns jederzeit um die Ohren fliegen kann.

Plötzlich zuckt Kian zurück. Er starrt mich an, fährt sich mit beiden Händen über das Haar, nimmt einen tiefen Atemzug und legt den Kopf in den Nacken. Sofort ergreift Alice ihre Chance.

»Hast du schon mal überlegt, beim Film zu arbeiten?«, flötet sie mit zuckersüßer Stimme. »Als Experte für Spezialeffekte? Die Sache mit der Hologrammfolie klingt extrem spannend.«

»Keine Ahnung. Vielleicht.« Kian rutscht ein Stück von mir weg, als wäre ich ein Feuer, das kurz davor ist, ihn in Brand zu stecken. Irgendjemand reicht ihm eine Schale mit Erdnüssen, und er nimmt eine ganze Handvoll und stopft sie sich in den Mund. Während er mühsam kaut, huscht sein Blick wie der eines gehetzten Tieres hin und her.

»Ich bin nach Westray gekommen, um genau das herauszufinden«, sagt er schließlich, als er die Erdnüsse heruntergeschluckt hat. »Was ich wirklich will. Was ich brauche. Wohin ich gehen will.«

Seine Hände zittern, als er die Schale weiterreicht. Und dann sieht er mich erneut an. Mit diesen unfassbar dunklen, abgrundtiefen Augen. Alles um mich herum verschwindet in einem surrealen Nebel. Ich sehe nur noch seinen Blick, in dem ein schier unbeschreiblicher Hunger glüht. Ich sehe seine Lippen und spüre bereits ihre Berührung. Überall auf meinem Körper. Ich starre auf sein weißgesträhntes Haar und lechze danach, es durch meine Finger gleiten zu lassen.

Irgendwo in der Ferne nehme ich den Text des gerade laufenden Liedes wahr. *Waiting for the end* von *Linkin Park*:

Waiting for the end to come.
Wishing I had strength to stand.
This is not what I had planned.
It's out of my control.

Ein Wink des Schicksals? Vielleicht.

»Lass uns gehen«, flüstere ich Kian zu, aber er reagiert nicht. Sein Blick ist auf den Mond gerichtet, der voll und prächtig am Himmel steht, umrundet von jenen hellen Sternen, die sein Licht durchdringen. Ich sehe, wie ein weiterer Schauer durch seinen Körper läuft. In Kians Augen glüht eine solch begierige Sehnsucht, dass mir das Blut in den Adern gefriert. Es ist nicht nur der Rausch, der ihn quält, sondern auch der Drang, seiner Natur zu folgen. Das Tier in ihm will den Verlockungen der See und der Paarung nachgeben. Es will frei sein. Wild, hemmungslos und ungezügelt.

»Du willst weg, nicht wahr?«, flüstere ich ihm ins Ohr. »Du willst kein Mensch mehr sein.«

Kian dreht den Kopf und sieht mich an. Alles an ihm strahlt rohes, animalisches Verlangen aus. Nach mir? Nach der Tiefe des Meeres? Beides zusammen?

»Nein«, krächzt er heiser. »Ich will nirgendwo anders sein als bei dir. Es ist nur der Mond. Er ist viel stärker als sonst. Ehrlich gesagt, kann ich es kaum noch kontrollieren.«

»Das ist nicht zu übersehen. Musst du diese Nacht ins Meer?«

»Ich glaube nicht. Fühlst du es auch?«

»Was?«

»Das Mondlicht.«

»Keine Ahnung.« Ich lausche in mich hinein. Es ist, als würde ich im freien Fall in eine bodenlose Tiefe stürzen. Alles prickelt und glüht und kitzelt. Mein Körper ist zu klein für meine Seele. Ich will in einem hemmungslosen Funkenregen explodieren. Ich will mir das Kleid vom Leib reißen und gemeinsam mit Kian in das Wasser rennen, um alles zu vergessen.

»Ja«, flüstere ich. »Ich glaube, ich fühle es. Und vorhin auf dem Kutter, da habe ich gehört, wie du diese Klänge vertont hast. Du weißt schon. Das, was nicht zu hören, sondern nur zu fühlen ist. Finley hat nichts wahrgenommen. Ich habe ihn gefragt, aber er hatte keine Ahnung, was ich meine. Bedeutet das vielleicht, dass Bran recht hat?«

»Ich weiß es nicht.« Kian blinzelt zerstreut. »Gut möglich.«

»Also ist es nicht normal, dass ich solche Dinge fühle und höre?«

»Nein. Es ist nicht normal. Aber ein Beweis dafür, dass du die Verwandlung überleben wirst, ist es ebenso wenig. Komm mit.«

Abrupt werde ich auf die Füße gezogen. Kian dirigiert mich aus dem Lichtkreis des Feuers hinaus, hebt mich auf seine Arme und trägt mich in einen finsteren, schlecht einsehbaren Teil der Bucht. Hier, wo es nur Felsen und eine trockengelegte Muschelbank gibt, sind wir ungestört.

Keine gute Idee, nuschelt es im hintersten Winkel meines davontreibenden Verstandes. *Vielleicht sind Ruth und Rahul in der Nähe.*

Aber dann drückt er mich gegen die Felswand und lässt den letzten Rest Vernunft in einem leidenschaftlichen Kuss verbrennen. Seine Hände sind überall. Er streichelt meine Hüften, umfasst beide Brüste, schiebt ein Knie zwischen meine Schenkel und verschlingt mich mit einer solch gierigen Hemmungslosigkeit, dass ich nicht mehr weiß, wo oben und unten ist.

»Ich will dich, Mari.« Sein Lächeln ist das eines erbarmungslosen Raubtiers. Ich kann förmlich sehen, wie die letzten Stränge seiner Selbstbeherrschung zerreißen. »Hier und jetzt.«

»Sie könnten uns sehen.«

»Das ist mir egal.« Er beugt sich vor und riecht an meinem Atem. »Und dir ist es auch egal.«

Erneut drängt er sich gegen mich, noch fester und fordernder als zuvor. Seine Ungeduld ist erregend und beängstigend zugleich. Er rafft den Rock meines Kleides hoch, lässt seine Hand darunter gleiten und kratzt über die Innenseite des Oberschenkels.

»Ich kann nichts dagegen tun«, schnurrt er an meinem Hals. »Es tut weh. Es ist schrecklich und gleichzeitig das Schönste, das ich jemals gefühlt habe.«

Mir entkommt ein Keuchen, als seine Finger zwischen meine Beine wandern. Eine einzige Berührung, und die ganze Welt verglüht in einem ekstatischen Feuerwerk.

»Mari. Ich werde verrückt, wenn wir uns jetzt nicht paaren.«

»Kian!«

»Was?« Erneut verschlingt er meine Lippen mit einem langen, tiefen und gierigen Kuss. Zitternde Finger schieben den Slip beiseite und liebkosen die heiße, geschwollene Haut meiner empfindlichsten Körperstelle.

Ich will schreien.

Einfach so.

Weil ich die ganze Welt und das Universum mit meinen Gefühlen überfluten will. Bei Gott, er riecht so gut. So wild und berauschend. Ein wenig scharf. Würzig und süß. Wie indischer Zimt.

»Was ist das?«

»Hm?«, keucht er gegen meinen Hals.

»Dieser … Geruch?«

»Hmm«, wiederholt er nur, leckt über meine Kehle und streichelt mich auf eine Art, die sämtliche Nervenstränge in Brand steckt und mein Gehirn in Rauch aufgehen lässt.

»Warte«, keuche ich. »Die ganzen Menschen. Wenn wir … ich weiß nicht, ob …«

Kian grollt etwas, das ich nicht verstehe. Seine Küsse und Berührungen treiben mich über den Rand des Wahnsinns hinaus und jagen selbst die rudimentärsten Überreste meiner Vernunft in die Flucht. Ein Ruck seiner Hand, und der dünne Stoff des Slips reißt entzwei. Mit einem ungeduldigen Seufzen wirft er das lächerliche Stoffstück beiseite, drückt meine Beine auseinander und dringt mit einem Finger in mich ein.

»Ich …« Die Zunge versagt mir den Dienst. »Ich … wir …«

Seine Küsse und Berührungen sind wie Stromstöße, die mich immer weiter treiben. Hin zu einer Grenze, die ich nicht überschreiten darf.

Oh mein Gott!

Oh … mein … Gott!

Unsere Atemzüge verkommen zu abgehacktem Keuchen. Kian wirft den Kopf in den Nacken, ringt nach Luft und verkrampft sich. Seine Finger in meinem Schoß entlocken mir einen leisen Schrei, ich schlage eine Hand auf den Mund und fühle mich, als würde mein menschlicher Körper jeden Augenblick in seine Atome zerspringen. Was tun wir hier? Sind wir vollkommen verrückt geworden?

Das ist doch …

Wir dürfen nicht …

Hilflos starre ich Kian an. Der Mond scheint hell genug, um die hektisch klopfende Ader an seinem Hals zu erkennen. Schweißtropfen glänzen auf der Haut, obwohl die Nacht kühl ist, und sein Körper dünstet einen solch verführerischen Duft nach Meer und scharfem Zimt aus, dass mir alles, wirklich *alles* egal wird.

Scheiß drauf, jubiliert mein primitives Ich. *Nimm, was du kriegen kannst, und gib nichts wieder her.*

Aber dann hält Kian plötzlich inne. So abrupt, dass es sich anfühlt, als hätte er mich in kaltes Wasser geworfen.

»Was ist los?« Meine Stimme ist kaum mehr als heiseres, jämmerliches Krächzen. »Hey! Rede mit mir!«

Er weicht zurück, blickt zu den Klippen hinauf und gibt einen fassungslosen Laut von sich. Als wäre ihm in dieser Sekunde klar geworden, dass wir zu weit gegangen sind. Viel zu weit.

»Es tut mir leid, Mari. Ich hätte das nicht tun dürfen.«

Jetzt, da das Fieber des Rausches in sich zusammenfällt, begreife auch ich, was geschehen ist. Grundgütiger! Wir haben uns in den Abgrund gestürzt. Ohne Fallschirm. Zügellos wie zwei Tiere, die jeden Gedanken und jeden Funken Vernunft hinter sich gelassen haben.

»Sie sind dort oben«, sagt Kian.

»Was? Wer?«

»Ruth und Rahul.«

»Scheiße.« Ich rücke mein Kleid zurecht und kann nicht fassen, dass ich so kurz davor gewesen bin, etwas unfassbar Dummes zu tun. Neben mir im Sand liegt der zerrissene Slip, und keine hundert Meter entfernt lacht und feiert eine große Menschenmenge. »Was machen wir jetzt?«

Kian schließt die Augen und nimmt mehrere tiefe, langsame Atemzüge. Aber sein Körper zittert und bebt immer heftiger. Als er mich wieder ansieht, flackert Panik in seinem Blick.

»Ich muss gehen.«

Hastig hebt er seine Tasche auf, die er achtlos in den Sand geworfen hat, und zieht das Fell heraus.

»Aber du willst doch nicht ...«

»Ich muss.« Mit wütenden, fahrigen Bewegungen fetzt er sich die Kleidung vom Leib, wirft alles zu Boden und presst das Fell gegen seine Brust. »Wenn ich jetzt nicht gehe, reißt es mich auseinander. Bitte, Mari. Falls ich noch einmal derart aufdringlich werde, hau mir eine runter. Versprich es mir. Schlag so fest zu, wie du kannst, und schimpfe mich einen Schwächling, der sich nicht unter Kontrolle hat.«

»Aber ...«

»Ich bin nicht ich selbst, Mari. Ich habe meinen Willen über deinen gestellt. So etwas darf nicht passieren. Niemals. Ich habe geschworen, keinen von euch zu beeinflussen, aber gerade habe ich genau das getan. Verdammt ... ich ... ich muss gehen.«

Fassungslos sehe ich zu, wie er das Band in seinem Nacken löst und die Haare ausschüttelt. Dann nimmt er die Kette mit der Muschel ab, legt sie in meine Hand und wirft erneut einen Blick zu den Klippen hinauf. Sein Körper ist derart verkrampft, dass die Muskeln und Sehnen wie gemeißelt hervortreten. Mehr denn je sieht er wie ein Raubtier aus. Wie eine wilde, ungezähmte Kreatur, deren menschliche Maske nur eine Illusion ist.

»Sie werden dich sehen«, flüstere ich. »Gib ihnen nicht den Beweis, auf den sie warten.«

»Ich gebe ihnen gar nichts.« Kians Stimme beginnt zu brechen. Ich glaube sogar, den weißen Schimmer von Fell auf seiner Haut zu sehen. »Geh zu deinen Freunden zurück. Jetzt sofort. Lass dich von Finley oder Oliver abholen. Und sei vorsichtig, in Ordnung? Ich komme zurück, sobald ich kann. Bran scheint nicht in der Nähe zu sein, aber darauf können wir uns nicht verlassen. Ich werde nach ihm Ausschau halten.«

»Kian, du …«

»Nein. Wenn ich bleibe, passiert ein Unglück.« In seiner Miene liegt eine solch wilde Verzweiflung, dass mir ganz elend zumute wird. Er kommt noch einmal zu mir, drückt mir einen flüchtigen Kuss auf den Mund – und stürzt sich in das Wasser.

Dr. Rahul Sharma

Durch das Nachtsichtgerät sehen die feiernden Menschen wie grüne Gespenster aus. Mari und Kian sitzen mitten unter ihnen, trinken aus zwei Bechern und lassen sich sporadisch in Gespräche verwickeln. Abgesehen davon, dass den beiden eine Menge Aufmerksamkeit zukommt, passiert nichts Verdächtiges. Natürlich nicht. Immerhin geht das schon seit Wochen so.

Nur zu gerne will ich ignorieren, wie glücklich und verliebt die beiden aussehen. Aber es gelingt mir nicht. Von Tag zu Tag wird der Gedanke an das, was möglicherweise bald passiert, schmerzhafter und verwerflicher. Nein, ich will dieses Glück nicht zerstören. Aber ich will auch nicht dabei zusehen, wie Ruth vor die Hunde geht. Warum zum Teufel lässt sich der zweite Selkie nicht mehr blicken? Er scheint zumindest keine Partnerin zu haben, der es das Herz zerreißt, wenn wir ihn einsacken und mitnehmen.

Es ist falsch!, schreit es in meinem Kopf. *Falsch, falsch, falsch.*

»Gib her.« Ruth reißt mir das Nachtsichtgerät aus den Händen und späht selbst hindurch. Inzwischen fällt es ihr schwer, auch nur zwei Sekunden am Stück stillzuhalten. Entweder ist das eine Folge des permanenten Drucks, unter dem sie sich befindet, oder die Krankheit ist dabei, erste Symptome zu entwickeln.

»Ich habe dieses Possenspiel so satt«, knirscht sie zwischen zusammengebissenen Zähnen. »Komm schon. Ich will nur einen kleinen Fehler. Nur einen läppischen Beweis. Mir läuft die Zeit davon, du verdammter, heimtückischer …«

»Beruhige dich, Ruth.«

»Wie soll ich mich bitteschön beruhigen? Siehst du nicht, was mit mir passiert?«

»Es ist nur der Stress, okay?«

»Allerdings.« Ruth wirft mir einen Blick zu, der offenbar einschüchternd gemeint ist. Aber inzwischen sind ihre wahren Gefühle so offensichtlich, dass diese Masche nicht mehr funktioniert. Ihre Verzweiflung wächst. Sie ist wie ein bösartiges Geschwür, das sich immer weiter ausbreitet. »Der sogenannte *Stress* hat dafür gesorgt, dass sich die ersten Symptome zeigen. Meine Uhr tickt, Rahul. Und zwar im Zeitraffer.«

»Sie tickt, weil du dich selbst fertigmachst. Du schläfst praktisch nicht mehr, ernährst dich nur noch von Tabletten und Dosensuppe und läufst permanent auf Hochtouren. Da würde jeder schlappmachen.«

Sie sagt nichts, starrt wieder durch das Nachtsichtgerät und mahlt mit den Kiefern.

»Hör zu, Ruth«, sage ich so einfühlsam wie möglich. »Wir sind nun schon mehrere Wochen hier, und es hat sich absolut nichts getan. So langsam müssen wir uns mit dem Gedanken befassen, nach Hinxton zurückzukehren. Sonst werfen sie uns beide hochkant raus.«

Ruth wirft mir erneut einen funkelnden Blick zu. Ihr Körper mag allmählich den Geist aufgeben, aber ihre Entschlossenheit brennt umso heißer. Sie ist wie eine Wölfin, die sich in einem Beutetier verbissen hat. Entweder ihr Opfer stürzt endlich zu Boden oder sie geht selbst dabei drauf.

»Niemand wird uns kündigen, Rahul. Glaube mir. Dafür habe ich gesorgt. Und jetzt hör verdammt noch mal auf, unser Ziel aus den Augen zu verlieren. Was sind schon ein paar Wochen? Die Kleine und ihr Liebster unterschätzen unsere Geduld.«

Ich seufze nur, starre auf das mondglänzende Meer hinaus und fühle mich wie eine Fliege, die sich rettungslos im Netz verstrickt hat. Das hier wird mir teuer zu stehen kommen. Ich weiß es. Ich kann es fühlen. Diesen kalten, unbarmherzigen Instinkt, der mir permanent im Nacken sitzt. Wir steuern mitten in ein Unwetter hinein, und Ruth, getrieben von ihrer an Panik grenzenden Verzweiflung, wird lieber untergehen, als den Heiligen Gral aufzugeben. So langsam frage ich mich, ob die Geschichte mit der Fälschung vielleicht doch der Wahrheit entspricht. Falls nicht, führen uns Mari und Kian geradezu meisterhaft an der Nase herum. Seit wir hier aufgeschlagen sind, fällt uns nicht einmal der kleinste Beweis in die Hände. Das Café verlassen die beiden erst, wenn

Geschirr und Besteck abgeräumt und in der Küche verschwunden sind. Ihr Haus ist niemals unbewacht, es gibt Überwachungskameras und aufmerksame Dörfler, denen wir inzwischen ein Dorn im Auge sind. Wir finden nicht einmal ein ausgefallenes Haar, das wir auf DNS hätten untersuchen können. Hin und wieder steigen Mari, Kian und einer der beiden Männer mitten in der Nacht ins Auto und fahren weg, um irgendwann in der Morgendämmerung wieder aufzutauchen. Vermutlich, weil der Selkie eine regelmäßige Auszeit im Wasser braucht. Dummerweise gelingt es dem Dreiergespann jedes Mal, uns abzuschütteln. Was kein großes Kunststück ist, denn aufgrund der Umstände sind wir gezwungen, zurückhaltend und unauffällig zu agieren. Inzwischen habe ich sogar den Eindruck, dass Mari und Kian Spaß daran finden, uns hinzuhalten. Jedes Mal, wenn sie uns entdecken, winken sie uns frech grinsend zu oder stellen irgendwelche albernen Dinge an.

Wirklich niedlich, die beiden.

Dumm nur, dass Ruth über die emotionale Bandbreite eines Felsklotzes verfügt und schrittweise den Verstand verliert. Alles, was wir versuchen, verläuft im Sande, und diese Tatsache macht sie im wahrsten Sinne des Wortes verrückt. Ihre Hände zittern heftiger denn je, ihr Blick wirkt unstet und gehetzt. Ja, sie tut mir leid. Und ja, ich würde eine Menge tun, um das Unausweichliche von ihr abzuwenden. *Eine Menge,* aber nicht alles. Wenn diese Frau nicht mein Leben in der Hand halten würde, wenn ich ihr nicht auf Gedeih und Verderb ausgeliefert wäre, hätte ich längst Fersengeld gegeben. Aber ich zweifele nicht daran, dass Ruth mir das Genick brechen wird. Ein Anruf, und ich bin geliefert. Ein Wink ihrerseits, und alles, was ich bisher erreicht habe, zerfällt zu Asche.

»Komm schon«, flüstert sie. »Gib uns etwas. Mach es ein bisschen spannender.«

»Selbst wenn er uns den Gefallen tut, sind da unten ungefähr zweihundert Menschen.«

Sie rollt kommentarlos mit den Augen und späht erneut durch das Nachtsichtgerät. Wünsche ich mir, dass unsere Jagd erfolglos verläuft? Ja, irgendwie schon. Und dann auch wieder nicht, denn letztendlich teile ich Ruths Ehrgeiz bis zu einem gewissen Grad. Aber die Wege, die wir beschreiten, werden immer heikler. Ein Fehler unsererseits, und die Schlinge zieht sich zu. Ruth wird höchstwahrscheinlich ungeschoren davonkommen, weil ihre Beziehungen bis in die höchsten Ebenen reichen. Aber ich bin geliefert. Komplett und rettungslos. Abgesehen davon will ich mir nicht einmal ausmalen, was passiert, wenn sie den armen Jungen in ihre gierigen Finger bekommt. Inzwischen habe ich Mari und Kian regelrecht lieb gewonnen. Wie gut, dass Ruth keine Gedanken lesen kann, sonst würde sie mich vermutlich teeren und federn.

»Lass uns für heute die Segel streichen«, versuche ich mein Glück erneut. »Morgen früh fahren wir noch mal raus und suchen nach dem anderen Selkie.«

»Der andere Selkie ist über alle Berge«, zischt Ruth. »Wir haben ihn kein einziges Mal wiedergesehen. Und die restlichen Seehunde in der Gegend sind nur normale Tiere. Dick, rund und gewöhnlich.«

»Aber wie lange willst du das hier noch durchziehen? Bei allem Respekt, aber wir sind drauf und dran, uns in die Sache zu verrennen.«

»Ich verrenne mich in gar nichts, Rahul.«

»Willst du meine ehrliche Meinung wissen?«

»Nein. Ich wäre dir dankbar, wenn du sie eines nahen oder fernen Tages mit ins Grab nimmst.«

Ich stöhne gereizt. »Ruth! Jetzt mal ernsthaft. Während all der Wochen haben wir nichts gefunden. Rein gar nichts. Weder ist uns der zweite Selkie noch einmal unter das Fernglas gekommen, noch haben wir auch nur den kleinsten Beweis ergattern können. Barry ist uns treu ergeben, weil er hofft, dass du ihm den Ruhestand versüßt. Aber der Rest der Dorfgemeinschaft wird uns früher oder später die Klippen runterwerfen.«

»Hör auf«, zischt sie nur.

»Ruth, du verlierst die Kontrolle. Es tut weh, dich so zu sehen.«

»Verdammt, Rahul.« Sie fährt zu mir herum und bleckt die Zähne. »Ich werde in jedem Fall die Kontrolle verlieren, okay? Nämlich dann, wenn ich kein Heilmittel finde. Ja, du hast recht. Es geht mir nicht gut. Seit ein paar Tagen wird mir immer wieder schwindelig. Ich habe Probleme mit der Feinmotorik und mit dem Gleichgewichtssinn. Und dann sind da noch die Verhaltensauffälligkeiten.«

»Aggressive oder enthemmte Phasen.«

»Ja. Wie bei meiner Mutter. Aber das Ganze scheint schneller und heftiger zu verlaufen. Ihre Kurve ging langsam nach unten, meine ist innerhalb weniger Tage regelrecht abgestürzt.«

»Ruth! Warum hast du nicht mit mir darüber geredet?«

»Weil ich zu stolz dafür bin, okay? Ich hasse meinen Körper für das, was er mir antut. Ich widere mich selbst an, verstehst du das? Und ich bin so wütend, dass ich keine Worte dafür finde. Nein, ich gebe diese Jagd nicht auf, weil die Alternative dazu mein Tod ist. Es gibt keine Heilung für meine Krankheit. Nicht in der handelsüblichen Medizin. Was ich brauche, ist ein Wunder. Ein Heiliger Gral. Und ich werde erst nach Hause fahren, wenn ich ihn gefunden habe.«

Ich seufze, lasse mich auf den Rücken fallen und starre in den Himmel hinauf. Inzwischen tut mir jeder Knochen und jeder Muskel weh. Kein Wunder, wenn man stundenlang auf hartem Felsen liegt. Noch dazu ist mir kalt. Genau genommen fühle ich mich wie ein verdammter Eiswürfel. Aber all das ist nichts im Vergleich zu dem Schicksal, das auf Ruth wartet. Sie wird durch die sprichwörtliche Hölle gehen müssen. Und zwar jahrelang.

Was würdest du an ihrer Stelle tun?

Haargenau dasselbe.

Und vermutlich dabei draufgehen.

»Ich verstehe dich«, sage ich leise. »Und ich lasse dich nicht im Stich, okay? Aber du musst endlich ein bisschen runterkommen. Deine Energie verbrennt im Zeitraffer. Morgen ruhst du dich aus, verstanden? Wir gönnen uns ein vernünftiges Essen im Restaurant, schalten ein paar Gänge zurück und kommen wieder zur Besinnung. Vielleicht ist es unserer Sache sogar dienlich, wenn wir …«

»Sie stehen auf!«

»Was?«

»Mari und Kian. Sie kommen direkt auf uns zu.«

Ehe ich begreife, was geschieht, huscht Ruth geduckt in die Dunkelheit hinaus. Ich sprinte ihr hinterher, verliere fast das Gewehr und zucke zusammen, als es klappernd über den Boden schleift.

»Sei leise, verdammt noch mal!« Meine Chefin vollführt eine Halsabschneidergeste. »Was ist los mit dir?«

Ich antworte mit einer ruppigen Handbewegung, ziehe den Riemen wieder über die Schulter und geselle mich zu ihr. Ganz langsam lässt sich Ruth in das Gras sinken, späht durch ihr Nachtsichtgerät und schlottert vor Anspannung. Vorsichtig rutsche ich neben sie, werfe einen Blick über den Rand der Klippe und sehe – nichts. Nur Felsen und schäumendes Meer. Aber Mari und Kian sind dort unten. Ich kann ihre Stimmen hören. Ganz leise und undeutlich, aber unverwechselbar.

»Verdammt!« Ruth knurrt entrüstet. »Ich erkenne rein gar nichts.«

»Wie auch? Die beiden sind schlau. Sie haben sich die perfekte Stelle ausgesucht.«

»Wir müssen da runter.«

»Bist du wahnsinnig?«

»Hör zu, Rahul. Wenn wir ständig die Vorsicht gewinnen lassen, kommen wir niemals zum Ziel. Da hinten ist eine Treppe. Wir sollten …«

Aus der Dunkelheit erklingt ein Stöhnen. Gefolgt von einem leisen, erstickten Schrei. Offenbar werden Mari und Kian gerade miteinander intim.

»Wusste ich es doch.« Ruths Lippen verziehen sich zu einem Grinsen. »Der Vollmond hat nicht nur das Meer im Griff, sondern auch unseren Selkie.«

»Wie kommst du darauf?«

»Hast du nicht gemerkt, wie nervös er die ganze Zeit gewesen ist? Er hat sein Mädchen kaum aus den Augen gelassen, war zappelig und unruhig und hätte sie am liebsten an Ort und Stelle vernascht.«

»Wie hätte ich das merken sollen? Du hast mir genau zweimal das Nachtsichtgerät überlassen. Jeweils für eine Minute. Allerhöchstens.«

Ruth seufzt. »Ja, ja. Schon gut. Ich lege jedenfalls die Hand dafür ins Feuer, dass Kian außer Rand und Band ist. Der Vollmond macht ihn unvorsichtig und impulsiv. Vielleicht ist heute unsere Nacht, Rahul. Komm schon. Na los doch.«

Sie steht auf und schleicht in Richtung Treppe. Ich zögere einen Moment lang, unschlüssig über das, was ich fühle. Dann folge ich ihr leise, diesmal darauf achtend, dass das Gewehr an Ort und Stelle bleibt.

Eine Hälfte meiner selbst zittert vor Erregung, die andere will nur eines: Hals über Kopf flüchten.

Da erklingt plötzlich das Platschen von Wasser.

Offenbar ist jemand in das Meer gesprungen.

Ruth bleibt abrupt stehen und wirft einen Blick nach unten. Niemand ist zu sehen, aber ein Strudel aus kreisförmig auseinanderlaufender Gischt bestätigt meine Vermutung.

»Wir sind zu spät«, flüstert sie seltsam tonlos.

»Warum klingst du nicht enttäuscht?«

»Keine Ahnung.« Sie sieht mich an und verzieht ihre Lippen zu einem heimtückischen Schlangenlächeln. »Vielleicht, weil seine Maske endlich Risse bekommt. Lange hält er dieses Spiel nicht mehr durch.«

»Dann wird ihm diese Erkenntnis ebenfalls gekommen sein, und er verschwindet auf Nimmerwiedersehen.«

»Nein. Das glaube ich nicht. Dieser Junge ist viel zu verrückt nach seinem Mädchen.« Ruth wirft erneut einen Blick nach unten und grollt entrüstet. »Verdammt, sie geht zur Feier zurück.«

»Was?« Mir wird heiß und kalt vor Entsetzen. »Hattest du etwa vor, sie als Köder zu benutzen?«

Ruth antwortet nicht.

Aber ihr Blick geht mir durch Mark und Bein.

»Hör zu, das geht zu weit, okay? Kian und der andere Selkie mögen offiziell nicht existieren, weshalb es genau genommen auch keine Entführung gibt. Aber bei dem Mädchen liegt die Sache anders. Wir sind schon zu weit gegangen, als wir in das Lager der Gärtnerei eingebrochen sind. Das hätte uns teuer zu stehen kommen können. Aber wenn du jetzt allen Ernstes mit dem Gedanken spielst, einen Menschen zu kidnappen und ihn als Köder zu missbrauchen, bin ich raus.«

»Gut.« Ruth lächelt zuckrig. »Dann bist du eben raus.«

»Was?«

»Wenn du mit den Konsequenzen leben kannst, halte ich dich nicht auf. Geh. Kehre nach Hinxton zurück und räume schon mal deinen Arbeitsplatz leer.«

»Aber ...«

»Ich mache keine leeren Drohungen, Rahul. Du kannst jederzeit verschwinden, aber in dem Fall sorge ich dafür, dass du nirgendwo mehr einen Fuß in die Tür bekommst.«

»Ruth, bitte …«

»Wie lautet deine Entscheidung?«

Ich stöhne frustriert. *Verdammt, verdammt, verdammt.*

»Es ist keine Entscheidung«, sage ich schließlich, »wenn mir im Grunde nur eine Möglichkeit bleibt.«

»Perfekt.« Sie lächelt zufrieden. »Dann haben wir das hoffentlich geklärt. Ein für alle Mal. Du willst nicht dabei zusehen, wie ich dein Leben in Schutt und Asche lege, und ich habe keine Lust, mir einen neuen Assistenten zu suchen. Also legen wir unsere Differenzen bei und bleiben, was wir immer waren: ein gutes Team.«

KAPITEL 14
Wie meine Welt zusammenbrach

Mari

Mein Gehirn weigert sich, auch nur halbwegs vernünftig zu funktionieren. Ich bekomme kaum mit, wie ich den Weg zum Festplatz zurücklege, auf meine Decke falle und die schwarze Strickjacke überstreife.

Was wäre ohne Ruths und Rahuls Auftauchen passiert?

Die Antwort ist vermutlich eindeutig. Und der Gedanke, dass Kian mich beeinflusst hat, dass er seine magische Manipulation benutzt hat, um meinen Verstand auszuschalten, erschüttert mich bis ins Mark.

Ja, mein Körper glüht immer noch lichterloh. Ja, ich habe es gewollt. Aber im Nachhinein begreife ich, dass ich bei klarem Verstand niemals ein solches Wagnis eingegangen wäre. Kians vom Rausch aufgeheizte Präsenz hat mich gnadenlos mit sich gerissen. So erschreckend verführerisch und unwiderstehlich. Sein betäubender Duft. Die sirenenhaften Geräusche, mit denen er mich schon viele Male um den Verstand gebracht hat. Aber niemals so wie heute. So unnachgiebig. So vernunftlos und ohne Rücksichtnahme.

Fröstelnd blicke ich auf das silberne Glänzen der Muschel, die auf meiner Hand ruht wie die Perle in der Auster. Wenn Ruth und Rahul nicht gekommen wären, hätte ich erfahren, wie viel Macht Selkies über den menschlichen Willen ausüben können.

»Wo ist denn deine Süßigkeit?«

Alice fällt neben mich und sieht aus wie eine verzerrte Grinsekatze. Anscheinend hat sie den ersten Cocktails noch weitere folgen lassen. Still und heimlich verstaue ich die Kette in der Tasche, in der sich statt des Fells nun Kians abgelegte Kleidung befindet, und kuschele mich tief in meine Strickjacke.

»Er hat einen alten Freund aus der Studienzeit getroffen«, lüge ich kurzerhand. »Sie wollen einen Spaziergang machen und ein bisschen reden.«

»Ach so. Aber er kommt doch wieder, oder?«

»Ja.« Frustriert ziehe ich die Beine an meinen Körper und schlinge beide Arme um die Knie. Das Meer sieht wunderschön aus. So verlockend und grenzenlos. Aber es macht mir auch Angst, denn ich werde niemals erfahren, was wirklich unter seiner Oberfläche lauert.

»Ihr seid beide keine Partymenschen, hm?« Alice rempelt mich an. »Aber dafür lässt es dein Schnuckelchen auf andere Weise krachen. Mensch, Mari! Es war wirklich unglaublich sexy, wie er dich am Feuer fast vernascht und anschließend weggetragen hat. Hattet ihr euren Spaß da drüben im Dunkeln? Ach, nun guck mich nicht so trübsinnig an. Was ist denn los?«

»Nichts.«

»Na klar. Sag mal, wie hat er diese Haarsträhnen hinbekommen? Die haben so einen tollen, metallischen Glanz.«

»Irgendeine selbst zusammengemischte Spezialrezeptur.«

»Denkst du, er verrät sie mir?«

Ich zucke mit den Schultern. Am besten, ich rufe zu Hause an und lasse mich abholen. Was mag Kian dort draußen gerade treiben? Folgt er dem Ruf seiner Natur? Und falls ja, was bedeutet das überhaupt?

Er ist unberechenbar, argumentiert mein Verstand. *Du jagst einer Illusion hinterher. Du versuchst, ein Raubtier zu zähmen, das im einen Moment schnurrend neben dir liegt und im nächsten über dich herfällt.*

Ich schaudere. Warum sieht das Meer nur so verlockend aus? Trotz aller Gefahren? Warum sehne ich mich nach den Wundern unter seiner mondbeschienenen Oberfläche, ungeachtet der Tatsache, dass mich der Wechsel in diese Welt höchstwahrscheinlich töten wird? Und ganz zu schweigen davon, dass ich immer noch nicht weiß, wer Kian wirklich ist?

Das Meer und die Zeit durchwandern.

Frei und grenzenlos.

Weder dem Verfall noch irgendwelchen Gesetzen unterworfen.

Ja, ganz toll. Aber gerade eben ist er drauf und dran gewesen, mich in Besitz zu nehmen. Weil er es wollte. Nicht ich. Und dann ist da noch sein kranker Bruder, der mich zwangsweise in ein Fell stecken will. Egal, welche Konsequenzen sich daraus ergeben. Scheiße.

Große Scheiße!

Ich seufze, lasse mich auf den Rücken fallen und schlinge beide Arme um die Tasche. Hoffentlich entwischt Kian den neugierigen Augen von Ruth und Rahul. Aber was soll ich machen, wenn er zurückkehrt und das Spiel von Neuem beginnt? Soll ich ihn jedes Mal bei Vollmond davonjagen? Sollen wir uns weiterhin einreden, dass es schon irgendwie funktionieren wird?

Jemand dreht die Musik lauter. Zu *One Last breath* von *Creed* tanzen die Menschen um das Feuer, als gäbe es weder ein Gestern noch ein Morgen. Auch Alice lässt sich von der Musik mitreißen, während ich einfach liegen bleibe und in den Himmel hinaufstarre. Der Alkoholpegel steigt, die Stimmung erreicht ihren Höhepunkt. Ein Teil von mir will aufspringen und mitfeiern, aber ich kann mich nicht dazu überwinden.

Irgendwann hole ich mir einen heißen Kakao vom Getränkestand, kehre auf meine Decke zurück und fahre damit fort, abwechselnd das Feuer, den Himmel und den nächtlichen Atlantik anzustarren.

Kian kehrt nicht zurück. Auch von Ruth und Rahul sehe ich nirgendwo eine Spur. Was, wenn sie ihn erwischt haben? Ich versuche, den Gedanken beiseite zu drängen, aber er nagt immer hartnäckiger an meinem Gehirn. Genauso wie manche anderen Dinge, die immer quälender werden.

Er hat sich entschuldigt. Ja, okay. Aber ist das genug?

Was, wenn er mich bei nächstbester Gelegenheit wieder beeinflusst?

»Ach Mari.« Inzwischen kann Alice kaum noch aufrecht stehen. Sie versucht, mich auf die Beine zu ziehen, aber ich schüttele vehement den Kopf. »Nun hör endlich auf, so trübsinnig in der Gegend herumzuhocken. Tanz mit uns.«

»Ich habe keine Lust.«

»Mari!«

»Nein. Wirklich. Lass mich einfach hier sitzen, okay?«

Sie winkt ab und stürzt sich wieder in die Menge, während irgendjemand den *Alternative Rock* gegen Siebziger-Jahre-Musik austauscht. Zu *Paloma Blanca, Rivers of Babylon* und *Under the moon of love* taumeln die inzwischen deutlich angetrunkenen Männer und Frauen, Jungen und Mädchen durcheinander. Sie johlen, gackern und grölen, rollen sich im Sand herum oder bewerfen einander mit Tang. Ob sich Kian in seiner Not über das nächstbeste Seehundsweibchen hermacht? Das Gedankenspiel lässt mich schaudern. Ja, er ist gewissermaßen ein Tier. Aber genauso ist er auch ein Mensch, was aus dem natürlichen Verhalten etwas Verstörendes macht. Je mehr ich mich gegen die Möglichkeit wehre, dass sich Kian irgendwo dort draußen mit einem drallen, blökenden Tier vergnügt, umso wilder schmückt meine Fantasie das entsprechende Kopfkino aus.

»Mari!« Alice versucht erneut ihr Glück. Inzwischen riecht ihr Atem wie eine Schnapsbrennerei. »Nun amüsiere dich doch endlich mal. Deine Süßigkeit taucht schon wieder auf.«

»Mir ist aber nicht danach.«

Sie schnaubt und prustet und stolpert wieder von dannen. Erneut kriecht Wut in mir hoch, vermischt mit Sorge und einer enormen Ladung Frust. Gerade beschließe ich, Finley anzurufen, als Paul sich auszuziehen beginnt. In Striptease-Manier wirft er Hemd, Hose, Schuhe und Socken beiseite und schwankt auf das Wasser zu.

»Spinnst du?«, lallt Suzie. »Das ist doch irre.«

»Hier darf man nicht schwimmen«, nölt ein Mann aus der Menge. »Lass die Scheiße, okay?«

Aber der stockbesoffene Paul stolpert ungerührt weiter. Da stürzt Stephen mit einem gutturalen Brunftschrei hinterher, reißt seinem Freund im Vorbeisprinten die Unterhose weg und hechtet mitsamt dem zerfetzten Kleidungsstück ins Wasser. Paul krakeelt aus vollem Hals, geht zu Boden und kriecht auf allen vieren weiter.

Die Leute johlen und gackern. Ein paar melden Bedenken an, aber inzwischen ist der Alkoholpegel hoch genug, um jegliche Vernunft absaufen zu lassen. Aus dem Ghettoblaster schmettern die *Les Humphries Singers* ihr *We'll fly you to the promised land.*

»*Come and spread your wings*«, singe ich leise mit. »*We'll fly you to the promised land … the promised land …*«

Ein paar Mädchen fassen sich an den Händen und drehen sich im Kreis. Zwei Männer links von mir liefern sich einen Rülpswettbewerb. Das Mondfest verkommt immer mehr zu einem absonderlichen Film, der auf einer winzigen Leinwand flackert, und ich bin nichts weiter als ein Zaungast, der sich unaufhörlich fragt, was zum Teufel hier abgeht.

Du hast zu viel getrunken, Mari.

Ja, eine ganz blöde Idee.

Moment, was wollte ich gerade machen? Ach ja. Finley anrufen.

Müde fingere ich nach dem Smartphone, ziehe es hervor und blinzele ein paar Mal, weil ich die Symbole auf den Tasten nicht erkennen kann. Gerade gebe ich zum zweiten Mal meinen Code ein, als vom Wasser her wildes Geschrei losbricht.

»Stephen!«

»Pass auf!«

»Verschwinde, du Scheißvieh!«

Ich fahre herum. Just in dem Moment rollt eine chaotische Flutwelle aus Menschen in Richtung Meer. Alle fuchteln und gestikulieren wild durcheinander, springen auf den Felsen herum und schreien aus Leibeskräften.

»Scheiße!«

»Oh mein Gott!«

»Stephen! Schwimm!«

»Lass ihn in Ruhe, du blödes Vieh!«

»Hol deinen Vater! Wir brauchen das Gewehr.«

»Nein. Ruft diese komischen Vögel an. Die, die für den weißen Seehund einen Haufen Geld bezahlen wollen.«

»Bist du bescheuert? Stephen verreckt gerade.«

»Alter, hast du noch alle Latten am Zaun?«

»Das Mistvieh bringt ihn um.«

Ein Mädchen rennt Hals über Kopf davon, zwei weitere folgen ihm dichtauf. Die anderen werfen Steine, schreien und fluchen und halten mehrere Männer davon ab, in das Wasser zu springen.

»Lasst den Scheiß.«

»Schwimmen ist hier aus gutem Grund verboten, ihr besoffenen Hornochsen.«

»Die Strömung! Sie treibt ihn gegen die Felsen!«

»Bindet das Zeug zusammen. Dann haben wir ein Seil.«

»Schwimm, Stephen, schwimm!«

»Ich dachte, er bleibt im flachen Wasser. Was zum Geier ist los mit den jungen Kerlen?«

Verdammt, was passiert hier gerade? Ich drängele mich durch die Menge, verschaffe mir notdürftig Platz und sehe, wie ein Mann in den Wellen um sein Leben kämpft. Wieder und wieder wird er in Richtung der Felsen gedrängt, ganz gleich, wie verbissen er gegen den Sog des Meeres anschwimmt. Dutzende Wunden übersäen seine Haut.

»Scheiße!«, kreischt das Mädchen neben mir. »Scheiße, warum tut denn keiner was?«

Stephen brüllt aus Leibeskräften, eine Woge hebt ihn empor und schleudert ihn gegen die scharfkantigen Steine. Aber ehe sein Körper von den Felsen aufgeschlitzt wird, schießt etwas Helles aus der Tiefe empor und schlägt seine Zähne in den Arm des Mannes.

Es ist ein weißer Seehund.

Kian!

Mit einem brutal aussehenden Ruck zieht er Stephen unter Wasser. Steine fliegen. Stimmen brüllen. Alle sind außer Rand und Band. Ich kann sehen, wie sich der Mann gegen das Tier wehrt. Anstatt sich zum Ufer ziehen zu lassen, was zweifellos Kians Absicht ist, strampelt und zappelt dieser Idiot in heller Panik, reißt sich wieder los und kommt zurück an die Oberfläche.

»Hört auf!«, brülle ich die Menschen an. »Bitte hört auf!«

»Der frisst ihn auf!«, kreischt irgendjemand. »Scheiße, Mann, Scheiße. Er beißt ihn tot.«

Ein weiteres Mal wird Stephen von Strömung und Wellen in Richtung Felsen gezerrt. Er kämpft dagegen an, aber das Meer ist stärker. Kian schwimmt ihm hinterher, schnappt erneut zu und versucht, den Mann in Richtung Ufer zu zerren. Ja, sein Biss ist brutal und lässt Blut fließen. Aber er hat keine andere Wahl. Stephen schlägt auf seinen Kopf ein, zwei Steine treffen den Seehund am Kopf. Blut befleckt das weiße Fell, aber Kian hört nicht auf, den Mann zum rettenden Ufer zu ziehen.

»Hört verdammt noch mal auf!« Blindlings zerre ich an Armen, Pullovern und Shirts. »Er will ihm doch bloß helfen.«

Irgendjemand stößt mich beiseite. Ich krache schwer auf die Knie, weiße Blitze aus Schmerz explodieren vor meinen zusammengekniffenen Augen. Nur verschwommen sehe ich, wie Stephen erneut unter Wasser und weg von den Felsen gezogen wird.

Diesmal gewinnt Kian die Oberhand, schleppt den leblosen Körper zum Strand und lässt ihn wenige Meter von der Brandung entfernt los.

Ein Schuss kracht. Wasser spritzt auf.

Dann donnert es ein zweites und drittes Mal.

»Aufhören!«, schreie ich so laut, dass meine Kehle schmerzt. »Seid ihr denn wahnsinnig?«

»Da ist er!«, grölt ein Mann in der Menge. »Los! Holt ihn aus dem Wasser.«

Ein gutes Dutzend Menschen rennt in das Meer, zwei davon packen Stephens Körper und wuchten ihn auf den Sand. Er blutet aus mehreren Bisswunden, ist aber am Leben. Auch Kian scheint entkommen zu sein, denn ich sehe einen hellen Schatten, der unter den Wellen dahingleitet und jenseits der Felsen in der Tiefe verschwindet.

Schwankend gehe ich einen Schritt.

Dann noch einen.

Blut sickert durch den Stoff meines Kleides. Anscheinend habe ich mir die Knie aufgeschlagen. Egal. Darum kümmere ich mich später. In Windeseile verschwindet Stephen hinter einer dicht gedrängten Menge, sodass ich nichts mehr von ihm sehen kann. Mehrere Leute telefonieren. In der Ferne glaube ich, Sirenen heulen zu hören.

Ich weiß, dass Kian ihn retten wollte. Aber ich weiß auch, wie seine Tat auf die anderen gewirkt haben muss. Ein wildes Tier, das wieder und wieder auf einen Menschen losgeht. Das ihn beißt, an ihm zerrt und ihn unter Wasser drückt.

Verdammter Alkohol! Jeder weiß, dass es lebensmüde ist, in der Bucht schwimmen zu gehen. Und dieser Trottel, dieser dreimal verfluchte Idiot, springt ausgerechnet dort ins Wasser, wo Strömungen und scharfe Felsen eine tödliche Falle erschaffen.

»Dieses Mistvieh ist gefährlich«, brüllt eine Männerstimme. »Wir hätten ihn längst erschießen sollen. Erst zerbeißt er die Netze, jetzt greift er Menschen an.«

»Vielleicht hat er die Tollwut«, wirft ein anderer ein. »Für einen Seehund ist das kein normales Verhalten. Bleib ruhig, Stephen. Alles wird gut.«

»Es ist nicht die Tollwut. Das Vieh hat die Netze schon im Winter zerfetzt, und tollwütige Tiere sterben nach vierzehn Tagen.«

»Wie auch immer, er ist gefährlich. Hat schon jemand diese Großstadtleute angerufen?«

»Keine Ahnung.«

»Wollten die sich nicht darum kümmern?«

»Darum kümmern? Dass ich nicht lache. Die spionieren schon seit Wochen in der Gegend herum und gehen braven Leuten auf den Sack. Wir sollten die Sache selbst in die Hand nehmen. Scheiß auf Belohnungen. Wahrscheinlich würden die uns sowieso über den Tisch ziehen und still und heimlich von der Insel verschwinden. Ein Tier, das einmal einen Menschen angegriffen hat, wird das immer wieder tun. Ich warte nicht, bis jemand stirbt.«

»Seht euch das an. Stephens Arm ist quasi Hackfleisch.«

»Am besten fahren wir direkt zum Hafen und dann mit den Booten raus. Noch mal schwimmt mir dieses Mistvieh nicht unversehrt davon.«

Mir wird übel. Ich muss hier weg. Ich will das alles nicht mehr sehen und hören. Benommen taumele ich durch die Nacht, ziehe meine Schuhe aus und weine heiße Tränen. Wo ist noch mal mein Auto? Nein, Quatsch. Wir sind zu Fuß hergekommen, und Finley oder Oliver wollten uns abholen.

Kacke!

Ich laufe weiter und fingere nach dem Smartphone. Zuerst will ich direkt zur Kirchenruine hochgehen, aber Alice, Suzie und mehrere andere bekannte Gesichter warten dort oben auf mich und sind mit Sicherheit heiß auf ein Gespräch. Soll ich die Abkürzung über die Treppe nehmen? Es sind nur zweihundert Meter, und Kian ist dort draußen und hält nach Bran Ausschau. Abgesehen davon sind überall Stimmen zu hören und Schatten zu sehen. Ich kann mir nicht vorstellen, dass ein Selkie so dumm ist, hier und jetzt an Land zu gehen. Also stapfe ich los und tippe nebenbei Finleys Nummer ein.

Nichts.

Nur der Anrufbeantworter.

»Na toll. Seid ihr wieder eingeschlafen?«

Ich versuche es noch einmal. Gerade, als ich die Stelle passiere, an der Kian mich gegen die Wand gedrückt hat, meldet sich die verschlafene Stimme meines Bruders.

»Mari?«

»Hi. Kannst du mich abholen?«

»Ja. Klar. Ihr habt aber lange durchgehalten. Es ist fast vier Uhr morgens. Der Himmel wird schon grau.«

»Es war … aufsehenerregend.«

»Ist alles in Ordnung?«

»Das erzähle ich dir später, okay?«

»Aber du bist unversehrt? Und Kian auch?«

»Äh, ich denke schon.«

»Du *denkst*?«

»Später«, wiederhole ich. »Wann bist du hier?«

»Äh … eine viertel Stunde. So ungefähr. Bis gleich.«

»Alles klar. Bis gleich.«

Ich gehe weiter und halte auf die Treppe zu, die schief und krumm an den Klippen nach oben führt. Gut möglich, dass Kian nach diesem Ereignis nicht mehr zurückkommt. Der Gedanke ist grausam. Nein, er ist mehr als das und reißt mir das Herz auseinander. Aber mir ist auch klar, dass es das Beste ist. Aus mehreren Gründen. Denn jetzt, da die Inselbewohner Blut geleckt haben und auf Ruths und Rahuls Belohnung scheißen, werden sie kein Halten mehr kennen. Und das wiederum wird die beiden Forscher zu überstürzten Handlungen hinreißen.

Meine Kehle wird eng und enger. Ich erreiche die Treppe, halte noch einmal inne und blicke auf das Meer hinaus. Inzwischen hat die Ebbe eingesetzt. Wie gerne wäre ich jetzt auf *Skara Brae.* Damals, als das silbrige Licht diese weltfremde Atmosphäre erschaffen hat, habe ich noch gedacht, alles wäre ein wunderbarer, märchenhafter Traum.

Aber Märchen enden oftmals blutig. Zumindest in ihren alten, ursprünglichen Versionen. Sie erzählen, dass alles irgendwann zu Ende ist. Dass die Liebe grausam und Einsamkeit eine Zuflucht sein kann. Geschichten werden geboren und fließen wieder zurück in das Vergessen, und wir sind nur flüchtige Gäste in einem endlosen Spiel. Dem Universum sind unsere Ängste gleichgültig. Es existiert einfach. Es erschafft und zerstört und schert sich nicht um Eintagsfliegen wie mich.

Alles in mir verkrampft sich vor Sehnsucht und Schmerz und bitterer Erkenntnis. Ob Ruth und Rahul noch in der Nähe sind? Versuchen sie gerade, die aufgebrachten Männer davon abzubringen, einen menschenfressenden weißen Seehund zu erschießen?

Plötzlich taucht ein Kopf aus den Wellen auf.

Eine Sekunde lang glaube ich, dass es Kian ist, aber die Haare des Mannes sind zu kurz und sein Gesicht zu schmal.

Es muss Bran sein.

Seine große, sehnige Gestalt erhebt sich aus dem Wasser, dunkle Seehundsflecken zieren die hellbraune Haut. Eigenartigerweise geht nichts Bedrohliches von ihm aus. Um seinen Mund, der dem Kians so ähnlich ist, spielt sogar ein sanftes Lächeln.

»Keine Angst«, erklingt seine tiefe, angenehme Stimme. »Ich bin nicht hier, um dir etwas anzutun.«

»Komm ja nicht näher!« Ich gehe zwei Stufen nach oben und spanne mich an, bereit, blitzschnell den Rest der Treppe hinaufzurennen. Dort oben sind Menschen. Jede Menge davon. Ich kann ihre Stimmen laut und deutlich hören. »Du bist verdammt mutig, hier aufzukreuzen.«

Bran zuckt mit den Schultern, bleibt stehen und hebt witternd den Kopf. Vermutlich nimmt er gerade meinen Geruch in sich auf, und was er riecht, scheint ihm zu gefallen. Ja, er sieht Kian verblüffend ähnlich. Aber zugleich wirkt dieser Kerl vollkommen anders. Auf eine Weise, die ich nicht zu greifen bekomme. Während der eine harmonische Ruhe ausstrahlt, zumindest außerhalb der Vollmondnächte, geht von dem anderen die rohe Kraft eines Jägers aus.

»Was willst du?« Adrenalin schießt durch meinen Körper und macht ihn leicht wie eine Feder. »Wo ist dein Bruder?«

»Er kommt gerade wieder zu Sinnen.« Bran deutet in Richtung offenes Meer. »Ich fürchte, ich habe mir nur ein paar Momente erkämpft. Hör zu, Mari. Ich bin hier, um dich zu warnen.«

»Wie bitte?«

Bran spannt sich an. Sein ganzer Körper besteht aus harten Muskeln und Sehnen und ist vermutlich stark genug, um fünf Männer gleichzeitig in den Erdboden zu stampfen. Aber er macht keine Anstalten, mir zu Leibe zu rücken. Im Gegenteil. Als wolle er mein Vertrauen gewinnen, weicht er sogar einen Schritt zurück.

»Du bist blind vor Liebe, Mari.«

»Was meinst du?«

»Du weißt sehr genau, was ich meine.« Das dunkle Timbre seiner Stimme verpasst mir eine Gänsehaut. »Wir verführen euch Menschen. Wir rauben euch den Verstand, umgarnen und verlocken euch, bis ihr in Liebe zu uns entbrennt und eure Seelen umso süßer schmecken. Glaubst du wirklich, Kian wäre anders? Denkst du allen Ernstes, dass er bei dir ist, weil er dich aufrichtig liebt?«

Ich starre ihn nur an. Unfähig, einen Laut über meine Lippen zu bringen. Bran rührt sich nicht, als ich eine weitere Stufe nach oben steige. Seine Miene wirkt plötzlich traurig und flehend.

Wo zum Teufel bleiben Ruth und Rahul, wenn man sie ausnahmsweise mal gebrauchen kann? Warum schlagen sie nicht zu? Na klar. Der Parkplatz oben bei der Ruine ist immer noch zu voll, und die beiden Arschgeigen können keine Zeugen gebrauchen.

»Du bist etwas Besonderes, Mari«, schnurrt er höhnisch sanft. »Deswegen kann ich nicht zulassen, dass Kian dich zerstört. Sein einziges Ziel ist es, deine Seele zu stehlen. Auch wenn er hin und wieder menschliche Anwandlungen zeigt. Ja, er wird dich töten, Mädchen. Er wird dich in das Meer locken und dein Leben aussaugen. Sein Schauspiel dient nur dazu, dich darauf vorzubereiten. Je mehr du ihn liebst und begehrst, umso süßer wird dein Geschmack. Hat er dir jemals von Evelyne erzählt? Das letzte Mädchen, das er ins Unglück gestürzt hat?«

»Hör auf! Ich glaube dir kein Wort.«

»Das verstehe ich. Aber sag mir eines. Bist du in seiner Nähe wie berauscht? Verzaubert er dich? Lässt er dich auf Wolken schweben und wickelt er die Menschen, die dir nahestehen, mühelos um den Finger? Macht er dich mit Geräuschen weich und willig? Strömt er Gerüche aus, die dir den Verstand vernebeln? Und weicht er dir aus, wenn du ihm bestimmte Fragen stellst? Ja, er tut all das, nicht wahr? Und deswegen spürst du hier drinnen« – er legt eine Hand flach auf seinen Bauch – »dass du ihn nicht wirklich kennst.«

»Hör auf!« Seine Worte sind wie eine kalte Faust, die sich um mein Herz zusammenpresst. Ich kann fühlen, wie es splittert und in meine Seele blutet. »Lass mich in Ruhe und verschwinde!«

»Das werde ich.« Bran weicht in die Wellen zurück. »Aber behalte meine Worte im Kopf. Kian sagt dir nicht die Wahrheit. Er ist es gewesen, der mich angegriffen hat. Er hat den Kampf begonnen, weil er wusste, dass ich dich warnen will.«

»Erzählst du mir allen Ernstes, dass du der Gute in dieser Geschichte bist?«

»Nein. Ich bin nicht der *Gute*. Ich erkenne nur, wie einzigartig und kostbar du bist. Hat Kian dir erzählt, dass ich die Menschen hasse? Wenn das so wäre, warum spreche ich eure Sprache? Auch ich habe einst unter deinesgleichen gelebt. Ich habe von euch gelernt und einen von euch geliebt. Mari, du musst mir glauben. Ich bitte dich! Mein Bruder hat eine süße Zunge. Er weiß sehr genau, wie er eure Herzen erobern und euer Vertrauen gewinnen kann. Auch Evelyne ist auf seine rührseligen Geschichten hereingefallen und hat ihren Fehler teuer bezahlt. Wenn Kian zurückkommt, frag ihn nach dem Mädchen. Frag ihn, ob er getötet und Seelen geraubt hat. Dann wirst du sehen, dass ich die Wahrheit spreche. So lange bleibe ich in deiner Nähe und passe auf dich auf. Aber ich komme nur, wenn du mich rufst.«

»Hör auf.« Ich presse beide Fäuste gegen meine Schläfen. »Hör einfach auf und lass mich in Ruhe.«

»Das werde ich. Aber denke an meine Worte. Heute Nacht hast du einen kleinen Vorgeschmack bekommen. Kian wollte deine Seele, aber er hat sich dazu entschlossen, sie noch ein wenig reifen zu lassen. Was hat er dir erzählt, als du das Verlangen in ihm gespürt hast? Dass es nur der Rausch ist? Dass das Tier in ihm sein Recht einfordert? Er will deine Seele, und er wird sie sich nehmen. Für ihn ist es an der Zeit, neue Kraft aufzunehmen. Deswegen hat er auch den Jungen zu sich in das Wasser gesungen. Ja, er hat ihn in die Wellen gelockt, um zumindest einen Teil seines Hungers zu stillen. Stephen lebt, aber er wird niemals wieder der alte sein. Kian hat nicht nur seinen Körper, sondern auch seine Seele verletzt. Unsere Maske ist perfekt, Mari. Wir können die Grenze zwischen Lüge und Wahrheit mühelos überschreiten, ohne dass ihr es merkt. Die Natur hat uns mit allem ausgestattet, was wir dafür brauchen. Eine magische Stimme. Unwiderstehliche Lockstoffe. Süße Zungen und geschickte Finger.«

»Er hat Stephen gerettet!«, krächze ich. »Er hat ihn von den Felsen weggezogen.«

»Ja. Das hat er. Aber nur, um über sein wahres Verbrechen hinwegzutäuschen. Tief in dir weißt du, was er wirklich ist. Ein Raubtier. Ein Geschöpf aus euren finstersten Märchen, das sich niemals zähmen lassen wird. Frag ihn nach der Wahrheit. Frag ihn, ob er Menschen getötet und Schiffe auf das Riff gelockt hat. Frag ihn nach der magischen Stimme der Selkies, die genau jene Gefühle in euch weckt, die uns am besten schmecken. Frag ihn nach Evelyne. Und dann entscheide, ob ich die Wahrheit gesagt habe.«

Bran nickt mir noch einmal zu, dann wirft er sich herum und hechtet in die Wellen. Ungläubig blicke ich ihm hinterher. Zu schockiert und aufgewühlt, um auch nur einen einzigen Schritt zu vollführen. Er lügt. Es ist ein Versuch, uns auseinanderzubringen.

Oder etwa nicht?

Warum ist er wieder verschwunden, ohne mir etwas anzutun? Warum überlässt er es mir, die Wahrheit in Erfahrung zu bringen? Wenn Bran so grausam und rücksichtslos ist, wie Kian gesagt hat, hätte er die Gelegenheit beim Schopf gepackt.

Oder etwa nicht?

Während ich einfach nur dastehe und stumpfsinnig vor mich hinstarre, ziehen graue Wolken über den Himmel. Eine allzu passende Metapher für die Dunkelheit, die sich in mir ausbreitet. Der Wind riecht nicht mehr nach Freiheit. Der majestätische Anblick des Meeres im Morgenlicht ist mir gleichgültig. Ich weiß nicht mehr, was ich denken, was ich fühlen soll. Ich weiß überhaupt nichts mehr.

Und dann steigt erneut eine menschliche Gestalt aus den Wellen. Diesmal ist es Kian. Er schlägt das Fell über seinen Arm, watet aus dem Wasser heraus und bleibt ein paar Schritte vor mir stehen. Sein Blick ist wieder so, wie ich ihn kenne. Sanft und ruhig, von stiller Harmonie durchdrungen. Aber vielleicht ist alles nur ein Spiel. Eine gut durchdachte Lüge, die dazu dient, den Geschmack meiner Seele zu intensivieren. Plötzlich hasse ich seine fabelwesenseltsame Schönheit. Ich hasse das, was er mit mir anstellt, und was ich seinetwegen fühle.

»Du bist verletzt«, sagt er leise und blickt auf meine zerschundenen Knie. »Lass mich dich heilen.«

»Nein.«

Kian nickt. Und als er die nächsten Worte ausspricht, klingt seine Stimme wie das Säuseln des Windes zwischen den Felsen. Wie das spröde Flüstern der Gischt und das heimtückische Raunen undurchschaubarer Meereskreaturen. »Mari, was hat er zu dir gesagt?«

»Hast du getötet? Hast du menschliche Seelen gestohlen und Schiffe auf das Riff gelockt? Sag mir die Wahrheit, Kian.«

Ich flehe darum, dass er empört reagiert. Dass er mir versichert, dergleichen niemals getan zu haben. Dass Bran ein Lügner ist, der uns auseinanderbringen will. Aber Kian antwortet mit eisigem

Schweigen, und in seinem Blick liegt eine Wahrheit, die mir den Boden unter den Füßen wegreißt.

»Ja«, sagt er schließlich.

Weiter nichts.

Nur dieses eine Wort.

»Und Evelyne?«, bringe ich krächzend hervor. »Was ist mit ihr geschehen?«

Ein unbändiger Schmerz verdunkelt Kians Miene. Er schüttelt kaum merklich den Kopf, krampft seine Finger um das Fell zusammen und sieht aus, als wolle er fliehen. Vor mir. Vor der Erinnerung. Vor der ganzen Welt.

»Sie ist der erste Mensch gewesen, den ich geliebt habe. Es ist lange her. Wir haben uns kennengelernt, als Ciara und ich auf *Ravenhill Manor* gelebt haben.«

»Wie ist die Geschichte ausgegangen?«

»Nicht gut. Aber ich habe Evelynes Seele nicht gestohlen. Ich hätte ihr niemals etwas antun können. Genauso wenig wie dir.«

»Warum hast du mir nichts von Evelyne erzählt?«

»Weil es lange vergangen ist.«

Ich lege beide Hände auf meine Stirn. Die Welt beginnt sich zu drehen, alles erscheint mir wie ein höhnisches Trugbild. Und die Tatsache, dass ich angetrunken bin, macht das Ganze noch viel schlimmer und surrealer. »Du hast Ruths Gehirn weichgekocht. Du hast deinen Willen über meinen gestellt. Du wickelst Oliver, Finley, Anna und alle Menschen in unserer Nähe so mühelos um den Finger, dass ich mich frage, ob …«

»Ob was?«

»Ob Bran vielleicht recht hat.«

»Glaubst du das wirklich, Mari?«

»Ich weiß nicht, was ich glauben soll. Das ist es ja gerade. Du hast selbst zugegeben, dass du mich heute Nacht beeinflusst hast, und damit hast du ein Versprechen gebrochen. Erinnerst du dich? Es ist ein Schwur gewesen, Kian. Du hast uns geschworen, deine Kräfte niemals gegen uns einzusetzen.«

Er starrt mich an. Mit grausam glitzernden, schwarzen Augen. Niemals sind sie mir fremdartiger erschienen. Und dann, als er tief Atem holt, scheinen eiskalte Finger meinen Nacken zu packen.

»Du willst die Wahrheit wissen?«, fragt er leise. »Also gut. Ich habe viele Menschen getötet und in den Wahnsinn getrieben.

Damals, als ich im Hass ertrunken bin. Ich habe sie in das Wasser gesungen, habe ihre Seelen herausgerissen und sie im kalten Meer ersaufen lassen. Unzählige Geister in der Tiefe rufen meinen Namen. Ich bin ein Ungeheuer gewesen, und ich habe dafür bezahlt.«

Mir wird übel. Ich presse die Lippen zusammen und nicke. »Gut. Alles klar. Und was war das mit Stephen? Hast du dich an ihm gütlich getan?«

»Nein. Ich wollte ihn retten.« Eine wütende Aggression flackert in Kians Augen auf. »Verdammt, Mari. Warum seid ihr Menschen nur so blind? Dieser Dummkopf ist in den sicheren Tod gesprungen, und als ich ihn zum Strand bringen wollte, haben sie mich mit Steinen beworfen. Sie haben auf mich geschossen. Wieder mal. Dachtet ihr wirklich, dass ich diesen Trottel fressen will?«

»Hör auf. Bitte.«

»Du hast mich nach der Wahrheit gefragt.«

»Ja. Das habe ich. Und ich bin noch nicht fertig.«

»Dann stell die Fragen, auf die du eine Antwort willst.«

»Was ist mit den Jungen damals auf *Skara Brae* passiert? Die, die ums Leben gekommen sind?«

Kian stößt ein grausam klingendes Lachen aus. Ein Lachen, das nicht zu ihm passen will. »Sie haben dasselbe gemacht wie Stephen. Sind betrunken in das Meer gestolpert und haben für ihre Dummheit bezahlt.«

Als ich schlucke, scheint meine Kehle aus rohem, wundem Fleisch zu bestehen. Wo ist mein geliebtes, sanftes Fabelwesen? Welche Version seiner selbst ist der echte Kian?

»Wie soll ich jemals wissen, ob du es ehrlich mit mir meinst?«, flüstere ich heiser. »Alles, was ich fühle, können auch nur Illusionen sein. Sirenengeflüster. Lügen. Possenspiele, um mich in den Wahnsinn zu treiben. Und verwandeln würdest du mich auch nicht, weil du Angst hast, dass ich dabei sterbe. So oder so stehe ich mit einem Bein auf dem Abstellgleis, Kian. Die ganze Zeit über muss ich damit rechnen, dass du verschwindest. Für immer und ewig. Oder du bleibst bei mir, trotz aller Gefahren, und ich sieche eines Tages als Greisin im Altersheim dahin, während du immer noch jung und frisch bist. Vielleicht hat Bran recht. Nicht mit allen, aber doch mit vielen Dingen.«

Kians Hände krallen sich in das Fell.

Seine Knöchel stechen förmlich durch die Haut. »So ist das also? Mein Bruder bringt dich gegen mich auf, und du glaubst ihm?«

»Nein. Ich weiß überhaupt nicht mehr, was ich glauben soll. Das ist das Problem. Und wenn du nicht einfach abgehauen wärst, während Ruth, Rahul und Bran auf ihre Chance warten, dann wäre all das nicht passiert.«

Kian nickt. Er sieht mich noch einmal an. Nicht mehr wütend, sondern traurig und verbittert. Dann dreht er sich um und verschwindet im Wasser. Zum zweiten Mal an diesem Tag stehe ich fassungslos da und spüre, wie meine Welt in sich zusammenfällt.

»Ganz toll!«, rufe ich ihm hinterher. »Das ist es also gewesen? Du haust ab? Wieder mal?«

Mit wild pochendem Herzen starre ich auf die Wellen.

Mist! Mist! Mist!

Warum sind wir nur zu diesem verdammten Mondfest gefahren? Warum habe ich nicht auf meinen Instinkt gehört? Und wo zum Teufel bleibt Finley?

»Hallo, Mari.«

Ich schrecke zusammen, fahre herum und sehe zwei Gestalten über mir stehen. Nein! Nicht auch noch Ruth und Rahul.

»Oh Mann. Sie sind echt die Letzten, die ich heute noch gebrauchen kann.« Mit brennenden Augen stapfe ich an ihnen vorbei und werfe einen Blick auf das Gewehr, dass der Kerl nach wie vor mit sich herumträgt. Haben sie gesehen, wie Kian mit seinem Fell in das Wasser gesprungen ist? Gut möglich. Aber es spielt ohnehin keine Rolle mehr. Er wird verschwinden. Auf Nimmerwiedersehen. Und das ist auch gut so.

»Zu schade, dass wir deinen Liebsten so knapp verpasst haben«, säuselt Ruth. »Aber wir haben ja immer noch dich.«

»Hören Sie auf, mich zu duzen. Wir sind keine Freunde.« Ich bleibe stehen und drehe mich um. Just in diesem Moment reißt sie ihrem Assistenten das Gewehr aus der Hand und zielt auf mich.

»Das ist nicht Ihr Ernst!«

»Doch. Es ist mein Ernst. Ich bin es leid, auf den richtigen Moment zu warten.«

»Da oben sind haufenweise Zeugen.«

»Nein. Da oben *waren* Zeugen. Inzwischen ist alles wie ausgestorben. Du hast wohl ein wenig zu lange gefühlsduselig in der Gegend herumgestanden.«

»Mein Bruder wird jeden Moment hier sein.«

Ruth schüttelt den Kopf. »Auch diesmal muss ich dich enttäuschen. Ihm ist wohl irgendetwas dazwischengekommen, was dazu geführt hat, dass er gerade erst ins Auto gestiegen ist. Uns bleiben also noch knapp zehn Minuten.«

»Woher ... Moment! Haben Sie etwa unser Haus überwacht? Oh Mann. Natürlich haben Sie das. Aber wir haben extra nach Kameras gesucht.«

»Die neueste Generation Wildtierkameras ist praktisch unsichtbar. Die Dinger sehen aus wie Steine, Äste oder kleine Grashügel. Sofern man nicht weiß, wo sie sich befinden, sind sie unmöglich aufzuspüren.«

Mein Herz donnert gegen die Rippen. Ich werfe einen Blick zur Bucht, aber sie ist menschenleer. Verdammt. Wenn ich glaube, dass es nicht noch schlimmer kommen kann, reibt sich das Schicksal die Hände und beweist mir das Gegenteil.

»Das können Sie nicht machen.« Ich blicke Ruth fest in die Augen. »Wagen Sie es ja nicht, auf mich zu schießen.«

»Mir bleibt keine andere Wahl. Meine Zeit läuft ab. Hast du auch nur die geringste Ahnung, wie lange es dauert, bis ich ausreichend Erkenntnisse gesammelt habe? Bis es mir endlich möglich ist, mein Leben zu retten? Ich brauche ihn. Nicht irgendwann, sondern jetzt. Das verstehst du doch, nicht wahr?«

»Nein.«

»Wie auch? Du warst niemals in meiner Lage.«

Ruth drückt ab. Ich spüre einen scharfen Stich in der Schulter, dann sickert etwas Heißes durch meine Adern. Es gelingt mir noch, den kleinen Pfeil herauszuziehen, dann wickelt mich auch schon der alles auslöschende, schwarze Schleier ein.

Ich kippe. Werde aufgefangen.

Und verschwinde im Nichts.

»Wage es ja nicht!«

»Du sagst mir nicht, was ich zu tun oder zu lassen habe.«

»Das geht zu weit, Ruth. Du bist doch wahnsinnig!«

Zwei Stimmen ziehen mich aus dem schwarzen Sumpf. Ich nutze sie als Anker, kämpfe mich Stück für Stück nach oben und schaffe es schließlich, meine Umgebung wahrzunehmen.

Zumindest halbwegs.

»Nein«, keift Ruth. »Ich tue nur das Nötige. Nicht mehr und nicht weniger. Wenn wir ihn jetzt nicht finden, ist alles vorbei. Entweder wird er von diesen Idioten erschossen, oder er verschwindet auf Nimmerwiedersehen.«

»Scheiße, Ruth! Mari ist seit zwei Stunden bewusstlos. Du hast ihr wahrscheinlich eine Überdosis verpasst. Was machen wir, wenn sie stirbt?«

»Sie wird nicht sterben. Es geht ihr gut.«

»Merkst du eigentlich noch was? Seit Wochen reizt du die Grenzen immer mehr aus. Ich dachte, dass du wenigstens noch über einen Rest Grundvernunft verfügst, aber jetzt entführst du Mari und lässt auch noch unseren Mietwagen absaufen, weil du unbedingt bis an den Strand fahren musstest. Klar, es kommt ja auch ziemlich blöd rüber, wenn man uns mit einer bewusstlosen jungen Frau erwischt. Also musstest du Barry in diese einsame Bucht bestellen, um ungesehen auf den Kutter zu kommen. Weißt du, wer so etwas tut? Schwerverbrecher, Ruth! Denn das sind wir von nun an. Mann, jetzt ist nicht nur das Auto im Arsch, sondern auch unser Leben. Dein Selkie wird sowieso nicht auftauchen. Dank der grölenden Vollpfosten, die ihm eins überbrennen wollen, ist er unter Garantie schon über alle Berge.«

»Selkie?«, blökt eine tiefe Stimme, vermutlich die von Barry. »Darum gehts also?«

»Er wird kommen.« Ich höre, wie Ruth auf mich zustapft, dann streicht eine Hand widerwärtig sanft über mein Haar. »Nur keine Sorge. Hallo, Schätzchen. Schön, dass du endlich aufwachst. Geht es dir gut?«

Ich blinzele mühsam.

Schmerzen pochen hinter meinen Augen und in der rechten Schulter, kurz darauf breiten sie sich auf den gesamten Körper aus. Ein Seil ist um meine Handgelenke geschlungen und fesselt mich an die Reling. Da ist ein ekelhafter, chemischer Geschmack auf meiner Zunge, ich sehe nur verschwommen und schaffe es kaum, den Kopf zu drehen.

»Ach, nun komm schon.« Ruth kneift mit zwei Fingern in mein Kinn. »Wir haben nicht ewig Zeit, meine Kleine.«

»Du spinnst doch.« Im Hintergrund rauft sich Rahul die Haare. »Ich kann einfach nicht glauben, was hier gerade passiert. Wir haben diese Frau entführt, Ruth! Wir haben ein Verbrechen begangen, und ich werde nicht …«

»Beruhig dich, Rahul.«

»Ich soll mich beruhigen?«

»Ja. Es ist alles in Ordnung.«

»Du tickst doch nicht mehr ganz sauber.«

Langsam klärt sich meine Sicht. Ich erkenne Barry, der mit zerknirschter Miene am Steuer steht und die Situation offenbar höchst verstörend findet. Wenn auch nicht in demselben Maße wie Rahul, der aussieht, als würde er gleich einen Nervenzusammenbruch erleiden.

Ruth stöhnt, rappelt sich hoch und geht zu Barry. Dann winkt sie auch ihren Assistenten zu sich heran. »Also«, höre ich sie sagen. »Es sieht folgendermaßen aus.«

Den Rest des Gespräches kann ich nicht verstehen, denn die drei tuscheln verstohlen miteinander. Das hier kann unmöglich wirklich passieren. Vermutlich träume ich nur, weil zwei Gläser *Caipirinha* plus *Mai Tai* plus Kians Vollmondrausch einfach zu viel gewesen sind.

Schließlich, als Ruth sich wieder zu mir umdreht, liegt ein siegessicheres Lächeln auf ihren Lippen. »Du hast ein wenig zu viel getrunken, hm? Bist mächtig angeheitert auf unser Boot gestolpert und hast uns zu einem kleinen Ausflug überredet.«

»Ihr Ernst?« Meine Stimme klingt wie ein ausgeleiertes Gummiband. »Die Cocktails waren ziemlich harmlos. Ich hatte vielleicht 0,8 Promille, und das ist von *mächtig angeheitert* weit entfernt. Pro Stunde bauen sich 0,1 Promille ab. Das heißt, ich bin quasi wieder nüchtern. Zumindest, was den Alkohol anbelangt. Aber das, was Sie mir verpasst haben, wird bestimmt noch eine ganze Weile nachweisbar sein.«

Erschöpft von so vielen Worten, fallen mir beinahe wieder die Augen zu. Ich klammere mich an der Reling fest, halte Ruths Blick stand und knirsche vor Wut mit den Zähnen.

»Dafür, dass du gerade erst aufgewacht bist, funktionieren dein Gehirn und deine Zunge erstaunlich gut.« Ruth sieht nicht im Mindesten beeindruckt aus. »Natürlich hast du recht, aber wenn mein Wort gegen deines steht, sieht es nicht gut für dich aus. Du bist eine verliebte junge Frau, die auf einer Party mehrere Cocktails getrunken hat und durch eine emotionale Krise gestolpert ist.

Falls du tatsächlich auf die Idee kommst, uns diese kleine … nun ja, *Notfallalternative* anzukreiden, solltest du dich warm anziehen. Unterschätze niemals den Nutzen guter Beziehungen. Ich kann im Handumdrehen dafür sorgen, dass eure Gärtnerei dichtmachen muss. Ein einziger Anruf genügt. Dann habt ihr die längste Zeit auf eurer schönen Insel gelebt.«

»Das können Sie nicht machen.« Endlich gelingt es mir, mich ein wenig aufzurichten. Auch wenn sich meine Knochen und Muskeln so anfühlen, als bestünden sie aus Melasse. »Sie sind doch komplett bescheuert.«

»Nein. Nur verzweifelt.« Ruths Lächeln beginnt zu zittern. »Deswegen bin ich bereit, Wege zu beschreiten, die ich unter normalen Umständen niemals gegangen wäre. Ihr könnt nicht gewinnen, Mari. Ich muss nur mit dem Finger schnippen, und euer Leben ist nachhaltig ruiniert. Also spiel besser mit, in Ordnung? Umso schneller ist die ganze Angelegenheit überstanden.«

»Wenn es so leicht für Sie ist, unser Leben zu zerstören, warum sind Sie dann nicht eher auf die Idee gekommen, uns zu erpressen?«

»Weil ich bis vor Kurzem noch auf Nummer sicher gehen wollte. Es endet selten gut, wenn man mit dem Kopf durch die Wand rennt. Aber die Umstände haben sich geändert. Ich habe keine Zeit mehr, auf den idealen Moment zu warten. Also nehme ich gewisse Risiken in Kauf und schlage eine Abkürzung ein.«

Ich knurre sie an. Zerre an den Fesseln und erreiche doch nur, dass mein Kopf fast platzt. »Er wird nicht kommen, Sie Idiotin. Wenn Sie wirklich denken, dass er mich retten wird, liegen Sie vollkommen falsch.«

»Nein, Mari. *Du* liegst falsch. Und tief in deinem Herzen ist dir das auch klar. Wir hatten ein paar Wochen Zeit, euch zwei zu beobachten, und dieser Junge liebt dich. Nein, er vergöttert dich. Was ist passiert, dass du so plötzlich daran zweifelst?«

Rote Schlieren tanzen vor meinen Augen. Ich will schreien, toben und schlagen. Ich will ihr dieses verdammte Grinsen aus dem Gesicht kratzen. Stattdessen hocke ich nutzlos in einem opulenten Kleid auf den Planken dieses verdammten Bootes. Tränen schießen mir in die Augen. Ich schluchze, presse meine Stirn gegen eine der Eisenstangen und wünsche mir, endlich aufzuwachen.

»Ruth!«, zischt ihr Assistent. »Ich bitte dich!«

»Nein. Wir ziehen das jetzt durch.«

»Aber er wird nicht kommen«, schreie ich sie an. Wenn auch nur, weil es genau das ist, worauf ich verzweifelt hoffe. »Kapieren Sie das denn nicht? Kian ist fort. Ich habe mich in ihm getäuscht. Er wird einen Teufel tun, mich hier rauszuholen.«

Ruth schnaubt amüsiert, greift in ihre Hosentasche und zieht ein Klappmesser hervor. Und dann, schneller als meine Gedanken ihr folgen können, packt sie mich bei den Haaren, reißt meinen Kopf nach hinten und presst mir die Klinge an die Kehle. Schlagartig gibt jede Vernunft den Geist auf. Gerade eben habe ich noch gewusst, dass das hier nur eine Finte ist. Ein Spiel, in dem es um das Bluffen geht. Gerade eben ist mir noch klar gewesen, dass Ruth nicht ernsthaft in Erwägung zieht, mich zu verletzen. Aber jetzt, als sich das scharfe Metall gegen meine Haut schmiegt, wird all das bedeutungslos. Panik flutet mein Gehirn. Alle Gedanken verkommen zu einem wirbelnden, haltlosen Chaos.

Im Augenwinkel sehe ich, wie Rahul sich versteift und verzweifelt den Kopf schüttelt. Aber er greift nicht ein. Ebenso wenig wie Barry, der am Steuerrad steht, als wäre nichts Aufsehenerregendes passiert. Was mag Ruth vorhin zu ihnen gesagt haben? Warum kneifen beide Männer den Schwanz ein, anstatt mir zu helfen?

Das kann sie nicht tun!

Unmöglich!

»Nun mach schon, Mari.« Ruths Lächeln gießt Öl in das Feuer meiner Angst. Diese Frau ist zu allem bereit. Zu absolut allem. Mein Herz rast. In meinen Ohren gellt ein schrilles Pfeifen. Ich ringe nach Luft und glaube trotzdem, ersticken zu müssen. »Lass ihn deine Angst spüren. Ich möchte wetten, dass er sie meilenweit wahrnehmen kann. Ja, so ist es gut. Ruf lauter, Mari. Ruf ihn, so laut du kannst.«

KAPITEL 15
Wie ich mich selbst aufgab

Kian

»Bran!«, schreie ich in das Meer hinaus. »Wo steckst du?«

Mein Bruder antwortet unmittelbar. Er scheint nur auf mich gelauert zu haben, schießt aus der Tiefe auf mich zu und reißt sein Maul auf. Er ist schnell, aber ich gebe ihm keine Gelegenheit, die Zähne in meine Seite zu schlagen. Blitzartig weiche ich aus, jage hinaus in die offene See und verliere mich im Feuer des Zorns. Es lässt alle Vernunft zu Asche verbrennen, aber das spielt ohnehin keine Rolle mehr, denn meine Selbstkontrolle ist irgendwann letzte Nacht verloren gegangen. Ich weiß, dass es falsch ist. Und ich weiß, dass Mari allen Grund hat, enttäuscht und wütend zu sein. Wie kann ich es ihr verdenken, dass sie Zweifel an mir hegt? So sehr ich Bran auch hasse, hat er in gewisser Hinsicht die Wahrheit gesagt. Und diese Erkenntnis gießt Öl in das Feuer meines Zorns.

Ich hätte sie niemals allein lassen dürfen. Ich hätte stärker sein müssen. Standhafter und entschlossener. Aber vor allem hätte ich Mari niemals die Wahrheit verschweigen dürfen. Jetzt gibt es kein Zurück mehr. Und so tue ich das, was ich seit Jahrzehnten zu vermeiden versucht habe: Ich gebe dem Tier die Zügel in die Hand und versuche nicht einmal, es aufzuhalten. Bran wird für seine Taten bezahlen. Ein für alle Mal. Und wenn er tot ist, wenn ich tatsächlich der letzte Selkie bin, werde ich mich den Fischern zeigen und sie hinaus auf das offene Meer locken. So weit, bis sie ihre Jagd aufgeben und nach Westray zurückkehren, zusammen mit der Nachricht, dass der weiße Seehund endgültig verschwunden ist.

Frieden existiert für mich nicht. Ich werde niemals zur Ruhe kommen. Ganz gleich, wo ich mich befinde. Das ist die Lehre, die ich ein für alle Mal begriffen habe. Jeder schöne Traum wird unweigerlich zwischen den Zähnen und Klauen des Schicksals zerrissen, und deswegen werde ich nicht zurückblicken. Meine Aufgabe kann ich auch anderswo erfüllen. Weit weg von den Orkneys. Ich weiß jetzt, wohin ich schwimmen muss, um das Mittelmeer zu erreichen. Südwärts an Schottland und Irland vorbei, dann hinunter zur spanischen und portugiesischen Küste, bis ich nach Gibraltar gelange. Es ist eine lange Reise. Hoffentlich ist sie auch lang genug.

Aber kaum habe ich diesen Entschluss gefasst, wehrt sich mein Herz dagegen. Nein. Das ist nicht das, was ich wirklich will. Ich *kann* Mari nicht verlassen. Nicht, ohne noch einmal mit ihr gesprochen zu haben. Sie soll die Wahrheit erfahren. Die ganze, ungeschönte Wahrheit. Und wenn sie mich dann immer noch will, muss ich ihr die Wahl lassen. Mari hört mein lautloses Lied. Sie spürt den Ruf des Mondes, ist auf Brianas Rücken geritten und hat mir viele Male gezeigt, dass sie ein Teil des Ozeans ist. Mehr, als es jemals ein anderer Mensch gewesen ist. Alle, die wir damals ausgewählt haben, sind für die Stimme der See taub gewesen. Aber Mari ist es nicht. Sie fühlt, was ich fühle, und deswegen muss ich ihr die Möglichkeit geben, den Wechsel zu vollziehen. Selbst wenn das bedeutet, dass wir am Ende beide zerstört werden. Es muss ihre Entscheidung sein. Nicht meine.

Also brauche ich Brans Fell. Ich muss ihn töten, um Mari eine Chance zu geben. Der Gedanke ist grausam, trotz allem, was mein Bruder angerichtet hat. Aber letztendlich vergelte ich nur Gleiches mit Gleichem.

Während er allmählich aufholt, schwenke ich in westliche Richtung und ziehe an *Skara Brae* vorbei, hin zu einer Sandbank, die nur bei Ebbe über das Wasser ragt. Hastig streife ich die Tierhaut ab, schleudere sie auf die höchste Erhebung des winzigen Eilands und gehe in Verteidigungsposition.

»Briana? Wo bist du?«

»Ich komme, kleiner Seehund. Aber es wird noch ein wenig dauern. Wir waren am Großen Graben auf der Jagd.«

»Beeil dich.«

»Ich schwimme, so schnell ich kann.«

Mein Bruder steigt aus dem Wasser und verzieht den Mund zu einem heimtückischen Grinsen. Auch er schleudert sein Fell beiseite, lässt die Muskeln spielen und knurrt mich an.

»So ist das also.« Natürlich bleibt ihm nicht verborgen, dass ich einen Blick in Richtung seiner Seehundshaut werfe. »Jetzt trachtest du also nach meinem Fell, um dir Mari zu schnappen.«

»Ich will sie mir nicht *schnappen.*« Bei seinem Anblick schüttelt es mich vor Abneigung und Hass. Die ausgleichenden Kräfte, die meine Natur üblicherweise ausmachen, scheinen vom ungewöhnlich starken Vollmondrausch restlos aufgezehrt worden zu sein. »Es wird allein ihre Entscheidung sein. Du bist zu weit gegangen, Bruder. Viel zu weit.«

»Ich habe nur die Wahrheit gesagt, Keenan. Nicht mehr und nicht weniger. Was dein rothaariges Seevögelchen daraus macht, ist ihre Angelegenheit. Aber es freut mich, dass du inzwischen zu derselben Meinung gekommen bist wie ich. Sie ist die Richtige. Sie ist die Eine unter Millionen, die den Wechsel überleben wird.«

»Aber nicht, weil *du* sie dazu zwingst.«

Er fletscht seine Zähne. »Wir werden sehen, kleiner Bruder.«

Ich reagiere, ohne bewusst eine Entscheidung getroffen zu haben. Im einen Moment nehme ich noch einen tiefen, mühsamen Atemzug, im nächsten bohren sich meine Nägel bereits in Brans Haut und schlitzen ihm die Brust auf.

Er ist derart von der Brutalität meines Angriffs überrascht, dass ich ihn mühelos zu Fall bringe. Blut tropft in den Sand, Schmerz verzerrt seine Miene. Brans Stöhnen ist Musik in meinen Ohren, ich dresche ihm die Faust ins Gesicht, wieder und wieder, bis Nase und Kiefer zerbrechen und ausgeschlagene Zähne aus seinem Mund fallen. Der kupferne Blutgeruch macht mich rasend. Er tötet den Menschen und stachelt das Raubtier an, bis ich selbst die letzte Hemmung aufgebe und meine Zähne in Brans Kehle grabe. Bereit, ihn zu töten.

Nein. Gierig danach, seinem Leben ein Ende zu setzen.

Jäger und Gejagte. Töten oder getötet werden.

Das ewig gleiche Spiel.

Ich schlucke Brans Blut, nagele ihn am Boden fest und genieße das Zucken seines Körpers. Jetzt, da ich alle Grenzen eingerissen habe, kann er mir nichts mehr entgegensetzen. Ich bin der Stärkere. Ich bin der, der am Ende gewinnen wird, selbst wenn das bedeutet, vollkommen allein zu sein. Aber dann, als meine Zähne bereits tief in seiner Kehle stecken und kurz davor sind, die große Ader zu zerfetzen, lässt mich irgendetwas innehalten.

Zwei Herzschläge lang balanciere ich am Rand des Abgrunds. Nur zwei lächerliche Herzschläge lang, in denen ich mir ein letztes Mal bewusst mache, was geschehen muss. Dann beschließe ich, kein weiteres Mal vor dem Unvermeidlichen zurückzuschrecken. Nicht in Brans Fall.

Krach!

Etwas Hartes trifft mich seitlich am Kopf. Schmerz explodiert. Die Welt kippt zur Seite. Sand knirscht zwischen meinen Zähnen. Zähe Momente lang ist alles dunkel, dann kehrt mein Bewusstsein zurück. Ich rappele mich hoch, sehe Brans blutbesudelte Gestalt quer über die Sandbank taumeln und nach meinem Fell greifen. Seine eigene Seehundshaut trägt er zusammengerollt unter dem Arm.

Nein!

Nein! Nein! Nein!

Ich stürze ihm hinterher, noch immer benommen vom Schlag und den rasenden Schmerzen. »Bran! Tu das nicht!«

»Oh doch, kleiner Bruder.« Er wirft mir ein Lächeln zu, hebt das Fell auf und watet in die Wellen. »Wäre dein Herz nicht so weich wie eine Qualle, wäre ich jetzt tot und dein rothaariges Seevögelchen in Sicherheit. Aber du bist nun mal der, der du bist. Leb wohl, Keenan. Ich hoffe, die Große Mutter schenkt dir einen schnellen Tod.«

Er lacht noch einmal, dann stürzt er sich in die Wellen, verschmilzt mit seinem Fell und klemmt sich meines zwischen die Zähne.

»Briana?«

»Ja, kleiner Seehund?«

»Du musst Bran aufhalten. Er hat mein Fell gestohlen. Kannst du ihn spüren?«

»Ich weiß nicht. Schwimmt er in nördliche Richtung?«

»Ja. Findet und tötet ihn, und bringt mein Fell zurück.«

»Gut. Wir versuchen es. Aber er ist uns schon viele Male entkommen. Dein Bruder ist keine leichte Beute.«

»Tut einfach, was ihr könnt.«

»Das werden wir.«

Erschöpft sinke ich in den Sand und reibe mir den schmerzenden Kopf. Die Heilung beginnt bereits, aber meine Gedanken sind zu unstet und panisch, um den Prozess unterstützen zu können. Warum begehe ich immer wieder dieselben Fehler? Bran verzeiht keine Gnade. Ich hätte niemals …

Verdammt! Ich muss zu Mari. Jetzt. Sofort.

»Briana?«

»Ja?«

»Tut mir leid, dass ich dich schon wieder rufen muss. Ich habe zu spät nachgedacht. Ist deine Familie bei dir?«

»Ja. Sie jagen an meiner Seite.«

»Gut. Kannst du mich von der kleinen Sandbank abholen? Die anderen sollen Bran verfolgen, aber ich muss zu Mari.«

»Ich komme, kleiner Seehund.«

»Danke, Freundin.«

»Du fühlst dich an wie eine zerkaute Robbe. Was ist passiert?«

»Ach, ich war mal wieder zu weichherzig, und Bran hat mir einen Stein auf den Kopf geschlagen.«

»Du musst lernen, ein Raubtier zu sein.«

»Ja. Ich weiß. Aber er ist nun mal mein Bruder.«

»Ein Bruder, der dich töten wollte.«

»Gerade hat er mir nicht den Garaus gemacht. Anscheinend sind wir beide unfähig, den letzten Schritt zu gehen.«

»Ach, kleiner Seehund. Nun bist du schon so alt geworden und frisst immer noch schlechte Fische.«

»Ja, ja. Beeile dich bitte. Schwimmt Bran auf die Insel zu?«

»Mehr oder weniger. Er hat einen großen Bogen gemacht, weil die gefräßigen fremden Orcas immer noch in meinem Revier wildern. Sie verstehen eure Sprache nicht. Der Lärm im Meer hat sie verrückt gemacht. Bran wird also länger brauchen.«

»Gut. Wo bist du jetzt?«

»Ein paar Robbenwürfe jenseits des Tangwalds. Ich bin gleich bei dir.«

»Danke, Briana. Oh, und bitte sag deiner Familie, dass sie meinen Bruder nicht fressen sollen. Ich brauche sein Fell für Mari.«

»Ich verstehe. Und ich freue mich darüber. Sie ist ein ganz besonderer Mensch. Das kann ich fühlen. Oh ja, wir bringen dir sein Fell. Falls wir ihn fangen können. Mein ältester Sohn vollbringt Wunder mit der Zunge. Er zerquetscht Robben und Seehunde so geschickt, dass ihre Körper aus dem Fell flutschen wie Fische aus ihren Löchern.«

»Danke.« Ich schaudere bei der Vorstellung, von einem Orca zwischen Zunge und Gaumen zerdrückt zu werden. *»Bis gleich, Freundin.«*

»Bis gleich, kleiner Seehund.«

Rücklings sinke ich in den Sand und atme tief durch. Jetzt, da meine Gedanken wieder halbwegs klar arbeiten, erscheint es mir wie ein Wunder, dass Bran heute Morgen so beherrscht gewesen ist. Vermutlich liegt es an den Worten der Ältesten, die damals besagt haben, dass ein freiwilliger Wechsel die Überlebenschancen erhöht. Sein Besuch bei Mari hat mit Sicherheit nur diesem einen Zweck gedient: Sie auf seine Seite zu ziehen, um ihren Willen im Nachhinein besser manipulieren und steuern zu können. Schließlich trachtet er danach, sie in Besitz zu nehmen. Mit Haut und Fell und Haaren. Ich will mir nicht einmal vorstellen, was das im Falle einer erfolgreichen Verwandlung bedeutet.

Verdammt!

Wenn sie wenigstens die stille Sprache verstehen würde.

Getrieben von der irrationalen Hoffnung, dass ich sie möglicherweise doch erreichen kann, schließe ich meine Augen und versuche, ihr eine Botschaft zu übermitteln: *»Verschwinde vom Meer. Bran hat mein Fell gestohlen und ist auf dem Weg zu dir. Wenn er zu dir spricht, hör ihm nicht zu. Er will dir wehtun, Mari. Er will dich zu seinem Eigentum machen. Deswegen versucht er alles, um dich einzuwickeln und zu manipulieren.«*

Ich bekomme keine Antwort. Natürlich nicht. Oh, diese verfluchten, gehirnvernebelnden, flimmernden Dinger, mit denen sich Mari ständig beschäftigt. Wahrscheinlich könnte sie mich hören, wenn die moderne Welt ihren Kopf nicht mit buntem Schlamm vollstopfen würde.

Ich stehe auf, lausche auf Brianas Nähe und spüre, dass sie direkt auf mich zuhält. Kurzerhand springe ich in das Wasser und schwimme ihr entgegen, um nicht länger tatenlos herumsitzen zu müssen. Da schneidet plötzlich eine scharfe Klinge durch meine Gedanken.

Todesangst. Panik.

Maris unverwechselbare Nähe.

Sie ist hier draußen. Auf hoher See. Aber wie ist das möglich? Bran kann unmöglich so schnell bei ihr gewesen sein, und Andreas' Kutter wird gerade auf Vordermann gebracht.

Ruth und Rahul.

Sie müssen sie erwischt haben.

»Briana!«

»Ich bin hier, kleiner Seehund.«

Suchend drehe ich mich im Kreis und sehe ihre große Finne, die etwa zwanzig Meter entfernt aus den Wellen auftaucht. Als sie an mir vorbeizieht, greife ich danach.

»Mari ist in Gefahr. Kannst du sie spüren?«

»Ja«, antwortet Briana. *»Ihre Angst leuchtet hell.«*

»Bring mich zu ihr. So schnell wie möglich.«

»Dann halt dich gut fest.«

Meine Freundin taucht ab und schwimmt in Richtung der gellenden Panik. Obwohl ich versuche, mich so eng wie möglich an ihren Körper zu drücken, spüre ich schon nach kurzer Zeit, wie meine Muskeln an ihre Grenzen geraten. Briana ist schnell, der Widerstand des Wassers und die Fliehkräfte kugeln mir fast das Schultergelenk aus. Aber ich halte durch. Konzentriere mich auf Maris Angst und ihren Schmerz und flehe Briana an, noch schneller zu schwimmen. Ein Schreckensszenario nach dem anderen geistert durch meinen Kopf, während ich sämtliche Energie darauf verwende, den Strapazen standzuhalten. Verfluchter menschlicher Körper. Er ist für diese Art der Fortbewegung einfach nicht geeignet.

Ich muss atmen, signalisiere ich Briana.

Sofort taucht sie auf, lässt mich einen Moment lang durchschnaufen und jagt weiter dem Horizont entgegen. Unter Wasser, weil wir auf diese Weise schneller sind. Beständig nährt mich das Meer mit seiner Kraft, aber ohne bewusste Steuerung geht zu viel Energie verloren. Ich hätte innehalten müssen, um die leeren Reserven wieder aufzufüllen, aber dafür bleibt keine Zeit. Mari ist in Todesangst. Und jetzt, da ihr Gehirn alles andere ausklammert und nur noch auf das Überleben ausgerichtet ist, spüre ich sie so deutlich, wie ich Briana spüre. Während der letzten Wochen haben sich nicht nur unsere Körper, sondern auch unsere Seelen miteinander vereint. Eine Erkenntnis, die wunderschön ist und mich zugleich bis ins Mark erschüttert.

Verflucht! Warum habe ich Mari allein gelassen? Was hat der Vollmondrausch nur aus mir gemacht? Wenn Ruth ihr etwas antut, werde ich ihre Seele in den nächstbesten Tiefseegraben werfen. Ich werde ihr das Leben aus den Adern schlürfen und die Fische mit ihrem Fleisch füttern.

»*Schneller*«, bitte ich Briana. »*Schwimm schneller.*«

»*Aber du kannst dich jetzt schon kaum festhalten.*«

»*Doch. Ich schaffe das. Wir müssen uns beeilen.*«

Sie legt noch einmal an Geschwindigkeit zu, bis mir die Fliehkraft fast den Arm aus dem Gelenk reißt. Endlich zeichnet sich der Schatten eines Kutters auf der Oberfläche ab. Briana schaudert vor Abneigung, aber sie hält direkt darauf zu, nähert sich bis auf zehn Meter und taucht auf. Sofort fällt mein Blick auf Mari. Sie trägt immer noch ihr Kleid und eine lange, schwarze Strickjacke, und ihre Hände sind an die Reling gefesselt. Über ihr steht Ruth, drückt ein Messer gegen ihre Kehle und weitet die Augen, als sie Briana und mich entdeckt.

Auch Barry und Rahul sind anwesend. Der eine steht am Steuer und gafft fassungslos, der andere umfasst mit beiden Händen seinen Kopf und sieht aus, als würde er gleich einen Nervenzusammenbruch erleiden.

»Wie kannst du es wagen?«, rufe ich gegen das Brausen des Windes an. »Lass Mari aus dem Spiel!«

Ruth lächelt. Ich spüre abgrundtiefe Verzweiflung, eine an Besessenheit grenzende Entschlossenheit und die Bereitschaft, ausnahmslos alles für die Erreichung des großen Zieles zu tun. Was ihre neue Risikobereitschaft verursacht hat, ist offensichtlich: Der Körper dieser Frau zehrt sich selbst auf. Sämtliche Energieflüsse sind ins Stocken geraten und verkommen zu einem chaotischen Flackern. Aber das gibt ihr nicht das Recht, Mari zu verletzen. Wie sie da hockt – frierend und panisch, mit einer Klinge an ihrem zarten Hals –, zerreißt es mir schier das Herz.

»Beeindruckend.« Ruths Blick ruht einen Moment lang auf Briana, ehe sie wieder mich fixiert. »Wirklich faszinierend. Ich möchte wetten, du kannst mit ihnen kommunizieren?«

»Lass Mari frei. Sie hat nichts mit all dem zu tun.«

»Oh doch. Und wie sie das hat. Immerhin bist du ihretwegen

hergekommen. Nach all den Wochen, in denen ihr uns an der Nase herumgeführt und verarscht habt, sitze ich endlich am längeren Hebel.«

»Nimm sofort das Messer von ihrem Hals!«

»Das werde ich. Sobald du auf das Boot gekommen bist.« Ruth deutet zur Leiter hinüber. »An der Kleinen sind wir nicht interessiert. Sie ist nur ein Mensch wie jeder andere. Aber falls du dich weigerst, tue ich ihr weh. Das Gleiche gilt auch, sofern du noch einmal versuchst, in meinen Gedanken herumzupfuschen. Ich weiß jetzt, wie es sich anfühlt. Denk ja nicht, dass ich einen Fehler zweimal mache.«

»Soll ich den Kutter versenken?«, fragt Briana.

»Nein. Er ist viel zu groß. Du würdest dich nur verletzen und gar nichts erreichen.«

»Aber wir müssen etwas tun!«

»Falsch. Ich muss etwas tun.«

»Sag mir nicht, dass du zu ihr gehen willst. Sie wird dich verschlingen. Sie wird nichts von dir übrig lassen. Ich sehe es in ihren Augen. Der Hunger dieses Menschen ist größer als alles, was ich jemals gespürt habe.«

Ich erwidere nichts darauf, suche Maris Blick und nehme alle Kraft zusammen, um ihr eine Botschaft zu übermitteln: *»Kannst du mich hören? Verstehst du mich?«*

Keine Reaktion.

Also versuche ich es erneut.

»Mari?« Diesmal lasse ich meine Stimme schwerelos fließen. Ohne etwas erzwingen zu wollen. *»Mari? Gib mir ein Zeichen, falls du mich verstehst.«*

Plötzlich weiten sich ihre Augen. Dann glaube ich, ein hauchfeines Nicken wahrzunehmen. Beim Salz der See! Es hat funktioniert. Einen Moment lang bin ich davon so überrascht, dass mein Kopf wie leer gefegt ist. Dann erinnere ich mich wieder an das, was ich sagen will: *»Mari! Hör mir zu. Sobald du frei bist, spring in das Wasser. Briana wird dich nach Hause bringen und vor Bran beschützen. Zumindest, solange ihr im Meer seid. Er hat mein Fell, verstehst du? Er ist auf dem Weg zu dir, um dich zu einer Verwandlung zu zwingen. Mari, wenn du das überlebst, wirst du für den Rest deines Lebens ihm gehören. Er wird deinen Willen kontrollieren und deinen Körper in Besitz nehmen. Dazu dienten all seine Lügen. Sie sollen dich darauf vor-*

bereiten, sein Eigentum zu werden. Hör ihm nicht zu, falls er noch einmal mit dir reden sollte. Wenn sein Plan gelingt, wirst du nichts anderes als seine Sklavin sein.«

Mari schüttelt den Kopf und schluchzt. Ihr ganzer Körper verkrampft sich in ohnmächtiger Wut.

»Spring in das Wasser, hast du verstanden? Zögere nicht. Egal, was passiert. Sobald Briana dich an Land gebracht hat, lauf sofort nach Hause. Bran ist stark, einen Kampf gegen ihn könnt ihr nicht gewinnen. Es sei denn, ihr besorgt euch ein Gewehr und erschießt ihn. Aber falls ihr dazu bereit seid, müsst ihr ihn wirklich unwiderruflich töten. Schwer verletzte Selkies heilen, das hast du ja selbst gesehen.«

Mari presst die Lippen zu einem dünnen Strich zusammen. Dann deutet sie erneut ein Nicken an, legt ihre Stirn in Falten und scheint konzentriert an etwas zu denken.

»Nein.« Mein Herz wird warm vor Liebe und Zuneigung. *»So einfach funktioniert das nicht. Wir werden eine Weile üben müssen, bevor ich dich so verstehe, wie du gerade mich verstehst.«*

Mari bricht in Tränen aus. Sie zittert und schluchzt, zerrt an ihren Fesseln und scheint sogar das Messer zu vergessen.

»Komm auf das Boot!«, bringt sich Ruth in Erinnerung. »Wir haben nicht ewig Zeit. Und versuch ja nicht, mich zu beeinflussen. Es sei denn, du möchtest, dass ich deinem Schätzchen die Kehle durchschneide.«

»Lass sie zuerst frei«, rufe ich zurück. »Binde sie los, dann hast du mein Wort, dass ich mit euch komme.«

»Dumm nur, dass ich nichts auf dein Wort gebe.«

Eine schnelle Bewegung, ein schmerzerfülltes Keuchen.

Dann fließt Blut an Maris Hals hinab.

»Ruth!«, stöhnt Rahul. »Hör mit dieser Scheiße auf!«

»Komm auf das Boot!«, wiederholt sie ungerührt. »Oder ich füge deinem Mädchen echte Schmerzen zu.«

Ich zögere noch einen Moment lang. Meine Gedanken hetzen fieberhaft in alle Richtungen, aber das Ergebnis bleibt dasselbe. Vorerst habe ich keine Wahl. Mari darf nicht meinetwegen leiden oder sogar sterben. Sie hat ihr Leben noch vor sich, auf mein Ende dagegen habe ich mich schon lange vorbereitet. Jahrelang ist mir tief im Herzen und in meiner Seele klar gewesen, dass ich nicht mehr lange standhalten kann. Jetzt scheint das Unvermeidliche einzutreffen, aber in der anderen Welt wartet meine Familie auf mich. Sie wird mich willkommen heißen und in ihrer Mitte aufnehmen. Also lasse ich Brianas Finne los, schwimme zur Leiter und klettere daran hoch.

»*Nein!*«, fleht meine Orcafreundin. »*Tu das nicht, kleiner Seehund! Wirf dein Leben nicht weg.*«

»*Aber ich muss.*«

»*Gar nichts musst du. Wir finden einen anderen Weg.*«

»*Es gibt keinen anderen Weg. Es ist in Ordnung, Briana. Wir haben immer gewusst, dass es nicht mehr lange gut geht.*«

»*Die Menschenfrau!*« Zorn und Trauer strömen wie eine Flutwelle über mich hinweg. »*Ihretwegen lässt du all das zu.*«

»*Nein. Mari trägt am wenigsten Schuld an dem, was passiert ist. Und das weißt du sehr genau. Hast du nicht selbst gesagt, dass sie etwas Besonderes ist? Also bring sie in Sicherheit, Briana. Versprich es mir. Nein, schwöre es mir. Das ist mein letzter Wunsch an dich. Beschütze sie vor meinem Bruder, solange du kannst. Und wenn es irgendwie möglich ist, bring ihr mein Fell und sei eine Freundin für sie. So, wie du es für mich gewesen bist.*«

Brianas Fluke peitscht das Wasser auf. »*Also gut*«, weht ihre gequälte Stimme durch meinen Geist. »*Ich schwöre es dir.*«

Jetzt, da ich auf dem Deck des Kutters stehe, rühren sich weder Ruth noch Rahul oder Barry. Sekundenlang scheint die Zeit stillzustehen, während das Herz hart gegen meine Rippen hämmert und Tränen über Maris Wangen laufen. In der Ferne spüre ich Bran. Er schwimmt auf uns zu, wütend und aufgelöst und genauso wie Ruth zu allem bereit. Briana hat ihn ebenfalls bemerkt, dreht uns die Fluke zu und entfernt sich ein Stück vom Kutter. Bereit, meinen Bruder willkommen zu heißen.

»Rahul!«, zischt Ruth. »Worauf wartest du?«

Ihr Gefährte wirft mir einen gequälten Blick zu. Dann schlägt er hastig die Augen nieder, vermutlich, weil seine Herrin ihn vor meinen Fähigkeiten gewarnt hat. Ich sehe den Widerwillen, mit dem er sein Gewehr auf mich richtet. Ich spüre, dass er all das aus tiefstem Herzen verabscheut und sich weit fortwünscht. Aber anstatt sich zu wehren, unterwirft er sich auf Gedeih und Verderb dem Willen dieser Frau.

Mari starrt mich an. So fassungslos und schockiert, dass es mich im Innersten auseinanderreißt. Und Ruth? Sie lächelt wie ein Hai, der den verlockenden Duft von Blut im Wasser wittert. Ihre ohnehin schon chaotischen Energielinien geraten noch mehr aus dem Takt. Sie schlottert am ganzen Leib, ihre Hände verkrampfen sich und zucken unkontrolliert hin und her. Dass Mari nicht noch mehr verletzt wird, grenzt an ein Wunder.

Und dann kommt mir plötzlich ein Gedanke.

»Du suchst nach Heilung?«, frage ich, während Rahul immer noch zögert und Barry derart ungläubig glotzt, dass ihm fast die Augen aus den Höhlen fallen. »Ich kann dich heilen. Hier und jetzt.«

Ruths Augen leuchten auf. »Hier und jetzt?«

»Ja. Es ist der einzige Weg, der dir offensteht. Wenn du denkst, dass du das Geheimnis aus mir herausschneiden kannst, muss ich dich enttäuschen. Ich heile mit allem, was uns umgibt. Mit der Kraft des Wassers und der Erde. Es ist nichts Körperliches oder Greifbares. Es ist pure Energie.«

Sie kneift argwöhnisch die Augen zusammen. Ich sehe, wie ihr Gehirn arbeitet, wie sie Gedanken spinnt und wieder verwirft. Ihr Blick schweift zu Rahul hinüber, ihre Kiefer mahlen.

»Komm her«, knurrt sie barsch.

Er gehorcht widerwillig, legt das Gewehr ab und geht neben ihr in die Hocke. Ruth wispert ihm etwas ins Ohr, von dem ich nicht einmal die Hälfte verstehe. Sie wirft mit ein paar Namen um sich, nutzt Begriffe, die mir nichts sagen, und schließt mit den Worten: »Du weißt, was das bedeutet.«

Alle Farbe weicht aus Rahuls Gesicht. Was immer die seltsamen Worte bedeutet haben, sie scheinen auch ihm eine Klinge an die Kehle zu legen. Mechanisch nimmt er das Messer entgegen, rutscht hinter Mari und tut, was zuvor seine Herrin getan hat.

»Ich heile dich nur, wenn du sie freigibst.« Instinktiv trete ich einen Schritt zurück, als Ruth auf mich zukommt. »Binde Mari los, oder du bekommst nichts von mir.«

»Oh nein. So läuft das nicht, mein Lieber.« Sie vollführt eine winkende Geste in Barrys Richtung. »Na los. Komm her. Nimm das Gewehr und ziel auf ihn.«

Der Fischer schluckt hörbar, verlässt seinen Platz am Steuer und greift nach der Waffe. Einen Moment lang kämpft er gegen Ruths Befehlsmacht an, aber dann geht ein Ruck durch seine Gestalt.

»Gut.« Sie nickt zufrieden, als der Lauf des Gewehrs auf mich gerichtet ist. »Sobald ich auch nur den Verdacht hege, dass du mich reinlegen willst, endet unser Spiel. Hast du das verstanden?«

Ich nicke stumm.

»Wunderbar. Du sagst also, dass du mich heilen kannst? Hier und jetzt? Einfach so?«

Wieder nicke ich.

»Ist dir klar, woran ich leide? Bei Chorea Huntington handelt es sich um eine autosomal-dominant vererbte neurodegenerative Erkrankung.«

»Ich weiß nicht, was das bedeutet, aber ich kann dich heilen.«

Ruth wirft den Kopf zurück und lacht. »Wirklich unglaublich, dass du das einfach so behaupten kannst. Also gut. Ich bin bereit, es zu versuchen. Wenn du diesen Keim tatsächlich aus mir herausreißen kannst, lasse ich mit mir reden. Aber denk ja nicht, dass Rahul nicht das Nötige tut, falls du mich in die Irre führst. Ja, er ist ein guter Mensch. Sehr viel besser als ich. Aber er folgt jedem meiner Wünsche, weil ich in der Lage bin, nicht nur sein Leben zu zerstören. Hast du verstanden?«

Ich zwinge mich zu einem Nicken. »Ihr Menschen haltet euch für vernunftbegabt, und vernünftig ist es, sich gegenseitig zu helfen. Du wirst sterben, das sagt mir deine Lebenskraft. Auf sehr langsame und qualvolle Weise. Wenn ich dich also heile und dieses Schicksal von dir abwende, lässt du Mari und mich gehen.«

Ruths Mundwinkel zucken. »Meinetwegen. Aber du wirst verstehen, dass wir dieses Geschäft erst abschließen können, wenn ich hundertprozentig weiß, dass ich gesund bin. Auf die Schnelle ist das schwer zu beweisen. Ich muss zuerst ein paar Untersuchungen anstellen.«

»Dann tue das. Aber ich will deinen Schwur, dass du uns gehen lässt, sobald die Heilung bewiesen ist.«

Ruth nickt. »Einverstanden.«

»Schwöre es.«

»Ja, ich schwöre es. Du hast mein Wort. Was muss ich tun?«

»Nichts.«

Ich halte ihr meine nach oben gedrehten Hände entgegen, sie zögert einen Moment lang und legt die ihren darüber. Was wird passieren, wenn ich jetzt einfach Ruths Finger und Knochen zerquetsche? Wenn ich sie an mich reiße und ihr den dürren Hals umdrehe? Wird Rahul zur Vernunft kommen und uns gehen lassen? Ich weiß es nicht, und dieser Zweifel hält mich davon ab, es zu versuchen. Viel zu fest presst er das Messer gegen Maris blutenden Hals und vermeidet jeden Blickkontakt. Panik strömt von ihm aus. Und jene an Resignation grenzende Verzweiflung, die einen Menschen dazu bringen kann, sich selbst aufzugeben. Aber dann tauche ich tiefer in die Abgründe seiner Gefühle ein und erkenne, dass er nur vordergründig zu all dem gezwungen wird. Hinter seiner Opferrolle brodelt ein gieriger Hunger, der dem von Ruth viel zu ähnlich ist. Auf gewisse Weise ist er seiner Herrin sogar dankbar, weil er sich ihretwegen in die Illusion flüchten kann, unfreiwillig an der Sache teilzunehmen. Aber Rahul ist kein selbstloser und unschuldiger Mann. Von ihm darf ich keine Hilfe erwarten, und von Barry ebenso wenig.

»Aaaah«, macht Ruth, als ich die Energie des Meeres durch ihren Körper fließen lasse. Tief in ihrer Substanz spüre ich die Krankheit. Schwarz und bösartig hockt sie in ihrem Fleisch und verschlingt die Lebenskraft. Tropfen für Tropfen. Faser für Faser. So heimtückisch langsam, dass sich Ruths Sterben jahrelang hingezogen hätte. Und während ich sie heile, lasse ich die Liebe und Güte der Großen Mutter in ihre Seele fließen. Jene tröstende Kraft, die schon viele fehlgeleitete Geschöpfe auf den richtigen Weg zurückgebracht hat. Auch in Ruths Fall scheint es zu funktionieren. Sie schluchzt und weint wie ein Kind, zittert unter dem warmen Pulsieren der Energie und klammert sich an mir fest, als wäre ich ihr einziger Haltepunkt in einem wirbelnden Ozean. Und dann, als es vorbei ist, taumelt sie mit weit aufgerissenen Augen zurück.

Erneut kommt die Zeit zum Stillstand.

Ruth schwankt. Wischt sich Tränen von den Wangen. Blinzelt und taumelt und starrt mich an. Zwei Herzschläge lang bin ich mir sicher, dass es funktioniert hat. Dass die Große Mutter ein weiteres ihrer Kinder geheilt hat. Aber dann sehe ich, wie der Hunger in Ruths Blick zurückkehrt. Diesmal fühlt er sich anders an. Heller und hoffnungsvoller, aber nicht weniger zerstörerisch.

Erschöpft vom anstrengenden Prozess der Heilung, reagiere ich nicht schnell genug, als Ruth Barry das Gewehr entreißt und abdrückt. Ein hohles, seltsam dumpfes Geräusch erklingt, dann bohrt sich ein kleiner, rot gefiederter Pfeil in meine Brust und pumpt augenblicklich etwas Heißes und Widerwärtiges in meinen Blutkreislauf.

Schlagartig wird alles nebelig.

Ein taubes Gefühl befällt zuerst die Hände und Füße, dann den Rest meines Körpers. Nur mit großer Mühe gelingt es mir, das Geschoss herauszuziehen. Leise klackernd fällt es auf die Planken, ich stolpere zur Seite und stütze mich am Steuerhaus ab, um nicht zu Boden zu sinken. Da lässt Rahul das Messer sinken und zerschneidet Maris Fesseln.

»Nein!«, blafft Ruth. »Wir lassen sie nicht gehen.«

»Aber du hast …«

»Nein!«, fährt sie ihm über den Mund. »Schaff die Kleine runter und binde sie fest. Nur dank ihr haben wir ihn unter Kontrolle. Solange sie in unserer Gewalt ist, wird er spuren. Nicht wahr, mein Hübscher?«

Ich reagiere, ohne nachzudenken. Rahul schreit auf, als ich ihn packe und über den Kutter schleudere, direkt auf Ruth zu. Der Schwung ist so heftig, dass sie sich gegenseitig zu Boden reißen und fast über die Reling stürzen. Ehe ich danach greifen kann, schlittert das Messer davon, rutscht durch die Eisenstreben und fällt in das Meer.

»Hey, warte mal!« Barry hebt abwehrend beide Hände, aber ich verpasse ihm einen Schlag gegen die Schläfe, schicke ihn zu Boden und stolpere zu Mari hinüber.

»Kian!«, krächzt sie tränenerstickt.

»Bist du … in Ordnung?« Meine Stimme klingt wie versickerndes Wasser. »Tut es sehr weh?«

»Nein. Ich merke gar nichts. Oh Gott, bitte verzeih mir. Ich hätte nicht allein zur Treppe gehen dürfen. Es war so dumm. So schrecklich dumm.«

»Nichts … von all dem … ist deine Schuld.« Behutsam ziehe ich sie auf die Füße, drücke ihren zarten, bebenden Körper an meinen und hauche einen Kuss auf ihre Stirn. Den Meeresgöttern sei Dank ist der Schnitt an ihrem Hals nur oberflächlich.

»Ich liebe dich«, bringe ich noch hervor. Dann werfe ich sie mit letzter Kraft über die Reling. Maris Schrei zerreißt mir das Herz, aber ich fahre wieder herum, taumele zur Seite und entgehe um Haaresbreite einem zweiten Pfeil. Von irgendwoher nimmt mein Körper noch einen Funken Energie. Ich stürze mich auf Ruth, schleudere sie gegen das Steuerhaus und winde ihr das Gewehr aus den Händen. Aber als ich es über die Reling werfen will, versagt mein Körper. Die Waffe rutscht mir aus den Händen, landet klappernd auf den Planken und schlittert in Richtung Heck, als der Kutter von einer Welle emporgehoben wird. Ich verliere das Gleichgewicht. Krache mit schmerzhafter Wucht gegen den Mast und falle auf die Knie.

Rahul reibt sich benommen den Hinterkopf.

Barry liegt stöhnend am Boden.

Und Ruth angelt fluchend nach der Waffe, die sich hinter der Winde verklemmt hat.

Rasend schnell breitet sich das Gift in meinem Körper aus. Macht ihn schwerer und schwerer und löscht fast mein Bewusstsein aus, als ich mich in einem Anfall verzweifelter Hoffnung auf die Füße stemme und zur Reling hinüber stolpere. Aber dann begreife ich, was passieren wird, falls ich entkomme. Sie werden erneut hinter Mari her sein. Sie werden ihr auflauern, um unsere Bindung ein weiteres Mal gegen mich einsetzen zu können. Nur, wenn Ruth bekommt, was sie will, gerät Mari aus ihrer Schusslinie. Ich blinzele erschöpft. Weit voraus, inmitten schäumender Wellen, reitet sie auf Brianas Rücken und dreht sich immer wieder um.

Denk an dein Versprechen. Lebe dein Leben und werde wieder glücklich. Ich weiß, dass es schwer sein wird. Aber du schaffst das.

Vermutlich hört sie mich nicht.

Ich höre mich ja kaum selbst.

»Beeil dich!«, keift eine schrille Stimme.

Zwei Hände packen mich bei den Schultern. Schlagartig ergreift das Tier in mir die Macht, und in meinem Zustand kann ich ihm nichts entgegensetzen. Blindlings schlage ich zu und treffe Rahul am Kiefer. Er fällt auf den Hintern, ich stürze mich auf ihn und ringe ihn gänzlich zu Boden. Mein nächster Hieb trifft seine Schläfe, ist aber zu schwach, um ihn in die Bewusstlosigkeit zu schicken. Panisch bäumt er sich auf, und plötzlich rollen wir in wilden Drehungen über das Deck. Ich verpasse Rahul einen zweiten Schlag auf das Auge, er ächzt vor Schmerz, wuchtet mich herum und presst mich mit dem Rücken gegen die Reling. Das Tier in mir weigert sich, aufzugeben. Verzweifelt flüchtet es sich in wilde Raserei, aber meine tauben Arme schaffen es kaum noch, Rahul abzuwehren. Wir zerren aneinander, keuchen und schnaufen, bis mir schließlich schwarz vor Augen wird.

Ruth taucht neben uns auf, legt das Gewehr an und schießt.

Der Pfeil trifft mich seitlich am Hals. Spätestens jetzt ist alles aus. Hastig rutscht Rahul von mir weg, während ich wie Meerschaum in heißer Sonne zerschmelze. Alles, was ich noch wahrnehmen kann, sind die tief hängenden, dunkelgrauen Wolken, die sich genauso träge bewegen wie meine betäubten Gedanken. Sekunden später verschwinden auch sie in tiefer, traumloser Schwärze.

Mari

Nein!, schreit es in mir. *Nein, nein, nein!*

Warum ist das alles passiert?

Warum sind wir beide so dumm gewesen?

Ein Fehler hat in den anderen gegriffen, und jetzt muss Kian den Preis dafür bezahlen.

Ich rappele mich hoch und will vor Wut und Verzweiflung schreien. Aber über meine Lippen kommt nur ein Wimmern. Ein paar Meter vom Ufer entfernt hat sich Briana auf die Seite gedreht und starrt mich mit ihrem kleinen, dunklen Auge an, als wolle sie mir eine Botschaft übermitteln. Vermutlich ist genau das ihr Ziel, aber ich verstehe sie nicht.

Verschwinde!, meldet sich erneut meine Vernunft. *Sofort!*

Ich stehe auf, balanciere mein Gleichgewicht aus und reibe mir über die brennenden Augen. Ich muss zu Finley und Oliver. Wir müssen herausfinden, wohin Ruth und Rahul Kian bringen. Oliver kennt sich bestens mit IT aus, er findet mit Sicherheit eine Information, die die beiden nicht verschleiert haben. Er muss einfach etwas finden! Denn all das ist nur meinetwegen passiert. Nein, unseretwegen. Weil Kian und ich zu leichtfertig gewesen sind. Dank Vollmondrausch, zu vielen Cocktails und überkochenden Hormonen.

Du hast an ihm gezweifelt, wispert es in meinem Kopf. *Aber er ist gekommen und hat dich gerettet. Er hat sich für dich geopfert. Damit du entkommen kannst.*

Verdammt!

Verdammt!

»Es tut mir leid«, krächze ich tränenerstickt, während ich in Richtung Pfad laufe. »Du weißt, dass es mir leidtut, oder? Du weißt, dass ich dich liebe, und dass ich Brans Lügen durchschaut habe? Aber verflucht, warum sind wir nicht einfach zu Hause geblieben? Scheiß auf das Mondfest. Scheiß auf alles!«

Meine Gedanken verrennen sich im Chaos. Wenn wir Kian nicht helfen, wird er sterben. Vermutlich innerhalb weniger Tage. Ohne sein Fell, abgeschnitten vom Meer und Ruths Besessenheit ausgeliefert, wird er wie eine ausbrennende Kerze verlöschen. So wie jene Selkies, die damals von den Jägern in Käfige gestopft und fortgebracht worden waren.

»Wir finden dich«, rufe ich ihm in Gedanken zu, darauf hoffend, dass er mich versteht. So, wie ich ihn verstanden habe. »Wir holen dich da raus. Das schwöre ich dir.«

Und falls nicht, zischt wieder diese bösartige Stimme in meinem Hinterkopf, *wird der klägliche Rest seines Daseins aus Leid und Schmerz bestehen, und ich werde mich für immer und ewig schuldig fühlen, weil ich ihm dieses beschissene Mondfest nicht ausgeredet habe.*

Stolpernd kämpfe ich mich vorwärts. Einen Schritt nach dem anderen. Ich fühle mich unendlich schwach, und das nasse Kleid behindert mich zusätzlich beim Laufen.

Verfluchter Körper!

Ich stürze, schreie vor Frust und stemme mich wieder auf die Füße. Der Weg rückt immer näher. Er kommt mir unüberwindbar steil vor, aber das liegt vermutlich nur an meiner Erschöpfung.

Weiter!, treibe ich mich an. *Na los doch.*

Ich schleppe meinen steinschweren, nichtsnutzigen Körper voran, während sich alles noch einmal vor mir abspielt. Kian, der gemeinsam mit Briana vor uns auftaucht. Sein Gesichtsausdruck, als er begreift, was passieren wird. Ruth, die einen Moment lang im Glück wunderbarer Harmonie schwelgt, ehe ihr Hunger nur umso stärker zurückkehrt. Der Betäubungspfeil in Kians Brust. Rahul, der in hohem Bogen über das Deck fliegt und Ruth mit sich zu Boden reißt. Das letzte »Ich liebe dich«. Unser letzter Kuss. Eine Berührung, so grausam und herzzerreißend, dass ich die Erinnerung daran kaum ertrage. Dann mein Sturz in das Wasser … ich halte mich an Brianas Finne fest und sehe dabei zu, wie Kian an die Reling tritt und mir hinterherschaut. Warum springt er nicht in das Wasser? Warum flieht er nicht? Die Antwort ist ebenso klar wie schmerzhaft. Weil ihm klar ist, dass ich in Gefahr sein werde, falls ihm die Flucht gelingt. Weil er weiß, dass Ruth niemals aufgeben wird. Einen Moment lang keimt trotzdem Hoffnung in mir auf, als Rahul und er miteinander zu kämpfen beginnen. Aber dann schnappt sich Ruth das Gewehr und scheint ihm einen zweiten Pfeil zu verpassen. Kians Gegenwehr erlischt, und Briana bringt mich fort. Immer weiter fort. Bis ich den Kutter nicht mehr sehen kann.

Tränen fließen über mein Gesicht. Ich wische sie nicht fort. Inzwischen ist mir so kalt, dass meine Zähne klappern und die Kiefermuskeln schmerzhaft verkrampfen.

»Mari!«

Ein lauter Ruf lässt mich herumfahren. Ich verliere das Gleichgewicht, stürze in den Sand und spüre, wie winzige Körnchen über meine wunde Haut schrammen. Schattenschnell stürmt Bran auf mich zu, ein weißes Fell in seiner Hand.

Erneut rauscht heiße Panik durch mein Blut. Briana springt aus dem Wasser und klatscht schwer auf die Seite, vermutlich aus Wut darüber, dass Bran ihr entwischt ist.

Ich beginne zu rennen. Stolpere. Stürze erneut. Rappele mich wieder hoch und erreiche den Pfad. Zwei Gestalten kommen aus der Ferne auf mich zu gerannt. Eine trägt dunkle Kleidung, die andere leuchtet schreiend bunt.

Finley und Oliver.

»Hab ich dich!« Eine Hand packt mein Haar und reißt mich zurück. Ich werde gegen einen harten, kalten Körper gepresst, rieche den Geruch nach Meer und Raubtier und begreife, dass ich drauf und dran bin, endgültig zu verlieren. Wie von Sinnen schlage ich um mich. Prügele auf seine steinharte Brust ein und trete ihm gegen das Schienbein. Aber Bran grinst nur spöttisch. Vollkommen ungerührt von meiner Gegenwehr und Finleys und Olivers Geschrei, zerrt er mich zurück zum Meer. Mein Bewusstsein flackert. Mir wird schwarz vor Augen, und plötzlich ist da das Wasser. Lüsterne Gier lodert in Brans Blick, als er mich auf die Knie drückt. Wellen schäumen um meine Beine, ein paar kleine Fische flitzen davon.

»Siehst du das hier?« Bran neigt seinen Kopf und streicht mit der freien Hand ein paar nasse Haarsträhnen beiseite. Hinter dem Ohr erkenne ich eine aufgewölbte Narbe, die sich anscheinend über seinen gesamten Hinterkopf zieht. »Ihr habt mir das angetan. Deinesgleichen. Damals hat mich der Keulenschlag nicht getötet. Ich war nur benommen, aber das hat den Jäger nicht gestört. Er hat mir sein Knie in den Rücken gedrückt, hat meinen Kopf festgehalten und das Messer angesetzt. Ja, er wollte mir bei lebendigem Leib das Fell abziehen. So, wie er es schon bei vielen anderen Seehunden getan hat. Aber das Blut hat mich glitschig gemacht. Ich bin seinem Griff entkommen und konnte fliehen. Im Gegensatz zum Rest der Tiere. Alle Narben meines Lebens sind verschwunden. Nur diese eine nicht. Sie erinnert mich jeden Tag daran, dass Menschen und Selkies Feinde sind. Unwiderruflich und ohne Ausnahme. Keenan wollte das einfach nicht begreifen, aber ich denke, dass ihm die blonde Wölfin eine finale Lektion erteilen wird. Und du, mein rothaariges Seevögelchen, gehörst jetzt mir.«

»Nein!« Ich kreische und zappele aus Leibeskräften. »Lass mich los. Lass mich verdammt noch mal los!«

Er verpasst mir einen Schlag gegen die Schläfe. Der Hieb ist nicht hart genug, um mir das Bewusstsein zu rauben, aber ich bin sekundenlang benommen. Das reicht ihm allemal, um die Strickjacke und das Kleid von meinem Körper zu fetzen, mich in tieferes Wasser zu schleifen und Kians Fell über mich auszubreiten, als wäre es eine Decke.

Sein Fell.

Das Letzte, was mir von ihm geblieben ist.

Meine Finger tasten über nassen, weichen Samt. Ich kann ihn riechen. Ihn spüren. Mit jeder Faser meiner Existenz. Und dann begreife ich, was gerade passiert. Ich begreife, dass Bran nicht gewinnen darf. Niemals. Auf gar keinen Fall. Denn wenn das geschieht, ist alles verloren.

Mit verzweifelter Kraft ramme ich ihm das Knie zwischen die Beine. Er keucht, krümmt sich zusammen – und beginnt zu lachen.

»Du wildes kleines Vögelchen.« Plötzlich schließt sich seine Hand wie ein Schraubstock um mein Genick. Er drückt zu und scheint irgendeinen Nerv abzuklemmen, denn von jetzt auf gleich fließt alle Kraft aus meinen Gliedern. »Ich kann es kaum erwarten, dein Feuer zu zähmen. Brenne, Mari. Sei stark und wütend und unbeugsam. Lass dich nicht in die Dunkelheit ziehen.«

Als er lacht, muss ich an Ruth denken. Beide haben bekommen, was sie wollen. Beide aalen sich in ihrem Triumph und in der Befriedigung, ein lang ersehntes Ziel erreicht zu haben.

Mir wird speiübel. Ich kann mich nicht rühren, nicht denken, nicht einmal zucken. Und dann drückt mich Bran unter Wasser. Panik schreit in meinen Ohren. Stark genug, um selbst die Lähmung abzuschütteln. Ich schlage und zappele. Versuche, einen seiner Finger zu erwischen und ihn zu brechen, um den Griff im Nacken loszuwerden. Aber meine Hände fuchteln nur nutzlos herum. Es ist, als würde ich gegen einen Felsen kämpfen. Mein Herz wummert, meine Lungen brennen. Und durch die schäumende Oberfläche sehe ich Brans Gesicht. So schön und grausam wie das eines Gottes, der nach Blutopfern schreit.

Nein! Er wird nicht das Letzte sein, das ich erblicke.

Niemals!

Meine linke Hand umklammert Brans Schulter. Mit der rechten taste ich verzweifelt über den Grund. Da! Ein Stein! Nicht groß, aber scharf. Mit aller Kraft reiße ich meinen Arm hoch und dresche ihm das Ding gegen die Schläfe. Ein schmerzerfüllter Schrei erklingt. Blut spritzt in das Wasser.

Und plötzlich bin ich frei.

Aber anstatt aus dem Wasser zu rennen, auf Finley und Oliver zu, jage ich hinaus in das dunkle Blau des Atlantiks. Schmerzen zerfetzen meinen Körper. So grell und unerträglich, dass ich sekundenlang gar nichts mehr weiß, sondern einfach nur brenne.

Bizarr verzerrte Schreie erklingen.

Meine eigenen Schreie.

Knochen splittern. Fleisch zerreißt. Es fühlt sich an, als würde ich bei lebendigem Leib gehäutet und zermalmt werden. Der Schmerz schießt über die Grenze des Erträglichen hinaus und radiert mein Bewusstsein aus. Fast zumindest. Denn hinter dem brüllenden Reißen und Krachen kann ich spüren, dass ich in die Tiefe sinke.

Kraftlos.

Leblos.

Aber dann, als ich den sandigen Grund unter meinem Rücken spüre und mein Geist in das gnädige Nichts flüchten will, zieht sich etwas Kühles und Wohltuendes über meinen geschundenen Leib. Der Schmerz verebbt, und die Erleichterung darüber ist so tief und überwältigend, dass ich nichts anderes tue, als reglos über den Meeresboden zu treiben. Blut färbt das Wasser rot. Weit über mir schimmert eine blassblaue Sonne. Wellen heben und senken sich und tanzen zu einem ewigen Lied.

Du bist hier, scheinen sie zu flüstern. *Dort, wo du sein musst.*

Mein Herz setzt aus. Ich spüre, wie es kalt und still in meiner Brust ruht. Das ist also das Ende. Ein seltsames Gefühl. Beinahe befreiend und irgendwie … hm … unendlich friedvoll. Ich spüre Sand und kleine Steine. Seegras, Muscheln und Felsen. Endlose Momente lang ist da nichts außer seliger Zufriedenheit. Mir ist nicht einmal klar, dass gestern, heute und morgen existieren. Mein Herz beginnt wieder zu schlagen, aber es fühlt sich anders an. Als würde es nicht zu mir gehören. Und als ich gemächlich zu schwimmen beginne, erkenne ich, dass auch mein Körper nicht mehr der meine ist. Schwerelos gleite ich über den Grund, schwebe durch das Wasser wie Vögel durch den Himmel. Etwas streift meinen Leib. Sind das Finger? Sanfte Hände? Nein, es sind die Blätter des Tangs, die sich in der Strömung wiegen. Federleicht schlängele ich mich durch die Stängel hindurch und lasse mich vom monotonen Tanz der Pflanzen hypnotisieren. Wie schön mein Körper ist. Schneeweiß, anmutig und grazil.

Bitte, flehe ich den Traum an. *Hör nicht auf.*

Aber es ist ein sinnloser Wunsch. Denn nach und nach erreicht mich das Wissen, dass das hier die Wirklichkeit ist. Es kommt schleichend. Mit lauernden Schritten. Und dann springt es wie ein Raubtier auf mich zu und schlägt seine Zähne in meinen Nacken.

Ich bin ein Selkie.

Ich trage Kians Seehundshaut.

Mein Herz schlägt ungebrochen, mein Wille gehört immer noch mir selbst. Und Bran ist weit und breit nicht zu sehen. Vielleicht, weil ich ihn abgeschüttelt habe. Oder weil Briana ihn davon abhält, zu mir zu gelangen.

Du bist ein Selkie.

Du hast den Wechsel überlebt!

Fassungslos schwimme ich eine Runde. Alles fühlt sich ungelenk und seltsam an, aber nichtsdestotrotz gleite ich mühelos durch das Wasser.

Wie viel Zeit ist vergangen? Ist das dort oben der Sonnenuntergang? Oder gar ein neuer Sonnenaufgang? Wie lange bin ich halb besinnungslos durch das Meer getrieben?

Briana?, rufe ich in Gedanken. *Bist du hier?*

Ich bekomme keine Antwort. Aber als ich angestrengt lausche und versuche, meinen Geist so weit wie möglich zu öffnen, werde ich von einem Gefühl dumpfer, erstickender Panik überrollt. Sie gehört nicht zu mir selbst. Nein, sie erreicht mich aus weiter Ferne, als wäre ich durch ein unsichtbares Band mit einer fremden Seele verbunden.

Aber … es ist keine fremde Seele.

Es ist Kian, dessen Gefühle in mir widerhallen.

Ich kann mich nicht bewegen. Da sind Tentakel. Überall. An Armen und Beinen, an Hüfte und Brust. Ich will hier weg. Muss fliehen. Zurück zu Mari. Aber ich kann nicht. Sie halten mich fest, und ich schaffe es nicht, sie zu zerreißen.

Er ist bei mir. Ein Teil von ihm ist immer noch mit dem Fell verbunden, und jetzt, da ich es trage, leuchtet unsere Verbindung heller denn je.

Ich komme!, rufe ich ihm zu. *Kian? Hörst du mich? Ich komme.*

Dr. Ruth Chapman

Ich hasse dieses unterschwellige, nagende Gefühl in meinem Hinterkopf. Diese wispernde Stimme, die mir immer wieder einflüstert, dass ich zu weit gegangen bin.

Du hast einen Schwur gebrochen.

Ach, das ist nur abergläubischer Mumpitz. Ein Schwur besitzt nur dann Kraft, wenn beide Parteien daran glauben.

Trotzdem bist du zu weit gegangen. Hast Gewissen und Moral endgültig über Bord geworfen, um dein Ziel zu erreichen. Ich meine … hey, er hat dich geheilt. Er hat dich vor einem grausamen Schicksal bewahrt, und so dankst du es ihm?

Ja, verdammt. Ja, ja, ja. Aber das große Ganze ist viel zu wertvoll, um es einfach aus den Händen zu geben. Grundgütiger, er hat mich erlöst. Durch schlichtes Handauflegen und das Kanalisieren freier Energie. Eine unheilbare Geißel der Menschheit ist verpufft, als würde sie nichts bedeuten. Ich muss wissen, wie das funktioniert. Ich muss es einfach. Und wenn ich dafür mein letztes Fünkchen Moral in den Boden stampfe und zukünftig keinen Schlaf mehr finde, dann ist es das allemal wert.

Zeitlose Momente lang habe ich nichts als Harmonie gefühlt. Reine, unverfälschte Vitalität, die wie ein magischer Jungbrunnen durch meine Adern gerauscht ist und mich mit grenzenlosem Verzücken überflutet hat. Ja, ich habe eine höhere Ebene betreten.

Durfte einen Blick auf etwas so Herrliches und Unbeschreibliches werfen, dass ich nicht anders kann, als es an mich zu binden. Selbst wenn es meine Seele kostet. Denn das, was ich gefühlt habe, soll eines Tages jeder Mensch fühlen können.

Ich bin gesund. Immerzu kreisen die drei Worte durch meinen Kopf. *Ich bin gesund. Ich bin gesund.*

Es braucht keinen Beweis, um mir dieser Tatsache sicher sein zu können. Denn ich fühle es. So deutlich, dass ich lachen und weinen und die Welt umarmen möchte.

Rahul wirft mir einen hasserfüllten Blick zu, als ich eine Träne aus meinem Augenwinkel wische. Aber hinter seiner Empörung erkenne ich das Feuer unbändiger Neugier. Ja, auch er kann sich nicht von der Sehnsucht nach Wissen freisprechen. Seine moralische Messlatte mag ein gutes Stück höher hängen als meine, aber darunter brennt er ebenso leidenschaftlich wie ich. Ob er von nun an auch freiwillig bei mir bleiben wird? Ohne dass ich ihm drohen muss? Ich hoffe es sehr, denn letztendlich missfällt mir der Gedanke, Nägel mit Köpfen zu machen. Rahul ist ein guter Kerl. Ich will weder sein Leben noch das seiner Familie ruinieren, aber ich brauche ihn, verdammt noch mal. Ich will niemand anderen an meiner Seite haben.

»Dir ist doch klar«, frage ich leise, »dass uns das Schicksal ein einzigartiges Wunder in die Hände gespielt hat, oder?«

Er nickt stumm, während er mit starrem Blick den friedlich schlafenden Selkie betrachtet. Ja, seine Neugier steht der meinen in nichts nach, und doch sitzt er wie ein Häufchen Elend im Lagerraum und sieht aus, als würde er sich am liebsten einen Strick nehmen. Inzwischen ist sein Auge blau angelaufen und schwillt immer mehr zu. Armer Kerl. Ich will kein Mitleid empfinden, weil Gefühlsduselei jeder Art unprofessionell ist. Aber wenn ich ihn ansehe, krampft sich mein Herz zusammen. Nein, ich will diesem Mann nicht wehtun. Nicht, wenn es sich vermeiden lässt.

»Gut, dass er so hart im Nehmen ist.« Ich streiche über Kians weiß gesträhntes Haar. »Mir war schon ein wenig flau im Magen wegen der hohen Dosis, aber Puls und Atmung sind in Ordnung. Ich glaube sogar, dass er zeitnah aufwachen wird. Hm, interessant.« Ich lasse eine Haarsträhne durch Daumen und Zeigefinger gleiten. »Sie sind in Windeseile getrocknet. Als wären sie mit einer wasserabweisenden Schicht überzogen.«

Rahul schnauft mürrisch.

»Was?«

»Mari wird uns auffliegen lassen.«

»Nein. Das glaube ich nicht. Sie kann mit der Sache nicht zur Polizei rennen, weil Kian in der Menschenwelt nicht existiert.«

»Aber sie kann zur Polizei rennen, weil wir sie entführt und misshandelt haben. Mari ist nicht Kians kleines Accessoire, okay? Sie ist ein lebendiger und eigenständiger Mensch, falls dir das noch nicht aufgefallen ist. Mit Betäubungsmittel im Blut und einem Schnitt an der Kehle kann sie uns sehr wohl einen Strick drehen.«

»Theoretisch stimmt das. Aber sie weiß auch, dass alles nur noch schlimmer wird, wenn irgendeine Obrigkeit von der Sache Wind bekommt. Wenn *wir* auffliegen, fliegt höchstwahrscheinlich auch Kian auf, und sobald er erst einmal in irgendeinem Hochsicherheitslabor der Regierung verschwunden ist, sieht er niemals wieder das Tageslicht. Ich nehme an, dass unser Dreiergespann auf eigene Faust ermitteln wird, aber ich habe alle Spuren, die zum Ferienhaus führen, gewissenhaft ausradiert.«

»Das hier ist nicht richtig, verdammt noch mal.« Rahul funkelt mich herausfordernd an. Na, schau mal einer an. Plötzlich hat er doch noch seine Eier gefunden. »Du hast, was du wolltest. Du bist gesund.«

»Das muss ich zuerst überprüfen.«

»Ach, komm schon. Ich sehe dir doch an, dass du am liebsten kreischend und lachend durch die Gegend springen willst. Du bist gesund. Deine Euphorie leuchtet wie eine Supernova.«

»Ja. Wobei ich trotzdem den letzten, untrüglichen Beweis abwarten will. Aber hier drinnen« - ich lege eine Hand auf meinen Bauch - »kann ich es spüren. Die dunkle Saat ist fort. Ich fühle mich, als wäre jede Zelle auf Hochglanz poliert worden. Es ist einfach nur atemberaubend. Wenn du es selbst gespürt hättest, wüsstest du, dass wir uns eine solche Chance nicht entgehen lassen können. Kian hat eine unheilbare, tödliche Krankheit einfach so beiseitegewischt. Als wäre sie nichts weiter als eine Staubfluse. Ist dir eigentlich klar, was das bedeutet? Ich lege die Hand dafür ins Feuer, dass er auch jede andere Geißel der Menschheit geheilt hätte. Durch eine schlichte Berührung. All das Elend, das Millionen Menschen quält, könnte der Vergangenheit angehören.«

»Ruth …«

»Nein! Das hier ist notwendig, verstehst du? Möglicherweise existieren nur noch diese beiden Selkies. Er und der andere Bursche. Nirgendwo sonst gab es Sichtungen ungewöhnlich aussehender Seehunde, was darauf hindeutet, dass ihre Zahl extrem gering ist. Möglicherweise stehen sie unmittelbar vor dem Aussterben, und wenn das passiert, verlieren wir jede Chance, etwas über diese einzigartigen Wesen zu erfahren. Du hast doch gesehen, wie der schießwütige Mob aufs Meer hinausgefahren ist. Seit der Sache mit dem betrunkenen Kerl kennen sie kein Halten mehr.«

Als ich Kian betrachte, füllt sich mein Herz mit Liebe. Es ist keine klassische, gefühlsduselige Liebe, sondern die tiefe Zuneigung zu jenem Geschöpf, das mir die ersehnten Spuren in der Ewigkeit einbringen wird. Ja, ich bin ihm dankbar. Sehr sogar. Und doch muss ich tun, was ich tue.

Für das große Ganze. Für eine utopische Welt, in der Alter, Gebrechen und Krankheiten ihren Schrecken verlieren und niemand mehr den Weg gehen muss, den das Schicksal meiner Mutter aufgezwungen hat.

»Es ist falsch«, beharrt Rahul. »Nein, es ist sogar mehr als das. Wie kannst du den beiden das antun? Er wird sterben, wahrscheinlich eher früher als später. Und Mari ist für den Rest ihres Lebens traumatisiert.«

»Du musst das Ziel im Auge behalten. Die Chancen, die wir durch ihn erhalten. Die Erkenntnisse, die er uns schenken wird.«

»*Schenken*? Das soll wohl ein Witz sein. Du wirst sie ihm mit roher Gewalt herausreißen.«

»Rahul, er ist vermutlich das größte biologische Wunder, das auf dieser Erde existiert. Wenn wir verstehen, was in ihm vorgeht, können wir unzähligen Menschen das Leben retten und sie vor einem grausamen Schicksal bewahren. Das wolltest du doch immer. Dafür hast du jahrelang gekämpft. Bist du es nicht leid, Unschuldigen beim Dahinsiechen und Sterben zusehen zu müssen? Nicht mehr tun zu können als hinauszuzögern und zu lindern? So viele Menschen klammern sich verzweifelt an das Leben, aber irgendeine gnadenlose Krankheit frisst sie bei lebendigem Leib auf. Ist das gerecht?«

»Nein.« Er seufzt frustriert. »Ist es nicht. Aber ich will auch nicht zu einem Ungeheuer mutieren. Ruth, wir werden ihn töten.

Ein Wesen mit solch hoher Intelligenz geht an seiner Gefangenschaft zugrunde. Ihm wird klar sein, dass er das Meer niemals wiedersieht. Einem Tier kann man ein Gehege bauen, um zumindest halbwegs seine Umwelt zu simulieren. Man kann ihm eine Partnerin zukommen lassen und es an die neuen Umstände gewöhnen. Aber in seinem Fall ist das unmöglich. Wir werden ihn fixieren müssen. Tag und Nacht. Sonst nutzt er jede Möglichkeit zur Flucht. Wahrscheinlich ist sogar eine dauerhafte Sedierung vonnöten, um nicht zu riskieren, dass er unsere Gehirne manipuliert oder schlichtweg depressiv wird und sich selbst aufgibt. Die Werte, die wir gewinnen, werden durch Stress verfälscht sein. Über sein natürliches Verhaltensrepertoire können wir nur Mutmaßungen anstellen, und letztendlich wird unsere Hauptaufgabe darin bestehen, ihn irgendwie am Leben zu erhalten.«

»Ja.« Schlagartig verdichtet sich mein Magen zu einem kalten, tonnenschweren Klumpen. »Das stimmt leider, und es tut mir auch schrecklich leid. Die ganze Sache wäre deutlich leichter, wenn er mit uns kooperieren würde. Aber darauf brauchen wir wohl gar nicht erst zu hoffen.«

»Nein. Diese Chance hast du so was von verkackt.«

»Was hätte ich denn machen sollen? Zu ihm gehen und höflich darum bitten, uns zu begleiten? Für einen guten Zweck?«

»Keine Ahnung.«

»Ja. So siehts aus. Also hör bitte auf, mich anzusehen, als wäre ich das schrecklichste aller Monster. Wir dürfen diese einmalige Möglichkeit nicht vergeuden. Ganz gleich, welche Konsequenzen sich daraus ergeben. Das Wissen, das wir dank dieser Mission gewinnen können, ist einfach zu gewaltig. Es ist … verdammt, Rahul, es ist weltverändernd. Natürlich müssen wir damit rechnen, dass unserem Ehrengast die neue Situation nicht gut bekommt. Also werden wir uns erst einmal auf alle Untersuchungen konzentrieren, die nur am lebenden Subjekt vorgenommen werden können.«

Rahul stöhnt. »Du bist eine elende Sadistin.«

»Nein. Ich bin Wissenschaftlerin. Und ich werde alles tun, um seinen Tod zu verhindern. Ich will genauso wenig wie du, dass er uns unter den Händen wegstirbt. Immerhin schlummert in ihm der Heilige Gral der Medizin.«

»Vermutest du.«

»Hallo? Erde an Rahul? Er hat mich geheilt. Und du hast mit eigenen Augen gesehen, wie schnell sich seine Wunden geschlossen haben.«

»Du hast doch irgendetwas vor.« Er mustert mich mit zusammengekniffenen Augen. »Ich kenne diesen Blick.«

»Ja, ich denke über ein paar zusätzliche Maßnahmen nach.«

»Die da wären?«

»Wir brauchen Mari. So sieht es aus. Wenn sie bei uns ist, haben wir vielleicht eine Möglichkeit, Kian zur Kooperation zu bewegen. Ab einem gewissen Zeitpunkt kommen wir nur noch auf diese Weise weiter. Und wir brauchen das Fell. Keine Ahnung, warum er es nicht mitgenommen hat.«

»Ich habe da so eine Vermutung.«

»Welche?«

»Vielleicht war es Kians Versicherung für den Fall, dass wir ihn erwischen. Ohne seine Seehundshaut überlebt er vermutlich nicht lange, was in diesem Fall« – er deutet auf den bewusstlosen Selkie – »definitiv eine Gnade ist.«

Mir läuft es heiß und kalt den Rücken herunter. »Du meinst, er will sich auf diese Weise eine lange Gefangenschaft ersparen? Gut möglich. Umso wichtiger ist es, dass wir das Fell finden. Und im besten Fall auch den anderen Selkie. Dich kann ich nicht entbehren, aber ich schicke jemanden los, der sich um das Nötige kümmert. Mit ein wenig Glück hat Kian die Seehundshaut auf einer der Inselchen versteckt.«

»Du willst noch jemanden einweihen?«

»Notgedrungen, ja. Die Security-Firma, mit der ich zusammenarbeite, ist absolut diskret und vertrauenswürdig. Selbst wenn die Aufträge gewisse Grenzen überschreiten. Man könnte sogar sagen, dass sie auf heikle Dinge spezialisiert sind.«

»Hast du sie über das Darknet beauftragt, oder was?«

»Das spielt keine Rolle. Ich sorge schon dafür, dass wir unser Projekt unbehelligt beenden können.«

»Aber das wird Jahre dauern, Ruth. Jahre! Ist dir eigentlich klar, was wir ihm antun? Mit dieser Aktion hast du den moralischen Ereignishorizont unwiederbringlich überschritten.«

»Ja. Das habe ich. Und du bist nicht nur mein willfähriger Handlanger, weil ich dich und deine Familie bedroht habe. Gib es doch zu, Rahul. Spätestens jetzt, wo wir unser Ziel erreicht haben, kannst auch du nicht mehr die Finger davon lassen. Tief in deiner Forscherseele lechzt du genauso nach Erkenntnissen wie ich. Also hör gefälligst auf, Krokodilstränen zu weinen und an mein Gewissen zu appellieren. Das nehme ich dir nämlich nicht mehr ab. Also, wo waren wir? Ach ja, angesichts der Größe und des Umfangs unserer Mission müssen wir zwangsweise alle Register ziehen. In jeglicher Hinsicht. Aber das soll nicht deine Baustelle sein.«

»Na, da bin ich aber froh.«

»Lass den schnippischen Tonfall, okay? Du machst einfach deine Arbeit, und ich kümmere mich um den Rest. Das Wichtigste ist, dass wir von Anfang an jedes Detail dokumentieren. Und zwar peinlich genau. Ach, nun schau mich nicht schon wieder so an. Alles wird gut, Rahul. Unser Schicksal hängt zusammen, und hinter jedem Chaos wartet eine neue Ordnung. Der Masterplan des Lebens, mein Lieber, besteht aus mathematischer Präzision.«

»Was hat das eine mit dem anderen zu tun?«

»Ich will dir damit nur sagen, dass alles ineinandergreifen wird. Und was gibt es Aufregenderes, als ein unbekanntes Universum voller Möglichkeiten zu erkunden? Ich möchte wetten, dass Kians Widerstandskraft gegen Infektionen phänomenal ist. Gut möglich, dass wir mit seiner Hilfe den ultimativen Impfstoff entwickeln können. Oder sogar mehrere. Also Kopf hoch, Rahul. All das dient einem guten Zweck, und wenn es erst einmal so weit ist, dass wir die Bühne der großen weiten Welt betreten können, wirst du mir dankbar sein.«

Er starrt mich an. So gequält und frustriert, dass ich ihn am liebsten schütteln möchte. Hier sitzen wir nun, im stinkenden Lagerraum eines Fischkutters, mit einem unvorstellbaren Wunder zu unseren Füßen, und dieser Idiot hat nichts Besseres zu tun, als Trübsal zu blasen. Ach, sei es drum. Früher oder später wird er schon zur Besinnung kommen und die Tragweite unserer Mission erkennen.

Eine Verbindung zur freien Energie der Schöpfung. Ein Draht zu Mutter Erde höchstpersönlich, der Krankheiten heilt und Wunden dazu bringt, sich in Minutenschnelle zu schließen.

Himmel, ich muss erfahren, wie das funktioniert.

Wie man es nutzen und kontrollieren kann.

Ach, verdammt. Wie lange dauert die Fahrt denn noch?

Nervös zupfe ich an der Decke herum, die wir über Kians Blöße gelegt haben. Als Nächstes öffne ich die Tasche, in der sich ein paar zusätzliche Dröhnungen befinden. Besser, unser Ehrengast verbringt den Rest des Weges schlafend, bevor er noch auf die Idee kommt, in heller Panik unsere Gehirne zu pürieren.

Schon öffnet er blinzelnd die Augen, dreht seinen Kopf zur Seite und ballt die rechte Hand zur Faust. Wirklich erstaunlich angesichts der Dosis, die er intus hat. Schnell desinfiziere ich seine Armbeuge und verpasse ihm einen weiteren Schlummertrunk.

»Keine Angst«, flüstere ich, als sein verwirrter Blick auf meinen trifft. »Eines Tages verstehst du hoffentlich, warum ich das tue. Und wer weiß. Vielleicht können wir ja doch noch Freunde werden.«

»Großer Gott«, nuschelt Rahul.

»Was?«

»Ach, nichts. Du verpasst mir nur gerade eine Gänsehaut.«

KAPITEL 16
Wie ich durch die Dunkelheit ging

Kian

Da sind Tentakel. Überall. An Armen und Beinen, an Hüfte und Brust. Ich will hier weg. Muss fliehen. Zurück zu Mari. Aber ich kann nicht. Sie halten mich fest, und ich schaffe es nicht, sie zu zerreißen.

Ein monotones Piepsen dringt durch die Dunkelheit. Was ist das? Vögel vielleicht? Irgendwelche Landtiere? Dahinter höre ich Stimmen, und sie erinnern so sehr an das vertraute Flüstern von Wasser, dass ich ihnen instinktiv folge. Aber meine Hoffnung, in Freiheit aufzuwachen, wird jäh zerschlagen. Da sind keine Wellen, kein Sand und keine einsame Insel, deren Stille mich umarmt. Nur grelles Licht und das grauenhafte Gefühl, mich nicht rühren zu können.

Mühsam fokussiere ich meine Sinne auf die Umgebung, sehe zunächst nichts als Helligkeit und konturlose Schemen. Das Piepsen ist immer noch da, aber es ist schneller geworden. Nein, das ist kein Tier. Es ist … keine Ahnung, irgendetwas anderes. Ein kühles Tuch ist über die untere Hälfte meines Körpers gebreitet, es ist weich und glatt und riecht nach dem Zeug, das auch Mari immer beim Waschen benutzt. Aber über diesem vertrauten Aroma liegen andere, sehr viel stärkere Gerüche, die unangenehm in meiner Nase stechen. Ich weiß nicht, um was es sich handelt, denn etwas Derartiges habe ich noch nie gerochen.

Vorsichtig ziehe ich an den Fesseln. Sie sitzen nicht so eng, dass sie das Blut abschnüren, aber fest genug, um mich an Ort und Stelle zu halten.

Ich kann mich nicht bewegen.

Ich komme hier nicht weg.

Panik summt und rauscht in meinem Kopf. Ich habe das Gefühl, zu ersticken, atme noch schneller und bekomme trotzdem keine Luft. Das Piepsen nimmt an Geschwindigkeit zu. Es martert meine Ohren, wird lauter und hektischer und scheint sich fast zu überschlagen.

»Oh, oh«, macht eine dumpfe, ferne Stimme. »Da wird aber jemand nervös. Schon gut. Es ist alles in Ordnung. Ich gebe dir etwas zur Entspannung.«

Ein heller Schatten streift mein Blickfeld. Kurz darauf beruhigt sich mein rasendes Herz auf magische Weise, und ich fühle mich, als würde ich von einer sanften Strömung davongetragen werden. Müde blinzele ich in die Helligkeit hinaus. Will wissen, wo ich bin, obwohl mein Körper einfach nur versinken möchte. Die Wände um mich herum sind in hellen Brauntönen gestrichen, vor den beiden bodentiefen Fenstern hängen schwere Rollläden. Wahrscheinlich ist das hier einmal ein ganz normales Zimmer gewesen, aber irgendjemand hat es leer geräumt und mit Geräten und Maschinen vollgestopft.

Als ich den Kopf drehe, erkenne ich, dass das nervtötende Piepsen von einem der Monitore ausgeht. Er steht direkt neben dem Bett, auf dem ich liege, und zeigt ein Sammelsurium aus bunten Zahlen und gezackten Linien. Ich kenne dieses Ding aus einer der Serien, die ich zusammen mit Mari angesehen habe. Normalerweise steht es in Krankenhäusern und überwacht die Funktionen des menschlichen Körpers. Atem. Puls. Herzfrequenz. Blutdruck.

Diese Werte dort gehören offenbar zu mir.

Ich versuche, den Kopf zu heben. Es gelingt mir nur ein kleines Stück weit, denn die Fesseln winden sich nicht nur um Hand- und Fußgelenke, sondern liegen auch über Brust und Hüfte. Trotzdem kann ich die Elektroden erkennen, die auf meiner Haut kleben.

Alles ist wie in *Emergency Room*. Die Blutdruckmanschette. Die Klemme am Zeigefinger. Der Infusionsständer, an dem ein Beutel voller Flüssigkeit baumelt. Der Schlauch, der von diesem Ding bis zu meiner Armbeuge führt. Das Pflaster, das die Kanüle an

Ort und Stelle hält. Eigenartigerweise tut nichts von all dem weh. Genau genommen spüre ich nur eines: den unangenehmen Klammergriff der Gurte.

Verdammt!

Und was jetzt?

Wie komme ich hier weg?

Mühsam versuche ich, den Schleier von meinen Augen wegzublinzeln. Ganz in der Nähe steht ein Tischchen, das mit all jenen Dingen beladen ist, die mir schon in der Serie einen kalten Schauer über den Rücken gejagt haben. Scharfe und spitze Merkwürdigkeiten, die allesamt dazu dienen, sich auf irgendeine Weise in den Körper hineinzubohren.

»Mari?«, versuche ich zu flüstern, aber meine Zunge will mir nicht gehorchen und produziert nur ein mattes Lallen.

Hat sie das Land unversehrt erreicht?

Hat Briana sie beschützen können?

Ja, ich spüre ihre Lebenskraft. Tief in meiner Seele, dort, wo wir längst miteinander verbunden sind, brennt sie stark und wild wie ein Sturm. Aber ich nehme auch Verzweiflung und abgrundtiefe Sorgen wahr.

Nein! Ich muss zu ihr!

Jetzt sofort!

Wutentbrannt reiße ich an den Gurten, stemme mich so heftig dagegen, dass die Liege quietscht und ächzt. Mari darf nicht meinetwegen leiden. Ich kann sie nicht im Stich lassen. Wenn ich ihre Emotionen richtig deute, hat sie ihr Versprechen in den Wind geschlagen und versucht, mich zu finden. Wie kann ich es ihr verdenken? An ihrer statt würde ich genauso handeln.

Wo bin ich? Immer noch auf den Orkneys? Nein, wohl kaum. So dumm sind Ruth und Rahul nicht. Vermutlich haben sie Barry befohlen, uns zum schottischen Festland zu bringen. Und dann? Wie weit haben sie mich fortgeschafft? Ist wenigstens noch das Meer in der Nähe?

Ich rüttele erneut. Ziehe und zerre, bis mein Bewusstsein zu flackern beginnt. Aber die Gurte halten mich unbarmherzig fest. Ich schaffe es nicht einmal, sie zu lockern.

Verdammt, verdammt, verdammt!

Früher oder später wird Bran Mari finden, und dann besteht der Rest ihres Lebens aus Gefangenschaft. Dass sie auf das Festland ziehen wird, dort, wo er sie nicht erreichen kann, wage ich zu bezweifeln. Mari, Finley und Oliver lieben ihre Insel und die Gärtnerei viel zu sehr, um beidem den Rücken zuzukehren.

Fieberhaft irre ich durch den Nebel, der nach wie vor meinen Verstand umwölkt. Ist das hier der Preis für ein paar Wochen vollkommenen Glücks? Muss ich mein Ende in diesem stinkenden Zimmer finden, während Mari meinetwegen leidet? Verflucht, wäre ich doch nur stärker gewesen. Stärker als das süße Gift der Liebe, das uns beiden zum Verhängnis wird.

»Mari.« Immer wieder weht ihr Name durch meine Gedanken, als könne ich sie auf diese Weise beschwören. »Mari … Mari …«

Erst, als Ruths Gesicht über mir auftaucht, begreife ich, dass ich offenbar laut gesprochen habe.

»Deine Liebste ist weit weg, Kian. Besser, du konzentrierst dich auf etwas anderes. Immerhin haben wir drei einen langen und bedeutsamen Weg vor uns. Na, na! Nicht schon wieder an den Riemen zerren. Das bringt sowieso nichts. Sieht so aus, als müssten wir ein wenig erfindungsreicher werden, um dich dauerhaft im Reich der Träume verweilen zu lassen.«

Sie leuchtet mir mit einem unerträglich hellen Licht in die Augen, weicht wieder zurück und studiert den Monitor. »So weit sieht alles gut aus, abgesehen davon, dass du eigentlich friedlich schlummern müsstest. Aber gut. Wir finden schon die richtige Mischung. Wie fühlst du dich? Tut irgendetwas weh?«

Ich starre sie nur an. Diese kalte, emotionslose Kreatur im weißen Kittel, mit ihren hochgesteckten Haaren und den stechend blauen Augen, die sich förmlich in mich hineinzubohren scheinen.

»Du bist nicht allzu gesprächig, hm? Schon gut, ich verstehe das. Aber je mehr du dich wehrst, umso unangenehmer wird es werden. Am besten funktioniert die Sache, wenn wir an einem Strang ziehen. Was hältst du davon?«

»Niemals«, fauche ich sie an. »Wohin habt ihr mich gebracht?«

»Du bist nicht mehr auf den Orkneys, aber das Meer ist ganz nahe. Kannst du es spüren?«

Ich schließe die Augen, obwohl es all meinen Instinkten widerstrebt, und versuche, mich zu konzentrieren. Ja. Ich spüre es. Das Rauschen und Tosen. Die grenzenlosen Tiefen und den unwiderstehlichen Ruf der Großen Mutter, die nach meiner Anwesenheit verlangt.

»Ich muss gehen.« Verzweifelt stemme ich mich gegen die Fesseln. »Ich muss zu Mari. Ich muss meine Aufgabe erfüllen.«

»Was für eine Aufgabe?« Ruth legt den Kopf schief, holt ein Notizbuch und einen Kugelschreiber aus ihrer Kitteltasche und schreibt irgendetwas auf. »Bitte erzähl mir mehr darüber.«

Ich will nicht mit ihr reden. Niemals. Unter gar keinen Umständen. Aber da ist diese dumme, naive Hoffnung, dass ich Ruths Gefühle vielleicht doch erreichen kann.

»Ohne mich wird das Meer krank«, bringe ich mit tauber Zunge hervor. »Ich heile es. Ich gleiche die Fehler aus, die deinesgleichen anrichtet. Wenn ich nicht dort draußen bin, wird meine Welt sterben.«

»Sehr interessant.« Ruth beginnt wieder zu kritzeln. »Du bist also eine Art Aufpasser? Eine ausgleichende, heilende Kraft, die dem Meer unter die Arme greift?«

Ich runzele die Stirn, weil ihre Bildsprache so seltsam ist. »Ja. Ich helfe dem Ozean und allen Geschöpfen, die darin leben.«

»Faszinierend. Wie genau stellst du das an?«

»So, wie ich es bei dir angestellt habe.«

»Freie Energie. Aha. Ich verstehe. Kannst du mir mehr darüber erzählen?«

»Ich weiß nicht, was du mit *freier Energie* meinst. Es ist der Atem der Großen Mutter. Die Schöpfung. Die Quelle allen Lebens. Sie ist überall, und ich kann sie nutzen, um Krankes gesund zu machen.«

»*Große Mutter*? Ihr habt eine Art Religion?«

»Nein.« Meine Panik erwacht ein weiteres Mal. Das Gefühl, nicht vom Fleck zu kommen, auf Gedeih und Verderb diesen Menschen ausgeliefert zu sein, bricht sich mit aller Macht Bahn. Hinzu kommt das verdammte Piepsen, das immer schneller wird und wie Nesselfäden auf meinem Gehirn brennt. »Du musst mich gehen lassen! Bitte!«

»Das ist leider unmöglich.«

»Aber es gibt niemanden mehr, der meine Aufgabe erfüllen kann. Ich bin der Einzige, der die Wunden des Meeres noch heilen kann. Und Mari … sie braucht mich. Ich kann sie nicht alleinlassen.«

»Der Einzige? Wie viele Selkies existieren noch?«

Verzweifelt werfe ich den Kopf hin und her.

Mein Verstand geht in Flammen auf.

Ich weiß nicht mehr, was ich sage oder denke oder tue.

»Es gibt nur noch Bran und mich«, sprudeln die Worte über meine Zunge, ohne dass ich sie zurückhalten kann. »Wir sind einmal zahlreich gewesen, aber das ist lange her. Jetzt sind alle fort. Tot. Ausgelöscht. Verloren. Mein Bruder besitzt keine heilenden Kräfte. Er kann nicht tun, was ich getan habe. Deswegen musst du mich gehen lassen. Bitte. Ich kann nicht hierbleiben. Ich kann es nicht.«

Hör auf zu plappern, protestiert der letzte Überrest meiner Vernunft. *Sie hat keine Gefühle. Kein Herz und keine Seele.*

Ruths Mimik zeigt eine seltsame Mischung aus Bedauern und Faszination, während sie unaufhörlich in ihren Block kritzelt. Das Geräusch des kratzenden Kugelschreibers macht mich wahnsinnig. Das Piepsen macht mich wahnsinnig. Alles in diesem Raum scheint auf mich einzuprügeln.

»Tja«, macht Ruth. »Das bedeutet dann also, dass du in jeder Hinsicht einzigartig bist. Und das wiederum erfordert, dass wir alles über dich erfahren müssen. Tut mir leid. Wirklich. Aber das Ganze geschieht für einen guten Zweck. Du hast gesagt, dass es deine Aufgabe ist, Krankes wieder gesund zu machen. Nun, damit haben wir eine Gemeinsamkeit. Auch ich trachte danach, Fehler zu korrigieren und Elend und Siechtum auszumerzen.«

»Ich kann nicht hierbleiben!«

»Das wirst du aber müssen. Hör zu, Kian. Ich verspreche dir, dass wir uns gut um dich kümmern werden. Im Grunde führst du deine Aufgabe weiter, nur auf andere Weise, und eines Tages finden wir bestimmt einen gemeinsamen Nenner. Wo ist eigentlich dein Fell? Warum hast du es nicht dabei gehabt, als du zu uns gekommen bist?«

Diesmal schaffe ich es, meine Zunge zu kontrollieren. Wütend presse ich die Lippen zusammen und schweige Ruth an. Ich muss einen Weg finden, hier rauszukommen. Jeder Käfig hat eine Klappe, jede Gefängniszelle eine Tür und jede Nacht einen Morgen. Mari sucht nach mir. Sie wartet auf mich, findet keinen Schlaf und keine Ruhe. Der Gedanke, hier gefangen zu sein, weit von ihr entfernt, wird mit jedem Herzschlag unerträglicher. Ich versuche, meine Energie zu bündeln, sie in einem einzigen, verzweifelten Aufbäumen freizulassen und diese verdammten Fesseln zu sprengen. Aber Ruths Gift zirkuliert immer noch in meinen Adern und lässt jede Konzentration nutzlos zerfasern. Hinzu kommt die Erkenntnis, dass die Dinge verflucht schlecht stehen. Ich bin von der Erde und vom Meer abgeschnitten, und ich habe mein Fell verloren. Wenn ich es nicht schaffe, in den nächsten Tagen hier rauszukommen, wird das mein Ende sein. Wie viel Zeit steht mir noch zur Verfügung? Drei oder vier Tage? Vielleicht sogar weniger, je nachdem, was Ruth mit mir anstellt?

Der Monitor neben dem Bett piepst wie verrückt.

Ich muss hier raus, hallt es ohrenbetäubend in meinem Kopf. *Ich muss weg! Weg! Weg! Weg!*

Rahul kommt in den Raum, wirft mir einen flüchtigen Blick zu und setzt sich vor die drei großen Computerbildschirme. Ich rieche Angst und Erregung. Gewissensbisse und Neugier. Selbsthass und Wissensdrang. Offenbar wagt er es immer noch nicht, mir einen längeren Blick zuzuwerfen. Den Rücken zu uns gekehrt, ruft er ein paar merkwürdige Bilder und Tabellen auf und scheint sie miteinander zu vergleichen. Das Hin und Her seines Kopfes ist seltsam einschläfernd. Oder Ruth hat mir eine neue Ladung Gift verpasst. Hat die Uhr dort oben nicht gerade 2:32 Uhr angezeigt? Jetzt steht sie auf 5:48 Uhr.

»Ach, Kian.« Ein leises Kollern erklingt, als Ruth auf einem Rollhocker sitzend auf mich zu schwebt. Sie streckt eine Hand aus, streicht mir sanft über das Haar und lächelt, als sähe sie sich als Mutter und mich als Kind, das es zu trösten gilt. »Ich weiß, das gefällt dir alles nicht, aber wir drei arbeiten auf ein großes Ziel hin. Dank dir können wir zahllose Menschen vor einem schlimmen Schicksal bewahren. Bedeutet dir das gar nichts?«

Müde schüttele ich den Kopf. Ich will nicht hören, was sie sagt. Ich will einfach nur zu Mari und in das Meer zurück.

»Ich hoffe sehr, dass du irgendwann auf unserer Seite stehst. Weißt du, Kian, wir konnten schon eine überaus erstaunliche Entdeckung machen. Sie geschah eher zufällig, hat aber sogar unsere kühnsten Träume übertroffen. Und das will etwas heißen. Kennst du die Funktionen der Nieren? Nein? Sie übernehmen im menschlichen Körper sehr vielfältige Aufgaben. Zum Beispiel dienen sie der Entgiftung, sorgen für die Ausscheidung von Stoffwechselendprodukten und Schadstoffen und regulieren den Wasser- und Elektrolythaushalt. Aber in deinem Fall sind die Nieren nicht nur außergewöhnlich groß, sondern ergänzen die Leistung des

Immunsystems auf absolut erstaunliche Weise. Alle Nieren sind quasi Superfilter, aber deine setzen dem Ganzen die Krone auf. Normalerweise kümmert sich das Immunsystem um das Abtöten von Bakterien, aber als wir dir *Neisseria meningitidis* verabreicht haben, wurden sie von den Nieren in Windeseile unschädlich gemacht. Ganz so, als wären sie nichts weiter als … oh Verzeihung, du hast keine Ahnung, wovon ich spreche, hm? *Neisseria meningitidis* lösen schwere Krankheiten aus, die innerhalb weniger Stunden lebensbedrohlich werden können. In den meisten Fällen führen sie zu einer eitrigen Hirnhautentzündung, hin und wieder auch zu einer Sepsis. Brandgefährliche kleine Monster, die schon zahllose Leben gekostet haben. Nun, wie auch immer. Ich möchte dich nicht mit Details langweilen. Jedenfalls haben wir, um unsere Vermutung zu bestätigen, mithilfe von Ultraschall und einer Kanüle die besagten Bakterien in das zuleitende Blutgefäß injiziert und anschließend in regelmäßigen Zeitabständen Blutproben aus dem ableitenden Gefäß entnommen. Auf diese Weise konnten wir nachweisen, dass deine Superfilter zusammen mit dem Immunsystem ganze Arbeit geleistet haben. Ich bin mir sicher, dass auch andere Bakterien, Keime und Viren kein Problem darstellen und genauso mühelos abgetötet werden. Hast du auch nur die geringste Ahnung, was das bedeutet? Wenn alles gut läuft, können wir morgen oder übermorgen mit einer weiteren Testreihe beginnen. Mir fehlen nur noch ein paar … nun ja, heikle Zutaten.«

Ruth lächelt und sieht derart glücklich aus, dass mir von ihrem Anblick übel wird. Leise summend hantiert sie an einer Maschine herum und drückt mir plötzlich etwas auf das Gesicht, das an einen durchsichtigen Krebspanzer erinnert. Es zischt leise, dann sticht ein unangenehmer Geruch in meine Nase. Ich weiß, was das ist. Eine Narkosemaske, die Menschen in tiefen Schlaf versetzt, um ihr Schmerzempfinden auszuschalten.

»Entspann dich.« Ruth streicht mir ein weiteres Mal über das Haar. »Es ist alles in Ordnung. Ich sorge schon dafür, dass du so wenig wie möglich mitbekommst. Und irgendwann, da bin ich mir sicher, schlägst du dich auf unsere Seite.«

Eine Ewigkeit scheint zu vergehen, während ich zwischen traumlosem Schlaf und blassem Erwachen hin- und hergleite. Selten ist mein Blick klar, meistens sehe ich nichts als dichten Nebel und verschwommene Konturen und bin gerade genug bei Sinnen, um teilnahmslos die Zimmerdecke anzustarren oder Rahul beim Tippen und Einsprechen irgendwelcher Daten zuzuhören.

Da permanent die Rollläden heruntergelassen sind, weiß ich nicht einmal, wie viele Tage vergehen. Zeigt die Wanduhr zwei Uhr nachmittags oder zwei Uhr nachts? Vergeblich bemühe ich mich, die kleinen Symbole *pm* oder *am* zu erkennen, aber meine Augen sind nicht mehr scharf genug.

Rahul kommt und geht. Ruth tigert durch den Raum und murmelt in ihr Diktiergerät. Rahul macht Fotos. Ruth beschriftet Röhrchen voller Blut. Rahul rauft sich die Haare, weil ihm irgendein Fehler unterlaufen ist.

Die Wanduhr zeigt 4:40. 8:23. 1:12. 3:57.

Ist ein Tag vergangen?

Zwei Tage? Oder sogar mehr?

Als ich den Kopf zur Seite drehe, erkenne ich, dass Ruth und Rahul gemeinsam vor den Bildschirmen sitzen. Bisher habe ich keine Schmerzen verspürt, aber als ich mich diesmal anspanne, fährt ein heftiges Ziehen durch meinen Bauch. Ein untrügliches Anzeichen dafür, dass Verletzungen nicht mehr mit der üblichen Geschwindigkeit heilen. Kaum hebe ich den Kopf, verwandelt sich das Ziehen in ein Reißen. Aber ich kann die Ursache nicht erkennen, denn alles unterhalb der Rippenbögen ist von dem weißen Tuch verdeckt.

Rahul brummt irgendetwas vor sich hin. Ruth steckt wieder einmal Blutröhrchen in eine Apparatur, schließt den Deckel und beginnt, irgendwelche Dinge in einen kleinen Bildschirm einzutippen.

»Sieh dir das an.« Ihr Assistent schüttelt den Kopf. »Jedes Mal, wenn ich denke, dass es nicht noch verrückter werden kann, kommen die nächsten Referenzwerte daher und ziehen mir den Boden unter den Füßen weg.«

»Zeig mal her. Oha. Das sprengt glatt die Skala.«

»Ehrlich gesagt, fühle ich mich gerade überfordert. Um es höflich auszudrücken. Wir werden Monate brauchen, um die bisher gesammelten Werte gebührend auszuwerten. Gönn ihm eine Pause, okay? Er wächst längst nicht mehr so schnell zusammen, wie wir es gewohnt sind. Wir dürfen nicht riskieren, dass …«

»Bis Freitag arbeiten wir unseren Plan noch ab«, unterbricht ihn Ruth. »Danach legen wir eine Ruhephase ein. Glücklicherweise wirken die Sedierungen inzwischen länger.«

»Was wir als weiteres Indiz für seine zunehmende Schwäche werten können. Wir muten ihm zu viel zu, Ruth. Wenn du Kian weiterhin so rücksichtslos ausbluten lässt, verlieren wir unseren Heiligen Gral.«

»Ja, ja. Ich schraube die Geschwindigkeit ein wenig runter. Aber du musst schon zugeben, dass die Sache noch viel spektakulärer ist, als wir angenommen haben.«

»Ja«, stöhnt Rahul. »Ist sie.«

»Ich wette, sein Organismus würde sogar das Marburg- und Ebolavirus ausradieren, als wären es Staubflusen. Weißt du, was das für deine Krebsforschung bedeutet? Für die Medizin im Allgemeinen? Was wir hier vor uns haben, ist in jeder Hinsicht ein biologisches Wunder. Vielleicht lüften wir mit seiner Hilfe sogar das Geheimnis der Unsterblichkeit.«

»Ich frage mich, wie alt er ist.«

»Keine Ahnung. Vielleicht sollten wir ihn halbwegs zur Besinnung kommen lassen und einfach fragen.«

Rahul schnaubt. »Du glaubst doch nicht ernsthaft, dass er noch mal mit uns redet?«

»Vielleicht tut er es ja doch. Ich bin gut darin, Menschen zu manipulieren, und unser Ehrengast ist zumindest *menschenähnlich*. Weißt du, was ich glaube? Die Metamorphose funktioniert wie eine magische Generalüberholung.«

»Ja, gut möglich. Bisher scheint sein Körper auch ohne den Wechsel zurechtzukommen, die Frage ist nur, wie lange das so bleibt. Sämtliche Verletzungen heilen zwar immer noch erstaunlich schnell, aber kontinuierlich langsamer. Nach dem vorletzten Eingriff ist er innerhalb von vier Minuten geheilt, vorhin hat es schon knapp sieben Minuten gedauert.«

»Ja. Aber es ist nicht einmal der Hauch einer Narbe zurückgeblieben. Alles, was neu entsteht, besitzt demzufolge eine gleichbleibende Qualität.«

Rahul lacht freudlos.

»Allerdings. Und was machen unsere Zellen? Begehen systematisch Selbstmord. Wir besitzen zwar auch die Fähigkeit zur Erneuerung, aber im Endeffekt ist es so, als würde man die Kopie einer Kopie einer Kopie erstellen. Mit jeder Erneuerung werden wir blasser, älter, faltiger und kränker.«

»Ein unausweichliches Naturgesetz«, säuselt Ruth. »Zumindest bisher. Denn unser Freund hier interessiert sich gar nicht dafür. Wenn meine Vermutung stimmt, könnte seine Lebensspanne praktisch unbegrenzt sein.«

»Tja, ohne Wahrheitsserum wird er uns nichts verraten.«

»Wie gut, dass ich möglicherweise etwas in dieser Hinsicht bestellt habe.«

»Was? Etwa eine Wahrheitsdroge?«

»Natürlich. Wir müssen an Antworten kommen, und Kian ist nach wie vor nicht bereit, zu kooperieren.«

Rahul wirft den Kopf zurück und lacht. »Sag mir nicht, dass du dich darüber wunderst. Du quetschst ihn aus wie eine reife Frucht und verpasst ihm eine Dröhnung nach der anderen. Der arme Junge weiß wahrscheinlich nicht mal mehr seinen Namen. Und dann soll er kooperieren?«

»Ich will vorankommen, Rahul, und nicht wochenlang im Trüben fischen. Wir wissen nicht, wie lange er ohne sein Fell und das Meer überlebt.«

Mit nervös zitternden Händen holt sie ihr Smartphone aus der Kitteltasche, tippt eine Nachricht ein und wartet. Schon nach wenigen Sekunden erklingt ein leises Piepsen.

»Negativ.« Ruth stöhnt auf und steckt das Gerät wieder zurück. »Harry findet nichts.«

Harry? Wer ist Harry? Und wonach sucht er?

»Es sind erst zwei Tage, Ruth. Vielleicht solltest du ihn nicht ständig mit Nachrichten und Anrufen nerven. Da oben ein vermutlich gut verstecktes Fell zu finden, ist wie die Suche nach der Nadel im Heuhaufen.«

Ich atme auf. Er ist also hinter dem Fell her. Nicht hinter Mari. Zumindest hoffe ich inständig, dass sie nicht ebenfalls auf seiner Liste steht.

»Vielleicht solltest *du* mich nicht mit unangebrachter Sentimentalität nerven, sondern lieber darüber nachdenken, was wir erreichen können. Verdammt, Rahul! Unsterblichkeit. Unbegrenzte

Zellerneuerung ohne Qualitätsverlust. Spontane Selbstheilung. Wir sind drauf und dran, die größten Sehnsüchte der Menschen zu erfüllen. Ach, was gäbe ich gerade für ein vernünftiges CT.«

»Warum hast du dir keines bestellt? Ab einem sechsstelligen Betrag packen sie bestimmt ein Skalpell-Set gratis obendrauf.«

»Hallo? Weißt du, was der ganze Kram jetzt schon gekostet hat? Irgendwann komme auch ich an meine Grenzen.«

»Hm. Ich wusste gar nicht, dass du Grenzen hast.«

»Sei nicht immer so schnippisch. Du bist genauso Feuer und Flamme wie ich.«

»Ja. Das bin ich. Aber ich sehe auch, dass wir Kian zu rücksichtslos behandeln.«

»Rücksichtslos? Er merkt ja nicht mal, was mit ihm passiert. Wahrscheinlich schwebt er von einem süßen Traum in den nächsten.«

»Bilde dir das ruhig ein, Ruth.«

»Lass den Scheiß, okay? Was ist mit Jake, hm? Dieser leukämiekranke Junge, der dich seit Monaten um den Schlaf bringt. Willst du nicht, dass er geheilt wird? Fragst du dich nicht, was eine kleine magische Stammzellspende bewirken könnte?«

»Natürlich tue ich das. Aber ich kann mir nicht vorstellen, dass das so einfach funktioniert. Spender und Empfänger müssen genetisch zusammenpassen. In vielen Fällen dauert die Suche eine Ewigkeit oder ist gänzlich erfolglos.«

»Wer weiß. Wir haben es mit einem Wesen zu tun, das in den Bereich der Märchen und Legenden fällt. Ich persönlich halte Wunder inzwischen für möglich, und genau deswegen brauchen wir dringend etwas Greifbares, das wir übertragen und synthetisieren können. Wir brauchen vernünftige Studien. Versuchspersonen. Hieb- und stichfeste Ergebnisse in der Praxis, nicht nur als KI-Simulation. Verdammt, wenn wir Jake nur herholen könnten. Aber seine Eltern würden uns mit Fragen bombardieren, und wenn ihr sterbenskranker Sohn plötzlich wieder munter wie ein junges Reh durch die Gegend springt, sind wir erst recht in Erklärungsnot.«

Rahul gibt einen Stoßseufzer von sich. »Wir bräuchten ein paar Schwerkranke, die niemand vermisst.«

»Sieh mal einer an.« Ruth schnurrt wie eine Katze. »Auf einmal kommst *du* mit den klassischen Mad-Scientist-Ideen daher. Der ach so gute, moralische Kerl mit der angeblich so reinen Weste.«

»Ach, hör doch auf. Es geht hier nicht um mich oder uns, sondern darum, Menschen zu retten. In meiner Laufbahn habe ich schon zu viele grausame Schicksale mit ansehen müssen, um bei all dem hier« – er deutet auf die Bildschirme – »nicht Feuer und Flamme zu sein. Mehr als alles andere will ich dabei zusehen können, wie schwerkranke Menschen innerhalb kürzester Zeit geheilt werden. Dank uns. Ja, das ist mein Traum. Mein großes Ziel. Aber wenn wir jetzt nicht vorsichtig sind, und zwar *verdammt* vorsichtig, verlieren wir möglicherweise alles.«

»Das macht dich rasend, hm?«

»Ja. Es bringt mich um den Schlaf und bald auch um den Verstand. Wir könnten so viel erreichen, aber stattdessen müssen wir im Untergrund bleiben und uns mit Mühe und Not zu zweit durch eine Mission hangeln, die viel zu wichtig und weltverändernd ist, um sie derart kleinzuhalten. Hinzu kommt die Gefahr, dass uns Kian wegstirbt, bevor wir ausreichend Erkenntnisse gesammelt haben. Manchmal kann ich nicht fassen, was hier gerade passiert. Ich fühle mich schlecht. Euphorisch. Erbärmlich. Voller Hoffnung. Verwirrt, überfordert, unglaublich neugierig, glücklich und abgrundtief miserabel. Alles gleichzeitig, verstehst du?«

»Ja. Ich verstehe. Aber ich habe da vielleicht eine Idee.«

»Was für eine Idee?«

»Wir müssen den richtigen Investor finden.«

»Wie bitte?«

»Du hast mich schon verstanden. Wir brauchen jemanden, der sich ausschließlich für das Geld interessiert. Eine Pharmafirma zum Beispiel.«

Rahul nickt und reibt sich die Stirn. »Das wäre heikel.«

»Nicht unbedingt. Spinn den Gedanken doch mal weiter. Man würde uns alle erdenklichen Mittel und ein hochspezialisiertes Team zur Verfügung stellen, während die wissenschaftliche Führung allein bei uns verbleibt. Was selbstverständlich die erste Bedingung für eine Zusammenarbeit wäre. Früher oder später kommen wir zu zweit nicht mehr weiter.«

»Aber …«

»Was?«

Rahul stöhnt und beginnt erneut, seine Schläfen zu massieren. »Es ist nur … verdammt, schimpf mich meinetwegen wieder einen sentimentalen Idioten, aber wenn ich daran denke, was das für Kian bedeutet, fühle ich mich wie der schlechteste Mensch auf Erden. Was passiert, wenn wir ihn tatsächlich dauerhaft am Leben erhalten können und sein Körper quasi alterslos ist? In diesem Fall gibt es für ihn keine Erlösung. Niemals. Er bleibt so lange eingesperrt, bis man den letzten Tropfen aus ihm herausgequetscht hat und seiner überdrüssig wird. Vermutlich landet er irgendwann im Keller und versauert bis in alle Ewigkeit.«

Ruth zieht eine Grimasse und mustert mich. »Ich glaube nicht, dass unser Freund jemals langweilig wird. Vielleicht läuft alles ganz anders ab. Falls er irgendwann zur Kooperation bereit ist, entwickelt sich möglicherweise sogar eine Win-win-Situation. Ein Prozess des Gebens und Nehmens, der für beide Seiten Vorteile bringt. Abgesehen davon gibt es heutzutage keinen Platz mehr für magische Wesen. Wenn wir nicht gekommen wären, hätte ihn sich ein anderer geschnappt. Oder er wäre schlichtweg erschossen und als ausgestopfter Kadaver in irgendeine Hafenkneipe verfrachtet worden. Mal dir nicht immer das Schlimmstmögliche aus, Rahul. Unser Ehrengast ist ein einzigartiges Geschöpf von unbezahlbarem Wert, und dementsprechend wird er auch behandelt werden.«

»Ja.« Rahul deutet auf mich. »Das ist nicht zu übersehen.«

»Ach, nun komm schon. Aktuell haben wir keine andere Wahl, aber sobald wir den richtigen Investor finden und Kian begreift, worum es uns geht, werden wir gemeinsam an einer besseren Welt arbeiten.«

»Du glaubst ernsthaft, dass er kooperieren wird?«

»Ich hoffe es doch sehr. Irgendwann sind wir auf seine Mitarbeit angewiesen, wenn wir das gesamte Potenzial ausschöpfen wollen. Möglicherweise können uns Kinder wie Jake dabei helfen. Wenn unser Freund versteht, was wir gemeinsam mit seiner Hilfe erreichen können, wird ihn das mit Sicherheit zum Umdenken bewegen.«

»Manchmal grenzt dein Optimismus an Blauäugigkeit.«

»Und dir würde es guttun, nicht immer vom Schlimmsten auszugehen. Los jetzt. Genug der Plapperei. Wir müssen noch einen Riesenberg Daten auswerten.«

Sie drehen mir wieder den Rücken zu, dann beschränkt sich die Geräuschkulisse auf das allgegenwärtige Summen, Piepsen,

Klicken und Klackern. Obwohl ich spüren kann, wie mein Körper sämtliche Giftstoffe abbaut, will der Nebel einfach nicht weichen. Ich denke an Mari, male mir ihr Gesicht aus, ihre Stimme und ihren Duft, und während ich mich in die Illusion flüchte, gemeinsam mit ihr unter einer warmen Decke zu liegen, versinke ich in erlösender Schwerelosigkeit.

Es ist mir gleich, welche Hoffnungen Ruth und Rahul hegen. Es interessiert mich nicht, was wir gemeinsam bewirken oder verändern können. Ich will nur zwei Dinge. Zurück zu Mari und zurück in das Meer. Ohne Fell wird mein Lebenslicht schnell verlöschen, schon jetzt schaffe ich es kaum noch, wieder zu Sinnen zu kommen. Mein ganzer Körper fühlt sich wund, schwach und ausgelaugt an, aber Hunger und Durst verspüre ich nicht. Vermutlich liegt das an der Flüssigkeit im Beutel, denn seit der Fernsehserie weiß ich, dass auf diese Weise kranke Menschen ernährt werden. Und genau das bin ich. Zumindest im Augenblick. Ein kranker Mensch, der dem Willen der Umstehenden hilflos ausgeliefert ist.

Mein Geist taucht ab, kämpft sich wieder an die Oberfläche zurück und treibt erneut davon. Irgendwo jenseits des Hauses rauscht das Meer. So nah und zugleich unerreichbar fern.

Die Wanduhr zeigt 11:56 Uhr.

Ruth und Rahul reden wieder miteinander, aber ihre Worte verschwimmen bis zur Unkenntlichkeit. Zum ungezählten Mal spült das Nichts über mich hinweg, und diesmal scheint es mich ganze Äonen lang festzuhalten. Bis ich von etwas Scharfem und Bitterem in die Realität zurückgerissen werde. Ein widerwärtiger Geschmack liegt auf meiner Zunge. Ich liege nicht mehr auf dem Rücken, sondern auf der Seite. Finger tasten herum, leise Stimmen murmeln. Ein metallisches Klappern erklingt, dann spüre ich einen feinen Stich in der Hüfte. Zuerst messe ich ihm keine Bedeutung bei, sondern starre wie ein verstandsloser Geist auf die Wanduhr.

9:12 Uhr.

Aber dann verwandelt sich das subtile Ziepen schlagartig in einen bohrenden Schmerz. Es fühlt sich an, als würde sich ein Giftstachel in mich hineingraben, immer tiefer und tiefer, bis der Druck unerträglich wird. Ich will vor diesem widerwärtigen Gefühl zurückzucken, aber mein Körper gehorcht mir nicht mehr. Ja, ich kann ihn noch fühlen. Mehr, als mir lieb ist.

Aber mein Wille hat keine Macht mehr über Sehnen und Muskeln. *Ich muss hier raus!*

Ich muss weg.

Muss zu Mari ... ins Wasser ... weg von all dem hier.

Der Schmerz verwandelt sich erneut. Jetzt gleicht er einem ekelhaften Sog, als würde der Giftstachel etwas aus den Tiefen des Knochens heraussaugen.

Keine Gurte mehr, registriert mein dumpfer Verstand. *Sie haben mich losgebunden.*

»Scheiße!« Plötzlich drückt mich das Gewicht eines schweren Körpers gegen die Liege. »Er ist schon wieder aufgewacht. Beeil dich, Ruth.«

»Was? Aber das kann nicht sein.«

»Anscheinend schon. Vielleicht kratzt sein Metabolismus gerade alle Reserven zusammen, um sich über Wasser zu halten. Jetzt mach hin, du tust ihm weh.«

»Hör auf, mich zu hetzen.«

»Hast du's endlich?«

»Ja, gleich. Kannst du ihn noch halten?«

»Nicht mehr lange jedenfalls.«

Endlich verschwindet der Giftstachel und mit ihm auch der ziehende Schmerz. Ruth stöhnt, drückt ein weiches Ding gegen meine Hüfte und stöhnt ein zweites Mal.

»Okay, das war's. Schick ihn wieder schlafen, ja?«

Rahul antwortet mit einem Brummen, dann werde ich von seinem felsenschweren Gewicht erlöst. Mir bleiben nur Sekunden. Jeden Augenblick wird wieder dieses einschläfernde Gift durch meine Adern treiben und mich in das Nichts schicken.

Jetzt oder nie!

»Wir müssen ihm eine Pause gönnen«, sagt Rahul. »Morgen lässt du die Finger von ihm, okay?«

»Meinetwegen. Wir haben vorerst genug ... Scheiße! Pass auf!«

Keine Ahnung, woher ich so plötzlich die Kraft nehme. Oder warum mein Körper endlich wieder reagiert. Ich bäume mich auf, reiße das Pflaster mitsamt Schlauch von meiner Armbeuge und stoße Ruth von ihrem Rollhocker. Sie kreischt vor Schreck und kracht zusammen mit einem Tablett und irgendwelchen durcheinanderpurzelnden Utensilien zu Boden. Als Nächstes verpasse ich Rahul einen Hieb, der ihn gegen die Wand schleudert. Seine herumfuchtelnden Arme reißen den Infusionsständer mit um, der wiederum donnert auf den Schreibtisch und fegt einen Ordner herunter.

Mein Bewusstsein flackert sekundenlang. Als ich wieder zu mir komme, renne ich bereits den Flur entlang. Besser gesagt, ich stolpere wie ein frisch geborenes Reh. Ungeschickt und mühsam, mit ausgebreiteten Armen und tauben Beinen, die mein Gewicht kaum tragen können. Vor meinen Augen explodiert ein schmerzhaftes Kaleidoskop aus grellen Farben und zerfließenden Strudeln. Ich stoße gegen eine Kommode, bleibe aber aufrecht. Flackernde Blitze zerreißen meinen Kopf und steigern sich derart, dass ich glaube, mein Schädel müsse zerbersten.

Aber ich torkele weiter. Schritt für Schritt für Schritt.

Da! Eine Tür!

Ich reiße sie auf und stehe plötzlich unter freiem Himmel. Es ist helllichter Tag, und als meine Augen mit dem Sonnenlicht konfrontiert werden, bohren sich glühende Meißel in mein Gehirn.

Da vorne!

Das Meer!

Es ist nah … so unglaublich nah … schimmernd hinter sanften Dünen und windzerzaustem Gestrüpp.

Ich muss es schaffen.

Ich muss!

Den Blick stur auf die Wellen gerichtet, stolpere ich drauflos. Quer über eine Wiese, an zwei geparkten Autos vorbei. Die Dünen und das Wasser kommen näher. Immer näher. In meinem Augenwinkel taucht ein Schatten auf, aber ich drehe mich nicht um.

Nur noch ein paar Schritte.

Weiter! Du bist gleich da!

Wie aus dem Nichts schließen sich zwei stählerne Arme um meinen Oberkörper. Ein Tritt in die Kniekehle bringt mich zu Fall, dann liege ich bäuchlings im Sand. Es ist nicht Rahul und auch nicht Ruth, sondern ein fremder Mann, der dank meines jämmerlichen Zustands sehr viel stärker ist als ich.

Ich rieche seinen unangenehmen Geruch. Spüre die kalte, berechnende Aura, die sich nicht um Emotionen schert. Unbarmherzig reißt er meinen rechten Arm nach hinten und verdreht ihn derart grob, dass ich glaube, jeden Moment das Brechen des Knochens zu hören.

»Hey, nicht so ruppig«, erklingt Ruths Stimme. »Es reicht, wenn Sie ihn einfach nur festhalten. Ja, so ist es besser. Verflucht, warum war die Tür offen?«

»Eine Lieferung«, grollt der Mann.

»Na und? Meine Anweisungen waren eindeutig, oder etwa nicht? Keine Tür darf jemals unbeobachtet offen stehen. Nicht einmal für eine Sekunde. Ist das klar?«

»Ja, Ma'am.«

»Gut. Das will ich auch hoffen. Halten Sie ihn genau so. Kleinen Moment, das haben wir gleich.«

Ich atme auf, als der Druck auf meinen Arm endlich nachlässt. Aber die Erleichterung ist ebenso naiv wie kurz. Eine zierliche Hand streicht meine Haare beiseite und jagt mir eine Nadel in den Hals. Warm und widerwärtig ergießt sich eine weitere Ladung Gift in mein Blut und lässt die Welt in Sekundenschnelle verschwimmen.

Vorbei.

Zu Ende.

Nur wenige Schritte entfernt rauscht das Meer an den Strand und sieht im Schein der blassen Sonne so schön aus, dass es mir das Herz zerreißt. Ich werde niemals wieder seine Umarmung spüren, seine Wunden heilen und die Geschöpfe des Wassers beschützen. Ich werde weder Mari noch Briana oder Finley und Oliver wiedersehen. Diese Erkenntnis, so gnadenlos und unbarmherzig in all ihrem Schrecken, begleitet mich sogar bis in die Dunkelheit.

Mari

Mein Bewusstsein treibt davon, ohne dass ich mich dagegen wehren kann. In der einen Sekunde schwimme ich noch schnurgerade und zielstrebig dem schwach glimmenden Faden von Kians Seele nach, als das Tier ein weiteres Mal die Herrschaft an sich reißt. Zuerst zerfasern meine Gedanken, sodass ich keinen einzigen mehr zu greifen bekomme. Dann herrscht schlagartig völlige Düsternis, unterbrochen von kurzen, nebelhaften Momenteindrücken.

Jagen.

Fressen.

Schwimmen.

Feinde … Flucht … eine weitere Jagd.

Das Flimmern eines Fischschwarms.

Hunger.

Befriedigung.

Ein Felsen … Sonnenschein … schwappende Wellen.

Bauchkratzen.

Zurückgleiten in das Wasser.

Ich weiß nicht, wie viel Zeit vergangen ist, als mich ein unsanfter Ruck aus der Betäubung reißt. Es ist Briana! Sie zwickt mich in die Schwanzflosse und schleudert mich ein Stück durch das Wasser. Einmal. Zweimal. Dreimal. Beim vierten Ruck bin ich endlich wieder ich selbst und begreife, wo ich bin. Wer ich bin. Und was meine Aufgabe ist.

Über uns geht bereits die Sonne unter.

Scheiße!

Nicht schon wieder ein verlorener Tag!

Panisch konzentriere ich mich auf Kians Seele und spüre, dass seine Lebenskraft deutlich schwächer geworden ist. Ja, er kämpft immer noch. Aber inzwischen fühlt sich die Gegenwehr matt und hilflos an und scheint nicht mehr der Hoffnung auf Befreiung, sondern purer Verzweiflung zu entspringen. Ich versuche, zu ihm durchzudringen, aber da ist nur zäher Nebel. Entweder sind meine telepathischen Fähigkeiten noch nicht ausgebildet genug, oder er ist kaum noch bei Sinnen.

Irgendeine letzte Chance ist verstrichen.

Ich kann es spüren.

Hat er einen Fluchtversuch gewagt? Falls ja, werden Ruth und Rahul dafür gesorgt haben, dass ihm das kein zweites Mal gelingt.

»*Ruhig*«, vermittelt mir Briana mithilfe ihrer seltsamen, wortlosen Sprache, die ich nach wie vor nicht ganz begreife. »*Sonst verirrst du dich wieder. Schau, ich habe meine Familie gerufen.*«

Als ich mich umblicke, sehe ich, dass wir von achtzehn großen Schatten begleitet werden. Der Anblick der mächtigen Tiere flößt mir neue Hoffnung ein, also schwimme ich noch schneller, schwimme bis zur völligen Erschöpfung und treibe mich, als mein Körper gänzlich ausgelaugt auf den Grund sinken will, unbarmherzig weiter an. Kians Lebensfaden wird verlöschen. Schon bald, wenn ich es nicht schaffe, ihn zu befreien. Noch klammert er sich am Rand der Klippe fest, aber ich spüre, dass er stürzen wird. Vielleicht schon heute. Vielleicht morgen.

Das tintenblaue Wasser fühlt sich plötzlich anders an. Eine unauslotbare Tiefe klafft unter mir auf, aber sie macht mir keine Angst mehr. Ja, ich bin ein unerfahrenes Wesen, das noch nicht vollständig in diese Welt gehört, aber ich habe Briana und ihre Familie bei mir. Meine Arme sind jetzt kräftige Flossen und mein Körper, stromlinienförmig und geschmeidig, schießt wie ein Pfeil durch das Meer und verursacht kaum Widerstand.

»Briana?«, forme ich in Gedanken.

»Ja?«

»Wenn ich das nächste Mal den Verstand verliere, beiß mich sofort, in Ordnung? Kau meinetwegen so lange auf mir herum, bis ich wieder zur Besinnung komme. Wir haben keine Zeit mehr. Kian geht es schlecht.«

Nach wie vor bin ich ungeschickt darin, mithilfe von Bildern und Gefühlen zu kommunizieren, aber die Orcadame versteht mich trotzdem.

»Es tut mir leid«, sagen Brianas Emotionen. *»Ich wollte dich aufhalten, aber du bist mir entwischt. Immer wieder und wieder. Nicht einmal Kian und Bran schwimmen schneller und sind besser darin, mich und meine Familie abzuhängen.«*

»Dann beiß mich eben, sobald du auch nur geringsten Verdacht hegst, dass ich wieder zum Tier werde. Verletz mich ruhig. Es ist egal. Hauptsache, wir verlieren nicht noch einen Tag, denn sonst kommen wir zu spät.«

»Ich weiß. Ich kann ihn spüren. Genauso wie du.«

»Dann lass uns schneller schwimmen.«

»Darf ich dich in mein Maul nehmen?«

»Was?«

»Du bist erschöpft. Ich werde dich eine Weile tragen.«

»Gut. In Ordnung.«

Briana klickt und pfeift und schließt ihre Kiefer erstaunlich sanft um meinen Körper. Dann schwimmt sie derart schnell drauflos, dass mir Hören und Sehen vergeht. Trotzdem erscheint es mir nicht schnell genug. Kians Lebenskraft fließt immer schwächer, und in mir wächst die bittere Ahnung heran, dass wir nicht mehr rechtzeitig zu ihm kommen.

Mich in den Sessel zu setzen und den Fernseher anzuschalten, ist eine reine Verzweiflungshandlung. Es gibt nichts, absolut nichts mehr, das mich entspannt. Ich schaue eine Folge CSI, ohne mich im Nachhinein auch nur an irgendein Detail der Handlung zu erinnern. Pausenlos kreisen meine Gedanken um das, was wir hier tun. Um die Ungeheuerlichkeit des Ganzen, um Hoffnungen und Träume und die Tatsache, dass ich dabei bin, mich selbst zu verlieren. Überall riecht es nach Krankenhaus. Eine Mischung aus Desinfektions- und Reinigungsmitteln, Sterilisatoren und Essen.

Computer surren. Der Monitor piepst. Metall klappert. Ruth kullert mit ihrem Rollhocker hin und her, tippt auf der Tastatur herum oder spricht in ihr Diktiergerät. Das ganze Ferienhaus ist ein einziges ekelerregendes Frankensteinlabor, und die Kerle, die beständig draußen herumschleichen und aufpassen, dass uns niemand in die Quere kommt, erinnern an einen schlechten Film.

Anstatt Kian ein wenig Ruhe zu gönnen, wird Ruth von Tag zu Tag ungeduldiger und mutiert zu einem rastlosen Gespenst, das pausenlos neue Versuchsreihen startet, Daten auswertet, fotografiert, dokumentiert, recherchiert, herumtelefoniert und sich wie ein manischer Parasit immer tiefer in die Essenz unseres Gefangenen hineinbohrt. Lange wird Kian nicht mehr durchhalten, was vermutlich der Grund für Ruths wachsende Panik ist. Seit dem misslungenen Fluchtversuch scheint die Flamme seines Widerstands vollkommen erloschen zu sein. Wie sollte es auch anders sein? Er weiß jetzt, dass seine erste und einzige Chance verloren ist, und ihm ist bewusst, was das bedeutet.

Gut möglich, dass der vielversprechende Investor, mit dem Ruth ständig telefoniert, nur noch einen Kadaver vorgesetzt bekommt. Ein Teil von mir hofft, dass Kian das Zeitliche segnet, denn es gibt sehr viel Schlimmeres als den Tod. Lebenslange Gefangenschaft zum Beispiel. Und eine Horde rücksichtsloser Menschen, die genauso wie Ruth nicht davor zurückschrecken, ihr Opfer im wahrsten Sinne des Wortes ausbluten zu lassen.

Du bist ein Feigling, zischt meine emotionale Hälfte. *Eine jämmerliche Ratte, die ihre Ziele auf unmoralischen Wegen erreicht.*

Ja, erwidert der andere Teil in mir. Jener ehrgeizige Fanatiker-Psycho, den ich mit jedem Tag mehr verabscheue. *Aber du weißt auch, was es bedeutet, wenn die aktuelle Testreihe erfolgreich verläuft. Der Durchbruch ist ganz nahe.*

Ich seufze, schlurfe in die Küche und gieße mir den zehnten Kaffee des Tages ein. Vermutlich werden wir wieder die Nacht durchmachen. Wie üblich. Wenn ich Schlaf bekomme, dann höchstens zwei Stunden, und die sind mit Albträumen aller Art vollgestopft. Inzwischen fühle ich mich wie ein Zombie, aber es geht mir immer noch besser als dem armen Jungen, der drauf und dran ist, ins Gras zu beißen.

»Rahul?«

Ich zucke zusammen, als Ruth hinter mir auftaucht. Meine Güte, diese Frau sieht wie eine leibhaftige Gottesanbeterin aus, wenn sie wie jetzt zufrieden grinst und sich die Hände reibt.

»Was ist?«

»Die Behandlung mit G-CSF war erfolgreich. Inzwischen sind ausreichend Stammzellen in das periphere Blut übergetreten, was bedeutet, dass wir mit der Stammzellapherese beginnen können.«

»Ruth!«

»Was?«

»Ist dir schon mal aufgefallen, dass er uns gerade unter den Händen wegstirbt?«

Ihre Miene verfinstert sich. Täusche ich mich, oder flackert da ein Hauch von Mitgefühl in ihren Augen auf? »Ja«, erwidert sie mit belegter Stimme. »Es ist mir aufgefallen. Umso wichtiger ist es, dass wir möglichst schnell vorankommen. Ach, übrigens: Ich hatte recht mit meiner Vermutung. Seine Stammzellen sind etwas ganz Besonderes. Ich bin mehr als zuversichtlich, dass wir unser Wunder bekommen.«

»Ernsthaft? Ich meine, wenn das Ganze so einfach wäre, müssten wir uns bloß *Turritopsis-dohmii*-Stammzellen injizieren.«

»Nun ja, aber in Kians Fall kommt noch die – wie soll ich es ausdrücken? – *magische Komponente* hinzu. Sie macht ihn zu dem, was er ist. Aber leider Gottes sind wir noch weit davon entfernt, diese Kraft zu verstehen.«

»Tja, eine nicht greifbare *magische Komponente* wird sich wohl kaum im Labor synthetisieren lassen.«

»Nein«, gibt Ruth zu. »Dazu müssen wir sie zuerst verstehen. Ich meine, *wirklich* verstehen. Und das kann Jahre dauern. Außerdem bereitet mir der Gedanke Magenschmerzen, dass diese einzigartige Energie nur so lange in Kians Stammzellen vorhanden ist, wie er sie als lebendiges Wesen weitergibt. Mit dem Tod verlieren wir unsere magische Komponente, und das wird hoffentlich niemals passieren.«

»Dann solltest du den Jungen endlich mal schonen. Was hältst du davon?«

»Verdammt, Rahul. Du weißt, dass wir nicht herumtrödeln dürfen. Das hier ist eine verzwickte Lage, in der jede Entscheidung falsch sein kann. Aber falls das Schlimmste eintrifft und Kian zeitnah stirbt, brauchen wir so viele Ergebnisse wie möglich, um zumindest damit weiterarbeiten zu können. Es wäre verdammt schade. Nein, es wäre ein katastrophaler Verlust. Aber solange Harry das Fell nicht auftreibt und wir generell nicht wissen, wie lange unser Gast noch durchhält, müssen wir so viele Erkenntnisse wie nur möglich sammeln. Das verstehst du hoffentlich, oder?«

»Hmm.«

»Und ich glaube auch kaum, dass Harry den zweiten Selkie ausfindig macht. Selbst wenn, wäre der Bursche vermutlich kaum halb so interessant wie Kian, weil ihm anscheinend die heilsame Kraft fehlt.«

»Vielleicht wollte er mit dieser Behauptung auch nur seinen Bruder beschützen.«

»Nein, das glaube ich nicht. Wie auch immer.« Sie seufzt, schiebt ihre Hände in die Kitteltaschen und wippt auf den Zehenballen auf und ab. »Die Stammzellapherese dauert ungefähr drei bis vier Stunden. Das heißt, dass unsere Patientin vielleicht schon heute Nacht geheilt werden kann. Natürlich bleibt ein gewisses Restrisiko, aber die Zeichen stehen gut.«

Unsere Patientin.

Eine fünfunddreißigjährige Frau mit Leukämie im Endstadium, die gerade im zweiten Schlafzimmer vor sich hin vegetiert und vermutlich nicht einmal weiß, was ihr widerfährt. Eine verlorene Seele, die niemand als vermisst melden wird. Eine menschliche Laborratte, dazu bestimmt, unser erstes Studiensubjekt zu werden.

»Was ist los mit dir, Rahul?«

»Nichts.«

»Das Ganze belastet dich sehr, hm?«

»Lass es einfach, okay?«

»Hör zu, wenn wir Thea heilen können, ist das der Durchbruch, auf den wir gewartet haben. Ich habe auch noch zwei weitere Patienten auftreiben können, die für unsere Zwecke ideal sind. Eine achtundvierzigjährige Frau mit fortgeschrittener Creutzfeldt-Jakob-Krankheit und einen dreiundfünfzig Jahre alten Mann mit amyotropher Lateralsklerose. Beide haben nur noch eine Lebenserwartung von wenigen Tagen.«

Ich starre Ruth wortlos an. Ja. Natürlich. Letztendlich *müssen* wir an Menschen herumexperimentieren, weil uns die Zeit davonläuft. Aber die Tatsache, dass sie es einfach durchzieht, absolut kaltschnäuzig und zielorientiert, macht mich immer wieder fassungslos. Andererseits ... verdammt! Letztendlich verschaffen wir todkranken, von der Gesellschaft weggeworfenen Seelen nichts anderes als ein Wunder. Zumindest, sofern sie bei dem Experiment nicht draufgehen. Aber da sie so oder so auf der Schwelle des Todes stehen, macht ein Misserfolg auch keinen Unterschied.

»Bist du bereit, Rahul?«

»Denke schon.«

»Gut. Dann komm.«

Zusammen kehren wir in das große Schlafzimmer zurück, das sich inzwischen vollständig in ein Hochglanzlabor verwandelt hat. Glücklicherweise schläft Kian tief und fest, aber die Werte auf dem Überwachungsmonitor gefallen mir nicht.

»Der Blutdruck ist abgefallen und sinkt weiter.« Ich werfe einen Blick auf die neu angeschaffte Apheresemaschine. »Sein Zustand lässt ein solches Verfahren nicht zu. Wenn wir ihn verlieren, können wir die gesamte Versuchsreihe in den Müll werfen. Zusammen mit unserem Traum vom großen Durchbruch.«

»Hör zu, Rahul. Ich habe keine Lust, das Ganze noch mal durchzukauen, aber falls Harrys Suche weiterhin erfolglos verläuft, müssen wir davon ausgehen, dass es keine besseren Tage mehr geben wird. Auch Thea hält nicht mehr lange durch. Ebenso wenig wie die anderen beiden Patienten, die verzweifelt auf ein Wunder hoffen.«

Ja. Sie hat recht. Und doch male ich mir aus, wie ich Ruth niederschlage, Kian befreie und zum Meer hinunterbringe. Obwohl ich damit ein Leben über das von vielen stelle. Vor seinem Fluchtversuch bin ich noch sehr viel neugieriger und entschlossener gewesen, aber jetzt sehe ich nur noch einen bleichen, kraftlosen Jungen, dem wir mit roher Gewalt das Leben entreißen.

Ruth spürt meine Gewissensbisse, denn sie legt mir eine Hand auf den Rücken und lächelt. »Ich weiß, Rahul. Ich weiß. Aber die Welt ist voller Menschen, die jeder noch so kleinen Hoffnung hinterherjagen. Menschen, die leiden und verzweifeln. Wir können diesem Elend ein Ende setzen. Ein für alle Mal.«

»Schon klar.«

»Gut. Also bereite alles vor. Ich schaue noch mal zu Thea, okay?«

»Hm hm.«

Ruth verlässt das Zimmer, und ich stehe einen Moment lang einfach nur da und lausche den leisen, monotonen Geräuschen. Kian schläft nach wie vor. Gut so. Der arme Kerl hat in den letzten Tagen schon genug durchgestanden.

»Tut mir wirklich leid.« Ich ziehe das Instrumententischchen zu mir heran, auf dem alles bereit liegt, was ich für die Stammzellapherese brauche. Vom kleinen Schlafzimmer her höre ich Ruths Stimme, die leise mit Thea spricht. Hin und wieder antwortet die todkranke Frau, so schwach und müde, dass es mir das Herz zerreißt. Verdammt, ich hasse es, Menschen leiden zu sehen. Aber ich hasse auch das, was wir Kian antun. »Ich kann dir gar nicht sagen, wie leid es mir tut. Warum bist du so unvorsichtig gewesen, hm? Du und dein Bruder, ihr seid so lange unter dem Radar geschwommen, und plötzlich zieht ihr derart viel Aufmerksamkeit auf euch, dass die Kunde von eurer Existenz bis nach Hinxton dringt. Lag es an Mari? Hast du dich verliebt und warst deswegen nicht ganz bei dir? Mit deinen Raubtiersinnen musst du doch gemerkt haben, dass ein Junge auf der Insel herumschleicht und dich filmt. Oh Mann. Ich wünschte, das alles wäre niemals passiert. Und gleichzeitig wünsche ich es mir nicht, weil wir mit deiner unfreiwilligen Hilfe unfassbar viel Leid verhindern können. Es sei denn, die ganze Sache geht schief, und das ist leider ziemlich wahrscheinlich.«

Behutsam lege ich die beiden Venenkatheter, verbinde sie über ein steriles Schlauchsystem mit dem Separationsgerät und erledige die letzten Feinheiten. Dann setze ich mich auf den Rollhocker und beobachte, wie das venöse Blut von einer Armseite aus in den Zellseparator geleitet wird, um dort mithilfe von Zentrifugation nach Größe und Gewicht aufgetrennt zu werden. Im Anschluss fließt das restliche Blut auf der gegenüberliegenden Armseite zum Spender zurück. Okay. Alles funktioniert. Jetzt bleibt nur zu hoffen, dass wir mit einer Sitzung ausreichend Stammzellen gewinnen können und alles reibungslos verläuft.

Ich rolle mit den Schultern, hole mir noch einen Kaffee und werfe einen Blick in das kleine Schlafzimmer. Lieber Gott, Thea sieht erbärmlich aus. Einst muss sie eine schöne Frau gewesen sein, jetzt besteht sie nur noch aus Haut und Knochen. Ganz gleich, wie oft ich den Prozess des Dahinsiechens und Sterbens mitverfolge, er ist und bleibt eine grausame Ungerechtigkeit. Ist es nicht jedes Opfer wert, wenn es uns am Ende gelingt, dieses Elend aus der Welt zu schaffen? Hat Thea es verdient, ein langes und glückliches Leben zu genießen? Ja, verdammt. Und hat Kian es verdient, dafür draufzugehen? Nein, verfluchte Scheiße.

Kooperation.

Ha, dass ich nicht lache. Dazu wird es niemals kommen, wenn Ruth und wahrscheinlich demnächst auch ihr hochgelobter Investor sich wie gierige Hyänen in das Geheimnis des Selkies hineinfressen. Kooperation verlangt gegenseitigen Respekt und Rücksichtnahme. Genau die beiden Qualitäten, die wir von Anfang an in den Boden gestampft haben.

Ich schlurfe in das große Schlafzimmer zurück, falle auf den Rollhocker und erschrecke, als ich von zwei müden, schwarzen Augen angestarrt werde.

»Herrje. Du bist ja wach.«

»Hilf ihr.« Kian richtet sich so weit auf, wie es die Gurte zulassen. »Bitte hilf ihr.«

»Was? Wem soll ich helfen?«

»Mari. Sie kommt … hierher. Ich weiß nicht … wann. Aber sie ist … sie ist schon nah.«

Mir gefriert das Blut in den Adern. »Mari kommt hierher? Aber woher weiß sie, wo wir sind?«

»Sie spürt … mich. Sie ist jetzt … ein Selkie.«

»Meinst du das ernst?«

»Ja. Bitte … hilf ihr. Ruth darf nicht … sie darf sie nicht …«

Kians Augen rollen nach hinten, dann verliert er das Bewusstsein. Just in diesem Moment kommt besagte Teufelin in das Zimmer, wirft einen Blick auf die Apheresemaschine und nickt zufrieden. Wow. Knapp ist gar kein Ausdruck für diese Szene. Wäre sie nur zwei Sekunden früher hier aufgetaucht, hätte sie Kians Worte mit Sicherheit gehört und sich anschließend wie eine hungrige Spinne auf die Lauer gelegt, um auch noch Mari einzusacken.

Liebe Güte!

Das Mädchen ist doch eindeutig ein Mensch gewesen, und jetzt ist sie wie Kian? Hat sie etwa sein Fell genommen? Und falls ja, genügt allein der Besitz einer Seehundshaut, um selbst zum Selkie zu werden?

Oh Mann, er hat sich mir anvertraut. Er hat mich um Hilfe gebeten, ungeachtet dessen, dass ich seiner Peinigerin zur Hand gegangen bin. Und warum? Weil er in mir die einzig noch verbliebene Hoffnung sieht.

Was für eine Scheiße!

»Wie geht es ihm?« Ruth wirft einen Blick auf den Monitor. »Nicht allzu gut, wie ich sehe. Aber er wird schon durchhalten. Sobald Theas Heilung gelungen ist, gönnen wir ihm eine Ruhepause. Inklusive gutem Essen. Vielleicht lässt ihn das wieder zu Kräften kommen. Ständig aus dem Schlauch ernährt zu werden, ist auch kein anständiges Leben. Und ich möchte ihm zeigen, was sein Geschenk für Thea bedeutet. Vielleicht kommen wir auf diesem Weg zu einer angenehmeren Zusammenarbeit. Unser Heiliger Gral hat ein weiches Herz. Ich wette, dass wir ihn zum Umdenken bewegen können.«

Sie zieht ihr Smartphone heraus und öffnet parallel zwei Videos. Als ich die gequälten Jammergestalten auf den beiden Aufnahmen sehe, krampfen sich meine Eingeweide zusammen. Creutzfeldt-Jakob und amyotrophe Lateralsklerose im Endstadium. Elendiger kann ein Mensch kaum dahinsiechen.

»Ich bin mehr als zuversichtlich.« Ruth lässt das Gerät zurück in die Kitteltasche gleiten. »Oder was meinst du, Rahul? Jetzt retten wir erst einmal Thea das Leben, und im Anschluss sehen wir zu, dass unser kostbarer Freund wieder auf die Beine kommt.«

»Ich glaube kaum, dass es so einfach ist. Du weißt, was passiert, wenn man einen weißen Hai einsperrt.«

»Er überlebt nicht in Gefangenschaft.«

»Ja. Und das Gleiche trifft höchstwahrscheinlich auch auf Selkies zu. Ein bisschen Hühnersuppe und Manipulation werden den Karren nicht aus dem Dreck ziehen.«

»Wir werden sehen. Am 8. September haben wir jedenfalls einen Termin mit unserem neuen Investor. Bis dahin muss Kian einen etwas hoffnungsvolleren Anblick bieten.«

»Ach.« Ich kann mir ein gehässiges Grinsen nicht verkneifen. »Notfalls muss sich dein großer Unbekannter eben damit zufriedengeben, einen Leichnam auszuschlachten. Das ist zwar deutlich langweiliger als ein lebendiges Subjekt und wird wohl auch nicht zum großen Kohlescheffeln führen, aber hey, man muss nehmen, was man kriegen kann.«

»Erspar mir deinen Sarkasmus, Rahul. So langsam solltest du … scheiße! Was passiert da gerade?«

Ich folge Ruths geschocktem Blick und sehe, wie Kian sich verkrampft. Mit weit aufgerissenen Augen starrt er an die Decke, während die Adern an seinem Hals gleich dicken Seilen anschwellen. Der Monitor fängt an, wie verrückt zu piepsen. Herzfrequenz und Blutdruck schnellen in die Höhe.

»Großer Gott!« Ruth beugt sich über Kian. »Ist das weißes Fell? Ist das … scheiße! Ich glaube, er verwandelt sich!«

Kian beginnt schmerzerfüllt zu keuchen. Er reißt an den Gurten, biegt seinen Rücken durch und krampft noch heftiger, während ihm der Schweiß auf die Stirn tritt. Dann sehe ich plötzlich feine, silbrigweiße Haare, die sich auf seiner Haut ausbreiten. Zuerst sind es nur kleine Flecken auf Brust und Hüften, aber sie breiten sich in Windeseile aus. Fangzähne schimmern im grellen Licht, als sich der Mund des Selkies zu einem lautlosen Schrei öffnet. Heilige Scheiße! Das kann nichts Gutes bedeuten. Inzwischen haben Herzfrequenz und Blutdruck eine Grenze überschritten, die jederzeit tödliche Auswirkungen haben kann.

»Er geht drauf!«

»Schnell, Rahul.« Ruth holt das Smartphone aus der Kitteltasche und beginnt zu filmen. »Wir müssen ihn sedieren. Und nimm eine Probe von der fellbedeckten Haut.«

»Aber …«

»Tu es! Sofort!«

Ich stürze zum Schrank hinüber, präpariere eine Spritze und trete wieder an die Liege heran. Aber das Keuchen und Krampfen endet just in diesem Moment. Kian erschlafft. Sein Bewusstsein kehrt in lichtlose Schwärze zurück, während die Flecken weißen, metallisch schimmernden Fells nach wie vor Teile seiner Haut bedecken. Fassungslos werfe ich einen Blick auf den Monitor. Die Werte sind immer noch besorgniserregend, sinken aber allmählich auf ein halbwegs akzeptables Level herab.

»Was zum Teufel war das?«, flüstert Ruth.

»Keine Ahnung. Es sah fast danach aus, als wollte sein Körper eine Verwandlung erzwingen.«

»Ich frage mich, ob …«

»Was?«

Sie schüttelt zerstreut den Kopf. »Ich habe eine Idee, wie wir ihm möglicherweise helfen können. Auch ohne das Fell. Leg die Spritze weg, wir warten jetzt erst mal das Ende der Apherese ab und schauen, wie Thea auf seine Stammzellen reagiert.«

»Ich will wissen, was für eine Idee dir gekommen ist.«

Ruth seufzt. »Also gut. Als er mich geheilt hat, habe ich seine Verbindung zur Erde und zum Wasser gespürt. Einen Moment lang konnte ich quasi *alles* fühlen. Das gigantische Netz des Lebens. Die Urquelle der Schöpfung. Kian ist unmittelbar damit verbunden, und ich vermute, dass er seine Kraft daraus schöpft. Hier drinnen ist er weder der Erde noch dem Wasser nahe, was möglicherweise ein Grund für seine Schwäche ist. Neben dem bedauerlichen Umstand, dass wir nicht über sein Fell verfügen. Wie auch immer, sobald wir haben, was wir brauchen« – sie deutet auf die Apheresemaschine – »überprüfen wir meine Theorie.«

»Wir sollten abbrechen und es jetzt versuchen.«

»Nein. Wir müssen das hier zu Ende bringen.«

»Ruth, bitte!«

»Ich sagte nein. Theas Zeit läuft ab. Wenn ich nicht völlig danebenliege, kann es jederzeit mit ihr vorbei sein.«

»Dasselbe trifft auf Kian zu.«

»Ich weiß nicht. Seine Werte sind wieder halbwegs in Ordnung. Was immer das gerade gewesen ist, es scheint ihm ein wenig Kraft gegeben zu haben. Pass auf ihn auf, Rahul. Lass ihn nicht aus den Augen und erledige die Sache mit der Probe. Klar so weit?«

Ich stöhne, falle auf den Hocker und reibe mir die Schläfen. »Ganz wie du willst, Ruth.«

Kapitel 17

Wie ich siegte und scheiterte

Mari

Kian ist ganz nah. Ich fühle ihn so deutlich, als würde er neben mir stehen, aber sein Lebenslicht hat weiter an Kraft verloren. Auch Briana spürt, wie es um ihn steht, treibt ihre Familie mit lauten Klick- und Pfeiflauten an und fliegt förmlich durch das Wasser. Inzwischen fällt es mir leichter, unsere Geschwindigkeit dauerhaft beizuhalten, auch ohne Brianas Hilfe, und so taucht schon bald eine zerklüftete Küste vor uns auf.

Als wir die Köpfe aus dem Wasser heben, dämmert gerade ein nebelverhangener, kalter Sommerabend in die Dunkelheit hinein. Möwen segeln durch den trüben Himmel, die Schemen einiger sturmzerzauster Kiefern zeichnen sich auf den niedrigen Klippen ab. Ich kenne diese Küste nicht, vermute aber, dass es sich um das schottische Festland handelt.

»Bran!«, signalisiert Briana plötzlich. *»Er hat uns gefunden.«*

Ja. Ich kann ihn spüren. Seine Wut. Seine Verbissenheit. Und den Hauch eines Gefühls, das ich nicht einordnen kann.

»Ich schicke meine schnellste Tochter und meine beiden stärksten Söhne. Sie werden ihn vielleicht nicht fangen können, halten ihn aber eine Weile von der Küste fern.«

»Danke, Briana.«

»Soll ich dich wieder tragen?«

»Nein. Es geht schon.«

Während drei Orcas in die offene See zurückkehren und Bran entgegenschwimmen, dominiert die Angst um Kian jeden einzelnen Gedanken. Ich achte nicht auf die inzwischen bleierne Erschöpfung meines Körpers, der nur noch danach lechzt, schlaff und reglos auf dem nächstbesten Felsen auszuruhen, tauche wieder ab und hetze an der Küste entlang. Panik schrillt in meinen Ohren, aber ich kämpfe sie nieder und schwimme noch schneller, Seite an Seite mit Briana und dem Rest ihrer Familie. Wie lange sind wir bereits unterwegs? Seit wie vielen Tagen ist Kian ein Gefangener? Ich weiß es nicht, und diese Tatsache macht mich rasend.

Nach einiger Zeit passieren wir einen breiten Sandstrand, dem sanfte Hügel und weitere niedrige Klippen folgen. Schließlich, als wir eine halbkreisförmige Bucht erreichen, wird das Gefühl von Kians Nähe so deutlich, dass ich es beinahe greifen kann. Der Bucht folgt ein weiterer Strand, begrenzt von lichten Wäldchen und mit Strandhafer bewachsenen Dünen. Zwischen den Kiefern steht ein einsames Steinhaus, das einem schottischen Touristenmagazin hätte entstammen können. Zwei schwarze Range Rover und ein weinroter Mietwagen parken daneben, und am Steg, der etwa zwanzig Schritt weit auf das Meer hinausführt, dümpelt ein Motorboot.

Kian ist dort oben. Ich kann ihn spüren. Und ich spüre Ruth und Rahul, zusammen mit mehreren Präsenzen, die mir vollkommen fremd sind. Unter normalen Umständen wäre ich über diese Tatsache mehr als verblüfft gewesen, aber im Augenblick kann ich die neuen Fähigkeiten meiner Existenz nicht gebührend analysieren. Ich muss Kian finden. Alles andere ist vorerst zweitrangig.

Obwohl es mir unsagbar schwerfällt, beschränke ich mich zunächst auf das Beobachten. Drei dunkel gekleidete Wachmänner patrouillieren um das Haus und erwecken den Anschein, als könnten sie jeden herkömmlichen Mann unangespitzt in den Boden rammen. Es gibt zwei große, bodentiefe Sprossenfenster, die beide von schweren Rollläden geschützt sind. Auch vor den restlichen Fenstern befinden sich entweder stabile Läden oder Gitter, sodass das Haus einer Festung ähnelt.

Natürlich. So kommt einerseits niemand hinaus, der nicht hinauskommen soll. Und keine Menschenseele kann erkennen, was hinter diesen Mauern vor sich geht.

Ich schaudere vor Abscheu und Wut.

»Kian? Kannst du mich hören? Ich bin hier. Ganz nah.«

Er antwortet nicht. Vermutlich, weil seine Lebensenergie inzwischen von tiefer, unendlicher Erschöpfung durchdrungen ist und sich wie ein zerbrechlicher Spinnenfaden anfühlt. Immerhin scheint er keine Schmerzen zu leiden, aber diese Tatsache birgt nur einen schwachen Trost. Denn das, was ich empfange, fühlt sich viel zu sehr nach der Schwelle des Todes an.

»Kleiner Seehund.« Brianas Sorge weht kalt durch meine Gedanken. *»Sein Leben versickert.«*

»Alles wird gut, Freundin. Ich hole ihn da raus.«

»Wir würden dir folgen, wenn wir es nur könnten. Es gefällt mir nicht, dass du ganz alleine zu den Menschen gehst.«

»Ich schaffe das schon. Alles wird gut. Wartet hier auf uns, ja? Und falls sie uns nachher mit dem Boot verfolgen, versenkt es.«

Briana wippt mit dem Kopf auf und ab. *»Das werden wir. Sollen sie nur versuchen, sich mit dieser jämmerlichen Muschelschale auf das Wasser hinauszuwagen.«*

Ich vermittle ihr meine Dankbarkeit, streiche mit der Flosse über die Schnauze der Orcadame und schwimme hinüber in eine winzige, neben dem Strand liegende Bucht. Kaum ziehe ich mich auf den Sand, verwandelt sich mein gerade noch schwereloser und geschmeidiger Körper in einen plumpen Felsen. Die Anstrengung, die es mich kostet, ein weiteres Stück nach oben zu robben, löscht beinahe mein Bewusstsein aus.

Also gut. Und was jetzt? Muss ich mich konzentrieren? Drücken? Visualisieren? Von innen das Fell zerreißen? Aber wie? Ich kann meinen menschlichen Körper längst nicht mehr spüren.

Ratlos horche ich in mich hinein. Ich bin ein Seehund, verfluchter Mist, und ich *bleibe* ein Seehund. Ganz gleich, wie intensiv ich mir ausmale, aus dem vermaledeiten Fell herauszukriechen. In einem Schwall aus Blut und Schmerz. Auch die Erinnerung daran, wie es ist, auf zwei Beinen zu laufen, führt zu keinem Ergebnis. Verzweifelt winde ich mich hin und her, werfe den Kopf in den Nacken, zappele mit sämtlichen Flossen und versuche, das Tier schlichtweg abzuschütteln.

Nichts, verdammt.

Ein Schrei brennt in meiner Kehle. Aber ich würge ihn herunter und beschränke mich auf ein frustriertes Grunzen. Fehlt nur noch, dass sie auch mich erwischen. Ein Selkie, der in seiner Menschengestalt gefangen ist. Und einer, der den Seehund nicht verlassen kann. Das würde Ruth vermutlich ganz wunderbar in den Kram passen.

»Briana? Weißt du, wie Kian sich verwandelt hat?«

»Ich glaube, er hat es sich einfach vorgestellt«, spüre ich ihre Antwort. *»Aber du musst dich entspannen. Du musst ganz ruhig sein und es dir ausmalen. Ohne Zwang. Als würde Wasser einer Strömung folgen.«*

»Na wunderbar. Nichts leichter als das. Mich entspannen. Hier und jetzt. Während mir die Zeit davonläuft.«

»Tut mir leid. Mehr kann ich dir dazu nicht sagen.«

Ich grunze erneut. Also gut. Einfach fließen lassen. Obwohl es um Leben und Tod geht und jede vertrödelte Sekunde eine zu viel ist. Schwerfällig drehe ich mich auf die Seite, nehme einen tiefen Atemzug und erschlaffe. Prompt zieht eine bleischwere Müdigkeit an meinem Bewusstsein und führt mir vor Augen, wie gnadenlos ich diesen Körper in den letzten Tagen beansprucht habe. Zuerst will ich mich gegen die Erschöpfung wehren, aber dann spüre ich, dass es genau das Falsche ist. Also mache ich sie mir zunutze, treibe auf ihrer dunklen, samtigen Strömung dahin und versuche, meinen Willen in eine bestimmte Richtung zu lenken. Ganz sanft. Ohne Zwang.

Kian. Finley. Oliver.

Ich muss es schaffen. Ihretwegen.

Und dann – endlich! – kann ich es spüren.

Ein Gefühl von Enge, das sich langsam steigert.

Nichts erzwingen.

Fließen lassen.

Wie Wasser in einer Strömung.

Das Engegefühl wird stärker, bis mein ganzer Körper zu pochen und zu schmerzen beginnt und alles in meinem Inneren zusammengequetscht wird. Ist das normal? Vermutlich nicht. Was, wenn ich gerade drauf und dran bin, mich selbst zu töten?

Scheiße!

Ich glaube, zu ersticken. Der Druck steigert sich. Wird unerträglich. Jämmerliche Laute kommen aus meinem Mund … nein, aus meiner *Schnauze*. Und dann, als ich mir sicher bin, in Stücke gerissen zu werden, spüre ich plötzlich den Menschen in mir. Arme.

Finger. Beine. Eingequetscht in einen Käfig aus Fleisch und Fell. Und als dieser Käfig mit einem grauenhaften Ruck zerplatzt, ist der Schmerz derart überwältigend, dass ich keinen Laut hervorbringe. In stummer Agonie reiße ich an der Wunde, zitternd und zuckend, wälze mich im Sand hin und her und spüre, wie das Blut aus mir herausfließt. Der Seehund wird immer rissiger und dünner, ich streife ihn wie einen Mantel ab, ringe keuchend nach Luft und kämpfe mich ins Freie.

Plötzlich bin ich wieder Mari. Ein nackter, besudelter Mensch, der schlotternd im Sand kauert und ein blutiges Fell in seinen verkrampften Händen hält.

Oh Mann. Habe ich mir wirklich gewünscht, ein Selkie zu sein? Diese Rückverwandlung ist das Schlimmste gewesen, was ich jemals durchgestanden habe. Zumindest, was rein körperliche Schmerzen anbelangt.

Beeile dich! Du hast keine Zeit mehr!

Ich rappele mich hoch, schwanke ein paar Mal, schlurfe in das Wasser und tauche unter. Blut und Gewebe treiben davon, ich reibe ein paar Mal über meine Haut und stehe wieder auf. Okay, das muss reichen. Oder etwa doch nicht? Was, wenn da oben Hunde sind? Ich habe zwar keine gesehen, aber das bedeutet nicht, dass sie nicht vorhanden sind. Also zwinge ich mich zu einer gründlicheren Reinigung, spüle alle Überreste der Verwandlung von meinem Körper und verstecke das Fell schlussendlich unter einem Stein.

Als ich mich noch einmal zum Meer umdrehe, tauchen mehrere Orcaköpfe aus den Wellen auf und spähen in meine Richtung. Ich winke ihnen zu. Versuche, Zuversicht zu übermitteln. Aber sowohl Briana als auch ihre Familie spürt, dass ich vor Angst kaum noch denken kann. Meine Selbstverteidigungsfähigkeiten sind eingerostet, meine Muskeln vom tagelangen Schwimmen erschöpft. Falls es zum Kampf kommt, werde ich den Kürzeren ziehen, und Kian kann mir in seinem Zustand nicht helfen.

Egal! Darüber denke ich nach, wenn es so weit ist.

Leise und geduckt erklimme ich den Hang, der zum Haus hinaufführt, und verfluche die Tatsache, dass es nach wie vor nicht gänzlich dunkel ist. Verdammte Sommernächte. Jedes Mal, wenn ich von einem Gestrüpp zum nächsten husche, halte ich den Atem an und hole erst wieder Luft, sobald ich Deckung gefunden habe.

Die drei Wachmänner bewegen sich vollkommen willkürlich und folgen keinem festen Ablauf. Mal wandern sie um das Haus herum, mal rauchen sie eine Zigarette oder setzen sich auf eine Mauer, um miteinander zu reden. Mindestens einer ist immer in Bewegung und streunt durch die Gegend, aber zumindest gibt es keine Hunde.

Behutsam pirsche ich weiter, während das Herz in meiner Brust wie eine Trommel dröhnt. Das Haus rückt näher. Immer näher. Kians Lebenskraft führt mich zu den beiden großen, mit Rollläden verschlossenen Fenstern, und je deutlicher ich ihn spüre, umso schwerer fällt es mir, ruhig zu bleiben.

Überall sind lockere Steine, die kullern, und Zweige, die brechen können. Ich will rennen, so schnell mich meine Beine tragen, aber wenn ich das tue, spiele ich nur Ruth in die Hände. Diese Mistmade wird ihr Glück kaum fassen können, wenn sie plötzlich zwei Spielzeuge ihr Eigen nennt. Verdammt! Wären doch nur Finley und Oliver hier. Andererseits könnten sie mir wohl kaum weiterhelfen. Mein Bruder ist gut trainiert, aber gegen drei bewaffnete, professionelle Sicherheitsmänner, die allesamt aussehen, als würden sie die Eliten der Mafiawelt beschützen, käme auch er nicht an.

Scheiße! Wie zum Teufel soll ich in das Haus kommen? Und falls ich Kian tatsächlich finde, wie bringen wir es fertig, ungeschoren das Meer zu erreichen?

Denk nach, Mari!

Während ich einen weiten Bogen um das Gebäude vollführe und versuche, eine Schwachstelle zu finden, irren meine Gedanken fieberhaft hin und her. Auf der Nordseite entdecke ich eine Kellertür, die vielversprechend aussieht, aber als ich mein Glück versuchen will, kommt einer der Wachmänner um die Ecke. Hastig springe ich wieder in Deckung, kauere mich hinter ein Gestrüpp und beobachte, wie der Mann seine Runde geht.

Okay. Eine Ablenkung muss her. Aber was für eine? Sämtliche Ideen, die mir in den Sinn kommen, erscheinen mir viel zu gewagt und führen vermutlich nur dazu, dass ich genauso wie Kian ende.

Denk nach!

Denk nach, verdammt!

Erneut nähert sich ein Wachmann, stapft die kleine Treppe zur Kellertür hinunter und rüttelt am Knauf. Verschlossen. Natürlich, was auch sonst. Der Kerl tippt etwas in sein Smartphone, vielleicht eine Bestätigung, dass die hintere Kellertür kontrolliert und verschlossen vorgefunden wurde.

Ruth und Rahul gehen auf Nummer sicher.

Aber das ist nichts, womit ich nicht gerechnet habe.

Der Wachmann trottet von dannen. Ich zähle die Sekunden, bis der nächste Kerl vorbeikommt, und lande bei achtundfünfzig. Der zweite Durchlauf lässt fast zwei Minuten lang auf sich warten, der dritte folgt bereits nach dreißig Sekunden. Und im Anschluss daran passiert fünf Minuten lang gar nichts.

Kein verlässlicher Zeitplan.

Nicht einmal das.

Verdammte Scheiße.

Ob ich versuchen soll, die Tür aufzubrechen? Nein, das ist keine gute Idee. Wenn Ruth und Rahul so viel in die Sicherheit investiert haben, gibt es höchstwahrscheinlich auch eine Alarmanlage.

Erneut versuche ich, die Lage zu analysieren. Kameras kann ich keine entdecken, aber das muss nichts bedeuten. Immerhin sind wir schon einmal unbemerkt überwacht worden.

Denk nach!

Lass dir was einfallen!

Meine Gedanken hetzen hin und her. Jede Idee endet in einer Sackgasse. Ich bin nicht stark genug, um gegen die Kerle zu kämpfen, und ich habe keine Ahnung, wie ich meine magische Selkiestimme benutzen kann. Falls ich so etwas überhaupt besitze. Immerhin weiß ich inzwischen, dass die beeindruckenden Fähigkeiten damals sehr selektiv verteilt worden und manchmal sogar ganz ausgeblieben sind. Vielleicht bin ich solch ein Blindgänger-Selkie. Ein Seehundmensch ohne nennenswerte Magie, der nicht einmal eine kranke Flunder heilen oder einen Hering ins Netz singen kann.

Was, wenn ich die Polizei rufe?

Ja, ganz toll. Dann stürmen sie die Bude, finden heraus, was hier abgelaufen ist, und sorgen für ganz neue Probleme. Nein, das kann ich unmöglich riskieren.

Während ich grübele und grübele, Ideen spinne, zurecht schleife und wieder verwerfe, öffnet sich plötzlich die Kellertür. Obwohl kein Licht scheint, erkenne ich Rahuls Kopf, der durch den schmalen Spalt nach draußen lugt. Er späht hierhin und dorthin, als würde er nach etwas suchen. Oder nach jemandem. Ein seltsames Gefühl streift meine Wahrnehmung. Es wird abrupt stärker, als er eine winkende Geste vollführt.

Augenblick mal! Weiß er etwa, dass ich hier bin? Ist das eine Falle? Oder hat Kian gespürt, dass ich komme, und Rahul um Hilfe gebeten?

Erneut spüre ich eine aufmunternde Einladung, als wüsste der Kerl tatsächlich, dass ich im Gebüsch hocke und nur auf eine günstige Gelegenheit warte. Zwei Sekunden später verschwindet sein Kopf, und die Tür wird leise ins Schloss gezogen.

Fieberhaft versuche ich, eine Entscheidung zu treffen. Zwei Wachmänner marschieren vorbei und verschwinden wieder in der dämmerigen Dunkelheit. Kurz darauf kommt ein Range Rover angefahren, parkt vor dem Haus und spuckt vier Männer aus.

Okay, anscheinend findet gerade die Wachablösung statt. Ich warte, bis die Neuangekommenen mit den drei Kerlen in einer Gruppe zusammenstehen, dann sprinte ich los. Der Weg zur Kellertür ist kurz, ich brauche gerade mal vier Sekunden. Mit angehaltenem Atem greife ich nach dem Knauf und ächze erleichtert, als die Tür aufschwingt.

Kein Alarm schrillt los.

Niemand greift nach mir.

Hastig schlüpfe ich hinein, schließe die Tür wieder und blicke mich um. Vor mir liegt ein kleiner Waschraum. Ohne Falle. Ohne Ruth oder Rahul oder einen auf mich angesetzten Wachmann. Ich höre zwar Stimmen, aber sie scheinen aus dem oberen Stockwerk zu kommen.

Offenbar hat Rahul tatsächlich von meiner Anwesenheit gewusst und mir den Weg ins Haus geebnet. Eine waghalsige Aktion, die Kian da abgezogen hat. Vermutlich ist es der letzte Ausweg gewesen, der ihm noch in den Sinn gekommen ist, und Rahul hat ihn nicht enttäuscht. Zumindest bisher nicht.

»Kian? Ich bin hier. Es hat geklappt.«

Er antwortet nicht, aber ich fühle seine Nähe. Inzwischen gleicht sie einer müde flackernden Kerze, die vom nächstbesten Windhauch ausgelöscht werden kann.

»Ich komme zu dir. Ich hole dich da raus. Bitte halt durch.«

Mir springt das Herz fast zum Hals heraus. Ich blicke mich um, sehe ein paar Kleidungsstücke auf zwei aufgespannten Leinen hängen und schnappe mir einen dünnen, grau-weiß gestreiften Morgenmantel. Keine Ahnung, ob er Ruth gehört. Selbst wenn, ist es mir egal. Hastig schlüpfe ich hinein, knote den Gürtel zu und schleiche in einen dunklen Flur, der nach Moder und feuchtem Stein riecht.

Alles bleibt ruhig, aber ich traue dem Frieden nicht. Die Stimmen werden lauter, kurz darauf glaube ich, das Weinen einer Frau zu hören. Geduckt schleiche ich die Treppe hinauf, die vor mir auftaucht, komme zu einer einfachen Holztür und presse mein Ohr dagegen.

Ja, jemand weint. Aber ich spüre keine Traurigkeit, sondern ungläubige Erleichterung und überschäumende Freude. Da sind drei Herzschläge, jeder Rhythmus pocht so schnell wie mein eigener. Moment! Ich kann ihre Herzen hören?

Egal!

Jetzt ist keine Zeit, um sich darüber zu wundern.

Die Stimmen scheinen nicht aus unmittelbarer Nähe zu kommen, also wage ich es, die Tür einen Spalt breit zu öffnen. Vor mir liegt ein menschenleerer, mit hellen Teppichen ausgelegter Flur, der überraschend gemütlich wirkt. Da sind hellbraune Wände, pastellfarbene Strandfotos mit hübschen Rahmen und Möbel in Treibholzoptik. Aha. Vermutlich haben sich Ruth und Rahul in einem Ferienhaus niedergelassen, um ganz in Ruhe und ohne neugierige Nachbarn ihr Ding durchziehen zu können.

Links von mir sehe ich eine angelehnte Tür, hinter der sich ein dunkler, offenbar ebenfalls menschenleerer Raum befindet. Ich entscheide, das Risiko einzugehen, trete auf Zehenspitzen hinaus, schließe die Kellertür und husche zu meinem nächsten Versteck: ein kleines, rustikal eingerichtetes Fernsehzimmer.

Offenbar befinden sich die sprechenden Personen direkt im Nebenraum, sodass ich jedes einzelne Wort verstehen kann, als ich mein Ohr gegen die Wand drücke.

»Warum soll ich das tragen?«, schluchzt die aufgelöste Frauenstimme. »Ich habe doch schon eine Verschwiegenheitserklärung unterzeichnet.«

»Natürlich. Aber das hier dient allein Ihrer Sicherheit.« Ruth klingt ekelerregend liebevoll und sanft. »Ich unterstelle Ihnen nicht, dass Sie Geheimnisse ausplaudern. Keineswegs. Aber manchmal verplappert man sich aus Versehen, verstehen Sie?

Oder aufgrund irgendeines Drucks. Was Sie nicht wissen, kann Ihnen auch nicht zum Verhängnis werden. Und bitte fühlen Sie sich von der Tatsache, dass meine Mitarbeiter Sie noch eine Zeit lang im Auge behalten, nicht verunsichert. Das ist nur fürs Protokoll. Wir müssen hundertprozentig sicher gehen, dass nichts von all dem nach außen dringt. Das verstehen Sie doch, nicht wahr?«

»Natürlich.« Die Frau schnieft. »Es gibt sowieso niemanden, dem ich es erzählen kann. Meine Eltern sind früh gestorben, ich habe weder Kinder noch Geschwister oder sonst irgendwelche lebenden Verwandten. Und mein Mann … tja, er hat die Diagnose damals nicht verkraftet.«

»Ich weiß. Aus diesem Grund haben wir Sie ausgewählt. Und ich bin mir ebenfalls sicher, dass Sie sich der Tragweite des Ganzen vollkommen bewusst sind.«

»Natürlich. Aber … bitte, ist es nicht vielleicht doch möglich, dass ich mich bei meinem Retter oder meiner Retterin bedanke? Er oder sie ist hier, nicht wahr? Ich würde so gerne ein paar Worte loswerden.«

Ruth seufzt. »Lucy, ich habe Ihnen doch gesagt, dass das Serum synthetisch war.«

»Ach ja.«

»Abgesehen davon unterliegt alles der strengsten Geheimhaltung. Genießen Sie Ihr zweites Leben. Tun Sie all die Dinge, die Sie schon immer tun wollten. Das Geld sollte inzwischen auf Ihrem neuen Konto eingegangen sein. Aber bedenken Sie, dass wir es im Falle eines Verstoßes sofort zurückfordern.«

»Ja. Ich verstehe. Aber … lieber Himmel, wie ist das alles nur möglich?« Die Frau bricht erneut in Tränen aus. »Es gab keine Hilfe für mich. Nirgendwo. Überall bekam ich gesagt, dass es aussichtslos ist, und dann kommen Sie daher und wirken ein Wunder. Sehen Sie mich doch nur an! Ich bin wieder wie früher. Ich kann mich bewegen. Ich kann laufen und stehen und meine Hände benutzen. Es ist, als hätten Sie mir etwas Magisches gegeben.«

»Vielleicht haben wir das ja.«

»Bitte erklären Sie es mir. Bitte! Ich fühle mich wie neugeboren. Als wäre ich nicht nur kerngesund, sondern noch dazu um zwanzig Jahre verjüngt.«

»Lucy, ich muss Sie noch einmal eindringlich darauf hinweisen, dass das Ganze der strengsten Geheimhaltung unterliegt.

Nehmen Sie das ernst, in Ordnung? Denn davon hängt Ihre und unsere Zukunft ab.«

»Ich weiß. Sie haben es mir erklärt.«

»Bestens. Dann wünsche ich Ihnen alles Gute. Frank wird Sie in das Hotel bringen, das wir für sie ausgesucht haben. Sollten sich Veränderungen ergeben, welcher Art auch immer, rufen Sie mich an. Ich bin jederzeit erreichbar. Und halten Sie sich strikt an unsere Anweisungen, verstanden? Wir überprüfen das.«

»Ja, natürlich. Danke noch mal. Vielen, vielen Dank. Sie haben keine Ahnung, was das für mich bedeutet.«

»Doch. Ich denke, die habe ich.«

Schritte erklingen, eine Tür schwingt auf. Ich drücke mich in die nächstbeste Ecke und erhasche einen Blick auf eine magere Frau in Jeans und dunkelblauem Pullover, der man einen schwarzen Stoffsack über den Kopf gezogen hat. Einer der Wachmänner führt sie zum Ausgang, während Ruth und Rahul im Flur zurückbleiben.

Sekundenlang geschieht nichts.

Ich höre schweres Atmen und dumpfe Herzschläge, deren Rhythmus sich allmählich beruhigt.

»Ruth?«, erklingt schließlich Rahuls Stimme. »Weinst du etwa?«

»Was denkst du von mir?«, erwidert sie müde. »Dass ich ein emotionaler Eisklotz bin? Okay, genau *das* ist deine Meinung. Schon gut. Ich verstehe das.«

»Aber?«

»Es wird dich vielleicht überraschen, aber das hier geht auch mir ans Herz. Wir haben drei todkranke Menschen geheilt. Drei Menschen, die so unglaublich glücklich und erleichtert gewesen sind. So etwas lässt mich nicht kalt. Es ist überwältigend. Es ist einfach nur … erfüllend.«

»Du hast nicht wirklich damit gerechnet, hm? Ich meine, dass alle drei Patienten putzmunter und gesund das Haus verlassen.«

»Nein. Doch. Ich weiß es nicht. Ja, ich war zuversichtlich, aber da waren immer noch Zweifel. Lucy hat recht. Das hier war pure Magie, die wir wissenschaftlich noch nicht erklären können.«

»Diese Magie muss wahrhaft mächtig sein, denn ich habe das Gefühl, dass du langsam sentimental wirst.«

»Ich werde nicht sentimental. Ich habe nur Angst, dass Kian uns verlässt. Mit ihm verlieren wir auch das, was wir nicht greifen und untersuchen können. Das wahrhaft Unerklärliche. Das Geheimnis, das vielleicht für immer eines bleiben wird.«

»Tja, du hättest ihm eben eine Pause gönnen sollen. Stattdessen musstest du drei Patienten an insgesamt vier Tagen heilen. Es grenzt an ein Wunder, dass er das durchgestanden hat.«

»Ja, ja. Schon gut. Du hast recht, Rahul. Das wolltest du doch die ganze Zeit hören, nicht wahr? Wir gönnen ihm jetzt die verdiente Ruhe und konzentrieren uns darauf, dass er wieder zu Kräften kommt. Morgen früh darf er extra lange Energie tanken. Das hat ihm die letzten beiden Male auch gutgetan. Vielleicht bringen wir ihn sogar zum Wasser runter.«

»Okay. Ich erlöse ihn jetzt erst mal von dem ganzen Maschinenkram, und dann lassen wir ihn in Ruhe, verstanden? Ich meine *wirklich* in Ruhe. Du lässt die Finger von ihm, und zwar vollständig.«

»Ja, ja.«

»Meine Güte, Ruth! Hol endlich mal Schlaf nach. Du siehst aus, als würdest du jeden Moment aus den Latschen kippen.«

»Ich fühle mich auch genauso.«

»Dann ab ins Bett.«

»Willst du dich nicht zuerst aufs Ohr hauen? Wir haben beide Augenringe, um die uns jeder Panda beneiden würde.«

»Nein. Schon gut. Ich kümmere mich um alles.«

»Wirklich? Danke. Sag Bescheid, falls sich irgendetwas verändert. Im Guten wie im Schlechten.«

»Natürlich. Jetzt hau dich endlich hin, bevor ich dir eine magische Infusion verpassen muss.«

Ruth nickt, schlurft davon und verschwindet in irgendeinem Zimmer. Dann, als das Klappen einer Tür ertönt, dreht sich Rahul um und trottet den Flur entlang. Als er an mir vorbeikommt, vollführe ich einen Schritt nach vorne und lasse das Licht auf mich fallen.

»Oh«, macht er leise. Dann legt er vielsagend den rechten Zeigefinger auf seine Lippen, deutet ein Kopfschütteln an und vermittelt mir mit einer winkenden Geste, dass ich wieder zurück in den Schatten treten soll.

Ich tue, was er sagt, drücke mich in eine Ecke neben dem Schrank und lausche den Geräuschen. Rahul geht weiter, hantiert irgendwo in der Nähe mit etwas Metallischem herum, räuspert sich, schiebt einen Stuhl zurück und scheint sich, dem leisen Quietschen nach zu urteilen, darauf niedersinken zu lassen.

Okay. Und jetzt?

Wie lange soll ich hier warten? Bis er mich zu sich holt?

Ich halte den Atem an und versuche, meine Sinne zu schärfen. Da erklingen erneut Schritte. Diesmal aus der Richtung, in die Ruth verschwunden ist. Und tatsächlich. Sekunden später kommt sie an meiner Tür vorbei, fährt sich mit beiden Händen durch das offene, zerzauste Haar und geht dorthin, wo sich Rahul befindet.

»Was vergessen?«, höre ich ihn fragen.

»Hm hm. Ich brauche was zum Runterkommen.«

»Du sollst schlafen, keine Auswertungen studieren.«

»Dabei kann ich aber am besten entspannen.«

»Nicht dein Ernst.«

»Doch. Gute Nacht.«

»Gute Nacht.«

Ruth trottet wieder an mir vorbei und lässt ein herzhaftes Gähnen los. In den Händen hält sie einen dicken, prall gefüllten Ordner. Ich ahne, was sich darin befindet, und möchte ihr am liebsten an Ort und Stelle den Hals umdrehen.

Mein Herz klopft immer schneller. Ich presse mich gegen die Wand und versuche, ruhig und tief zu atmen. Wann schläft diese Mistmade endlich ein? Wann kommt Rahul mich holen, damit wir Kian befreien können? Zumindest, und das flößt mir neue Hoffnung ein, scheint der Kerl tatsächlich auf meiner Seite zu stehen. Er hat mich nicht verraten, obwohl es ein Leichtes für ihn gewesen wäre, mich auf dem Silbertablett zu präsentieren.

Ich atme und lausche.

Atme … und lausche.

Dann, nach einer gefühlten Ewigkeit, höre ich Ruths leises Schnarchen. Kurz darauf erklingen Rahuls Schritte. Er bleibt im Flur stehen, verharrt einen Moment lang, läuft weiter und steht plötzlich in der angelehnten Tür.

Sekundenlang starren wir einander an. Dann vollführt er erneut eine winkende Geste, die diesmal einladend gemeint ist. Ich deute ein Nicken an, hefte mich an seine Fersen und folge ihm auf leisen Sohlen den Gang entlang.

Einmal links, einmal rechts.

Durch eine Schiebetür, dann noch einmal links.

Plötzlich wird der Geruch nach Krankenhaus ekelerregend intensiv. Ich halte die Luft an, als ich schließlich einen großen, nur matt erleuchteten Raum betrete, der mit medizinischen Geräten aller Art vollgestopft ist.

Nichts in diesem Zimmer erinnert mehr an ein lauschiges Ferienhaus. Alle ursprünglichen Möbel sind entfernt worden, stattdessen breitet sich vor mir ein hochmodernes Labor aus, dem es an nichts fehlt. Mitten im Raum steht eine elektrohydraulische Operationsliege mit schwarz bezogener Liegefläche, die momentan so eingestellt ist, dass sie auf höhnische Weise an einen Wellness-Sessel erinnert. Und so erweckt es den Anschein, als würde Kian nur eine Runde entspannen. Zumal eine weiche, braune Decke über ihn ausgebreitet ist. Aber ich sehe die Geräte um ihn herum. Ich sehe die Riemen, die schlaff herunterhängen, und den ganzen anderen widerwärtigen Kram, von dem Rahul ihn offenbar gerade erst befreit hat.

»Keine Angst«, flüstert es neben mir. »Er schläft nur.«

»Das sehe ich. Was habt ihr ihm angetan?«

»Das willst du nicht wissen. Glaube mir.«

Ich presse mir eine Hand auf den Mund, um nicht laut aufzustöhnen. Mit der anderen berühre ich sacht Kians Schulter. Großer Gott, er ist so furchtbar kalt und blass. Mehr tot als lebendig. Auf beiden Armbeugen klebt ein Wattebausch, fixiert mit jeweils einem Pflaster. Dann sehe ich die Fellflecken. Weiß und metallisch schimmernd. Auf Brust, Hüften und Oberarmen.

»Wir haben ihn ein paar Mal rausgebracht«, flüstert Rahul. »Der Kontakt mit der Erde hat ihm gutgetan, aber seit der letzten Stammzellapherese heilt er kaum noch. Und dann sind da diese Krämpfe. Weißt du, was sie bedeuten? Kann er sich auch ohne Fell in einen Seehund verwandeln?«

»Was? Nein. Ich glaube nicht.«

»Wie auch immer, wir müssen uns beeilen.«

Rahul zupft die beiden Wattebäusche mit den Pflastern ab, wirft sie in einen Mülleimer und hebt Kian mitsamt der Decke hoch. Während er das Gewicht auf seinen Armen ausbalanciert, werfe ich einen Blick auf die drei Bildschirme, erkenne aber nur nichtssagende Tabellen und komplizierte Diagramme.

»Warte!«, zische ich. »Wir müssen noch die Daten vernichten. Ich will, dass du die Festplatten ausbaust und sämtliche Kameras,

Diktiergeräte, Laptops und SD-Karten zerstörst. Dazu alle Proben, die ihr genommen habt.«

»Nein.«

»Nein?«

»Hör zu, ich gebe dir Kian zurück. Ich lasse euch beide gehen, aber die Ergebnisse unserer bisherigen Forschung bleiben hier. Sie sind unbezahlbar, verstehst du das? Wir haben drei schwerstkranken Menschen das Leben gerettet. Leukämie im Endstadium. Creutzfeld-Jakob. Amyotrophe Lateralsklerose. Das waren todgeweihte, verzweifelte Seelen, die wir innerhalb kürzester Zeit heilen konnten. Dank Kians *magischer Komponente,* wie Ruth es so schön umschrieben hat. Begreifst du, was das bedeutet? Kannst du verstehen, warum ich nicht darauf verzichten kann?«

»Ja. Nein. Ich weiß nicht. Wo sollen wir hin, wenn die ganze Welt hinter uns her ist? Du weißt, dass das früher oder später passieren wird.«

»Wir reden später darüber. Nicht hier und nicht jetzt. Ruth sollte eigentlich wie ein Stein schlafen, aber sie hat das Gespür einer Schlange. Los jetzt. Geh du zuerst und mach die Tür hinter mir zu. Wir nehmen denselben Weg, den du benutzt hast, um reinzukommen.«

»Okay.« Ich schleiche aus dem Raum, drehe mich um und warte, bis Rahul Kian in den Flur getragen hat. Danach schließe ich die Tür und folge ihm zum Kellereingang. Alles bleibt ruhig, während wir die Treppe hinuntersteigen. Fast schon verdächtig ruhig.

»Warte!«, zischt Rahul, als wir vor der äußeren Kellertür stehen. »Kannst du etwas hören?«

Ich presse mein Ohr gegen das Holz und lausche. Irgendwo dort draußen tappen leise Schritte, kommen näher, ziehen an uns vorüber und biegen um die Hausecke.

»Die Luft ist rein«, flüstere ich. »Was ist mit der Alarmanlage?«

»Darum habe ich mich gekümmert.«

»Kameras?«

»Es ist alles okay, Mari. Los jetzt. Mach die Tür auf.«

Ich gehorche, schaue einmal nach links und nach rechts, nicke Rahul zu und sprinte hinüber in das Gestrüpp.

Er folgt mir dichtauf.

Niemand schlägt Alarm. Niemand schießt auf uns.

Aber dann, als wir endlich in die Deckung der Sträucher und Büsche eintauchen, spüre ich einen Blick in meinem Nacken prickeln. Sofort greife ich nach einem Stein, fahre herum und werfe. Ich muss nicht einmal darüber nachdenken. Irgendetwas Urtümliches und Instinktgesteuertes übernimmt die Kontrolle und verleiht mir die Fähigkeit, einen perfekten Wurf zu landen.

In der Sekunde, in der der Wachmann die Situation erfasst und den Mund zu einem Warnlaut öffnet, kracht der Stein gegen seinen Kopf und schickt ihn zu Boden.

»Wow!«, flüstert Rahul. »Das war verdammt präzise.«

»Danke. Los jetzt, wir müssen zum Wasser. Aber nicht zum Strand, sondern in die kleine Bucht runter.«

»Okay. Alles klar.«

Seite an Seite sprinten wir durch das lichte Wäldchen. Inzwischen ist es deutlich dunkler geworden, was uns hoffentlich vor weiteren Blicken schützen wird. Aber plötzlich, gerade als wir den Hang zur Bucht hinunterlaufen, kommt Kian wieder zur Besinnung. Anfangs wehrt er sich nur matt gegen Rahuls Griff, doch seine Kräfte nehmen in Sekundenschnelle zu. Ich höre dunkles, bedrohliches Knurren. Sehe das Blitzen scharfer Zähne.

»Schon gut!«, zischt Rahul. »Wir sind hier, um dir zu helfen.«

Kian scheint ihn nicht zu verstehen. Er faucht und windet sich wie eine Katze, so heftig, dass Rahul ihn fallen lassen muss.

»Beruhige dich, okay? Wir haben dich rausgeholt. Mari ist hier. Ja, deine Mari. Es ist alles in Ordnung.«

Kian knurrt erneut, schleudert die Decke beiseite und vollführt eine taumelnde Drehung. Dann sackt er mit einem leisen Aufstöhnen in die Knie. Ich hocke mich vor ihn, greife nach seinen Schultern und versuche, ihm in die Augen zu schauen. Als es mir endlich gelingt, seinen Blick einzufangen, gefriert mir das Blut in den Adern. Da ist nichts als nackte, grenzenlose Panik. Ohne Verstand. Ohne das geringste Erkennen. Mit einem wütenden Grollen stößt er mich zu Boden und kauert in der nächsten Sekunde über mir.

»Kian! Nein! Hör auf! Ich bin es, Mari!«

Erneut vibriert ein angriffslustiges Knurren in seiner Kehle. Ich weiß, dass er kurz davor ist, die Zähne in meinen Hals zu schlagen. Rahul versucht, ihn von mir wegzuzerren, aber es gelingt ihm nicht. Stimmen werden laut. Hektische Schritte erklingen, bewegen sich in unsere Richtung und kommen schnell näher.

»Kian! Bitte!« Ich zappele aus Leibeskräften. »Wir haben dich befreit. Lass mich los! Es ist alles gut. Wir müssen zum Meer, verstehst du? Wir müssen fliehen.«

Endlich flackert der Hauch einer Erkenntnis durch seine Augen. Die Panik verblasst und überlässt abgrundtiefem Entsetzen das Feld.

»Mari?«, flüstert er ungläubig.

»Ja. Ich bin es. Lass mich los, wir müssen weg.«

»Es … es tut mir leid. Ich wusste nicht, dass … ich dachte, du … Mari, bitte verzeih mir.«

»Schon gut.« Tränen brennen in meinen Augen. Großer Gott, was muss er in den letzten Tagen oder sogar Wochen erlebt haben, wenn sein erster Impuls darin besteht, alles und jeden in blinder Angst anzugreifen. Sogar mich.

»Los jetzt!« Rahul zerrt an uns beiden, wir rappeln uns hoch und stolpern den Hang hinunter. Kian stürzt, wir helfen ihm wieder auf die Beine und rennen weiter. Nur noch fünfzig Meter. Nur noch vierzig. Ich sehe bereits den Stein, unter dem ich das Fell versteckt habe. Damit haben wir zwar eines zu wenig, aber unsere Orcafreundin und ihre Familie sind dort draußen und werden uns beschützen.

»Briana?«, ächzt Kian erschreckend kraftlos.

»Ja.« Ich zwinge mich zu einem Lächeln. »Sie ist hier. Ganz in der Nähe. Zusammen mit ihren Kindern.«

Er deutet ein Nicken an und stolpert weiter. Da erklingt plötzlich das unverkennbare Geräusch eines Narkosegewehrschusses. Einmal. Zweimal. Dreimal. Keine Ahnung, ob einer der Pfeile getroffen hat. Wir rennen weiter, ohne uns umzudrehen. Über Gras und Erde und Steine hinweg, während wir mehr schlecht als recht den Hang hinunterschlittern und schließlich die Bucht erreichen.

Das wird knapp.

Verflucht knapp!

Aus drei Wachmännern scheinen plötzlich doppelt so viele zu werden. Oder ich bilde es mir nur ein. Mittendrin höre ich Ruth etwas schreien.

»Hier!« Ich wuchte den Stein zur Seite und ziehe das Fell heraus. »Nimm es, Kian.«

Ich drehe mich um – und erstarre.

Nicht nur, weil er zitternd und krampfend in die Knie geht und zur Seite kippt. Sondern auch, weil zwei Pfeile in seinem Körper stecken. Einer hat von hinten die linke Schulter getroffen, der andere die rechte Hüfte.

»Scheiße!« Rahul ist geistesgegenwärtig genug, um seinen Sturz abzufangen. Behutsam lässt er ihn in den Sand sinken, entfernt die Geschosse und schleudert sie beiseite. »Das waren die schwarz Gefiederten. Die mit der höchsten Dosis.«

»Was meinst du damit? Dass sie ihn umbringen können?«

»In seinem Zustand? Ja! Definitiv. Er hat schon dreimal auf diese Weise gekrampft, und da hatte er keine doppelte Elefantendosis intus. Schnell. Gib mir sein Fell.«

Ich tue, was er sagt. Rahul breitet es wie eine Decke über ihn aus, wuchtet ihn wieder auf seine Arme und stolpert die letzten Schritte zum Wasser hinunter. Draußen in der Bucht tauchen Briana und ihre Familie auf. Nervös klatschen die Orcas mit den Flippern auf die Oberfläche und überschwemmen mich mit einer Flutwelle aus Emotionen.

»Keine Bewegung!« Vier Security-Männer stehen plötzlich hinter uns und zielen mit ihren Waffen, offenbar unschlüssig, ob sie auch Rahul und mich ausknocken sollen. Einer der Kerle blutet aus einer Stirnwunde und sieht aus, als würde er jeden Moment das Bewusstsein verlieren. »Lassen Sie ihn runter! Sofort!«

»Was denn nun?« Rahuls Stimme zittert vor verzweifelter Panik. »Nicht bewegen oder ihn runterlassen?«

»Erst runterlassen. Dann keine Bewegung.«

Wir starren einander an. *Was jetzt?*, formen Rahuls Lippen. *Was sollen wir tun, Mari?*

Hinter uns bricht ein ohrenbetäubendes Tosen und Klatschen los. Ich fahre herum und sehe Briana, die verzweifelt versucht, uns zu erreichen. Aber ihr mächtiger Leib bleibt stecken, kaum fünf Meter vom Ufer entfernt. In wütender Resignation lässt sie ihren Kopf hin und her pendeln und schlägt mit der Fluke aus.

»Scheiße!«, murmelt einer der Wachmänner. »Was zum Teufel geht hier ab?«

Ich drehe mich wieder um. Just in dem Moment geht ein heftiger Krampf durch Kians Körper. Rahul versucht noch, ihn festzuhalten, aber er gleitet ihm aus den Armen, kracht schwer zu Boden und krümmt sich zusammen.

Das Fell auf seiner Haut breitet sich aus. Die Muskeln scheinen förmlich zu versteinern, sein Blick wird stumpf und leer.

Es ist zu viel, erkenne ich mit bitterer Gewissheit. Er schafft den Wechsel nicht, und deswegen versucht sein Körper, die Verwandlung mit roher Gewalt zu erzwingen. Hinter uns kämpft Briana gegen das flache Wasser an, so kraftvoll und verzweifelt, dass ein Regen aus Gischt auf uns niedergeht.

»Nein!« Ich falle neben Kian auf die Knie und umfasse sein Gesicht mit beiden Händen. Unsere Blicke treffen sich, und ich sehe, wie das Leben aus ihm herausfließt. »Nein, bleib bei mir! Bitte bleib bei mir. Ich habe dein Fell. Kannst du es nicht spüren?«

In idiotischer Hoffnung drücke ich die Seehundshaut gegen seinen kalten, harten Körper. Aber es nützt nichts. Er ist längst zu schwach für den Wechsel, und die ohnmächtige Verzweiflungstat seines Körpers macht alles nur noch schlimmer.

»Nein«, keuche ich. »Nein, nein, nein, nein!«

Es darf so nicht enden!

Es darf … so nicht … enden!

Am Rand meines in Trümmern liegenden Bewusstseins nehme ich zwei Dinge wahr: Ruth steht neben uns, hält eine Waffe in der rechten Hand und hat die linke flach auf ihre Stirn gelegt. Gleichzeitig gelingt es Briana, in tieferes Wasser zu gleiten.

»Nein!«, flüstere ich zum ungezählten Mal – und spüre, wie sich Kians Herz einen letzten Schlag erkämpft. Es pocht noch einmal gegen meine Hand. Matt und kraftlos. Dann steht es still. Ja. Es steht einfach still. Als wäre sein Leben eine Kerzenflamme, die erloschen ist.

Fassungslos starre ich auf sein Gesicht. Sehe, wie es sich verändert. Wie es plötzlich zu einer grauen, toten Maske wird. Sein Blick, gerade noch voller Emotionen, ist grausam stumpf und leer. Er sieht mich nicht mehr. Er wird mich niemals wieder sehen.

Lange Zeit ist es still um mich herum.

Seltsame Dinge geschehen, aber ich nehme sie nur als fernen Nebel wahr, der mich nicht länger berühren kann. Sonderbare Geräusche erklingen. Einer ätherischen Melodie gleich, die aus den Tiefen des Meeres emporsteigt. Alle vier Wachmänner sinken stöhnend zu Boden. Einer nach dem anderen. Ruth lässt ihre Waffe fallen und sinkt auf die Knie. Rahul kauert neben ihr, zieht sie in seine Arme und hält den schlotternden Körper fest.

Weint sie etwa?
Um den kostbaren Schatz, der ihr entrissen wurde?
Egal.
Alles egal.
Ich küsse Kians eiskalte Haut. Streiche seine Augenlider nieder. Beschließe, ihn niemals wieder loszulassen. Ganz gleich, was geschieht. Während all der schrecklichen Tage und Nächte bin ich nicht bei ihm gewesen, aber noch einmal lasse ich ihn nicht allein.

Draußen auf dem Meer schreien die Orcas ihr Leid hinaus. Ihr Singen und Pfeifen klingt so markerschütternd traurig, so abgrundtief wehmütig und verzweifelt, dass das letzte noch intakte Stück meiner Seele zersplittert.

Ruth weint hemmungslos. Sie scheint völlig in sich zusammenzubrechen und wird nur noch von Rahuls Armen aufrecht gehalten. Hinter den beiden liegen alle vier Wächter reglos im Sand. Aber sie leben noch. Ich kann sehen, wie sich ihre Oberkörper langsam heben und senken.

Egal. Es ist mir gleich, was hier gerade vor sich geht. Kian ist tot, und nicht einmal die Große Mutter kann ihn wieder zu mir zurückbringen. Sein Weg ist zu Ende. Ein für alle Mal. Er kann das Meer nicht mehr heilen und wird niemals wieder seiner Aufgabe nachgehen können.

Ja, am Ende gewinnen immer die Haie.
Jedes verdammte Mal.

»Großer Gott«, höre ich Rahul plötzlich flüstern. »Was in aller Welt ist das?«

Gleichgültig blicke ich auf und erkenne, dass er fassungslos auf das Meer starrt. Als ich es ihm gleichtue, sehe ich zwei Gestalten, die aus den Wellen steigen. Ebenso anmutig, wie Kian und Bran es getan haben, aber die beiden sind keine Selkies. Ihre Präsenz ist magisch, das verraten mir all meine Sinne. Aber sie ist auch auf unerklärliche Weise fremd, als würde die Essenz dieser Geschöpfe einer vollkommen anderen Quelle entspringen.

»Großer Gott!«, wiederholt Rahul, als die Wesen aus dem Wasser steigen und sich zu uns gesellen. Es sind eine Frau und ein Mann, beide scheinen ein paar Jahre älter zu sein als ich und tragen langes, schwarzes Haar, aus dem Salzwasser tropft. Ihres ist makellos glatt, seines gelockt. Einen Moment lang bin ich von der Erscheinung der beiden Gestalten derart überwältigt, dass ich alles um mich herum vergesse. Während der Mann so blass ist, dass er beinahe leuchtet, besitzt die Frau deutlich dunklere, fast schon bronzefarbene Haut.

Ihre Gesichtszüge scheinen asiatisch oder indianisch zu sein, seine sind so klassisch und symmetrisch, dass sie einer antiken Statue als Vorbild hätten dienen können.

Ruth, Rahul und ich sagen kein Wort. Wir alle starren die beiden Wesen einfach nur an.

Die Augen der Frau sind abgrundtief schwarz.

Wie Kians Augen.

In denen des Mannes aber glimmen faszinierende Blautöne, als wäre sein Blick von einem mystischen Licht erfüllt. Sowohl er als auch seine Gefährtin strahlen Magie aus, aber in seinem Fall scheint sie sehr viel konzentrierter zu sein. Als würde unter dieser bleichen, fast schon perlmuttartigen Haut etwas unvorstellbar Altes und Machtvolles pulsieren.

»Ich kann ihm helfen.« Als er spricht, sträuben sich unter dem Klang seiner Stimme all meine Körperhaare. »Aber der Preis ist hoch.«

»Was …« Ich muss schlucken, bevor ich weitersprechen kann. »Was meinst du?«

Der Mann lächelt sanft. »Wenn ein Selkie stirbt, kann man ihn in das Leben zurückholen, indem man ihn zusammen mit seinem Fell dem Meer übergibt. Er wird sich in ein Tier verwandeln, sämtliche Erinnerungen verlieren und niemals wieder in der Lage sein, die Gestalt eines Menschen anzunehmen.«

Inzwischen ist mein Herz so kalt und tot, dass mich dieser Gedanke nicht einmal mehr erschreckt. »Aber er wird leben?«

»Ja. Und er wird seine Aufgabe weiterhin erfüllen können, weil die Essenz der Magie erhalten bleibt.«

»Dann tu es.« Es gibt kein Zögern. Keinen noch so kleinen Moment des Zweifels. »Bitte hilf ihm. Es darf nicht zu Ende sein.«

Der Mann nickt, kniet vor uns nieder und streckt in einer bittenden Geste seine Arme aus. Ich verstehe, was er damit sagen will, weiche von Kian zurück und spüre, wie mein Herz ein weiteres Mal zerrissen wird.

»Wird es ihm gut gehen?«, bringe ich flüsternd hervor.

Der Mann nickt. Dann spielt erneut ein feines Lächeln um seinen Mund. »Ja. Als Tier ist vieles leichter.«

Ich presse die Lippen zusammen, stehe auf und kann kaum noch atmen. Der Stachel in meiner Kehle schmerzt, als bestünde er aus scharfen Klingen und giftigen Dornen. Ganz behutsam hebt der Mann Kian auf seine Arme, dreht uns den Rücken zu und geht langsam in das Wasser.

»Ich bin übrigens Maya.« Die Frau tritt neben mich und schenkt mir ein warmherziges Lächeln. »Und das ist Christopher. Er wird sich gut um deinen Liebsten kümmern, mach dir keine Sorgen. Es tut uns furchtbar leid, dass wir zu spät gekommen sind. Wir waren lange in der Südsee und sind erst vor wenigen Tagen zurückgekehrt.«

»Wer seid ihr?« Unverwandt starre ich auf den Mann, der mit Kian in seinen Armen im Wasser steht und irgendeine Magie zu wirken scheint. »Was seid ihr?«

»Oh, das ist eine lange Geschichte.« Maya wirft einen Blick auf Ruth und Rahul, die immer noch Arm in Arm im Sand knien. »Aber wir werden sie erzählen. Ja, auch euch beiden, obwohl ihr grausame Dinge getan habt. Denn nicht nur für Kian beginnt heute ein neues Leben.«

Ruth gibt einen heiseren, verzweifelten Schluchzer von sich.

»Ja«, sagt Maya. »Der Moment, in dem man sein wahres Selbst erkennt, ist für viele Menschen der schlimmste Tag ihres Lebens. Christopher hat beschlossen, dass genau das eure Strafe sein soll. Früher oder später wärt ihr selbst an diesen Punkt gekommen, aber er hat den Prozess der Selbsterkenntnis ein wenig beschleunigt. Fühlt sich beschissen an, nicht wahr?«

Ruth nickt stumm. Dann fällt sie erneut in Rahuls Arme und weint zitternd und wimmernd sein Hemd nass.

»Seht es positiv«, fügt Maya hinzu. »Ihr wisst jetzt, dass ihr auf dem falschen Weg unterwegs gewesen seid. Getrieben von Träumen und Hoffnungen, ja. Aber das ändert nichts an der Tatsache, dass ihr verdammt noch mal Scheiße gebaut habt.«

Ich blinzele irritiert, weil es seltsam ist, ein solch ätherisches Geschöpf auf diese Weise reden zu hören. Maya seufzt, dann blickt sie wieder zu Christopher und Kian hinüber. Inzwischen sind beide in ein sanftes, strahlendes Licht gehüllt, das von uralter Magie durchdrungen ist. Und dann, in einer wunderbar fließenden Bewegung, gleitet ein weißer Seehund in das Meer hinaus. Er dreht sich kein einziges Mal um, sondern verschwindet wie ein Geist in der Dunkelheit. Ohne Erinnerung. Ohne jede Aussicht darauf, jemals wieder Kian zu werden.

Plötzlich sinke auch ich auf die Knie. Überwältigt von einem Schmerz, der mir das Herz aus der Brust zu reißen scheint. Christopher watet an den Strand zurück, im gleichen Moment kommen die vier Wachmänner wieder zur Besinnung. Ich beobachte mit tränenverschleiertem Blick, wie er jedem von ihnen auf die Beine hilft und sekundenlang eine Hand flach auf ihre Stirnen legt. Dann, als wäre nichts geschehen, trotten die Männer schweigend zum Haus zurück.

»Was hast du gemacht?«, fragt Rahul.

»Dafür gesorgt, dass sie sich an nichts erinnern. Sind das alle gewesen?«

»Ja. Ich meine, nein. Einer aus der Spätschicht fehlt noch, aber er müsste jeden Moment zurückkommen. Die Ablösung erfolgt immer gegen sechs Uhr morgens.«

»Gut. Dann kümmere ich mich auch darum. Sicher ist sicher. Bist du in Ordnung, Mari?«

Ich blinzele ungläubig zu ihm hoch. »Du kennst meinen Namen?«

»Ja. Maya und ich sind bei euch gewesen. Zumindest in unseren Gedanken. Leider haben wir euren Schmerz erst vor wenigen Tagen gespürt. Es tut mir leid, dass wir nicht früher kommen konnten.«

Ich nicke nur, denn inzwischen ist meine Kehle so wund und zugeschwollen, dass ich kein Wort mehr hervorbringe.

»Kian ist jetzt frei«, sagt Maya sanft. »Er ist wieder im Meer und kann seiner Bestimmung folgen. Vergessen ist manchmal gnädig, Erinnerung grausam. Für ihn wird es leichter sein als für dich. Aber wir bleiben eine Weile bei dir, falls du das möchtest.«

Ich nicke mit zusammengepressten Lippen.

»Oh, und du hast gefragt, was wir sind. Nun, es gibt viele Namen für uns. Nixen. Sirenen. Meervolk. Suche dir etwas aus.«

Ich reiße die Augen auf. Schlagartig löst sich der Knoten in meiner Kehle. »Nixen?«, bringe ich hervor. »Willst du mir etwa sagen, dass ihr im Wasser einen Fischschwanz habt?«

»Ja.« Maya zwinkert Christopher zu. »Einen *schillernden.*«

»Oh mein Gott. Hat Oliver damals vielleicht euch gesehen? Vor der Küste von Skye?«

»Wer ist Oliver, und was hat er gesehen?«

»Oliver ist der Freund meines Bruders. Wir leben gemeinsam auf Westray. Und was er gesehen hat? Eine weiße Fluke vor der Küste der Insel. Seit damals ist er Feuer und Flamme für magische Meereswesen.«

»Wenn die Fluke hell gewesen ist, hat er Christopher gesehen. Oder seine Mutter. Meine ist bronze- und kupferfarben.«

»Das ist … wow, das ist absolut unglaublich.«

»Nicht unglaublicher als Selkies. Ach, Mari. Es tut mir so leid, was euch widerfahren ist. Aber weißt du was? Das Schicksal geht seine ganz eigenen Wege.«

»Was willst du damit sagen?«

»Kian und du, ihr seid füreinander bestimmt. So, wie Chris und ich füreinander bestimmt sind. Egal, welche Hindernisse und Widrigkeiten sich euch in den Weg stellen, am Ende wird alles gut.«

»Und wenn es nicht gut wird?«

Maya lächelt und wirft Christopher einen Blick zu, in dem nichts als tiefe Liebe und Zuneigung liegt. »Dann ist es nicht das Ende, Mari.«

Kapitel 18
Wie ich einen neuen Weg beschritt

Mari

Mehrere Wochen lang bleiben Maya und Christopher bei uns auf Westray. Ihre Gegenwart ist wohltuend und heilsam, denn auch sie sind Wächter, Heiler und Beschützer. Genauso wie Kian.

Nur ihnen, Finley und Oliver verdanke ich, dass ich über Wasser bleibe. Sie sind mein Licht in der Dunkelheit. Meine unerschütterlichen Felsen in der Brandung, an denen ich mich festhalten kann. Über mehrere Abende hinweg erzählen uns Maya und Christopher ihre Geschichte, und ich kann förmlich spüren, wie jedes einzelne Wort meine Wunden ein klein wenig heilen lässt. Ja, auch sie haben schwere Jahre hinter sich. Jahre voller Angst, Verlust und Schmerz. Sie haben einander verloren und wiedergefunden, und diese Erkenntnis strahlt wie ein Hoffnungsschimmer durch meine Trauer.

Schon bald blicke ich nicht mehr verzweifelt auf das Meer hinaus, sondern warte auf jenen Tag, an dem Kian zu mir zurückkehrt. Weil die Liebe letztendlich alles durchdringt. Selbst den Abgrund des Vergessens und die dunklen Tiefen des Ozeans.

Tag für Tag streifen Maya und Chris in ihrer wahren Gestalt an der Küste entlang und halten nach Kian und Bran Ausschau. Aber weder von dem einen noch von dem anderen gibt es auch nur die kleinste Spur. Vermutlich sind beide fortgeschwommen. Weit genug, um nicht einmal mithilfe magischer Wächtersinne aufgespürt zu werden.

Eines Tages, als der erste starke Herbststurm über Westray fegt und das Meer in einen Hexenkessel verwandelt, verkünden Maya und Christopher, dass sie nicht länger bei uns bleiben können. Zu viele Aufgaben müssen erfüllt werden, zu viele Geschöpfe brauchen ihre Hilfe. Also verabschieden wir uns von ihnen, stehen Schulter an Schulter in einer einsamen Bucht und beobachten, wie die beiden in den kabbeligen Wellen verschwinden.

Finley, Oliver und ich vergießen heiße Tränen.

Es tut weh, unsere Freunde gehen zu lassen.

Weit mehr, als wir erwartet haben.

»Gut«, sagt mein Bruder schließlich mit belegter Stimme. »Das war's also. Sollen wir direkt nach Hause fahren oder wollt ihr noch irgendwo hin?«

Ich schniefe frustriert. »Frühstück bei Anna?«

»Oh Gott, ja«, stöhnt Oliver. »Ich brauche einen Kaffee. Einen verdammt großen Kaffee. Sagt mal, ihr spielt nicht wirklich mit dem Gedanken, die Insel zu verlassen? Oder doch?«

»Nein!«, antworten Finley und ich wie aus einem Mund.

»Oh. Gut.« Oliver schnauft erleichtert. »Ich meine, es wäre natürlich sicherer, aber der Gedanke, Westray den Rücken zu kehren … unserem wunderschönen Haus am Meer … der Gärtnerei … puh! Ich glaube, ich würde das nicht überleben.«

»Wir auch nicht«, erwidere ich, woraufhin mein Bruder bekümmert nickt. »Ich lasse mich nicht vertreiben. Von niemandem.«

»Selkies und Meerjungfrauen.« Oliver stößt ein verunglücktes Lachen aus, das mehr an ein Schniefen erinnert. »Wirklich ungeheuerlich. Wer hätte gedacht, dass uns jemals etwas so Verrücktes passiert.«

»Tja.« Finley berührt die Waffe unter seiner Jacke, die er seit meinem Verschwinden immer dabei hat. Nur für den Fall, dass Bran einen weiteren Angriff startet oder Ruth und Rahul ihren Schwur vergessen. »Wir haben einen Blick in das Reich der Legenden geworfen und dafür bezahlt.«

»Vor allem Kian und Mari«, wirft Oliver ein. »Denkt ihr, unsere beiden Frankensteins halten sich an ihr Versprechen?«

Finley zuckt mit den Schultern. »Maya hat gesagt, dass Christopher inzwischen ein Meister im Seelenlesen und Beeinflussen ist. Wenn er sich sicher ist, dass die beiden Ruhe geben, bin ich mir dessen auch sicher. Ziemlich jedenfalls. Ich glaube, er hat Ruth ganz gewaltig das Gehirn umgekrempelt. Als sie bei uns gewesen ist, hat sie kein einziges Mal zu weinen aufgehört.«

»Ja.« Oliver grinst. »Sie war das personifizierte schlechte Gewissen. Nicht, dass mir dieses Miststück leidtun würde. Absolut nicht. Ich hoffe sogar, dass es sich inzwischen die verdammten Augen aus dem Kopf geheult hat. Aber am Ende tut es doch gut, eine Geschichte mit Frieden und Vergebung enden zu lassen.«

»Mir ist kalt«, lüge ich. »Lasst uns gehen.«

»Okay.« Mein Bruder seufzt, wirft mir einen traurigen Blick zu und ringt sich zu einem kläglichen Lächeln durch. »Also dann. Frühstück bei Anna. Mit drei verdammt großen Kaffees.«

Der Tag, an dem der erste Schnee fällt, ist ganz besonders grausam. Noch nie hat ein Winter so schnell und heftig Einzug gehalten. Die Straßen sind vereist, der Wind heult um das Haus und die See ist ein Mahlstrom aus Weiß und Grau. Niemand, der nicht dazu gezwungen ist, verlässt an einem solchen Tag das Haus, aber mich zieht es unwiderstehlich nach draußen. Also ziehe ich einen Mantel über, stecke sicherheitshalber Finleys Waffe ein und breche zu einem Spaziergang auf.

Der Sturm lässt die Insel förmlich gefrieren, aber ich spüre keine Kälte. Vermutlich ein Andenken aus meiner Zeit als Selkie, die mir erhalten geblieben ist. Langsam stapfe ich durch die dünne Schicht aus Schnee, lausche dem feinen Knistern und Knirschen und blicke auf das tosende Meer hinaus.

Die Sehnsucht tut weh. Sie wird immer schlimmer, bis ich schließlich am Strand stehe und seinen Namen rufe.

»Kian! Ich brauche dich. Ich habe dir ein Versprechen gegeben, aber ich kann es nicht halten. Es tut mir leid. Bitte komm zurück.«

Meine Kehle schmerzt. Warum tue ich das? Warum quäle ich mich immer wieder selbst? Gleichgültig rumoren die Wellen an den Strand. Zeitlos und monoton. Ich will mich in das Wasser stürzen, auf den Horizont zuschwimmen, in die stille Tiefe flüchten. So lange, bis sich das Tier in mir befreit und der Mensch verschwindet. Aber ich weiß, dass dort draußen nicht nur die Freiheit auf mich warten würde, sondern auch Gefahren und Einsamkeit. Kian ist irgendwo in weiter Ferne. Als Seehund, der keine Erinnerung in sich trägt. Vermutlich werde ich ihn niemals wieder zu

Gesicht bekommen. Nicht einmal aus weiter Ferne, und das ist auch gut so. Denn früher oder später wird die Jagd von Neuem beginnen. Ganz gleich, ob Ruth und Rahul ihren Schwur einhalten oder nicht. Die Welt bietet keinen Platz mehr für magische Wesen. Der Schleier der vertrauten Realität wird erneut zerrissen werden, auf welche Weise auch immer, und dann erfährt die Welt, dass dort draußen etwas Großes und Magisches existiert. Etwas, das viele den *Heiligen Gral* nennen werden.

Noch einmal rufe ich Kians Namen. Wenn auch nur, weil meine Sehnsucht darauf hofft, dass er mich auf irgendeine Weise hören kann. Draußen in weiter Ferne. Hinter dem Schleier des Schnees und der eisigen Gischt. Immer wieder werde ich von Erinnerungen umschwärmt. Manche sind warm und zärtlich, andere zerschneiden mein Herz mit scharfen Klingen.

Zwei Welten, die einander niemals hätten nahekommen dürfen, sind vereint worden. Und auf gewisse Weise sind sie immer noch eins. Selbst ohne Fell bin ich ein Selkie. Die Kälte kann mich nicht berühren, das Wasser lockt mich Tag und Nacht und brennt immer heftiger in meinem Blut. Wenn ich träume, dann bin ich ein Tier. Ein Geschöpf der See, das den Strömungen folgt. Wie lange werde ich das noch ertragen? Wie viel Sehnsucht kann sich in mir ansammeln, bevor es mich zerreißt?

Als ich Schuhe und Socken ausziehe, um durch den Schaum der Gischt zu waten, ist es beinahe so weit. Der Glanz der Oberfläche scheint mich in sich hineinziehen zu wollen. Das Wogen der Wellen erzählt mir, wie weit ich mich bereits vom Land entfernt habe. Schneeflocken schmelzen auf meiner Haut, ich lege den Kopf in den Nacken und beobachten ihren wirbelnden Tanz, der ebenso wie das Wasser unsichtbaren Strömungen zu folgen scheint.

Nein. Ich darf dem Rufen nicht nachgeben. Finley und Oliver brauchen mich. Wir drei sind eins, wir leben unser Leben und lieben einander. Jeder auf seine Weise.

Doch was ist schon ein Traum bei Tag, geht mir ein Gedicht von Edgar Allan Poe durch den Kopf, *für einen, dessen Blick den Tag nur streift, auf seinem Weg in alte Zeit zurück?*

Ich ziehe Schuhe und Socken wieder an, drehe mich um und wandere in Richtung Haus. Aber als ich bereits in die hell erleuchteten Fenster blicken und Finley und Oliver beim Abendessen kochen beobachten kann, zieht mich irgendetwas wieder zurück.

Ist es ein Rufen? Eine irrationale Hoffnung? Oder nur der Selkie in meinem Blut, der einfach nicht vom stürmischen Meer lassen kann?

Dort!

Weit hinten im Wasser!

Ist da nicht ein heller Schatten? Ein geschmeidiger Körper, der unter den Wellen dahingleitet? Nein. Unsinn. Ich habe mir schon oft eingebildet, Kian zu sehen. Während unserer Ausflüge mit Andreas. Auf *Skara Brae*. Des Nachts im Mondschein. Jedes Mal ist es ein Trugbild gewesen. Eine grausame Illusion aus Sehnsucht und gestaltlosem Nebel.

Aber dann sehe ich erneut ein helles Aufschimmern. Es bewegt sich auf mich zu. In sanftem, elegantem Zickzack. Mein Herz beginnt zu stolpern. Zuerst scheint es zu gefrieren, dann rast es wie von Sinnen, als ich mitsamt meinen Schuhen in die Brandung wate. Ja, es ist ein weißer Seehund. Er kommt auf mich zu, vollführt eine spielerische Drehung, zieht an mir vorbei und hievt sich auf den Sand.

Sekundenlang kann ich mich nicht rühren.

Es ist Kian.

Er ist zurückgekehrt.

Mit zitternden Beinen schwanke ich auf ihn zu, falle auf die Knie und lege beide Hände auf seinen glänzenden, stromlinienförmigen Körper. Der Seehund schnauft, rollt sich auf den Rücken und blickt mit seinen wunderschönen, großen Augen zu mir hoch.

Ein Tier.

Kein Mensch.

Aber im Augenblick ist mir das egal. Ich weine, flüstere seinen Namen, schließe ihn in meine Arme und küsse sein nasses, schimmerndes Fell. Niemals werde ich ihn wieder gehen lassen. Niemals, niemals, niemals! Ganz gleich, was geschieht.

Aber das wirst du müssen, flüstert eine böse Stimme. *So oder so.*

Ich drücke ihn noch fester an mich. Kann nicht aufhören, ihn zu berühren und zu küssen. Wie kalt er ist. Fast ebenso kalt wie das stürmische Meer und der beißende Wind.

»Hallo, Mari.«

Ich schrecke hoch und sehe drei Gestalten, die aus den Wellen steigen. Zuerst kommt Maya zum Vorschein, dann Christopher. Und schließlich Bran. Ja, es ist Bran. Er, der uns all das eingebrockt hat.

Einen Moment lang spüre ich nur noch eine Emotion: blindwütigen Zorn. Ich will mich auf ihn stürzen, ihn schlagen und erwürgen und in Stücke reißen. Das Raubtier in mir, das mich niemals ganz verlassen hat, lechzt nach Kampf und Rache. Aber ich rühre mich nicht. Halte Kian fest an mich gedrückt und erdolche seinen Bruder mit Blicken.

»Er ist nicht gekommen, um euch wehzutun.« Maya geht neben mir in die Knie und legt eine kalte Hand auf meine Schulter. Salzwasser rinnt aus ihrem langen, schwarzen Meerjungfrauenhaar, und auf der bronzefarbenen Haut schimmern metallisch glänzende Schuppen. Auch Christopher hat seine wahre Gestalt nicht vollständig abgelegt. Silbrig-weiße Reflexe schillern auf seinem elfenbeinbleichen Körper, und die Iriden der Augen leuchten so hell, als wäre ein wildes, azurblaues Feuer darin gefangen.

Beide sind einfach nur wunderschön.

Auf eine gespenstische, unfassbar fremdartige Weise.

Aber Christopher trägt noch dazu etwas in sich, das eine urtümliche Ehrfurcht in mir auslöst. Während Kian, Bran und Maya jeweils kleine Teile einer göttlichen Existenz besitzen, hat er eine Kreatur der Vorzeit in sich aufgenommen. Ein eigenständiges, unvorstellbar altes Wesen, das sich in seinem Körper eingenistet hat und eine Macht jenseits aller Vorstellungskraft ausstrahlt.

»Es ist schön, euch wiederzusehen«, sage ich. »Aber warum ist Bran mitgekommen?«

Maya lächelt mich an. So liebevoll, dass es mir das Herz zerreißt. »Kians Erinnerung ist zurückgekehrt.«

»Was?«

»Wie ich schon sagte. Liebe durchdringt alles. Selbst das Vergessen. So ist es bei Christopher damals auch gewesen. Nach dem schrecklichen Vorfall sind Bran und Kian gemeinsam davongeschwommen. Ja, genau. Sie haben sich versöhnt und sind jetzt Brüder. Nicht nur im Körper, sondern auch in der Seele. Und als wir spürten, dass er sich wieder erinnern konnte, sind wir sofort losgeschwommen. Aber ganz ehrlich, ihr zwei.« Sie wirft zuerst einen Blick auf Kian, dann auf Bran. »An unserer Verbindung zueinander müssen wir noch arbeiten. Es sieht so aus, als würden Selkies und Nixen auf einer ganz anderen … hm, Frequenz kommunizieren. Zuerst hat Bran versucht, vor uns zu flüchten, und vorhin ist Kian so auf dich konzentriert gewesen, dass wir ihm unbemerkt in den Nacken hätten beißen können.«

»Moment!« Ich lege eine Hand auf meine Stirn. »Was bedeutet das jetzt? Kian kann sich erinnern, schafft aber nach wie vor keine Verwandlung.«

»So ist es«, ergreift nun Christopher das Wort. »Aber dabei kann ich ihm helfen. Jetzt, da er wieder eine Verbindung zum Land und zu eurer Liebe hat.«

Ich starre ihn nur an. Wage es kaum, nach dieser Hoffnung zu greifen. Aber dann, als Maya meine Hand nimmt und mir aufhilft, lasse ich es geschehen.

»Komm, Mari.«

Sie zieht mich ein Stück von Kian weg, dann beobachten wir gemeinsam, was geschieht. Christopher kniet sich neben den Seehund, während Bran reglos und starr auf seinen Bruder hinunterschaut. Von dem wütenden, egoistischen Ungeheuer, das mich zu seinem Eigentum hatte machen wollen, ist nichts mehr übrig. Er wirkt wie ein vollkommen anderes Wesen, und diese Tatsache berührt mich tiefer, als ich jemals für möglich gehalten habe.

Was ist das in seinen Augen?

Traurigkeit?

Ja, ich kann sie spüren. Blass und nebelhaft, weil ich nur ein Mensch mit einem Hauch Selkiemagie bin. Aber selbst dieser Funken genügt, um mir sicher zu sein. Ruth ist in unserer Geschichte nicht die Einzige, die sich von Grund auf verändert und eine andere Richtung eingeschlagen hat.

Christopher legt beide Hände auf den Seehund und wirkt seine geheimnisvolle Magie. Zuerst wehrt sich das Tier gegen den Prozess, windet sich stöhnend hin und her und versucht sogar, nach seinem Retter zu schnappen. Aber schon bald werden die Bewegungen des Seehundes schwächer. Nicht, weil er an Kraft verliert, sondern weil das instinktgesteuerte Tier Stück für Stück in den Hintergrund tritt.

Ich fühle, wie es sich zurückzieht.

Widerwillig, aber gehorsam.

Und dann fließt ein Schwall der konzentrierten Macht auch über Maya und mich. Ich seufze unwillkürlich auf, denn diese Energie fühlt sich so ursprünglich, so rein und absolut unbegreiflich an, dass ich niemals eine Beschreibung dafür finden werde.

Ich weiß nicht einmal, wo die Grenzen dieser Kraft liegen, oder ob sie überhaupt irgendwelchen Grenzen unterworfen ist.

»Als würde man in eine Zeit vor der Zeit blicken, hm?« Maya zwinkert mir zu. »Als das Universum noch von Kräften beherrscht worden ist, die jede Vorstellungskraft in Grund und Boden stampfen.«

»Ja«, flüstere ich nur.

»Weißt du, was ich glaube, Mari? Eines Tages wird diese Art von Magie den Planeten retten und die Menschheit verändern. Vereint mit unseren Kräften. Mit deinen und meinen und denen aller Wächter, die wir finden können.«

»Ein schöner Gedanke. Aber meine Kräfte werden euch leider nicht helfen. Ich bin kein Selkie mehr.«

Maya lächelt nur. Sie drückt meine Hand, und plötzlich geschieht es. Das Fell des Seehunds reißt auf. Ein blasser Arm wühlt sich heraus, öffnet die Wunde und schiebt Fleisch und Haut beiseite. Stocksteif stehe ich da und beobachte, wie Kian sich befreit. Mühsam, aber stark und entschlossen. Und dann, als er das Fell endlich von seinem Körper streifen kann, als er sich aufrichtet und sein Blick sofort auf mich fällt, stürze ich weinend in seine Arme.

Das Blut ist mir egal. Alles ist mir egal.

Ich will ihn einfach nur spüren und festhalten.

Keine Ahnung, wie lange wir so dastehen und zusammen weinen. Einer zittert heftiger als der andere, unsere Hände tasten haltlos umher, wir streicheln und küssen uns und drücken immer wieder so verzweifelt zu, dass ein paar Rippen knacken.

»Na, na«, brummt Christopher. »Schön vorsichtig, ja? Ich habe mich nicht verausgabt, damit ihr euch gegenseitig zerquetscht.«

Wir lachen, schmiegen unsere Stirnen gegeneinander und versuchen, im Hier und Jetzt anzukommen. Zu begreifen, dass wir uns wiedergefunden haben. Dass endlich alles gut ist. Und dann, als wir uns nach einer Ewigkeit dazu überwinden können, einander loszulassen, steht plötzlich Bran neben mir.

Wortlos hält er mir sein Fell entgegen.

»Was bedeutet das?« Irritiert starre ich auf den grausilbernen Pelz. »Warum willst du es mir geben?«

»Weil es nicht mehr zu mir gehört.« Bran lächelt schwach. Eine tiefe, schicksalsergebene Traurigkeit liegt in seinen Augen, und den gleichen Ausdruck sehe ich auch in Kians Blick. »Hör zu, Mari. Ich habe mehr als genug Fehler gemacht. Meine Wut hat mich zerstört. Sie hat so heiß gebrannt, dass ich bei jedem die Schuld gesucht habe, nur nicht bei mir. Damals ist Kian am Tod unserer Familie fast zerbrochen, aber er hat es geschafft, sich in das Leben zurückzukämpfen. Er hat seine Aufgabe übernommen und ließ allen Groll und Hass hinter sich. Mir ist das niemals gelungen. Und als Kian geflohen ist, ohne Erinnerung, aber mit diesem schrecklichen Schatten auf seiner Seele, da habe ich endlich begriffen, wer ich wirklich bin. Was ich verursacht und verbrochen habe. Ja, ich war erbärmlich. Fehlgeleitet und abscheulich. All das ist meinetwegen passiert. Weil ich Kians Fell gestohlen und dich beeinflusst habe. Weil ich meinen Willen über alles andere gestellt habe. Es ist an der Zeit, Wiedergutmachung zu leisten. Nimm mein Fell, Mari. Beschütze zusammen mit Maya, Kian und Christopher das Meer. Deine Kraft ist sehr viel stärker als meine. Ich wäre niemals ein Wächter geworden. Nimm es, und werde glücklich.«

»Aber …« Ich schüttele hilflos den Kopf. »Du wirst sterben.«

»Nein. Ich finde Frieden. Abgesehen davon ist es sowieso zu spät. Ich habe meine Verbindung zu dieser Seehundshaut zertrennt, und zwar endgültig. Sie ist für mich nutzlos, aber sobald du den Wechsel vollziehst, gehört sie voll und ganz dir.«

»Bran …«, flüstert Kian, aber der schüttelt nur den Kopf und legt eine Hand auf seine Schulter.

»Es ist in Ordnung, Bruder. Ich will es so. Mari wird sehr viel mehr Gutes tun, als ich es jemals könnte. Außerdem wiegt meine Schuld zu schwer, um mich noch länger damit abzuschleppen. Ich gehe nach Hause. Zu unserer Familie.«

»Bran.« Kian will ihn in den Arm nehmen, aber er weicht zurück und watet in das Wasser. »Bran, ich …«

»Nein.« Sein wölfisches Grinsen lässt ihn einen Moment lang wieder so aussehen, wie ich ihn kenne. »Wage es ja nicht, meinetwegen zu weinen oder sonst wie sentimental zu werden. Es ist alles gut. Leb wohl, Bruder. Lebt wohl, ihr drei. Ich hoffe, ihr könnt mir vergeben. Eines nahen oder fernen Tages.«

Damit wirft er sich nach vorne und taucht in eine heranrollende Welle ein. Im gleichen Augenblick entdecke ich ganz in der Nähe die Finne eines Pilotwals. Das Tier schwimmt einen Bogen, scheint auf etwas zu warten und strebt schließlich auf das offene

Meer hinaus. Trotz des Schneefalls und der Dunkelheit sehe ich einen Moment lang die Hand, die sich an seiner Rückenflosse festhält. Dann sind Wal und Selkie verschwunden.

Für immer.

Schweigend starre ich auf das Fell in meinen Händen. Ich kann spüren, wie es mich ruft. Ganz leise und schwach, als sehne es sich nach einem Körper, mit dem es verschmelzen kann.

»Willst du es tun?«, fragt Kian mit zitternder Stimme. »Willst du Brans Opfer annehmen?«

»Fragst du mich das ernsthaft? Wie könnte ich es nicht annehmen, wenn er sein Leben dafür gegeben hat? Ich glaube kaum, dass er zurückkommen wird.«

»Nein.« Kian lässt zu, dass eine Träne über seine Wange rinnt und im eisigen Sturmwind gefriert. Dann blickt er in die Richtung, in die sein Bruder zusammen mit dem Wal verschwunden ist. »Das wird er nicht.«

»Na, siehst du. Natürlich nehme ich es an.«

»Aber dann wirst du dein Menschsein für immer aufgeben müssen, Mari. Dieses Fell gehört allein dir. Es wird anders sein als beim ersten Mal, als du meine Haut getragen hast. Ein Zurück gibt es dann nicht mehr, und früher oder später jagen sie uns erneut. Du weißt, was das bedeutet.«

»Ja.« Plötzlich fühle ich eine Gewissheit in mir. Tief und warm und unerschütterlich. »Aber vielleicht kommt auch alles ganz anders.«

»Was meinst du damit?«

»Lass uns später darüber reden, in Ordnung? Zusammen mit allen anderen. Du und ich, Maya und Christopher, Finley und Oliver.«

Kian nickt. Er sieht zu, wie ich mich ausziehe und die Kleidung zusammen mit Finleys Waffe unter einen Stein lege. Dann werfe ich mir Brans Seehundshaut um die nackten Schultern, nehme Kians Hand und gehe mit ihm, Maya und Christopher in das Meer.

Unendliche Erleichterung überflutet mich, als ich tief in die Umarmung des Wassers eintauche. Eine Erleichterung, die Schmerz und Traurigkeit überstrahlt. Ich spüre kaum, wie ich die Grenze zum Tier überschreite. Es geschieht so mühelos und fließend, als hätte mein Körper auf nichts anderes gewartet. Plötzlich fliege ich Seite an Seite mit einem weißen Seehund durch das aufgewühlte Meer – und kann es endlich vor mir sehen. Das Netz allen Lebens. Die pure, wundersame Macht der Schöpfung, die den gesamten Ozean durchdringt. Jedes Tier und jede Pflanze, sogar Steine, Sand und Felsen.

Ich bin ein Teil davon.

Von heute an und für immer.

Als Maya und Christopher sich verwandeln und das Wasser mit ihrer reinen, strahlenden Essenz zum Glühen bringen, fühle ich Kians Ehrfurcht, und er empfängt die meine. Alles um uns herum füllt sich mit heilsamer Magie. Sie entströmt uns und den beiden wunderbaren Wesen vor uns, und dann, als sich all diese Macht vereint, wird meine Zuversicht zu unerschütterlicher Gewissheit. Ja, gemeinsam können wir so viel mehr erreichen. Die Wächter des Meeres haben zueinandergefunden, und damit, das weiß ich tief in meinem Herzen und in meiner Seele, wird eine neue Zeit beginnen.

Epilog

Mari

Kaum treten Ruth und Rahul durch die Eingangstür, verfinstert sich Kians Miene. Er beginnt zu zittern, sein ganzer Körper wird starr und steif, während er sich gegen die Lehne des Sofas drückt und ein leises, bedrohliches Knurren von sich gibt. Sekundenlang gewinnt das Tier die Oberhand, kann sich aber nicht zwischen Angriff oder Flucht entscheiden. Maya, die links neben ihm sitzt, legt besänftigend eine Hand auf seine Schulter. Auch Christopher greift helfend ein, lässt sich rechts von ihm nieder und nimmt seine Hand.

»Alles ist gut«, höre ich ihn flüstern. »Nichts von dem, was passiert ist, wird sich wiederholen.«

Ruth bemerkt die Szene, senkt bekümmert den Kopf und zieht einen Umschlag aus ihrer Handtasche. Kommentarlos legt sie ihn auf das Sideboard neben der Garderobe, nickt mir zu und zieht ihren Mantel aus. Vermutlich befindet sich ein Scheck in dem Brief, und Ruth weißt sehr genau, dass es keinen Sinn macht, mir ein Geschenk in die Hand zu drücken. Ich kann dergleichen nicht von ihr annehmen. Noch nicht. Dank ihr ist unsere Gärtnerei zwar inzwischen schuldenfrei, aber mir hängt der Gedanke, Finanzspritzen von Ruth angenommen zu haben, mehr als quer im Hals. Finley dagegen hat es nur recht und billig gefunden, die stattliche Summe als Wiedergutmachung anzunehmen.

Nachdem Ruth und Rahul ihre Mäntel, Schals und Handschuhe an der Garderobe verstaut haben, nehmen sie auf den Sesseln Platz und verschränken in solch offensichtlichem Unwohlsein die Hände im Schoß, dass ich mir ein gehässiges Grinsen nicht verkneifen kann. Recht so. Sollen sie ruhig merken, dass wir ihnen noch nicht verziehen haben.

Christopher steht auf und nimmt wieder seinen Lieblingsplatz auf der Fensterbank ein, während ich mich neben Kian setze. Inzwischen ist er ruhiger geworden, aber als ich seine Hand ergreife, spüre ich nach wie vor ein leichtes Zittern.

Ruths Blick irrt hin und her. Ich sehe, dass sie etwas sagen will, aber ihr Mund klappt nutzlos auf und zu, ohne dass ein Laut hervorkommt. Rahul nimmt einen der noch unberührten Becher, die auf dem Tisch stehen, und gießt sich Kaffee ein. Als er ihn Ruth entgegenhält, schüttelt sie nur den Kopf.

»Okay.« Ich reibe mit der freien Hand über den Oberschenkel. Dass ich damit mehr als offen meine Nervosität zeige, wird mir erst klar, als es schon zu spät ist. »Finley und Oliver sollten gleich hier sein, zusammen mit zwei weiteren Gästen.«

»Tatsächlich?« Rahul nippt an seinem Kaffee. »Ich nehme an, es sind eingeweihte Gäste?«

»Ja. Sie wissen über alles Bescheid. Es sind Freunde von Maya und Christopher. Ein Universitätsprofessor und ein Mediziner.«

Ruth schluckt und windet sich unter Kians Blick. Ich verkneife mir ein Grinsen, mustere die Wanduhr über dem Kamin und hoffe, dass der Rest unseres Grüppchens zeitnah nach Hause kommt.

»Puh«, macht Rahul. Dann herrscht eine Zeit lang tiefe, unangenehme Stille. Ruth versucht, Christopher und Kian nicht allzu unhöflich anzugaffen, während ihr Gefährte Mühe hat, Mayas faszinierendem Anblick zu widerstehen. Das Schweigen verdichtet sich, bis ich das Gefühl habe, die Luft mit einem Messer in Scheiben schneiden zu können.

Dann – endlich! – geht die Haustür auf und spuckt nicht nur einen Schwall eisigen Windes, sondern auch vier durchgefrorene Menschen ins Wohnzimmer. Mein Bruder gibt ein erleichtertes Schnaufen von sich, Oliver schüttelt Schnee aus seinen frisch gefärbten, knallbunten Dreadlocks. Hinter ihnen treten zwei munter plappernde Männer herein und wuchten ihre Koffer und Taschen in die nächstbeste Ecke.

»Oh, hallöchen.« Ein Kerl von etwa fünfundvierzig Jahren mit rot gelocktem Wuschelkopf strahlt in die Runde und streift in einer fast schon theaterreifen Geste seinen Parka ab. »Wie schön, euch kennenzulernen. Ich bin Alan, das dort ist mein Freund Professor Solander. Mari und Kian, es ist mir eine Ehre, eure Bekanntschaft zu machen. Ruth und Rahul … äh, na ja, das Arschversohlen haben ja schon andere übernommen. Und Maya und Chris? Es ist einfach nur herrlich, euch endlich mal wiederzusehen, ihr umtriebigen Makrelen.«

»Sehr angenehm.« Der vornehme, ältere Herr namens Professor Solander hängt seinen schwarzen Fedora-Hut an die Garderobe und deutet eine rührend altmodische Verbeugung an. »Es ehrt uns sehr, dass wir zu dieser illustren Runde eingeladen wurden. Alan? Bitte vergiss unser Geschenk nicht, ja?«

»Oha. Natürlich.« Der rote Wuschelkopf geht zu seiner Tasche, öffnet sie und zieht ein großes, in indigoblaues Seidenpapier verschnürtes Päckchen heraus. »Bitte sehr. Für die Damen und Herren des Hauses. Die besten Trüffelpralinen der Welt. Normalerweise verschenkt Solander immer nur Bücher, aber wir dachten, dass ein bisschen Nervennahrung nicht schaden kann.«

»Vielen Dank«, murmeln Finley und ich.

»Na, der Übergang muss ja heftig gewesen sein.« Oliver mustert die überfüllte Garderobe, zuckt mit den Schultern und legt seinen quietschgelben Wollmantel kurzerhand über das Sideboard. »Von der Südsee direkt auf die winterlichen Orkneys zu reisen, ist schon ein echtes Kontrastprogramm.«

»Wir lieben Kontrastprogramme.« Alan grinst noch einmal in die Runde und nimmt auf dem gepolsterten Hocker Platz, während es sich Professor Solander mit einem zufriedenen Grunzen im letzten freien Sessel bequem macht. »Aber ich muss mich wirklich daran gewöhnen, mehr als eine Badehose zu tragen.«

Ich schmunzele, als ich das Gepäck unserer beiden frisch angekommenen Gäste mustere. Ein Koffer ist pink und mit Flamingos bedruckt, der andere strahlt mit seinem grün-braunen Karomuster und den Lederapplikationen altmodischen Charme aus. Auch die beiden Taschen sind Spiegelbilder ihrer Besitzer. Eine besteht aus braunem, abgewetztem Wildleder, die andere ist purpurn und mit einem niedlichen Kugelfisch aus Plüsch verziert.

»Kaffee?«, fragt diesmal Finley. »Tee? Oder darf's etwas Gehaltvolleres sein.«

»Tee, bitte«, antwortet Professor Solander. »Haben Sie vielen Dank.«

»Für mich bitte einen Kaffee.« Alan streckt sich und gähnt. »Ich muss meinen Koffeinlevel auf ein normales Maß bringen, um zu funktionieren. Na, ihr zwei Süßen.« Er wendet sich Maya und Christopher zu. »Wie war eure Reise? Seid ihr gut geschwommen?«

»Alles bestens«, erwidert Maya. »Wann kommen eigentlich Isabeau und Matthew nach? Habt ihr euch schon ausgetauscht?«

»Morgen wahrscheinlich«, erwidert Professor Solander. »Sie hängen noch in London fest, wegen der widrigen Witterungsbedingungen. Dass unser Flieger landen konnte, war reine Glückssache.«

»Ich hoffe, sie mussten ihre Südafrika-Expedition unseretwegen nicht vorzeitig abbrechen?«

»Doch.« Alan grinst. »Aber sie wollten unbedingt mit von der Partie sein. Verständlicherweise. Immerhin kommt es verdammt selten vor, dass Selkies und Nixen aufeinandertreffen und noch dazu eine neue Weltordnung planen.«

»Neue Weltordnung.« Christopher schnaubt. »Na klar doch. Als wäre das so einfach. Wie geht es eigentlich Snowflake?«

»Bestens«, sagt Professor Solander. »Der Gute wird von Mrs. Sheepbouwer nach allen Regeln der Kunst verwöhnt. Isabeau hat gesagt, dass er schon wieder zwei Kilogramm zugenommen hat.«

»Ausgezeichnet.« Christopher schmunzelt. »Wenn das hier vorbei ist, sollten wir unser nächstes Meeting nach Skye verlegen.«

»Oder auf unser lauschiges Südsee-Atoll«, wirft Alan ein.

»Wie wäre es«, mischt sich Maya ein, »wenn wir einfach erst mal loslegen? Ich weiß ja nicht, wie ihr das seht, aber vielleicht sollten wir als Erstes unsere Geschichten erzählen. Jeder legt seine Sichtweise dar, dann haben wir ein ordentliches Fundament, auf dem wir aufbauen können.«

»Sehr wohl.« Professor Solander verschränkt die Hände im Schoß und blickt aufmerksam in die Runde. »Ich bin unglaublich gespannt, was sich aus unserer Gemeinschaft entwickelt.«

»Und ich erst.« Alan reibt sich die Hände. »Dann legt mal los, meine Schnuckelchens. Wer möchte anfangen?«

Ich hebe die Hand, nehme den Schneidersitz ein und warte, bis mein Bruder für Tee-, Kaffee-, Keks- und Snacknachschub gesorgt hat. Dann fange ich an, meine Geschichte zu erzählen. Wie Finley und ich Kian gerettet haben. Wie sich unsere Beziehung vertieft hat, was wir gemeinsam erlebt und durchgestanden haben. Schließlich, als meine Sicht der Geschichte zu Ende ist, übernimmt zu unserer aller Überraschung Kian das Ruder. Und während er leise und ruhig von seinen Erlebnissen berichtet, versinkt Ruth in Selbsthass und wischt sich immer wieder eine Träne aus dem Augenwinkel.

Als Nächstes sind Oliver und Finley an der Reihe, gefolgt von Alan, Professor Solander, Maya und Christopher. Das Schlusslicht bilden Ruth und Rahul, und sie legen so schonungslos ihre Seelen,

Träume, Fehler und Absichten offen, dass wir nichts anderes tun können, als sie schweigend anzustarren.

Schließlich, als Ruth das letzte Wort spricht und mit einem Seufzer in sich zusammensinkt, herrscht eine Zeit lang Ruhe. Ich kann förmlich spüren, wie jeder einzelne in seinen Gedanken versinkt. Wie es in sämtlichen Köpfen arbeitet und rattert. Christopher und Maya tauschen vielsagende Blicke aus. Professor Solander und Alan reiben sich in fast synchronen Gesten das Kinn. Oliver spielt mit seinen Dreadlocks herum, während er angestrengt grübelt, und Finley stopft, genauso wie Kian, hemmungslos Trüffelpralinen in sich hinein.

Irgendwann ergreift Ruth noch einmal das Wort: »Ich weiß, dass ihr mich hasst, und dazu habt ihr alles Recht der Welt. Denn ich habe Fehler gemacht. Schreckliche, unverzeihliche Fehler. Aber trotzdem hoffe ich aus tiefstem Herzen, dass wir eines Tages die Welt verändern können. Wir alle. Gemeinsam. Hand in Hand. In den letzten Wochen habe ich Tag und Nacht darüber nachgedacht. Es werden immer mehr Menschen, die über euch Wächter Bescheid wissen, und das lässt mich darauf hoffen, dass wir früher oder später ein Umdenken lostreten können. Was, wenn es nur genügend positive Gedanken und Geschichten geben muss, um die Menschheit auf die nächste Ebene zu führen? *Wie du denkst, so wirst du.* So ist es doch, nicht wahr? Ich bin das beste Beispiel dafür. Noch vor Kurzem war ich ein Monster. Eine egoistische Sadistin, die blind und taub durch die Welt gestolpert ist. Ja, ich bin einem Traum gefolgt. Aber das habe ich auf die vollkommen falsche Art getan. Seit jener Zeit, in der meine Mutter elendig sterben musste, bin ich besessen von der Hoffnung, derartiges Leid für immer und ewig zu verhindern. Es ist wahr, dass ich mir eine bessere Welt herbeisehne. Eine, in der sich niemand mehr quälen muss. Aber ich weiß auch, dass etwas Gutes niemals auf Zwang und Schmerz aufgebaut werden darf.«

»Ich verstehe, was Sie sagen.« Professor Solander nickt bedächtig. »Obwohl ich es unverzeihlich finde, was Sie getan haben. Daran lässt sich nicht rütteln. Aber jeder ist letztendlich ein Produkt der Umgebung, in der er groß geworden ist. Der eine lässt sich davon mehr beeinflussen, der andere weniger. Ihre Eltern, das haben Sie sehr eindrücklich beschrieben, bläuten Ihnen von Anfang an ein, dass Sie etwas Besseres sind. Eine Auserwählte der höheren Schicht, die niemals den Boden der normalsterblichen Existenz berührt. Kinder sind wie Schwämme. Sie saugen alles auf und machen es zu einem Teil ihrer selbst. Und Ihnen, das muss ich schon sagen, hat man eine gehörige Portion Arroganz und Egozentrik eingeimpft. Diese fehlgeleitete Erziehung in Verbindung mit dem langsamen Sterben Ihrer Mutter musste schlussendlich in einer Katastrophe enden. Und so sehr ich es auch missbillige, nein, *verabscheue*, was Sie getan haben, bin ich dennoch froh, dass Ihnen ein Licht aufgegangen ist. Möglicherweise haben Sie recht. Wenn mehr Menschen eine solche Verwandlung durchlaufen, besteht für diesen Planeten vielleicht noch Hoffnung.«

»In der Südsee«, meldet sich Alan zu Wort, »konnten wir eine solche Veränderung bereits erreichen. Natürlich ist das nicht mit dem Rest der Welt zu vergleichen, immerhin handelt es sich um eine isolierte Inselgruppe mit sehr geringer Bevölkerungsdichte. Aber vom Prinzip her können wir bestätigen, dass es funktioniert. Besser gesagt, dass es funktionieren *kann*. Wir haben unser Geheimnis mit den Inselbewohnern geteilt, und das Ergebnis ist eine harmonische, bestens funktionierende Gemeinschaft, in der jeder vom anderen profitiert.«

»Neben Chris und Maya«, fährt nun wieder Professor Solander fort, »gibt es nur noch fünf Geschöpfe ihrer Art. Alle besitzen erstaunliche Fähigkeiten, was das Heilen angeht, wobei Chris dank seines außerordentlich mächtigen Symbionten natürlich auf einer ganz anderen Bühne spielt. Wie auch immer, die Inselbewohner profitieren von diesen Kräften und tun im Gegenzug alles, um die Nixen zu beschützen. Es ist ein Geben und Nehmen, und inzwischen gehen alle so locker und natürlich miteinander um, als wäre es niemals anders gewesen. Interessanterweise fördert das Zusammenleben mit den Meereswesen auch die Entwicklung erstaunlicher menschlicher Fähigkeiten. Es ist, als würden tief in unseren Genen versteckte Potenziale endlich aufblühen, hervorgelockt durch die Anwesenheit höherer Wesen. Die Menschen auf unserem Atoll sind empathischer geworden. Feinfühliger und sensibler. In jeglicher Hinsicht. Ihre Sinne sind schärfer, einige haben sogar die Fähigkeit zur Telepathie entwickelt. Alan und ich haben die Theorie, dass eine harmonische Zusammenarbeit mit den Wächtern auch uns Menschen auf eine höhere Evolutionsstufe tragen kann. Und wenn es im kleinen Rahmen funktioniert, muss es auch im großen Umfang möglich sein.«

»Warten Sie.« Ruth blickt von einem zum anderen. »Das alles ist wirklich unglaublich faszinierend, aber wie mir scheint, stehen sowohl die Nixen als auch die Selkies am Rand des Aussterbens.«

»Das stimmt leider«, sagt Alan. »Es leben noch sieben Nixen und zwei Selkies unter uns. Ziemlich schlechte Voraussetzungen. Dass beide Spezies überhaupt noch existieren, ist nur ihrer erstaunlichen Langlebigkeit und Zähigkeit zu verdanken. Ich vermute außerdem, dass Kian mit seiner enormen Widerstandskraft gegen Krankheitserreger aller Art die nächste Evolutionsstufe der Selkies darstellt. Bei Bran ist es wahrscheinlich genauso gewesen. Deswegen habt ihr damals überlebt, während alle anderen der Seuche zum Opfer gefallen sind. Und da Mari nun Brans Fell bekommen hat, hoffe ich, dass sie von dieser Besonderheit profitieren kann und ähnlich ausgestattet ist.«

Ruth nickt und nippt an ihrem Kaffee. »Vielleicht können wir auf dieser Ebene anfangen, etwas wiedergutzumachen. Gemäß euren Geschichten gibt es immer wieder Menschen, die sich für eine Verwandlung eignen. So wie Sie beide, Maya und Mari. Es muss eine Möglichkeit geben, auf wissenschaftlichem Wege vorab herauszufinden, ob jemand infrage kommt oder nicht. Denn letztendlich braucht diese Welt sehr viel mehr Wächter, um gesund zu werden.«

»Gute Idee«, wirft Christopher ein. »Der Punkt kommt auf unsere To-do-Liste. Außerdem erkläre ich mich dazu bereit, an der Heilungssache mitzuwirken. Selbstverständlich unter den nötigen Sicherheitsvorkehrungen. Es tut mir sehr leid, Kian, dass du all das durchmachen musstest. Bitte versteh mich nicht falsch, in Ordnung? Aber die Geschichte mit den drei Wunderheilungen hat mich zum Nachdenken gebracht. So falsch die Umstände auch gewesen sein mögen, erscheint es mir doch gut und richtig, auf dieser Ebene weiterzuforschen.«

»Mir auch«, sagt Maya. »Letztendlich baut unser Fundament darauf auf, dass wir sowohl uns selbst als auch den Menschen helfen. Neben unserer Aufgabe als Wächter.«

»Einverstanden«, sagt Rahul. »Aber vorab sorgen wir dafür, dass nichts schiefgehen kann.«

»Keine Sorge.« Christopher lächelt herausfordernd. »Ich passe schon auf, dass niemand heimlich eine Schlinge auslegt. Das sollte euch ebenfalls klar sein. Nichts, was ihr denkt oder tut oder sagt, wird mir zukünftig entgehen. Wir sind miteinander verbunden. Dafür habe ich gesorgt. Solltet ihr also jemals aus der Reihe tanzen und egoistische Ziele verfolgen, erfahre ich das. Und dritte Chancen, Ruth und Rahul, vergebe ich nicht. Habt ihr das verstanden?«

Die beiden nicken. Und dann, als hätten ihm diese Worte neue Zuversicht eingeflößt, ergreift Kian das Wort: »Ich kann dir noch nicht vergeben, Ruth«, sagt er leise. »Aber meine Natur ist es, heilen zu wollen. Ich bin damit einverstanden, dass ihr diesen Weg gemeinsam einschlagen wollt. Aber glaubt ihr wirklich, dass das Denken der Menschen verändert werden kann?«

»Vielleicht«, sage ich. »Indem wir kleine Schritte vollführen, um das große Ziel zu erreichen.«

»Ich persönlich glaube daran«, verkündet Professor Solander. »Und die anderen Wächter können uns dabei helfen.«

»Die anderen Wächter?«, hake ich nach.

»Oh ja. Alan und ich haben in den letzten Monaten intensiv nachgeforscht und konnten zwei weitere eurer Art ausfindig machen, die ebenfalls an einer Zusammenarbeit interessiert sind.«

»Was?« Neugierig richte ich mich auf. »Wo leben sie? Auch im Meer?«

»Nein. Es sind Wächter des Waldes. Ihre Namen sind Josephine und Nathaniel. Sie betreiben eine Farm in Montana, wo sie unbemerkt vom Rest der Welt ihrer übersinnlichen Aufgabe nachgehen. Ich durfte bereits mit den beiden sprechen. Wirklich sehr feine Menschen. Ich meine, Wächter. Wie auch immer. Sie würden sich gerne mit uns zusammensetzen und den Gedanken weiterspinnen. Zudem haben wir noch mehr vielversprechende Spuren gefunden. Auf die erste hat uns Nathaniel aufmerksam gemacht, denn er ist vor längerer Zeit einem Mann begegnet, der offenbar weit mehr als ein Wächter ist. Ganz ähnlich wie unser Christopher. Angeblich soll er ein Gottwesen sein, das vor Jahrtausenden menschliche Gestalt angenommen hat und seitdem die Wälder und Gewässer von Vancouver Island beschützt. Wenn die Geschichte stimmt, ist er kein Gefäß, sondern ein leibhaftiges Wesen der alten Zeit. Leider konnten Josephine und Nathaniel nicht herausfinden, wo er steckt oder was aus ihm geworden ist.«

»Wir glauben«, sagt Maya, »dass es derselbe Mann ist, den mein Opa als *Walflüsterer* kannte. Vor vielen Jahren haben wir versucht, ihn zu finden. Aber er ist auf Nimmerwiedersehen untergetaucht.«

»Ein weiterer Punkt auf unserer Liste.« Alan strahlt in die Runde. »Den geheimnisvollen Wächter von Vancouver Island ausfindig machen und von unserer Idee begeistern. Oh, und dann wäre da noch Cernunnos.«

»Was?«, hauche ich. »Der gehörnte Gott?«

»Ja. Gerüchteweise lebt er zurückgezogen in den Überresten des Sherwood Forest und lässt sich seit Jahrhunderten nicht mehr blicken. Aber wir konnten ein paar seltsame Geschichten aufschnappen. Sie ähneln jenen, die uns auf Nathaniels Spur gebracht haben. Wanderer, die verändert aus dem Wald zurückgekehrt sind. Die plötzlich mit geöffneten Augen durch die Welt gingen, metaphorisch gesprochen. Manche verschwanden auch und kehrten niemals zurück. Das sind vermutlich die sturen und unbelehrbaren gewesen.«

»Nächster Punkt auf der Liste.« Alan tippt etwas in sein Smartphone. »Den gehörnten Gott finden und ihn zu einem Kaffee einladen. Sonst noch was? Ach ja, da sind auch noch interessante Geschichten über eine unberührte und schwer zugängliche Gegend in Alberta, in der es nicht mit rechten Dingen zugehen soll. Gerüchteweise treiben dort zwei schaurige Bestien ihr Unwesen und werden alle paar Jahre mal von irgendwelchen Wanderern gesehen. Eine weiße und eine schwarze, Wölfen nicht unähnlich, aber sehr viel größer. Es gibt sogar einen Bericht von einem Piloten, der von seinem Wasserflugzeug aus ein indigenes Dorf erspäht haben will, das einsam und abgeschieden mitten in den Wäldern liegt. Er sagt, es hätte so ausgesehen, als wäre die Zeit ein paar Jahrhunderte lang stehen geblieben. Aber als er Tage später versucht hat, das Dorf wiederzufinden und seine Existenz zu dokumentieren, war es spurlos verschwunden.«

»Wow«, murmelt Finley. »Wer weiß, wie viele Wächter noch da draußen existieren. Und jeder denkt für sich, dass er auf verlorenem Posten steht.«

»Ich möchte bitte jeden Einzelnen kennenlernen.« Oliver seufzt. »So bald wie möglich. Das ist alles so unglaublich aufregend, dass ich es kaum fassen kann.«

»Sehe ich das richtig?«, sage ich in die Runde. »Es gibt drei verschiedene Arten von Wächtern? Göttliche Wesen, die höchstpersönlich menschliche Gestalt annehmen, so wie im Fall des Walflüsterers oder des gehörnten Gottes? Dann die *Gefäße*, die quasi eine Symbiose mit den Gottwesen eingehen, so wie in deinem Fall, Christopher. Oder wie bei Nathaniel und Josephine. Und dann gibt es noch die Wächter, die von höheren Mächten zum Zweck des Beschützens erschaffen wurden? Wie die Selkies zum Beispiel?«

»Ja«, sagt Professor Solander. »Sie sieht's aus, würde ich sagen. Ziemlich faszinierend, nicht wahr?«

»Allerdings.« Christopher blickt in die Runde, gähnt und streckt sich. »Sieht so aus, als hätten wir jede Menge Arbeit vor uns. Aber ich für meinen Teil brauche erst mal eine Auszeit im Wasser.«

»Gute Idee.« Maya klatscht sich auf die Schenkel und steht auf. »So wunderbar es auch ist, mit euch gemeinsam Pläne für eine bessere Welt zu stricken, fange ich trotzdem langsam an, zu verschrumpeln.«

»Ihr kommt aber wieder, oder?« Alan zieht eine Schnute. »Jedes Mal, wenn wir dabei zusehen müssen, wie ihr majestätisch in den Wellen verschwindet, sehen wir uns monatelang nicht.«

»Keine Sorge.« Christopher blickt zuerst Maya, dann Kian und mich an. »Wir sind wohl alle der Meinung, dass wir diese Sache gerne weiterverfolgen möchten. Oder wie seht ihr das?«

Als wir einstimmig nicken, hellt ein zuversichtliches Lächeln sein Gesicht auf. »Wunderbar. Wie wäre es mit einem warmen Abendessen? Maya und ich hatten in den letzten Wochen eindeutig zu viel artgerechte Nahrung.«

Alan klatscht fröhlich in die Hände. »Warmes Essen? Aber klar doch! Das ist unser Stichwort, Solander. Heute Abend gibt es *Poulet Fafa*. Einmal in herkömmlicher und einmal in veganer Version, damit auch jeder zufrieden ist. Taroblätter und Fafa werden wir wohl nicht ergattern können, aber wir improvisieren einfach. Ruth und Rahul, ihr seid selbstverständlich auch eingeladen.«

Die beiden schauen fassungslos zu uns hoch.

»Wirklich?«, flüstert Ruth.

»Ja. Aber ihr helft beim Besorgen der Zutaten.«

Während Maya und Christopher Hand in Hand das Haus verlassen, stehen auch Kian und ich auf, nehmen unsere Felle aus der Sideboard-Schublade und treten hinaus in den frischen, salzigen Wind.

»Ah«, seufze ich erleichtert, als mir die herrlich klare Winterluft um die Nase weht. Der Nebel ist noch dichter geworden und verbirgt alles, was weiter als zehn Schritte entfernt ist. Ein perfekter Tag. Zumindest für meinen Geschmack.

Wir warten, bis Finley, Oliver, Ruth und Rahul ihre Mäntel und Parkas übergezogen haben, dann wandern wir gemeinsam in den klirrend kalten Dunst hinaus. Alles ist so still, als wären wir die einzigen lebenden Wesen auf der Insel. Und dann, als wir zusammen am Saum des Wassers stehen, spüre ich einmal mehr, dass wir den richtigen Weg beschritten haben. Einen Weg, der uns alle voranbringen wird. Auf die eine oder andere Weise.

»Brrrr«, macht Oliver, als wir uns ausziehen und die Kleidung an unsere Freunde weiterreichen. »Ich erfriere schon beim Zugucken.«

»Bei dir prüfen wir als Erstes«, erwidere ich, »ob du als Selkie oder als Nixe infrage kommst.«

»Wohl eher als Nixe«, scherzt Oliver. »Wenn schon, dann möchte ich einen schillernden Schwanz.«

Finley knufft ihn mit dem Ellenbogen in die Rippen. Dann wischt er sich eine Träne von der Wange und sieht zu, wie wir in die eiskalten Wellen waten. Hingebungsvoll streichele ich Brans Seehundshaut, flüstere eines der alten Gebete und hoffe, dass er seinen Frieden gefunden hat. Irgendwo dort draußen. In einer Welt, in die wir ihm eines sehr fernen Tages folgen werden.

»Danke«, flüstere ich leise. Zuerst zu Kians Bruder, der sein Leben für mich gegeben hat. Dann zu den Menschen, die hinter uns am Strand stehen und stumme Tränen der Freude weinen.

»Danke«, wiederholen auch Maya, Christopher und Kian, dann gehen wir in das winterliche Meer hinein.

Seite an Seite. Hand in Hand.

Um gemeinsam unsere Aufgabe zu erfüllen.

Ende

GAIAS WÄCHTER

Der Geist des Waldes

(Band 1)

Nichts ist so gefährlich wie die Wahrheit,
und nichts so verführerisch wie ein Geheimnis ...

Josephine lebt ihren Traum auf einer Ranch inmitten der Wildnis Montanas. Doch als ihr Mann verunglückt, steht sie von heute auf morgen alleine da. Mehr schlecht als recht hält sie die Ranch über Wasser, bis sie eines Abends vom Pferd stürzt und von einem geheimnisvollen Fremden namens Nathaniel gerettet wird. Nicht nur, dass er auf magische Weise ihren gebrochenen Fuß heilt, ihn umgibt auch noch ein Schatten aus Mysterien, der Josephine keine Ruhe lässt. Als sich tags darauf genau dieser Mann als Arbeiter auf ihrer Ranch verdingt, wird ihr Leben erneut auf den Kopf gestellt. Nathaniels Verhalten treibt sie zur Weißglut und bringt ihr Herz zum Rasen. Was will er von ihr? Wohin verschwindet er jede Nacht? Und was hat es mit den Legenden der Ureinwohner auf sich, die von einer uralten Macht in den Wäldern erzählen? Josephine setzt alles daran, Nathaniels Geheimnis zu ergründen, und wagt sich in einen Abgrund, aus dem es kein Entrinnen gibt.

GAIAS WÄCHTER
Der Ruf des Meeres

(Band 2)

Unser Schicksal ist es,
Seelen in das Meer zu locken.

Schottland, Isle of Skye:

Christopher ist anders. Das ist das Erste, das Maya begreift, als sie ihm zum ersten Mal begegnet. Anders und gefährlich. Auf eine Weise, die sich ihrem Verstand entzieht. Seine Nähe ist berauschend, seine Stimme wie der Lockruf einer fremdartigen Welt. Nicht einmal Christopher selbst weiß, welche Veränderungen in ihm vorgehen, und wie verheerend der Zauber seiner wahren Natur auf die Seele eines Menschen wirken kann. Hin- und hergerissen zwischen Mayas unwiderstehlicher Anziehungskraft und dem verführerischen Ruf des Meeres, muss er eine schier unmögliche Entscheidung treffen. Denn das Fremdartige in ihm wächst, und mit ihm der Drang, seinem verhängnisvollen Schicksal zu folgen.

GAIAS WÄCHTER
Der Mond des Jägers

(Band 3)

*Fürchtest du dich
vor dem tiefen, dunklen Wald?*

Alberta im Winter 1795:
Tief in der Wildnis lebt Kate als einzige Frau in einem Handelsposten der Hudson Bay Company. Das Leben der Menschen ist hart und gnadenlos, tagtäglich kämpfen sie um das nackte Überleben und trotzen den Gefahren der ungezähmten Natur. Doch eines Nachts tauchen sagenumwobene Kreaturen in der Finsternis der Wälder auf und beginnen eine Schreckensherrschaft. Die einzige Rettung scheint in einem geheimnisvollen Jäger aus dem Stamm der Blackfoot zu bestehen. Es heißt, er allein sei in der Lage, die Bestien zu töten. Doch der Jäger fordert einen hohen Preis für seinen Schutz. Und Kate ist diejenige, die ihn bezahlen muss.

Zur Info:

Jeder Band der Reihe ist in sich abgeschlossen und kann unabhängig voneinander sowie ohne Vorwissen gelesen werden. Weitere Bücher und Hörbücher von mir sind über Amazon erhältlich. Und falls ihr mich und meine Geschichten besuchen wollt, findet ihr mich auf Facebook unter *brittastrauss1978* sowie auf Instagram unter *@straussbritta.* Ich wünsche euch allen spannende Lesestunden und große Träume. Vielleicht sehen wir uns beim nächsten Abenteuer wieder? Ich würde mich freuen.

Eure Seemannsgarnweberin

Printed in Poland
by Amazon Fulfillment
Poland Sp. z o.o., Wrocław

32757086R00285